W0403139

LA FILLE LUMIÈRE

SUSAN ELIZABETH PHILLIPS

LA FILLE LUMIÈRE

roman

FRANCE LOISIRS
123, boulevard de Grenelle, Paris

Titre original :
Glitter Baby

Traduit de l'anglais par Annie Hamel

Publié avec l'accord de Dell Publishing Co., Inc.

La loi du 11 mars 1957 n'autorisant, aux termes des alinéas 2 et 3 de l'article 41, d'une part, que les « copies ou reproductions strictement réservées à l'usage privé du copiste et non destinées à une utilisation collective » et, d'autre part, que les analyses et les courtes citations dans un but d'exemple et d'illustration, « toute représentation ou reproduction intégrale, ou partielle, faite sans le consentement de l'auteur ou de ses ayants droit ou ayants cause, est illicite » (alinéa 1er de l'article 40).

Cette représentation ou reproduction, par quelque procédé que ce soit, constituerait donc une contrefaçon sanctionnée par les articles 425 suivants du Code pénal.

1987, by Susan Elizabeth Phillips
© Presses de la Cité 1988, pour la traduction française
ISBN 2-7242-3987-3

Édition du Club France Loisirs, Paris,
avec l'autorisation des Presses de la Cité

1

Bébé Star était de retour. Elle s'arrêta quelques instants à l'entrée de la galerie, afin que les gens présents au vernissage aient le temps de la reconnaître. Le bourdonnement des conversations mondaines se mêlait aux bruits de la rue tandis que les invités regardaient, avec plus ou moins d'intérêt, les œuvres d'art primitif africain accrochées aux cimaises de la galerie Orlani. L'air ambiant sentait l'argent, le Chanel N° 5 et le foie gras d'importation. Six ans s'étaient écoulés depuis l'époque où le visage de Bébé Star était l'un des plus connus aux États-Unis. Elle se demanda s'ils se souvenaient d'elle, et comment elle réagirait s'ils l'avaient oubliée.

Elle regarda droit devant elle, affichant une expression d'ennui, les lèvres légèrement entrouvertes, les bras détendus le long du corps. Avec ses fins escarpins noirs à talons aiguille, cette belle amazone à la lourde crinière mesurait plus d'un mètre quatre-vingts. Les meilleurs coiffeurs de New York s'étaient amusés à définir la couleur de ses cheveux d'un seul mot Ils n'avaient trouvé que trois qualificatifs — « miel », « champagne », « caramel » —, et chacun avait eu le sentiment qu'il aurait pu continuer indéfiniment à chercher le terme exact. Étant donné qu'ils se prenaient tous pour des génies, jamais le mot « blonde » n'avait été prononcé.

Alors, miel, champagne, caramel, blond clair ou blond

doré ? Cela dépendait de la lumière. Quant à ses yeux... On racontait qu'un jour la directrice d'une célèbre revue de mode avait renvoyé un journaliste qui avait osé employer le mot « noisette » dans sa description des fameux yeux. La directrice avait réécrit l'article, affirmant que Fleur Savagar avait « des iris veinés d'écaille, marbrés d'or et striés de vert émeraude ».

Six ans plus tard, en ce soir de septembre 1982, Bébé Star était plus belle que jamais. Elle avait également l'air blasé et vaguement condescendant. Le menton parfaitement sculpté avait un quelque chose d'arrogant et les yeux presque noisette une expression hautaine. Apparences que tout cela : au fond d'elle-même, Fleur Savagar tremblait de peur. Elle éprouvait fortement l'envie de tourner les talons, de les planter tous là et de s'enfuir. Mais plutôt que de céder à cette pulsion, elle prit une profonde et apaisante inspiration. Le temps où elle fuyait était bel et bien révolu. Elle avait fui pendant six ans, et ça suffisait. Elle n'avait plus dix-neuf ans. Elle avait grandi et, désormais, ils ne pourraient plus lui faire de mal.

Pendant quelques minutes elle observa la foule, curieux mélange de vagues connaissances et de figures trop connues. Diana Vreeland, très élégante dans une cape de soirée Yves Saint-Laurent et un pantalon de soie noire, s'intéressait à une tête en bronze du Bénin tandis que Mikhail Baryshnikov, tout sourire, se pavanait au milieu d'un groupe de femmes visiblement plus sensibles au charme slave qu'à l'art africain. Un peu plus loin, un présentateur de télévision et sa femme bavardaient avec une actrice française de quarante ans qui faisait sa première sortie dans le monde depuis son lifting. Seule dans un coin de la salle, la ravissante épouse d'un producteur homosexuel de Broadway regardait fixement devant elle. Fleur eut soudain pitié d'elle. Selon Kissy, toujours au courant des derniers potins, la belle créature en question ne parvenait pas à décrocher de la cocaïne.

Fleur remarqua que la plupart des jeunes femmes de l'assemblée portaient le smoking — « une mode de gouines mal dégrossies », avait décrété son couturier —, et ces dames avaient toutes une pochette Tiffany tressée en fils d'or à vingt carats.

Fleur ne suivait pas cette mode. Elle portait une robe. Son couturier y avait veillé. « Il faut être élégante, Fleur. L'élégance doit rester une valeur, en ces temps où les filles s'habillent en garçons. » Il avait créé pour elle une robe fourreau en velours noir, sans manches, au col montant.

Fleur s'aperçut que les gens commençaient à la regarder. Elle sentit à quel instant précis ils cessèrent de se demander qui elle était et la reconnurent. Il y eut un bref silence, puis des chuchotements dans la salle. Un photographe braqua brusquement son appareil sur elle et prit la photo qui allait s'étaler en première page du *Women's Wear Daily** du lendemain.

Adelaïde Abrams, la chroniqueuse mondaine la plus lue de New York, plissa les yeux en fixant la silhouette de la jeune fille qui provoquait tant d'émoi dans l'assemblée. Non ! Pas possible ! Mon Dieu, qu'elle meure à l'instant si ce n'était pas Fleur ! Adelaïde se dirigea vers elle à pas rapides tout en maudissant intérieurement son opticien. Pourquoi lui avait-il vendu des verres de contact qui lui piquaient les yeux ? Ah, si seulement elle n'avait pas hérité de la myopie de sa mère ! Comme s'il ne suffisait pas qu'elle soit affublée d'un mari goy et qu'elle ait les seins plats ! Et tous ces imbéciles qui lui barraient le passage...

Elle bouscula un promoteur immobilier multimillionnaire et ne s'excusa pas. Elle jetait des regards furieux autour d'elle, cherchant son photographe. Il disparaissait toujours au moment où on avait le plus besoin de lui. L'imbécile ! Mais qu'espérer d'autre de la part d'un protestant ? Et cette idiote de *Harper's Bazaar* qui fonçait déjà vers l'entrée ! Adelaïde Abrams passa comme une furie devant deux jeunes acteurs ahuris pour atterrir dans un dernier élan à la droite de Fleur Savagar.

Fleur avait suivi la course entre les deux journalistes et

* Quotidien de la mode aux États-Unis. (N. du T.)

ne savait pas si elle devait se réjouir de la victoire d'Adelaïde. En effet, il n'allait pas être facile de contenter cette vieille guenon rouée avec des réponses évasives et des demi-vérités.

— Fleur, mon Dieu ! C'est vraiment vous ! Je n'en crois pas mes yeux ! s'exclama Adelaïde. Comme vous êtes belle ! ajouta-t-elle.

— Salut, Adelaïde, dit Fleur d'une voix chantante, à l'accent légèrement traînant.

Personne n'aurait pu deviner, en l'écoutant, que l'anglais n'était pas sa langue maternelle. Elle se pencha pour embrasser Adelaïde, qui lui arrivait au menton.

La journaliste l'entraîna d'autorité vers le fond de la salle, l'éloignant ainsi délibérément de tous les autres représentants de la presse. Alors seulement elle la regarda avec un air de reproche.

— L'année 1976 n'a pas été très bonne pour moi, Fleur. Ah, la ménopause, soupira-t-elle. Si vous saviez... Mais tout aurait été différent si vous m'aviez raconté votre histoire, si vous m'aviez expliqué pourquoi le mannequin le plus célèbre du monde décide brusquement de tout plaquer et de disparaître. Oui, ça aurait fait une sacrée différence si vous m'aviez dit ce qui se passait.

Fleur sourit et prit une coupe de champagne sur le plateau d'un serveur qui circulait dans l'assemblée. Le champagne était sec et piquant, aussi le garda-t-elle un instant en bouche avant de l'avaler.

— Vous n'avez pas changé d'un iota, Adelaïde, remarqua-t-elle. Et ce n'est sûrement pas en me faisant votre numéro de mama juive que vous allez m'inciter à vous faire mes confidences.

— Où est le mal ? demanda la journaliste en haussant les épaules. Ça vaut toujours la peine d'essayer. Vous seriez étonnée d'apprendre combien de gens, et des plus futés, se font avoir comme ça.

A son tour, elle prit une coupe sur un plateau.

— Elle est bien finie, l'époque où je me faisais avoir, commenta Fleur.

Adelaïde la regarda avec intérêt.

— Vous êtes une fille intelligente, Fleur. Je me souviens du premier article que j'ai écrit sur vous. Vous aviez dix-sept ans et vous veniez de faire la couverture de *Vogue* pour la première fois. Je n'oublierai jamais cette photo. Elle avait quelque chose d'éternel. Ah, ce visage... et ces longues mains aux doigts si fins, sans bagues, sans vernis... et ces cheveux couleur de miel... Le jour où j'ai fait votre connaissance, ils vous photographiaient dans des manteaux de fourrure. Je m'en souviendrai toujours. Vous n'aviez que dix-sept ans et vous portiez un manteau de chinchilla, le genre de manteau que je ne pourrai jamais m'offrir. Et cette rivière de diamants qui devait valoir dans les vingt-cinq mille dollars ! Pendant la pause, vous êtes allée vous asseoir à l'écart pour réviser votre géométrie. Je vous revois encore, avec votre cahier sur les genoux, en train de mâcher un énorme chewing-gum. D'ailleurs, Belinda vous l'a très vite enlevé de la bouche. Jamais je n'oublierai ça.

Fleur n'avait aucune envie de parler de Belinda, mais elle savait pertinemment qu'elle devrait s'y résoudre tôt ou tard. Mieux valait le plus tard possible.

— Je suis restée en Europe pratiquement tout le temps, Adelaïde. J'avais besoin de réfléchir.

— Je comprends parfaitement que vous ayez eu besoin de faire le point. Vous n'avez pas eu une enfance comme les autres. Et puis, c'était votre premier film. Mais tout de même, Fleur, six ans, c'est long. Je me demande à quoi vous avez bien pu réfléchir pendant six ans.

— J'avais besoin de clarifier certaines choses en moi-même.

Fleur avait parlé sur un ton désinvolte, mais avec une expression butée qu'Adelaïde interpréta sans peine : inutile d'insister, elle n'obtiendrait rien de plus pour le moment. Aussi changea-t-elle très vite de sujet de conversation.

— Dites-moi, mystérieuse dame, quel est votre secret ? J'aurais juré que jamais vous ne deviendriez plus belle que vous ne l'étiez à dix-neuf ans. Or je me suis trompée. Vous êtes encore plus belle qu'avant. Si seulement nous pouvions toutes avoir votre chance...

Fleur sourit, acceptant le compliment avec grâce. Cependant, cela ne lui procurait aucun plaisir particulier de s'entendre dire qu'elle était belle. Dénuée de toute vanité, elle n'avait jamais compris pourquoi on l'avait ainsi portée aux nues. Elle trouvait son visage trop anguleux. Cette ossature à propos de laquelle les photographes et les journalistes de mode avaient tant déliré lui semblait plus masculine qu'autre chose. Quant à la grande taille, aux grandes mains et aux grands pieds dont la nature l'avait dotée, elle préférait n'y point penser.

La question que lui posa la journaliste sembla surgir de nulle part.

— Avez-vous vu Belinda ?

— Je regrette, Adelaïde, mais je ne vous dirai rien sur Belinda. Ce qui s'est passé entre elle et moi est tout à fait personnel. Je ne vous parlerai pas non plus de mon film, *Eclipse de soleil.* J'ai tiré un trait sur le passé.

La journaliste poussa un soupir de martyre.

— Vous qui étiez si douce, si gentille, Fleur. J'ignore ce qui vous est arrivé. Si vous le prenez ainsi, parfait, nous parlerons d'autre chose. Vous pourriez me dire ce que vous avez l'intention de faire désormais, ou me donner l'adresse de votre couturier. Il y a des années que plus personne n'a porté une robe comme la vôtre. Aujourd'hui, on n'a plus le sens de l'élégance.

Adelaïde fit un léger signe de tête en direction des femmes derrière elle et eut une moue de dégoût.

— Des femmes en smoking ! se moqua-t-elle. Quand je pense que j'aurai vécu assez longtemps pour voir ça ! Et ne vous avisez surtout pas de les critiquer, parce qu'elles vous diraient que vous n'êtes plus dans le coup et que vous ne comprenez rien à ce qui se passe aujourd'hui.

Fleur sourit.

— Allons, Adelaïde ! Le jour où vous ne serez plus dans le coup, les poules auront des dents ! lança-t-elle. Et merci pour vos compliments à propos de ma robe. Elle est vraiment belle, n'est-ce pas ? L'homme qui l'a créée nous rejoindra plus tard dans la soirée, si vous désirez le rencontrer. Et maintenant, vous voudrez bien m'excuser, mais je dois m'entretenir avec quelques invités. Et je crois que je ferais mieux de commencer par la journaliste de *Harper's,* parce qu'il y a un bon moment qu'elle vous assassine du regard !

Fleur s'éloignait déjà quand Adelaïde lui saisit le bras. Son inquiétude n'était pas feinte, cette fois.

— Attendez, Fleur. Une minute. Il y a quelque chose qu'il faut que vous sachiez. Je viens de voir arriver Belinda.

Fleur éprouva une curieuse sensation de vertige. Elle n'avait pas envisagé l'éventualité d'une telle rencontre. Quelle inconscience ! Mais que faire à présent ? Elle n'était pas prête. Tout allait trop vite. Elle se retourna lentement, sentant déjà tous les regards braqués sur elle.

Belinda était en train de desserrer le foulard qui dépassait du col de son manteau de zibeline quand elle aperçut Fleur. Elle frissonna, les doigts crispés sur le nœud du foulard, ses inoubliables yeux pervenche écarquillés.

Belinda. A quarante-cinq ans, elle était encore très belle, même si l'on sentait qu'il lui fallait désormais s'apprêter avec soin. Ses cheveux, d'un blond très clair, étaient toujours coupés de la même façon — mi-longs, comme Grace Kelly dans *Le crime était presque parfait.* Bien qu'elle fût enveloppée dans son manteau, Fleur remarqua qu'elle était toujours aussi mince. Elle n'avait pas l'ombre d'un double menton, et ses bottes de cuir souple épousaient les contours de deux jambes parfaitement galbées.

Belinda se redressa soudain et, sans prêter la moindre attention aux gens qui l'entouraient, se dirigea droit sur Fleur. Elle ôta ses gants, les glissa dans ses poches, puis elle lui tendit la main.

— Fleur, dit-elle.

Il y eut un court silence, comme il en tombe parfois sur une vaste assemblée.

— Bonsoir, Belinda, répondit Fleur, tout en gardant ses bras le long du corps.

Mais Belinda était têtue, aussi avança-t-elle la main un peu plus loin en direction de Fleur.

— Les gens nous regardent, chérie, dit-elle doucement. Sauvons au moins les apparences.

— Je ne joue plus à ce jeu-là, mère, dit Fleur.

Puis elle tourna les talons et s'éloigna.

Belinda resta plantée là, la main gauchement tendue. Mais elle n'avait nullement conscience de son propre ridicule. Une seule chose la préoccupait à cet instant : sa fille.

Bébé Star.

Un nom qu'elle avait inventé. Comme il allait bien à sa jolie Fleur, cette sublime créature qui était son œuvre. La créature qu'Alexis avait voulu détruire. Mais Fleur n'avait jamais été la fille d'Alexis. Fleur était la fille de Flynn, sa fille à elle et, d'une certaine manière, aussi la fille de Jimmy.

Elle glissa la main droite à l'intérieur de son manteau et toucha le porte-bonheur qu'elle avait recommencé à porter, accroché à une chaîne, sous ses vêtements. Flynn le lui avait offert à la grande époque du Jardin d'Allah. Mais ce n'était pas là que tout avait commencé.

Le début de tout ça... elle s'en souvenait si bien... c'était un jeudi de septembre, un jour torride, même pour la Californie, le jour où elle avait rencontré James Dean...

LE BÉBÉ DU BARON

Me voilà, incapable de me comprendre. Ne sachant toujours pas qui je suis. Toujours à la recherche de mon âme.

Errol Flynn, *Mes quatre cents coups.*

2

1955. Jonas Salk était l'homme le plus populaire des États-Unis. Grâce à lui, les enfants pouvaient de nouveau nager dans les piscines et aller en colonies de vacances sans que leurs parents tremblent à l'idée de les voir attraper la polio. Dieu bénisse Jonas Salk pour avoir délivré l'Amérique de la peur.

Ike et Mamie Eisenhower étaient à la Maison Blanche, Anthony Eden au 10, Downing Street (beaucoup de gens regrettaient le départ de Churchill), et Juan Perón se cachait au Paraguay.

Walt Disney lançait les « oreilles Mickey » et les casquettes de trappeur à la Davy Crockett, pendant que Madison Avenue* vantait les mérites des déodorants en stick et des cigarettes à bout filtre. L'Amérique se brossait les dents avec Colgate, achetait des appareils photo Polaroïd et utilisait les protections féminines Modess.

Ce n'était pas une bonne époque pour le mariage. La princesse Margaret avait renoncé à tout abandonner pour l'homme qu'elle aimait, épargnant par là même au capitaine Townsend une existence morose. Quant à Marilyn et au joueur de base-ball Joe di Maggio, ils avaient divorcé après neuf mois de mariage.

---

* Quartier général des grandes agences de publicité new-yorkaises dans les années cinquante.

C'était justement à Marilyn que pensait Belinda Britton en prenant un exemplaire de la revue *Modern Screen* au drugstore Schwab de Sunset Boulevard. Elle était impatiente de voir *Sept ans de réflexion,* son nouveau film. Tout en feuilletant le magazine, elle se surprit à espérer que Marilyn ne s'envoyait pas Tom Ewell dans l'histoire. Il n'était pas très séduisant, et Belinda aurait préféré la voir à l'écran avec Robert Mitchum, comme dans *La Rivière sans retour,* ou bien avec Rock Hudson, ou Burt Lancaster.

Un an plus tôt, Belinda était tombée amoureuse de Burt Lancaster. Quand elle avait vu *Tant qu'il y aura des hommes,* elle avait eu la sensation que c'était elle, et non Deborah Kerr, qu'il tenait pressée contre lui alors que les vagues déferlaient sur eux, et que c'était elle qu'il embrassait. Elle s'était demandé si Deborah Kerr avait ouvert la bouche pendant ce long baiser. Probablement pas. Ce n'était pas son genre.

Mais si elle, Belinda, avait joué ce rôle-là, elle aurait ouvert la bouche, vous pouvez en être sûr !

Pendant des semaines, après avoir vu le film, son fantasme s'était développé. Pour une raison quelconque — le cameraman aurait été distrait ou le metteur en scène serait devenu fou — la scène du baiser aurait eu une suite plus poussée. Burt aurait baissé le haut du maillot une-pièce de sa partenaire pour libérer ses seins. Puis il les aurait caressés, en l'appelant Karen parce que c'était son nom dans le film. Mais ils savaient l'un et l'autre que ce n'était pas à Karen qu'il faisait l'amour, mais à Belinda. Puis Burt Lancaster approchait ses lèvres des pointes de ses seins...

— Excusez-moi, mademoiselle, pourriez-vous me passer un exemplaire du *Reader's Digest*? demanda quelqu'un derrière elle.

Fondu-enchaîné sur les vagues qui déferlent, comme dans le film...

Belinda donna un exemplaire du *Reader's Digest* à l'homme qui le lui avait demandé, puis elle troqua *Modern Screen* contre le dernier *Photoplay* avec Kim Novak en couverture. En se dirigeant vers la caisse, elle réalisa qu'il y avait bien longtemps qu'elle n'avait plus fantasmé sur Burt Lancaster, Tony Curtis ou qui que ce soit. Six mois très exactement. Six mois s'étaient écoulés depuis le jour où elle avait vu ce visage magique, qui avait balayé tous les autres de son esprit.

Elle était partie pour Hollywood, deux semaines après l'avoir vu pour la première fois, sans même penser à terminer sa dernière année d'études supérieures, et ce bien qu'elle fût la troisième de sa classe. Obtenir un diplôme de fin d'études semblait en effet dérisoire pour une jeune fille qui souhaitait plus que tout au monde devenir une star. « Il » lui avait donné le courage de suivre son désir.

Pendant qu'elle faisait la queue à la caisse, elle pensa à ses parents, se demandant si elle leur manquait vraiment. Quelle question stupide ! Ils devaient sans doute jouer les parents éplorés en présence de leurs amis, mais en réalité ils étaient bien contents d'être débarrassés d'elle, elle l'aurait juré. Néanmoins, elle n'avait pas à se plaindre. Ils lui envoyaient cent dollars par mois afin qu'elle n'ait pas besoin de travailler pour survivre.

Ses parents étaient tous deux quadragénaires lorsqu'elle était née. Le docteur Britton avait une très bonne clientèle à Indianapolis, et Mrs. Britton se montrait fort active au sein de diverses œuvres de charité. Edna Cornelia — ils avaient appelé leur fille ainsi — avait toujours représenté une gêne pour eux. Pourtant, ce n'étaient pas des gens méchants. Petite, ils lui avaient offert beaucoup de jouets. Adolescente, ils la laissaient aller au cinéma aussi souvent qu'elle le souhaitait. Mais ils lui parlaient peu et ne s'intéressaient pas à elle.

En conséquence, elle avait grandi avec le sentiment assez angoissant d'être invisible. Les autres avaient beau lui faire compliment de sa beauté, ses professeurs la féliciter pour ses résultats brillants, elle n'en continuait pas moins à se sentir transparente.

Belinda avait neuf ans lorsqu'elle fit une extraordinaire découverte. Elle s'aperçut que toutes ses inquiétudes s'envolaient quand elle était assise dans le noir, au dernier rang du cinéma Le Palace. Il lui suffisait de s'identifier à l'une de ces actrices magiques qui rayonnaient sur l'écran, fabuleuses beautés au visage et au corps dix fois, cent fois plus grands que dans la vie. Elles ne ressemblaient en rien aux autres femmes. C'étaient des déesses éblouissantes, avec cette grâce particulière qui n'était accordée qu'aux élus.

Ce fut à cette époque que Belinda fit le vœu de devenir un jour une star, adorée, adulée par le public. Elle aussi aurait sa place sur l'écran, elle aussi serait magnifiée, comme elles l'étaient, jusqu'à ce qu'elle ne se sente plus jamais transparente. Et rien ni personne ne pourrait l'en empêcher.

— Ça fait vingt *cents,* ma belle.

Le caissier était un beau jeune homme blond, aux dents d'un blanc éclatant, probablement un acteur sans emploi. Il sourit à Belinda, semblant la trouver à son goût. Elle portait une robe moulante en coton bleu marine, finement gansée de blanc — la même qu'Audrey Hepburn dans l'un de ses films —, serrée à la taille par une ceinture rouge vif. Néanmoins, Belinda avait tendance à s'identifier plus volontiers à Grace Kelly, parce qu'on lui disait très souvent qu'elle lui ressemblait. Elle s'était même fait couper les cheveux comme elle pour accentuer cette ressemblance.

Belinda ne s'habillait pas toujours d'une manière aussi classique pour aller au drugstore. Parfois, elle portait un pantalon noir collant avec un bustier rose, des talons hauts et un peigne rose dans les cheveux. Les metteurs en scène étaient sans cesse à l'affût de nouveaux styles, il lui fallait s'inventer des tenues qui ne pouvaient décemment passer inaperçues.

Belinda savait très bien se maquiller. Ce jour-là, elle avait choisi un rouge à lèvres vermillon, petite note de couleur qui rappelait la ceinture du même ton. En touches légères, elle avait appliqué du fard à joue de chez Revlon sous la ligne de ses pommettes pour les faire ressortir. C'était un truc qu'elle avait appris dans le *Movie Mirror,* en lisant un article de Bud Westmore, le maquilleur des stars de cinéma. Elle ne sortait jamais sans une fine couche de mascara brun foncé sur ses cils très pâles, afin de rendre encore plus lumineux ses grands yeux pervenche.

Le jeune homme au sourire Colgate se pencha par-dessus le comptoir et lui dit :

— Je finis de travailler dans une heure. Ça vous dirait de m'attendre ? Ils passent *Pour que vivent les hommes* au cinéma en bas de la rue.

— Non, merci, je regrette, répondit-elle.

Puis elle prit sa monnaie et gratifia le jeune homme d'un sourire mélancolique afin de panser son orgueil de mâle blessé et de lui laisser croire qu'elle ne l'oublierait jamais. Elle savait depuis longtemps l'effet qu'elle produisait sur les hommes, mais c'était quelque chose qu'elle n'avait jamais vraiment réussi à comprendre. Aussi avait-elle fini par croire que cet irrésistible attrait était dû à sa beauté peu commune. En réalité, la fascination qu'elle exerçait sur eux avait son origine ailleurs.

A son insu, elle valorisait les hommes qu'elle approchait : en face d'elle, ils se sentaient plus forts, plus intelligents, plus virils. Même ceux qu'elle laissait tomber n'en demeuraient pas moins persuadés qu'en secret elle les adorait. C'était un talent que bien des femmes auraient su mettre à profit, tandis que Belinda n'en tirait jamais parti. Elle n'était pas plus sotte qu'une autre, mais elle avait une trop piètre opinion d'elle-même pour pouvoir faire un bon usage d'un tel atout.

Elle allait sortir du drugstore quand elle remarqua, à une table au fond, un jeune homme assis, penché sur un livre. Son cœur se mit à battre la chamade, bien qu'elle se dise qu'une fois de plus elle allait être déçue.

Il n'était pas rare qu'elle voie des hommes qui « lui » ressemblaient. Elle pensait à lui si souvent que cela arrivait sans arrêt. Un jour, elle avait suivi un homme pendant près d'un quart d'heure avant de s'apercevoir qu'il avait un horrible nez, indigne du visage de ses rêves.

Elle se dirigea lentement vers la table du fond, tout emplie d'excitation et d'appréhension mêlées. D'une main aux ongles rongés jusqu'au sang, le jeune homme prit une cigarette dans un paquet de Chesterfield ouvert devant lui. Belinda retint sa respiration, attendant qu'il lève les yeux de son livre. Elle avait le cœur qui battait si fort qu'il lui semblait qu'il allait l'entendre.

La cigarette pendant au coin de la bouche, il tourna une page de son bouquin. De l'index, il ouvrit une pochette d'allumettes. Belinda était presque arrivée à sa hauteur lorsqu'il retourna le livre ouvert sur la table et gratta une allumette. Il redressa la tête en aspirant la fumée, et Belinda plongea les yeux dans le doux regard de James Dean.

A cet instant, elle se revit, au cinéma Le Palace, à Indianapolis. On passait *A l'est d'Eden.* Elle était assise au dernier rang quand ce visage, qui était à présent devant elle, avait envahi l'écran. Avec son grand front intelligent et son regard si bleu, il était brusquement entré dans sa vie, avec plus de force qu'aucun autre visage qu'elle avait vu sur cet écran. Ce fut comme si un feu d'artifice venait d'éclater dans sa tête, comme si elle manquait d'air, tout à coup.

Scandaleux Jimmy Dean, avec son regard ardent et son sourire un peu contraint. Scandaleux Jimmy Dean, qui crachait à la face du monde et qui riait en leur disant à tous d'aller se faire voir. Dès l'instant où elle l'avait vu sur l'écran du Palace, il avait été tout pour elle. Le phare brillant au loin, l'appel venu du large, l'inspiration, le rebelle. De la façon qu'il avait d'incliner légèrement la tête en courbant les épaules, il vous disait qu'un homme est son propre maître. Elle avait capté le message. En sortant du cinéma, elle était transformée. Quinze jours plus tard, elle perdait sa virginité sur la banquette arrière d'une Oldsmobile, avec un garçon dont l'expression boudeuse lui avait rappelé James Dean. Tout de suite après, elle était partie pour Hollywood, décidant en chemin de changer de prénom. Désormais elle s'appellerait Belinda, plus jamais Edna Cornelia.

Et voilà qu'elle était debout devant lui, sans savoir très bien comment elle était arrivée jusque-là. Son cœur battait à tout rompre, et elle regrettait amèrement de porter cette robe si collet monté. Si seulement elle avait son pantalon noir et son petit bustier sexy !

— Je... j'ai adoré votre film, Jimmy, dit-elle tout doucement, la voix tremblante comme une corde de violon trop tendue. *A l'est d'Eden,* poursuivit-elle. Je l'ai vraiment beaucoup aimé

Et je t'aime, bien plus que tu ne peux te l'imaginer.

Les yeux aux paupières lourdes clignèrent un peu à cause de la fumée.

— Ah ouais ?

Il lui avait parlé, à elle ! Elle avait peine à le croire.

— Je suis votre plus grande admiratrice, balbutia-t-elle. Je ne compte plus les fois où j'ai vu *A l'est d'Eden. (Oh, Jimmy, tu es tout pour moi ! Tu es tout ce que j'ai au monde.)* C'était merveilleux. Vous êtes merveilleux dans ce film.

Elle le regardait avec vénération, ses yeux pervenche lui envoyant des messages éternels d'amour et d'adoration.

Dean haussa les épaules, qu'il avait étroites et fines, et se pencha de nouveau sur son livre.

— Je suis impatiente de voir *La Fureur de vivre,* bredouilla-t-elle. Ça sort le mois prochain, n'est-ce pas ?

Oh, lève-toi et emmène-moi avec toi, Jimmy. Je t'en prie, emmène-moi chez toi et fais-moi l'amour.

— Ouais, répondit-il.

Son cœur battait si vite qu'elle se sentait tout étourdie.

— J'ai entendu dire que *Géant* allait être un grand film.

Je voudrais tellement que tu m'aimes. Je donnerais tout pour toi.

L'acteur marmonna quelques mots indistincts, puis il pencha la tête vers son bouquin. Le succès l'avait immunisé contre les jolies blondes aux yeux pervenche fascinées par les stars.

Lentement, elle recula. Elle n'eut même pas conscience

du fait qu'il l'avait traitée rudement. Pour elle, il était un dieu, un géant. On ne pouvait pas le juger selon les mêmes critères que les autres hommes.

— Merci, dit-elle tout bas.

Puis, dans un murmure, elle ajouta :

— Je t'aime, Jimmy.

Dean n'avait rien entendu. Ou s'il avait entendu, cela lui importait peu. Tant d'inconnues lui avaient déjà dit « je t'aime ».

Belinda passa le reste de la semaine à revivre sa rencontre magique avec James Dean — ce qu'elle avait dit, ce qu'elle aurait dû dire, ce qu'elle dirait la prochaine fois. Parce qu'il y aurait une prochaine fois, elle le savait. En effet, le tournage de *Géant* était terminé, et elle allait forcément le revoir chez Schwab un jour ou l'autre. Belinda avait décidé d'y aller tous les jours jusqu'à ce qu'elle le revoie. Quand cela arriverait, elle irait vers sa table d'un pas décidé. Cette fois, elle ne bafouillerait pas comme une idiote, elle trouverait quelque chose d'intelligent à lui dire. Et puis elle porterait sa tenue la plus sexy. Elle avait toujours plu aux hommes, et il n'y avait aucune raison pour que son charme n'opère pas aussi sur Jimmy.

Le vendredi suivant, elle décida pourtant de remettre la même robe bleu marine pour sortir avec Billy Greenway, et ce fut ainsi vêtue qu'elle lui ouvrit la porte du petit appartement minable qu'elle partageait avec deux copines. Ce n'était pas parce que cette robe l'avantageait, mais parce qu'elle était fermée par une longue rangée de boutons minuscules dans le dos, et Belinda avait bien l'intention de rendre les choses aussi difficiles que possible au jeune homme avec qui elle avait rendez-vous.

Il y avait une petite chance pour qu'elle tourne bientôt un film. Un mois plus tôt, elle avait passé une audition devant l'assistant du directeur du casting de la Paramount, avec plusieurs douzaines d'autres filles. Il avait demandé à quelques-unes de ces jeunes beautés — dont elle — de lire une courte scène où une demoiselle faisait ses adieux à son petit ami qui devait partir pour l'université. Depuis le jour de l'audition, Belinda oscillait de l'espoir le plus grand au désespoir le plus profond. Certes, elle était l'une des plus mignonnes parmi toutes ces filles. Mais elle était incapable de dire si l'homme devant lequel elle avait joué ce jour-là l'avait trouvée bien ou pas. C'était en sortant de l'audition qu'elle avait rencontré Billy Greenway.

Billy était chef coursier au département casting de la Paramount, aussi avait-elle accepté de sortir avec lui, en dépit du fait qu'il n'était pas très séduisant. On ne pouvait pas dire non plus qu'il était laid. Ses cheveux châtain clair étaient toujours impeccablement coiffés. Il avait quelques cicatrices d'acné sur les joues, ce qui n'était pas gênant ; au contraire, cela donnait plutôt un certain caractère à son visage. Mais hélas, le pauvre ne soutenait pas la comparaison avec Jimmy. Elle était sortie trois fois avec Billy, et la dernière fois elle l'avait laissé lui caresser les seins. En échange de cette privauté, il avait promis de lui procurer un exemplaire du compte rendu de l'audition. La veille, il lui avait téléphoné pour lui dire qu'il avait le papier en question.

— Salut, ma belle, dit-il.

Il entra dans l'appartement, l'attira contra contre lui et l'embrassa un peu trop longuement à son goût. Comme elle se dégageait de son étreinte, elle entendit le froissement d'un papier dans la poche de sa chemisette.

— Est-ce que c'est le compte rendu, Billy ?

Le jeune homme l'attira de nouveau contre lui et l'embrassa dans le cou. Elle sentit son souffle lourd dans son oreille, et cela lui rappela tous ces garçons de l'Indiana qu'elle avait connus autrefois.

— Je t'avais dit que je te l'apporterais, non ? finit-il par répondre. Tes copines sont là ce soir ? demanda-t-il.

— Oui, elles sont dans la cuisine. Montre-moi le compte rendu, Billy.

— Plus tard, ma belle, dit-il.

Ses mains glissèrent dans le dos de Belinda, puis il lui saisit les hanches. Cette fois, elle s'arracha carrément à ses bras et le gratifia de son regard le plus froid.

— Pas si vite, Billy, dit-elle d'un ton sec. Tu as une dame en face de toi, ne l'oublie pas.

Elle eut la satisfaction de le voir soudain mal à l'aise. Il venait d'un milieu modeste, et l'une des choses qu'il aimait le plus chez elle était ce qu'il appelait sa « classe ». Néanmoins, elle savait que, d'une manière ou d'une autre, il lui faudrait payer de sa personne pour voir ce papier. Elle alla prendre son sac sur la petite table basse du salon.

— Où va-t-on ce soir ? demanda-t-elle. Tu ne me l'as pas dit.

— Je voulais que ce soit une surprise. Que dirais-tu d'une fête au Jardin d'Allah ?

— Le Jardin d'Allah ? répéta Belinda, soudain intéressée.

Pendant les années quarante, le Jardin avait été l'un des hôtels les plus fameux de Hollywood. Aujourd'hui encore, il était fréquenté par de nombreuses célébrités.

— Comment as-tu pu avoir une invitation pour une fête au Jardin d'Allah ? demanda Belinda, curieuse.

— Je me suis débrouillé. Et puis j'ai emprunté la bagnole de mon pote. C'est une grosse voiture géniale avec des sièges très doux. Tu me suis ?

— Ça dépend, répondit-elle.

— Ça dépend de quoi ?

— De ce que tu as pour moi dans ta poche, Billy.

Il eut un sourire sournois.

— T'inquiète pas, tu l'auras. Mais d'abord, on va aller faire un petit tour.

Billy conduisait d'une main, l'autre bras passé autour des épaules de Belinda, guidant la voiture dans les petites rues proches de Laurel Canyon. Il trouva bientôt un endroit désert, gara la voiture et coupa le moteur. Il laissa la clé de contact au tableau de bord afin qu'ils puissent écouter la radio. Perez Prado chantait *Cerisiers roses et pommiers blancs.*

— Tu sais, Belinda, je suis vraiment fou de toi, dit-il, en enfouissant son visage dans son cou.

Elle ferma les yeux et s'imagina qu'elle était dans les

bras de James Dean. Tout en l'embrassant, Billy remonta le long de son cou, arriva à ses lèvres et lui introduisit sa langue dans la bouche avant qu'elle ait le temps de reprendre son souffle. Un petit gémissement lui échappa au contact de cette langue dure, envahissante. Elle pensait à James Dean. *Oh, Jimmy, ta langue est si douce. Fais-moi du bien avec ta langue, Jimmy. Vas-y.*

Billy avait les mains sur sa poitrine, lui pétrissant les seins et lui brûlant la peau à travers sa robe et son soutien-gorge de coton blanc. Puis il commença à s'énerver sur les minuscules boutons.

— Merde, Belinda...

— Chuuut, ne dis rien. S'il te plaît, tais-toi.

Il s'employait à défaire les boutons, la langue toujours plantée dans la bouche de la jeune fille. Elle sentit un courant d'air froid sur ses épaules et sur son dos tandis qu'il la dénudait jusqu'à la taille. Il lui enleva son soutien-gorge, puis il recula sur son siège.

Elle savait qu'il était en train de la regarder, et elle n'en tint ses yeux que mieux fermés.*Est-ce qu'ils te plaisent, mes seins, Jimmy ? J'aime que tu les regardes. J'aime que tu les touches.*

Son souffle était chaud sur sa peau, sa bouche brûlante et humide sur ses seins. Elle sentit une main sur son genou, qui remontait le long de son bas, passait la jarretelle et touchait la peau nue de sa cuisse ; elle écarta docilement les jambes. Un doigt la caressa à travers le nylon, lui mettant le corps en feu, puis se glissa tout doucement sous l'élastique de sa petite culotte. *Oui, touche-moi, Jimmy. Touche-moi là, mon beau Jimmy. Oh, oui, oui.* Il lui attrapa la main, l'attira et la frotta contre son sexe en érection. Elle ouvrit brusquement les yeux.

— Non ! s'écria-t-elle.

Billy grogna.

— Allez, Belinda. Juste un peu.

— Non !

Elle s'écarta de lui et commença à remettre de l'ordre dans sa tenue.

— Tu ne pensais pas sérieusement que j'accepterais d'aller aussi loin, non ? Je ne suis pas une coureuse, comme toutes les filles avec lesquelles tu sors.

Les mains dans le dos, elle entreprit de reboutonner sa robe.

— Je le sais, chérie, dit-il d'un ton sec. Tu as beaucoup de classe. Mais t'as pas le droit de m'exciter comme ça, pour rien.

— Tu t'es excité tout seul, Billy. Et si cela te déplaît, tu n'es pas obligé de continuer à sortir avec moi.

Comme elle l'avait prévu, il n'appréciait pas de se faire ainsi remballer. Il mit le contact, démarra, puis il accéléra dans la rue sombre. Sur les ondes, c'était l'heure du bulletin d'informations. Rageusement, Billy coupa la radio. Belinda ne lui prêta aucune attention. Elle tourna le rétroviseur sur elle, se recoiffa et se remit du rouge à lèvres. Le garçon bouda pendant tout le temps qu'ils furent sur Laurel Canyon, et il continua à bouder en tournant sur Sunset Boulevard. Quand il eut garé la voiture dans le parking du Jardin d'Allah, il daigna enfin regarder sa passagère. Plongeant la main à l'intérieur de sa poche, il en ressortit le papier tant convoité, le déplia, puis le lui tendit.

— A mon avis, tu ne vas pas apprécier, chérie, dit-il.

Belinda ressentit comme un vide au creux de l'estomac. Elle lui arracha la feuille des mains et parcourut du regard la liste de noms, remarquant au passage qu'il y avait des commentaires manuscrits en face de certains d'entre eux. Elle dut la relire attentivement avant d'y trouver le sien, tout en bas de la page. Il lui fallut un certain temps pour comprendre les mots qui la définissaient :

« Belinda Britton, très beaux yeux, très beaux seins, aucun talent. »

3

Autrefois, le Jardin d'Allah était le lieu de détente favori des stars de Hollywood. Propriété du grand acteur russe Alla Nazimova au début du siècle, le Jardin devait devenir, vers la fin des années vingt, un hôtel un peu louche comparé au Bel Air ou au Beverly Hills, mais les stars adoraient cet endroit, ses vingt-cinq bungalows de style espagnol et son ambiance de fête permanente.

Tallulah Bankhead gambadait autour de la piscine en tenue d'Eve. Scott Fitzgerald y fit la connaissance de Sheilah Graham. Les hommes séjournaient au Jardin d'Allah entre deux mariages : Ronald Reagan après son divorce d'avec Jane Wyman, Fernando Lamas quand il eut quitté Arlene Dahl. A la grande époque du Jardin, on pouvait y rencontrer toutes les vedettes : Bogart et sa belle, Tyrone Power, Ava Gardner, Frank Sinatra, Ginger Rogers, les Marx Brothers, Dorothy Parker, Robert Benchley...

Dans la journée, les scénaristes tapaient à la machine, assis sur des chaises de jardin en bois blanc devant leur bungalow. Il y avait toujours de la musique. Rachmaninov et Benny Goodman répétaient dans leurs bungalows respectifs. Woody Herman habitait là aussi, et Stravinski, et Léopold Stokowski. Et tous les soirs ils faisaient la fête.

Mais en ce soir de septembre 1955, le Jardin affichait sa décadence. Les murs blancs et les moulures en stuc étaient salis de longues traînées jaunes, dues à la rouille des appliques de lampes en fer forgé. L'intérieur des bungalows était miteux. La veille, on avait trouvé une souris morte à la surface de la piscine.

Paradoxalement, cela coûtait aussi cher de louer un bungalow au Jardin qu'au Berverly Hills Hotel. Personne n'aurait pu imaginer alors que, quatre ans plus tard, le Jardin n'existerait plus, démoli, rasé complètement.

Mais ce soir-là, au mois de septembre 1955, le Jardin était encore le Jardin, et les stars s'y pressaient.

Billy ouvrit la portière de la voiture et dit à Belinda :

— Allez, viens, ma belle. Viens faire la fête, ça va te remonter le moral. Il y a plusieurs types de la Paramount qui sont là, et probablement quelques huiles des autres studios. Je vais te présenter.

Crispée sur son siège, Belinda le regarda d'un air inquiet.

— Laisse-moi seule un moment, Billy, s'il te plaît. Je te retrouverai à l'intérieur.

— O.K., ma belle.

Le jeune homme referma la portière, puis il se pencha vers la vitre ouverte.

— Tu sais, dit-il, il y a d'autres studios. Et je suis sûr que tu peux leur plaire.

Elle entendit le gravier crisser sous ses pas tandis qu'il s'éloignait. Quand le bruit se fut tout à fait estompé, elle froissa le papier avec rage jusqu'à en faire une petite boule. Billy avait raison. Il y avait d'autres studios. Comment ces imbéciles de la Paramount avaient-ils osé écrire qu'elle n'avait aucun talent ? Ah, ils allaient voir ce qu'ils allaient voir ! Belinda se détendit un peu. Mais presque aussitôt un doute terrible la saisit : et s'ils avaient raison ? Elle n'avait jamais réfléchi au fait qu'il fallait savoir jouer la comédie pour devenir une star de cinéma. A vrai dire, cet aspect de la question ne l'intéressait guère. Un peu naïvement, elle s'était dit qu'on lui donnerait des cours de comédie.

Une voiture vint se garer juste à côté, la musique fusant par les vitres ouvertes. Belinda jeta un coup d'œil à l'intérieur. Le jeune couple commençait déjà à se bécoter sans avoir pris la peine de couper le moteur. Vraisemblablement des lycéens venus flirter dans le parking du Jardin d'Allah.

Puis la musique s'arrêta. Suivit le bulletin d'informations.

Ce fut la première chose que l'on annonça.

Le journaliste répéta calmement la nouvelle, comme s'il s'agissait là d'un événement des plus banals, comme si ce n'était pas la fin du monde. Belinda aurait voulu hurler, mais aucun son ne sortit de sa bouche.

James Dean était mort.

Sans réfléchir, elle se précipita hors de la voiture et courut à travers le parking. Elle se retrouva très vite dans les jardins et continua sa course folle, s'égratignant les jambes en passant dans un massif d'arbustes. Elle fila comme une flèche jusqu'au bord de la piscine et vint s'échouer contre le mur blanc d'un bungalow. Là, elle se mit à pleurer toutes les larmes de son corps.

Jimmy l'avait quittée. Mort, rayé de la planète, envolé. Il s'était tué au volant de sa Porsche gris métallisé, sur la route de Salinas. Comment une chose pareille avait-elle pu arriver ? Pourquoi lui ? Pourquoi Jimmy, un enfant de l'Indiana, comme elle ? Jimmy, pour qui rien n'était impossible, maître de sa destinée... C'était du moins ce qu'il avait cru, ce qu'elle avait cru. Pourquoi l'avait-il abandonnée ? Belinda se sentit tout à coup chanceler sous le poids d'une cruelle fatalité. Avec la disparition de James Dean, tous ses rêves s'écroulaient.

— Ma chère, vous faites un bruit épouvantable. Auriez-vous l'obligeance d'aller pleurer ailleurs ? A moins, bien sûr, que vous ne soyez particulièrement jolie, auquel cas je vous invite à entrer et à boire un verre en ma compagnie.

La voix grave, à la consonance vaguement britannique, venait de derrière le mur.

Belinda redressa la tête.

— Qui êtes-vous ? demanda-t-elle.

— Voilà une question intéressante.

Il y eut un court silence, ponctué par le clapotis de l'eau dans la piscine. Puis l'homme reprit :

— Disons que je suis un être plein de contradictions. Que j'aime l'aventure, la vodka et les femmes. Et pas nécessairement dans cet ordre...

Cette voix... Elle l'avait déjà entendue quelque part. Belinda essuya ses larmes du revers de la main. Sans hésiter, elle se dirigea vers la grille, attirée par la voix et par la perspective de trouver là quelque dérivatif à son chagrin.

Le centre du patio était faiblement éclairé par la lumière qui venait de l'intérieur du bungalow. Belinda s'arrêta au milieu de ce pâle halo de lumière et regarda le visage de l'homme qui était assis dans l'ombre, seul.

— James Dean est mort, dit-elle. Dans un accident de voiture.

— Dean ?

Elle entendit tinter des glaçons quand l'homme porta son verre à ses lèvres.

— Oh oui, Dean, reprit-il. Un type assez indiscipliné. Toujours en train de se faire remarquer. Mais je n'ai rien contre ça. J'étais pareil à son âge. Asseyez-vous, ma chère, et buvez quelque chose.

Elle ne bougea pas.

— Je l'aimais, murmura-t-elle.

Il ricana.

— L'amour n'est qu'une émotion passagère qu'on ne peut satisfaire qu'en baisant. Voilà ce que j'ai découvert au fil des années.

Belinda fut profondément choquée. Jamais personne n'avait employé ce mot en sa présence. Elle dit la première chose qui lui vint à l'esprit.

— Je n'ai même pas eu droit à ça.

L'homme se mit à rire.

— C'est bien là tout le tragique de l'affaire.

Il y eut un léger craquement. Il s'était levé et venait vers elle. Il était grand — plus d'un mètre quatre-vingts, vraisemblablement —, un peu épais, avec de larges épaules. Il portait un pantalon blanc à pinces et une chemise jaune pâle à l'encolure ornée d'un foulard. Belinda remarqua sa montre en or au bracelet de cuir fauve, sa ceinture kaki. Puis elle leva les yeux et rencontra le regard désabusé d'Errol Flynn.

Il avait déjà été marié trois fois et avait vécu de nombreuses aventures. Il avait quarante-six ans et en paraissait vingt de plus. Sa fameuse moustache grisonnait désormais. Son nez était couperosé, et son beau visage à l'ossature fine s'était empâté sous les effets conjugués de la drogue, de l'alcool et d'un cynisme exacerbé. Il avait des rides profondes, marques d'une vie mouvementée. Il allait mourir quatre ans plus tard des suites de maux divers qui auraient tué la plupart des hommes beaucoup plus tôt. Mais la plupart des hommes n'avaient pas la vigueur de Flynn.

Il s'était rendu célèbre à l'écran en combattant les méchants, en remportant d'innombrables victoires, et en sauvant d'innombrables demoiselles. Flynn avait été le Capitaine Blood, Robin des Bois et Don Juan.

Mais avant de jouer des rôles d'aventurier, Flynn avait mené une vie d'aventurier. Il avait été explorateur, marin, chercheur d'or, marchand d'esclaves en Nouvelle-Guinée. Suite à une blessure lors d'une bagarre au couteau avec un conducteur de pousse-pousse en Inde, il avait une cicatrice à l'abdomen. C'était du moins ce qu'il racontait. Mais avec Flynn, allez savoir...

Les femmes avaient beaucoup compté dans sa vie. Il les aimait jeunes, comme s'il avait besoin de visages et de corps frais pour mesurer toute l'étendue de son innocence perdue. Mais cela lui avait attiré des ennuis.

En 1942, il fut arrêté pour viol et jugé. Très vite, il devint évident que les jeunes filles n'avaient pas agi contre leur volonté. Mais en 1942, en Californie, il était illégal d'avoir des relations sexuelles avec des filles de moins de dix-huit ans, qu'elles soient consentantes ou non. Il y avait neuf femmes parmi les jurés. Cependant, Flynn fut acquitté. Mais ce procès lui valut une réputation de coureur invétéré qu'il allait garder jusqu'à sa mort. Et bien que cela lui déplaise qu'on plaisante sans cesse au sujet de ses prouesses sexuelles, il faisait tout ce qu'il fallait pour en entretenir le mythe.

Ce désagréable incident ne diminua en rien sa fascination pour les jeunes filles. Il se montra simplement plus prudent. Et même à présent, à quarante-six ans, bien qu'il fût alcoolique et frivole, elles le trouvaient irrésistible.

— Venez par ici, ma chère, et asseyez-vous près de moi.

Il lui effleura le bras, et Belinda eut l'impression que le temps s'arrêtait. Elle se laissa tomber sur la chaise qu'il venait d'avancer pour elle, persuadée que ses jambes ne l'auraient pas soutenue un instant de plus. Il lui tendit un verre, qu'elle prit en tremblant. Ce n'était pas un rêve mais la réalité ! Et ça lui arrivait à elle, maintenant ! Elle se trouvait au Jardin d'Allah, seule avec Errol Flynn. Elle le dévisagea pour s'assurer qu'elle ne rêvait pas.

Il lui sourit. Il avait un sourire rusé, insolent, avec le sourcil gauche légèrement relevé.

— Quel âge avez-vous, très chère ?

— Dix-huit ans.

— Dix-huit ans ! Je vois.

Son sourcil gauche se releva encore.

— Je suppose que... non, bien sûr, c'est idiot, dit-il.

— Quoi ?

Il tira un peu le coin de sa moustache et eut un petit rire coupable tout à fait désarmant.

— Vous n'auriez pas votre extrait de naissance sur vous, par hasard ? demanda-t-il.

— Mon extrait de naissance ? répéta-t-elle, surprise.

Elle le regarda quelques instants sans comprendre. Puis l'histoire du procès lui revint en mémoire et elle se mit à rire.

— Non, Mr. Flynn, je n'ai pas mon extrait de naissance sur moi. Mais je vous assure que j'ai vraiment dix-huit ans.

Puis elle ajouta, d'un air espiègle :

— Parce que cela ferait une différence si je ne les avais pas ?

La réponse qu'il lui fit alors était du Flynn tout craché :

— Bien sûr que non.

Pendant l'heure qui suivit, ils respectèrent les convenances. Flynn lui raconta une anecdote sur John Barrymore. Elle lui narra sa mésaventure avec la Paramount. Il lui demanda de l'appeler « Baron », un surnom qu'il affectionnait tout particulièrement. Elle accepta, mais n'en continua pas moins à l'appeler Mr. Flynn. Au bout d'une heure, il lui prit la main et la conduisit à l'intérieur du bungalow. Un peu gênée, elle lui demanda où se trouvait la salle de bains.

Après avoir tiré la chasse d'eau et s'être lavé les mains, elle ouvrit l'armoire à pharmacie. Avec émotion, elle regarda le tube de dentifrice de Flynn, son rasoir, ses suppositoires. Quand elle referma la porte de la salle de bains, son visage rayonnait de bonheur, ses yeux brillaient d'excitation. Elle se trouvait dans la maison d'une star. Deux ans plus tôt, elle l'avait vu dans *Le Vagabond des mers* et dans *Le Maître de Don Juan*. Personne ne portait des costumes d'époque aussi bien que lui.

Il l'attendait dans la chambre. Il avait enfilé un peignoir lie-de-vin et fumait une cigarette. Une bouteille de vodka glacée était posée sur la table de nuit, à côté de lui. Elle eut un sourire perplexe, ne sachant pas très bien comment se comporter à présent. Il la regarda d'un air amusé, mais sans ironie aucune.

— Contrairement à ce que vous avez pu lire à mon sujet, je ne suis pas un violeur de jeunes filles, l'informa-t-il.

— Mais je n'ai jamais pensé ça, Mr. Flynn... Baron.

— Bien. Alors êtes-vous absolument sûre de savoir ce que vous faites ici ?

— Oh, oui.

— Bon.

Il tira une dernière bouffée de sa cigarette, avant de l'écraser dans le cendrier. Puis il dit :

— Peut-être aimeriez-vous vous déshabiller devant moi ?

Belinda avala sa salive avec difficulté. Elle ne s'était jamais retrouvée complètement nue en présence d'un homme, jamais déshabillée devant aucun de ses petits amis. Mais Errol Flynn n'était pas n'importe qui, et elle pouvait bien faire une exception pour lui.

Les mains dans le dos, elle s'employa à déboutonner sa robe. Quand enfin elle en eut fini avec la longue rangée de boutons qui couraient depuis son cou jusqu'au creux de son genou, elle la fit glisser à ses pieds et l'ôta. Mais elle n'osait pas regarder Flynn, préférant penser à ses films — *La Patrouille de l'aube, Aventures en Birmanie* et *La Charge de la brigade légère,* avec Olivia De Havilland. Subitement, elle réalisa qu'elle tenait toujours sa robe à la main, et elle jeta des regards inquiets autour d'elle, dans l'espoir de trouver un endroit où la poser. Il y avait un placard à droite, au fond de la pièce. Elle alla ranger sa robe à l'intérieur, sur un cintre. Puis elle enleva ses chaussures à talons.

Elle se demanda ce qu'elle allait enlever ensuite. Lançant un rapide coup d'œil à l'acteur, elle sentit un petit frisson de plaisir la parcourir en s'apercevant qu'il la regardait intensément. Alors, elle l'imagina mince et sans rides, comme à l'écran. Elle se souvint combien il était séduisant dans *A l'abordage* où il jouait le rôle d'un officier de la Marine britannique, avec Maureen O'Hara en femme-pirate. Frôlant l'élastique recouvert de dentelle de son slip, elle défit ses jarretelles, fit glisser ses bas le long de ses jambes et les ôta l'un après l'autre. Elle les déposa soigneusement sur le dossier d'une chaise qui se trouvait près du placard. Ensuite, elle enleva son porte-jarretelles. Il n'y avait pas si longtemps, elle avait vu *La Piste de Santa Fé* à la télévision. Dans ce film aussi, Olivia De Havilland était sa partenaire. Ils allaient bien ensemble, lui si viril, et elle si féminine.

Belinda s'aperçut qu'elle était presque nue. Elle n'avait plus sur elle que son slip, son soutien-gorge et sa gourmette en or. Elle fit sauter le fermoir de la gourmette. Ses mains tremblaient, cette opération lui prit un certain temps. Puis elle posa le bijou près de ses bas.

— Vous êtes nerveuse, très chère ?

— Un peu.

Elle aurait bien aimé qu'il lui vienne en aide et achève de la déshabiller lui-même. Mais apparemment, il n'en avait nullement l'intention. Il était toujours assis sur le lit à la regarder.

Brusquement, elle se souvint qu'il était marié avec l'actrice Patrice Wymore. Belinda la trouvait terriblement jolie et pensait qu'elle avait bien de la chance d'être l'épouse d'un homme comme Errol Flynn. Mais étant donné qu'il se trouvait ici avec elle, il n'allait probablement pas tarder à quitter sa femme, comme le prétendait la rumeur publique. Belinda lisait suffisamment de revues de cinéma pour s'avoir qu'à Hollywood les mariages ne duraient guère.

Elle enleva sa culotte, puis elle défit son soutien-gorge, sans savoir exactement pourquoi elle l'avait fait dans cet ordre-là. Peut-être parce qu'elle pensait que ses seins étaient ce qu'elle avait de mieux et qu'elle avait voulu garder le meilleur pour la fin. Quand elle fut nue, elle remarqua que Flynn avait les yeux braqués sur sa poitrine, et elle constata qu'elle ne s'était pas trompée.

— Viens là, ma belle.

Mal à l'aise, mais excitée, elle avança vers le lit. L'acteur se leva et, debout devant elle, il lui caressa le menton. Le contact de sa main fut comme une décharge électrique, et elle frissonna. Elle pensa qu'il allait l'embrasser, mais il n'en fit rien. Il lui caressa la nuque, les épaules, puis il ouvrit son peignoir. Il était nu en dessous. Belinda refusa de voir que sa peau bronzée était flasque et qu'il avait un peu d'estomac.

— Je crois qu'il va falloir que vous me donniez un petit coup de main, très chère, dit-il. La vodka n'est pas toujours un bon stimulant pour l'amour.

Elle le regarda dans les yeux.

— Bien sûr, dit-elle.

Mais elle ne voyait pas bien ce qu'il attendait d'elle. Flynn, qui avait l'habitude des jeunes filles, comprit son trouble et lui précisa sa pensée. Elle en fut à la fois fascinée et choquée. Ainsi, les hommes célèbres faisaient l'amour comme ça. C'était étrange, mais logique en un sens.

Lentement, elle se mit à genoux.

Il lui fallut un certain temps avant d'obtenir un résultat, et cela la fatigua. Mais finalement, il la releva et l'entraîna sur le lit. Le sommier grinça quand il s'allongea sur elle. Elle attendit qu'il l'embrasse, mais il ne l'embrassa pas. Docilement, elle écarta les jambes. Errol Flynn allait lui faire l'amour, à elle ! Elle sentit comme une violente poussée. Puis elle le sentit en elle. C'était vraiment Errol Flynn ! En quelques secondes, un puissant orgasme secoua le corps de Belinda.

Plus tard dans la soirée, il lui demanda comment elle s'appelait, puis il lui offrit une cigarette qu'elle accepta, bien qu'elle ne fumât pas. C'était excitant de se retrouver assise à côté de lui dans le lit, tout en fumant l'une de ses cigarettes. Elle se garda bien d'avaler la fumée afin de ne pas tousser.

Tout à coup, elle se mit à penser à Jimmy. Ce pauvre Jimmy, qui venait de mourir en pleine jeunesse. Aussi longtemps qu'elle vivrait, elle se souviendrait de lui. Le sort était si cruel, parfois. Comme elle avait de la chance d'être vivante et de se sentir si bien ! Elle se demanda comment Billy avait réagi à sa disparition soudaine. Au fond, peu lui importait. Après tout, s'il avait passé la soirée à la chercher, tant pis pour lui.

Flynn lui parla de son yacht, le *Zaca,* et de ses récents voyages. Belinda ne put résister à l'envie de le faire parler de sa femme.

— Patrice..., dit-elle d'une voix hésitante. Elle est très belle.

Flynn approuva d'un hochement de tête.

— C'est une femme merveilleuse. Je me suis mal conduit avec elle. Je me conduis toujours mal avec les femmes. Je ne le fais pas exprès, mais je ne peux pas m'en empêcher. Je crois que je ne suis fait ni pour le mariage ni pour la fidélité.

— Vous allez divorcer ?

— Qui sait ? Probablement, oui. Quoique je n'en aie pas les moyens. Le fisc me réclame un million de dollars, et j'ai un retard considérable dans mes pensions alimentaires.

Belinda eut un regard compatissant.

— Ce n'est pas juste qu'un homme comme vous ait à se soucier de telles choses. Vous avez fait tant de bien à tant de gens avec vos films.

Flynn lui tapota le genou.

— Vous êtes une chic fille, Belinda. Et jolie, de surcroît. Il y a quelque chose dans vos yeux qui me fait oublier que je suis vieux.

Elle prit la liberté de poser sa joue contre l'épaule de Flynn.

— Ce n'est pas vrai. Vous n'êtes pas vieux.

Il sourit et l'embrassa sur les cheveux.

— Quelle gentille petite fille ! dit-il.

Trois jours plus tard, Belinda s'installait dans le bungalow d'Errol Flynn, au Jardin d'Allah. Il disait que sa présence le régénérait. A la fin du mois d'octobre — ils vivaient ensemble depuis un mois —, il lui offrit un porte-bonheur en or, un petit disque sur lequel étaient gravés ces mots : *« Je t'aime. »* Elle savait parfaitement qu'il ne le pensait pas, mais elle était fière de porter ce pendentif, qui était comme le signe, à ses yeux, qu'elle appartenait à Errol Flynn.

En sa présence, elle n'avait jamais l'impression d'être transparente. Au contact de cet homme célèbre, elle se sentait plus belle, plus intelligente et plus importante que jamais. Ils se levaient tard et passaient leurs journées sur le *Zaca* ou bien au bord de la piscine. Le soir, ils allaient au restaurant et dans des boîtes à la mode. Elle apprit à fumer et à boire, et à dissimuler son trouble lorsqu'elle rencontrait des gens célèbres. Elle fut flattée de constater que ces hommes et ces femmes connus appréciaient sa compagnie. Peut-être était-ce parce qu'elle avait pour eux une admiration sincère, et qu'elle le leur montrait.

Parfois, la nuit, ils faisaient l'amour. Mais, le plus souvent, ils parlaient. Belinda éprouvait de la compassion envers cet homme si fragile et si amer sous son masque de foudre de guerre. Aussi s'efforçait-elle de le rendre heureux.

Elle vit *La Fureur de vivre* et recommença à penser à Jimmy. Peut-être n'était-ce pas nécessaire que son rêve meure aussi. Elle avait toute la vie devant elle, et de nouveau tout lui parut possible. A présent qu'elle fréquentait les directeurs des studios, elle se promit de mettre ces relations à profit quand le jour viendrait où Flynn la laisserait tomber. Elle ne se faisait aucune illusion à ce sujet, sachant bien qu'il finirait par se lasser d'elle.

Flynn lui offrit un bikini rouge et passa une partie de ses journées à la regarder évoluer dans la piscine tout en sirotant de la vodka, assis dans un fauteuil. Aucune femme, au Jardin d'Allah, n'avait l'audace de porter ces nouveaux maillots de bain deux-pièces importés de France, mais Belinda se sentait, quant à elle, parfaitement à l'aise en bikini. Elle aimait que Flynn la regarde nager, elle aimait qu'il l'enroule dans une grande serviette quand elle sortait de la piscine. Elle se sentait protégée, abritée, adorée.

Un matin, vers onze heures, elle alla se baigner. Il n'y avait personne dans la piscine, et elle fit plusieurs longueurs sous l'eau. Quand enfin elle refit surface, à une extrémité du bassin, elle se trouva nez à nez avec une paire de mocassins en cuir bien cirés.

— *Tiens !** On dirait qu'une sirène a investi la piscine du Jardin d'Allah. Une sirène aux yeux plus bleus que le ciel.

Le visage ruisselant de gouttes d'eau, Belinda leva les yeux vers l'homme qui se tenait au bord de la piscine. Il

* En français dans le texte. (N. du T.)

avait l'air européen. Son costume de soie blanche impeccablement repassé était celui d'un homme qui confie sa garde-robe aux bons soins d'un valet. Il était de taille moyenne, mince, à l'allure aristocratique. Sous ses cheveux noirs coiffés en arrière, il avait des yeux de chat et un beau nez très droit. Il était imposant. Un parfum de pouvoir et d'argent émanait de toute sa personne. Il était discrètement parfumé à l'eau de Cologne et semblait avoir quarante ans.

Bien qu'il eût l'accent français, Belinda le soupçonnait d'être d'une autre origine, sans parvenir à trouver laquelle. Peut-être était-il metteur en scène ? Elle le gratifia de son plus joli sourire.

— Pas une sirène, monsieur. Rien qu'une fille très ordinaire.

— « Ordinaire » ? Vous plaisantez ? Je dirais plutôt « tout à fait extraordinaire ».

Elle accepta le compliment avec grâce et, dans son plus beau français de lycée, elle lui lança :

— Merci beaucoup, monsieur. Vous êtes trop gentil *.

— Dites-moi, petite sirène, y a-t-il une queue sous ce buste charmant ?

Elle lut l'amusement dans son regard, mais elle sentit qu'il y avait quelque chose de calculé dans ses propos. De toute évidence, c'était un homme qui ne faisait ni ne disait jamais rien au hasard.

— Mais non, monsieur, finit-elle par répondre. Il n'y a rien d'autre que deux jambes très ordinaires.

Il leva un sourcil.

— Peut-être, mademoiselle, me laisserez-vous seul juge.

Elle le dévisagea un moment puis, tournant brusquement la tête, elle plongea et nagea sous l'eau. Quand elle émergea à l'autre extrémité de la piscine, il avait disparu. De retour au bungalow, une demi-heure plus tard, elle ne fut pas vraiment surprise de le retrouver en train de siroter

* En français dans le texte. (N. du T.)

un Bloody Mary avec Flynn, dans le patio. Elle s'avança vers l'auteur, s'assit sur le bras de son fauteuil et posa une main sur son épaule. Flynn lui entoura la taille d'un bras protecteur.

— Bonjour, très chère. Si je comprends bien, vous avez déjà fait connaissance, tous les deux.

Elle approuva d'un hochement de tête. Elle avait envie de poser un affectueux baiser sur la joue de Flynn, mais n'osa pas.

— On s'est rencontrés à la piscine, dit-elle.

L'étranger parcourut des yeux les longues jambes bronzées sous la courte serviette que Belinda avait nouée autour de sa taille.

— C'était donc une sirène sans queue, soupira-t-il.

Puis il se leva avec grâce et lui fit une légère révérence.

— Alexis Savagar, mademoiselle, dit-il.

— Ravie de vous connaître, répondit-elle.

— Il est trop modeste, ma chère. En réalité, notre visiteur est le comte Alexis Nikolaï Vassili Savagarine. C'est bien ça, vieille branche ?

— Ma famille a laissé son titre à Saint-Petersbourg, cher ami, vous le savez aussi bien que moi.

Alexis avait prononcé ces mots avec un soupçon de reproche, mais Belinda sentit qu'il jouait la comédie. Au fond, il était flatté que Flynn ait mentionné son titre de noblesse.

— Désormais, nous sommes désespérément français, ajouta-t-il.

— Et singulièrement riches, précisa Flynn. Ta famille n'a pas quitté la Russie sans biscuits !

Flynn se tourna vers Belinda.

— A Paris, Alexis collectionne les vieilles voitures. Il est venu en acheter quelques-unes ici, en Californie.

— Quel plouc tu fais, mon pauvre ami ! Une Alfa Romeo de 1927 est beaucoup plus qu'une « vieille voiture », comme tu dis. D'autre part, je suis ici pour affaires.

— Ces temps-ci, Alexis fait prospérer sa fortune en

s'occupant d'électronique. Quel est le nom de ce gadget dont tu m'as parlé ?

— Le transistor.

— Le transistor, c'est ça. Et si ça marche, tu peux être sûre qu'il va s'en mettre encore plein les poches, dit Flynn. Tu ne crois pas qu'il pourrait me prêter de l'argent sur les bénéfices pour produire un film ?

Bien qu'il la regardât, Belinda avait le sentiment que Flynn s'adressait davantage à Alexis qu'à elle-même.

Visiblement, cette conversation amusait l'aristocrate.

— Je ne suis pas devenu riche en misant mon argent sur des causes hasardeuses. Toutefois, si tu finis par accepter de me vendre le *Zaca,* on en reparlera.

— Pour que tu aies le *Zaca,* il faudrait d'abord que je sois mort, répliqua Flynn, légèrement agacé.

— Vu ton état, mon ami, il se peut que je n'aie pas à attendre bien longtemps.

— Épargne-moi tes commentaires sur ma santé ! Belinda, tu veux bien nous préparer deux autres Bloody Mary ?

— Bien sûr.

Elle partit rincer les verres à la cuisine qui communiquait avec la salle à manger par une large ouverture. Aussi put-elle suivre leur conversation. Ils parlèrent encore affaires pendant quelques minutes, puis leurs propos devinrent plus personnels.

— Belinda est d'une classe nettement supérieure à ta précédente conquête. Elle a des yeux vraiment extraordinaires, dit Alexis. Peut-être un peu âgée, cependant. Elle a plus de seize ans, n'est-ce pas ?

— On dirait qu'elle te plaît, hein ? plaisanta Flynn. Mais tu n'as aucune chance avec elle, mon vieux. Belinda est toute ma joie. Un peu comme un chien fidèle, mais belle en plus, et bonne ménagère. Et puis, elle m'adore. Elle ne se plaint jamais, ne me fait aucune remarque quand je bois trop. Elle me met de bonne humeur, et elle est étonnamment intelligente. S'il y avait plus de femmes comme elle, il y aurait davantage d'hommes heureux.

— Mon Dieu ! Tu parles comme si tu étais prêt à faire encore un tour devant monsieur le maire. Tu es sûr que tu peux te le permettre ?

— Écoute, Belinda est avant tout une distraction. Mais une distraction sacrément sympathique.

Quand elle leur apporta les cocktails, Belinda avait les joues en feu. Elle n'avait pas particulièrement apprécié la comparaison avec le chien, mais elle s'efforça de la prendre comme un compliment. D'ailleurs, il avait dit d'autres choses assez flatteuses à son sujet.

— Ah, te voilà, ma chérie. J'étais justement en train de parler de toi avec Alexis.

Belinda sentit qu'une certaine tension s'était installée entre les deux hommes.

— Vous êtes une femme modèle, mademoiselle, si j'en crois le Baron ici présent, dit Alexis. Amoureuse, intelligente, belle... bien que je n'aie pas tous les éléments pour juger de votre beauté, et peut-être ment-il.

Flynn prit son verre des mains de Belinda et avala une longue gorgée.

— Je croyais que vous aviez fait connaissance à la piscine, s'étonna l'acteur.

— Elle était sous l'eau, remarqua Alexis. Et maintenant, comme tu peux le voir..., soupira-t-il, en jetant un regard déçu vers la serviette qui couvrait en partie Belinda.

Les deux hommes échangèrent un long regard. La jeune femme crut lire une sorte de défi dans les yeux du Russe. Elle eut le sentiment qu'il s'agissait là d'un jeu habituel entre eux, un jeu dont le sens lui échappait tout à fait.

— Belinda, chérie, enlève ça, veux-tu ? demanda Flynn en froissant son paquet de cigarettes vide.

— Quoi ?

— Ta serviette, mon petit. Enlève-la, s'il te plaît.

Son regard alla d'un homme à l'autre. Flynn était occupé à ouvrir un nouveau paquet de cigarettes, tandis qu'Alexis la regardait, avec sympathie semblait-il.

— Tu l'as mise dans l'embarras, mon ami.

— Mais non, mais non, Belinda s'en moque.

Il se leva de son fauteuil, s'approcha d'elle et lui prit le menton entre ses doigts, comme il l'avait si souvent fait avec Olivia De Havilland.

— Elle fera tout ce que je voudrai, dit-il. N'est-ce pas, chérie ?

Il lui posa un baiser rapide sur les lèvres.

Belinda acquiesça d'un hochement de tête, puis, après une courte hésitation, elle défit le nœud de sa serviette et laissa celle-ci tomber sur le sol.

— Tourne-toi vers Alexis, ma chérie. Je veux qu'il voie bien ce qu'il ne peut pas s'offrir avec son argent.

Belinda regarda Flynn d'un air malheureux, et elle remarqua alors qu'il regardait Alexis avec, dans les yeux, un air de triomphe. Elle se tourna lentement vers le Français, mal à l'aise. Elle n'avait aucune raison de se sentir ainsi gênée. Après tout, elle n'était pas plus dénudée que tout à l'heure, dans la piscine. Pourtant, elle savait que la situation était différente, sans parvenir à analyser les raisons du malaise qui s'emparait d'elle.

— Elle a un corps sublime, mon ami, commenta Alexis. Je te félicite.

Puis il regarda Belinda droit dans les yeux.

— A vrai dire, je crois que vous perdez votre temps avec une idole déchue, mademoiselle. Et je crois aussi que je devrais vous kidnapper.

Il avait beau parler sur un ton badin, elle n'en fut pas moins persuadée qu'il ne plaisantait pas.

— Et moi, je pense que vous avez tort de parler ainsi, contra-t-elle.

Elle avait essayé de s'exprimer avec maîtrise et sophistication, comme Grace Kelly dans *La Main au collet,* mais ça n'avait pas très bien marché. Il y avait quelque chose en lui qui lui faisait peur, peut-être cet air d'autorité commun à tous les hommes de pouvoir. Elle se pencha pour ramasser sa serviette, mais au moment où elle allait la saisir, elle sentit la main de Flynn lui agripper l'épaule pour interrompre son geste.

— Ne fais pas attention à Alexis, Belinda. Notre rivalité ne date pas d'hier, dit-il.

Puis il lui entoura la taille et la regarda d'un air possessif.

— Il ne supporte pas de me voir avec une femme qu'il ne pourra jamais avoir. Et cela depuis l'époque où je séduisais toutes ses conquêtes. Mon ami est un très mauvais perdant.

— Tu ne les as pas toutes séduites. Je crois me souvenir que certaines d'entre elles ont été plus sensibles à mon argent qu'à ton charme.

Flynn serra Belinda un peu plus fort contre lui.

— Mais elles étaient vieilles, et pas du tout mon genre.

Belinda respirait difficilement. Elle ne put s'empêcher de regarder Alexis, assis les jambes croisées, le dos nonchalamment appuyé contre le dossier de son fauteuil, dans une pose tout à fait aristocratique. Il leva les yeux vers elle, et une fraction de seconde elle oublia l'existence de Flynn.

4

Ils virent beaucoup Alexis pendant le mois qui suivit. Il passait des journées entières avec eux sur le *Zaca,* il les emmenait dîner dans de grands restaurants. C'était une présence quotidienne dans la vie de Belinda. Il lui offrait parfois des bijoux de prix, qu'elle gardait dans un petit coffret, ne s'autorisant à porter que le pendentif de Flynn.

Un jour, Alexis dit à Flynn :

— Ce pendentif n'est qu'une vulgaire babiole. Belinda mérite mieux que ça.

— Oh, sûrement. Mais je n'ai pas les moyens. Tu as hérité d'une fortune, moi pas.

Les deux hommes s'étaient rencontrés dix ans plus tôt, sur le yacht du chah d'Iran. Tout de suite, l'intelligence et l'élégance naturelle d'Alexis avaient impressionné Flynn, et il avait tout fait pour que celui-ci devienne son ami. Mais avec les années, l'admiration qu'éprouvait Flynn pour Alexis s'était teintée de jalousie. Sur de nombreux plans, Alexis était ce que Flynn aurait voulu être, et il en éprouvait une espèce de rancœur. Mais il n'en continua pas moins d'apprécier son ami et ne cessa jamais d'espérer tirer quelque profit de cette amitié. Curieusement, c'était Alexis qui, au fil du temps, avait ressenti le plus cruellement cette rivalité.

En dépit de son apparente insouciance, Alexis Savagar prenait la vie au sérieux. Il y avait en lui un redoutable mélange d'aristocrate et d'homme d'affaires, deux personnages qui avaient l'un comme l'autre de bonnes raisons de mépriser Flynn. L'aristocrate voyait en lui un homme de condition inférieure auquel il pardonnait difficilement son manque d'éducation. L'homme d'affaires reprochait à l'acteur son absence de rigueur et sa vie dissolue. Pendant de nombreuses années, il avait sans cesse été sur le point de mettre un terme à leurs relations. Mais plus le temps passait et moins il trouvait le courage de le faire. En effet, il ne connaissait aucun homme avec qui il s'amusât autant qu'avec Flynn. Et aussi puissant que fût devenu Alexis, à trente-huit ans, il ne possédait pas cette légèreté, cette capacité qu'avait Flynn de profiter de la vie. Il l'enviait pour cette raison.

Leur rivalité à propos des femmes n'était pas nouvelle. L'un et l'autre aimaient les jeunes filles innocentes. Entre eux, ç'avait toujours été un jeu de voir ce qui l'emporterait, de la fortune de l'aristocrate ou du magnétisme sexuel de l'acteur. Plus souvent que Flynn ne voulait l'admettre, Alexis Savagar l'avait emporté. Flynn considérait Belinda comme un nouveau pion dans leur jeu. Il en allait bien autrement pour Alexis.

Ridicule ! se disait l'aristocrate, une semaine après avoir fait la connaissance de Belinda. Mais il ne pouvait lutter contre l'attraction viscérale que la jeune femme exerçait sur lui. Pourtant il se raisonnait : encore une de ces filles naïves fascinées par la célébrité ! Jeune et belle, certes. Et intelligente par-dessus le marché. Mais enfin, sans aucune culture, sans éducation. Ce n'étaient pas les jolies filles qui manquaient, et des meilleurs milieux. Alors pourquoi toutes les femmes si sophistiquées qu'il fréquentait habituellement lui paraissaient-elles tout à coup vieilles et ennuyeuses ?

Au début, il avait mis son attirance pour Belinda sur le compte de sa vieille rivalité avec Flynn : Flynn aimait Belinda, et il voulait la lui prendre. Logique. Mais bien vite Alexis avait dû se rendre à l'évidence : qu'elle fût ou non la petite amie du Baron n'influait en rien sur ses sentiments. Elle le rendait fou. Il trouvait sa fraîcheur et sa naïveté irrésistibles. Belinda était un parfait mélange de pute et d'enfant, le corps rompu aux jeux de l'amour mais la tête encore pleine d'illusions, comme une petite fille impatiente de vivre, certaine de ne connaître que le bonheur. Et il voulait être celui qui la protégerait des dangers de la vie, celui qui la transformerait, qui ferait d'elle la femme idéale. Quand il la regardait, il avait l'impression que le cynisme accumulé en lui depuis tant d'années disparaissait comme par enchantement. Grâce à elle, il se sentait de nouveau léger comme un jeune homme, plein de vigueur et d'espérance.

Flynn annonça qu'il allait passer une semaine à Mexico. Sûr de son emprise sur Belinda, il demanda à Alexis de veiller sur elle.

— Tu peux compter sur moi, assura l'aristocrate, en souriant à Belinda. Quoique, à ta place, j'y réfléchirais à deux fois avant de m'en aller...

L'acteur éclata de rire.

— Oh ! Belinda ne porte même pas les bijoux que tu lui offres. Franchement, je crois que je n'ai aucun souci à me faire !

Belinda rit à son tour, mais au fond d'elle-même elle se sentait mal à l'aise. Personne ne l'avait jamais traitée avec autant de courtoisie qu'Alexis, et sa présence la troublait. Le pire, c'est qu'elle ne comprenait pas pourquoi. C'était sûrement un homme important, mais enfin ce n'était pas une star de cinéma.

Pendant la semaine qui suivit, Alexis se montra plein d'attentions. Ils parcouraient la ville à une vitesse folle dans la Ferrari rouge vif d'Alexis, et elle était fascinée par son assurance au volant. Elle se surprit à observer ses mains qui manœuvraient les leviers sans l'ombre d'une hésitation. Quelle confiance en soi-même ! Comme ils fonçaient à travers les petites rues de Beverly Hills, elle pouvait presque entendre les gens se demander sur leur passage qui était cette blonde pour avoir deux hommes aussi importants à ses pieds.

Le soir, ils allaient dîner chez Ciro's ou chez Chasen. Alexis semblait connaître tout le monde. Il lui racontait des anecdotes sur la vie des stars pour la faire rire. Parfois, il lui parlait en français, lentement, pour qu'elle arrive à le suivre. Il lui décrivait sa collection d'automobiles, il lui vantait les charmes de Paris. Et un soir, alors qu'il avait arrêté la voiture au sommet d'une colline qui dominait la ville, il lui parla pour la première fois de sa famille.

Son père avait rencontré sa mère, Solange, à Paris en 1911. Il l'avait très vite épousée et emmenée avec lui en Russie. Ils s'étaient installés dans la propriété que possédait sa famille à Saint-Petersbourg. Il avait fallu très exactement dix-huit mois à Solange pour convaincre son mari que les troubles politiques en Russie ne pouvaient qu'empirer. Ils étaient alors repartis pour Paris, où ils s'étaient établis grâce à la fortune des Savagarine. Bientôt, la Première Guerre mondiale avait éclaté. Solange avait réussi à persuader son mari de réduire son patronyme en Savagar afin de s'introduire plus facilement dans la société parisienne. Alexis était né en 1917, un an avant l'armistice, et une semaine avant que son père ne fût tué. Il avait donc hérité de la fortune d'un homme qu'il n'avait jamais connu. Bien qu'il ait été élevé à la française et qu'il soit devenu un homme d'une grande culture et d'un goût très sûr, il n'en était pas moins resté profondément russe. Belinda sentait l'homme sans merci sous le charme apparent, ce qui la fascinait et l'effrayait à la fois. Elle ne savait pas que toutes les femmes qui le rencontraient éprouvaient les mêmes sentiments à son égard.

Elle s'étonna de pouvoir lui parler avec un tel naturel de ses parents, de son enfance solitaire. Et comme il l'écoutait avec un intérêt visible, elle lui fit part de ses rêves de célébrité, lui confiant des choses qu'elle n'avait jamais avouées à personne. Mais ce fut Alexis qui amena la conversation sur Flynn.

— Il finira par vous quitter, ma chère. Vous devez vous en rendre compte.

— Je le sais, répondit-elle. Je n'ai jamais eu la naïveté

de croire que je saurais le garder. Mais je lui suis reconnaissante de me laisser partager sa vie pendant un certain temps. Je sais que cela ne durera pas. Et d'ailleurs, s'il est parti une semaine, c'est sûrement pour voir d'autres femmes.

Elle regarda Alexis, presque implorante.

— Je vous en supplie, ne me dites rien, même si vous savez quelque chose. Il ne peut s'empêcher de me tromper. C'est plus fort que lui. Je le sais.

— Quelle indulgence ! railla Alexis. Ma parole, vous l'adorez ! Ah ! mon ami est un heureux homme. Dommage qu'il ne sache pas l'apprécier. J'espère que vous aurez plus de chance la prochaine fois dans votre choix d'un compagnon.

— Vous me parlez comme à une fille qui passe d'homme en homme. Ça ne me plaît pas.

Alexis la regarda avec une telle intensité que ses yeux de chat semblèrent percer ses vêtements, sa peau, pour venir éclairer une part d'elle-même encore non dévoilée.

— Une femme comme vous, ma chère, aura toujours besoin d'un homme.

Il lui prit la main et commença à caresser ses doigts. Elle sentit un grand frisson la parcourir.

— Vous n'êtes pas l'une de ces femmes modernes, féroces. Vous êtes une femme qui a besoin d'être protégée, et modelée jusqu'à devenir quelque chose de fin, de précieux.

Pendant quelques instants, Belinda crut lire de la tristesse dans son regard, mais cette impression disparut quand sa voix se fit plus dure.

— Vous ne vous vendez pas assez cher.

Elle ôta vivement sa main de celle d'Alexis. Comment pouvait-il dire une chose pareille ? Il ne comprenait rien du tout. Pas assez cher ? Mais elle ne se vendait pas, elle se donnait, et à un homme génial de surcroît.

Alexis partit pour San Francisco le jour où Flynn rentra de Mexico, et elle fut surprise de constater à quel point il lui manquait. Il lui arrivait même de se sentir seule, ce qui était stupide, car Flynn ne la quittait pas une seconde.

Lorsque Alexis réapparut dix jours plus tard, elle manifesta une joie démesurée de le revoir. Assise entre les deux hommes, dans les meilleurs restaurants de la ville, elle acquit l'impression d'être la femme la plus importante du monde.

Peu après Noël, ce fut la rupture. Flynn, qui ne supportait plus ce petit jeu, leur annonça un soir, chez Romanoff, qu'il partait en Europe pour quelques mois. Au ton de sa voix, Belinda comprit qu'il ne l'emmenait pas.

Elle sentit sa gorge se serrer et éclata en sanglots. Les visages commençaient à se tourner vers elle, quand une main lui serra fermement le genou sous la table. C'était Alexis qui lui intimait l'ordre de se reprendre, de ne pas se donner ainsi en spectacle. Cette main lui fit du bien, comme si elle lui avait transmis une force nouvelle. Elle parvint à se comporter dignement pendant le reste de la soirée. Quand Flynn partit, trois jours plus tard, Alexis la prit dans ses bras et la laissa enfin pleurer tout son soûl. Le surlendemain, elle lut dans le journal que la nouvelle conquête de Flynn n'avait pas quinze ans.

Alexis avait réglé toutes les affaires qu'il était venu traiter en Californie, mais il semblait n'avoir aucune intention de rentrer à Paris pour le moment, et Belinda lui en était reconnaissante. Le loyer du bungalow avait été payé jusqu'en janvier — probablement par Alexis —, et ils passaient pratiquement toutes leurs soirées ensemble, sirotant du champagne dans le patio, jusqu'à ce qu'il prenne congé pour la nuit. Un soir, au moment de partir, il se pencha vers elle et lui déposa par surprise un petit baiser sur les lèvres.

— Non ! Ne me touchez pas ! cria Belinda.

Elle se leva d'un bond de son fauteuil, furieuse qu'il s'autorise de telles privautés. Alexis n'était pas Flynn, et elle n'était pas une fille facile. Elle traversa le patio en courant et pénétra comme une furie dans la salle à manger, où elle alluma une cigarette pour se calmer.

Des années de maîtrise et de réserve aristocratique s'envolèrent d'un coup en fumée : en une fraction de seconde, Alexis Savagar perdit le contrôle de lui-même. Il fit irruption dans la pièce.

— Espèce de petite salope ! hurla-t-il.

Belinda sursauta, effrayée par le ton de sa voix et la haine dans ses yeux. Elle recula d'un pas. Le masque de courtoisie bien policée avait sauté, révélant le vrai visage d'Alexis, le descendant d'innombrables générations de Russes orgueilleux et sans pitié.

— Comment oses-tu penser que tu as le droit de te refuser à moi ! gronda-t-il. Tu sais ce que tu es ? Une pute. Une pute qui baise avec des hommes célèbres plutôt qu'avec des hommes riches, mais une pute quand même.

Elle laissa échapper un cri terrifié quand il se précipita sur elle et la plaqua contre le mur. Il lui saisit le menton d'une main et la força à ouvrir la bouche. Elle tenta de lui mordre la langue, mais il lui serra le cou en guise d'avertissement. Elle devait se soumettre à lui, Alexis Nikolaï Vassili Savagarine, le seigneur et maître des serfs qui vivaient sur ses terres, autorisé de naissance à prendre possession de ce que bon lui semblait.

— Je mérite le respect, siffla-t-il. Flynn n'est qu'un bouffon, un courtisan qui vit de son charme et s'enfuit quand les choses tournent mal pour lui. Et comme tu es trop stupide pour l'avoir compris toute seule, il faut bien que je te le dise.

Elle eut un sanglot étouffé quand brutalement il releva sa robe et lui arracha sa petite culotte. Il lui écarta les jambes de force avec son genou, puis, ignorant ses pleurs, il introduisit brutalement en elle ses doigts, explorant tous les recoins que Flynn avait explorés. Horrifiée, elle sentit le sexe dur contre sa cuisse. Elle l'avait poussé à bout, et cet assaut était un acte de possession, un acte de droit divin, l'apanage des rois et des tsars, affirmation d'un ordre social selon lequel les nobles dominaient les stars.

Elle pleurait quand il lui ouvrit son chemisier, sans remarquer qu'il le faisait avec douceur. Ses larmes tombèrent sur la main d'Alexis alors qu'il soulevait son soutien-gorge pour caresser ses seins avec une tendresse inattendue, lui murmurant des mots émus en français et en russe. Tout doucement, il entreprit de la calmer.

— Je suis désolé, mon amour. Désolé de t'avoir fait peur.

Puis il éteignit les lumières, la souleva et l'emmena dans ses bras jusqu'au lit.

— Je t'ai fait une chose terrible, lui murmura-t-il, en lui embrassant les cheveux. Et tu dois me pardonner, dans ton intérêt comme dans le mien. Je suis ton seul espoir, ma chérie. Sans moi, tu ne deviendras jamais une vraie femme. Sans moi, tu dériveras au fil des jours, des mois, des années, en essayant d'apercevoir ton reflet dans le regard d'hommes qui ne sont pas dignes de toi.

Il lui caressa les cheveux jusqu'à ce qu'elle se détende tout à fait ; finalement, elle s'endormit dans ses bras.

Le regard perdu dans le silence et l'obscurité de la chambre, il se demanda comment il avait pu être assez fou pour tomber amoureux d'une si jeune fille. Belinda, avec ses yeux pervenche, capable d'une telle adoration pour un homme, faisait naître en lui des sentiments dont il avait jusqu'alors ignoré l'existence, des émotions si fortes qu'elles l'effrayaient parce qu'elles le rendaient vulnérable. Certes, il n'était pas un lâche, mais il était habitué depuis sa plus tendre enfance à dominer les événements, et pour la première fois de sa vie il ne savait pas quelle décision prendre. Il se sentait tout à fait capable de gagner son amour — une tâche aisée, étant donné qu'elle l'aimait déjà bien plus qu'elle ne voulait se l'avouer. Ce qui l'effrayait réellement, c'était l'immense pouvoir qu'elle avait sur lui. Tout à l'heure, elle lui avait totalement fait perdre le contrôle de lui-même. Comment avait-il pu se laisser aller de cette manière, lui qui avait appris la maîtrise de soi avant même de savoir compter, qui avait fait ses études dans les collèges les plus huppés en compagnie des plus grands héritiers de France, qui avait repris en main la fortune des Savagar pour la multiplier ? Lui,

Alexis Savagar, l'un des hommes les plus puissants de France, qui possédait des maisons sur deux continents, disposait d'une belle collection de maîtresses prêtes à accéder à tous ses désirs. Mais il lui avait fallu rencontrer Belinda Britton pour s'apercevoir qu'il lui manquait l'essentiel : un véritable amour.

Belinda se réveilla le lendemain matin, tout habillée. Elle se retourna dans son lit, pensant y trouver un homme — Flynn ? Alexis ? —, sans trop savoir qui elle aurait souhaité voir près d'elle. Mais elle ne découvrit, posé sur l'oreiller, qu'un petit mot manuscrit.

Ma chère,

Je prends l'avion pour New York aujourd'hui. Je n'ai que trop tardé à retourner à mes affaires. Peut-être reviendrai-je, peut-être pas.

Alexis.

Elle froissa la lettre et la jeta rageusement sur le sol. Qu'il soit maudit ! Après ce qu'il lui avait fait cette nuit, elle n'avait aucune envie de le revoir. Elle tenta de se lever, mais dès qu'elle eut posé le pied par terre, elle se sentit prise de vertiges. Alors elle se recoucha et fut bien obligée d'admettre qu'elle avait peur. Depuis longtemps Alexis s'occupait d'elle, et elle s'apercevait maintenant à quel point elle s'y était habituée.

Elle s'efforça de se raisonner. Après tout, elle avait vécu avant Flynn, avant Alexis. Il lui fallait à présent reprendre sa vie en main.

Elle passa la fin du mois à rétablir d'anciens contacts et à en prendre de nouveaux. Elle écrivit plusieurs lettres à divers studios, elle donna de nombreux coups de téléphone. En vain.

Il fallut de nouveau payer le loyer du bungalow, et comme elle n'en avait pas les moyens elle dut réemménager dans son ancien appartement. Cela se passa assez mal.

Elle ne cessa de se disputer avec ses anciennes colocataires et finit par les mépriser. Elles se contentaient d'une vie si médiocre...

Puis elle reçut une lettre de ses parents, lui annonçant qu'ils ne lui enverraient plus d'argent. Ils estimaient qu'ils ne l'avaient déjà que trop encouragée dans ses rêves stupides de devenir une star. Elle regarda fixement leur dernier chèque joint à la lettre et décida de chercher du travail. Mais elle ne savait rien faire et renonça très vite à cette idée.

Elle tenta d'économiser le peu d'argent qui lui restait, se passant de repas dont elle n'avait d'ailleurs pas envie. Elle avait de curieux maux de tête et perpétuellement mal au cœur. Comment des choses aussi horribles pouvaient-elles lui arriver à elle, qui avait été la petite amie d'Errol Flynn ?

L'idée qu'elle était enceinte de Flynn l'effleura plusieurs fois, mais elle refusa de l'admettre jusqu'au jour où elle se sentit incapable de se lever pour faire le tour habituel des agences de comédiens. Il fallait se rendre à l'évidence : elle allait avoir un bébé.

Elle n'envisagea même pas d'avorter, pour la simple raison qu'elle ignorait que de telles choses existaient. Elle n'essaya même pas de contacter Flynn, ne sachant pas où le joindre, et d'ailleurs il était marié. Qu'aurait-il pu faire pour elle ? En revanche, elle se mit à penser de plus en plus souvent à Alexis Savagar.

Dès qu'elle eut pris sa décision, il lui fallut deux jours pour le localiser. Elle téléphona à tous les grands hôtels de New York et finit par apprendre qu'il avait quitté le Pierre une semaine plus tôt en laissant comme nouvelle adresse le Beverly Hills Hotel. Elle téléphona au Beverly Hills et laissa un message : Belinda Britton attendait M. Savagar le soir même à cinq heures, au bar.

Il faisait bon ce soir-là, et elle mit son tailleur de soie beige avec un chemisier de nylon blanc transparent. Elle prit son sac en agneau beige, ses gants de coton blanc et enfila des escarpins blancs à talons hauts. Puis elle appela un taxi qui la déposa à l'entrée du Beverly Hills Hotel.

Elle donna le nom d'Alexis au maître d'hôtel qui l'escorta jusqu'à une banquette semi-circulaire. Elle commanda un Martini.

Elle tourna le pied de son verre entre ses doigts pendant quelques instants avant de le porter à ses lèvres. Ses mains tremblaient. Alexis arriverait en retard, elle en était sûre. Elle avait blessé sa fierté en le repoussant, et il n'était pas homme à oublier ce genre d'affront si aisément. La question était de savoir s'il viendrait, et ce qu'elle ferait si jamais il ne venait pas.

Gregory Peck et sa nouvelle épouse, Véronique, firent leur entrée et furent escortés jusqu'à une banquette. Véronique, une ancienne journaliste, était brune et belle, et Belinda sentit une bouffée de jalousie monter en elle. Quand ils furent assis, Gregory adressa un petit sourire complice à sa femme et lui murmura quelque chose à l'oreille. Véronique se mit à rire et posa sa main sur celle de son mari dans un geste tendre et naturel.

A cet instant précis, Belinda haït Véronique Peck comme elle n'avait encore jamais haï personne.

A six heures précises, Alexis arriva, et le cœur de Belinda se mit à battre la chamade. Il portait un costume gris perle, impeccable comme toujours. Plusieurs personnes le saluèrent quand il passa près de leur table.

Il se glissa à côté de la jeune fille sur la banquette, sans dire un mot. Puis il tourna la tête vers elle, une expression parfaitement neutre sur le visage. Était-il heureux de la revoir ? Impossible à dire. Un petit frisson la parcourut. Pourquoi n'arrivait-elle jamais à deviner ce qu'il pensait ?

Il commanda un château haut-brion 1929 et désigna d'un geste élégant le verre de Martini encore à moitié plein posé devant Belinda.

— Et emportez ceci, ajouta-t-il. Mademoiselle boira du vin avec moi.

Quand le serveur eut disparu, Alexis prit la main de la

jeune fille et la porta à ses lèvres. Elle tenta de sourire mais n'y parvint pas.

— Vous me semblez nerveuse, ma chère.

Belinda haussa légèrement les épaules.

— Je suis un peu nerveuse, c'est vrai. Il y a longtemps que je ne vous ai vu, et vous... vous m'avez manqué.

Puis elle s'enhardit.

— C'est vrai, Alexis. Comment avez-vous pu disparaître ainsi, sans me donner aucune nouvelle ?

L'aristocrate prit un air faussement désinvolte.

— Vous aviez besoin d'un peu de temps pour réfléchir, chérie. Pour savoir si vous aimiez vraiment la solitude.

— J'ai eu horreur d'être seule, avoua-t-elle.

— Cela ne m'étonne pas, commenta-t-il.

Il la dévisagea de telle manière qu'elle eut l'impression d'être coincée entre deux lames de verre et observée au microscope.

— Dites-moi un peu, quel enseignement avez-vous tiré de votre vie en solitaire ?

— J'ai compris que j'avais pris l'habitude de dépendre de vous. Tout va très mal depuis que vous êtes parti. Je crois que je ne suis pas si indépendante que ça, finalement.

Le serveur apporta le vin. Alexis le goûta et, le jugeant à son goût, fit signe à l'homme de remplir leurs verres. Belinda lui raconta alors tous ses déboires, omettant cependant de mentionner son problème le plus important.

— Je vois, dit-il. Mais êtes-vous certaine que vous n'oubliez rien ?

Elle eut un court moment d'affolement, mais se ressaisit presque immédiatement.

— Non rien, si ce n'est de vous dire que je n'ai plus d'argent. J'ai besoin que vous m'aidiez.

— Que je vous aide ? railla-t-il.

Pour la première fois depuis qu'il l'avait rejointe, son visage se ferma.

— Pourquoi ne vous adressez-vous pas à votre ancien amant, Belinda ? Il viendrait sûrement vous secourir sur son cheval blanc et brandirait son épée sous le nez des méchants qui vous ont fait souffrir ! Pourquoi n'allez-vous pas voir Flynn, Belinda ?

La jeune fille se mordit les lèvres. Il fallait absolument le faire revenir à de meilleurs sentiments. Sinon, il ne l'aiderait jamais.

— Voyez-vous, Alexis, ces mois que j'ai passés au Jardin d'Allah ont été les plus beaux de ma vie. Mais j'ai dû faire une espèce de confusion dans ma tête entre Flynn et vous. Quand vous étiez là tous les deux, j'avais l'impression que c'était lui qui me rendait heureuse. Mais quand vous êtes parti, j'ai soudain compris que c'était vous.

Il s'agissait là d'une tirade qu'elle avait mise au point avant de venir. Bizarrement, elle se sentait mal à l'aise en la récitant, car elle s'apercevait tout à coup qu'il y avait beaucoup de vrai dans ces propos.

— J'ai besoin d'aide, dit-elle abruptement. Et je n'ai plus que vous.

— Je vois.

Mais il ne voyait pas, pas du tout. Elle baissa la tête et se mit à triturer sa serviette pour éviter d'avoir à le regarder dans les yeux.

— Je... je n'ai plus d'argent, poursuivit-elle humblement. Et je ne peux pas retourner à Indianapolis. Je... je voudrais que vous me fassiez un prêt, pendant un an, le temps qu'un metteur en scène me remarque.

Elle but une gorgée de vin sans en avoir envie. Il lui fallait absolument cet argent qui lui permettrait d'accoucher ailleurs qu'à Los Angeles, puis de réfléchir quelque temps à son avenir après la naissance du bébé.

Il ne disait rien, ce qui la rendait de plus en plus nerveuse.

— Si je dois retourner à Indianapolis, j'en mourrai, dit-elle sur un ton dramatique.

— La mort plutôt qu'Indianapolis ! s'exclama-t-il, moqueur. Comme c'est poétique ! Dites-moi, à quoi aurai-je droit en échange de ma générosité ?

— Tout ce que vous voudrez, répondit-elle.

Il se raidit, et elle s'aperçut trop tard qu'elle venait de commettre une une grossière erreur.

— Je vois, siffla-t-il. Vous allez vous vendre encore une fois ! Dites-moi, Belinda, qu'est-ce qui vous différencie de ces jeunes femmes à l'allure un rien vulgaire que le maître d'hôtel ne laisse pas entrer au bar ? Quelle différence y a-t-il entre une pute et vous ?

La jeune fille se sentit révoltée devant tant d'injustice. Inutile désormais d'espérer quoi que ce soit. Il ne l'aiderait pas. Pourquoi avait-elle cru qu'il le ferait ? Et pourquoi se sentait-elle ainsi flouée ? Elle se leva d'un bond. D'un geste rageur, elle saisit son sac posé sur la table, se hâtant de partir avant d'éclater en sanglots. Mais Alexis lui saisit fermement le bras et la fit se rasseoir à ses côtés.

— Je suis désolé, chérie. Je vous ai blessée encore une fois. Mais vous me faites souffrir depuis si longtemps, il faut bien que je réagisse durement.

Elle baissa la tête et se mit à pleurer. Ses larmes faisaient des petites taches foncées sur la veste de son tailleur.

— Vous pouvez peut-être demander quelque chose à quelqu'un sans rien lui donner en échange. Mais moi, je ne peux pas, dit-elle en sanglotant.

Les mains tremblantes, elle essayait d'ouvrir son sac pour y chercher un mouchoir.

— Et si cela fait de moi une pute à vos yeux, poursuivit-elle, alors je n'y peux vraiment rien. Je ne peux que regretter de vous avoir demandé votre aide.

— Je vous en prie, ne pleurez pas, chérie. Vous me donnez l'impression que je suis un monstre.

Il lui tendit un mouchoir plié en un carré parfait. Elle le serra tout entier dans sa main et n'en laissa dépasser qu'un seul coin, avec lequel elle se tamponna les yeux le plus discrètement possible, persuadée que tout le monde la regardait. Mais en tournant la tête vers la salle, elle constata avec soulagement que personne ne l'avait remarquée.

Alexis se redressa contre le dossier de la banquette et la fixa avec une telle intensité qu'elle baissa la tête.

— Tout est simple pour vous, n'est-ce pas ? demanda-t-il. Peut-être étais-je comme vous quand j'étais un enfant, bien qu'en réalité je croie que non.

Puis sa voix se fit rauque :

— Quand cesseras-tu de rêver, chérie ? Quand accepteras-tu enfin de m'aimer ?

Cela semblait simple, à l'entendre. Il devait bien savoir, pourtant, que ce n'était pas si facile. Bien sûr, avec lui elle se sentait en sécurité. Il la fascinait, et elle devait bien admettre qu'elle avait envie de lui. Mais son visage, si beau fût-il, n'avait jamais été magnifié, démultiplié sur l'écran, offert à l'adoration des foules.

Il sortit une cigarette d'un étui en or — pendant une fraction de seconde, elle eut l'impression que sa main tremblait. Puis il sortit son briquet de sa poche et alluma sa cigarette d'un geste si assuré qu'elle se dit qu'elle avait dû se tromper.

— Je vais t'aider, chérie, bien qu'une part de moi-même s'y refuse. Dès que j'aurai réglé mes affaires ici, nous partirons ensemble pour Washington, et nous nous marierons là-bas, à l'ambassade de France.

— Nous marier ? s'exclama-t-elle, surprise, persuadée d'avoir mal compris. Non, je... je ne vous crois pas. A quel jeu êtes-vous en train de jouer avec moi ?

Elle le regarda attentivement et fut étonnée de voir que les traits de son visage s'étaient adoucis. Il avait l'air profondément ému et, pour la première fois depuis qu'elle le connaissait, il semblait vulnérable.

— Je ne joue à aucun jeu, chérie. Je te veux, je te veux comme femme, pas comme maîtresse. C'est complètement fou de ma part, non ?

— Mais pourquoi le mariage ? Je vous ai déjà dit...

— Ça suffit ! l'interrompit-il. Je ne te le proposerai pas deux fois !

Effrayée par le ton de sa voix et l'intensité de son expression, elle se tut.

— Dans mes affaires, je ne prends jamais de risques inconsidérés. Alors pourquoi me lancer ainsi avec toi, sans garanties ?

Il passa son doigt sur le bord de son verre, pensif.

— Parce que, hélas, je suis russe... et suffisamment intelligent pour savoir que tu n'as pas vraiment envie de faire carrière dans le cinéma, bien que, pour l'instant, tu ne t'en rendes pas compte. A Paris, tu seras ma femme, et en tant que telle tu auras ta place dans la société. Ce sera une nouvelle vie. Au début, tu auras peut-être un peu de mal à tenir ton rôle, mais je t'aiderai. Et tu deviendras la coqueluche de la ville — la femme-enfant d'Alexis Savagar.

Il eut un sourire malicieux avant de poursuivre :

— Et tu aimeras ça.

Belinda se taisait. Dans sa tête, ses pensées se bousculaient. Le bébé. Il fallait absolument lui dire qu'elle attendait un bébé. Ce serait immoral de ne pas le faire. Par ailleurs, elle n'arrivait pas à s'imaginer en épouse d'Alexis Savagar, toujours épiée, observée, en proie à ce regard scrutateur et cruel. La coqueluche du Tout-Paris, avait-il dit. Alexis était un homme riche, important, respecté dans le monde où il évoluait. Mais elle ne pouvait pas renoncer à ses rêves. Elle voulait être une star !

— Je ne sais pas, Alexis, dit-elle. Je n'avais pas pensé que...

Elle sentit qu'il se rétractait ; ses traits se durcirent, son regard s'assombrit. Si jamais elle refusait son offre ou si elle hésitait ne serait-ce qu'une fraction de seconde de plus à lui donner une réponse, elle blesserait son orgueil de mâle, et il ne le lui pardonnerait jamais. Il ne lui donnerait pas une seconde chance.

— Oui ! dit-elle tout à coup sur un ton faussement enjoué. Oui, bien sûr, Alexis, je vais t'épouser. Oui, je veux me marier avec toi.

Après un instant de silence, il lui prit la main, la porta à ses lèvres et la couvrit de baisers. Il lui sourit, heureux, et elle lui rendit son sourire, tout en s'efforçant d'ignorer cette voix en elle qui lui disait qu'elle venait de commettre une erreur.

Il commanda une bouteille de Dom Pérignon.

— Buvons pour fêter la fin de tes chimères, dit-il en levant son verre.

— A nous, Alexis, répondit-elle nerveusement.

D'une banquette toute proche s'éleva le rire cristallin de Véronique Peck.

5

A sa grande surprise, Belinda n'eut aucune relation sexuelle avec Alexis jusqu'au soir de leur nuit de noces. Le mariage eut lieu quinze jours après leur entrevue au bar du Beverly Hills Hotel. Il fut célébré dans l'enceinte de l'ambassade française à Washington. Après la cérémonie, les mariés partirent tout de suite pour la maison de l'ambassadeur — ce dernier la mettait à leur disposition pour le week-end.

En sortant de son bain, Belinda se sentait nerveuse. Elle n'avait jamais trouvé le courage de parler du bébé à Alexis. Avec un peu de chance, l'enfant serait de petite taille et pourrait passer pour un prématuré. Mais si Alexis découvrait la supercherie, il demanderait vraisemblablement le divorce. Au moins l'enfant porterait-il son nom, et Belinda pourrait-elle pourvoir à son éducation... avec l'argent d'Alexis.

En dépit de l'angoisse qui la rongeait, Belinda venait de passer plusieurs semaines de rêve. Alexis la traitait comme une reine, l'inondait de cadeaux, et faisait preuve de la plus grande indulgence à son égard chaque fois qu'elle se montrait gauche en société.

Elle regarda la grande boîte enveloppée de papier argenté qu'Alexis lui avait donnée. C'était une chemise de nuit qu'il voulait la voir porter ce soir-là. Belinda, qui rêvait d'un long déshabillé noir transparent à la Kim

Novak, fut assez déçue quand elle découvrit une longue chemise en coton blanc, fermée jusqu'au cou par de sages petits boutons roses, avec une petite culotte assortie bordée de dentelle anglaise. Est-ce qu'il se moquait d'elle ? Puis elle se souvint de son orgueil, et du fait qu'elle n'était pas vierge...

Il était plus de minuit. Les doubles rideaux de la chambre avaient été tirés. La pièce, décorée dans des tons de vert, avait quelque chose d'austère. Une lumière diffuse s'échappait d'une lampe à abat-jour vert jade, et un épais tapis vert clair étouffait le bruit des pas.

Alexis se tenait près de la fenêtre dans un pyjama doré. Pour la première fois, il portait autre chose qu'un costume en sa présence. Alexis, avec ses petits yeux vifs et ses fins cheveux noirs... A l'écran, il aurait pu jouer le rôle d'un méchant, jamais d'un héros, mais d'un méchant investi d'un grand pouvoir, de ceux qui dirigent des empires et qui d'un seul mot peuvent changer le destin de quelqu'un. Il se tourna vers elle et la regarda. La jeune fille se sentait mal à l'aise, et un silence pesant s'installa entre eux.

— Je ne m'attendais pas à une chemise de nuit comme ça, dit Belinda, pour détendre l'atmosphère.

L'expression d'Alexis était indéchiffrable, comme toujours.

— Tu as mis du rouge à lèvres, chérie ?

— Oui. Pourquoi ? Je n'aurais pas dû ?

Il sortit un mouchoir de la poche de son pyjama.

— Viens près de la lumière, dit-il.

Il lui prit le menton et lui enleva doucement le rouge avec son mouchoir.

— N'en mets plus jamais, mon amour. Tu es suffisamment belle sans maquillage. Allez, viens t'asseoir sur le lit.

Sans un mot, elle obéit. Il s'assit à côté d'elle.

— Bon. Tu es mon épouse, désormais. Alors tu dois me faire plaisir. Je te sens timide, inexpérimentée, et peut-être un peu craintive. Mais c'est dans l'ordre des choses.

Docile, elle acquiesça d'un hochement de tête. En un sens, il avait raison : elle le craignait. Alexis la traitait comme une jeune fille innocente — la chemise de nuit virginale, l'interdiction de se maquiller — et semblait refuser de voir qui elle était vraiment. Ne lui reprocherait-il pas, un jour, de s'être lui-même voilé la face ?

— Mets tes bras autour de mon cou, chérie, murmura-t-il. Je suis ton mari.

Elle fit ce qu'il lui dit, ferma les yeux, et pensa à Flynn. Mais jamais Flynn ne l'avait embrassée avec une telle fougue. Elle sentit bientôt tout son corps frémir. Elle l'attira contre elle et protesta en gémissant quand il s'écarta doucement.

— Ouvre les yeux, Belinda. Tu dois me regarder pendant que je te fais l'amour.

Il commença à déboutonner la chemise de nuit et prit ses seins entre ses mains. Il les caressa et en pinça les pointes entre ses doigts.

— Regarde mes mains sur tes seins, chérie.

Peu à peu, elle se laissa aller. Elle sentait des frissons de plaisir la parcourir tandis qu'il lui caressait le ventre, le pubis, l'intérieur des cuisses. Les doigts d'Alexis se glissèrent sous l'élastique de sa petite culotte et pénétrèrent profondément en elle. Il la caressait avec une maîtrise qui reléguait les attouchements de ses précédents amants au rang de vulgaires tâtonnements.

— Tu es étroite, lui souffla-t-il.

Puis il lui ôta sa culotte, écarta ses cuisses, et commença à lui faire quelque chose de si interdit, de si follement excitant, avec sa langue, qu'elle avait peine à croire que ça lui arrivait vraiment. Elle tenta de résister quelques instants, mais le plaisir était trop grand, et elle perdit rapidement tout contrôle. Elle hurla au moment de l'orgasme, un orgasme si puissant qu'elle eut l'impression d'exploser en des milliers de particules électriques. Puis il s'allongea près d'elle.

— C'est la première fois qu'on te fait ça, n'est-ce pas ? demanda-t-il.

— Oui, avoua-t-elle dans un murmure.

Elle constata qu'il avait l'air satisfait de l'apprendre et

en ressentit comme une légère humiliation. Mais il ne lui laissa pas le temps de plonger dans ses réflexions. Il lui prit la tête entre ses mains et l'embrassa longuement, avec art et avidité. Puis il se leva du lit et ôta son pyjama. Son corps était fin, son torse couvert d'une toison noire, son sexe en érection.

— A présent, je vais explorer ton corps pour mon propre plaisir, dit-il.

Et il caressa toutes les parties du corps de Belinda, apposant partout la marque d'Alexis Savagar. Encore une fois, il attisa ses sens jusqu'à la limite du supportable. Et quand enfin il la pénétra, elle l'enserra entre ses cuisses et s'accrocha à ses épaules. Il lui souffla à l'oreille :

— Belinda, tu es à moi, et je vais conquérir le monde pour toi.

Le matin, il y avait une traînée de sang sur le drap : de son index à l'ongle tranchant, Alexis avait griffé la hanche de Belinda.

Paris était tout ce que Belinda avait imaginé qu'il serait, et Alexis était un mari aimant et plein d'attentions. Il prenait des heures sur son temps de travail pour l'emmener visiter tous les hauts lieux touristiques de la ville. Un soir, au sommet de la tour Eiffel, juste avant le coucher du soleil, il l'embrassa si longuement et si fougueusement qu'elle crut s'envoler. Un après-midi, ils louèrent un petit bateau qu'ils firent voguer sur le bassin du jardin du Luxembourg. Ils se promenèrent un jour d'orage dans le parc du château de Versailles. Au musée du Louvre, Alexis entraîna Belinda dans un coin désert et caressa ses seins pour voir s'ils étaient aussi fermes et ronds que ceux des madones de la Renaissance.

Le soir, il l'emmenait à Montmartre et dans les petits cafés enfumés de Pigalle, où il lui glissait à l'oreille des obscénités qui la laissaient rouge de confusion et passablement excitée. Plus les jours passaient, et plus Alexis était heureux. En sa compagnie, il avait l'air de s'amuser comme un gamin.

Le soir, dans leur chambre de la grande maison de la rue de la Bienfaisance, il la prenait encore et encore jusqu'à ce que son corps se fonde avec le sien. Il lui consacrait tellement de temps qu'elle finit par ne plus supporter les moments où il la laissait seule. Elle se sentait alors épuisée, perdue, mal dans sa peau.

Le matin, après qu'il fut parti travailler, elle restait au lit et pensait à l'enfant qu'elle attendait. Ce bébé avait cessé d'être une abstraction pour devenir un petit être de chair, à aimer et à protéger. Le bébé de Flynn grandissait en elle, et elle se disait parfois que tout n'était pas perdu. Elle se prenait à rêver, s'imaginant qu'elle retournerait en Californie avec l'enfant. Elle se voyait marchant sur une plage avec un adorable petit garçon, ou une ravissante petite fille. Parfois, son imagination lui jouait des tours, et Alexis marchait près d'eux...

Très vite, elle s'aperçut que la vie rue de la Bienfaisance n'avait rien de drôle. Dès qu'Alexis s'absentait, la grande maison austère semblait se fermer comme un piège inquiétant. Belinda n'avait pas été préparée à vivre dans une demeure aussi imposante. Construite au XVIIIe siècle, cette bâtisse comptait un nombre impressionnant de pièces, immenses et dallées, où résonnaient les pas de la jeune femme. La salle à manger pouvait accueillir plus de cent cinquante convives. Elle évitait de trop regarder les tapisseries gigantesques accrochées aux murs des salons, qui représentaient des scènes sanglantes de l'histoire sainte. Belinda trouvait l'ambiance oppressante et le décor écrasant.

Solange Savagar, la mère d'Alexis, dirigeait la maison avec une poigne de fer. Bien qu'elle ait entendu parler d'elle, Belinda n'avait pas imaginé qu'elle devrait supporter la présence continuelle de sa belle-mère, une grande femme maigre à la peau parcheminée et aux veines apparentes, aux cheveux noirs et raides coupés court avec une frange bien nette, au nez proéminent. Tous les matins, à dix heures, Solange Savagar descendait au rez-de-chaussée, vêtue de l'un de ses innombrables tailleurs Chanel. L'air digne, la bouche pincée, elle s'installait dans le fauteuil Louis XV du salon principal. Là, elle convoquait les domestiques et donnait ses ordres pour la journée.

Le fait que Belinda, en tant qu'épouse d'Alexis, puisse prendre sa place ne fut jamais envisagé. La maison de la rue de la Bienfaisance était son domaine, et rien d'autre que la mort ne viendrait mettre un terme à son règne. D'ailleurs, elle n'avait que peu de sympathie pour cette jeune Américaine sans éducation qui avait ensorcelé son fils bien-aimé.

Alexis ayant insisté sur le fait que sa mère devait être respectée, Belinda fit des efforts pour se montrer agréable. Hélas, Solange lui rendait la vie impossible. Elle refusait de lui parler anglais, sauf pour la critiquer, et s'empressait de rapporter à Alexis la moindre gaucherie dont Belinda se rendait coupable dans la journée. Chaque soir, à sept heures, ils se réunissaient tous au salon, où Solange, fumant Gauloise sur Gauloise, discutait en français avec son fils, sans se préoccuper une seule seconde de la présence de Belinda.

Dès qu'il se retrouvait seul avec elle, Alexis essayait de gommer toutes les plaintes de sa femme par des baisers.

— Ma mère est une vieille dame aigrie qui a tout perdu, disait-il. Il faut lui pardonner. Cette maison est tout ce qui lui reste. Je t'en prie, chérie, sois gentille avec elle, pour me faire plaisir.

Brutalement, un soir, tout changea. Elle voulut faire une surprise à son mari en portant un déshabillé noir transparent qu'elle avait acheté l'après-midi même, pensant lui faire plaisir. Quand il la vit ainsi vêtue, son visage blêmit, ses traits se durcirent et il sortit de la chambre sans rien dire. Elle l'attendit dans le noir, furieuse après elle-même d'avoir eu la naïveté de penser qu'elle pouvait lui plaire dans cette tenue. Les heures passèrent, et il ne reparut pas. Au matin, alors qu'il n'était toujours pas rentré, elle enfouit sa tête dans l'oreiller et se mit à pleurer.

Le lendemain soir, elle alla trouver sa belle-mère.

— Alexis a disparu, dit-elle. Je veux savoir où il est.

— Mon fils ne me tient pas au courant de tous ses faits et gestes, répondit la vieille dame.

Alexis ne revint que deux semaines plus tard, au début du mois d'avril. Belinda, debout au sommet de l'escalier dans une robe de Balmain devenue trop étroite à la taille, le vit franchir la porte d'entrée, son attaché-case à la main. Il avait l'air d'avoir vieilli de dix ans. Elle s'avança vers lui. Alors seulement il leva les yeux vers elle et la regarda, avec une moue cynique qu'elle ne lui avait plus vue depuis l'époque du Jardin d'Allah.

— Ma chère femme, dit-il. Tu es magnifique, comme toujours.

Son comportement les jours suivants laissa Belinda perplexe. En public, il la traitait avec déférence, mais en privé tout était différent. Il lui faisait l'amour comme un forcené. L'homme tendre était redevenu un conquérant insatiable, épuisant la jeune femme sous ses assauts répétés et finissant par lui faire mal à force de jouissance.

Une semaine après son retour, il lui annonça qu'ils partaient en voyage, mais sans préciser à quel endroit.

Alexis renonça à la Daimler avec chauffeur et choisit dans sa collection une Hispano-Suiza 1933, qu'il conduisit lui-même avec sa maîtrise et sa concentration habituelles. Belinda, soulagée de n'avoir pas à faire l'effort de converser, vit apparaître peu à peu les collines crayeuses de l'Auxerrois. Mais bien que le paysage fût charmant, elle n'arrivait pas à se détendre. D'après ses calculs, elle était à présent enceinte de quatre mois, et tous les efforts qu'elle faisait pour dissimuler son état sapaient ses forces. Elle prétendait avoir des règles qui ne venaient jamais, elle décalait les boutons de ses jupes en cachette et s'arrangeait pour ne pas se montrer en pleine lumière quand elle était nue. Elle faisait tout ce qu'elle pouvait pour retarder le moment d'avouer à Alexis qu'elle attendait un bébé.

Ils arrivèrent en Bourgogne en fin d'après-midi, au moment où le relief des vignes s'estompait sur les collines, dans les ombres bleutées du crépuscule. Ils descendirent dans une auberge rustique, avec des géraniums sur le rebord des fenêtres et un toit de tuiles rouges. Mais Belinda était trop fatiguée pour apprécier le charme du lieu et le repas savoureux qu'on leur servit au dîner.

Le lendemain, Alexis l'emmena se promener dans la campagne et pique-niquer au sommet d'une colline. Ils n'échangèrent pas un mot pendant le repas, et Belinda ne toucha presque pas à la nourriture. Elle but un peu de vin, ce qui la fit frissonner. Elle enfila un cardigan et fit quelques pas sur la colline pour échapper au silence oppressant.

— Alors, tu apprécies la vue, mon amour ?

Belinda sursauta quand Alexis lui passa un bras autour des épaules.

— Oui, c'est très joli.

— Et est-ce que tu apprécies d'être avec ton mari ?

— Bien sûr, Alexis. J'aime beaucoup être avec toi.

— Particulièrement au lit, n'est-ce pas ?

Elle ne répondit pas. Apparemment, il n'attendait pas de réponse. Pointant son doigt vers le lointain, il lui désigna plusieurs vignobles. Elle eut un peu l'impression de retrouver l'homme qui lui avait montré Paris, et elle se détendit.

— Et là-bas, chérie, tu vois ces bâtiments en pierre grise ? C'est le couvent de l'Annonciation, l'une des meilleures écoles religieuses de France.

— Ah ? dit Belinda.

Les vignes l'intéressaient davantage que la religion catholique.

— Les meilleures familles d'Europe envoient leurs enfants au couvent de l'Annonciation, poursuivit Alexis. Les sœurs prennent même les bébés.

Belinda fronça les sourcils, choquée.

— Et pourquoi des gens riches confieraient-ils leurs bébés à des religieuses ?

— Cela se fait, chérie. Si la jeune fille n'est pas mariée, et qu'on n'a pas réussi à lui trouver un mari convenable.

La conversation rendait Belinda nerveuse. Aussi essaya-t-elle de changer de sujet. Mais Alexis ne semblait pas disposé à parler d'autre chose.

— Les nonnes s'en occupent très bien, continua-t-il. Elles ne les laissent pas toute la journée dans leur berceau, comme cela arrive fréquemment dans d'autres institutions.

— Je ne peux pas imaginer qu'une mère puisse abandonner son enfant, dit Belinda. Et maintenant, s'il te plaît, Alexis, partons. J'ai froid.

Il ne bougea pas.

— Tu ne peux pas l'imaginer parce que tu as encore une mentalité bourgeoise. Il te faudra penser différemment, maintenant que tu es une Savagar.

Inconsciemment, elle croisa les mains sur son ventre, et se tourna lentement vers Alexis.

— Qu'est-ce que tu veux dire ? Je ne comprends pas.

— Ce que je veux dire, c'est que ton bâtard ira au couvent de l'Annonciation dès sa naissance. Les nonnes se chargeront de son éducation.

— Tu le savais, murmura-t-elle.

— Bien sûr.

Le soleil disparut à l'horizon. Belinda frissonna.

— Ton ventre s'arrondit, dit-il d'une voix méprisante. Et on voit tes veines à travers la peau de tes seins. Cette fameuse nuit où je t'ai vue, debout, dans ce déshabillé transparent, j'ai vu que tu étais enceinte. Combien de temps encore pensais-tu réussir à me duper ?

— Non ! s'écria Belinda.

Brusquement, elle perdit la tête et fit ce qu'elle s'était juré de ne jamais faire.

— Non ! cria-t-elle en sanglotant. Le bébé n'est pas un bâtard ! C'est le tien, ton...

Il la gifla violemment.

— Ne t'humilie pas davantage, Belinda. Tu m'as suffisamment menti comme ça. Ah ! Comme tu as dû te moquer de moi le jour où tu m'as raconté tes malheurs, au bar du Beverly Hills Hotel, en omettant le plus important !

Je me suis fait piéger comme un collégien ! Tu m'as ridiculisé !

— Je suis désolée, Alexis, pleura-t-elle. Je n'ai pas osé te dire la vérité. J'ai eu peur que tu refuses de m'aider. Mais ne t'inquiète pas. Je vais partir. Nous allons divorcer, et tu ne me reverras jamais.

— Divorcer ? Ah non, ma petite ! Tu n'auras pas cette joie. Tu n'as donc pas compris ce que je t'ai dit à propos du couvent de l'Annonciation ? Tu ne vois pas que maintenant c'est toi qui es piégée ?

Belinda sentit la terreur l'envahir.

— Je ne te laisserai jamais me prendre mon enfant ! sanglota-t-elle.

Le regard d'Alexis devint encore plus dur, ses traits se contractèrent sous l'effet de la colère.

— Il n'y aura pas de divorce, dit-il d'un ton froid. Et si tu pars, tu n'auras pas un sou. Et je crois me souvenir que tu n'es pas très douée pour te débrouiller toute seule !

— Tu n'as pas le droit de m'enlever mon bébé !

— Tu te trompes, Belinda, répondit Alexis, très calme. Aux yeux de la loi, ce bâtard est mon enfant. Et je te préviens, si jamais tu en parles à quelqu'un, je te briserai. Tu m'entends ?

— Alexis, je t'en prie, ne fais pas ça, dit-elle tout bas.

Mais il s'était déjà éloigné d'elle.

Ils rentrèrent directement à Paris et n'échangèrent pas un mot de tout le voyage. Quand finalement Alexis arrêta la voiture rue de la Bienfaisance, Belinda leva les yeux vers la grande bâtisse de pierre grise, qui lui sembla un tombeau géant. Ses yeux s'emplirent de larmes.

— Pourquoi m'as-tu épousée, Alexis ? demanda-t-elle.

Il la dévisagea en silence avec une moue de mépris et laissa passer plusieurs secondes avant de répondre :

— Parce que je t'aimais.

Elle le regarda fixement, les lèvres tremblantes.

— Je te hais, Alexis ! Jamais je ne pourrai te pardonner ça ! dit-elle d'une voix brisée.

Puis elle sortit précipitamment de la voiture et se mit à descendre en courant la rue de la Bienfaisance, belle et désespérée sous le soleil et la lumière d'avril.

Alexis la regarda s'éloigner, en se demandant pourquoi il l'avait tant aimée. A présent, il n'éprouvait plus que mépris pour elle.

Le vent s'était levé. En passant près d'un jardin, Belinda fut inondée d'une pluie de fleurs de marronniers. Alexis se souviendrait de cette image toute sa vie : Belinda courant sous une nuée de fleurs blanches, atrocement jeune, belle et le cœur brisé.

LE BÉBÉ DE BELINDA

Quoi que fassent les autres, je suis obligé de me battre.

Errol Flynn, *Mes quatre cents coups*

6

Il était extrêmement laid, avec une barbe sale et emmêlée, et portait une longue robe pleine de taches. Pour une fois, le babillage matinal qui emplissait habituellement la salle à manger du couvent de l'Annonciation s'était tu. Les filles, qui ordinairement échangeaient des propos animés dans cinq langues, se taisaient ce matin et se serraient un peu plus les unes contre les autres. De délicieux frissons de peur leur couraient sur la peau, leur faisant regretter d'avoir avalé d'aussi grands bols de flocons d'avoine.

L'une des plus jeunes laissa échapper un petit cri quand le vieil homme leva le bras et fit claquer son fouet dans l'air. Et même les plus grandes, celles qui affirmaient n'avoir pas peur du « fouettard », sentaient leur gorge se serrer.

S'il vous plaît, mon Dieu, faîtes que ce ne soit pas moi. J'en mourrais de honte. S'il vous plaît, faites que ce ne soit pas moi.

Bien sûr, elles savaient qu'elles n'avaient rien à craindre. Tous les ans, le 4 décembre, le « fouettard » désignait la fille la plus indisciplinée pour recevoir le fouet, et tout le monde savait qui c'était. Certaines filles regardaient dans sa direction avec compassion, d'autres avec mépris.

Elle se tenait à l'écart, debout contre le mur auquel étaient accrochées des guirlandes de Noël et un poster de Mick Jagger que les sœurs n'avaient pas encore repéré.

Bien qu'elle portât le même uniforme que les autres — une jupe en flanelle bleu marine, un chemisier blanc et des chaussettes bleu foncé qui montaient jusqu'au genou —, elle réussissait à ne pas leur ressembler. Elle était différente en partie à cause de sa taille. Bien qu'elle n'eût que treize ans, elle les dépassait toutes. Elle avait aussi des mains et des pieds immenses, et un large visage. Sa masse de cheveux blonds était rassemblée en une queue de cheval qui pendait du sommet de son crâne jusqu'au milieu du dos. La pâleur de sa chevelure contrastait avec des sourcils très bruns et épais qui se rejoignaient presque au-dessus de son nez. Sa grande bouche s'ouvrait sur deux rangées de dents barrées d'un appareil dentaire. Elle avait une allure dégingandée, avec de longs bras et de longues jambes, des épaules carrées et des genoux osseux. L'un d'eux était couronné et portait la trace noire d'un vieux sparadrap. Alors que toutes les autres filles avaient de petites montres fines, elle arborait une grosse montre chronomètre tout à fait masculine, dont le bracelet était si lâche que le boîtier pendouillait sur le côté de son maigre poignet.

Mais ce n'était pas seulement sa taille qui la différenciait des autres. Elle avait une façon bien à elle de se tenir debout, le menton redressé avec arrogance, ses yeux verts et espiègles semblant narguer la terre entière. En ce moment, c'était le fouettard quelle toisait ainsi. Elle avait l'air de le mettre au défi de l'approcher, tout en lui signifiant qu'elle se moquait éperdument de lui et de son fouet. Fleur Savagar était une jeune fille à part.

En cet hiver de 1969, la majorité des pensionnats français avaient renoncé à faire appel à un fouettard pour punir leurs élèves les plus insoumis. Mais au couvent de l'Annonciation, les réformes ne se faisaient pas à la légère, et la coutume du fouettard perdurait.

Pour la deuxième fois, le fouettard fit claquer son fouet en l'air. Fleur resta immobile. Pourtant tout le monde savait qu'elle avait de bonnes raisons de s'inquiéter. En janvier, elle avait volé les clés de la vieille Citroën de la mère supérieure, se targuant de pouvoir conduire la voiture, mais elle était rentrée dans le mur du garage. En mars, elle s'était cassé le bras en montant en cachette le poney du couvent. Puis il y avait eu l'incident du feu d'artifice et la mise à sac de la cabane à outils.

Le fouettard sortit un paquet de verges de son sac en toile de jute. Il parcourut l'assemblée du regard, puis ses yeux s'arrêtèrent sur Fleur. Il se dirigea vers elle et posa les verges devant les chaussures de la jeune fille. Sœur Marguerite, qui trouvait cette coutume barbare, détourna les yeux pour ne rien voir. Les autres sœurs hochèrent la tête d'un air résigné. Elles se donnaient tant de mal avec Fleur, et en vain. Cette fille était comme du vif-argent : impulsive, insaisissable, indomptable. Elles l'aimaient beaucoup : on la leur avait confiée tout bébé, et il était impossible de ne pas l'aimer. Mais elles se faisaient constamment du souci à son sujet. Que lui arriverait-il quand elle les quitterait ?

Elles espéraient que Fleur montrerait quelque remords. Mais celle-ci se pencha et ramassa le paquet de verges avec la plus profonde indifférence. Elle avait treize ans, elle avait passé l'âge de la fessée depuis longtemps.

Elle baissa la tête et, pendant quelques instants, sembla ruminer ses mauvaises actions passées. Puis tout à coup elle se redressa, eut un petit sourire futé et, prenant les verges dans ses bras comme une reine de beauté aurait tenu son trophée, elle envoya des baisers à l'assistance en faisant des courbettes moqueuses. Toutes les filles se mirent à glousser. Fleur Savagar était impossible, mais décidément on ne pouvait s'empêcher de l'aimer.

Dès qu'elle fut certaine que tout le monde avait compris qu'elle se fichait éperdument du fouettard stupide, elle tourna les talons et sortit de la salle à manger par la porte latérale. Elle attrapa au passage son vieux manteau de laine accroché à une patère dans le couloir. Les petites idiotes ! Elle les haïssait toutes, sans exception. Ouvrant la porte de derrière, elle sortit en courant.

Il faisait froid. La terre gelée était dure sous ses pas, et en respirant elle faisait naître de petits nuages de buée. Marchant à grandes enjambées, elle s'éloigna de la grosse bâtisse de pierre grise. Sans ralentir sa cadence, elle plongea sa main dans la poche de son manteau et en extirpa le joli béret bleu que lui avait offert sa mère l'été précédent. Elle s'en coiffa.

Fleur n'était autorisée à voir sa mère que deux fois par an : un mois en août et deux semaines à Noël. Elle allait la retrouver dans quatorze jours très exactement, et elles iraient passer les vacances ensemble près d'Antibes, dans l'hôtel du bord de mer où elles descendaient chaque hiver. Fleur avait dessiné un cœur orange sur son agenda à la date du 20 décembre, et ce depuis le dernier jour du mois d'août, quand sa mère l'avait ramenée au couvent. Les moments passés avec elle étaient les plus heureux de sa vie. Belinda ne lui reprochait jamais de parler trop fort, de jurer, elle ne l'obligeait jamais à boire du lait. Belinda était la personne qui l'aimait le plus au monde.

Fleur n'avait jamais vu son père. Il l'avait confiée aux bons soins des religieuses du couvent de l'Annonciation quand elle n'avait encore que quelques semaines, et il n'était jamais revenu. Elle ne connaissait pas la maison de la rue de la Bienfaisance où sa famille — sa grand-mère, son père, sa mère, et son frère Michel — vivait sans elle. Ce n'était pas sa faute, lui avait dit sa mère.

Quand elle arriva à la clôture qui marquait la limite du parc du couvent, elle ralentit l'allure et siffla deux fois. Il s'approcha alors de la barrière en bois et, avançant sa tête vers elle, vint frotter ses naseaux contre son épaule. C'était un cheval de selle qui appartenait à l'un des vignerons du voisinage. Elle pressa sa joue contre sa crinière et lui flatta l'encolure du plat de la main. Elle aurait donné n'importe quoi pour pouvoir le monter, mais jamais les nonnes ne l'y autoriseraient. Et elle préférait ne pas leur désobéir, de peur qu'on ne lui interdise de revenir ici, ce qu'elle n'aurait pu supporter.

Un jour, elle serait une grande cavalière. Elle gagnerait des coupes et on l'applaudirait. Déjà elle surpassait toutes ses camarades en sport. Elle courait et nageait plus vite que les autres. Elle se sentait capable des mêmes performances sportives qu'un garçon. Et cela lui donnait l'espoir de conquérir un jour l'amour de son père. En effet, si elle se montrait aussi forte et aussi brave qu'un garçon, son père l'autoriserait peut-être à venir vivre chez lui, car les hommes préfèrent les garçons, c'est bien connu.

Un grand nombre de nonnes se trouvaient dans le hall d'entrée au moment où Belinda vint la chercher. Le visage de Fleur rayonnait de fierté quand sa mère fit son apparition dans l'assemblée, tel un oiseau de paradis. Sous son manteau de vison blanc, Belinda portait un chemisier de soie bouton d'or et un pantalon bleu indigo. Des bracelets en or cliquetaient à ses poignets, et deux disques d'or pendaient à ses oreilles. Tout ce qu'elle portait était élégant, coûteux, et lui donnait l'air racé.

A trente-deux ans, Belinda était un joyau sans prix, taillé à la perfection par Alexis Savagar et mis en valeur par les tenues luxueuses des grands couturiers. Elle était plus mince qu'avant, plus nerveuse aussi, et elle avait tendance à faire de petits gestes brusques. Mais le regard qu'elle posa sur sa fille n'avait pas changé : toujours cette même innocence dans les yeux bleu pervenche.

Fleur traversa le hall en courant et se précipita dans ses bras.

— Dépêchons-nous, lui souffla sa mère à l'oreille.

Belinda avait horreur que les nonnes l'arrêtent pour lui faire part des dernières frasques de sa fille.

— Tu sais, lui confia Belinda dès qu'elles furent sorties, j'ai envie de leur dire : « Écoutez-moi, vieilles sorcières, ma fille a un esprit libre, sauvage, et je refuse que vous la changiez. »

Fleur adorait que sa mère lui parle ainsi. Elle monta dans la Lamborghini gris métallisé de Belinda, et dès qu'elle eut fermée la portière elle se jeta dans ses bras en pleurant. Blottie dans le manteau de vison qui fleurait bon

Shalimar, elle se sentit enfin rassurée. Elle savait qu'elle était trop grande pour pleurer, mais elle ne pouvait s'en empêcher.

Belinda et Fleur aimaient beaucoup l'ambiance des villes de la Côte d'Azur, les palmiers, les vieux hôtels à l'allure de pièces montées, les vedettes vieillissantes allongées sur des chaises longues, les néons fluorescents des casinos.

Ce jour-là, elles étaient venues faire quelques courses au marché de Monte-Carlo pour le déjeuner. Elles grignotèrent du jambon, du pain, des tomates et des olives, assises sur un banc non loin du palais.

— Tu crois qu'elle est heureuse ? demanda Fleur, en désignant le bâtiment princier d'un mouvement de tête.

Belinda savait de qui elle parlait. Il en avait toujours été ainsi entre elles : elles se comprenaient à demi-mot.

— Bien sûr que oui. C'est une princesse, ma chérie, l'une des femmes les plus célèbres du monde.

Belinda remonta ses lunettes de soleil sur le sommet de sa tête et alluma une cigarette.

— Il faudrait que tu la voies dans *Fenêtre sur cour,* poursuivit-elle. Je crois qu'elle n'a jamais été aussi belle que dans ce film.

Fleur se laissa aller contre le dossier du banc et étira ses longues jambes devant elle.

— Mais lui, il est un peu vieux, tu ne trouves pas ? demanda-t-elle à sa mère.

— Mais pas du tout ! protesta gentiment Belinda. Les hommes comme Rainier n'ont pas d'âge. Il est vraiment distingué, tu sais. Et très séduisant.

— Tu le connais ?

— Oui. Il est venu dîner à la maison l'automne dernier.

Belinda remit ses lunettes de soleil sur son nez, et Fleur comprit que cette conversation l'agaçait.

— Est-ce qu'« il » était là ? s'enquit la jeune fille.

— Passe-moi les olives, chérie, veux-tu ? demanda Belinda, en lui désignant un petit carton posé sur le banc.

Ses ongles en forme d'amande étaient peints en rouge cerise.

— Alors, répéta Fleur, il était là ou pas ?

— Alexis possède des immeubles à Monaco. Bien sûr qu'il était là.

— Je ne voulais pas parler d'Alexis, dit Fleur, mais de Michel.

— Michel était là aussi. Il avait quelques jours de vacances.

— Je le hais. Je t'assure que je le hais, lança-t-elle avec fougue.

Belinda tira une longue bouffée de sa cigarette et ne dit rien.

— Et je m'en fiche que ce soit un péché, continua Fleur. Je crois que j'ai encore plus de haine pour lui que pour Alexis. Michel a tout ce que je n'ai pas. C'est injuste.

— Il ne me voit pas plus que toi, intervint Belinda. N'oublie pas ça.

— Mais il a un père, lui, et une maison, même s'il ne revient que pour les vacances, dit Fleur sur un ton plein de rancœur.

— Allons, ma chérie, nous sommes ensemble pour nous amuser. Évitons de parler de ça.

Mais Fleur refusa de capituler aussi vite.

— Je n'arriverai jamais à comprendre pourquoi Alexis me déteste. Pourquoi il ne m'a jamais aimée.

Belinda poussa un profond soupir.

— Je t'ai déjà dit mille fois que cela n'avait rien à voir avec toi. Il est comme ça, on n'y peut rien.

Alexis était bizarre, Belinda le lui avait souvent dit. Mais Fleur refusait de comprendre. Comment un père pouvait-il préférer son fils à sa fille au point d'envoyer celle-ci en pension, de ne jamais la voir, de lui refuser l'accès de sa propre maison ? Cela dépassait l'entendement. Belinda prétendait qu'Alexis n'avait jamais accepté le fait que son premier enfant ne fût pas un garçon. Pour lui, c'était un échec, et il ne supportait pas les échecs. Pourtant, les sentiments d'Alexis à l'égard de Fleur n'avaient pas changé à la naissance de Michel. « C'est parce que je ne peux plus avoir d'enfants », lui avait dit Belinda.

Fleur découpait toutes les photos de son père qu'elle trouvait dans les journaux et les conservait précieusement dans une grande enveloppe qu'elle cachait sous son matelas. Parfois, le soir, quand elle était couchée, elle s'imaginait que l'une des nonnes lui annonçait que son père venait d'arriver. Il la prenait dans ses bras et il lui disait : « Je suis venu te chercher. »

— Je le déteste, fulmina Fleur. Je les déteste tous les deux. Et je déteste cet appareil dentaire. Je suis affreuse avec, et personne ne m'aime parce que je suis laide.

— Tu as tort de dire ça, Fleur. Tu t'apitoies sur toi-même. D'ici quelques années, toutes les filles voudront te ressembler, crois-moi.

La mauvaise humeur de Fleur s'envola comme par enchantement. Elle aimait vraiment beaucoup sa mère.

Elles partirent se promener en ville. Fleur s'émerveilla devant les uniformes des gardes du palais. Elle s'émerveillait de tout. Elle courait devant sa mère, revenait vers elle, lui sautait au cou, la taquinait. Comme elle ressemble à Flynn ! se dit Belinda avec émotion. Elle avait le même côté sauvage, le même amour de la vie.

A de nombreuses reprises, elle avait failli lui avouer la vérité. Mais la peur l'en avait empêchée. Elle craignait trop Alexis pour passer outre sa volonté. Il l'avait toujours dominée. Une fois seulement, le rapport de force s'était inversé : à la naissance de Michel.

Elles reprirent la route pour rentrer à l'hôtel. Une fois arrivée, Belinda but un double scotch. Puis elle prit une douche, pendant que Fleur se rafraîchissait.

Quand elles eurent fini de dîner, Belinda but encore un whisky. Ensuite, elles décidèrent d'aller au cinéma pour voir un western américain en version originale.

Ce fut au milieu du film qu'il apparut sur l'écran pour

la première fois. Belinda le remarqua immédiatement et le fixa des yeux avec une espèce d'avidité euphorique.

L'homme était grand et mince, avec des jambes qui n'en finissaient pas. Son visage, long et étroit, aurait pu être l'œuvre d'un sculpteur maudit. Il émanait de lui une force imposante qui suscitait le respect.

A l'occasion d'un gros plan, Belinda remarqua que ce fascinant inconnu était très jeune. Vingt-deux, vingt-trois ans au maximum. Ses cheveux étaient bruns et drus, son nez proéminent et sa bouche sensuelle. Il avait des yeux bleus au regard perçant.

Belinda ne put s'empêcher de penser à James Dean. Le bel acteur était de la même race, celle des rebelles. Elle frissonna.

Lorsque la lumière revint dans la salle, elle regarda défiler le générique de fin avec attention. Quand son nom apparut enfin, elle se sentit subitement rajeunie de dix ans. Jake Koranda...

C'était un peu comme si Jimmy, à travers cet acteur encore inconnu, lui faisait signe. Jake Koranda. Non, il ne fallait pas désespérer. Son rêve avait encore une chance de se réaliser...

7

Fleur avait seize ans quand les garçons de Châtillon commencèrent à s'intéresser à elle. Chaque fois qu'elle allait faire des courses en ville, ils la sifflaient et faisaient des remarques flatteuses sur ses jambes. Un jour, alors qu'elle sortait de la boulangerie, l'un d'eux eut même l'audace de s'approcher d'elle et de l'inviter au cinéma. Un rendez-vous ! C'était incroyable ! Elle avait pris ses jambes à son cou et rejoint ses amies qui l'attendaient un peu plus loin, sur le pont. Elle leur avait tout raconté. A sa grande surprise, celles-ci avaient eu l'air impressionnées et, depuis ce jour-là, elles la traitaient avec une sorte de respect mêlé d'admiration.

Ainsi, quelque chose avait changé. On la trouvait belle. Quelle drôle d'idée ! Certes, elle avait cessé de grandir, mais n'en mesurait pas moins un mètre quatre-vingts. On lui avait enlevé son appareil dentaire. C'était sûrement cela qui faisait toute la différence.

Cet été-là, Fleur passa ses vacances en Grèce avec Belinda. Sa mère avait choisi Mykonos, son île préférée.

Le premier jour des vacances, alors qu'elles étaient assises sur la plage, Fleur raconta à Belinda ce qui lui était arrivé.

— C'est vraiment agaçant, tu sais, de se faire siffler et aborder par les garçons. Au début, je croyais qu'ils se moquaient de moi, mais finalement j'ai bien peur que non. Quand je vois leur expression, je...

Elle ne réussit pas à formuler sa pensée. Alors elle se plongea dans la contemplation du maillot de bain vert pomme que Belinda lui avait offert. C'était un bikini ridiculement petit, aussi avait-elle enfilé un vieux tee-shirt orange par-dessus, pour le cacher. Belinda portait une tunique en soie verte. A son poignet pendait une grosse gourmette en or. Elle avait du vernis rose pâle aux ongles des mains et des pieds. Fleur ne mettait jamais de vernis à ongles, et même, ce matin-là, elle avait un sparadrap sur le petit orteil du pied droit, s'étant fait une ampoule dans ses nouvelles bottes d'équitation.

Belinda but une gorgée du Bloody Mary qu'elle avait apporté à la plage.

— Quand tu vois l'expression sur leur visage, tu t'aperçois que les garçons ne plaisantent pas en te faisant des compliments, c'est bien ça ? demanda-t-elle à sa fille.

— Je suppose, oui, répondit Fleur.

— Mon pauvre bébé ! C'est dur de ne plus être le vilain petit canard, surtout quand on s'y complaisait ! ironisa Belinda.

Fleur ne dit rien.

— Pendant des années, poursuivit Belinda, je t'ai répété qu'un jour toutes les filles voudraient te ressembler. Mais tu ne m'écoutais pas. Tu n'écoutes jamais personne, Fleur. Tu es têtue comme une mule. Mais tu n'y peux rien. Tu as ça dans le sang.

De la façon dont Belinda en parlait, Fleur sentit qu'elle pouvait s'enorgueillir de ce défaut.

— Tu n'as jamais lu un livre qui s'appelle *L'Amour sans crainte* ? demanda-t-elle à sa mère. C'est un bouquin d'éducation sexuelle que m'a prêté une des filles du couvent. C'est dégoûtant. Je n'arrive pas à imaginer qu'on puisse faire des choses pareilles.

Belinda ne dit rien. Fleur enfonça son pied dans le sable.

— Je crois que je ne ferai jamais l'amour. Je le pense

vraiment, Belinda. Je ne me marierai jamais. D'ailleurs, je n'aime pas les hommes.

— Mais tu n'en connais aucun, chérie, dit Belinda d'un ton sec. Crois-moi, tu changeras d'avis quand tu auras quitté ce maudit couvent.

— Je ne crois pas. Puis-je avoir une cigarette ?

— Non. Et puis, les hommes sont merveilleux, chérie. Enfin, je veux dire les hommes de pouvoir. Les hommes importants. Quand tu entres dans un restaurant au bras d'un homme connu, tout le monde te regarde, et tu peux lire l'admiration dans tous les regards. Tu sens qu'ils pensent que tu dois être quelqu'un de très spécial pour avoir plu à un tel homme.

Fleur ressentit une gêne diffuse.

— Et c'est l'impression que tu as quand tu sors avec Alexis ? demanda-t-elle. C'est à cause de ça que tu ne veux pas divorcer ?

Belinda poussa un profond soupir, puis elle tourna son visage vers le soleil.

— C'est simplement une question d'argent, chérie. Je te l'ai déjà dit. J'ai peur de ne pas être très douée pour gagner ma vie. Et je ne me sens pas capable de subvenir à nos besoins.

Fleur se leva, pensive.

— Nous ferions mieux de partir, maintenant. Je voudrais monter à cheval avant qu'il ne fasse trop chaud.

— Ah, toi et tes chevaux ! s'exclama Belinda.

Depuis deux ans, Fleur montait à cheval. Les nonnes avaient passé avec elle le marché suivant : si son travail scolaire s'améliorait, elle aurait le droit de monter à cheval tous les samedis après-midi. En l'espace de trois mois, Fleur était passée de la dernière à la deuxième place dans la classe.

Très vite, Fleur s'aperçut que les plagistes de Mykonos s'intéressaient autant à elle que les garçons de Châtillon. Aussi annonça-t-elle à Belinda qu'elle n'irait plus sur la plage que très tôt le matin, car l'attitude des hommes à son égard la rendait nerveuse.

Sa mère lui répondit qu'elle la trouvait bien immature pour son âge et qu'à sa place la plupart des filles se sentiraient flattées d'attirer ainsi l'attention. Mais elle ajouta que, de toute façon, il valait mieux les ignorer, car ce n'étaient pas des hommes importants.

Elles passèrent quelques jours avec une amie de Belinda qui arriva inopinément. Mme Philippe Duverger, anciennement Bunny Gruben, du Kansas, était un ancien mannequin vedette de l'agence Casimir à New York. Bunny ne cessa de regarder Fleur d'une manière qui la mit mal à l'aise.

Ces quatre semaines passèrent à la vitesse de l'éclair, et Fleur se retrouva trop vite à l'entrée du couvent, serrant sa mère dans ses bras et pleurant à chaudes larmes.

Quand elle la vit s'éloigner, elle s'efforça de se ressaisir. Après tout, c'était sa dernière année au couvent. Elle allait passer son bac et pourrait ensuite s'inscrire dans une université française. A cela près qu'elle n'avait nullement l'intention d'étudier en France. Elle voulait partir pour les États-Unis et faire ses études supérieures dans une université américaine. Elle avait fait promettre à Belinda d'en parler à Alexis et, bien que celle-ci se fût montrée sceptique, Fleur avait bon espoir. Qu'est-ce qui pourrait faire plus plaisir à son père que de savoir sa fille de l'autre côté de l'océan ?

Il y avait bien longtemps qu'elle ne fantasmait plus à son sujet. Il la haïssait, soit. Désormais, elle l'acceptait. Aussi fut-elle très déçue quand la lettre de Belinda arriva quelques semaines plus tard.

Ma chérie,

J'ai eu beau essayer de le convaincre, Alexis ne veut pas entendre parler d'éventuelles études aux États-Unis. Il t'a déjà inscrite dans un collège de jeunes filles en Suisse. Encore des bonnes sœurs, j'en ai peur.

Je suis très triste pour toi, ma chérie. Je sais à quel point tu tenais à cette idée. Mais je ne pense pas que ce sera si terrible que ça. Tu auras davantage de vacances, et nous pourrons nous voir plus souvent.

Je t'en prie, chérie, ne sois pas trop déçue. Un jour, tout s'arrangera pour nous, tu verras.

Avec tout mon amour,
Belinda

Fleur froissa rageusement la lettre. Elle ne croyait plus aux vagues promesses de Belinda. « Un jour », tu parles !

Elle s'enfuit du couvent le soir même. Bien sûr, la police la retrouva avant le matin. La prochaine fois qu'elle voudrait faire une fugue, il faudrait se montrer plus prévoyante. C'était idiot d'avoir ainsi cédé à une impulsion. En sortant du poste de police, elle fut aveuglée par l'éclair des flashes.

Alexis Savagar était un homme trop intelligent pour avoir tenue secrète l'existence de Fleur au fil des années. Mais dès que l'on y faisait allusion en sa présence, il prenait un air pensif. En conséquence, la plupart des gens en avaient déduit que sa fille était handicapée ou attardée, ce qu'ils cessèrent de croire dès que l'histoire de sa fugue fut relatée dans tous les journaux avec photo à l'appui.

Alexis était furieux. Les gens commençaient à lui poser des questions. En outre, Solange Savagar choisit ce moment pour rendre l'âme. En un sens, Alexis fut soulagé, car elle souffrait depuis un an et devenait de plus en plus difficile à vivre. Néanmoins, sans le savoir, elle l'avait mis au pied du mur : il eût été inimaginable qu'on ne vît pas sa fille aux funérailles de sa grand-mère. Aussi ordonna-t-il à Belinda de la faire venir.

Tandis que la limousine franchissait la grille de la rue de la Bienfaisance, Fleur s'inquiétait de savoir si elle avait bien fait de s'habiller en noir. Mais qu'aurait-elle bien pu mettre d'autre pour aller à un enterrement ? Elle était si nerveuse qu'elle en avait la nausée.

La maison était énorme et inquiétante, exactement telle que Belinda la lui avait décrite. Une bonne la conduisit à travers un hall sans fin jusqu'à un petit salon où Belinda l'attendait, vêtue d'un élégant tailleur noir de Christian Dior. Dès qu'elle la vit, Fleur se jeta dans ses bras. En respirant l'odeur de son parfum, elle se sentit tout de suite mieux.

— Je suis si heureuse que tu sois là, lui dit Belinda. Mais ça ne va pas être facile. Alexis me parle encore de cette photo. Alors, essaie de ne pas le contrarier, et j'espère que tout ira bien.

Fleur remarqua que sa mère avait les yeux cernés et que ses mains tremblaient légèrement.

— Je suis vraiment désolée pour la photo, dit-elle. Je ne voulais pas te créer de problèmes.

— Je le sais bien, la rassura Belinda. Mais il est devenu impossible depuis que sa mère est tombée malade. En réalité, je suis bien contente que cette vieille peau soit morte. La vie devenait impossible avec elle. Il n'y a guère que Michel qui la regrette vraiment.

Michel. Fleur s'était doutée qu'il serait là. Mais elle avait occulté cette idée. Belinda lui pressa la main.

— Alexis l'a fait venir de son école il y a quinze jours, quand il est devenu évident qu'elle n'en avait plus pour longtemps. Michel a été le seul à rester près d'elle jusqu'à la fin.

Il y eut un petit déclic, et la porte s'ouvrit.

— Belinda, as-tu téléphoné au baron de Chambray comme je te l'avais demandé ? Il aimait beaucoup ma mère.

La voix était basse et autoritaire, et l'on sentait qu'il n'avait jamais besoin de crier pour se faire obéir. Fleur remarqua que Belinda avait sursauté quand il était entré dans la pièce. Elle ressentit soudain le besoin de protéger sa mère. Elle avait l'air si fragile, si vulnérable. Fleur se retourna et fit face à Alexis.

Il avait cinquante-six ans, mais il ne faisait pas son âge. Impeccablement coiffé et fort élégant, il portait une veste gris foncé de la meilleure coupe et une cravate grenat. On disait qu'après Pompidou il était l'homme le plus puissant de France, et c'était exactement ce dont il avait l'air, un grand industriel au sang bleu.

— Ainsi, Belinda, c'est ta fille, dit-il avec une pointe d'ironie dans la voix. Elle s'habille comme une paysanne.

Le salaud ! Fleur redressa fièrement le menton.

— Mais je n'en ai pas les manières ! lança-t-elle.

Belinda retint sa respiration quelques instants, mais Alexis ne réagit pas à l'impertinence de sa fille. Il la dévisageait, la détaillait, semblant chercher chez elle un signe de faiblesse. Jamais elle ne s'était sentie si laide, si grande, si gauche, mais elle n'en laissa rien paraître et soutint son regard sans ciller.

Belinda qui suivait le duel ne put s'empêcher de se sentir fière de sa fille. Elle avait de la force de caractère, elle était pleine d'esprit, et fabuleusement belle. Qu'Alexis la compare donc à son fils !

Belinda attendait qu'il vît la ressemblance, et elle aurait pu dire à quel instant précis cela se produisit. Pour la première fois depuis des mois, elle se sentait calme en sa présence. Quand finalement Alexis tourna la tête vers elle, elle eut un petit sourire de triomphe.

En regardant sa fille, c'était le visage de Flynn qu'il voyait. Bien sûr, les traits en étaient adoucis, mais il était facile de reconnaître le nez large et droit, la bouche bien dessinée et le front haut d'Errol Flynn. Ses yeux ne différaient de ceux de Flynn que par la couleur, vert pailleté d'or. Sans dire un mot, Alexis tourna les talons et quitta la pièce.

Debout à la fenêtre de la chambre de sa mère, Fleur vit Alexis monter dans une Rolls avec chauffeur qui s'éloigna bientôt dans la rue. La rue de la Bienfaisance ! Quelle ironie, quand tout n'y était que malveillance à son égard. Et cet homme abject, qui haïssait sa chair et son sang ! Peut-être si elle avait été plus petite, plus jolie... Mais non, pourquoi ? Un père doit aimer sa fille, jolie ou pas. Elle aurait bien aimé pouvoir parler à sa mère en cet instant, mais elle n'eut pas le cœur de la réveiller. Belinda dormait si profondément ! Sur la pointe des pieds, elle sortit de la chambre et descendit un petit escalier en colimaçon qu'elle trouva sur sa droite. Il menait, à l'arrière de la maison, à une porte donnant sur un immense jardin. De somptueux massifs de fleurs et des haies trop bien taillées la convainquirent qu'elle aurait été malheureuse ici, dans une maison si bien tenue. Au couvent, le parc était plein d'arbres, avec des pelouses à l'herbe folle et des buissons abritant des portées de chats.

Elle essuya rageusement les larmes qui coulaient sur ses joues avec sa manche. Quelle sotte de pleurer comme ça ! A quoi s'était-elle donc attendue ? A ce qu'il se mette à genoux devant elle pour mendier son pardon ?

Elle prit une profonde inspiration et décida d'inspecter les lieux pour se distraire de ses sombres pensées. Devant elle s'élevait un grand bâtiment d'un étage, en pierres grises comme la maison. Cet édifice sans fenêtres, en forme de T, ressemblait à un grand garage. Fleur contourna la bâtisse et trouva une petite porte sur le côté qui n'était pas fermée à clé. Elle entra.

Elle eut l'impression d'avoir pénétré dans un coffret à bijoux géant. Pendant quelques instants, elle resta clouée au sol, émerveillée. Le sol de marbre noir brillait sous des dizaines de spots accrochés au plafond. Et devant elle, dans cette immense pièce aux murs tendus de soie noire, trônaient les plus belles automobiles qu'elle ait jamais vues. Leurs carrosseries rutilantes faisaient penser à des pierres précieuses. Certaines voitures étaient exposées à même le sol, d'autres trônaient sur des plates-formes où étaient scellées des plaques d'argent indiquant leur nom, leur marque et l'année de leur lancement : Isotta-Fraschini modèle 8, 1932 ; Stutz Bearcat, 1917 ; Hispano-Suiza modèle 68, 1931 ; Rolls-Royce Phantom 1, 1925 ; Mercedes-Benz SSK, 1928 ; Bugatti Brescia, 1921 ; Bugatti modèle 13, 1912 ; Bugatti modèle 59, 1935 ; Bugatti modèle 35...

Fleur s'aperçut que toutes les automobiles rassemblées dans l'aile droite du bâtiment étaient des Bugatti. Elle remarqua une plate-forme vide, violemment éclairée, au milieu de la pièce. Curieuse, elle se pencha pour lire la plaque scellée sur la plate-forme.

Bugatti Royale, modèle 41...

— Il sait que tu es là ? demanda une voix.

Fleur fit volte-face et se retrouva devant le plus beau jeune homme qu'elle ait jamais vu. Il semblait à peine sorti de l'enfance avec ses cheveux blonds et fins et ses traits délicats. Il était de petite taille — il devait lui arriver à peine au menton — et portait un jean serré à la taille par une ceinture de cuir et un sweater vert pâle. Fleur remarqua qu'il avait les ongles rongés jusqu'au sang et des cernes profonds sous les yeux, des yeux d'un magnifique bleu pervenche.

— Qui es-tu ? demanda-t-elle.

Mais elle savait déjà la réponse. Ce jeune homme était son frère. Elle l'aurait reconnu n'importe où, car il ressemblait à Belinda d'une façon extraordinairement frappante.

Il se mit à grignoter ce qui lui restait d'ongle sur le pouce droit.

— Je m'appelle Michel. Et je n'avais pas l'intention de t'espionner.

Il lui adressa un faible sourire d'une infinie tristesse.

— Tu me détestes, n'est-ce pas ?

— Je n'aime pas les fouineurs.

— Je ne suis pas un fouineur. Mais peu importe. De toute façon, ni toi ni moi n'avons le droit d'être là, et il se mettrait en colère s'il nous trouvait ici.

Il avait un accent américain, comme elle.

— Je m'en fiche complètement, dit-elle agressivement. Il ne me fait pas peur du tout.

— Parce que tu ne le connais pas.

— Effectivement, je n'ai pas ce privilège, ironisa-t-elle.

— Effectivement, répéta Michel.

Il se dirigea vers la porte et commença à éteindre les lumières.

— Tu ferais mieux de partir, maintenant. Il faut que je ferme avant qu'il nous surprenne ici.

Fleur prit tout son temps, pour bien lui montrer qu'il n'avait pas d'ordres à lui donner. Quand elle atteignit la porte, elle lui jeta un regard méprisant.

— Je parie que tu lui obéis au doigt et à l'œil ! lança-t-elle. Tu me fais penser à un petit lapin peureux.

Il ne répondit rien, et elle passa devant lui la tête haute, lui en voulant terriblement d'être aussi fragile et aussi mignon. On avait l'impression qu'il allait s'envoler au premier coup de vent. Cette pensée la mit mal à l'aise.

Quand elle fut partie, Michel resta un moment immobile. Il semblait difficile que sa sœur et lui devinssent des amis, mais il n'avait pu s'empêcher de le souhaiter très fort. Cela l'aurait aidé à surmonter la peine immense que lui avait causée la mort de sa grand-mère.

C'était elle qui l'avait élevé, elle qui avait tenté de lui expliquer pourquoi sa mère l'avait rejeté. Elle lui avait raconté qu'à l'époque où Belinda était enceinte de lui, elle s'était violemment querellée avec Alexis, lui disant qu'elle ne donnerait pas plus d'amour à l'enfant qu'elle portait qu'il n'en avait donné à l'enfant abandonnée au couvent de l'Annonciation. Alexis avait ri de ses menaces, lui assurant que ce bébé lui ferait oublier l'autre. Mais il avait eu tort. La première fois qu'on lui avait apporté Michel après sa naissance, elle avait refusé de le prendre dans ses bras. Par la suite, elle ne s'était jamais occupée de lui.

Solange avait finalement trouvé un compromis à cette intolérable situation. Belinda avait accepté de paraître en public avec son fils à condition qu'on la laisse voir sa fille deux fois par an. Mais cela n'avait rien changé à son attitude vis-à-vis de Michel. Elle passait toujours devant lui sans le voir.

Michel avait très vite compris que ses malheurs étaient liés à l'existence de sa mystérieuse sœur. Pendant des années, il avait interrogé sa grand-mère à son sujet. Mais, si Solange Savagar savait pourquoi l'on avait écarté Fleur, elle refusa toujours de le lui dire, et elle avait emporté son secret dans la tombe.

Elle ne souffrirait plus. Michel savait qu'il aurait dû s'en réjouir. Néanmoins il ne pouvait s'empêcher de souhaiter qu'elle fût toujours vivante, pour lui donner l'amour dont il avait besoin.

Il regarda toutes ces vieilles voitures avec dédain. Il avait bien essayé de s'y intéresser mais n'avait jamais pu partager cette passion avec Alexis. Les automobiles étaient froides et sans vie, comme son père.

Il sortit du garage, traversa le jardin et entra dans la maison par la petite porte de derrière. Puis il monta l'escalier qui conduisait au grenier où il avait installé son domaine.

Il s'y était installé progressivement, y transportant petit à petit ses affaires, au fil des mois, jusqu'à ce que tout le monde soit mis devant le fait accompli. L'héritier de la fortune des Savagar habitait donc les combles de la maison, et personne ne semblait s'en soucier. Michel était heureux de vivre au grenier. Il avait investi plusieurs pièces dans lesquelles il se sentait vraiment chez lui.

Dès qu'il fut dans sa chambre, il ôta son sweater et enfila une vieille chemise sans col des années quarante qu'il avait dénichée dans un magasin de fripes à Boston. Sa chambre était mieux rangée que d'habitude, parce qu'il avait espéré que sa sœur y viendrait.

Il s'allongea sur son lit, les mains sous la nuque, et contempla le parachute blanc qu'il avait accroché au plafond. La vue du parachute lui remontait toujours le moral. Il aimait le voir se gonfler sous l'effet des courants d'air. Chaque fois qu'il se retrouvait dans sa chambre, il avait l'impression d'être de nouveau lui-même, loin du mépris affiché de son père et de l'odieuse indifférence de sa mère.

Sous le parachute blanc, il y avait des nuages, car Michel avait peint un ciel sur le plafond. Il avait également repeint en blanc les murs de brique et y avait accroché ses photos préférées. Il s'agissait pour la plupart de stars de cinéma.

Il laissa errer son regard sur Carroll Baker, Lauren Bacall, Greta Garbo, toutes dans des robes plus extraordinaires les unes que les autres.

Michel prit le carnet de croquis qu'il laissait toujours au pied de son lit et le feuilleta, pensif. En quelques traits de crayon, il pouvait habiller n'importe quel personnage comme il le voulait. Quand il était plus jeune, il inventait des robes aux lignes douces pour sa mère qu'il représentait toujours debout dans un parc ou devant un manège, tenant un petit garçon par la main.

Il commençait à dessiner une belle jeune fille avec une grande bouche souriante et d'épais sourcils lorsque la sonnerie du téléphone retentit. Il tendit la main pour décrocher le combiné.

— Allô ?

— Bonjour, chéri.

Il reconnut la voix à l'autre bout du fil, et sa main se mit à trembler légèrement.

— Je viens d'apprendre que ta grand-mère est morte. Je suis vraiment désolé. Ce doit être très dur pour toi.

La gorge de Michel se serra.

— Merci, André, dit-il.

Il y eut un petit silence.

— Tu crois que tu pourrais t'échapper un moment, ce soir ? Je voudrais te voir, j'aimerais tant te réconforter, mon chéri.

Michel s'appuya contre les coussins recouverts de satin rose et bleu posés à la tête de son lit. Il ferma un instant les yeux et pensa aux mains si douces d'André, aux caresses magnifiques qu'elles savaient prodiguer. Avant de le rencontrer, il s'était adonné à de furtifs attouchements avec des garçons de son âge, aventures sans lendemain qui lui avaient laissé des impressions de plaisir sordide et bâclé. André lui avait fait découvrir que l'amour entre deux hommes pouvait être quelque chose de merveilleux et l'avait délivré de la honte.

— J'aimerais bien, répondit-il. Tu m'as tellement manqué.

— Toi aussi, tu m'as manqué, dit André. Ç'a été affreux à Londres. Danielle a insisté pour qu'on y passe tout le week-end, et Edouard a été impossible.

Michel tressaillit, comme chaque fois qu'André lui rappelait qu'il avait une famille. Danielle, sa femme, et Edouard, son fils, qui avait été son meilleur ami, jusqu'à ce que la passion d'Edouard pour le football et la délicatesse de Michel les éloignent l'un de l'autre.

Michel voulait André pour lui tout seul. Et il n'allait plus languir bien longtemps. André était sur le point de quitter sa famille et de démissionner du poste qu'il occupait auprès d'Alexis depuis vingt-cinq ans, un travail épuisant qui lui créait des soucis et l'empêchait souvent de dormir la nuit. Bientôt, tout cela ne serait plus qu'un mauvais souvenir.

Bientôt ils vivraient ensemble dans le sud de l'Espagne, dans une petite maison au bord de la mer. Dans le jardin, il y aurait des vasques pleines de fleurs. Le matin, Michel ferait les courses et le ménage. L'après-midi, André lui lirait de la poésie pendant qu'il dessinerait de superbes modèles de robes, qu'il couperait et coudrait à la machine. Et le soir, ils feraient l'amour pendant que les vagues déferleraient sur la petite plage proche de la maison.

— Je peux te retrouver dans une heure, dit-il avec beaucoup de douceur.

— Parfait. Dans une heure, approuva André. Je t'adore, Michel.

Le jeune homme retint ses larmes avant de lui répondre :

— Je t'adore, André.

8

Belinda voulait que sa fille s'habille pour le dîner. Fleur commença par protester, mais elle cessa de faire la forte tête dès l'instant où elle vit la robe que sa mère lui avait achetée. C'était une robe noire à manches longues, brodée de perles aux épaules. Belinda lui fit un joli chignon un peu lâche et lui mit des boucles d'oreilles en onyx.

— Voyons un peu, dit-elle, en reculant d'un pas pour admirer son œuvre. Je doute qu'il te traite de paysanne à présent.

Fleur elle-même dut admettre qu'elle avait fière allure, mais elle n'aurait pu dire si Alexis avait remarqué quoi que ce soit quand elle vint à table.

Il y avait au menu du potage parmentier, des asperges et des coquilles saint-jacques. Ils mangèrent en silence, dans une atmosphère tendue. Fleur remarqua l'absence de Michel, ce qui lui fit plaisir. Elle jetait parfois un regard à la dérobée en direction de sa mère. Belinda était crispée, buvait beaucoup de vin, mais ne touchait pratiquement pas à la nourriture.

Si seulement tout n'était pas si blanc ! se disait Fleur. La nappe immaculée, les deux bouquets de roses blanches dans leurs vases d'albâtre, les bougies blanches dans les candélabres d'argent, tout cela lui donnait la nausée. Vêtus de noir tous les trois, ils avaient l'air de corbeaux penchés au-dessus d'un cadavre en bière. Seuls les ongles vernis en rouge sang de Belinda apportaient une note de couleur à ce décor sans vie.

— Puisque tu n'as pas l'air d'avoir faim, Fleur, je vais t'emmener tout de suite voir ta grand-mère.

Elle s'attendait si peu à ce que son père lui adresse la parole qu'elle sursauta.

— Vraiment, Alexis, protesta Belinda, est-ce vraiment utile de...

— Tu as eu une dure journée, Belinda, l'interrompit son mari. Je pense que tu ferais mieux de monter te reposer.

— Mais non... je... je me sens très bien..., dit-elle faiblement.

Fleur ne put supporter davantage l'expression angoissée sur le visage de sa mère et se leva brusquement.

— Je te suis, Alexis.

Il acquiesça d'un hochement de tête.

Un domestique tira la chaise de Fleur, tandis que Belinda restait à sa place, pâle comme une morte.

Le hall de la grande maison ressemblait davantage à un musée qu'à une résidence privée. Alors qu'ils traversaient plusieurs salles aux plafonds voûtés décorés de fresques inquiétantes et de curieuses allégories, leurs pas résonnaient sur le sol de marbre froid. Fleur sentit les paumes de ses mains devenir moites. Il y avait vraiment une atmosphère morbide dans cette demeure.

— Aussi longtemps que tu resteras ici, tu m'appelleras papa, dit Alexis. Tu as compris ?

Elle s'arrêta et le regarda. Bien qu'elle portât des talons plats, elle le dépassait d'une tête.

— J'ai parfaitement compris... Alexis, répondit-elle en le fixant durement.

La bouche d'Alexis prit une expression cruelle.

— Tu crois vraiment que tu peux me défier ? demanda-t-il sèchement. Tu penses sincèrement que je tolérerai une telle chose ?

— Il me semble que tu n'as pas vraiment le choix. Tu as besoin de ma présence à l'enterrement, n'est-ce pas ?

Elle tremblait, mais cela lui était parfaitement égal qu'il le remarquât.

— Tu me menaces ?

— Toute ma vie, poursuivit-elle, j'ai dû affronter des tyrans. Alors, j'ai l'habitude.

— Parce que tu penses que je suis un tyran ?

— Non, Alexis, répondit-elle calmement. Je pense que tu es un monstre.

Pendant un moment, ils ne bougèrent ni l'un ni l'autre. Puis il hocha la tête et reprit sa marche en silence. Fleur ne put s'empêcher d'éprouver une petite satisfaction à l'idée de lui avoir tenu tête. Mais elle sentait qu'il n'avait pas dit son dernier mot.

Une double porte marquait l'entrée du salon principal. Alexis en ouvrit un battant et fit signe à Fleur de passer devant lui.

Hormis un cercueil noir et brillant et une chaise en ébène, la pièce était vide. Fleur avait déjà vu un cadavre — celui de sœur Madeleine —, mais elle fut quand même saisie par la totale immobilité de feu sa grand-mère, qui gisait dans une bière capitonnée tendue de satin blanc.

— Je veux que tu embrasses les lèvres de ta grand-mère. C'est une marque de respect à laquelle je tiens beaucoup.

Fleur eut spontanément envie de rire. Alexis devait plaisanter ! Elle se retourna pour lui dire d'aller se faire voir mais s'arrêta net devant l'expression de son visage. Elle avait déjà vu, au couvent, certaines filles en regarder d'autres avec cette autorité mêlée de suffisance que les forts se permettent envers les faibles. Alexis lui lançait un défi, et il n'imaginait pas une seule seconde qu'elle fût capable de le relever.

Des larmes lui brûlèrent les yeux. Le salaud. Ah, comme elle le haïssait ! Elle s'approcha lentement du cercueil, refoulant l'envie de s'enfuir, de quitter cette maison sur-le-champ, d'aller se réfugier dans la sécurité étouffante du couvent. Allez, encore un effort. Elle ne devait renoncer à aucun prix. Elle se fit violence pour se pencher au-dessus du cercueil, pour approcher sa bouche de celle de Solange Savagar, pour poser ses lèvres sur les lèvres glacées de la morte...

Soudain, Alexis la saisit par les épaules, la retourna vers lui et la secoua si fort que son chignon s'écroula.

— Non ! hurla-t-il. Sale garce ! Tu es exactement comme lui. Tu ferais n'importe quoi pour sauver la face !

Elle pleurait à chaudes larmes. Il la poussa vers la chaise et la fit s'asseoir. Puis il passa sa main sur ses lèvres d'un coup sec, comme pour effacer le baiser.

— Laisse-moi partir, espèce de salaud, dit-elle. Ne me touche pas ! Je te hais. Je ne peux pas supporter que tu me touches.

Sa main revint sur la bouche de Fleur, plus douce cette fois, et il relâcha légèrement la pression sur son bras. Il lui dit quelque chose, mais il parlait si bas qu'elle ne comprit que ces mots : pur sang. Toutes ses forces l'abandonnèrent, et elle cessa de résister. Il commença à lui caresser doucement les lèvres avec ses doigts, et elle sentit comme de la gentillesse dans ce geste. Puis il passa son index sur la ligne où ses lèvres se rejoignaient, et tout à coup il introduisit son doigt dans sa bouche et le lui passa sur les dents, lentement.

— Mon enfant, mon pauvre enfant, murmura-t-il. Te voilà prise au piège sans savoir pourquoi.

Elle ne pouvait pas bouger, bien qu'elle voulût le repousser. Il fallait absolument qu'elle lui fasse comprendre à quel point elle le haïssait, mais, curieusement, elle ne trouvait pas les mots pour le dire. Il la caressait si gentiment. Tous les hommes touchaient-ils leur fille ainsi ? Les hommes qui aimaient leur fille ?

— Tu es fabuleusement belle, dit-il tout bas. Encore plus belle que sur les photos.

Il écarta doucement les mèches de cheveux collés par les larmes sur les joues de Fleur.

— J'ai toujours aimé les belles choses, poursuivit-il. Les beaux vêtements, les belles femmes, et les belles voitures.

Oui, les belles voitures tout spécialement. Plus je vieillis, et plus je les aime.

Elle sentit sa main lui caresser la joue. Mais de quoi parlait-il ? Et pourquoi était-elle incapable de bouger ? Elle sentait les effluves de son eau de Cologne, subtilement épicée. Il se remit à parler.

— Comme les femmes, au début, je les aimais toutes. Mais depuis, je suis obsédé par une seule : la Bugatti. Tu connais les Bugatti ?

Mais pourquoi lui posait-il cette question ? Elle avait beaucoup de mal à l'écouter. Elle se sentait comme envoûtée par ses caresses légères. Il attendait une réponse, les yeux fixés sur elle. Elle acquiesça d'un hochement de tête, sans savoir pourquoi.

— La Bugatti est une voiture de génie, dit-il. La plus belle voiture du monde.

Il toucha ses boucles d'oreilles du bout des doigts, puis il effleura le bord de ses lobes. Elle ferma les yeux.

— Ettore Bugatti appelait ses voitures des pur-sang. J'ai la plus belle collection de Bugatti pur-sang du monde. Hélas, il me manque la plus fabuleuse d'entre elles : la Bugatti Royale.

Sa voix, douce et pleine d'amour, hypnotisait la jeune fille.

— Ettore Bugatti a créé la Royale dans les années trente. Il n'en existe que six au monde. Pendant la guerre, il y en avait une à Paris. J'ai été l'un des trois hommes qui l'ont cachée dans les égouts de la ville pour ne pas que les Allemands s'en emparent. Cette voiture est devenue une légende. Et un jour je la posséderai, car c'est un signe de faiblesse que de ne pas posséder les plus belles choses. Tu comprends, mon enfant ?

Il lui effleura la joue.

Elle hocha la tête, bien qu'elle ne comprît pas ce qu'il voulait dire. D'ailleurs, cela n'avait aucune importance. Tous ses anciens fantasmes revenaient en force et l'envahissaient. Il l'avait vue, et il l'aimait. Après toutes ces années, il voulait qu'elle vienne vivre près de lui...

— Tu me fais penser à cette voiture, lui souffla-t-il. Excepté que tu n'es pas de pure race.

Tout d'abord, elle crut que c'étaient ses doigts qui lui caressaient les lèvres, puis elle réalisa qu'il avait posé ses lèvres sur les siennes. Son père s'était penché vers elle et l'embrassait sur la bouche. Son père...

— Alexis !

C'était un cri aigu, horrible, comme en pousse un animal blessé. Fleur se leva d'un bond. Belinda était debout dans l'encadrement de la porte, le visage déformé par la colère et la douleur.

— Salaud ! siffla-t-elle. Ne pose plus jamais la main sur elle, ou je te tuerai ! Ne l'approche plus, Fleur. C'est un monstre. Tu ne dois plus jamais le laisser te toucher.

Pour la première fois de sa vie, Fleur se sentit contrariée par la présence de sa mère.

— Mais c'est mon père ! protesta-t-elle. Tu n'as pas le droit !

Belinda la regarda comme si on venait de la gifler, et Fleur se sentit mal, tout à coup. Mais pourquoi avait-elle dit ça ? Que lui arrivait-il ? Oui, Alexis était un monstre.

Elle courut se jeter dans les bras de sa mère.

— Excuse-moi ! dit-elle. Je ne pensais pas ce que j'ai dit.

— J'espère bien, murmura Belinda. Comme s'il suffisait que tu le voies une fois pour tout oublier !

Fleur hocha la tête, honteuse : pendant quelques secondes, elle avait tout oublié.

— Et maintenant, viens avec moi, dit Belinda d'une voix blanche.

— Va avec ta mère, chérie, intervint Alexis de sa voix grave. Nous aurons le temps de parler demain, après l'enterrement. J'ai des projets pour ton avenir, et j'aimerais t'en faire part.

Belinda resserra sa pression sur le bras de Fleur, et celle-ci se sentit coupable du plaisir léger et de la curiosité que les paroles de son père avaient fait naître en elle.

Plus tard dans la soirée, Alexis fut introduit par une vieille domestique dans une petite maison en briques rouges au fond d'un passage près du boulevard Saint-Germain. Sans dire un mot, il se dirigea vers le salon, se servit un verre de cognac et s'installa dans un fauteuil.

Il but le liquide ambré à petites gorgées, tout en pensant à Fleur. Il ne s'était pas attendu à une beauté si bouleversante. Cette jeune fille sur le point de devenir une femme l'avait profondément troublé. Il aimait ce mélange de retenue et de passion, d'audace et de timidité. Comment Belinda avait-elle pu donner naissance à une enfant d'un tel caractère, quand le fils qu'elle lui avait donné...

Alexis chassa bien vite Michel de ses pensées. Il devait se concentrer sur Fleur, désormais. Il allait la modeler selon son désir, comme il avait modelé Belinda autrefois. Mais il prendrait tout son temps pour cela, car il n'avait plus rien de l'impatient jeune homme qu'il avait été.

Il acheva de boire son cognac et se dirigea vers la chambre. Un rai de lumière filtrait sous la porte. Il tourna la poignée et entra.

Elle était allongée sur le lit, ses longs cheveux blonds répandus sur ses frêles épaules. Elle portait une chemise de nuit de coton blanc dont le col bâillait sur des seins trop petits.

Dès qu'elle le vit, elle se précipita vers lui et noua ses bras autour de son cou. Son visage n'était pas maquillé et elle sentait bon le savon. Elle avait dix-sept ans.

— Je suis fatigué, Anne-Marie, dit-il en se dégageant de son étreinte.

Elle le regarda, surprise.

— Tu veux que je te masse le dos ? demanda-t-elle d'une voix trop empressée, comme si elle se doutait qu'il commençait à se lasser d'elle.

— Non, répondit-il d'un ton sec.

Il la regarda avec un rien de dégoût. Il connaissait par cœur tout ce qu'il y avait sous cette chemise blanche, et il n'en avait plus envie.

Une fois de plus, ses pensées se tournèrent vers Fleur.

Fermant les yeux, il la revit, fabuleusement belle, incroyablement innocente. Et brusquement, sans qu'il l'ait voulu, l'image de Belinda s'imposa à lui, et il la revit telle qu'elle était pendant les premiers mois de leur mariage, quand le monde leur appartenait et que la vie était pleine de promesses.

A quelques kilomètres de là, Belinda, assise dans son lit, écoutait un disque. Barbara Streisand commença à chanter le thème de *Nos plus belles années,* et Belinda se mit à pleurer.

A trente-six ans, elle vivait dans le passé. Elle en avait parfaitement conscience, mais n'y pouvait rien changer. Les mois de bonheur qu'elle avait vécus avec Flynn lui revenaient sans cesse en mémoire. Il y avait pourtant quatorze ans qu'il était mort, sans même savoir qu'il avait une fille...

Belinda n'avait jamais oublié non plus les mois qui avaient suivi sa rencontre avec Alexis et les premières semaines de leur mariage, quand il l'aimait si tendrement.

Et à présent il voulait lui enlever Fleur. Son bébé à elle. Pourquoi ne lui avait-il jamais pardonné d'avoir eu Fleur ? Mais il était inutile de ressasser toutes ces pensées. Pour la première fois, ce soir, elle avait bien agi. Elle avait pris en main sa destinée et celle de sa fille. Il avait suffi d'un coup de téléphone...

Elle entendit les pas d'Alexis dans l'escalier. Avant d'aller à sa rencontre, elle se servit un dernier whisky et en avala une longue gorgée. Puis elle sortit de sa chambre. Il avait déjà parcouru la moitié du couloir quand elle l'appela.

— Alexis !

Il se retourna, et elle remarqua qu'il avait l'air épuisé. D'une démarche un peu chancelante, elle le rejoignit.

— Je n'ai plus de cigarettes. Pourrais-tu m'en donner une ? demanda-t-elle.

— Tu es ivre, lâcha-t-il d'un ton sec.

— Oh, juste un peu, admit-elle. Juste assez pour trouver le courage de te parler.

— Retourne te coucher, Belinda. Je suis trop fatigué pour m'occuper de toi, ce soir.

— Je veux seulement une cigarette.

Il sortit son étui à cigarettes en argent de la poche intérieure de sa veste. Belinda remarqua qu'il portait des bretelles. Depuis combien de temps en mettait-il ? Il ouvrit l'étui et le lui tendit. Elle prit une cigarette.

— Maintenant, va au lit, lui ordonna-t-il. Tu es horrible, ce soir. Tu ressembles à une vieille femme désespérée qui n'a plus rien à offrir. Et ne m'ennuie pas avec l'une de tes scènes, s'il te plaît. Je les connais par cœur : la mère outragée, l'épouse outragée... Que vas-tu encore inventer ? La pute outragée ?

Elle ferma les yeux. Il ne fallait pas se laisser impressionner par ses paroles mais se concentrer sur l'image révoltante qui la hantait, l'image de ses lèvres sur les lèvres de Fleur.

— Tu n'auras pas ma fille, siffla-t-elle.

— « Ta » fille ? Tu devrais dire « notre » fille.

— Si tu t'approches d'elle encore une fois, je te tuerai.

— Mon Dieu, Belinda ! Tu as encore trop bu. Crois-tu que tu peux m'impressionner ?

Elle pensa à toutes ses jeunes maîtresses et poursuivit d'une voix pleine de haine :

— Ne soit pas si sûr de toi, Alexis. Tu n'as plus aucun moyen de me tenir. Fleur a grandi, et j'ai l'impression que les rapports de force sont en train de s'inverser.

Il la regarda avec curiosité.

— Que veux-tu dire ?

— Je veux dire que j'ai des projets d'avenir pour elle, et que si tu t'y opposes, sache qu'il m'est bien égal de dire au monde entier la vérité à propos de Fleur.

C'était faux. Ça ne lui était pas égal, car sa fille ne lui pardonnerait jamais de ne lui avoir rien dit et d'avoir toléré qu'Alexis l'éloigne d'elle ainsi.

Il éclata de rire.

— Du chantage, maintenant ! C'est nouveau ! Tu sais très bien que je te couperai les vivres si jamais tu fais une chose pareille. Et tu sais aussi que tu ne peux pas survivre sans argent.

Belinda s'approcha de lui et lui lança, le défi dans la voix :

— Tu verras, Alexis. Peut-être ne me connais-tu pas aussi bien que tu le crois.

— Oh, mais je te connais, chérie ! répliqua-t-il avec douceur tout en lui caressant l'épaule. Je te comprends mieux que tu ne te comprends toi-même, chérie.

Elle leva les yeux vers lui, à la recherche de quelque tendresse. Mais tout ce qu'elle vit à cet instant, c'étaient ses lèvres posées sur celles de sa fille. Elle se sentit envahie par la fureur et par un autre sentiment qu'elle ne voulait pas nommer, l'humiliante et brûlante jalousie.

9

Le lendemain de l'enterrement de Solange Savagar, Belinda réveilla sa fille avant l'aube et lui annonça qu'elles partaient toutes les deux pour Fontainebleau où Bunny Duverger les accueillerait dans sa maison.

Comme elles roulaient dans Paris désert, Belinda raconta à Fleur qu'elle avait revu Bunny régulièrement depuis les vacances et qu'elles avaient beaucoup parlé de l'avenir de la jeune fille.

— Je n'arrive pas à y croire, répéta Fleur pour la cinquième fois. C'est complètement fou !

Elle ôta ses mocassins et appuya ses pieds contre le tableau de bord.

— Raconte-moi tout ça encore une fois, demanda-t-elle à sa mère. Et ne va pas trop vite, s'il te plaît.

Belinda prit une cigarette dans son sac, tout en jetant des coups d'œil anxieux dans le rétroviseur.

— Bunny m'a téléphoné dès que je suis rentrée de Mykonos. Elle ne jurait plus que par toi : elle ne cessait de me répéter que tu étais extraordinairement belle, qu'elle trouvait tes cheveux magnifiques... Mais elle exagère tout le temps, aussi n'y ai-je pas accordé trop d'importance. Pourtant, elle voyait loin. Tu te souviens des photos qu'elle a faites de toi en Grèce ? Elle les a envoyées à Gretchen Casimir. J'étais ravie, jusqu'à ce que je pense à la réaction d'Alexis si d'aventure il apprenait nos projets.

Gretchen Casimir a beau diriger l'une des plus prestigieuses agences de mannequins de New York, jamais il n'accepterait de voir une Savagar poser pour des photographes. Heureusement, Bunny m'a promis de tenir sa langue tant que nous n'aurions pas pris de décision.

— Mais c'est ridicule ! s'exclama Fleur. On n'a jamais vu un mannequin d'un mètre quatre-vingt-trois !

— Tu mesures un mètre quatre-vingts, chérie, n'exagère pas, protesta Belinda. Et d'après Bunny, ton style devrait plaire aux publicitaires d'aujourd'hui. Elle doit savoir de quoi elle parle.

— A mon avis, elle est un peu folle, dit Fleur. Écoute, Belinda, je ne comprends pas pourquoi nous sommes parties en cachette, juste au moment où Alexis allait enfin me parler. Je crois qu'il m'aime... un tout petit peu. Peut-être aurait-il fini par changer d'avis à propos de mes études aux États-Unis.

C'était la chose à ne pas dire. Fleur vit les mains de sa mère se crisper sur le volant. Elle se sentit vaguement coupable, tout à coup. Mais après tout, pourquoi devrait-elle s'interdire de parler d'Alexis ?

— Écoute, Fleur, pendant des années tu m'as suppliée de quitter Alexis pour que nous vivions toutes les deux. Eh bien voilà, c'est fait.

— Tu veux dire que tu vas divorcer ?

— Pas exactement. Ce serait trop compliqué de divorcer pour le moment. Disons qu'il s'agit plutôt d'une séparation. Mais, chérie, cela n'est possible que si nous pouvons subvenir à nos besoins. Gretchen Casimir veut absolument te faire faire des photos tests. Je lui ai dit que c'était impossible, que mon mari ne serait pas d'accord — mais elle a tellement insisté. Fleur, elle prétend que tu pourras gagner des sommes astronomiques si jamais les essais sont bons.

Fleur ne dit rien. Elle avait du mal à accepter l'idée de devenir mannequin. Bien sûr, la perspective de ne plus retourner au couvent l'enchantait. Mais les ambitions de Belinda à son sujet l'effrayaient. Les mannequins étaient de superbes jeunes femmes sophistiquées, et non des gamines de dix-sept ans mal dégrossies.

Les Duverger possédaient un château du XVIIIe siècle au sud de Fontainebleau. Bunny avait été bien inspirée le jour où elle était entrée chez Lenôtre pour acheter une boîte de chocolats : elle en était ressortie peu après au bras de Philippe Duverger.

Leur hôtesse leur souhaita la bienvenue et les fit entrer dans le grand salon. Elle leur apprit que son mari ne rentrerait pas d'Arabie Saoudite avant le mois de novembre. N'était-ce pas formidable de se retrouver entre filles ? Fleur n'en était pas sûre, mais elle s'abstint de tout commentaire.

Une semaine plus tard, elle était au moins sûre d'une chose : Bunny lui déplaisait fortement. Elle ne la laissait pas deux minutes en paix. Et le pire, c'était que Belinda semblait approuver son amie. Bunny passait des heures à raconter à Fleur son passé de mannequin, à lui donner des conseils sur la manière de marcher, de se maquiller et de s'habiller.

Au bout d'une semaine, Mme Duverger fit venir au château un grand coiffeur parisien. D'abord, il tourna autour de Fleur sans rien dire pendant cinq minutes, puis il lui coupa quelques centimètres de cheveux, de-ci de-là. Fleur ne vit aucune différence entre avant et après la coupe. En revanche, Bunny regarda le coiffeur avec admiration et l'appela maître, les larmes aux yeux.

Belinda était très nerveuse et regardait sans cesse pardessus son épaule, comme si Alexis allait surgir d'un moment à l'autre. Fleur avait tenté plusieurs fois de la réconforter, mais en vain. D'ailleurs, elle aussi se sentait inquiète. Le fait que sa mère ait l'intention de s'en remettre entièrement à elle pour subvenir à leurs besoins à l'avenir l'angoissait beaucoup.

Il fallut que le photographe préféré de Gretchen Casimir arrive de New York pour qu'elle commence à prendre au sérieux tout ce que lui racontait Bunny...

Gretchen Casimir ne pouvait détacher les yeux des photos étalées sur son bureau. Pourtant, elle n'avait pratiquement pas cessé de les regarder depuis qu'elle les avait reçues. La vue de ces clichés l'emplissait de joie. Chaque fois qu'elle posait son regard sur les photos, un léger tressaillement la faisait frissonner, signe infaillible qu'elle venait de tomber sur quelque chose d'important.

Cette fille était belle à couper le souffle. Dans la mode, on ne rencontrait ce genre de visage que rarement, peut-être une fois tous les dix ans. Et Gretchen savait déjà que Fleur allait marquer de son empreinte la décennie à venir : toutes les femmes voudraient lui ressembler, s'habiller, se coiffer, se maquiller comme elle, bref, avoir son style.

Sur l'une des photos, elle fixait l'objectif de son regard pur, ses magnifiques cheveux blonds encadrant son visage. Sur une autre elle se tenait debout, pieds nus, ses grandes mains posées sur les hanches, dans une simple robe de coton blanc que l'on avait mouillée pour qu'elle lui colle à la peau. Et on voyait mieux son corps ainsi que si elle avait été nue. Les gens de *Vogue* allaient la supplier de leur vendre cette photo.

Partie de rien, Gretchen Casimir avait connu une fulgurante ascension sociale. Secrétaire de rédaction, puis rédactrice de mode à *Vogue,* elle avait très vite dirigé sa propre affaire. Elle possédait aujourd'hui l'une des deux agences de mannequins les plus importantes de New York. Mais elle ne s'estimerait satisfaite que lorsqu'elle aurait surclassé l'agence rivale d'Eileen Ford — ce qui n'allait plus tarder, grâce à Fleur Savagar.

Le taxi se frayait un passage à travers la circulation. Fleur ne tenait pas en place, regardant à gauche, à droite, et même à travers la vitre arrière. Tout était sale et magnifique. Déjà, Fleur adorait New York.

— Je n'arrive pas à y croire, chérie, dit Belinda en allumant une énième cigarette. Quand je pense que nous avons réussi à nous enfuir ! Alexis doit être furieux ! Sa fille, mannequin ! Lui qui ne supporte déjà pas les acteurs, qu'il trouve vulgaires ! Mais nous n'allons plus avoir besoin de son argent, et il ne peut plus rien contre nous.

Le taxi s'arrêta devant un immeuble luxueux. Fleur haussa les sourcils, surprise. Belinda avait pourtant demandé à Gretchen de leur louer un appartement modeste pour les premiers mois. Alors, ce hall immense en marbre, ces vasques remplies de fleurs fraîches... Elles montèrent dans l'ascenseur avec le concierge qui portait leurs valises. Une angoisse saisit la jeune fille. Et si elle n'y arrivait pas ?

L'ascenseur s'arrêta. Fleur sortit dans un large couloir et suivit Belinda et le concierge jusqu'à une porte en chêne. L'homme introduisit une clé dans la serrure, ouvrit la porte, déposa leurs valises à l'intérieur et se retira. Elles pénétrèrent dans l'appartement. Fleur remarqua comme une odeur vaguement familière... Elle poussa une exclamation de surprise en voyant des centaines de roses blanches sur le sol, les fauteuils, les canapés, la table.

— Non !

Le cri de Belinda s'étrangla dans sa gorge. Elle eut l'étrange sensation d'avoir déjà vécu cette scène, longtemps auparavant, dans une autre vie. L'appartement... les roses... et Alexis Savagar, debout au centre de la pièce, un verre de cognac à la main.

— Bienvenue à New York, mes chéries, dit-il en levant son verre.

BÉBÉ STAR

Toute ma vie, j'ai essayé de trouver ma mère, et je n'ai jamais réussi.

Errol Flynn, *Mes quatre cents coups*

10

Alexis embrassa Fleur sur la joue. Tout allait si bien sans lui, et voilà qu'il réapparaissait dans leurs vies... Logiquement, Fleur aurait dû lui en vouloir. Mais le contact de sa joue un peu rugueuse la troubla. Il ne l'embrassait pas de la même façon que Belinda.

— J'espère que tu as fait bon voyage, Fleur, dit-il.

Puis il la détailla de la tête aux pieds et eut un air légèrement désapprobateur à la vue de son jean et de sa vieille veste de tweed. Mais il ne fit aucun commentaire sur sa tenue.

— Que fais-tu ici ? demanda Belinda d'une voix blanche.

— Quelle question ! Ma femme et ma fille partent pour le Nouveau Monde, et je ne serais pas là pour les accueillir ?

Il sourit à Fleur d'une manière désarmante, l'invitant à apprécier sa plaisanterie. La jeune fille eut envie de lui rendre son sourire, mais en voyant Belinda pâle comme une morte, elle se ressaisit et glissa sa main dans celle de sa mère.

— Je ne reviendrai pas, Alexis, dit Belinda. Et tu n'as aucun moyen de m'y forcer.

Il souriait toujours. La situation semblait l'amuser.

— Et qu'est-ce qui te fait croire que je voudrais encore de toi ?

Fleur sentit Belinda frissonner, et elle lui serra la main pour la rassurer.

— Je vais travailler comme mannequin pour Gretchen Casimir, dit la jeune fille. J'ai signé un contrat avec elle.

— Un contrat très avantageux pour toi, répliqua-t-il. Mes avocats l'ont étudié et l'ont trouvé très honnête.

Fleur le regarda, médusée.

— Tu le savais ? demanda-t-elle, interloquée.

— Chérie, au risque de paraître immodeste, je dois dire que peu de choses échappent à mon contrôle, à commencer par les projets d'avenir de ma propre fille. Rien n'est plus important pour moi.

— Ne le crois pas, Fleur ! s'exclama Belinda. Il n'a que faire de ton avenir !

Alexis poussa un profond soupir.

— Je t'en prie, Belinda, n'essaie pas d'influencer ta fille et de lui donner une mauvaise opinion de moi. Mais laissons cela, et visitons cet appartement. J'espère qu'il te plaira, Fleur, sinon je t'en trouverai un autre.

Fleur ne put réussir à masquer sa surprise.

— C'est toi qui as trouvé cet appartement ?

— Le cadeau d'un père à sa fille ! annonça-t-il, ravi, avec un sourire qui lui fit chaud au cœur. Un modeste présent avec tous mes souhaits de réussite pour ta future carrière. Tirons un trait sur le passé.

Belinda poussa un cri inarticulé et serra convulsivement la main de Fleur.

Alexis resta un mois à New York. Gretchen Casimir, très fière de sa nouvelle découverte, la fit travailler dès son arrivée. Fleur posait pratiquement tous les jours et passait la majeure partie de son temps libre avec Alexis. Il faisait des apparitions impromptues chez elle pour l'emmener au théâtre, au cinéma ou dans de merveilleux restaurants. Un jour, ils firent même un voyage jusqu'au Connecticut pour acheter une Bugatti 1939.

Belinda les accompagnait partout. Elle avait fait promettre à Fleur de ne jamais sortir seule avec Alexis. Fleur avait eu envie de refuser, mais devant l'expression tendue de Belinda elle avait finalement accepté. Et bien qu'Alexis ne l'ait jamais expressément invitée, Belinda les accompagnait partout, fumant d'innombrables cigarettes d'un air crispé et ne disant pas un mot. La présence continuelle de sa mère à leurs côtés agaçait Fleur, mais elle se sentait coupable d'éprouver de tels sentiments, Belinda pensait peut-être que sa fille avait tout pardonné à Alexis en la voyant s'amuser des plaisanteries de son père. Mais elle se trompait. Fleur n'avait rien oublié de ces années d'exil forcé. Elle se disait simplement que les choses peuvent changer, et qu'il eût été absurde de continuer à considérer Alexis comme un ennemi.

Un jour, en fin d'après-midi, Belinda dut se rendre d'urgence chez le dentiste. Alexis téléphona en son absence, et Fleur accepta de le rencontrer. Elle savait qu'il était déloyal d'agir ainsi, mais elle ne put s'en empêcher. Il repartait pour Paris le lendemain et voulait lui dire au revoir. Elle lui donna rendez-vous dans Central Park.

A plusieurs reprises, elle avait fait allusion, en sa présence, au fait qu'il l'avait abandonnée, mais il changeait alors de sujet de conversation. Aussi lui posa-t-elle cette fois une question directe.

— Il s'agissait d'une jalousie stupide de ma part, dit-il, en lui caressant la main. J'avais peur qu'à cause de toi Belinda se détourne de moi, que tu me voles son amour. Alors, je t'ai fait disparaître. Le pouvoir de l'argent, chérie. Ne le mésestime jamais. Quoi qu'il en soit, j'ai eu tort d'agir ainsi, car en t'éloignant j'ai perdu l'amour de Belinda bien plus sûrement que si tu étais restée auprès d'elle. La naissance de Michel n'a rien arrangé.

Il lui embrassa la paume de la main, pressant ses lèvres dans sa chair, comme un amant.

— Je ne te demande pas de me pardonner, poursuivit-il. Mais j'aimerais que tu me fasses une petite place dans ta vie, avant qu'il ne soit trop tard pour toi comme pour moi.

Fleur avait écouté cette tirade en silence, les yeux baissés. La version d'Alexis était différente de celle de sa mère, mais cela importait peu. Une seule chose comptait à ses yeux : l'amour de son père. Elle ne put retenir ses larmes, et Alexis lui tendit son mouchoir.

— Je te pardonne, papa, dit-elle, bien que ce ne fût pas tout à fait vrai.

Dès qu'Alexis eut quitté New York, Belinda retrouva sa joie de vivre. Elle recommença à rire, à sortir avec des amis, et réduisit considérablement sa consommation de cigarettes.

Fleur fit la couverture de *Vogue,* et le magazine battit tous ses records de vente. La carrière de la jeune fille connut alors un démarrage fulgurant, et Belinda commença à parler de Hollywood.

People publia un article sur Fleur. Au cours de l'entrevue avec le journaliste, Belinda dit que sa fille était de la graine de star. Cette formule sembla plaire au reporter qui titra son article : « Fleur Savagar, le Bébé Star. » Quand Fleur vit ce surnom imprimé dans le célèbre magazine, elle déclara qu'elle n'oserait plus jamais se montrer en public. Belinda sourit et lui expliqua qu'elle devait assumer son succès.

Fleur partit faire des photos à San Francisco, aux Bahamas, à Istanbul, à Abu Dhabi. Sa mère l'accompagnait dans tous ses voyages. Bientôt la jeune fille tourna son premier spot publicitaire pour la télévision, où elle vantait les mérites d'un parfum qui lui rappelait, disait-elle, l'enterrement de Solange Savagar. Gretchen commença à parler d'elle comme du « visage des années soixante-dix », et tout le monde avait l'air d'accord sur ce point, excepté l'intéressée. Quand elle se regardait dans sa glace, le matin, elle se demandait, perplexe, ce qu'on pouvait bien lui trouver de si extraordinaire.

Les premières propositions de films arrivèrent, mais Gretchen les jugea sans intérêt et conseilla à Belinda de décliner toutes ces offres. « Le premier film de Fleur doit être un film important, original », disait Gretchen. Belinda était bien de cet avis mais dut néanmoins se faire violence pour refuser ces engagements. Elle rêvait depuis si longtemps d'aller à Hollywood...

Puis Fleur fit la couverture de *Time* qui titra : « Bébé Star est grande, belle et riche. » Cette fois encore, Fleur menaça de ne plus jamais se montrer en public.

La jeune fille gagnait désormais des sommes d'argent considérables. Au début, Belinda et Fleur avaient vécu dans l'insouciance et l'euphorie que procure la richesse. Mais bientôt il fallut songer à gérer cette nouvelle fortune. Et ni la mère ni la fille ne possédaient l'expérience nécessaire à cette tâche.

— Qu'allons-nous faire? soupira Belinda. Je n'ai jamais rien compris aux chiffres. On nous parle d'actions, de bons du Trésor, d'investissements immobiliers. Tout cela est si compliqué ! Long terme, court terme, inflation ! Honnêtement, chérie, la vie avec Alexis avait cela de bon que je ne m'occupais jamais de ce genre de choses !

Belinda prit l'habitude de donner à Fleur une liste de questions à poser à son père chaque fois qu'elle lui téléphonait. Il leur fit chaque fois des réponses si précises et si claires que peu à peu elles lui laissèrent le soin d'investir les gains de Fleur comme bon lui semblait.

Bien qu'elle n'osât jamais l'avouer à sa mère, Fleur trouvait le métier de mannequin très ennuyeux. Mais sans doute était-ce le prix à payer pour profiter en retour des avantages de la gloire. Tout le monde semblait l'aimer à New York, et elle adorait cette grande ville, véritable kaléidoscope de sensations plus délicieuses les unes que les autres. Fleur mordait à belles dents dans la « Grosse Pomme » et se faisait un point d'honneur d'introduire dans son langage toutes les expresssions argotiques qu'elle entendait autour d'elle.

— Un peu plus à gauche, chérie.

Elle pencha légèrement la tête sur le côté et sourit à l'objectif.

— Magnifique ! C'est magnifique, mon ange !

Assise sur un tabouret à hauteur réglable, elle portait un

chemisier de soie beige au col ouvert sur un superbe collier d'émeraudes, le tout accompagné, hors champ, d'un jean large retroussé aux chevilles et de tongues en caoutchouc rose.

Le photographe s'écarta légèrement de son appareil et dit à la maquilleuse :

— Il faut que tu m'arranges ses sourcils.

La maquilleuse s'appliqua à le faire avec cette brosse minuscule qui avait tant amusé Fleur lors de ses premières séances de pose. A présent, elle n'y prêtait plus la moindre attention.

Le photographe fit encore quelques photos, puis il annonça une pause d'un quart d'heure.

Fleur descendit de son tabouret et alla rejoindre sa mère, assise un peu plus loin dans un fauteuil. Souriante, détendue et bronzée, Belinda était méconnaissable. Elle lisait un magazine avec intérêt.

— Tu as vu la peau de cette fille ? s'exclama Belinda en montrant une page de publicité à Fleur. On ne voit même pas ses pores !

Il s'agissait d'une jeune beauté brune aux grands yeux, habillée de satin rouge vif. La photo publicitaire vantait les mérites d'une crème de beauté.

— Tu ne la reconnais pas ? s'étonna Fleur.

— Non. Je devrais ?

— Mais c'est Annie Hollman, voyons ! J'ai posé avec elle le mois dernier pour des maillots de bain. Tu ne te souviens pas ?

Belinda continuait à fixer l'image, comme hypnotisée.

— Écoute, maman, Annie Hollman a treize ans !

Belinda eut un petit rire forcé.

— Pas étonnant que dans ce pays toutes les femmes de plus de trente ans soient déprimées ! S'il faut rivaliser avec des enfants, maintenant...

Fleur sourit, tout en se demandant si les femmes qui voyaient ses photos réagissaient de cette manière. Gagnait-elle huit cents dollars de l'heure pour leur donner des complexes ?

— Téléphone, Fleur ! cria la styliste. On t'appelle de Paris. Fleur se précipita vers l'appareil.

— Allô, papa ! s'exclama-t-elle, en tournant le dos à Belinda.

— Comment va mon Bébé Star ? demanda-t-il.

— Très bien. Et arrête de m'appeler comme ça. Tu sais bien que je déteste ce surnom.

— Pardonne-moi, je n'ai pas pu résister. J'adore te taquiner.

— Comment m'as-tu trouvée ?

— Gretchen m'a donné ton numéro. Je voulais t'annoncer qu'une surprise t'attend à la maison. Un cadeau d'anniversaire. Un peu en avance, je sais, mais...

— Je croyais que tu devais me le donner quand tu viendrais à New York, l'interrompit fleur.

— J'ai peur qu'il y ait un changement, dit Alexis.

Fleur fronça les sourcils.

— Tu ne peux pas venir, c'est ça ? demanda-t-elle, déçue.

— Un empêchement de dernière minute, chérie. Peut-être le mois prochain. Évidemment, si toi, tu pouvais venir à Paris... Mais vu l'état des choses...

— Ce n'est peut-être pas impossible. Je ne travaille pas lundi, et je pourrais passer le week-end à Paris.

— Non, ma chérie. Ta mère ne voudra pas. Et je refuse d'aller contre sa volonté.

— Mais je vais avoir dix-neuf ans ! protesta Fleur. Je ne suis plus un bébé !

— N'insiste pas, Fleur. On se verra à New York.

— Mais dans combien de temps ? C'est la troisième fois que tu annules ton voyage, Alexis. J'ai envie de te voir.

— Moi aussi, ma petite fille. Et crois-moi, cette situation me peine encore plus que toi. Si ta mère se montrait plus raisonnable, nous n'en serions pas là.

— Je vais encore essayer de lui parler.

— Essaie toujours, mais je pense que cela ne servira à rien. Ta mère est une femme aigrie, Fleur, et si elle t'interdit de venir à Paris, c'est uniquement pour me faire souffrir.

Fleur ne répondit rien. Elle avait horreur qu'il dise du mal de Belinda. Pourtant, elle s'était déjà querellée plusieurs fois avec sa mère à ce sujet.

— Dis-moi, Fleur, reprit Alexis, comment va-t-elle ? Est-ce qu'elle boit toujours ?

— Elle a arrêté de boire, je te l'ai déjà dit.

— En ta présence, du moins, répliqua Alexis. Mais continue à la surveiller, s'il te plaît, fais-le pour moi.

Belinda, assise à quelques mètres de là, ne pouvait entendre la conversation, mais elle devinait ce qui se disait. Il lui avait fallu un certain temps pour comprendre la stratégie d'Alexis. Il promettait de venir à New York, puis, chaque fois, il annulait son voyage au dernier moment. Il lui envoyait régulièrement des cadeaux, lui téléphonait plusieurs fois par semaine, mais restait loin d'elle géographiquement. Il avait fini par obtenir le résultat escompté : Fleur suppliait sans arrêt sa mère de la laisser aller à Paris. Belinda refusait et passait aux yeux de sa fille pour une femme sans cœur, névrosée, qui l'empêchait de voir son papa adoré. La bonne farce ! Comment dire à Fleur : je te tiens à distance de ton père — qui, soit dit en passant, n'est pas ton père — parce qu'il essaie de te séduire ? Sa fille ne la croirait jamais.

Fleur raccrocha, essayant de masquer sa déception. Elle avait vraiment cru que, cette fois, il viendrait. Elle voulait voir Alexis. Elle avait besoin de sa présence. Elle entendit prononcer son nom et se retourna. Un jeune homme en jean et en tee-shirt se tenait debout derrière elle lui tendant une tasse de café.

Il s'appelait Chris Malino, et il était l'assistant du photographe. Fleur se sentait des ailes chaque fois qu'elle faisait une séance de pose avec lui.

— Merci, dit-elle, en prenant la tasse de café.

Elle le gratifia d'un sourire qu'elle espérait encourageant. Il se montrait si timide avec elle, comme la majorité des garçons de son âge, d'ailleurs. Il n'y avait guère que les gens de quarante ans et les célébrités pour se sentir à l'aise avec elle. Cela dit, les gens célèbres l'impressionnaient, elle, et elle ne sortait avec eux que lorsque sa mère ou Gretchen l'y obligeaient.

Elle aurait tellement aimé avoir une relation normale avec un jeune homme de son âge. Elle rêvait de sortir le soir en jeans et de parler d'autre chose que d'agents et de contrats mirobolants. Elle rêvait de lieux bénis où il n'y aurait jamais aucun photographe du *Women's Wear Daily*. Mais les hommes qui auraient pu l'emmener dans ces endroits-là ne l'invitaient jamais, craignant probablement d'essuyer un refus de sa part. Avec Chris Malino, les choses allaient changer, elle se l'était juré.

Il lui avait tout de suite plu. Avec son visage ouvert, sympathique, et ses cheveux blonds en broussaille, il l'attirait bien plus que tous les mannequins hommes avec lesquels elle posait. Elle lui avait posé des questions sur sa vie, et il avait fini par se détendre un peu et par lui confier qu'il prenait des cours du soir pour devenir cinéaste. Elle adorait l'écouter parler.

— Alors, comment ça marche, tes cours ? demanda-t-elle.

Il haussa les épaules d'un air désabusé et lui dit :

— Toujours la même rengaine. On étudie Renoir, *Le Cuirassé Potemkine* plan par plan, tu vois, ce genre de trucs, quoi.

Elle ne voyait pas vraiment, mais elle acquiesça d'un hochement de tête.

— Au fait, je t'ai rapporté le bouquin de Truffaut sur Hitchcock, dit-elle.

Le visage de Chris s'éclaira.

— Alors, qu'est-ce que t'en penses ?

— J'ai trouvé cela un peu difficile. Quand on ignore tout de la technique cinématographique, on a du mal à suivre. Mais ça m'a fait du bien de lire quelque chose d'un peu compliqué.

Il glissa sa main dans la poche de son jean et en extirpa deux rectangles de papier.

— Tu aimes les Jets ? demanda-t-il.

Pendant quelques instants, elle ne comprit pas de quoi il parlait, puis, tout à coup :

— Oh ! L'équipe de football ! s'exclama-t-elle.

Continue comme ça, Fleur, et tu auras vraiment l'air d'une idiote.

— Je ne connais pas grand-chose au foot, poursuivit-elle. Mais... j'aimerais beaucoup apprendre, ajouta-t-elle très vite.

Souris, mais souris, espèce de gourde. Et pourquoi t'es si grande ?

Elle s'assit aussitôt dans un fauteuil.

— Écoute, Fleur, dit-il. J'ai deux places pour le match, dimanche prochain. Mais je comprendrais très bien que tu aies d'autres engagements. Je sais qu'il y a plein de garçons qui te proposent de sortir avec eux, mais...

— C'est faux, l'interrompit-elle. Tout le monde s'imagine que je suis très sollicitée, mais en réalité personne n'ose m'inviter.

— Euh... je veux dire... Enfin, je n'arrête pas de voir ta photo dans le journal avec des stars, avec les Kennedy...

— Ce ne sont pas des gens que j'ai choisis. Gretchen et ma mère m'obligent à me montrer avec eux pour la publicité.

— Ce qui veut dire que tu accepterais de sortir avec moi ? demanda Chris.

— J'en serais ravie, répondit Fleur en souriant.

Ils se regardaient dans les yeux, émus, quand Belinda arriva derrière eux.

— Chérie, dit-elle, Nancy, la styliste, te réclame. Il faut que tu ailles te préparer.

— O.K., dit Fleur.

Puis, se tournant vers Chris :

— J'essayerai de lire quelques articles sur le foot avant le match.

— Quel match, chérie ? s'enquit Belinda.

— Le match des Jets, madame Savagar. Ils jouent

contre les Steelers dimanche prochain. Fleur a accepté de m'y accompagner.

— Vraiment, chérie ? s'étonna Belinda. Tu aurais dû m'en parler d'abord. Nous avons déjà des projets pour ce week-end. C'est ton anniversaire, tu ne l'as tout de même pas oublié ?

Si, Fleur l'avait oublié. Gretchen Casimir donnait une grande fête pour ses dix-neuf ans, et Belinda lui avait déjà trouvé un cavalier : Shawn Howell, un acteur de cinéma de vingt-deux ans dont la célébrité n'avait d'égale que la bêtise. Belinda tenait absolument à ce que sa fille sorte avec des stars. « C'est bon pour ton image de marque », lui affirmait-elle.

La jeune fille ne put cacher sa déception. Chris non plus, d'ailleurs.

— Mais, maman, protesta-t-elle, la fête a lieu samedi soir, et le match dimanche. Alors, je peux y aller.

— Je ne pense pas que ce soit une très bonne idée. Tu vas te coucher tard, et il faut que tu te reposes le lendemain.

Puis, s'adressant au jeune homme :

— Une autre fois, Chris.

— Bien sûr, madame Savagar, dit-il.

Mais il n'y aurait pas d'autre fois. Fleur le savait déjà. Il avait fallu beaucoup de courage à Chris pour l'inviter, et plus jamais il n'oserait recommencer.

Elle n'eut pas l'occasion de parler avec sa mère avant le soir. Belinda était allée dîner en ville et, exceptionnellement, elle avait accepté que Fleur l'attende à la maison.

La jeune fille, assise sur le canapé de cuir blanc, laissa son regard errer dans le grand salon. Belinda l'avait décoré et meublé dans un style moderne, tout de verre et d'acier, et Fleur trouvait cette pièce très froide. Mais ce qui lui déplaisait le plus, c'était ce mur recouvert d'immenses photos d'elle, aussi grandes que des affiches de cinéma. Elle se sentait mal à l'aise chaque fois qu'elle les regardait, car ces belles images n'avaient rien à voir avec son vrai visage.

Fleur entendit un bruit de clés, et bientôt sa mère fut devant elle.

— Pas encore couchée ? s'étonna Belinda.

Puis elle se laissa tomber à côté de sa fille sur le canapé. Elle portait un chemisier en dentelle blanche avec une jupe longue en patckwork, comble du chic new-yorkais cette saison-là.

— C'était bien ? demanda Fleur.

— Formidable ! Tout le monde m'a parlé de toi. Liza Minelli était là, et elle a chanté pour nous pendant plus d'une heure. Elle a vraiment des seins magnifiques !

— Comme toi ! remarqua Fleur, tout en baissant les yeux vers sa propre poitrine, trop plate à son goût. J'aurais préféré hériter de tes seins plutôt que de ceux d'Alexis !

Le regard de Belinda se durcit, ses traits se crispèrent, et elle prit une cigarette sur la desserte.

— Tu as rendez-vous très tôt demain matin pour une prise de vues. Tu ferais mieux d'aller te coucher, dit-elle.

— Pas avant de t'avoir parlé, répliqua Fleur.

— Quelque chose te tracasse ?

— Pas vraiment. C'était juste que...

Fleur s'interrompit. Elle avait horreur de se disputer avec sa mère. Cela arrivait rarement, mais chaque fois elle se sentait coupable.

— ... je voudrais te parler de ce qui s'est passé aujourd'hui, poursuivit-elle.

Belinda poussa un profond soupir.

— Chérie, ne revenons pas là-dessus. Je sais que tu as très envie d'aller à Paris. Mais crois-moi, Alexis n'aurait pas une bonne influence sur toi.

— Il ne s'agit pas de lui, dit Fleur, mais de Chris.

Belinda eut l'air interloquée.

— L'assistant du photographe ? demanda-t-elle, incrédule.

La jeune fille acquiesça d'un hochement de tête.

— J'avais vraiment envie de sortir avec lui, dit-elle, et je n'ai pas apprécié la façon dont tu l'as éconduit.

— Mais Chris est un garçon tout à fait insignifiant, ma chérie. Je ne comprends pas ce que tu lui trouves.

— Je l'aime bien, répondit Fleur. Et puis il me raconte des choses intéressantes. Tu n'aurais pas dû le rembarrer ainsi. Je ne suis plus une petite fille.

— Je vois, dit froidement Belinda. Je t'ai mise dans l'embarras, n'est-ce pas ?

Fleur se sentit subitement insécurisée. Bien que Belinda n'ait pas bougé, elle avait l'impression que, d'une manière indéfinissable, elle s'était éloignée d'elle.

— Mais non, tu ne m'as pas mise dans l'embarras, dit-elle très vite, tout en posant la main sur la jupe de sa mère. Oublie tout ça. Ce n'est pas important.

Mais si, c'était important. Pourquoi capitulait-elle si facilement ?

— Je comprends parfaitement qu'il te soit parfois difficile de ne pas mener la même vie que les autres filles de ton âge. Mais n'oublie pas que tu es célèbre, Fleur, et la gloire a ses servitudes. Laisse-moi te guider. J'agis dans ton intérêt.

— C'est ce que tu crois ! murmura la jeune fille.

— Non, c'est la vérité. Tu ne sens donc pas qu'à nous deux nous ne formons qu'un seul être ?

Fleur hocha la tête en signe d'assentiment. Belinda avait raison. Plus jamais de séparations...

— Mais je ne supporte pas de te voir malheureuse, reprit Belinda. Et ne t'imagine pas que je veuille t'interdire de sortir avec des garçons. Si tu y tiens, tu peux téléphoner à Chris demain matin et lui dire que tu iras au match avec lui.

C'était exactement ce qu'elle désirait faire, mais une petite voix en elle lui conseilla de ne pas contrecarrer sa mère.

— Je... je ne pense pas que j'irai voir le match de foot, dit-elle en baissant les yeux.

Belinda se pencha vers elle et l'embrassa.

— Je t'adore, mon bébé, murmura-t-elle.

Fleur serra sa mère dans ses bras, puis elle alla se coucher.

Dès qu'elle fut seule, Belinda alluma une nouvelle cigarette, les yeux fixés sur les photos de sa fille accrochées au mur. Il fallait absolument qu'elle la protège d'Alexis, de ce petit Chris. Puis, se sentant du vague à l'âme, elle se pencha vers le téléphone sur une table basse et composa un numéro.

Une voix masculine et ensommeillée lui répondit :

— Ouais ?

— C'est moi. Je te réveille ?

— Oui. Qu'est-ce que tu veux ?

— J'aimerais bien passer te voir maintenant.

Il y eût un bâillement à l'autre bout de la ligne.

— Tu seras là dans combien de temps ?

— D'ici une demi-heure. Je pars tout de suite.

— Hé, Belinda, ne mets pas de culotte, s'il te plaît...

Elle sourit, puis elle raccrocha.

Il lui ouvrit la porte en caleçon.

— Bonsoir, ma belle !

— Bonsoir, mon chéri, dit-elle en se collant contre lui.

Il l'embrassa fougueusement et elle s'abandonna à son baiser. Elle sentit sa main remonter sous sa jupe jusqu'à son sexe avec l'impatience d'un gamin plongeant la main dans un sac de bonbons. Il n'était pas très délicat, mais elle aimait ça.

— Tu as vraiment un corps sublime, Belinda, lui souffla-t-il.

— Oui, pour une femme de mon âge.

— C'est toi qui le dis, pas moi, remarqua-t-il.

L'attirant à lui, il commença à déboutonner son chemisier avec impatience.

Elle recula un peu.

— Laisse-moi faire avant que tu déchires tout ! plaisanta-t-elle.

Il la regarda en plissant les paupières.

— Tu n'aimerais pas qu'une star de cinéma t'arrache tes vêtements ?

— Hummm..., fit-elle en se collant à lui. Je veux bien essayer, Shawn.

11

A Hollywood, Jake Koranda posait bien des problèmes aux producteurs. Ils n'avaient qu'une seule idée en tête : lui faire jouer les cow-boys, les bandits, les hors-la-loi. Après avoir tiré sur une bande de desperados, Jake rengainait son colt et allait rejoindre quelque blonde pulpeuse à la poitrine généreuse. Malheureusement pour eux, ce nouveau Clint Eastwood avait envie d'autre chose.

Bien qu'il fût plus jeune que Clint et moins beau, il avait une image de vrai dur, le genre d'homme qui plaît à tous les publics, jeunes et vieux, hommes et femmes. Il était devenu célèbre au début des années soixante-dix dans le rôle d'un bandit surnommé Le Dog, dans un western de série B. Ce film avait rapporté plus de trente millions de dollars au producteur. Par la suite, Jake avait fait deux autres westerns, toujours dans le rôle du Dog. Puis il avait tourné quelques films d'action dont les scénarios différaient peu de ceux des westerns : on s'était contenté de remplacer les chevaux par des voitures rapides. Jusqu'à ce qu'il décide un beau jour de refuser toute nouvelle proposition pour se consacrer à l'écriture.

Les producteurs s'arrachaient les cheveux. Pourquoi Koranda se mêlait-il d'écrire ? Il avait le même problème qu'Eastwood et que tous ces acteurs mégalomanes, qui rêvaient de passer de l'autre côté de la caméra. Mais avec

Clint, au moins, on pouvait discuter, alors qu'avec Jake... Le prix Pulitzer avait fini de lui tourner la tête.

Lorsqu'il avait essayé de vendre son scénario, il s'était entendu répondre par les pontes des studios : « Voilà une histoire sur mesure pour les intellectuels new-yorkais. Quant au public américain, Jake, il veut de la violence et du sexe. » Jake les avait regardés avec mépris et était allé proposer son histoire aux frères Spano, qui avaient accepté de produire son film *Éclipse de soleil* à condition qu'il tourne ensuite un film d'action pour eux.

La salle de projection était empuantie par la fumée du gros cigare de Dick Spano et par celle du cigarillo de l'assistant réalisateur assis à sa gauche.

— Repassez-moi l'essai de Savagar, ordonna Dick.

L'assistant le regarda à la dérobée. Il s'attendait à une explosion de sa part, d'un moment à l'autre. Depuis trois jours, ils visionnaient les essais pour le rôle de Lizzie, et seul Jake refusait de se rendre à l'avis du producteur.

Johnny Guy Kelly, le réalisateur, un homme aux cheveux grisonnants, ouvrit une boîte de jus d'orange.

— Jake, dit-il, je ne voudrais pas te vexer, mais j'ai l'impression que tu t'entêtes un peu bêtement.

— Elle ne saura pas jouer Lizzie. Mon instinct me le dit, répliqua Jake.

Johnny poussa un profond soupir.

Jake, regarde-la encore une fois. Elle passe très bien à l'écran, et elle dit son texte comme une vraie professionnelle.

— Mais c'est un mannequin, bon Dieu ! s'emporta Jake. Pas une actrice ! Encore une de ces filles qui posent pour les magazines et qui s'imaginent que Hollywood n'attend qu'elles !

Il se tourna vers Dick Spano.

— T'as rappelé Amy Irving ? demanda-il.

— Irving n'est pas libre, répondit Spano. Et même si elle l'était, j'engagerais Savagar sur-le-champ. Toute l'Amérique la connaît. Il suffit d'ouvrir un magazine pour tomber sur sa photo. Il y a deux ans que les producteurs lui font des propositions pour tourner, et tout le monde se demande quel film elle va choisir pour débuter dans le cinéma. Ce sera un énorme bonus publicitaire.

— Vraiment ? siffla Jake. Et ça ne gêne pas trop son ego de tourner dans un film à petit budget ? ironisa-t-il.

— A petit budget mais à grand prestige, Jake, répliqua Johnny Guy. Elle a des gens malins derrière elle, et ils ont attendu une offre valable, sur mesure. Il leur fallait un acteur de ta carrure pour jouer avec elle.

Koranda ne répondit rien. Dick et Johnny Guy échangèrent un regard qui en disait long. Si Jake n'avait pas été un vrai dur dans la vie, peut-être n'aurait-il pas su jouer aussi bien les durs à l'écran.

Né John Joseph Koranda, fils d'une femme de ménage, il avait grandi dans les bas quartiers de Cleveland. Très jeune, il avait eu affaire à la police pour divers motifs — vol à l'étalage, vol de voitures. Mais passé le cap de l'adolescence, il s'était assagi. On ignorait comment il avait réussi à s'en sortir. Jake Koranda se confiait peu aux journalistes. On n'avait jamais rien su non plus de son mariage éclair ni de son engagement volontaire de trois ans au Viêt-nam. « Ma vie privée ne regarde personne », avait-il coutume de dire.

— Désolé, Jake, mais je dois passer outre ton avis, annonça Dick Spano. Je vais faire une offre à Savagar cet après-midi.

Jake se leva de son fauteuil et se dirigea lentement vers la porte. Avant de sortir, il se retourna.

— Fais comme tu veux, lâcha-t-il. Mais ne compte pas sur moi pour accueillir cette petite oie à bras ouverts.

Il y eut un moment de silence après qu'il fut sorti, puis l'on entendit la voix de Johnny Guy :

— J'espère que cette « petite oie » sait s'y prendre avec les hommes...

Fleur signa le contrat pour *Éclipse de soleil* avec un mélange d'excitation et d'angoisse. Le métier de mannequin l'ennuyait de plus en plus, mais elle ne se sentait pas tout à fait prête à jouer dans un film. Et bien qu'elle suivît des cours de comédie depuis six mois, elle manquait de confiance en elle.

En revanche, Belinda ne doutait pas un seul instant du succès de sa fille. Son bébé allait partir pour Hollywood, son bébé avait décroché le premier rôle dans le premier film de Jake Koranda — le film le plus attendu de l'année. Mais surtout, son bébé allait jouer des scènes d'amour avec Jake Koranda. Quelle chance inouïe pour une fille de vingt ans !

Hélas, Fleur ne partageait pas la fascination de sa mère pour le bel acteur. A vrai dire, cet homme lui faisait peur, bien qu'elle ne l'ait jamais avoué à personne. Il y avait en lui quelque chose d'inquiétant. Belinda l'avait emmenée voir tous ses films, qu'elle avait détestés. A l'écran, il passait son temps à gifler des femmes, à menacer des hommes de son revolver, et Fleur avait l'impression qu'il y prenait réellement plaisir. En outre, elle savait que Jake n'approuvait pas le fait qu'on l'ait choisie pour jouer le rôle de Lizzie. Alors que l'avion amorçait sa descente sur Los Angeles, il lui vint à l'esprit que cet homme était peut-être plus intelligent qu'il n'en avait l'air.

Jake Koranda jouait le rôle principal dans son propre film. C'était l'histoire d'un homme qui revient chez lui, dans l'Iowa, après avoir combattu deux ans au Viêt-nam. Il découvre alors que sa femme attend un enfant d'un autre et que son frère est impliqué dans un scandale immobilier. Lizzie, la sœur cadette de sa femme, lui redonnera goût à la vie, et il se sentira renaître grâce à son amour pour cette jeune fille. Fleur aimait cette histoire, mais elle gardait l'impression qu'on l'avait poussée à faire une chose pour laquelle elle n'était pas prête.

Il y avait néanmoins un point sur lequel elle n'avait pas capitulé : elle ne tournerait aucune scène érotique, elle ne se montrerait pas nue. Belinda avait eu beau la traiter de prude et Gretchen la supplier d'accepter, Fleur n'avait pas céder. Qu'ils se débrouillent pour faire doubler la scène ou qu'ils la suppriment ! Fleur avait toujours refusé de poser nue, même pour les plus grands photographes.

— Tu changeras d'avis quand tu auras perdu ta virginité, prétendait Belinda.

Certainement pas, se disait la jeune fille qui, au-delà de toute pudibonderie, craignait surtout de voir la photo de son corps nu affichée en permanence sur le mur du salon.

La limousine la déposa devant la grande maison de style espagnol que Belinda avait louée pour plusieurs mois. Fleur savait déjà qu'il y avait six chambres, trois salles de bains, deux jacuzzi, et beaucoup trop de choses et de place pour elles deux. Mais sa mère lui avait expliqué qu'à Hollywood seules les apparences comptent.

— Et puis, tu as déjà gagné deux millions de dollars, avait-elle ajouté. Alors, pourquoi se priver ?

Une bonne l'accueillit à l'entrée et lui fit visiter la maison. D'immenses fenêtres donnaient sur la piscine. Pour la première fois ce jour-là, la jeune fille se sentit seule. Elle ne verrait pas Belinda pendant quinze jours — celle-ci faisait une cure de rajeunissement dans une célèbre clinique de Los Angeles —, et sa mère lui manquait déjà.

— Il faut que je sois plus belle que jamais, avait-elle confié à sa fille. Qu'ils voient un peu ce qu'ils ont raté en 1955.

Fleur entendit sonner à la porte. Presque aussitôt, la bonne vint lui annoncer qu'un cadeau l'attendait dehors. La jeune fille sortit dans le jardin. Elle poussa un cri de joie. Une Porsche couleur crème trônait au beau milieu de l'allée de graviers, rutilante sous le soleil de midi.

Fleur revint en courant vers la maison, se précipita sur le téléphone et réussit à joindre Alexis.

— Elle est magnifique ! s'exclama-t-elle. C'est absolument génial ! Je vais mourir de peur en la conduisant !

— Ma chérie, la vitesse ne doit pas effrayer une Savagar.

— Venant d'un homme qui collectionne des vieilles voitures qui roulent au pas..., plaisanta-t-elle.

— Cela n'a rien à voir, l'interrompit-il. Tu comprendras plus tard.

— Mais je te taquinais ! protesta-t-elle gentiment.

— Je sais, chérie. Je t'aime.
— Moi aussi.

Le tournage d'*Éclipse de soleil* était déjà commencé depuis plusieurs semaines lorsque Fleur arriva en Californie. Bien qu'elle n'ait pas à jouer avant cinq jours, elle avait voulu être là plus tôt pour assister au tournage en tant que spectatrice.

Elle se répéta pour la centième fois qu'elle n'aurait rien d'autre à faire ce jour-là qu'à regarder et à se taire. Malgré cela, elle se sentait nerveuse et angoissée. Elle avait pourtant tourné dans des dizaines de films publicitaires, et la caméra ne l'impressionnait plus. De plus, elle s'était toujours bien entendue avec les réalisateurs. Mais elle craignait de ne pas se montrer à la hauteur. Aussi avait-elle particulièrement soigné sa tenue : elle portait une robe de jersey beige et de fines sandales à brides. Ses cheveux, longs jusqu'à la taille, étaient maintenus de chaque côté de son visage par de jolis peignes en émail.

— Fleur ! Mon cœur ! Comme je suis content de te voir ! s'exclama Dick Spano, en venant l'accueillir.

La jeune fille avait participé à plusieurs séances de travail avec Dick, à New York. Elle l'avait trouvé sympathique, bien qu'il ait ce côté un peu ridicule des vieux beaux soucieux de leur apparence. Dans l'ensemble, il lui avait fait bonne impression. Atout suprême, il aimait les chevaux.

Le producteur escorta la jeune fille jusque sur le plateau.

— Ils s'apprêtent à tourner une scène, expliqua-t-il. Regarde.

En voyant le décor, Fleur reconnut la cuisine de Matt, le héros du film, dans sa maison de l'Iowa. Au beau milieu de la pièce, Johnny Guy Kelly, le réalisateur, discutait avec Lynn Davids, une ravissante actrice aux cheveux auburn qui jouait le rôle de Dee Dee, la femme de Matt.

Dick Spano indiqua à Fleur un siège hors champ, derrière la caméra.

— T'es prêt, Jake ? demanda Johnny Guy.

Fleur vit alors Jake Koranda sortir de l'ombre. Tout de suite, elle remarqua sa bouche charnue et sensuelle et sa démarche chaloupée qui l'apparentait davantage au cowboy qu'au scénariste. Ses cheveux, bruns et raides, étaient coupés plus court que dans les westerns, et son visage paraissait plus émacié qu'à l'écran. Fleur lui trouva l'air encore plus antipathique que dans ses films.

Johnny Guy réclama le silence sur le plateau, et tous les bruits cessèrent immédiatement. Lynn se tenait debout au milieu de la cuisine, les yeux baissés. Adossé contre le buffet, Jake la fixait d'un air mauvais.

— Tu ne peux pas t'empêcher de coucher avec le premier venu, hein ? aboya-t-il.

En entendant cette phrase, Fleur éprouva l'envie de sauter dans sa Porsche et de rentrer chez elle. L'idée de voir jouer cette scène, la plus violente du film, l'effrayait.

— Tu ne comprends pas, Matt, répondit Dee Dee d'une toute petite voix.

L'air désemparé, elle porta la main à son cou et effleura les perles du collier qu'il lui avait offert avant de partir pour le Viêt-nam. Elle paraissait petite et frêle en face de lui.

Il fit un pas vers elle, l'attrapa brutalement par le bras et lui arracha son collier. Elle poussa un cri et tenta de lui échapper, mais il était trop grand et trop fort. Il se mit à la secouer violemment, et elle éclata en sanglots. Fleur sentit sa gorge se serrer.

— Coupez ! cria Johnny Guy. Il y a une ombre sur la fenêtre.

Fleur commençait à se détendre quand la voix furieuse de Jake la fit se crisper de nouveau sur son siège.

— Je croyais qu'on devait la faire en une seule prise ! tonna-t-il. Qu'est-ce qui se passe, bon Dieu ?

Une discussion animée s'ensuivit, dont Fleur ne saisit que quelques brides. Tout à coup, elle regretta d'être venue sur le tournage ce jour-là, elle regretta d'avoir accepté de jouer dans ce film. Elle se sentit brusquement incapable d'assumer son rôle face à Jake Koranda. Pourquoi n'avait-elle un partenaire comme Robert Redford ou Burt Reynolds au lieu de cette brute ?

Elle essaya de voir le bon côté des choses. Au moins, dans les scènes qu'elle aurait à jouer avec lui, il ne la battait pas. Mais il la poursuivait, il l'embrassait...

De nouveau, Johnny Guy demanda le silence sur le plateau.

— Tu ne peux pas t'empêcher de coucher avec le premier venu, hein ?

Fleur entendit de nouveau les mêmes mots durs et humiliants. Elle revit Matt se pencher vers Dee Dee, lui arracher son collier. Il la secoua plus fort que la première fois, et avec une telle expression de haine que Fleur frissonna. Il poussa Dee Dee contre le mur et la frappa. Ne pouvant supporter d'en voir davantage, Fleur ferma les yeux.

— Coupez ! cria une voix.

Fleur rouvrit les yeux et vit que Jake serrait Lynn contre sa poitrine en lui caressant doucement les cheveux. Elle pleurait toujours, et il la consolait. Peut-être n'était-il pas aussi mauvais qu'il en avait l'air ?

Johnny Guy se dirigea vers eux en toute hâte.

— Ça va, Lynnie ? s'inquiéta-t-il.

Jake tourna la tête vers lui.

— Tu vas nous laisser tranquilles une minute, oui ? grogna-t-il.

Johnny Guy acquiesça d'un hochement de tête et s'éloigna. Tout à coup, il remarqua la présence de Fleur et se dirigea vers la jeune fille. Tout content, il l'entoura de ses bras, comme un ours maladroit. Fleur l'aimait beaucoup. Il avait fait preuve de tant de patience avec elle quand elle avait répété son rôle, à New York.

— Viens vite, ma belle, dit-il. Je vais te présenter tout le monde.

Fleur eut du mal à se concentrer sur les visages qui défilèrent devant elle.

— Mais où est donc passée ta charmante mère? demanda Johnny. Je pensais la voir avec toi aujourd'hui.

— Elle arrive la semaine prochaine, répondit la jeune fille.

— Je l'ai connue dans les années cinquante. Je la revois encore quand elle était au Jardin d'Allah avec Errol Flynn.

Fleur le regarda d'un air surpris. Belinda lui avait souvent parlé des stars qu'elle avait rencontrées dans sa jeunesse, mais elle n'avait jamais mentionné Errol Flynn. Johnny devait se tromper.

— Viens, mon chou, reprit Johnny, soudain embarrassé. Allons voir Jake et Lynnie.

Fleur n'avait aucune envie d'aller les voir maintenant, mais Johnny, la prenant par le bras, ne lui demanda pas son avis. Le malaise de la jeune fille grandit encore quand elle vit que Lynn Davids avait l'air d'avoir pleuré.

— Jake, Lynnie, annonça gaiement Johnny, voici une jeune personne que j'aimerais vous présenter.

Lynn fit l'effort de lui sourire, mais Jake la dévisagea froidement, avant de laisser glisser son regard sur le reste de sa personne avec une expression d'indifférence assez déplaisante. Un silence pesant s'établit entre eux, bientôt brisé par un jeune assistant qui vint se planter devant Johnny.

— On va devoir refaire une prise, Johnny Guy, dit-il. Je suis désolé, on a eu un problème. Mais tout est arrangé maintenant.

Koranda se rua sur le plateau, fou furieux.

— Mais bon Dieu! qu'est-ce que vous foutez? hurla-t-il. On devait faire cette scène-là en une seule prise! Combien de fois va-t-il falloir recommencer à cause de vous?

Personne ne broncha. Puis une voix anonyme s'éleva dans le silence.

— Désolé, Jake, mais il n'y avait rien à faire.

— Et tu crois que je vais avaler ça ? tonna l'acteur en brandissant le poing en direction de la voix.

Fleur s'attendait à le voir sortir un colt d'une seconde à l'autre.

— Écoutez-moi bien, mes petits gars, reprit Jake. Vous n'avez pas intérêt à déconner ce coup-ci, parce que je ne la referai pas une fois de plus. Compris ?

— Eh ! doucement, mon vieux, intervint Johnny Guy. Aux dernières nouvelles, c'est moi qui commande ici.

— Alors qu'est-ce que t'attends pour faire ton boulot ? répliqua Jake sur un ton glacial.

Johnny Guy ne répondit rien pendant quelques instants. Puis il regarda Jake droit dans les yeux.

— Je ferai comme si je n'avais rien entendu, Jake, dit-il calmement. Et maintenant tout le monde au travail.

Fleur avait horreur des disputes. Elle regarda sa montre et bâilla — un procédé qu'elle avait mis au point pour donner le change chaque fois qu'elle se sentait mal à l'aise.

Alors qu'elle se glissait jusqu'à son fauteuil, elle pensa soudain à Belinda. Comment sa mère aurait-elle réagi en voyant son acteur favori se conduire ainsi ? Question stupide ! « Les stars sont des gens à part, Fleur. Ils n'ont pas à se plier aux mêmes règles que le commun des mortels. »

Après un court silence, Fleur entendit crier « Moteur ! » Elle ferma les yeux mais ne parvint à se détendre tout à fait que lorsqu'elle entendit : « Coupez ! »

Il y eut une courte pause, puis ils tournèrent des gros plans. Un jeune homme vint chercher Fleur : l'habilleuse voulait lui faire essayer plusieurs tenues. Quand elle réapparut enfin sur le plateau, l'équipe était en train de déjeuner. Lynn et Jake, assis à l'écart, mangeaient des sandwiches. Ils étaient en jeans, et Fleur se sentit trop habillée.

— Viens t'asseoir avec nous, proposa Lynn. Nous n'avons même pas eu le temps d'échanger deux mots avec toi.

— Ce n'est pas grave, dit Fleur. Vous étiez si occupés.

Lynn fronça les sourcils, et Fleur regretta aussitôt d'avoir fait allusion à la scène dont elle avait été témoin.

Jake froissa le papier de son sandwich et se leva, sans même jeter un regard à Fleur.

— A plus tard, Lynn, je vais faire un tour.

Il y eut un petit moment de gêne. Puis Lynn tendit la moitié de son sandwich à Fleur.

— Tiens, tu peux le manger. Ça m'évitera de prendre encore deux cents grammes. C'est du saumon avec de la mayonnaise basses calories.

— Merci, dit Fleur en prenant le sandwich et en s'asseyant dans le fauteuil que Jake venait de quitter.

Selon Belinda, la carrière de Lynn Davids avait commencé par un tout petit rôle dans *Le Parrain*. Puis elle avait décroché plusieurs seconds rôles dans des films importants, qui lui avaient valu l'éloge de la critique. Fleur lui donnait dans les vingt-cinq ans. Elle avait un visage rond, et tout en elle respirait la féminité.

De son côté, Lynn observait Fleur.

— Tu n'as pas l'air d'être le genre de fille qui grossit facilement, lança-t-elle.

— Oh ! détrompe-toi ! répliqua Fleur. Si je mangeais tout ce que je voulais, je pèserais soixante-dix kilos. Mais avec le métier que je fais, je ne dois pas dépasser les soixante. Alors, comme j'adore les glaces et les gâteaux, ce n'est pas toujours drôle, crois-moi.

— Parfait, on va pouvoir être amies. Je ne supporte pas les filles qui n'ont pas à se préoccuper de leur poids !

Elles parlèrent régime pendant quelques minutes, puis Fleur amena la conversation sur le film. Elle s'aperçut que Lynn était très heureuse de jouer le rôle de Dee Dee.

— Les critiques disent que Jake bâcle toujours les rôles féminins, observa Lynn. Mais je crois qu'il a fait une exception pour Dee Dee. C'est une femme naïve et vulnérable. Nous pouvons toutes nous retrouver en elle.

— Oui, tu as raison, approuva Fleur. C'est un personnage tout d'une pièce, plus facile à jouer que le rôle de Lizzie. A vrai dire, j'ai peur de ne pas être à la hauteur.

— Normal. Tous les acteurs manquent de confiance en eux quand ils débutent. Mais ça passe dès que tu commences à jouer. Et puis, tu peux en parler à Jake. Il te donnera de bons conseils.

— Je crois savoir qu'il n'apprécie pas vraiment qu'on m'ait donné le rôle. Et puis, je n'ai pas été favorablement impressionnée par la manière dont il s'est conduit ce matin.

Lynn resta songeuse un moment.

— Écoute, Fleur, finit-elle par dire, Jake et moi sortions ensemble il y a quelques années. Rien de très sérieux de son côté, mais dès que nous avons arrêté de coucher ensemble, nous sommes devenus les meilleurs amis du monde. Pour le rôle de Dee Dee, Jake a utilisé un épisode de ma vie. Il savait pertinemment que cela ferait resurgir en moi de mauvais souvenirs, aussi voulait-il que la scène soit tournée le plus vite possible, pour mon bien.

— Je suis désolée, dit Fleur. Mais je ne me sens pas très à l'aise avec des hommes comme Jake.

Lynn eut un petit sourire espiègle.

— C'est ce qui les rend irrésistibles.

Fleur n'aurait pas employé ce mot-là, mais elle ne releva pas.

Pendant les jours qui suivirent, la jeune fille évita de s'approcher de l'acteur. Quant à lui, hormis un vague signe de tête le matin, il ne lui adressait jamais la parole, comme si elle n'existait pas. Pourtant, il se montrait sympathique et chaleureux avec toute l'équipe. Tout le monde semblait l'adorer et ne pas lui tenir rigueur de ses accès de mauvaise humeur.

Puis vint le moment pour Fleur de tourner sa première scène. Elle fut très contrariée d'apprendre que, dès le premier jour, elle aurait Jake Koranda comme partenaire.

Elle dormit mal. Le lendemain, elle se sentait mal dans sa peau et incapable de se concentrer sur les explications de Johnny Guy.

Lizzie se balançait dans un rocking-chair sous le porche. Soudain, elle apercevait Matt au bout de l'allée. Il portait son uniforme de soldat. Elle se précipitait vers lui en courant et se jetait dans ses bras.

— Tout le monde en scène, les enfants ! cria Johnny Guy.

Fleur se dirigea vers le porche. De l'excitation, elle devait éprouver de l'excitation. Mais pas tout de suite. Pas avant qu'elle ne le voie. Et peu importait qu'on la regarde. Elle devait se concentrer sur Matt. Matt, et non Jake.

Johnny Guy cria « Moteur ». Elle se balança, puis elle leva la tête et le vit. Matt ! Matt était de retour ! Elle se mit à courir vers lui, le cœur battant. Elle se jeta dans ses bras, mais Jake perdit l'équilibre, et ils s'écroulèrent tous les deux par terre.

Ce fut une véritable explosion de rire. Fleur était couchée de tout son long sur Jake Koranda. Jamais elle ne s'était sentie aussi humiliée. Elle aurait voulu rentrer sous terre.

— Rien de cassé ? s'esclaffa Johnny Guy, tout en l'aidant à se relever.

— Non, je... ça va, bredouilla-t-elle.

Elle gardait la tête baissée, brossant consciencieusement la poussière qui collait à son costume. Elle espérait ainsi gagner du temps pour se redonner une contenance. La maquilleuse accourut avec une serviette humide, et Fleur se passa le linge sur les bras et sur les jambes, en évitant soigneusement de regarder Jake. Cet incident allait le conforter dans la piètre opinion qu'il avait d'elle, elle en était sûre. Oh, et puis pourquoi se préoccupait-elle autant de son jugement ?

— Et toi, Jake, pas de bobo ? demanda Johnny Guy.

— Ça va.

Le metteur en scène prit gentiment Fleur par le bras.

— C'était très bien, mon ange, la rassura-t-il. Dommage que le petit gars ici présent n'ait pas assez de muscles pour prendre une vraie femme dans ses bras !

Elle savait bien qu'il essayait de la réconforter, mais c'était impossible. Elle se sentait gauche, lourde et affreuse, et elle supportait mal tous ces regards braqués sur elle.

— Je... je suis désolée, dit-elle piteusement. Je crois que le costume est fichu. La saleté ne s'en va pas.

— Aucune importance, ma belle, nous l'avons en double. Va te changer.

Trop vite, elle se retrouva dans le rocking-chair, prête à recommencer la scène. Elle essaya de se concentrer, de recréer le même sentiment d'excitation que tout à l'heure. Elle vit Matt, se leva d'un bond, courut vers lui... *Dieu, faites qu'il ne tombe pas encore une fois !...* et maîtrisa tellement son élan qu'elle se glissa dans ses bras avec trop de retenue.

Johnny Guy était mécontent.

Ils refirent la scène trois fois, mais toujours elle freinait son élan au dernier moment. Son attitude manquait de conviction. La panique montait en elle de minute en minute, et elle était en sueur.

— On ne sent pas que tu l'aimes, Fleur. Tu manques de spontanéité. Fais-le comme tu l'as fait la première fois.

— Je vais essayer, promit-elle.

Elle retourna à son point de départ en se disant que rien au monde ne pourrait lui donner le courage de se jeter encore une fois dans les bras de Jake Koranda. Elle avait la gorge nouée, comme si elle allait se mettre à pleurer.

— Hé ! Attends !

Lentement, elle se retourna, et vit Jake venir à sa rencontre.

— Je n'étais pas assez concentré la première fois, dit-il sèchement. C'était ma faute, pas la tienne. Et ce coup-ci, ça va marcher.

Elle acquiesça d'un hochement de tête et s'éloigna.

— Tu ne me crois pas, hein ? lança-t-il.

Elle s'arrêta et se tourna vers lui.

— Écoute, je sais bien que je ne suis pas vraiment ce qu'on peut appeler un poids plume.

Il eut un sourire suffisant qui déplut fortement à Fleur.

— Hé ! Johnny Guy ! cria-t-il. Laisse-nous quelques

minutes, tu veux ? La Grande Fleur pense qu'elle peut encore me faire tomber.

La Grande Fleur ! Là, il exagérait vraiment ! Elle l'aurait volontiers giflé.

— Voilà une remarque de bien mauvais goût, même venant de vous, monsieur Koranda !

Redressant fièrement la tête, elle tourna les talons.

— Ah oui ?

Il lui saisit le bras avant qu'elle ait pu faire un pas et l'entraîna sans ménagement derrière la maison, loin des autres.

— C'est toi qui m'as lancé un défi, la Grande Fleur. Et je parie dix dollars que tu n'es pas capable de me faire tomber encore une fois.

Alors seulement il lui lâcha le bras. Elle recula d'un bon mètre et le toisa de la tête aux pieds.

— Tout ceci est ridicule, siffla-t-elle. Je n'ai pas l'intention de jouer les catcheuses.

— Ah non ? Et pourquoi ? Est-ce que par hasard Bébé Star craindrait de se décoiffer ? Ou bien a-t-elle tout simplement peur de gagner ?

Elle perdit le contrôle d'elle-même.

— Espèce de salaud ! Tu es encore plus ignoble que tous les ignobles que tu joues à l'écran ! Et je n'ai pas à accepter ce pari absurde !

Il continuait à la fixer avec une expression de défi. Elle savait bien qu'il le faisait exprès pour susciter sa colère. Depuis des semaines, il lui empoisonnait la vie, d'une façon ou d'une autre. Le moment était venu de lui donner une bonne leçon.

— O.K., Koranda, c'est toi qui l'auras voulu.

Elle recula de quelques pas, sans le quitter des yeux.

— Je suis mort de peur. La Grande Fleur va me montrer ses talents cachés !

Dieu, comme elle le haïssait !

— Je te préviens, Koranda...

— Allons-y, ma jolie, l'interrompit-il. Je t'attends !

Comme un taureau fougueux, elle chargea. Les poings

serrés, elle fondit sur lui avec toute la force de sa rage accumulée... et elle eut l'impression de se jeter contre un mur.

S'il ne l'avait pas rattrapée, elle serait tombée, et toute seule cette fois. Elle s'aperçut soudain qu'il la tenait fermement contre lui, et elle s'arracha à ses bras. Elle essaya de reprendre son souffle. Son menton lui faisait mal à l'endroit où elle avait heurté son épaule, mais elle se garda bien de le lui montrer. Surtout qu'il n'ait pas la satisfaction de l'avoir blessée ! Elle s'éloigna de quelques pas.

— Hé, Fleur ! lança-t-il en se rapprochant d'elle de sa démarche chaloupée. Tu ne peux rien faire de mieux ? De quoi tu as peur ? De te salir encore une fois ?

Elle le regarda, incrédule. Tout son corps lui faisait mal, et elle n'arrivait pas à reprendre son souffle.

— Je crois que tu es vraiment cinglé, Koranda, haleta-t-elle.

— Allez, quitte ou double. Et ce coup-ci, prends un peu plus d'élan.

Elle ne put résister plus longtemps à l'envie de se frotter le menton.

— J'abandonne, dit-elle.

Il se mit à rire. Il avait un rire agréable, qui la surprit.

— O.K., Fleur. Je te fais grâce de cet assaut. Mais tu me dois dix dollars.

Il avait l'air si arrogant qu'elle fut tentée de prendre sa revanche, mais son bon sens l'emporta sur son désir de vengeance. Qu'il en ait conscience ou non, il venait de lui rendre un immense service. Ils firent demi-tour et revinrent vers le plateau dans un silence qui ressemblait à de la complicité.

— Tu te crois très intelligent, n'est-ce pas ? demanda-t-elle.

— Tu n'as donc pas lu les critiques, ma belle ? Je suis génial ! Ils le disent tous !

Elle le gratifia de son plus joli sourire.

— Les mannequins ne lisent pas. Elles se contentent de regarder les images.

Il éclata de rire.

Ils refirent la scène, et Johnny les félicita. C'était exactement ce qu'il voulait. Fleur éprouva un sentiment de satisfaction, qui disparut dès l'instant où on aborda la scène suivante. Toujours dans les bras de Matt, Lizzie lui donnait un petit baiser sur la joue. Puis ils échangeaient quelques mots, et elle devait alors l'embrasser fougueusement sur la bouche.

Elle s'acquitta du baiser fraternel sans difficulté. Puis vint le court dialogue, que l'on dut refaire plusieurs fois. Fleur avait encore un débit un peu trop saccadé lors de la dernière prise, mais elle ne s'en inquiéta pas outre mesure. Après tout, Lizzie ne devait pas se sentir très à l'aise dans cette situation.

Ils s'arrêtèrent pour déjeuner. Puis ils tournèrent quelques gros plans, avant de passer à la scène tant redoutée : le fatidique baiser.

Fleur craignait de se montrer gauche. Certes, elle avait déjà embrassé des hommes sur la bouche. Mais elle n'avait aucune envie d'embrasser Jake Koranda.

L'assistant réalisateur lui demanda de prendre place. Jake était déjà prêt et discutait avec Johnny Guy. Tandis que le metteur en scène leur donnait ses directives, Fleur se surprit tout à coup à observer la bouche de Jake. Pour éviter de rougir, elle bâilla et demanda l'heure à la scripte.

— J'espère qu'on ne te retarde pas trop, fit Jake, sarcastique.

Elle lui lança un regard sévère et se concentra sur les explications de Johnny Guy.

— Ce que je veux maintenant, mon ange, dit Johnny Guy, c'est un vrai baiser passionné. Tu vois ?

Fleur lui fit un grand sourire.

— Je vois tout à fait, déclara-t-elle.

Au fond d'elle-même, elle était terrorisée. L'un de ses petits amis lui avait dit qu'elle devait être frigide pour embrasser aussi mal...

Jake la prit par la taille et l'attira vers lui. Elle réalisa que, d'une manière ou d'une autre, elle avait passé toute la journée pratiquement collée contre lui.

— Tes pieds, chérie, cria Johnny Guy.

Elle baissa les yeux vers le sol. Qu'est-ce qui clochait ? Ils étaient grands, oui, mais pas plus qu'hier.

— Rapproche-les un peu de Jake, s'il te plaît.

Bien que sa poitrine se trouvât tout contre celle de l'acteur, elle s'aperçut qu'elle tenait la partie inférieure de son corps à distance. Très vite, elle rectifia la position.

Te voilà dans les bras de Matt, se dit-elle. Tu as connu d'autres hommes, mais c'est lui que tu veux.

Johnny Guy dit « Moteur ! » et Fleur posa doucement ses mains sur les épaules de Jake. Puis elle leva son visage vers lui. Très vite, elle ferma les yeux et lui effleura la bouche. Ses lèvres étaient chaudes et douces.

Cela ne sembla pas satisfaire Johnny Guy.

— Un peu plus de conviction, mon petit. Essayons encore une fois.

Lors de la prise suivante, Fleur tenta de donner le change en faisant aller et venir ses mains, mécaniquement, sur les bras de Jake.

— Détends-toi, mon ange, dit Johnny Guy. Oublie les gens qui te regardent. Ils ne pensent qu'à une chose : en finir au plus vite et rentrer chez eux pour dîner. Laisse-toi aller un peu plus.

Fleur n'avait que faire des gens qui la regardaient : c'était Jake qui lui posait un problème, mais elle se garda bien de le dire.

Elle tenta d'envisager la question sous un aspect technique. Embrasser cet acteur n'aurait pas dû lui poser davantage de problèmes que d'ouvrir une porte. Détends-toi, bon Dieu ! se sermonna-t-elle.

Elle trouva ce nouveau baiser bien plus réussi que les précédents, mais tel n'était pas l'avis du réalisateur.

— Tu crois que tu pourrais ouvrir la bouche, mon petit ? Souviens-toi de ce que je t'ai dit. Je veux un baiser passionné.

Elle se remit en place, tout en jetant un coup d'œil angoissé à Jake.

— Inutile de m'appeler au secours, ma belle. Je joue le rôle passif dans cette histoire.

— Mais je ne te demande pas de m'aider! protesta Fleur.

A la fin de la prise suivante, Jake poussa un profond soupir.

— Je vais finir par m'endormir. Fleur. Tu veux que je demande à Johnny Guy de faire une petite pause pour qu'on s'entraîne derrière la maison?

La jeune fille le regarda droit dans les yeux.

— Pourrais-tu cesser de te moquer de moi? demanda-t-elle, sérieuse tout à coup.

Il sourit, se pencha vers elle et lui murmura à l'oreille :

— Je parie vingt dollars que tu n'arriveras pas à me tirer de ma torpeur.

Jamais aucun homme ne lui avait parlé avec une voix aussi sensuelle.

La prise suivante fut la bonne. Johnny Guy semblait satisfait. Jake dit à Fleur qu'elle lui devait vingt dollars.

12

Lorsque Fleur rentra à la maison, elle y trouva Belinda qui arrangeait des fleurs dans un vase chinois. Elle serra sa fille dans ses bras.

— Je n'ai pu supporter de rester plus longtemps loin de toi, dit-elle. Tu m'as manqué, tu sais.

— Toi aussi, dit Fleur en l'embrassant sur la joue. Comment te sens-tu ?

— En pleine forme ! Prête à les affronter tous. J'avais besoin de reprendre des forces.

— Tu es magnifique, dit Fleur.

Et c'était vrai. A côté de sa mère, la jeune fille se sentait toute défraîchie. Belinda semblait avoir rajeuni de dix ans, resplendissante dans un pantalon de lin blanc et un bustier rouge et or.

— Est-ce que je suis assez belle pour leur faire regretter de m'avoir ignorée quand j'avais dix-huit ans ?

— Aucun doute là-dessus ! s'exclama Fleur, sincère. Je vais faire quelques longueurs dans la piscine pour me détendre, ajouta-t-elle. Après, nous bavarderons tranquillement.

La jeune fille se changea rapidement et plongea dans l'eau froide. Tandis qu'elle nageait, Belinda mit le couvert dans le patio.

Après quelques longueurs, Fleur sortit de la piscine, prit une douche, puis elle enfila un short et un tee-shirt et piqua deux peignes bleu lavande dans ses cheveux mouillés. Nu-pieds, elle se dirigea vers le patio. Sa mère avait préparé sa salade préférée — un mélange de crevettes roses, de petits morceaux d'ananas et de cresson.

— Je meurs de faim, annonça-t-elle en se mettant à table.

— Tu es toujours affamée ! remarqua Belinda.

Elle regarda sa fille avec admiration.

— Comme tu es belle ! s'exclama-t-elle. Et sans maquillage en plus ! Si tu n'étais pas ma fille, je crois que je te détesterais ! Allez, mange, et raconte-moi tout.

Fleur lui fit un résumé des événements de la semaine passée. Elle lui parla de Jake Koranda, sans toutefois mentionner l'épisode du baiser. Néanmoins, elle raconta comment elle l'avait fait tomber, et ce qui s'était passé ensuite, derrière la maison.

— Cela ne m'étonne pas ! s'exclama Belinda. Il a beau être une star, il n'en a pas moins compris que tu avais le trac. Je savais qu'il était comme ça. Tu devrais m'écouter plus souvent, Fleur, et avoir confiance dans mes jugements sur les gens.

Belinda sourit, pensive.

— Il me rappelle Jimmy, poursuivit-elle. Dur en apparence, mais sensible et tendre en réalité.

Fleur n'aurait pas dit la même chose de Jake Koranda, mais elle savait bien que sa mère était persuadée de retrouver en lui toutes les qualités qu'elle prêtait à son James Dean bien-aimé. Pour la première fois, cette comparaison l'irrita.

— Il est beaucoup plus grand que Jimmy, remarqua-t-elle. En fait, je trouve qu'ils ne se ressemblent pas du tout.

— Hummm. Tu te trompes. Ils sont de la même trempe. Des rebelles, tous les deux.

— Mais tu ne l'as jamais rencontré ! protesta Fleur. Il ne ressemble à personne, maman. Enfin, à personne que je connaisse.

Belinda lui lança un regard amusé et se tut.

Rosa, la bonne, apparut à l'entrée du patio, portant le téléphone.

— Mr. Savagar, pour Mrs. Savagar, annonça-t-elle.

Belinda lança un regard perplexe à sa fille, puis elle ôta sa boucle d'oreille et prit la communication.

— Qu'y a-t-il, Alexis ? demanda-t-elle d'un ton sec. Ah, et que veux-tu que j'y fasse ?... J'espère que cela ne te surprend pas. Non, bien sûr que non... Non, je ne sais rien !... Ne sois pas ridicule... Oui, je t'appelle si j'apprends quelque chose.

Tandis qu'elle raccrochait, Fleur lui demanda ce qui n'allait pas.

— Michel s'est enfui de la clinique, et Alexis voulait savoir s'il m'avait contactée.

— On dirait que cette nouvelle ne t'affecte pas beaucoup, nota Fleur.

Belinda remit sa boucle d'oreille et piqua une crevette avec sa fourchette.

— Tu connais mes sentiments à l'égard de Michel. Pour être honnête, j'éprouve une certaine satisfaction chaque fois qu'Alexis a un problème avec lui. Et ton père doit regretter amèrement de l'avoir gardé à ses côtés et de t'avoir évincée, toi. Tu es belle et célèbre. Son fils n'est qu'une petite tapette.

Fleur posa sa fourchette sur la table en soupirant. Ce coup de téléphone lui avait coupé l'appétit. Quelques mois plus tôt, Alexis avait appris que Michel avait une liaison avec l'un de ses plus vieux amis et de ses plus fidèles employés. C'était le fils de celui-ci qui l'avait mis au fait de la situation. Peu après qu'Alexis l'ait renvoyé, l'amant de Michel avait succombé à une crise cardiaque. Michel avait alors tenté de se suicider. Alexis avait refusé qu'il continue ses études dans le Massachusetts et l'avait expédié dans une clinique privée, en Suisse. Fleur éprouvait de la pitié pour son frère. Elle qui avait l'habitude de côtoyer des homosexuels dans le milieu de la mode trouvait ce drame anachronique, injuste et absurde.

La fumée du cigare de Dick Spano empuantissait la salle de projection de Culver City, et une vague odeur d'oignons flottait dans l'air. Dick fumait après avoir mangé un hamburger dont l'emballage était restée ouvert.

Jake, assis à sa place favorite — à l'extrême droite du dernier rang —, sirotait de la bière mexicaine en regardant les rushes. D'habitude, comme la majorité des acteurs, il ne venait pas voir les rushes. Mais en tant que scénariste, sa présence s'imposait. Il lui fallait décider si certaines scènes nécessitaient d'être réécrites.

Personne ne fit aucun commentaire, jusqu'au moment du baiser.

— Pas mal, commenta Dick Spano, sans conviction.

— Elle est sur la bonne voie, hasarda Johnny Guy.

— C'est nul, trancha Jake.

Puis il avala le reste de sa bière d'un seul trait et posa la canette sur le sol.

— Elle s'en tire très bien jusqu'à la scène du baiser, déclara-t-il. Mais croyez-moi, quand on va aborder les scènes difficiles, elle ne sera pas à la hauteur.

— Jake, pourquoi t'acharnes-tu à la démolir ? Ça ne sert à rien. Elle a signé un contrat en béton armé.

— J'ai un mauvais pressentiment, Johnny Guy. Elle a une certaine présence, d'accord. Et dans quelques scènes, elle peut faire illusion. Mais cette môme n'a pas la trempe d'une grande actrice. Elle manque de confiance en elle, et cela se voit.

— Tu es trop pessimiste, Jake, rétorqua Johnny Guy en déchirant l'emballage d'un Milky Way. Moi, je trouve qu'elle passe bien. En outre, je la sens prête à travailler dur. Elle y arrivera, tu verras.

Jake s'enfonça un peu plus dans son siège, et regarda les rushes une nouvelle fois. Johnny Guy avait raison sur un point : Fleur passait bien à l'écran. Mais elle ne possédait pas les qualités requises pour jouer Lizzie. La jeune fille, apparemment innocente au début de l'histoire, se révélait manipulatrice et sexuellement experte à la fin du film. Certes, il y avait en Fleur un mélange troublant de sensualité et de candeur. Mais serait-elle crédible dans le rôle de la garce en herbe ? Il en doutait.

Depuis des années, Jake écrivait des scénarios qui finissaient tous à la poubelle. Pour la première fois de sa vie, il avait la certitude de tenir un bon sujet. Aussi le succès de ce film lui importait-il vraiment. Il voulait prouver à un certain nombre de gens qu'il existait un public âgé de plus de vingt-cinq ans pour ce genre de films. Il voulait aussi leur montrer qu'il était capable de jouer autre chose que les cow-boys.

Jake avait écrit sa première pièce de théâtre au Viêtnam. Puis il avait été blessé et rapatrié aux États-Unis. Là, dans un hôpital de San Diego, il avait remanié sa pièce et l'avait envoyée à un producteur de Broadway. Peu de temps après, on lui avait proposé un petit rôle dans un film de Paul Newman. Puis un rôle plus important dans un western de série B. Le producteur new-yorkais l'avait alors contacté : il trouvait sa pièce formidable et avait décidé de la monter. Jake l'avait fait patienter. Il ne pouvait se permettre de renoncer à son cachet d'acteur. Le film achevé, il avait filé à New York pour travailler sur sa pièce avec le metteur en scène.

Mais on le réclamait à Hollywood. *Bird Dog* avait remporté un énorme succès. On parlait déjà de tourner une suite quand Jake avait reçu le prix Pulitzer pour sa pièce. Il avait alors songé à quitter Hollywood pour se consacrer à sa carrière d'auteur, mais sa pièce lui ayant rapporté le quart de ce qu'on lui offrait pour son prochain film, il n'avait pas hésité bien longtemps. Depuis, il avait tourné plusieurs films. Il en éprouvait parfois quelques regrets, mais enfin, on ne peut pas tout avoir.

Il songea de nouveau au tournage en cours. Peut-être s'était-il montré un peu dur avec Fleur. Elle ne ressemblait à aucune actrice de sa connaissance. Moins vaniteuse et plus intelligente que la majorité d'entre elles, elle méritait toute son estime. Hélas, elle manquait de perversité pour incarner le personnage de Lizzie. Pouvait-on décemment le lui reprocher ? Et qui sait peut-être saurait-elle, finalement, jouer les affranchies aussi bien qu'une autre.

Il se leva brusquement de son fauteuil, salua Dick et Johnny Guy et quitta la salle de projection.

Le lendemain matin, Belinda accompagna sa fille sur le tournage. Dès que Fleur eut disparu dans la cabine de maquillage, Belinda se dirigea vers le plateau désert et attendit jusqu'à ce qu'elle entende le bruit de ses pas. Pendant quelques instants, elle l'observa sans qu'il la voie. Ah ! ces larges épaules, cette démarche chaloupée ! Enfin, elle sortit de l'ombre et se planta devant lui. Il lui jeta un regard surpris.

— J'adore vos films ! lança-t-elle. Surtout les aventures du Dog.

— Merci. Ça fait toujours plaisir à entendre.

— Je m'appelle Belinda Savagar. Je suis la mère de Fleur, annonça-t-elle en lui tendant la main.

Il la serra, et elle en ressentit une vive émotion.

— Enchanté, madame Savagar.

— Appelez-moi Belinda. Je voulais vous remercier d'avoir aidé Fleur hier.

— C'est toujours difficile, le premier jour.

— Peut-être, mais c'est très gentil à vous de l'avoir compris.

Il haussa les épaules et fit mine de s'éloigner.

— Pardonnez-moi de me montrer aussi directe, lança-t-elle, mais Fleur et moi aimerions vous inviter à déjeuner dimanche. Oh, rien de conventionnel. Juste quelques côtelettes au barbecue, comme dans l'Indiana !

Jake laissa glisser son regard sur le tailleur Yves Saint-Laurent de Belinda. Elle remarqua comme une lueur d'intérêt dans ses yeux.

— Vous n'avez pas l'air de venir de l'Indiana, Belinda, remarqua-t-il.

— Pourtant j'y suis née, j'y ai grandi, et j'en suis fière ! Alors, que dites-vous de ma proposition ?

Il hésita un instant avant de répondre.

— J'ai peur d'avoir déjà un engagement pour dimanche. Pourriez-vous reporter votre invitation d'une semaine ?

— Ça devrait pouvoir se faire !

Il sourit, la salua d'un bref signe de tête et s'éloigna. Belinda faillit bondir de joie. Elle avait réussi ! Ah ! tout à fait le genre d'homme dont elle avait besoin !

Fleur regarda sa mère. Le corps luisant d'huile solaire, Belinda était allongée dans une chaise longue, au bord de la piscine. Elle portait un bikini blanc et de grosses lunettes noires. Il était déjà quatorze heures, et Fleur n'arrivait pas à se détendre.

— Ça ne me plaît pas du tout que tu l'aies invité ! Surtout sans me demander mon avis ! Je n'ose même plus le regarder dans les yeux ! Et puis, il a sans doute mieux à faire que de passer son dimanche après-midi avec nous.

Belinda resta immobile dans sa chaise longue.

— Calme-toi, chérie. Nous veillerons à ce qu'il ne s'ennuie pas.

Fleur se baissa et saisit le manche du filet posé au bord de la piscine. Elle commença à le passer à la surface de l'eau, glanant des feuilles mortes au passage. Elle se promit d'agir en adulte cette fois-ci. Non, elle ne regarderait pas Jake fixement. Elle ne parlerait pas sans arrêt pour tromper son angoisse. En fait, elle le laisserait seul avec sa mère. Qu'elle s'en occupe, puisqu'elle l'avait invité.

Belinda releva ses lunettes.

— Chérie ! cria-t-elle. Tu devrais changer de maillot de bain. Celui-ci est affreux !

— Moi, je le trouve bien, rétorqua Fleur.

A ce moment, Jake arriva. La bonne, qui l'avait escorté jusque-là, se retira, et il se dirigea vers Belinda.

Fleur posa le filet par terre et plongea dans l'eau. Stupide ! se dit-elle. Mais elle ne se sentait pas le courage d'affronter Jake. Il lui coupait le souffle, la laissait sans voix. Oui, elle aurait dû mettre son joli bikini orange plutôt que ce vieux maillot noir tout distendu. Mais elle ne voulait pas que Jake la range dans la catégorie des groupies qui le dévoraient des yeux. Lynn appelait cela l'« effet Koranda ».

Quand elle refit surface, elle vit qu'il était assis sur une chaise à côté de Belinda. Il portait un short bleu marine trop large pour lui, un tee-shirt gris et une vieille paire de baskets. S'il pouvait être d'une certaine élégance vestimentaire à l'écran, dans la vie il ne s'habillait qu'avec des jeans usagés et des tee-shirts délavés. Et ça lui allait très bien.

Belinda lui dit quelque chose, et il éclata de rire. Fleur sentit monter en elle une grande bouffée de jalousie. Sa mère savait parler aux hommes. Et tous, sans exception, appréciaient sa compagnie. Fleur aurait bien aimé posséder ce talent.

Elle plongea de nouveau sous l'eau. Pourquoi ne pas admettre que Jake lui plaisait ? Il lui plaisait même beaucoup. Elle devait assumer cette situation, éviter de se conduire comme une idiote et se dire que, sitôt le film achevé, elle l'oublierait. Enfin, elle essaierait.

Elle refit surface et vit Belinda se lever de sa chaise.

— Fleur ! cria-t-elle. Viens donc tenir compagnie à Jake pendant que je vais mettre une chemise. Je suis en train d'attraper un coup de soleil !

— Reste où tu es, ma grande, dit Jake.

Il se leva, ôta son tee-shirt, son short et ses chaussures et plongea dans la piscine. Il réapparut bientôt à la gauche de Fleur.

— Mais tu as les cheveux mouillés, ma belle ! s'exclama-t-il. Moi qui croyais que les mannequins se contentaient de regarder l'eau...

Comme il était beau, le visage ruisselant d'eau !

— Cela prouve que tu ne connais rien aux mannequins, répliqua-t-elle.

Sur ce, elle disparut sous l'eau et nagea en direction de

l'échelle métallique. Mais avant qu'elle ait pu la saisir, une main lui agrippa fermement la cheville.

— Hé ! protesta-t-il. Je n'ai pas l'habitude de faire fuir les femmes !

— Eh bien, ça change un peu ! ironisa-t-elle tout en dégageant sa cheville.

Elle réussit à atteindre l'échelle et en gravit les degrés. Il la suivit hors de l'eau.

Fleur s'enveloppa dans une grande serviette et alla s'asseoir sur une chaise longue.

— Dis-moi, Fleur, j'ai l'impression que tu n'as pas très envie de me voir, aujourd'hui.

Comme les hommes peuvent se tromper !

— Désolée, mais je ne suis pas de très bonne humeur. Cette scène avec Lynn et toi demain m'angoisse complètement.

— Ne t'en fais pas ! Qu'est-ce que tu dirais d'aller courir avant ces steaks que Belinda nous a promis ?

— Bonne idée !

Fleur se sentait toujours détendue quand elle avait couru.

Belinda réapparut à l'entrée du patio.

— Je peux vous voler votre fille un petit moment ? demanda Jake. On voudrait courir un peu avant de manger.

— Aucun problème ! Et prenez tout votre temps ! J'ai un nouveau roman de Jackie Collins que je meurs d'envie d'attaquer !

Jake eut un sourire moqueur, et Fleur se précipita à l'intérieur pour se changer. Une fois dans sa chambre, elle enfila un short, un tee-shirt et des chaussures de jogging. Alors qu'elle s'asseyait sur son lit pour nouer ses lacets, son regard tomba sur une revue de théâtre achetée la veille. Elle avait coché le paragraphe suivant :

« Koranda écrit dans un style très alerte et dresse le portrait de l'Américain moyen. Ses personnages boivent de la bière, font du sport et trouvent leur satisfaction dans le travail bien fait. Ils dépensent de l'argent honnêtement gagné, et il leur arrive même d'aller à l'église le dimanche. Son langage est parfois un peu cru, mais il ne manque pas d'humour, et ses pièces mettent à jour ce qu'il y a de meilleur comme ce qu'il y a de pire dans l'âme américaine. »

Un autre critique exprimait cette idée d'une manière plus imagée :

« Koranda a du succès parce qu'il prend ce pays par les couilles et qu'il serre bien fort. »

Fleur avait beaucoup lu ces derniers temps, à commencer par les pièces de Jake — qu'elle avait trouvées superbes —, et la plupart des articles de journaux qui lui étaient consacrés. On y faisait sans cesse mention de ses petites amies, dont le nom changeait souvent.

Il l'attendait sur le trottoir, en sautillant sur place pour s'échauffer.

— Tu crois que tu vas tenir le rythme, Fleur, ou va-t-il falloir que je te porte ?

— J'aimerais bien voir ça !

Jake sourit et se mit à faire quelques mouvements de gymnastique.

— Lynn m'a dit que tu faisais partie d'une équipe de basket au collège, reprit Fleur. Tu joues toujours ?

— Oui, et même plusieurs fois par semaine. Ça m'éclaircit les idées. Si je ne joue pas, je n'arrive pas à écrire.

Ils commencèrent à courir tranquillement. C'était dimanche, et il n'y avait pas un chat dans les rues de Beverly Hills. Fleur en ressentit une espèce de déception : elle aurait voulu que le monde entier voie avec qui elle courait.

— Je pensais que les auteurs dramatiques étaient des intellectuels. Tu es inclassable, Jake, et ça te plaît.

— Les auteurs dramatiques sont des poètes. Et qu'est-ce que le basket, sinon de la poésie ?

— Je ne vois pas le rapport !

— Tu n'as jamais entendu parler d'un type du nom de Julius Erving ?

Elle secoua la tête en signe de dénégation et accéléra un peu pour s'accorder au rythme de Jake. Il s'en aperçut et ralentit immédiatement.

— On l'appelle « Doc ». Il fait partie de l'équipe des New York Nets, et il est en train de devenir le meilleur joueur de toute l'histoire du basket-ball.

Dès demain, je commence à lire la rubrique sportive dans le journal, se promit Fleur.

— Tout ce qui se rapporte à cet homme est poésie, poursuivit Jake. Quand il met un ballon dans le filet, il défie les lois de la pesanteur. Il vole, Fleur. Tu comprends ce que je veux dire ? Alors que nous sommes cloués au sol, lui, il a la capacité de voler. C'est cela, la poésie, et c'est pour ça que j'écris.

Il eut soudain l'air embarrassé, comme s'il en avait trop dit.

— Et si tu accélérais un peu, bébé, grommela-t-il. A ce rythme-là, j'ai l'impression de marcher.

Fleur allongea légèrement sa foulée, et ils se mirent à courir sur une piste cyclable.

— Dis-moi, reprit Jake, qu'est-ce qui te tracasse dans la scène de demain ?

A présent, ils respiraient fort l'un et l'autre, mais Fleur aimait bien forcer un peu son rythme. Elle essaya de répondre à sa question tout en contrôlant sa respiration.

— Je ne sais pas. C'est simplement que... enfin, Lizzie me paraît tellement calculatrice.

— Mais elle l'est ! Il va falloir que tu te mettes dans la peau d'une petite salope.

La jeune fille vit que Jake transpirait. Des gouttes de sueur coulaient sur son front.

— Je comprends parfaitement pourquoi Matt lui plaît, dit Fleur, pourquoi elle a envie de coucher avec lui. Mais étant donné qu'elle aime beaucoup Dee Dee, elle devrait s'efforcer de garder des relations platoniques avec lui.

— Mais enfin, Fleur, tu sais bien qu'il n'y a rien de tel qu'un homme pour briser une amitié entre deux femmes.

— Oh, Jake ! Les temps ont changé, tout de même ! J'ai l'impression d'entendre un vieux macho.

Soudain, elle se souvint de son propre sentiment de jalousie envers Belinda.

— Les femmes ont mieux à faire qu'à se déchirer à cause d'un homme, déclara-t-elle avec assurance.

— Hé ! Tu sembles oublier que c'est moi qui décide ! Alors, contente-toi de jouer !

Fleur reprit son souffle.

— Le personnage de Dee Dee est plus complexe que celui de Lizzie. Dee Dee a ses forces et ses faiblesses. Et cela donne à la fois envie de la protéger et de l'engueuler.

— On dirait que tu as lu le scénario ! s'exclama Jake, taquin.

— Ne te moque pas de moi, protesta-t-elle. Je dois jouer Lizzie, et je me fais du souci, voilà.

Jake ralentit légèrement la cadence.

— C'est normal que tu te fasses du souci. D'après ce que j'ai cru comprendre, tu as eu une vie très protégée, et peut-être n'as-tu jamais rencontré de Lizzie dans ta vie. Mais crois-moi, elles existent, et le public aime retrouver ce genre de personnage dans les films.

— Qu'en sais-tu ? demanda Fleur.

— J'ai bourlingué un peu plus que toi, ma belle, c'est tout.

— Et tu as eu le Pulitzer, alors que je n'ai jamais eu droit qu'à des couvertures de magazines !

— Ce n'est pas ce que j'ai voulu dire.

Ils reprirent la course à un rythme soutenu et cessèrent de parler. Ils firent le tour d'un petit parc, aussi désert que les rues qu'ils venaient de laisser derrière eux.

Comme ils allaient en sortir, Jake s'arrêta.

— Marchons un peu, Fleur, proposa-t-il.

— Tu n'as pas besoin de jouer les baby-sitters avec moi, Koranda. Je peux continuer de courir.

— Allons, du calme !

Elle haussa les épaules et se mit à marcher à la gauche de Jake.

— Mais qu'est-ce qui t'ennuie le plus, en fait ? demanda-t-il. D'avoir à jouer Lizzie, ou de savoir que je ne voulais pas te donner le rôle ?

— C'est toi qui décides, ici, répliqua-t-elle. Alors, à toi de deviner.

Avec le bas de son tee-shirt, il épongea la sueur qui coulait sur son visage.

— Puisque tu veux savoir ce que je pense, allons-y. Tu es superbe à l'écran. Tu as un visage magique et des jambes fabuleuses. Tous les soirs, Johnny Guy ajoute des gros plans de toi à son découpage, et il en pleure de joie chaque fois qu'il voit les rushes.

Jake sourit à Fleur, et elle commença à se détendre.

— Mais tu es encore une petite fille. Tu tiens compte de l'opinion des autres, tu es consciencieuse, et je jurerais qu'il n'y a pas la moindre trace de malice en toi. Voilà pourquoi je ne te voyais pas du tout jouer Lizzie. Lizzie sait sortir ses griffes au bon moment, et tu n'as vraiment rien d'une tigresse, Fleur.

— Mais je suis une actrice, Jake. Je dois me montrer capable d'interpréter un rôle complètement différent de ma personnalité.

Elle sentit que ses propos sonnaient faux.

Jake passa la main dans ses cheveux qui se redressèrent en petites mèches humides et raides.

— Écoute, Fleur, je n'ai pas vraiment envie de parler de Lizzie. Elle ressemble terriblement à quelqu'un que j'ai connu autrefois. En fait, Lizzie est la réplique parfaite d'une femme avec qui j'ai été marié il y a longtemps.

Fleur sentit que cet aveu lui avait coûté. Jake avait horreur de parler de sa vie privée. Une vraie Greta Garbo au masculin.

— Comment était-elle ?

— Bon Dieu !

Jake fit quelques pas, et s'arrêta net furieux.

— C'était une mangeuse d'hommes ! Rien d'autre !

— Pourtant, elle t'a plu, remarqua Fleur. Elle devait bien avoir quelque chose de spécial.

— Fiche-moi la paix, veux-tu ?

— Je voudrais savoir pourquoi tu l'as épousée, insista la jeune fille.

— C'était un super coup ! Voilà, tu es contente ?

Fleur glissa les mains dans les poches de son short. Jake la regardait d'un air mauvais.

— Tu voulais savoir, eh bien, tu sais, continua-t-il. C'était la meilleure baiseuse que j'aie jamais rencontrée ! Je ne pouvais plus me passer d'elle.

Elle sentit qu'il souffrait de lui en parler. Spontanément, elle se rapprocha de lui et lui posa la main sur le bras.

— Pardonne-moi, Jake. Je suis désolée d'avoir insisté.

Il dégagea son bras d'un geste rageur, fit demi-tour et se remit à courir. Elle le suivit en silence, se reprochant de l'avoir questionné. Mais elle n'en continuait pas moins à s'interroger sur Lizzie. Quelle femme était-ce donc, pour avoir dédaigné l'amour de Jake après avoir su le gagner ?

Jake aussi pensait à Lizzie. Il l'avait rencontrée pendant sa dernière année de faculté. Un soir, par hasard, il avait poussé la porte du théâtre de l'université où elle était en train de répéter une pièce en compagnie de quelques étudiants. C'était la plus belle fille qu'il ait jamais vue. Le soir même, il l'invita à dîner. Elle refusa. Jake en fut très étonné. Sans doute ignorait-elle qu'il était le meilleur joueur de basket du collège. Il le lui fit savoir, mais cela ne la fit pas changer d'avis. Ayant découvert qu'elle était la fille d'un magnat de l'acier, il l'accusa d'être snob. Elle rétorqua qu'elle détestait les hommes trop sûrs d'eux-mêmes. Elle connaissait sa réputation de tombeur, et cela lui déplaisait. Il eut d'autant plus envie d'elle qu'elle lui résistait. Son désir tourna à l'obsession.

Il commença à hanter le théâtre chaque soir. Lorsqu'il découvrit qu'elle s'était inscrite à un cours pour apprendre à écrire des pièces, il s'y inscrivit aussi. Cela devait changer sa vie. Quand il commença à écrire, il constata, avec un plaisir mêlé d'émerveillement, que les mots lui venaient sans effort. Il raconta les bars de Cleveland, où il avait travaillé comme livreur pendant son adolescence. Il fit parler ces ouvriers pleins de bon sens qui se retrouvaient tous les soirs au comptoir et qui lui posaient des questions sur ses études. Ces ouvriers qui avaient peu à peu remplacé le père qu'il n'avait jamais eu. Ces ouvriers qui l'avaient sermonné, puis rossé, quand il s'était fait arrêter par la police pour avoir essayé de voler une voiture.

La pièce de Jake fit grande impression sur le professeur. Et sur Liz. Les deux jeunes gens commencèrent à faire de longues promenades ensemble et à se raconter leur vie. Parfois, ils prenaient la Mustang de Liz pour aller pique-niquer au bord de la rivière. Ils lurent Gilbran et eurent de grandes conversations sur l'« Art » et la « Réalité ». Peu à peu, Jake laissait tomber toutes les défenses qu'il avait érigées entre lui et les autres, et s'ouvrait à Liz. Elle était sensible et vulnérable. Elle détestait le sport, mais assistait néanmoins à tous ses matches. Ils faisaient l'amour. Puis ils sortaient manger une glace en parlant de ce qui venait de se passer comme d'une expérience religieuse.

En dépit de leur âge, elle trouva naturel qu'ils se marient, surtout quand son père la menaça de lui couper les vivres si elle ne renonçait pas à cette idée. Elle lui dit qu'elle attendait un bébé. Il capitula et fit venir les jeunes gens à Youngstown pour une cérémonie rapide. Lorsqu'il découvrit que l'histoire du bébé était un coup monté, il leur coupa les vivres. Jake, qui était serveur dans un restaurant deux soirs par semaine, dut désormais y travailler tous les jours pour subvenir à leurs besoins.

Un nouvel étudiant s'inscrivit aux cours de théâtre de l'université. Quand Jake rentrait le soir, il le trouvait souvent assis dans la cuisine en compagnie de Liz, en train de parler « Art » et « Réalité ». Un soir, il les trouva au lit.

Jake avait l'habitude des combats de rue, et le jeune homme rentra chez lui salement amoché. Liz éclata en sanglots et supplia Jake de lui pardonner. Elle prétendit qu'elle se sentait seule le soir et que la pauvreté lui pesait. Jake, qui se jugeait responsable de leur situation, lui pardonna. Deux semaines plus tard, il la trouva à genoux aux pieds d'un joueur de l'équipe de basket, absorbée dans une minutieuse fellation. Encore une expérience religieuse, sans doute...

Il prit les clés de la Mustang, fonça jusqu'à Colombus et s'engagea dans l'armée américaine pour aller combattre au Viêt-nam. Il reçut le formulaire de divorce à Da Nang. Le père de Liz avait payé les frais.

Maintenant que ces événements lui revenaient en mémoire, dix ans plus tard, il se disait qu'il valait mieux en rire. Mais il n'y parvenait pas. Le Viêt-nam, juste après la trahison de Liz, l'avait rendu grave et cynique.

Le fantôme de Liz était venu rôder autour de lui pendant qu'il écrivait *Éclipse de soleil*. Tandis qu'il y développait les thèmes de l'innocence et de la corruption, il avait eu l'impression qu'elle était perchée sur son épaule et qu'elle lui soufflait les mots. Lizzie, au beau visage respirant l'innocence et au cœur d'artichaut ! Lizzie, qui ne ressemblait vraiment pas à cette longue fille naïve et touchante qui courait à côté de lui.

Il tourna légèrement la tête et vit qu'elle le regardait. Il lut une profonde tendresse dans ses grands yeux mordorés et en ressentit une vive émotion. Je t'en prie, Fleur, ne tombe pas amoureuse de moi ! Pour l'amour du ciel !

Ils arrivèrent enfin devant le portail de la maison.

— Tu es vraiment une chic fille, lui dit-il. Si j'avais une sœur, je voudrais qu'elle soit exactement comme toi... en moins moche, bien sûr !

13

Au fil du tournage, la personnalité de chacun se révélait peu à peu. Johnny Guy était un metteur en scène très organisé, aussi travaillait-on avec efficacité. Et il n'avait pas son pareil pour calmer les esprits si d'aventure une dispute éclatait.

Peu à peu, les membres de l'équipe technique commencèrent à avoir les traits tirés par la fatigue et la mine chiffonnée, comme s'ils avaient dormi tout habillés. Les hommes ne se rasaient plus, les femmes ne se maquillaient plus. Après une semaine de tournage de nuit, toute l'équipe avait attrapé froid, et une boîte énorme de vitamines C trônait sur la table, à l'heure du déjeuner. Tout le monde buvait trop de café. Cependant, l'atmosphère ne se dégradait pas, et personne ne renâclait à la besogne. Chacun avait conscience de participer à la réalisation d'un grand film. Ils savaient tous qu'ils pourraient dire un jour ou l'autre avec fierté : « J'ai travaillé sur *Éclipse de soleil* en 1976. »

Belinda était l'une des rares sources de disputes sur le tournage. Si elle n'avait eu aucune peine à gagner la sympathie des hommes de l'équipe — elle leur apportait du café, plaisantait avec eux —, elle s'attirait souvent les foudres de la gent féminine en donnant trop souvent son avis sur la manière d'habiller et de maquiller Fleur, ce qui agaçait prodigieusement les filles chargées de le faire.

Jake la taquinait souvent à ce propos, la traitant de mère poule. Mais chaque fois qu'il se disputait avec Johnny Guy ou qu'il devait réécrire une scène difficile, il recherchait son soutien. Aucune femme ne l'avait jamais regardé avec une telle adoration. En outre, elle ne lui demandait jamais rien.

Quand l'idée d'une nouvelle pièce lui traversa l'esprit, il lui en fit part, tout naturellement. Elle réagit avec un si bel enthousiasme que son idée lui parut soudain excellente. Ce soir-là, il l'invita à dîner. Elle refusa.

— Je dois aider Fleur à répéter son texte pour demain, prétendit-elle. Mais je serais ravie de sortir avec toi un prochain jour.

Jake n'apprécia pas. Il n'avait nullement l'intention de lui faire une cour en bonne et due forme.

Contrairement à sa mère, Fleur commença à se lasser de cette aventure cinématographique. Quel train-train ! Arriver le matin, se faire maquiller, habiller, coiffer. Puis attendre que l'on ait réglé les éclairages. Tourner vingt secondes de dialogue. Puis attendre une demi-heure que l'on modifie l'éclairage. Tourner une deuxième fois les vingt secondes de dialogue. Puis attendre encore... Et ainsi de suite. Elle se surprit à envier les techniciens : eux au moins ne chômaient jamais.

Ce n'était pas seulement l'aspect routinier du travail qui la tracassait. D'abord, elle ne se trouvait pas très bonne dans le rôle de Lizzie. Johnny Guy avait beau la complimenter et Lynn l'assurer qu'elle s'en tirait très bien, rien n'y faisait. Fleur était une incurable perfectionniste.

D'autre part, l'attitude de Jake à son égard lui brisait le cœur. Il lui passait la main dans les cheveux, l'emmenait jouer au basket. Bref, il la traitait comme une sœur, et elle avait horreur de ça. Certains jours, il arrivait sur le plateau avec quelque jeune beauté à la poitrine généreuse et repartait le soir avec elle, ce qui la rendait malade de jalousie.

Elle passait tous ses dimanches à monter à cheval, essayant d'oublier qu'elle n'était qu'une actrice médiocre, amoureuse d'un homme qui la considérait comme asexuée. Là était le problème, se disait-elle. Il lui fallait perdre sa virginité...

Le samedi soir, il lui arrivait de sortir avec quelque beau célibataire parmi les plus séduisants de Hollywood. Ils l'ennuyaient tous à mourir. Sauf un, qu'elle décida de revoir.

Ce jeune homme avait tout pour lui : il était beau, intelligent et drôle. Lors de leur troisième sortie, elle lui demanda s'il aimerait coucher avec elle. Il ne refusa pas ouvertement mais lui conseilla de réfléchir encore un peu à la question. Elle en fut secrètement soulagée. Warren Beatty avait beau posséder d'innombrables qualités, il n'était pas Jake Koranda.

L'équipe partit tourner en extérieur, à une centaine de kilomètres de Los Angeles. Les frères Spano logèrent techniciens et acteurs dans un motel.

Le mobilier des chambres était moderne et impersonnel. Assise sur son lit, Fleur regardait d'un air las la reproduction d'un tableau de Seurat accrochée au mur. Belinda s'en approcha.

— Tu as de la chance. Chez moi, il y a un Paul Klee, gémit-elle.

— Ne te plains pas, personne ne t'a obligée à me suivre sur le tournage, dit Fleur sèchement.

— Ne sois pas désagréable, chérie. Tu sais très bien que cela me fait plaisir de t'accompagner. Quand je pense à tout le temps que j'ai passé loin de toi, je me demande encore comment j'ai pu survivre.

Fleur commença à défaire sa valise. Belinda, dans une robe de soie grise et des talons hauts, lui semblait trop belle et trop sophistiquée pour l'endroit. Mais enfin, elle semblait heureuse. Fleur aurait bien voulu être aussi heureuse que sa mère.

— Belinda, dit-elle brusquement, j'ai réfléchi à ce que je voulais faire après le film.

— Ne réfléchis pas trop, chérie. Gretchen et Parker Dayton, ton nouvel agent, sont payés pour ça. Mais effectivement, nous allons devoir donner une réponse à la

Paramount. Parker pense que ce film fera de toi une star, mais Gretchen voudrait qu'on tourne le spot pour Estée Lauder d'abord.

Fleur sortit une paire de chaussures de sport de sa valise. Il y avait des mois qu'elle désirait avoir une discussion avec Belinda et lui avouer qu'elle en avait assez de cette mascarade.

— Écoute, maman, peut-être pourrions-nous attendre un peu avant de faire quoi que ce soit.

Belinda la regarda, surprise.

— Ne fais pas l'enfant, chérie, dit-elle.

Cette fois, Fleur vint se planter devant elle.

— Belinda, j'ai absolument besoin de repos. Je travaille sans arrêt depuis deux ans. J'estime que j'ai droit à des vacances.

Les traits de Belinda se durcirent.

— Jamais je ne te laisserai partir maintenant. A ce point de ta carrière, ce serait suicidaire.

— Mais Belinda, j'ai besoin de souffler un peu ! Comprends-le ! protesta Fleur. Tout est arrivé si vite pour moi ! On ne m'a même pas demandé mon avis.

— Ce qui veut dire ? s'enquit Belinda, d'un ton sec.

— ... que je ne suis pas certaine d'avoir envie de continuer ce métier.

Belinda la toisa des pieds à la tête, interloquée.

— Et que pourrais-tu décemment espérer de mieux, ma fille ?

Elle paraissait si choquée que Fleur se prit à douter du bien-fondé de son désir de liberté.

— Je ne sais pas, admit-elle. Je ne suis pas encore sûre de vouloir autre chose.

— Tu m'étonnes ! ricana Belinda. Difficile de grimper encore quand on se trouve déjà au sommet !

— Je t'en prie, Belinda, je n'ai pas l'intention de me lancer dans une autre carrière. J'ai seulement besoin d'un peu de temps pour m'assurer que j'ai fait le bon choix.

Il lui sembla brusquement que sa mère était une étrangère froide, distante, sévère.

— Tu as une idée en tête ? demanda Belinda.
— Non, avoua Fleur.
— Tu préférerais peut-être être institutrice ? Ou infirmière ? railla Belinda.
— Mais non, je...
— Quoi ? Qu'est-ce que tu veux, alors ?
— Je ne sais pas ! dit Fleur d'une voix brisée.
Elle se laissa tomber sur le bord du lit, désemparée, ne sachant plus que penser.
Belinda laissa planer un lourd silence. Quand finalement elle parla, Fleur se sentit jugée. Pire, accusée.
— Tu es beaucoup trop gâtée, ma fille. Ce que tu pouvais souhaiter de mieux, on te l'a apporté sur un plateau. Et à présent tu fais la fine bouche ! Si au moins tu avais un but dans la vie, je comprendrais. Moi, à ton âge, je savais exactement ce que je voulais faire, et j'étais prête à monopoliser toutes mes forces pour y parvenir. Mais toi, tu nages en pleine confusion.
Fleur ne put supporter plus longtemps le regard désapprobateur, presque méprisant, de sa mère.
— Je suis désolée, dit-elle. Tu as sans doute raison.
Mais Belinda ne la laissa pas s'en tirer à si bon compte.
— Tu me déçois, Fleur. Pour la première fois depuis ta naissance, tu me déçois.
Elle se dirigea vers la porte, posa sa main sur la poignée et se retourna.
— Réfléchis à tout ce que tu risques de perdre. Et dès que tu te sentiras capable de parler d'une façon sensée, viens me trouver.
Quand sa mère fut sortie, Fleur s'efforça de lutter contre la sensation d'abandon qui l'envahissait. N'y pouvant résister, elle courut bientôt vers la chambre de Belinda. Elle frappa à la porte, mais n'obtint aucune réponse. Belinda était peut-être descendue dans le hall chercher un magazine. Mais elle ne l'y trouva pas. Elle croisa un technicien qui lui dit l'avoir vue au bar. Cela lui fit un coup au cœur. Depuis deux ans, sa mère avait totalement cessé de boire. Et voilà qu'à présent, par sa faute...

Fleur se dirigea vers le bar à grands pas. Il lui fallut quelques secondes pour s'habituer à la lumière tamisée et pour repérer Belinda, seule au comptoir, devant un verre.

— Belinda, qu'est-ce que tu fais là ?

Elle posa sa main sur le verre de sa mère. Le liquide ambré ressemblait à du scotch.

— Viens, dit Fleur, allons faire un tour.

— J'aimerais d'abord finir mon verre. Et puis j'ai envie qu'on me laisse seule.

Fleur s'installa sur un grand tabouret à la droite de sa mère.

— Je t'en prie, ne fais pas ça, dit-elle en prenant la main qui allait saisir le verre. Ne bois pas ce whisky dont tu n'as pas vraiment envie, uniquement parce que ta fille est une insupportable enfant gâtée. J'ai trop besoin de toi, Belinda.

— Non, tu n'as pas besoin de moi. Et il me paraît évident que je te pousse à faire un métier qui ne te plaît pas vraiment.

— C'est faux, protesta Fleur, les larmes aux yeux. Ce qui te fait plaisir me fait plaisir aussi. Mais j'ai été un peu perturbée ces derniers temps. Allez, viens, on va faire un tour en voiture. Il faut que nous prenions une décision à propos de la Paramount.

— Je ne voudrais surtout pas que tu me fasses des reproches plus tard, dit Belinda.

— Ne t'inquiète pas. Jamais je ne te reprocherai quoi que ce soit. Allez, viens, maintenant. Sortons d'ici.

Lorsqu'elles arrivèrent à la voiture, Belinda s'aperçut qu'elle avait oublié son sac au bar. Fleur retourna le chercher. En le prenant sur le comptoir, elle vit que le verre de Belinda n'avait pas bougé. Il était plein. Sa mère n'y avait pas touché.

Bien que Belinda ne fasse pas officiellement partie de l'équipe, elle était là chaque fois que l'on avait besoin d'elle. Elle aidait les acteurs à répéter leur texte, donnait des coups de téléphone pour les techniciens et massait parfois la nuque du metteur en scène entre deux prises. Mais, le plus souvent, elle restait auprès de Fleur, sans toutefois quitter Jake des yeux.

A la fin de la première semaine, Jake eut un jour de congé. Il dormit tard ce matin-là, et il sortait tout juste de sa douche quand il entendit frapper à la porte. Il s'enroula une serviette autour des hanches et alla ouvrir.

Il se retrouva devant Belinda, qui tenait un sac en papier à la main.

— Bonjour ! Que dirais-tu d'un petit déjeuner ? demanda-t-elle.

— Tu as apporté du café ?

— Bien sûr.

— Alors, tu peux entrer.

Elle déposa le sac sur la télé et en extirpa deux gobelets en plastique dont elle ôta les couvercles. Elle lui tendit un gobelet de café et prit l'autre, puis elle alla s'asseoir sur une chaise en croisant les jambes de manière à ce que la jupe de son tailleur remonte au-dessus de ses genoux.

— J'avais mal à la tête, ce matin, dit-elle. J'ai décidé de ne pas aller sur le tournage.

Il but une longue gorgée de café.

— Et maintenant, tu te sens mieux, n'est-ce pas ?

— Comment l'as-tu deviné ?

— Oh, une simple intuition, répondit-il.

Puis il alla s'asseoir sur son lit, le dos appuyé contre les oreillers.

— Est-ce que tu te considères comme un rebelle, Jake ? demanda Belinda.

— Pas particulièrement. Pourquoi ?

— Parce que je pense que tu es de ces hommes qui vivent selon leurs propres lois. Et c'est l'une des choses qui me plaisent en toi.

— Parce qu'il y en a d'autres ? plaisanta-t-il.

Mais il s'aperçut aussitôt qu'elle avait dit cela très sérieusement.

— Oh oui ! s'exclama-t-elle. Tu te souviens de ce passage, où tu es en cavale, dans *Johnny le Diable* ? J'ai adoré. J'aime quand tu es seul contre tous dans tes films. C'est le genre de film que Jimmy aurait fait s'il n'était pas mort.

— Jimmy ?

— James Dean.

Elle se dirigea vers la porte, décrocha le petit carton sur lequel était inscrit « Prière de ne pas déranger », et l'accrocha à la poignée extérieure. Puis elle se tourna vers Jake.

— Tu me rappelles Jimmy, avoua-t-elle.

— Viens ici, dit-il.

Elle alla vers le lit, le souffle court, les joues empourprées. Quand il lui prit les mains pour la faire asseoir près de lui, il s'aperçut qu'elles tremblaient.

— Veux-tu que je me déshabille ? demanda-t-elle, émue.

— Tu en as envie ?

— Je ferai ce que tu voudras, Jake.

Il se pencha vers elle, l'attira contre lui et l'embrassa. A peine les lèvres de Jake se furent-elles posées sur les siennes qu'elle ouvrit la bouche et posa les mains sur son large dos. Elle caressa lentement ses muscles durs. Il l'embrassa avec plus de fougue et lui prit les seins dans ses mains. Aussitôt, elle commença à déboutonner son chemisier.

— Hé ! Doucement ! dit-il tout bas.

Elle leva la tête vers lui, confuse.

— Tu ne veux pas me voir nue ? s'étonna-t-elle.

— Bien sûr que si. Mais il n'y a pas le feu ! Nous avons toute la journée devant nous.

— Je voulais te faire plaisir.

— Mais moi aussi, j'ai envie de te faire plaisir !

Il la fit basculer sur le lit et lui ôta son soutien-gorge. Elle sentit ses lèvres chaudes sur sa poitrine et se souvint de la scène de *Johnny le Diable* dans laquelle il arrêtait le cheval de la jeune Anglaise. Il la prenait dans ses bras, elle se débattait, mais il la maintenait fermement et la fouillait pour trouver le couteau qu'elle avait caché sous ses vêtements. Lorsque Jake lui enleva son chemisier, puis sa jupe, elle s'imagina qu'il la fouillait elle aussi.

Sa bouche s'ouvrait à ses baisers profonds, merveilleux. Elle se sentit le corps en feu. Quand il la pénétra enfin, ce fut d'une manière soudaine et un peu brutale. Cela ne la surprit pas, venant d'un homme comme lui. Sa barbe était piquante et lui râpait délicieusement la peau. Elle ouvrit les yeux et regarda ce visage penché sur elle, le visage d'une star de cinéma.

— Oh oui ! gémit-elle. Oui !

L'équipe dut supporter les contretemps habituels liés au tournage d'un film en extérieur : il y eut une semaine de pluie quand on avait besoin de soleil, un technicien qui oublia de demander l'assistance de la police locale pour barrer une route sur laquelle on devait tourner. Rien que de très banal, en somme. Ils tournèrent la dernière scène du film autour d'une baraque à bière que l'on avait construite dans un champ, au milieu de nulle part.

Ils allaient rentrer à Hollywood dans quelques jours. Ce matin-là, Jake, assis torse nu sur un tracteur, observait Belinda qui lisait un magazine, allongée dans l'herbe. Il eut tout à coup la sensation désagréable qu'elle le suivait partout.

Bien qu'il ait connu beaucoup de femmes, aucune d'entre elles ne s'était jamais comportée au lit comme Belinda Savagar. Parfois, il avait envie de lui passer la main devant les yeux pendant qu'il lui faisait l'amour, juste pour voir si elle était bien là, avec lui. Il avait finalement pris la décision de mettre un terme à leur relation. Bien qu'il ait apprécié, au tout début, la folle adoration qu'elle éprouvait pour lui, cette attitude l'agaçait à présent. En outre, chaque fois qu'il regardait Fleur, il se sentait coupable. Il ne comprenait pas pourquoi, mais c'était ainsi.

— Alors, Don Juan, on réfléchit ?

Jake leva la tête, surpris. Lynn Davids se tenait debout devant lui.

— J'avais envie d'être seul, c'est tout.

— Évidemment, dit-elle d'un air entendu, tout en soutenant son faux ventre de femme enceinte. Tu déconnes, Jake, et ça ne te ressemble pas. Combien de temps encore crois-tu pouvoir cacher ton histoire avec Belinda ?

— Nous sommes adultes tous les deux, et je ne vois pas en quoi cela te regarde.

Il sauta à bas du tracteur et fit quelques pas en direction du motel. Mais avant qu'il ait pu s'éloigner, Lynn le rattrapa.

— Écoute, Jake, tu devrais cesser de la voir. Elle n'est qu'une groupie qui court après les célébrités.

— Et alors ? Toi et moi faisons ce métier depuis suffisamment longtemps pour savoir que ces femmes-là font partie du décor.

— Et Fleur dans tout ça ? demanda Lynn.

— Oui, Fleur. Eh bien ?

— Fleur est mon amie, Jake. Et même si elle ne s'est pas jetée sur toi, elle t'aime beaucoup, crois-moi. Alors, pourquoi te comportes-tu d'une manière si étrange avec elle ?

— Mais de quoi parles-tu, à la fin ? explosa Jake.

— Tu le sais très bien. Ce côté paternaliste. Je ne t'ai jamais vu comme ça avec une femme.

— Oh, écoute, Lynn, elle n'est qu'une enfant.

— Allons, Jake, tu es déjà sorti avec des filles de son âge — même si tu ne les as pas toutes emmenées dans ton lit. Fleur a plus de classe que toutes ces filles-là réunies.

— Mais qu'est-ce que tu me chantes là ? Tu veux que je couche avec elle, ou quoi ?

— Je n'ai pas dit ça. Seulement, quand elle découvrira que sa chère maman a une aventure avec toi, elle souffrira. Et je ne veux pas qu'elle souffre.

— Tu dramatises, Lynn. Fleur n'est qu'une jeune fille qui a le béguin pour moi.

— Le béguin ? Mais elle t'aime, Jake ! Elle t'aime vraiment. En outre, c'est une jeune femme intelligente et belle.

— Cela ne te regarde pas, Lynn. Laisse tomber, s'il te plaît.

— Parfait. N'en parlons plus. Mais je veux que tu me promettes une chose.

— Laquelle ?

— Essaie de comprendre pourquoi tu tiens absolument à la considérer comme une enfant.

Ayant achevé les extérieurs, l'équipe rentra à Los Angeles. Belinda savait que tout était fini entre elle et Jake, sans qu'il ait eu besoin de le lui dire. Et elle l'acceptait, fataliste et résignée, de même que jadis elle avait accepté que Flynn la quittât sans préavis.

Quant à Fleur, plus la fin du film approchait et plus elle se sentait malheureuse. Elle ne pouvait supporter l'idée de ne plus jamais revoir Jake.

Ils venaient de tourner une scène ensemble quand Johnny Guy les entraîna à l'écart.

— Dans deux jours, nous allons tourner la grande scène d'amour. Et j'aimerais que vous commenciez déjà à y penser. Je veux de la spontanéité, du naturel, rien de trop orchestré. Il s'agit d'une scène vraiment érotique, du genre torride.

Il se tourna vers Fleur.

— Nous réduirons l'équipe au maximum, ce jour-là. Le cameraman, son assistant et moi. Nous installerons un rideau sur le plateau. Je pense qu'ainsi tu te sentiras plus à l'aise.

Fleur fronça les sourcils, soudain inquiète.

— Je ne comprends pas, Johnny Guy. Dans mon contrat, il est stipulé qu'on doit utiliser une doublure pour tourner cette scène. Tu l'as oublié ?

— Et merde ! jura Jake, puis il glissa ses mains dans ses poches et s'éloigna.

Johnny Guy hocha la tête, perplexe.

— Je ne sais pas qui t'a raconté ça, chérie, mais tu ferais mieux de relire ton contrat. Il a effectivement été question d'une doublure, mais nous avons très vite abandonné cette idée. Jamais nous n'aurions accepté de signer dans ces conditions-là. Les gens qui s'occupent de toi le savent parfaitement.

— Tu dois te tromper, Johnny Guy, insista Fleur. Je vais appeler mon agent.

— Comme tu voudras, mon petit. Va dans le bureau de Dick, tu y seras plus tranquille.

Fleur téléphona à Parker Dayton. Lorsqu'elle raccrocha, elle tremblait de tous ses membres et quitta le studio sans dire un mot.

Elle chercha Belinda un peu partout en ville et finit par la trouver dans l'un des restaurants les plus fameux de Beverly Hills où elle mangeait du saumon fumé avec la troisième femme d'un célèbre présentateur de show télévisé. En voyant sa fille se diriger à grands pas vers sa table, elle se leva.

— Chérie, mais qu'est-ce que...

— Tu m'as menti ! l'interrompit Fleur, la colère dans la voix.

Belinda conserva son sang-froid. Elle prit Fleur par le bras et sourit à son amie.

— Tu veux bien nous excuser quelques minutes ?

Puis elle entraîna Fleur dans les toilettes et referma la porte derrière elles.

— Qu'est-ce que ça signifie ? demanda-t-elle à sa fille, l'air furieux.

— Je viens d'avoir Parker Dayton au téléphone, répondit Fleur. Il m'a appris que l'on n'avait pas prévu de doublure dans mon contrat. Et toi, tu lui as dit, tu as osé lui dire que j'étais d'accord !

Belinda haussa les épaules en signe d'impuissance.

— J'ai plaidé ta cause, Fleur, crois-moi. Mais ils n'ont rien voulu savoir. Jamais ils n'auraient signé si je n'avais pas capitulé.

— Ainsi tu m'as menti en sachant pertinemment que je ne voulais pas entendre parler de scènes érotiques. Quand je pense que tu m'as juré que tu avais tout arrangé !

D'un geste nerveux, Belinda ouvrit son sac, prit une cigarette à l'intérieur et l'alluma.

— Tu n'aurais jamais signé ce contrat si je t'avais dit la vérité. Je t'ai menti pour ton bien, Fleur. Comprends-le.

— Non, je refuse de comprendre. Mais ce qui me paraît clair, en revanche, c'est que nous allons avoir affaire à leurs avocats si je ne change pas d'avis d'ici vendredi matin.

— Mais, Fleur, tu dois tourner cette scène, dit Belinda, soudain alarmée. Mon Dieu ! Imagine un peu ! Une rupture de contrat, et c'en est fini du cinéma pour toi. Tu ne vas tout de même pas briser ta carrière à cause d'une morale bourgeoise et pudibonde !

Il y eut un silence pesant. Puis Fleur posa une question qui lui brûlait les lèvres depuis longtemps.

— C'est ma carrière, Belinda, ou la tienne ?

— Comment oses-tu me demander ça ? Quelle ingratitude !

Belinda écrasa rageusement la cigarette qu'elle venait de jeter sur le sol.

— Écoute-moi bien, Fleur. Si jamais tu fais quoi que ce soit qui puisse nuire au succès de ce film, rien ne sera plus jamais comme avant entre nous. Nous le savons l'une et l'autre. Aussi mieux vaut-il regarder les choses en face.

Fleur dévisagea sa mère, complètement interloquée, incapable de croire ce qu'elle venait d'entendre. Belinda ne pouvait pas penser une chose pareille. Et pourtant, plus elle la regardait, et plus elle comprenait que sa mère parlait sérieusement. Alors elle sortit des toilettes à la hâte et se mit à courir, ignorant les protestations de Belinda.

Fleur sauta dans sa Porsche et démarra. Elle se souvenait d'avoir vu un jour une cabine téléphonique sur Melrose Avenue, et elle y fonça. Il lui fallut presque une heure pour joindre Alexis, et quand elle l'eut enfin à l'autre bout du fil, sa robe lui collait à la peau et des gouttes de sueur perlaient à son front.

— Quelque chose ne va pas, mon enfant ?

Elle le mit rapidement au courant de la situation. Quand elle lui eut tout raconté, des larmes coulaient le long de ses joues.

— Belinda m'a menti, Alexis, sanglota-t-elle.

— Es-tu en train de me dire que tu as signé un contrat sans le lire ?

— J'ai toujours laissé Belinda s'occuper de ces choses-là.

— Je crois, dit Alexis, après plusieurs secondes de silence, que tu viens de découvrir l'un des traits de caractère de ta mère, et que tu as du mal à t'en remettre.

Quand finalement elle rentra à la maison, la bonne lui apprit que Belinda l'avait attendue pendant presque une heure, avant de repartir. Fleur ne fit aucun commentaire. Elle se précipita dans sa chambre, se mit en maillot de bain et plongea dans la piscine.

Jake arriva au moment où elle sortait de l'eau. Ébouriffé, mal rasé, il portait un short, un tee-shirt délavé et des chaussures de sport. Ses chaussettes aux élastiques distendus retombaient en accordéon sur ses chevilles. Ainsi vêtu, il aurait pu passer pour un Martien dans les rues de Beverly Hills.

Elle se sentit follement heureuse de le voir.

— Tu ferais mieux de partir, Koranda. Personne ne t'a invité.

— Mets tes chaussures. On va courir.

— Certainement pas.

— Ne m'énerve pas, Fleur. Tu as exactement une minute pour te changer.

— Sinon ?

— Sinon je téléphone au Dog.

Elle prit sa serviette et commença à se sécher tranquillement, pour bien lui montrer qu'il n'avait pas d'ordres à lui donner. Enfin, elle se dirigea vers la maison, alla jusqu'à sa chambre et entreprit de se changer. Mais pourquoi pensait-elle que Jake pourrait l'aider ? Il n'avait fait que la rendre plus malheureuse de jour en jour. *Qu'est-ce qui m'arrive ? Est-ce que je l'aime vraiment ?*

Chaque soir, avant de s'endormir, elle imaginait qu'ils faisaient l'amour. Ils étaient allongés dans un grand lit, au milieu d'une pièce ensoleillée et pleine de fleurs. Les draps de satin bleu pâle se gonflaient sous la brise légère qui soufflait par la fenêtre ouverte. Alors il prenait une fleur dans un vase posé près du lit et la lui passait sur le corps, lui caressant les seins avec les pétales, puis l'estomac, puis le ventre. Elle écartait les jambes, et il la caressait là aussi. Ils s'aimaient, et il n'y avait personne autour d'eux. Pas de caméra, pas de techniciens, plus de film et plus de cinéma. Ils s'aimaient pour de vrai.

Il l'attendait à la grille du jardin. Ils commencèrent à courir, mais ils n'avaient pas parcouru deux cents mètres que Fleur dut s'arrêter pour reprendre son souffle.

— Je suis désolée, Jake. Mais je n'y arriverai pas aujourd'hui. Continue sans moi.

En d'autres circonstances, il se serait moqué d'elle. Mais là, il la prit simplement par le bras.

— Bon, viens, lui dit-il. On va prendre la voiture, aller jusqu'au parc et s'entraîner un peu au basket. D'accord ?

Elle n'avait pas vraiment envie d'y aller, mais elle se sentait trop lasse pour protester. Ils prirent la Jeep de Jake. Tandis qu'il conduisait, Fleur se dit qu'elle aurait pu tourner cette fameuse scène avec un autre acteur. Oui, elle aurait été capable de se conduire en véritable professionnelle avec un autre comédien. Mais pas avec Jake. Pas avec l'homme qu'elle imaginait tous les soirs lui faisant l'amour.

— Je ne veux pas tourner cette scène, Jake.

— Je sais.

Il gara sa voiture et se pencha vers le siège arrière pour prendre le ballon de basket. Puis il descendit de la Jeep et vint ouvrir la portière à Fleur.

Ils traversèrent la pelouse jusqu'au terrain de basket. Quand ils se trouvèrent sur l'asphalte, il commença à dribbler.

— Cette scène n'a rien de racoleur, Fleur. Elle me paraît indispensable. C'est l'aboutissement logique de l'histoire, expliqua-t-il, avant de lui passer le ballon.

Fleur dribbla et mit le ballon dans le panier.

— Je le sais, dit-elle. Mais je ne veux pas tourner nue.

— Il semblerait que ton agent ne l'ait pas bien compris.

— Pourtant, il le sait bien.

— Alors, que s'est-il passé ?

— Simplement je suis assez bête pour signer des contrats sans les lire ! Voilà !

Il la regarda un moment sans rien dire, puis il lança le ballon dans le panier.

— Nous ne visons pas un public de voyeurs, Fleur. Nous tournerons cette scène avec un véritable souci d'esthétique.

— Un souci d'esthétique ! s'exclama-t-elle. Ça veut dire quoi ?

Elle ramassa le ballon et le lança à Jake de toutes ses forces.

— Je sais, moi, ce que ça veut dire, reprit-elle. Tout simplement qu'on ne verra pas ta nouille à l'écran !

— Fleur !

Au ton de sa voix, on le sentait prêt à rire. La jeune fille s'approcha et vit qu'il souriait. Il changea aussitôt d'expression.

— Désolé, s'excusa-t-il, le ballon sous le bras. Ce n'est pas drôle. C'est le mot que tu as employé qui m'a fait sourire.

Il lui tapota doucement le menton avec son index.

— Hé, petite fille, on ne verra pas la tienne non plus. A priori, les spectateurs verront ton dos, et sûrement ton derrière. Peut-être bien qu'ils verront le mien aussi. Tout dépend comment Johnny Guy entend tourner la scène. Je pense que le public ne verra même pas tes seins.

— Peut-être. Mais toi, tu les verras, rétorqua-t-elle.

— Certes. Mais cela ne sera pas une expérience véritablement nouvelle. Je ne veux pas dire que toutes les femmes se ressemblent, mais enfin... Puis-je te demander en revanche combien d'hommes nus tu as vus dans ta vie ?

Elle l'aurait volontiers giflé.

— Tu trouves ça drôle, n'est-ce pas ? lança-t-elle, furieuse.

— Un peu, oui. Le fait qu'on t'ait trompée me révolte,

mais en ce qui concerne la scène elle-même, je ne vois pas pourquoi tu en fais tout un plat. Tu sais qu'elle est importante, essentielle même, dans le film.

Jake lui enserra doucement le cou avec sa main. tout en la regardant droit dans les yeux. Fleur eut le sentiment désagréable de l'avoir déjà vu faire cela à l'écran, face à une femelle stupide refusant de lui obéir. Et si, pour une fois, il ne jouait pas la comédie ? Si toute la tendresse qu'elle pouvait lire dans ses yeux était réelle ? Elle avait tellement envie de le croire.

— Fleur, ce film compte beaucoup pour moi, dit-il avec une grande douceur. Alors, je te le demande, fais un effort et accepte de tourner cette scène.

Elle fit un bond en arrière.

— Comme si j'avais le choix ! lâcha-t-elle, cynique. Tu sais très bien qu'à partir du moment où j'ai signé le contrat je ne peux plus me dérober ! Alors n'essaie pas de me prendre par les sentiments !

Puis elle fit volte-face et partit en courant. Il se moquait d'elle, éperdument. Seul son fichu film lui importait.

Jake la regarda s'éloigner et sentit son cœur se serrer. Dieu qu'elle était belle ! Ses cheveux d'or volaient derrière elle tandis qu'elle courait à longues foulées. Elle était la seule femme avec laquelle il pouvait courir ! Ils avaient tant de points communs : le même fichu caractère, le même genre d'humour, la même énergie doublée d'une grande volonté. Oui, Fleur était de la même trempe que lui, hormis son cœur de petite fille, si facile à briser.

14

Fleur se trouvait dans la cabine de maquillage. Johnny Guy en profita pour réunir toute l'équipe.

— Le premier d'entre vous qui lui lance une vanne aujourd'hui se fait virer sur-le-champ, compris ? Et je me moque pas mal du syndicat, il peut aller se faire voir !

Dick Spano eut soudain l'air inquiet.

Après avoir fait évacuer le plateau, Johnny Guy entraîna Jake à l'écart.

— Je compte sur toi pour la mettre à l'aise, Jake.

— Je te promets de ne pas profiter de la situation !

— Mais je parle sérieusement, mon vieux ! protesta le réalisateur.

— On peut bien plaisanter un peu, non ?

— Bon Dieu ! Si je ne me retenais pas...

— Allons, calme-toi. Tu sais très bien à quel point cette scène me tient à cœur. Je ferai tout ce qu'il faut pour que les choses se passent le mieux possible.

Fleur fit son entrée sur le plateau sans les regarder ni l'un ni l'autre. Elle portait une robe de coton jaune et des sandales de cuir blanc. Ses cheveux flottaient librement sur ses épaules. Elle avait porté ce costume à plusieurs reprises lors du tournage, mais aujourd'hui elle devait l'enlever devant la caméra, et elle ne se sentait pas aussi à l'aise que d'habitude.

— Viens voir, mon ange, dit Johnny Guy. Je vais t'expliquer comment nous allons procéder.

Johnny Guy lui fit traverser le plateau, puis il écarta le rideau derrière lequel ils allaient tourner. Fleur se retrouva alors dans la chambre de la vieille ferme de Matt, avec son papier peint jauni et son lit de fer.

— Tu es debout au pied du lit, et puis tu commences à déboutonner ta robe tout en regardant Matt dans les yeux. Ta robe tombe sur le sol, et tu t'avances alors vers lui, tout en continuant à le fixer. Puis tu ôtes ton soutien-gorge et ta petite culotte. Rien de bien difficile, tu vois. Mais surtout, prends ton temps.

Johnny Guy se tourna alors vers Jake.

— Jake, au moment où elle commence à enlever ses sous-vêtements, la caméra vient sur toi. Des questions ?

— Non, répondit l'acteur.

Fleur toussota.

— J'aimerais un verre d'eau, dit-elle.

Le silence quasi solennel autour d'elle la mettait mal à l'aise. Bizarre de ne pas entendre les bavardages et les plaisanteries habituels. En outre, personne ne la regardait, et elle avait l'impression d'être devenue transparente. L'habilleuse lui tendit un verre d'eau. Elle en but une gorgée et le lui rendit.

— Tout va bien, Fleur ? s'enquit Johnny Guy.

— Oui, ça va, répondit-elle en se glissant une mèche de cheveux derrière l'oreille.

Jake s'approcha d'elle.

— Pourquoi cet air sinistre, Fleur ? On ne fait rien de bien méchant, ce matin. C'est cet après-midi qu'on tourne la partie la plus délicate.

— Facile à dire ! Toi, tu n'as pas des petits ours sur ton caleçon !

C'était le cadet de ses soucis, mais le plus facile à aborder.

— Tu plaisantes ?

— Mais non, je te le jure ! Ils pensent que cela donne un côté Lolita à Lizzie.

— Je n'ai jamais rien entendu d'aussi bête !

— C'est ce que je leur ai dit.

Jake alla voir Johnny Guy.

— Hé ! Tu sais quoi ? Un imbécile lui a fait mettre une culotte avec des oursons !

— Oui, c'est moi, l'imbécile, Jake, dit le réalisateur d'un ton sec. Cette petite culotte te pose des problèmes ?

— Et comment ! Lizzie doit porter des sous-vêtements hypersexy. Cela me paraît évident, mon vieux. Tout innocence apparente — avec sa robe de coton jaune — et perversité cachée — avec un petit slip en soie noire, par exemple. Tu ruines ma métaphore, Johnny...

— Rien à cirer de ta métaphore.

Les deux hommes commencèrent à se disputer, et Fleur s'assit dans un rocking-chair qui se trouvait dans un coin de la pièce. Elle utilisa tous les trucs qu'elle connaissait pour retenir ses larmes — bâiller, se pincer la cuisse, se mordre la joue —, mais rien n'y fit. Les larmes se mirent à couler sur ses joues. Dès que Jake et Johnny Guy s'en aperçurent, ils se confondirent en excuses. Le réalisateur envoya Fleur changer de sous-vêtements et se faire remaquiller. On lui donna un slip et un soutien-gorge balconnet en dentelle si ridiculement petit qu'elle se dit qu'elle aurait mieux fait de se taire.

Puis vint le moment où Johnny Guy dit « Moteur » et où Fleur commença à déboutonner sa robe.

— Coupez !

Elle avait oublié de regarder Matt.

Lizzie s'est déshabillée devant des dizaines d'hommes, se répétait-elle pour se donner du courage. Sans résultat.

Cela prit une heure pour que la robe jaune tombe sur le sol et que la jeune fille se retrouve en slip et soutien-gorge devant Jake. Rien de vraiment extraordinaire, pourtant.

Puis l'habilleuse lui passa un peignoir pendant que l'on déplaçait la caméra. Ils allaient la filmer de dos. Les spectateurs ne verraient donc ni ses seins ni son visage, mais Jake, lui, les aurait sous les yeux.

Lors de la première prise, elle ne réussit pas à défaire

l'attache de son soutien-gorge. Après la deuxième prise, Johnny Guy dut lui rappeler qu'elle devait garder la tête droite.

Sur le plateau, on aurait entendu une mouche voler. Les techniciens semblaient absorbés dans la contemplation de leurs pieds. Quant à Johnny Guy, il parlait si bas à son assistant qu'on aurait cru qu'ils veillaient un mort.

Alors qu'elle se mettait en place pour la troisième prise, Fleur sentit qu'elle allait éclater en sanglots et lança un regard désespéré à Jake.

En dehors des prises, il ne la regardait pas. Mais pour une fois, il laissa errer son regard sur le corps ainsi exposé de la jeune fille. Puis il bâilla.

— Tu as un corps magnifique, mon petit. Mais j'aimerais bien en finir assez vite. Il y a un match de basket ce soir à la télé.

Johnny Guy lui jeta un regard furieux, mais Fleur se sentit soudain beaucoup mieux. Cette remarque semblait d'ailleurs avoir détendu l'atmosphère. Les techniciens se remirent à parler.

Lors de la prise suivante, elle réussit à ôter son soutien-gorge du premier coup en gardant la tête haute. Jake regardait ses seins. Elle se pencha légèrement en avant, glissa ses pouces dans l'élastique de son slip et commença à le faire descendre doucement le long de ses jambes — ainsi que Johnny Guy le lui avait demandé. Enfin, elle extirpa ses chevilles avec grâce du petit morceau de dentelle et se retrouva nue. A cet instant, elle pensa à la mère supérieure du couvent et eut l'impression d'être une pute. Jake, qui avait suivi des yeux le lent trajet de la petite culotte, fixait désormais le pubis de la jeune fille avec intensité. Fleur détesta ce regard. Elle détestait cette scène, elle détestait ce film. N'importe quelle actrice aurait pu se prêter à ce jeu, mais pas elle. Elle aurait voulu se donner à Jake avec tout son amour, et on la payait pour se déshabiller devant lui...

Si Johnny Guy ne pouvait voir son expression à cet instant, Jake, lui, la voyait.

— Coupez ! lança l'acteur, découragé. Coupez, je vous dis ! C'est nul !

Belinda, qui avait des amis sur le tournage, ne tarda pas à être informée de ce qui s'était passé. Elle faisait les cent pas dans le salon, fumant cigarette sur cigarette. Depuis quatre jours, Fleur ne lui avait pratiquement pas adressé la parole. Elle n'aurait pas cru sa fille capable de rester fâchée aussi longtemps. Enfin, elle entendit le moteur de la Porsche.

Fleur entra dans la maison, passa devant sa mère sans un mot et s'enferma à clé dans sa chambre.

Belinda sortit, grimpa dans sa Mercedes et mit le contact. Il se passait quelque chose de terrible, et il fallait mettre un terme à ce gâchis avant qu'il ne soit trop tard.

Elle gara sa voiture sur le parking du studio, puis elle se glissa subrepticement à l'intérieur de la salle de projection. Ils avaient tous les yeux braqués sur l'écran, et personne ne remarqua son intrusion.

— Tous les spectateurs vont la prendre pour une victime, commenta Johnny Guy. Le Grand Méchant Jake Koranda viole Blanche-Neige ! Bon Dieu ! Exactement le contraire de ce qu'on veut !

— Inutile de la faire venir demain, intervint Jake. Je vais filer chez moi et réécrire toute la scène pendant le week-end. Je réduirai son rôle au minimum.

Assise au dernier rang de la salle, Belinda serrait les poings. Réduire le rôle de Fleur au minimum ! Mais comment sa fille avait-elle pu en arriver là ?

— Nous avons peut-être tort de dramatiser, remarqua Dick Spano. Pourquoi ne pas recommencer demain et lui donner une chance ?

— Non, Dick, soupira Johnny Guy. Je t'assure qu'elle n'arrivera pas à jouer cette scène telle qu'elle a été écrite. Il va falloir ruser, couper certains passages. Oh, ce n'est pas dramatique, mais l'histoire perdra de son intensité. Dommage, mais on n'y peut rien.

Belinda sortit de la salle sur la pointe des pieds, traversa le parking et alla garer sa Mercedes à côté de la Jeep de Jake. Puis elle attendit. Il était presque une heure du matin quand elle le vit enfin arriver. Elle alluma ses phares, sortit de la voiture et vint au-devant de lui.

En la voyant, Jake fronça les sourcils.

— Il faut que je te parle, Jake.

— Ça ne peut pas attendre lundi ? Je dois passer à mon appartement pour me changer et prendre ma machine à écrire. Ensuite, je fonce à la campagne pour travailler sur le scénario tout le week-end.

— Inutile de réécrire quoi que ce soit, dit Belinda. Fleur peut tourner cette scène.

— On écoute aux portes, hein ? ironisa-t-il tout en sortant son trousseau de clés de la poche de son blouson.

— J'ai vu les rushes, et j'ai entendu tout ce que vous avez dit. Tu ne dois rien changer au scénario, Jake.

— Si tu as vu les rushes, tu dois savoir que Johnny Guy ne pourra pratiquement rien garder de ce qu'on a tourné aujourd'hui. Crois-moi, je n'ai aucune envie de réécrire cette scène, mais à moins d'un miracle pendant le week-end, Fleur sera toujours aussi mal à l'aise lundi.

— Alors, fais un miracle, Jake.

— Qu'est-ce que tu racontes ?

— Je crois que Fleur est tombé amoureuse de toi, dit Belinda, la bouche sèche. Et si elle refuse de se laisser aller dans cette scène, c'est qu'elle a peur de faire éclater ses sentiments au grand jour.

— Et que suggères-tu ?

— Briser la glace. Emmène-la avec toi en week-end.

— Pourrais-tu préciser ta pensée ? Je ne voudrais surtout pas me méprendre sur tes intentions.

— N'est-ce pas évident ? Fleur a dix-neuf ans, et tu lui plais.

— Mais encore ?

— Eh bien, je pense que tu devrais lui faire l'amour.

— Lui faire l'amour ? explosa Jake. C'est vraiment à ça que tu penses ? Mais on fait l'amour pour le plaisir,

Belinda. Pas par intérêt. Tu joues à la mère maquerelle avec ta propre fille ! Tu me dégoûtes !

— Jake...

— Lui faire l'amour ! Tu veux que je la baise, oui ! Baise ma fille, Koranda, pour l'empêcher de briser sa carrière. Pour l'empêcher de briser *ma* carrière !

— Tais-toi ! Tu te trompes. Tu présentes les choses d'une manière ignoble !

— Très bien. Alors présente les choses autrement.

Belinda réfléchit quelques instants.

— Écoute, Jake. Je sais qu'elle te plaît. Je l'ai senti. Il suffit de vous voir ensemble pour le comprendre. Qu'y a-t-il de mal à ça ? Si tu vas vers elle, elle ne te repoussera pas, bien au contraire. Ce n'est pas comme si elle était vierge, elle a connu d'autres hommes avant toi. Et puis, le film serait réussi. Et ça compte tellement pour moi ! Et pour toi, Jake.

Hors de lui, Jake saisit le bras de Belinda et le serra, très fort. Il avait envie de lui faire mal.

— Fiche le camp ! Tu m'entends ? Et ne te retrouve jamais sur ma route !

Tout était noir et silencieux dans la maison lorsque Belinda rentra. Fleur avait laissé la porte de sa chambre entrebâillée, et elle se glissa à l'intérieur pour regarder sa fille dormir. Elle s'assit au bord de son lit et lui caressa la joue. Fleur gémit.

— Belinda ? dit-elle d'une voix ensommeillée.

— Tout va bien, chérie. Rendors-toi.

— J'ai reconnu ton parfum, marmonna Fleur, avant de sombrer de nouveau dans le sommeil.

Belinda ne dormit pas de la nuit, pensant à sa fille et à Jake. Elle s'était voilé la face trop longtemps. Ils s'aimaient, et elle avait refusé de l'admettre par jalousie. En outre, Jake avait besoin d'une femme hors du commun, une femme comme Fleur, avec laquelle il pourrait former l'un de ces grands couples hollywoodiens. Elle les voyait déjà ensemble, couverts de gloire, tels Clark Gable et Carole Lombard. Et cette gloire rejaillirait sur elle.

Oui, plus elle y songeait, plus elle était persuadée que Fleur aimait cet homme, ce qui expliquait son attitude dans la scène d'amour. Elle avait peur de trahir ses sentiments en jouant cette scène correctement, peur de paraître ridicule. Il était pourtant bien naturel qu'il lui plaise. Quelle femme n'aurait pas succombé à son charme ?

Oui, Belinda avait désormais la certitude que Fleur pourrait tourner cette scène avec aisance une fois qu'elle aurait laissé tomber ses défenses. Et le lit de Jake Koranda lui paraissait l'endroit rêvé pour cela. La question restait de savoir comment elle, Belinda, allait parvenir à réunir les futurs amants. Elle fuma une nouvelle cigarette, tout en réfléchissant au meilleur moyen d'arriver à ses fins.

Elle imagina plusieurs scénarios et arrêta finalement son choix sur le plus logique d'entre eux, tellement simple qu'il en était transparent. Mais après tout, pourquoi pas ? A Hollywood, les choses les plus invraisemblables peuvent arriver...

Elle s'entraîna sur un bloc de papier à lettre en utilisant les notes que Jake avait griffonnées sur le script de Fleur. Il lui fallut deux heures pour obtenir un résultat correct. Certes, un graphologue aurait flairé la supercherie, mais Fleur n'y verrait que du feu. A six heures du matin, Belinda téléphona à Dick Spano et réussit à obtenir de lui les informations qui l'intéressaient, sans pour autant dévoiler ses intentions. Alors seulement, elle rédigea le petit message sur une feuille de papier blanc.

Fleur fit son apparition dans la cuisine à neuf heures et se servit un bol de café noir. Elle ignora superbement sa mère, assise à table dans un kimono de soie rose. Belinda paraissait fatiguée, comme si elle avait mal dormi.

— Tu vas me faire la tête encore longtemps, Fleur ?

— Je ne te fais pas la tête.

— Ah non ? Pourtant, tu ne m'as pas adressé la parole depuis quatre jours.

Fleur prit une bouteille de lait dans le réfrigérateur.

— Tu t'es mal conduite envers moi, Belinda.

— Je sais.

Fleur se tourna vers sa mère, surprise qu'elle admette ses torts.

— Je ne suis pas parfaite, ma chérie. Et j'ai tellement d'ambition pour toi qu'il m'arrive parfois de me montrer exigeante à ton égard. Mais tu es quelqu'un de rare, Fleur, ne l'oublie jamais. Et les êtres rares ne doivent pas se conformer aux mêmes règles que les gens ordinaires. Ta destinée était déjà toute tracée au moment de ta conception. Tu as la célébrité dans le sang, Fleur. Je t'aime de tout mon cœur, et je ne souhaite que ton bonheur. Pardonne-moi d'avoir mal agi.

Soudain, Belinda lui parut fragile, vulnérable. Elle avait les yeux remplis de larmes. Fleur se demanda pourquoi elle s'acharnait ainsi à faire souffrir l'être qu'elle aimait le plus au monde. Brusquement, la panique l'envahit. Si elle perdait Belinda, que lui resterait-il ? Elle se jeta dans ses bras.

— Bien sûr que je te pardonne. Je t'aime tellement.

Belinda la serra contre sa poitrine.

— Passons la journée ici, tranquillement. On va décrocher le téléphone et s'installer au bord de la piscine. Je demanderai à Rosa de nous préparer un bon déjeuner, et pour une fois on oubliera les calories !

Fleur aurait préféré passer la journée à monter à cheval, mais elle y renonça.

Elles paressèrent au soleil, mangèrent un délicieux soufflé aux artichauts, jouèrent au gin rummy. Belinda essaya de savoir ce qui s'était passé la veille sur le tournage, mais Fleur éluda la question. Elle préférait ne pas y penser et oublier ce qui l'attendait le surlendemain lorsque, une fois déshabillée, elle devrait faire l'amour à Jake sous l'œil vigilant de la caméra.

En fin d'après-midi, elles décidèrent d'aller voir un film.

Fleur prit une douche. Lorsqu'elle sortit de la salle de bains, elle vit Belinda venir vers elle, une lettre à la main.

— J'ai trouvé ça dans la boîte aux lettres. C'est curieux, il y a ton nom sur l'enveloppe, mais pas de timbre. Je pense que quelqu'un a dû déposer cette lettre en passant.

Fleur s'enroula dans une grande serviette et prit l'enveloppe que Belinda lui tendait. A l'intérieur, elle trouva deux feuillets. Sur le premier, elle put lire le message suivant :

Chère Fleur,

Il est plus de minuit, et comme je ne vois aucune lumière chez toi, je te laisse ce petit mot dans la boîte. Il faut que je te parle, et je ne peux pas attendre lundi. Je t'en prie, Fleur, si tu tiens à moi, viens me rejoindre à la campagne samedi, le plus tôt possible. C'est à trois heures de route. Ci-joint un plan. Ne me déçois pas et viens. J'ai besoin de toi.

Jake.

— Je ne comprends pas, dit Fleur, inquiète, en tendant la lettre à Belinda.

— Mon Dieu ! J'espère qu'il n'y a rien de grave !

— Moi aussi. Mais j'aurais bien voulu trouver ce message plus tôt. Il est tard, et maintenant je n'arriverai pas là-bas avant la nuit.

— Je cours te préparer quelques affaires, dit Belinda.

Pas une seconde, le fait qu'elle puisse ne pas y aller ne fut envisagé.

Fleur mit les vêtements que Belinda lui tendit : une petite culotte de dentelle couleur chair, une courte robe de coton beige sans manches et des sandales de cuir marron clair. Ses cheveux étaient encore mouillés, aussi les laissat-elle flotter librement sur ses épaules afin qu'ils puissent sécher pendant le voyage. Alors qu'elle franchissait le seuil de la maison, Belinda l'arrêta un instant pour lui mettre deux boucles d'oreilles en or et la vaporiser légèrement de parfum. Fleur se trouvait déjà sur l'autoroute quand elle s'aperçut qu'elle ne portait pas de soutien-gorge.

Elle fit une courte halte près de Santa Barbara pour prendre de l'essence, regrettant de ne pas avoir le numéro de téléphone de Jake pour pouvoir l'appeler avant d'arriver. Mais son message avait un tel caractère d'urgence qu'il aurait été malséant de téléphoner. En se réinstallant au volant, elle se demanda encore une fois ce que pouvait bien vouloir Jake. Depuis qu'elle avait lu sa lettre, une explication s'était imposée à son esprit : il avait brusquement compris qu'il l'aimait et ne pouvait attendre plus longtemps pour le lui dire. Elle tentait de s'en dissuader, sans y parvenir vraiment.

Quand elle se retourna à l'embranchement indiqué sur le plan, il faisait déjà nuit. La route était déserte, et Fleur roula quelque temps avant d'arriver à une boîte aux lettres blanche, son dernier repère sur le plan. Elle s'engagea alors sur une petite route en mauvais état. Il n'y avait aucune habitation dans la forêt de pins qui s'étendait de part et d'autre de la route. Celle-ci commença à grimper. Au bout de deux kilomètres, Fleur arriva en haut de la colline. Le moteur commençait à chauffer quand elle aperçut des lumières.

La maison, qui s'avançait en saillie au flanc de la colline, ressemblait à un vaisseau spatial de verre et de béton. Fleur engagea sa Porsche dans l'allée éclairée qui menait jusqu'à l'entrée. Elle en suivit la large courbe en roulant au pas, puis elle éteignit les phares et coupa le moteur. Alors qu'elle sortait de la voiture, le vent lui plaqua les cheveux contre la figure. L'air sentit le sel et la terre détrempée.

Il avait dû entendre le bruit du moteur, car il ouvrit la porte avant qu'elle ait eu le temps de sonner.

— Fleur ?

— Salut, Jake.

15

Fleur attendait qu'il l'invite à entrer, mais il restait sur le pas de la porte, l'air renfrogné. Il portait un jean délavé et un sweat-shirt noir dont il avait remonté les manches jusqu'aux coudes. Il paraissait épuisé, et il ne s'était pas rasé. Mais elle pouvait lire autre chose sur ses traits tirés. Oui, il avait cette expression qu'elle lui avait vue le jour où il avait battu Lynn pour les besoins du film, sadique et vicieux.

— Puis-je aller aux toilettes ? demanda-t-elle, avec un soupçon d'inquiétude dans la voix.

Pendant un moment, elle pensa qu'il ne la laisserait pas entrer. Finalement, il haussa les épaules et s'effaça pour la laisser passer.

— Je n'ai jamais lutté contre le destin, déclara-t-il, fataliste.

— Ah ? dit la jeune fille, perplexe.

— Vas-y, ne te gêne pas.

L'intérieur de la maison ne ressemblait en rien de ce qu'elle avait pu voir ailleurs. C'était un espace ouvert, sans portes. De petits murets en béton faisaient office de cloisons. Un escalier en pierre menait au sous-sol. Les murs extérieurs étaient en verre épais, le sol recouvert de tapis indiens tissés à la main. Ce décor ne trahissait aucun souci de confort. Rien ne marquait la rupture entre l'extérieur et l'intérieur de la demeure. Dans la grande pièce, on retrouvait les couleurs du paysage environnant : les blancs et les gris de la pierre, le gris-vert de la mer.

— C'est magnifique, Jake.

— Les toilettes sont en bas, dit-il.

Fleur lui jeta un regard angoissé. Visiblement, et contre toute logique, son arrivée l'avait extrêmement contrarié, mais elle ne lui posa aucune question. Elle avait besoin de quelques minutes de répit avant d'affronter la situation. Tandis qu'elle s'engageait dans l'escalier, elle vit son bureau, sur sa droite, aux étagères regorgeant de livres, avec une machine à écrire posée sur une vieille table en acajou. Des feuilles de papier froissées jonchaient le sol.

Il y avait une porte au bas de l'escalier. L'ayant ouverte, elle se retrouva dans la plus grande salle de bains qu'elle ait jamais vue, une vaste caverne creusée à même la pierre, au sol carrelé noir et vert foncé, avec une immense baignoire encastrée en son milieu. Dans la pièce, tout paraissait démesuré : la baignoire, le pommeau de la douche, les deux robinets d'acier, et le miroir qui recouvrait toute la surface d'un mur.

Son image lui apparut soudain dans la glace. Un sentiment de panique l'envahit en se voyant ainsi vêtue, provocante et sexy. Avec son slip couleur chair, elle avait l'air complètement nue sous sa robe. Dire qu'elle ne portait même pas de soutien-gorge ! Elle aurait dû faire plus attention quand Belinda lui avait tendu ses vêtements. Pendant quelques instants encore, elle étudia son reflet dans le miroir. Après tout, une tenue indécente constituait peut-être la meilleure défense à l'expression menaçante de Jake à son égard. Oui, c'était exactement comme si Bébé Star avait eu rendez-vous avec le Dog.

Quand elle réapparut dans le grand salon, Jake sirotait un whisky, assis dans un fauteuil.

— Je croyais que tu ne buvais que de la bière, dit Fleur.

— Exact. Dès que je bois de l'alcool, je deviens désagréable.

— Alors, pourquoi tu...

— Je pourrais savoir ce que tu fais ici ?

Elle sentit son cœur se serrer. Comment avait-elle été assez naïve pour s'imaginer qu'il l'aimait ? Pourquoi avait-elle roulé jusqu'ici comme une folle ? Pourquoi n'avait-elle pas réfléchi avant de venir ? Les joues brûlantes de honte, elle sortit le billet de son sac et le lui tendit.

Comme son regard courait le long des lignes, son expression passa de l'étonnement à la rage. Dès qu'il eut fini de lire le message, il en fit une boulette qu'il lança furieux, à l'autre bout de la pièce.

Mais qu'est-ce qui ne tourne pas rond chez moi ? se demanda Fleur. Comment ai-je pu croire qu'il était l'auteur de ce billet ? Mais alors qui ? Qui l'avait écrit ? Elle pensa soudain à Lynn, avec sa manière, bien intentionnée mais si maladroite, de vouloir à tout prix les jeter dans les bras l'un de l'autre. Elle la tuerait ! Jake leva les yeux vers elle ; elle serait volontiers rentrée sous terre.

— Le genre de lettre qu'une main anonyme glisse discrètement dans la boîte, j'imagine, marmonna-t-il.

— Comment ?

— On t'a trompée. Ce n'est pas mon écriture.

— Je l'avais déjà deviné.

La jeune fille baissa la tête, gênée.

— Écoute, reprit-elle, je suis désolée. Il doit s'agir d'une plaisanterie. Une plaisanterie de bien mauvais goût, à vrai dire.

Jake vida son verre d'un trait. Puis il laissa errer son regard sur Fleur, s'attardant sur ses seins et sur ses jambes. La jeune fille retrouva un peu d'assurance.

— Dis-moi, qu'est-ce qui t'est arrivé vendredi ? demanda tout à coup Jake. J'ai déjà vu des actrices qui n'aimaient pas se déshabiller devant la caméra, mais à ce point-là jamais !

— Pas très professionnel comme attitude, hein ?

— Disons que tu as ruiné toutes tes chances de devenir un jour strip-teaseuse.

Il se leva, passa derrière le bar et se servit un autre whisky.

— J'aimerais que tu m'expliques pourquoi cette scène te pose un tel problème, dit-il.

Fleur s'assit sur le canapé et croisa les jambes, faisant remonter sa robe jusqu'à mi-cuisse. Jake regarda les longues jambes dénudées et avala une grande gorgée de whisky.

— Il n'y a pas grand-chose à expliquer, dit-elle. J'ai horreur de ça, voilà tout.

— Horreur de te déshabiller devant un homme ?

— C'est un ensemble de choses, Jake. En fait, je n'aime pas le milieu du cinéma, et je n'ai pas envie de jouer la comédie.

— Alors pourquoi le fais-tu ? demanda-t-il, tout en s'accoudant au bar, à moitié tourné vers elle.

— On ne fait pas toujours ce qu'on veut.

— Mais il s'agit de ta vie, bon Dieu !

— Possible. Mais on ne dispose pas toujours de soi comme on le voudrait.

— Belinda se sert de toi.

— Belinda m'aime beaucoup. Et elle ne souhaite que mon bonheur.

— Tu penses sincèrement ce que tu dis ? Tu crois vraiment que ce qu'elle fait, elle le fait seulement dans ton intérêt ?

— Oui, je le crois.

Elle le regarda, dans l'expectative, souhaitant de toutes ses forces qu'il se rangeât à son avis. Mais il se tut.

— Écoute, reprit-elle. Lundi, je ferai des efforts pour jouer cette scène le mieux possible. Je pense que si j'essaie vraiment...

— Parce que vendredi tu n'as pas essayé, peut-être ? Allez, à d'autres ! C'est à oncle Jake que tu parles, ne l'oublie pas.

— Arrête ! Je déteste que tu me parles comme ça ! Je ne suis plus une petite fille, et tu n'es pas mon oncle.

Soudain, les yeux de l'acteur s'étrécirent, et ses mâchoires se contractèrent en un rictus mauvais.

— Nous avions besoin d'une femme pour jouer Lizzie, déclara-t-il. Et à la place, nous avons engagé une gamine.

Ces mots auraient dû l'humilier, la faire pleurer comme jamais. Mais, curieusement, plus elle fixait ce visage cruel, et plus elle sentait monter en elle une force insoupçonnée. Quoi qu'il puisse dire, il ne la regardait pas comme on regarde une enfant. Derrière ce visage hostile et fermé, elle sentait autre chose, un sentiment qu'elle éprouvait elle-même depuis trop longtemps pour ne pas le reconnaître : le désir. Et soudain elle comprit en quoi consistait le pouvoir de Lizzie.

— Le seul gamin dans cette pièce, c'est toi.

Il n'apprécia pas du tout cette remarque.

— N'essaie pas de jouer les salopes avec moi, ma petite. Tu manquerais d'atouts dans ce jeu-là.

— Tu crois vraiment ? dit-elle, d'une voix qu'elle espérait sensuelle.

— Attention, Fleur. Ne va pas trop loin, je risquerais d'interpréter ton attitude comme un défi.

— Quel genre de défi ?

Il eut une seconde d'hésitation avant de lui dire :

— Je pense qu'il serait plus sage que je te conduise à Morro Bay. Il y a de bons hôtels, là-bas.

Plus que deux semaines avant la fin du tournage. Une fois le film achevé, peut-être ne le reverrait-elle plus jamais. C'était le moment d'agir, de lui montrer son désir. Il gardait les yeux braqués sur ses jambes et il avait envie d'elle, sans nul doute. Elle se leva et se dirigea vers la baie vitrée, contre laquelle elle s'adossa.

— Qu'est-ce qui te fait croire que je te lance un défi ?

Elle avait beau jouer les affranchies, son cœur battait très vite dans sa poitrine.

— Eh bien, je te trouve un peu moins lucide que d'habitude, ce soir, et je pense que tu ferais mieux de partir.

Elle pencha légèrement la tête en arrière, redressa le buste et s'étira.

— Si tu veux que je m'en aille, il va falloir que tu me mettes dehors.

Il posa son verre sur le bar d'un geste rageur et s'essuya la bouche du revers de la main, comme dans ses films.

— Cette fois, tant pis pour toi. Tu l'auras voulu !

Il se dirigea vers elle à grands pas, l'air furieux. Elle craignit soudain de l'avoir poussé trop loin. Il paraissait hors de lui. Elle eut un mouvement de recul, mais il se jeta sur elle et lui saisit les épaules, l'attirant violemment contre sa poitrine.

— Allons, voyons ce dont tu es capable.

Il lui écrasa la bouche de ses lèvres, et elle eut l'impression de suffoquer. Il lui mordit un peu la lèvre inférieure pour la forcer à ouvrir la bouche. Sa langue avait un goût de whisky. Elle tenta de se persuader qu'elle n'avait rien à craindre. Non, ce n'était pas le Dog qui l'embrassait, mais Jake, seulement Jake. Elle sentit ses mains remonter le long de ses cuisses sous la robe, puis se glisser dans sa culotte, la baisser et lui saisir les fesses. Tandis qu'il l'attirait encore davantage contre lui, ce sentiment de pouvoir tout nouveau qui l'avait précédemment envahie l'abandonna complètement. Jake avait sûrement raison. Elle n'était sans doute qu'une petite fille qui jouait à la femme. Il lui remonta sa robe jusqu'au cou. Sa langue se fit plus vive dans la bouche de la jeune fille, et il lui pinça la pointe des seins.

Non ! Elle ne voulait pas que les choses se passent ainsi ! C'était trop brutal, trop effrayant. Elle qui avait rêvé de fleurs, de musique douce... Elle posa ses mains sur sa poitrine et tenta de le repousser.

— Jake, murmura-t-elle dans un sanglot.

— Qu'y a-t-il ? demanda-t-il, haletant contre son oreille. C'est bien ça que tu voulais, n'est-ce pas ? Que je te traite comme une femme ?

— Comme une femme, pas comme une pute ! cria-t-elle d'une voix brisée.

Elle se dégagea de son étreinte et courut vers la porte, déçue et blessée. Pourquoi s'était-il conduit ainsi ? Comment avait-elle pu se tromper à ce point ? Elle allait ouvrir la porte quand elle se souvint qu'elle avait laissé son sac sur le canapé. Lentement, elle revint sur ses pas.

Elle le vit alors prendre le téléphone, décrocher le combiné, composer un numéro. Que se passait-il ? Il avait l'air si calme, tout à coup. Si désirable aussi. Plus désirable que jamais.

— ... une chambre de libre pour ce soir ? Bien. Parfait. Non, juste pour une...

Elle coupa la communication.

Il bondit de l'accoudoir du canapé sur lequel il était assis.

— Mais qu'est-ce que tu fais ? hurla-t-il. Tu n'en as pas eu assez pour ce soir ?

Elle redressa la tête et le regarda droit dans les yeux.

— Non, Jake. Et j'en veux encore.

— Bon Dieu ! explosa-t-il en raccrochant le combiné.

— Pourquoi es-tu aussi brutal avec moi ? demanda Fleur.

— Comment ça, brutal ?

— Tu fais toujours l'amour comme ça ?

— Ça suffit maintenant, Fleur.

— Pourquoi ne pas t'avouer que tu as envie de moi ?

— Écoute, je vais te conduire à l'hôtel, et après une bonne nuit de repos...

— Je veux dormir ici.

— ... je viendrai prendre le petit déjeuner avec toi demain matin. Qu'est-ce que tu en dis ?

Elle lui sourit, faussement mièvre.

— Super, oncle Jake ! Et tu m'achèteras une sucette, aussi ?

La bouche de Jake se crispa, son regard s'assombrit.

— Mais tu vas m'emmerder encore longtemps ? cria-t-il. Qu'est-ce que tu veux de moi, bon Dieu ?

— Que tu admettes que je suis une femme et que tu as envie de moi !

— Tu n'es qu'une gamine ! Une sale gamine ! Et je n'ai pas envie de toi !

Elle le dévisagea, incrédule. Il mentait, sans nul doute. Et s'il ne mentait pas ? Cette pensée lui fit si mal qu'elle cria :

— Je te déteste !

Elle ne s'abaisserait pas au point de mendier son amour. Ah, ça, jamais !

Après avoir saisi son sac d'un geste vif, elle courut vers la porte. Mais il lui attrapa le bras avant qu'elle ait pu sortir. Elle vit alors une telle violence dans son regard qu'elle tressaillit.

— Trop tard pour t'enfuir, ma belle ! Je t'ai laissé une chance, mais tu n'as pas su la saisir à temps !

Et il l'entraîna à travers la pièce, jusqu'à l'escalier. Une marche, puis une autre marche...

— Jake ! plaida-t-elle.

— La ferme !

— Tu me fais mal au bras !

— Je m'en fous !

Il la traîna jusque dans une chambre au milieu de laquelle trônait le plus grand lit qu'elle eût jamais vu. Il était monté sur une plate-forme, et les draps de satin noir scintillaient sous la lumière des étoiles qui perçait à travers un plafond de verre. Jake la souleva et la porta dans ses bras jusque sur la couche immense.

— Tu es prête, Fleur ? Tout est en ordre ?

Que voulait-il dire ? Elle n'en avait pas la moindre idée. Mais il arborait une expression si menaçante qu'elle préféra se taire et acquiescer d'un hochement de tête.

— Parfait, dit-il en ôtant son sweat-shirt. Je ne me ferai donc pas prier plus longtemps.

Un frisson d'angoisse la parcourut de la tête aux pieds.

— Jake ?

— Ouais ?

— Tu me fais peur.

Il déboutonna son jean.

— Tant pis pour toi.

Pourquoi la traitait-il avec si peu d'égards ? Elle fixa le ciel étoilé pendant quelques instants. Puis elle tourna la tête vers Jake et vit qu'il avait ôté tous ses vêtements, excepté son slip noir. Elle laissa courir son regard sur son ventre et son estomac, parfaitement plats. Puis ses yeux descendirent jusqu'à son sexe impressionnant, emprisonné sous le tissu noir. Il la désirait ardemment, elle en avait la preuve. Alors pourquoi cette attitude agressive ?

Elle sursauta quand elle sentit ses mains sur sa cheville droite. Il défit la bride de sa sandale et la jeta à terre, puis il fit de même avec l'autre. Il était fébrile, et elle sentit une vague d'excitation la parcourir. Mais pourquoi ce regard si dur ?

Fleur recula un peu et se redressa contre les oreillers.

— Je... je crois que j'ai changé d'avis. Je ne veux plus faire l'amour avec toi.

Les yeux de Jake glissèrent sur ses jambes, ses hanches, ses seins.

— Trop tard.

Il se pencha vers elle, la prit par les épaules et la fit mettre à genoux pour lui ôter sa robe.

— J'ai tout fait pour ne pas en arriver là, dit-il. Je t'ai mise en garde, mais tu n'as rien voulu savoir. Alors je n'accepterai aucun reproche de ta part. Tu m'as provoqué, Fleur, et maintenant il est trop tard pour reculer.

Elle pleurait à présent, mais il ne se laissa pas attendrir par ses larmes et commença à lui ôter sa petite culotte.

— Non ! cria-t-elle en lui donnant une tape sur le bras. Arrête ! Je ne veux pas !

Jake serra les dents.

— A mon tour de jouer, Fleur ! Et c'est un jeu pour les grandes personnes, ne l'oublie pas !

D'un seul coup, il lui souleva les hanches, tira le petit bout de tissu couleur chair jusqu'à ses pieds et l'arracha d'un geste sec.

— Non ! sanglota-t-elle. Je sais ce que tu veux me faire, mais je ne veux pas que tu le fasses de cette façon-là !

— Comment ça, de cette façon-là ?

— C'est un moment important pour moi, et je ne te laisserai pas le gâcher !

— Important ! N'importe quoi ! s'exclama-t-il en se couchant sur elle. C'est un désir animal, rien d'autre !

Il s'écarta un peu d'elle, glissa sa main entre ses cuisses et commença à la caresser d'une façon mécanique.

— Tu aimes ça ? Ça te fait du bien ? demanda-t-il, sarcastique.

— Non ! Non !

Elle tenta de resserrer les cuisses, mais il plaça un genou entre ses jambes pour l'en empêcher.

— Alors, dis-moi comment tu veux que je te caresse.

— Pourquoi fais-tu cela ? sanglota-t-elle. Je suis sûre que tu ne te conduis pas de cette manière avec les autres femmes.

— Alors ? Vite ? Lentement ? J'attends.

— Non ! pleura-t-elle. Je voulais des fleurs ! Je voulais que tu me caresses avec des fleurs !

Il poussa un profond soupir.

— Mon Dieu ! Et merde...

Il s'écarta d'elle et s'allongea sur le dos, les yeux fixés sur le ciel étoilé. A quoi pense-t-il ? se demanda-t-elle. Elle ressentit tout à coup un profond sentiment de solitude. Pourquoi la faisait-il souffrir ainsi ?

Brusquement, il lui toucha la main, se retourna à demi, s'appuya sur un coude et lui effleura l'épaule du bout des doigts.

— D'accord, mon bébé. Faisons ça bien.

Alors il l'embrassa. Longuement, tendrement. Elle l'entoura de ses bras et le serra si fort contre elle qu'elle entendit les battements de son cœur résonner dans sa poitrine.

Ils restèrent un moment dans les bras l'un de l'autre, puis Jake s'écarta légèrement de Fleur pour mieux la voir. Il lui caressait doucement le visage et les cheveux.

— Je n'ai pas de roses, dit-il. Je vais donc devoir te caresser avec autre chose.

Il se pencha vers sa poitrine et lui prit la pointe d'un sein dans la bouche. Au contact de sa langue, le mamelon de la jeune fille durcit, et elle gémit, sentant des vagues de plaisir l'envahir. Il lui caressa tout le corps lentement, comme s'il avait tout son temps. Puis il lui embrassa les seins, l'estomac, le ventre, tout en lui caressant l'intérieur des cuisses. Fleur s'abandonnait avec délice et soupirait de plaisir. Alors il lui releva doucement les jambes, lui écarta les cuisses et joua gentiment avec les poils de son pubis, puis il descendit un peu plus bas.

— J'ai trouvé les pétales de Fleur, murmura-t-il.

Il plongea la tête entre ses cuisses et vint poser sa bouche sur la rose palpitante qui s'offrait à lui.

Cette sensation, toute nouvelle pour elle, dépassait tout ce qu'elle avait pu imaginer. Elle prononça son nom plusieurs fois, sans savoir si elle le disait tout haut ou seulement dans sa tête. Le plaisir montait en elle comme des spirales d'étincelles, de plus en plus rapides. Elle se sentait emportée toujours plus loin, toujours plus haut...

— Non ! gémit-elle, affolée.

Jake redressa légèrement la tête en entendant ce petit cri de panique. Elle ne savait pas comment lui avouer qu'elle avait peur de s'envoler seule vers les sommets du plaisir. Il sourit et vint se glisser tout contre elle.

— Alors, on abandonne ? demanda-t-il de sa voix chaude et irrésistible.

Fleur sentait son sexe en érection contre sa cuisse et ne put résister à l'envie de le toucher. Elle glissa sa main sous l'élastique de son slip. C'était chaud, doux et dur à la fois. Il laissa échapper un grognement quand la main de la jeune fille se referma sur lui.

— Que se passe-t-il, cow-boy ? souffla-t-elle. Tu as envie d'autre chose ?

— Je ne sais pas. Tu peux laisser libre cours à ton imagination, murmura-t-il.

Elle rit et se redressa un peu pour mieux le voir, ses longs cheveux effleurant la poitrine de Jake.

— Vraiment ? dit-elle.

Alors, elle commença à lui ôter son slip, tout doucement. Il acheva de l'enlever seul et le jeta sur le sol. Pour la première fois, Fleur faisait l'expérience de son pouvoir sur un homme. Elle effleura son sexe en plusieurs endroits, essaya de le caresser avec le bout de son index, puis avec son pouce, et ensuite avec une mèche de cheveux. Finalement, elle le toucha avec la pointe de sa langue.

Jake poussa un cri rauque et profond.

Elle le lécha comme un petit chat et sentit monter en elle une espèce de joie mêlée de fierté à l'idée qu'il était là, abandonné, tout à elle. Puis il se redressa, saisit la jeune fille par les épaules et la fit s'allonger à côté de lui.

— Il semblerait que je doive te rappeler qui commande ici, dit-il d'une voix grave.

— Je vois le général, mais je ne vois pas son armée, plaisanta-t-elle.

— Je n'ai pas besoin de renfort, ma belle, annonça-t-il.

Puis il s'allongea sur elle.

— Ouvre-toi, chérie. Tu es sur le point de rencontrer ton maître.

Fleur écarta les jambes, follement heureuse à l'idée qu'il allait la posséder, brûlant du désir de le sentir en elle, de se donner à lui...

Jake l'entendit pousser un petit cri d'animal blessé, et cela l'émut au plus haut point. Il la regarda dans les yeux, souhaitant de toutes ses forces n'y lire que du désir, rien que du désir. Mais il y vit tant d'amour qu'il se sentit atteint au plus profond de lui-même. Il s'enfonça plus loin en elle, avec vigueur. Il n'aurait pas cru qu'elle serait aussi étroite. Jamais il n'aurait imaginé que... Grand Dieu !

Elle laissa échapper un cri de douleur, et Jake se sentit pris de panique.

— Fleur... mon Dieu...

Il commença à se retirer, mais elle s'accrocha à lui.

— Non. Si tu fais ça, je ne te le pardonnerai jamais.

Il en aurait pleuré. Pourquoi Belinda lui avait-elle menti ? Et pourquoi n'avait-il pas réussi à conduire Fleur à l'hôtel ? Pourquoi s'était-il laissé dominer par son propre désir ? Oui, il devait se l'avouer, il avait eu envie d'elle dès la seconde où il l'avait vue.

Jake sentit la jeune fille enrouler ses longues jambes autour de lui et l'attirer plus profondément en elle. Il dut faire un terrible effort de volonté pour ne pas aller et venir en elle immédiatement. Il fallait lui laisser le temps de s'habituer à cette sensation nouvelle, peut-être effrayante.

— Je suis désolé, Fleur. Je ne savais pas.

Elle le serra encore plus fort.

— Doucement ! lui souffla-t-il. Attends encore un peu.

— Je me sens si bien.

Il se demanda comment il pouvait rester en érection dans un moment pareil, alors qu'il venait de commettre un acte impardonnable... Oui, dur comme un pieu. Excité comme un taureau en rut par la jeune fille aux grands yeux. Il commença à bouger lentement en elle. Elle frissonna et s'accrocha à ses épaules.

Il s'arrêta un court instant.

— Tu as mal ?

— Non, souffla-t-elle. S'il te plaît, continue.

Jake redressa légèrement la tête, pour mieux voir le visage de Fleur. Elle avait les yeux fermés et les lèvres entrouvertes dans une expression non pas douloureuse mais passionnée. Il la pénétra lentement et profondément. Une fois... deux fois... Puis il la regarda frémir violemment sous lui, ravi.

Il la caressa gentiment pour la rassurer. Elle finit par ouvrir les yeux, battant des cils, le regard incertain. Elle revint peu à peu à elle et lui sourit.

— C'était merveilleux, souffla-t-elle.

— Ravi que ça t'ai plu, dit Jake en la regardant avec un brin d'amusement.

— Je n'aurais jamais imaginé que ce serait si... si...

— Ennuyeux ? proposa-t-il.

Elle rit.

— Pénible ?

— Ce n'est pas vraiment le mot.

— Que dirais-tu de..., commença-t-il.

— Stupéfiant ! dit-elle. Génial !

— Fleur ?

— Oui ?

— Je ne sais pas si tu t'en es rendu compte, mais nous n'avons pas tout à fait fini...

— Nous n'avons pas... Oh..., murmura-t-elle, le regardant avec de grands yeux.

Il vit qu'elle avait soudain l'air gêné.

— Je... je suis désolée, souffla-t-elle. Je n'avais pas l'intention de te blesser. Je ne savais pas... Je veux dire...

Puis elle se tut, toute confuse.

Jake réprima un sourire.

— Tu peux te reposer maintenant, si tu veux, lui souffla-t-il. Lire un livre, ou dormir un peu. Je te promets de ne pas te déranger.

Puis il recommença à bouger en elle. Il sentit le corps de la jeune fille se détendre, puis se tendre sous lui, le serrer, l'agripper, le supplier en silence de continuer.

— Oh... Jake..., dit-elle, dans un murmure.

Quelques instants plus tard, un violent orgasme les emportait dans l'infini.

16

— C'était vraiment la dernière des choses à faire.

— Oh, arrête un peu, Jake, veux-tu ?

S'étant réveillée à deux heures du matin, elle s'était retrouvée seule dans le lit et, ayant enfilé sa petite culotte et le sweat-shirt de Jake, elle était partie à sa recherche dans la maison. Elle l'avait finalement trouvé dans la cuisine, attablé devant un grand bol de glace au chocolat. Il avait commencé à crier après elle dès la seconde où il l'avait vue, et ils n'avaient plus arrêté de se disputer depuis.

Vraiment, il exagère ! se dit Fleur. Comment aurait-elle pu deviner qu'il s'inquiétait de contraception quand il lui avait demandé, la veille, si « tout était en ordre » ? Elle lui dit qu'elle allait avoir ses règles dans trois jours et qu'elle ne risquait donc pas d'être enceinte, mais il n'en continua pas moins à crier. Fleur comprit très vite la raison cachée de son courroux : il acceptait très mal d'être son premier amant.

— Tu aurais pu me prévenir, avant qu'on passe à l'action.

— « Avant qu'on passe à l'action » ! Quel sens de la formule, Koranda ! On sent que ta vocation d'écrivain ne date pas d'hier !

— Je te dispense de faire de l'humour. Ce n'est pas bien, Fleur, de ne m'avoir rien dit.

Elle lui fit un sourire gracieux.

— Pourquoi ? Tu craignais que je te manque de respect le lendemain matin ? ironisa-t-elle.

Elle commençait à passer maître dans l'art de lui renvoyer la balle. Rapport de force perpétuel. La vie selon Jake Koranda. Mais comment ai-je pu me laisser aller à l'aimer autant ? se demanda-t-elle. Et pourquoi s'acharne-t-il ainsi sur moi au lieu de me prendre dans ses bras et de m'embrasser ?

— Bon Dieu, Fleur ! Si j'avais su, j'y serais allé plus doucement !

Cette querelle ridicule commençait à l'agacer pour de bon. Elle se mit à ouvrir des tiroirs au hasard, à la recherche d'un élastique.

— Écoute, je ne te dois aucune explication, déclara-t-elle. Alors maintenant tais-toi. O.K. ?

Elle trouva un élastique et attacha ses cheveux en queue de cheval. Puis elle se dirigea vers le salon et prit un paquet de bougies sur la cheminée.

— Qu'est-ce que tu fabriques ? s'enquit Jake.

— Je vais prendre un bain, répliqua-t-elle.

— A trois heures du matin ?

— Je n'y peux rien. Je me sens sale.

Pour la première fois depuis qu'elle était descendue le rejoindre, il sembla se détendre et arbora ce sourire sardonique qui donnait envie à Fleur de le gifler et de l'embrasser à la fois.

— Ah oui ? dit-il, arrogant. Et pourquoi ça ?

— C'est toi, l'expert en la matière. Alors à toi de me l'expliquer.

Elle savait que le sweat-shirt de Jake ne cachait pas tout à fait sa petite culotte, aussi ondula-t-elle des hanches d'une façon provocante en sortant de la cuisine.

Elle alluma des bougies qu'elle posa aux quatre coins de la baignoire avant d'y verser une bonne dose de bain moussant, puis elle ouvrit les robinets. Elle contempla le flacon de bain moussant d'un air méprisant. Il devait appartenir à l'une de ces petites salopes qu'il fréquentait. Elles les haïssait toutes, sans exception.

Pendant que la baignoire se remplissait, elle se mit à réfléchir. En dépit de l'humeur changeante de Jake, elle ne regrettait pas d'avoir couché avec lui. Quand elle l'avait senti en elle, elle avait eu l'impression que son cœur allait exploser d'amour. Elle avait choisi de se donner à lui. Pour la première fois de sa vie, elle avait fait un choix sans subir l'influence de quiconque. Elle ôta ses vêtements et se glissa dans le bain. Elle se remémora la merveilleuse expérience qu'elle venait de vivre, se souvenant du petit moment de douleur quand il l'avait pénétrée et de toute la tendresse qu'il lui avait prodiguée ensuite. Les bougies allumées se reflétaient dans le miroir, et Fleur avait la sensation de flotter dans l'espace.

— C'est une fête privée, ou bien est-ce qu'on peut entrer ?

Étant donné qu'il déboutonnait déjà son jean, elle comprit que sa question était purement théorique.

— Tout dépend, répondit-elle, évasive.

— De quoi ?

— Tout dépend de savoir si le sermon est terminé ou pas.

— Finis les reproches. Juré !

Mais il marmonna quelque chose entre ses dents en s'installant dans la baignoire face à la jeune fille.

— Qu'est-ce que tu dis ? demanda-t-elle.

— Rien du tout.

— Pour l'amour du ciel, Jake !

— Très bien ! cria-t-il. J'ai dit que j'étais désolé.

— Désolé pour quoi ? Peux-tu me l'expliquer ?

Fleur eut l'impression qu'elle allait se mettre à pleurer. Jake le sentit : il se mit à genoux et la prit dans ses bras.

— Ma chérie, je suis désolé de t'avoir traitée aussi durement, avoua-t-il.

Il l'embrassa, et elle lui rendit son baiser avec fougue. Puis ils s'enlacèrent et s'écroulèrent dans la mousse, et Jake fit sauter le bouchon du bain afin qu'ils puissent respirer. Il commença à la couvrir de baisers et à l'aimer comme il l'avait fait quelques heures plus tôt, lui arrachant des cris de plaisir, jusqu'au moment où il la fit taire en l'embrassant.

Ensuite, il l'enroula dans une serviette.

— Et maintenant que tu m'as épuisé, dit-il, tout en se nouant une serviette autour des hanches, il va falloir me nourrir. Je n'ai mangé que de la glace et des chips depuis vendredi, et je suis un piètre cuisinier.

— Et moi une enfant gâtée, ne l'oublie pas.

— Tu veux dire que tu ne sais pas faire la cuisine ?

— Je ne sais faire que des crêpes.

— Mon Dieu ! Même moi, je peux faire mieux !

Pendant l'heure qui suivit, ils s'agitèrent comme des fous dans la cuisine et réussirent à préparer des steaks calcinés à l'extérieur et crus au-dedans, et du pain grillé complètement brûlé ; Fleur mit trop de vinaigre dans la sauce de la salade, mais néanmoins ils se régalèrent de leur repas improvisé.

Le lendemain matin, ils s'habillèrent pour aller courir mais changèrent d'avis au dernier moment et retournèrent au lit. Dans le courant de l'après-midi, ils firent plusieurs parties de cartes et se racontèrent des histoires drôles. Puis ils prirent un autre bain.

Jake réveilla Fleur avant l'aube, le lundi matin. Ils repartirent ensemble pour Los Angeles dans sa Jeep, Jake lui disant qu'il ferait le nécessaire pour que l'on vienne chercher sa Porsche dans la matinée. Mais elle se demanda pourquoi il se donnait tant de mal, car il ne lui adressa pas la parole pendant tout le trajet jusqu'au studio.

Quand Fleur fut maquillée, habillée et prête à tourner, elle vint sur le plateau et remarqua que la mauvaise humeur de Jake n'avait fait qu'empirer. Il se montrait désagréable avec tout le monde et ne cessait de râler à tout propos. Il fronça les sourcils quand il la vit.

En un sens, elle appréciait ce comportement rageur. S'il ne l'avait pas aimée, se serait-il conduit ainsi ?

Johnny Guy vint la saluer.

— Écoute, mon ange, je sais que tu as souffert vendredi. Mais j'ai fait quelques changements dans le script, et je pense que tu t'en tireras mieux aujourd'hui.

— Ne change rien, Johnny Guy. Nous allons tourner cette scène comme elle doit l'être.

Il la regarda, surpris, et elle leva le pouce en signe de victoire, d'un air triomphant. Après tout, si elle avait décidé de jouer cette scène, personne ne saurait l'en empêcher. Jake ne devait pas oublier qu'elle était une femme, et non une gamine.

L'acteur prit mal la chose.

— Je croyais que nous avions décidé de faire des coupures, dit-il à Johnny Guy. Nous savons très bien qu'elle ne s'en sortira pas. Pourquoi continuer à perdre du temps ?

— La jeune dame dit qu'elle veut essayer, alors donnons-lui sa chance. Allez, au travail, les enfants !

La caméra se mit à tourner. Jake, assis sur le lit, regardait Fleur avec défi. Elle lui sourit en commençant à déboutonner sa robe. Ah, il la provoquait du regard ? Eh bien, il allait voir ! Elle laissa tomber sa robe à terre sans le quitter des yeux. Désormais, ils avaient des secrets, tous les deux. Il était drôle et tendre, et elle l'aimait de tout son cœur. Et lui aussi devait l'aimer — ne serait-ce qu'un petit peu —, sinon jamais il ne lui aurait fait aussi bien l'amour. *Mon Dieu, faites qu'il m'aime !*

Elle défit l'attache de son soutien-gorge. Jake bondit hors du lit.

— Coupez ! cria-t-il.

— Bon Dieu, Jake, ce n'est pas à toi de dire « Coupez ! » mais à moi ! Elle était parfaite ! Qu'est-ce qui t'arrive, à la fin ?

Le réalisateur était furieux.

— Personne ne doit dire « Coupez ! » à ma place ! Personne ! C'est clair ?

Johnny Guy continua sur ce ton, et Jake prit l'air de

plus en plus renfrogné. Fleur décida de mettre un terme à ses tortures.

— Ça va, Johnny Guy, dit-elle, très maîtresse d'elle-même. Je suis prête à recommencer.

La caméra se remit à tourner. Jake avait l'air plus sombre que jamais. Elle ôta son soutien-gorge en prenant tout son temps, sensuelle, provocatrice, usant du pouvoir tout nouveau qu'elle sentait sourdre en elle. Elle se pencha pour enlever sa petite culotte et se dirigea lentement vers lui.

Il ne bougea pas tandis qu'elle lui déboutonnait sa chemise et qu'elle glissait ses mains à l'intérieur. Elle lui effleura la poitrine du bout des doigts, comme elle l'avait fait le matin même en se réveillant. Puis elle se rapprocha encore de lui et passa sa langue sur l'un de ses mamelons, ce qui n'était pas prévu dans le script.

— Coupez ! Parfait ! cria Johnny Guy en sautillant de joie comme un gamin.

Jake se leva du lit et disparut à l'autre bout du plateau sans dire un mot.

Tout se passa très bien jusqu'à la fin de la matinée. A l'heure du déjeuner, ils avaient rattrapé tout le retard accumulé le vendredi précédent. Jake n'adressait pas la parole à Fleur, excepté pendant les prises de vues, mais elle s'efforçait de ne pas en prendre ombrage. *Il se comporte en amant jaloux. Il supporte mal que d'autres hommes me voient nue.*

Johhny Guy sut tirer parti du trouble de Jake. Sa tension intérieure, sa culpabilité inavouée, son angoisse fugitive, rien n'échappa au réalisateur, pas plus que les trésors de séduction déployés par Fleur.

La jeune fille tenta de conserver son enthousiasme le plus longtemps possible, mais le temps passait et Jake continuait à garder ses distances. Aussi commença-t-elle à se laisser gagner par le désespoir. Il fallait qu'il l'aime, il le fallait. Elle se mit à compter non plus les jours, mais les heures qui lui restaient encore à passer en sa compagnie, avant que le film soit fini. Elle aurait voulu lui parler, se jeter dans ses bras, le supplier de l'aimer. Mais elle n'en faisait rien. Le jeudi soir, après qu'ils eurent tourné la dernière scène du film, Jake disparut sans même la saluer.

— Il ne t'a rien dit, chérie ? demanda Belinda. A mon avis, nous le verrons à la soirée de Johnny Guy, ce week-end.

— Je n'en suis pas sûre. Jake ne m'a pas dit s'il avait l'intention de venir.

— Peut-être devrais-tu essayer d'en savoir plus, lui suggéra Belinda d'un air narquois.

Fleur ne répondit pas et s'éloigna. Sa mère n'avait pas à lui dicter sa conduite envers Jake. C'était *son* problème, après tout.

Pour fêter la fin du tournage d'*Éclipse de soleil,* Johnny Guy donna une soirée qui attira les plus grands noms de Hollywood. Sa femme, Marcella Kelly, avait le don de plaire aux gens célèbres et savait les recevoir de manière exquise.

Ce soir-là, tout le monde s'amusait beaucoup, excepté Fleur. Elle avait accepté de venir au dernier moment, accompagnée par Dick Spano, quand elle avait compris que Jake ne téléphonerait plus.

Elle avait apporté un soin tout particulier à sa toilette, ayant choisi de porter une longue robe de soie écrue, à rayures noires et or. Cette robe moulante et droite avait un côté égyptien que Fleur sut mettre en valeur grâce à de fines sandales dorées à talons plats et un large bracelet en or. Ses cheveux flottaient librement sur ses épaules, et Marcella lui dit qu'elle ressemblait à une Cléopâtre blonde.

L'épouse de Johnny Guy, en parfaite hôtesse, circulait parmi ses invités avec des assiettes couvertes de petits fours, tandis que son mari proposait du jus d'orange à la ronde. Mince et sophistiquée, Marcella était toujours à la pointe de la mode. Et le contraste entre le petit homme grassouillet, bon vivant, toujours prêt à plaisanter, et sa femme plutôt snob amusait Fleur. Elle aurait bien aimé faire part de ses réflexions à Jake. En fait, elle aurait voulu qu'il soit là, tout simplement.

La jeune fille faisait mine de s'intéresser à la conversation de Dick Spano, mais en réalité elle scrutait la foule dans l'espoir de voir apparaître Jake. Elle remarqua que Belinda avait entraîné Kirk Douglas dans un coin de la salle. L'acteur avait l'expression mi-amusée mi-flattée de quelqu'un que l'on bombarde de compliments.

Fleur but une gorgée de son cocktail, tout en hochant la tête à l'adresse de Dick Spano d'un air pénétré. Mais elle n'écoutait rien de ce qu'il lui racontait. Un petit groupe d'invités vint les rejoindre, et les hommes la dévisagèrent avec un mélange de curiosité et de fascination. Le Bébé Star, là, devant eux, imaginez un peu ! Ceci lui parut tout à coup ridicule.

Elle allait renoncer à tout espoir de voir Jake lorsqu'il fit son entrée avec Lynn Davids et le petit ami de celle-ci, régisseur de son état. Le cœur de la jeune fille fit un bond dans sa poitrine, et elle se sentit tout étourdie. Mais avant même que Jake ait pu remarquer sa présence, Marcella avait pris son bras et l'entraînait parmi ses invités. Fleur réalisa qu'elle n'avait aucune envie de se retrouver face à face avec lui au milieu de tous ces gens. Elle se fraya rapidement un passage à travers la foule et alla s'enfermer dans la salle de bains. Là, elle s'assit sur le bord de la baignoire. Ne comprenait-il pas qu'ils pourraient ne jamais se revoir ?

Quelqu'un finit par frapper à la porte, et Fleur partit se réfugier dans le jardin. Qu'allait-elle lui dire en le voyant ? Pourquoi ne m'aimes-tu pas comme je t'aime ? Stupide. Tout à coup, elle sentit quelques gouttes de pluie et rentra à l'intérieur.

Jake avait disparu. Mais il n'était pas le seul à s'être ainsi évaporé.

Elle tenta de se persuader que cela ne signifiait rien de particulier. Après tout, quel mal y avait-il à ce qu'il soit quelque part en compagnie de Belinda ? Mais le doute s'était insinué en elle, et elle se mit à les chercher dans toutes les pièces. Elle inspecta d'abord le rez-de-chaussée, sans succès, puis elle monta à l'étage et visita les chambres. Personne. Fleur allait redescendre lorsqu'elle entendit un bruit de voix étouffées provenant de la chambre de Marcella Kelly. Pourtant elle avait déjà jeté un coup d'œil dans cette pièce. Elle revint sur ses pas et remarqua que la porte de la salle de bains de Marcella était entrouverte. S'en approchant, Fleur reconnut la voix de Jake.

— Tu m'as obligé à te suivre ici, mais je n'ai plus rien à te dire, Belinda. Retournons en bas.

— Oh, seulement deux minutes, Jake. En souvenir du bon vieux temps.

Belinda parlait si bas que Fleur avait du mal à l'entendre.

— On s'est bien amusés ensemble, Jake. Tu ne te souviens pas de ce motel dans l'Iowa ?

La jeune fille sentit sa bouche devenir sèche. Sa mère parlait à Jake comme à un intime. Pourquoi ? Fleur avança de deux pas. Leurs silhouettes semblèrent surgir de nulle part, Belinda dans un tailleur rose de chez Dior et Jake en smoking. Fleur comprit qu'elle voyait leur reflet dans la grande glace de la salle de bains.

Jake recula un peu, et Belinda se rapprocha de lui. Elle lui toucha le bras, le dévorant des yeux. Pourquoi le regardait-elle ainsi ?

— Il semblerait que tu prennes plaisir à briser le cœur de toutes les femmes de la famille Savagar, dit-elle. Oh, bien sûr, pour moi, c'est moins dur. Je connais bien les hommes de ton espèce, et je n'ai jamais pensé que je pouvais te garder. Mais Fleur ? As-tu pensé à elle ? Je sais que tu l'aimes. Alors, pourquoi la fuir et la faire souffrir ?

Jake s'écarta de Belinda.

— Pour l'amour du ciel ! Vas-tu te taire ?

— Je te l'ai donnée, Jake ! Et maintenant tu trahis ma confiance !

Il s'avança d'un pas vers elle, furieux.

— Ta confiance ! Tu m'as envoyé ta fille uniquement pour qu'elle accepte ensuite de tourner cette scène ! Baise ma fille, Koranda. Tu dois l'aider à sauver sa carrière. Voilà ce que tu m'as dit !

— Oh, fais-moi grâce de ton cynisme, s'il te plaît, siffla Belinda. Je ne m'attendais pas à de la reconnaissance de ta part, mais des reproches, alors là, non ! Parce que je pourrais bien avoir sauvé ton film.

— Ne sois pas ridicule, ce film n'avait pas besoin d'être sauvé.

— Peut-être, mais je n'avais pas cette impression. J'ai le sentiment d'avoir fait mon devoir.

— Vraiment ? Est-ce le devoir d'une mère que de tester les futurs amants de sa fille ? Vas-tu en faire un principe à l'avenir ? Est-ce à toi de juger leurs performances avant de les envoyer dans son lit ? Mais quel genre de femme es-tu, Belinda ?

— Une femme qui aime sa fille.

— Balivernes ! La seule personne que tu aimes, c'est toi !

Il tourna la tête et vit le reflet de Fleur dans la glace.

La jeune fille aurait voulu hurler de douleur, mais l'air lui manquait tout à coup, et elle avait l'impression que le monde s'écroulait autour d'elle.

En un éclair, Jake fut près d'elle.

— Je suis désolé, Fleur. Ce n'est pas ce que tu penses.

Belinda laissa échapper un cri de panique.

— Oh, mon Dieu ! Mon bébé !

Elle courut vers Fleur et lui prit le bras.

— Ne t'inquiète pas, ma chérie. Tout va bien.

Des larmes coulaient sur les joues de la jeune fille, mais elle s'arracha à l'étreinte de cette femme monstrueuse.

— Ne me touche pas ! hurla-t-elle.

— Mais... Fleur... ne me regarde pas comme ça ! dit Belinda, le visage décomposé. Laisse-moi t'expliquer. Il fallait que je t'aide, tu comprends ? Tu as failli tout gâcher, ta carrière, tous nos projets, tous nos rêves.

— Tais-toi ! cria Fleur. Vous êtes ignobles, tous les deux.

Belinda fit un pas vers sa fille.

— S'il te plaît, ma chérie...

Fleur la gifla de toutes ses forces. Sa mère s'écroula sur le lit en poussant un cri affreux.

— Fleur ! dit Jake en venant vers elle.

— Ne m'approche pas ! siffla-t-elle, les poings serrés, prête à frapper.

— Écoute-moi, Fleur, dit-il en la prenant fermement par les épaules.

Folle de rage, elle se débattit pour lui échapper, hurlant, lui donnant des coups de pied. Il tenta de la maîtriser, mais elle réussit à se dégager et sortit de la chambre en courant. Des dizaines de visages ahuris la regardèrent dévaler l'escalier et sortir de la maison comme une flèche.

Il pleuvait des cordes, et en quelques secondes elle fut trempée jusqu'aux os. Si seulement les gouttes de pluie avaient pu être des éclats de verre la transperçant, la déchiquetant en des milliers de lambeaux de chair bientôt dissous dans l'eau. Elle releva sa robe afin de courir plus vite et traversa la pelouse à toute allure. Tandis qu'elle passait la grille de la maison, elle l'entendit crier son nom. Il la poursuivait. Elle se mit à courir plus vite. Mais il la rattrapa, la saisit par l'épaule, lui fit perdre l'équilibre, et ils se retrouvèrent tous les deux par terre, comme la première fois.

— Calme-toi, Fleur, je t'en prie.

Et il la serra dans ses bras, là, par terre, sur la pelouse détrempée. Il respirait fort dans son oreille.

— Tu ne peux pas t'enfuir comme ça. Laisse-moi au moins te raccompagner chez toi. Laisse-moi t'expliquer.

— Lâche-moi !

Il resserra son étreinte. Sa veste de smoking était maculée de boue, ses cheveux collés sur son front, et des rigoles de pluie coulaient sur son visage.

— Écoute-moi une minute. Tu ne connais pas toute l'histoire.

Elle retroussa la lèvre supérieure, comme un animal prêt à mordre.

— As-tu été l'amant de ma mère ?

— Oui, mais...

— Elle a écrit ce message, et elle t'a demandé de me faire l'amour, n'est-ce pas ?

— Oui. Mais ses motivations n'ont jamais rien eu à voir avec les miennes.

— Menteur ! Ne me dis pas que tu as couché avec moi parce que tu m'aimais !

Il lui saisit si fort les poignets qu'il lui fit mal.

— Fleur, il y a différentes formes d'amour. Et peut-être mes sentiments pour toi sont-ils différents de...

— Tais-toi ! Je t'aimais ! Je t'aimais de toutes mes forces ! Et je ne veux pas entendre parler d'amitié, d'affection et de toutes ces conneries ! Laisse-moi partir !

Lentement, il relâcha sa pression, et Fleur se releva. Elle parlait d'une façon saccadée.

— Si... tu veux... vraiment m'aider, va chercher Lynn. Et retiens... Belinda... le plus longtemps possible.

— Fleur...

— J'ai besoin d'une heure. Et ne me demande pas pourquoi.

Pendant quelques instants, Jake resta debout face à elle, sous la pluie. Puis il hocha la tête, tourna les talons et se dirigea vers la maison.

Lynn la reconduisit sans poser de questions. Mais quand elle arrêta la voiture devant chez Fleur, elle insista pour entrer avec elle. Fleur refusa gentiment mais fermement, prétextant qu'elle voulait se coucher le plus vite possible. Dès que l'automobile de Lynn eut disparu dans la nuit, elle courut jusqu'à sa chambre et entreprit de jeter des vêtements dans sa plus grosse valise et dans un grand sac. Elle ôta sa robe mouillée et enfila un jean et un sweat-shirt. Jake et Belinda, complotant contre elle, la manipulant... Elle leur avait bien facilité la tâche, sans le savoir.

Elle boucla sa valise et téléphona à l'aéroport. Il restait encore quelques places dans le prochain avion pour Paris. Elle n'avait donc plus qu'une seule chose à faire avant de partir...

Quand Jake laissa enfin partir Belinda, elle était dans tous ses états. Cela ne s'arrangea pas lorsqu'elle s'aperçut, en rentrant à la maison, que Fleur avait disparu. Inutile de s'inquiéter, se dit-elle, elle a besoin de réfléchir quelques heures loin de moi. Elle va bientôt revenir. Nous sommes inséparables, elle reviendra.

Belinda remarqua alors que sa fille avait laissé la lumière allumée dans la salle de bains. Elle y entra pour l'éteindre. D'abord, elle vit les ciseaux posés sur le coin de la baignoire. Puis elle poussa un cri. Le sol était jonché d'une masse de cheveux blonds.

Jake roulait sans but, s'efforçant de ne penser à rien. Mais il avait toujours la gorge nouée. Et merde ! jura-t-il. Pourquoi ne l'ai-je pas envoyée à l'hôtel ? Je savais qu'elle m'aimait et que tout cela finirait mal. Alors pourquoi n'ai-je pas réussi à la mettre à la porte ?

Il s'aperçut qu'il avait quitté les beaux quartiers et qu'il se trouvait à présent au cœur de Los Angeles. Les rues humides étaient désertes. Jake ôta sa veste fripée et continua à conduire en manches de chemise. Dieu, qu'elle était belle, excitante, sensuelle... Il lui avait fait un peu mal en la pénétrant, mais elle s'était alors agrippée à lui, sans cesser de lui faire confiance... Cette pensée lui fit honte.

Le terrain de jeu donnait dans une rue sordide jonchée d'ordures. Un seul et unique projecteur éclairait d'une lumière blafarde les vestiges d'un panier de basket au cercle de fer rouillé et au filet en lambeaux.

Jake gara sa voiture et prit le ballon sur la banquette arrière. *Seule une enfant serait assez naïve pour faire ainsi confiance à quelqu'un.* Oui, Fleur était une gosse de riches à qui la vie n'avait pas appris à se méfier.

Il traversa la rue en direction du terrain de jeu, sans se soucier des flaques d'eau. Mais elle se méfierait, maintenant. Jamais plus elle ne se montrerait aussi candide.

Jake arriva sur le terrain et commença à dribbler sur l'asphalte craquelé. Le ballon rebondissait du sol à sa main comme animé par une force qui lui était propre. Jake sentit cette énergie résonner dans tout son corps. Il fallait que cette fille sorte de sa vie ! Il fallait oublier ses grands yeux rêveurs, ses longues jambes qui s'enroulaient si bien autour de lui, surtout ne pas songer à quel point sa vie serait morne sans elle, sans cette présence lumineuse à ses côtés.

Il dribbla plus fort tout en se rapprochant du panier. Puis son bras se détendit comme un ressort. Le cercle de métal vibra, mais Jake ne l'entendit pas, porté par les ovations de la foule autour de lui. Il décida de se concèntrer sur leurs cris, afin de faire taire la petite voix, en lui, qui lui parlait de Fleur.

Il dépassa un joueur de l'équipe adverse et courut jusqu'au centre du terrain. Jake jouait pour lui-même. C'était un solitaire. Ce style de vie lui convenait parfaitement. Ainsi, il ne prenait pas le risque de souffrir. Il dribbla de nouveau en direction du panier. La foule était en délire. La foule criait son nom.

« Dog ! Dog ! Dog ! »

Jake avançait vers le filet, mais Kareem lui bloquait le passage. Kareem, la star de l'équipe adverse. Kareem le plus-qu'humain, qui devinait vos pensées, qui anticipait vos gestes, qui connaissait vos intentions avant même de les lire dans vos yeux. Jake fit un bon sur la droite, courut, dribbla, tendit le bras, vola dans l'air... s'éleva dans la stratosphère, laissant Kareem loin derrière. Slam ! le ballon venait de passer dans le filet.

« Dog ! » Les spectateurs s'étaient levés. La foule hurlait de joie.

Kareem le regarda, et ils échangèrent un salut silencieux, empreint du respect particulier qu'éprouvent deux champions l'un pour l'autre. Mais ce moment passa comme un éclair, et de nouveau ils furent des ennemis.

Le ballon rebondissait, palpitait, vibrait entre ses doigts. Jake se concentrait sur cette sensation. Il ne pensait à rien d'autre. Oui, tout allait pour le mieux dans le meilleur des mondes. Un monde dans lequel certains hommes étaient des géants et ne connaissaient jamais la honte. Un monde où le bien et le mal étaient clairement définis. Un monde au sein duquel les douces jeunes filles au cœur tendre n'avaient pas droit de cité.

Jake Koranda. Acteur. Auteur dramatique. Lauréat du prix Pulitzer. Il aurait voulu tout abandonner et vivre son rêve, devenir Julius Erving, l'homme aux pieds ailés, s'élever dans le ciel, traverser les nuages, et voler plus vite, plus haut, que n'importe quel oiseau...

Subitement, il n'entendit plus la foule, et il se retrouva seul, sous un pâle halo de lumière, très exactement au milieu du néant.

BÉBÉ STAR EN FUITE

Je n'ai aucune règle de vie précise. J'improvise, au jour le jour.

Errol Flynn, *Mes quatre cents coups*

17

Fleur remonta sur son bras la sangle de son grand sac de voyage. Elle prit sa valise sur le tapis roulant et se dirigea d'une démarche chancelante vers la sortie de l'aéroport. Elle n'avait pas dormi depuis trente-six heures, et elle avait l'impression que ses bagages pesaient une tonne. Elle avait bien essayé de dormir un peu dans l'avion, mais chaque fois qu'elle fermait les yeux les voix de Jake et de Belinda résonnaient dans sa tête. *Baise ma fille, Koranda, pour l'empêcher de briser sa carrière.*

— Mademoiselle Savagar ? dit un chauffeur en livrée en venant vers elle.

— Oui ?

L'homme prit sa valise.

— Votre père vous attend.

Fleur le suivit dans le dédale de l'aéroport d'Orly jusqu'à une limousine garée sur le parking. Le chauffeur lui ouvrit la portière arrière. Elle se glissa à l'intérieur et se jeta dans les bras d'Alexis.

— Papa !

Il la serra très fort contre sa poitrine.

— Ainsi, ma chérie, tu as finalement décidé de revenir vers moi.

Elle nicha sa tête dans le cou d'Alexis et se mit à pleurer.

— C'était horrible... j'ai été si stupide..., sanglota-t-elle.

— Allons, allons, calme-toi, mon petit. Tout va bien, maintenant.

Il lui caressa doucement les cheveux. C'était si agréable qu'elle ferma les yeux. Oh, seulement pendant quelques instants...

Quand ils arrivèrent à la maison, Alexis l'escorta jusqu'à la chambre qu'il avait fait préparer pour elle. Fleur lui demanda de rester à son chevet jusqu'à ce qu'elle s'endorme. Ce qu'il fit.

Le lendemain matin, elle se réveilla tard. Une bonne lui servit son petit déjeuner dans la salle à manger. La jeune fille but trois tasses de café mais dédaigna les croissants et les tartines beurrées. La simple idée de manger lui soulevait le cœur.

— Bonjour ! dit gaiement Alexis en entrant dans la pièce.

Il s'approcha de Fleur, se pencha vers elle et l'embrassa. Elle portait un jean et un pull-over, ce qui eut l'air de lui déplaire.

— Tu as apporté d'autres vêtements, j'espère ? demanda-t-il en fronçant les sourcils. Sinon, il faudra qu'on t'en achète dès aujourd'hui.

— Ne t'inquiète pas. J'ai emporté une bonne partie de ma garde-robe. Mais je n'avais pas le courage de m'habiller ce matin.

Alexis poursuivit son inspection d'un œil critique.

— Et tes cheveux ! C'est affreux ! Comment as-tu pu faire une chose pareille ? On dirait un garçon.

— C'est un cadeau d'adieu à ma mère.

— Je vois.

— J'ai essayé de les recouper un peu, ce matin, mais j'ai peur que ce ne soit encore pire qu'avant.

— Aucune importance. Nous allons arranger ça cet après-midi.

Il fit signe à la bonne de lui servir du café. Lorsqu'elle fut partie, Alexis sortit son étui à cigarettes de la poche intérieure de son veston et alluma une Dunhill.

— Et si tu me racontais toute cette histoire ? suggéra-t-il.

— Belinda t'a téléphoné ? s'enquit Fleur.

— Plusieurs fois, oui. Elle est dans tous ses états. Ce matin, je lui ai finalement dit que tu m'avais appelé et que tu étais en route pour une île grecque. J'ai ajouté que tu n'avais pas précisé laquelle. Je l'ai également informée que tu désirais être seule.

— Elle a probablement déjà pris l'avion pour la Grèce, dit Fleur.

— Sans aucun doute, renchérit Alexis.

Ils restèrent silencieux quelques instants.

— Tout cela aurait-il un rapport avec une certaine star de cinéma ? demanda-t-il.

— Comment le sais-tu ?

— Je m'arrange toujours pour ne pas perdre de vue les gens que j'aime.

Fleur pencha la tête et but une gorgée de café, les yeux baissés, faisant un effort désespéré pour retenir ses larmes. Elle était fatiguée de pleurer, fatiguée de souffrir.

— Je suis tombée amoureuse de lui, avoua-t-elle. Nous avons couché ensemble.

— Inévitable.

La désinvolture de son père la blessa.

— Belinda a été sa maîtresse avant moi.

— Logique. Ta mère n'a jamais su résister au charme d'une vedette de cinéma.

— Le pire, c'est qu'ils ont comploté contre moi.

— Si tu m'expliquais tout cela ?

Alexis écouta Fleur lui rapporter la conversation qu'elle avait surprise entre Jake et Belinda.

— Les motivations de ta mère me paraissent claires, commenta Alexis. Mais je n'en dirais pas autant de celles de ton amant.

— Mais si. J'ai analysé la situation et j'ai compris qu'il m'avait fait l'amour par intérêt. Il voulait à tout prix sauver son film. Pour cela, il fallait que je puisse jouer cette scène. Et il s'y est employé.

Alexis ne partageait pas l'avis de sa fille et doutait fort que le succès d'un film reposât sur l'authenticité d'une scène érotique. Mais il se garda bien de le lui dire.

— Dommage, chérie, que tu n'aies pas mieux choisi ton premier amant, remarqua-t-il.

— Je crois qu'en matière d'hommes je manque vraiment de discernement, dit Fleur, humblement.

Alexis croisa les jambes et rejeta légèrement le buste en arrière. Venant d'un autre homme que lui, cette façon de se mouvoir aurait pu paraître efféminée, mais chez Alexis ce mouvement n'était qu'élégance racée.

— J'espère que tu as l'intention de rester quelque temps ici, dit-il. Cela te ferait le plus grand bien.

— Tu as raison. J'ai besoin de ta compagnie et de tes conseils. Du moins jusqu'à ce que j'aie fait le point.

— Je serais ravi de t'aider. J'attends ce moment depuis des années.

Il se leva.

— Avant que nous nous occupions de tes cheveux, je voudrais te montrer quelque chose. Ne me pose pas de questions. C'est une surprise.

Elle le suivit jusqu'au musée au fond du jardin. Alexis introduisit la clé dans la serrure et ouvrit la porte du bâtiment en brique.

— Ferme les yeux, dit-il.

Elle fit ce qu'il lui demandait, et il la fit entrer dans le hangar frais, dont l'odeur lui rappela le jour où elle avait rencontré Michel. Elle aurait dû demander de ses nouvelles à Alexis — l'avait-il, oui ou non, retrouvé ? —, mais elle se tut. La fugue de Michel était bien le dernier sujet qu'elle désirait aborder avec son père.

— Je traverse actuellement une période de chance, remarqua Alexis. Je vois mes rêves les plus chers se réaliser les uns après les autres.

Fleur entendit le petit bruit caractéristique d'un interrupteur sur lequel on appuie.

— Maintenant, tu peux ouvrir les yeux.

Hormis une rangée de spots éclairant la plate-forme

centrale, la pièce était plongée dans l'obscurité. Au centre de l'estrade trônait la plus extraordinaire, la plus sublime automobile qu'elle ait jamais vue, d'un noir brillant, avec un capot si allongé qu'on aurait dit celui d'une voiture de milliardaire dans un dessin animé. Malgré cela, la carrosserie avait des proportions parfaites. Fleur aurait reconnu cette voiture entre mille. Elle poussa un cri de joie et courut jusqu'à la plate-forme.

— C'est la Royale, n'est-ce pas ? Oh, Alexis, tu as fini par la retrouver !

— Je ne l'avais pas revue depuis 1940.

Il vint près d'elle et lui raconta l'histoire qu'elle connaissait déjà pour l'avoir entendue de nombreuses fois.

— Nous étions trois amis. Pendant la dernière guerre, nous avons réussi à sauver la Royale des mains des Allemands en la cachant dans les égouts de Paris. Nous l'avions enveloppée dans de la toile de parachute pour ne pas qu'elle s'abîme. Jusqu'à la fin de la guerre, je n'osai retourner dans les égouts de peur d'être suivi. Mais quand j'y descendis, après la Libération, la Royale avait disparu. Mes deux amis étaient morts. Je pense aujourd'hui que les Allemands l'avaient volée, mais à cette époque je n'en étais pas certain. Il m'aura fallu plus de trente ans pour la retrouver.

— Comment as-tu fait ? Que s'était-il passé ?

— Aucune importance. Une question d'argent, investi avec plus ou moins de bonheur.

Il sortit un mouchoir de sa poche et entreprit d'effacer une trace imaginaire sur le pare-brise de la Bugatti.

— A présent, je possède la plus belle collection de Bugatti au monde. La Royale en est la perle rare, le suprême joyau.

Après qu'Alexis lui eut raconté plusieurs anecdotes sur les divers modèles de Bugatti exposés là, Fleur regagna sa chambre où un coiffeur l'attendait. L'homme avait dû être généreusement payé, car il ne posa aucune question. Il lui coupa les cheveux très court et s'excusa de ne pouvoir faire mieux. La jeune fille devait attendre que ses cheveux repoussent. Dès qu'il fut parti, elle s'examina dans la glace. Elle avait l'air d'une rescapée d'un camp de concentration — les yeux horriblement cernés, les cheveux quasiment rasés et la tête disproportionnée par rapport à l'ensemble du corps. La vue de son reflet dans le miroir lui procura une étrange satisfaction. Enfin son apparence reflétait son état d'âme.

Alexis fronça les sourcils en la voyant et l'envoya se maquiller un peu. Mais le maquillage n'arrangea rien. Ils sortirent se promener rue de la Bienfaisance, après quoi Fleur dormit un peu. Puis ils dînèrent en tête à tête, avant de s'installer dans le bureau d'Alexis pour écouter Sibelius. Son père lui tenant la main, la jeune fille se laissait peu à peu gagner par le charme de la musique et commença à se sentir mieux. Comme elle avait eu tort de laisser sa mère l'accaparer ainsi depuis deux ans, la privant de la compagnie d'Alexis. Elle s'était toujours laissé manipuler par Belinda, de peur de perdre son amour.

Elle posa sa tête contre l'épaule de son père et ferma les yeux. Dieu l'avait-il punie pour avoir cessé d'aller à la messe ? Quelle idée stupide ! Alexis appelait cela la culpabilité chrétienne. Mais alors pourquoi l'avoir séquestrée chez les sœurs pendant seize longues années ? Quoi qu'il en soit, elle lui pardonnait à présent, car il était le seul qui ne l'aimait pas par intérêt.

Cette nuit-là, elle ne parvint pas à s'endormir. Elle se leva, alla dans la salle de bains et prit deux somnifères. Puis elle s'assit sur le siège des toilettes.

Comment avait-elle pu perdre à ce point toute personnalité ? Se conformer au moindre souhait de sa mère, sans jamais protester ? Maman, ne me quitte pas, je ferai tout ce que tu voudras. Quel manque de dignité ! Et Jake. Elle l'avait tant aimé. Et il l'avait trahie...

— Tu es malade, chérie ?

Alexis se tenait dans l'encadrure de la porte.

— Tu as l'air d'un petit garçon dans cette chemise fripée, dit-il. Allez, mon enfant, retourne au lit, maintenant.

Elle fit ce qu'il lui demandait. Il l'accompagna jusque dans sa chambre et la borda.

— Je t'aime, papa, murmura-t-elle.

Il lui déposa un petit baiser sur la bouche. Ses lèvres étaient sèches.

— Retourne-toi. Je vais te masser le dos jusqu'à ce que tu t'endormes.

Il glissa ses mains sous sa chemise de nuit et commença à la masser tout doucement. Elle en ressentit un profond bien-être et, les somnifères aidant, elle sombra bientôt dans un profond sommeil. Cette nuit-là, elle rêva de Jake. Il lui embrassait le cou et la caressait à travers sa petite culotte en soie.

Au bout de quelques jours, Fleur s'installa dans une sorte de routine. Le matin, elle se levait tard, puis elle enfilait un jean et descendait dans la salle à manger, où elle prenait un petit déjeuner. Ensuite, elle lisait ou écoutait un peu de musique. Elle se recouchait tout l'après-midi et dormait. Elle prenait garde à ce qu'une des domestiques la réveille à temps pour se doucher et s'habiller avant le retour d'Alexis. Parfois, ils allaient faire une promenade quand il rentrait. Mais marcher la fatiguait, aussi ne s'éloignaient-ils jamais beaucoup de la maison. Vers vingt heures, ils dînaient en tête à tête, après quoi ils écoutaient de la musique classique. Fleur avait souvent du mal à trouver le sommeil, et souvent Alexis lui massait le dos.

Elle savait pertinemment qu'elle devrait tôt ou tard réagir à la détresse et à la paresse qui l'avaient envahie. Mais la seule décision qu'elle prit fut de ne pas rentrer aux États-Unis avant longtemps. L'idée d'affronter les journalistes dans l'état où elle était la terrorisait. En outre, elle n'avait aucune envie de se retrouver devant une caméra.

Belinda ne cessait de téléphoner, et Alexis ne cessait de l'éconduire. Il prétendit qu'il avait engagé des détectives privés et qu'aux dernières nouvelles Fleur se trouvait aux Bahamas. Chaque fois, il reprochait à Belinda d'avoir échoué dans son rôle de mère, et il la faisait pleurer.

Fleur décida finalement de partir pour la Grèce. Elle fit part de ce projet à Alexis.

— Je pense louer une maison dans une île et acheter un cheval. Alors j'aimerais que tu m'expliques comment je peux disposer de mon argent. C'est toi qui l'as investi et...

— Pour le moment, cet argent est bloqué, l'interrompit Alexis.

— Bloqué ? Je ne comprends pas.

— Oui. J'ai procédé à des investissements à long terme, alors il va falloir que tu attendes un peu.

— Mais je...

— Ne t'inquiète pas. Il suffit que tu me dises ce dont tu as besoin, et je te l'achèterai.

— Mais je viens de te le dire ! Je voudrais louer une maison en Grèce et avoir un cheval.

— Bon. Nous en reparlerons quand tu iras mieux, trancha Alexis.

Après cette conversation, Fleur se sentit mal à l'aise. Les choses lui avaient paru si simples jusqu'ici. Elle avait donné plein pouvoir à Alexis pour gérer sa fortune, et elle s'était bientôt totalement désintéressée de ces questions financières. Il lui avait régulièrement envoyé des papiers qu'elle avait signés sans les lire. Il payait toutes les factures. Elle et Belinda avaient toujours dépensé sans compter. Et voilà qu'à présent tout devenait compliqué. Ne sachant que faire, Fleur monta se reposer dans sa chambre.

Le dimanche suivant, Alexis l'emmena visiter ses bureaux, déserts ce jour-là. Il lui fit l'honneur des lieux et lui montra tous ses trésors : un bureau acheté lors d'une vente aux enchères à Londres pour deux cent mille livres ; un sabre ayant appartenu à un grand samouraï du XVIII siècle ; un Renoir d'une valeur inestimable. Il y avait également un très bel objet d'art chinois — un petit cheval de la période T'ang — qui plut beaucoup à Fleur. Alexis le lui offrit.

Puis ils sortirent de l'immeuble sis boulevard Saint-Germain ; une limousine les attendait. A ce moment-là, Fleur vit passer un jeune homme en short orange qui courait à longues foulées, une montre chronomètre au poignet, et elle fut envahie d'une grande nostalgie.

Cette nuit-là, Fleur dormait depuis peu lorsqu'elle se réveilla en sursaut, sa chemise de nuit trempée de sueur. Elle venait de rêver de Jake, encore une fois. Il l'accompagnait au couvent de l'Annonciation et repartait sans elle. La jeune fille ôta sa chemise de nuit et enfila un long tee-shirt qui traînait sur une chaise, au pied de son lit, puis elle se dirigea vers la salle de bains pour y absorber un somnifère. Le flacon était vide. Fleur se souvint qu'elle avait pris le dernier comprimé la veille.

Elle décida d'aller trouver Alexis, mais il n'était pas dans sa chambre. Soudain, elle fut prise de panique. Et si son père était parti ? S'il l'avait abandonnée, lui aussi ? Puis elle repéra un rai de lumière sous la porte menant au grenier. Sans réfléchir, elle prit l'escalier et monta jusqu'aux combles de la maison.

C'était la pièce la plus étrange qu'elle ait jamais vue. Le plafond était peint d'un ciel bleu parcouru de nuages cotonneux. Un parachute blanc était accroché au-dessus d'un étroit lit de fer. Alexis était assis sur une chaise, les épaules voûtées, un verre vide à la main.

— Alexis ?

— Laisse-moi tranquille, grinça-t-il. Va-t'en.

Fleur réalisa tout à coup qu'elle se trouvait dans la chambre de Michel. Elle comprit aussi que son père allait mal.

Elle s'agenouilla au pied de sa chaise. Elle l'avait toujours vu boire très modérément, mais ce soir-là il sentait l'alcool. Probablement à cause de Michel.

— Il te manque, n'est-ce pas ? demanda-t-elle avec douceur.

— Tu ne peux pas comprendre.

— Oh si, Alexis ! Je sais ce qu'on ressent quand on est séparé des gens qu'on aime.

Il releva la tête et la regarda d'une manière si dure qu'elle frissonna.

— Inutile d'avoir de la compassion pour moi, Fleur. Michel est un faible, et je l'ai banni de ma vie.

Comme tu l'as fait avec moi pendant de si longues années.

— Alors, que fais-tu ici, dans sa chambre ?

— J'ai trop bu, et je me laisse aller. C'est aussi simple que ça.

— Je ne comprends pas.

— Tu devrais comprendre, pourtant. C'est un état que tu connais bien.

— Tu veux dire que moi aussi je me laisse aller ? demanda-t-elle, blessée.

— Évidemment. Tu t'es raconté des histoires, Fleur, des histoires qui t'arrangeaient. Tu as placé ta mère sur un piédestal, et tu m'as, moi aussi, surestimé. Tu t'es construit l'image du père idéal dont tu rêvais.

Elle frissonna et se releva.

— Je n'ai pas eu besoin de te surestimer, rétorqua-t-elle. Tu t'es conduit avec moi d'une manière exemplaire, ces dernières années.

— Je me suis contenté de faire ce que tu attendais de moi.

Soudain, elle ressentit l'envie irrésistible de fuir, de retourner dans sa chambre.

— Bonne nuit, Alexis. Je vais aller me coucher, maintenant.

— Attends !

Il posa son verre vide sur la table.

— N'attache pas trop d'importance à ce que je vais te dire. Je me laisse aller à mon propre délire, aussi pourrais-je me moquer du tien. Écoute, j'aurais tellement voulu que mon fils soit digne de moi, au lieu d'être cette espèce de désaxé qui n'aurait jamais dû voir le jour.

— C'est ridicule ! siffla-t-elle. Et tout à fait démodé comme façon de penser. Il y a des millions d'homosexuels dans le monde. Inutile d'en faire toute une histoire.

Alexis bondit de sa chaise et, pendant une fraction de seconde, Fleur crut qu'il allait la frapper.

— Tu dis n'importe quoi ! cria-t-il. Michel est un Savagar ! Et il a déshonoré ma maison, jeté la honte sur ma famille !

Il se mit à marcher frénétiquement de long en large.

— C'est la faute de ta mère. Elle a la perversité dans le sang. Quelle erreur de l'avoir épousée ! Je ne me le pardonnerai jamais ! Si elle avait aimé Michel comme on doit aimer son enfant, jamais il ne serait devenu homosexuel. Mais elle n'aimait que toi. Tout cela ne serait pas arrivé si tu n'étais pas née !

Non, ce n'était pas son père qui parlait, mais un homme ivre qui ne savait plus ce qu'il disait. Fleur sentit qu'il lui fallait regagner sa chambre au plus vite, avant d'entendre des choses qu'elle ne voulait pas entendre. Elle se dirigea vers la porte, mais il lui barra le passage.

— Tu ne me connais pas vraiment, dit-il, en glissant son bras sous celui de la jeune fille. A présent, il faut que nous parlions. Je me suis efforcé d'être patient à ton égard, de te laisser le temps de te ressaisir. Mais tout cela a assez duré.

Elle tenta de se dégager, mais il la retint.

— Demain, Alexis, plaida-t-elle. Quand tu seras sobre.

— Je ne suis pas ivre, un peu amer seulement. Si tu avais connu ta mère quand elle avait ton âge... Si pleine d'enthousiasme, si passionnée. Et aussi égoïste qu'une enfant. J'ai des projets pour toi, chérie, depuis le jour où je t'ai vue.

— Quel genre de projets ?

— Tu me parais bien craintive. Allonge-toi sur le lit de Michel. Je vais te masser le dos pour te détendre. Ainsi, nous pourrons parler.

Fleur n'avait aucune envie de s'étendre sur le lit de Michel, aucune envie que son père lui masse le dos.

— Viens ici, ma chérie. Je vois que je t'ai effrayée. Laisse-moi faire.

Il lui sourit tout en la poussant doucement vers le lit.

Elle s'efforça de revenir à de meilleurs sentiments. Alexis pensait à Michel, et son fils lui manquait, voilà tout. Et elle était jalouse, comme d'habitude.

Elle s'allongea, les mains sous le menton. Le sommier grinça quand Alexis s'assit près d'elle. Il commença à lui masser le dos à travers son tee-shirt.

— Je t'ai attendue patiemment, chérie. Je t'ai accordé deux années de liberté. Je t'ai laissée tomber amoureuse. J'ai laissé ta mère faire de toi une star, et j'ai accepté de voir le nom des Savagar associé à une carrière vulgaire.

La jeune fille se raidit.

— Qu'est-ce que tu...

— Tstt, tstt... C'est moi qui parle, chérie, et tu dois m'écouter. Le soir où tu as relevé mon défi, où tu as trouvé le courage de te pencher sur le cercueil de ta grand-mère pour l'embrasser, ce soir-là j'ai su que j'avais commis une grande injustice. J'ai soudain compris que, contrairement à ton frère, tu étais de la même race que moi. C'est lui que j'aurais dû évincer, pas toi. Mais il fallait que je te laisse le temps de découvrir le véritable caractère de ta mère. Ç'aura été une dure leçon pour toi, mais profitable, car désormais tu connais ses faiblesses. Et te voilà enfin prête à prendre ta place auprès de moi.

Fleur tourna la tête vers lui et le regarda.

— Alexis, tu me fais peur. Prendre ma place auprès de toi ? Je ne comprends pas ce que tu veux dire.

Il entreprit de lui masser les épaules, les yeux à demi fermés. Fleur n'avait plus qu'une envie : se lever et sortir de cette pièce avant qu'il n'arrive quelque chose de terrible.

— Ta place est ici, chérie, à mes côtés. Et cette place-là, ta mère ne l'a jamais vraiment occupée.

Les mains d'Alexis remontèrent vers le cou de Fleur et se glissèrent dans l'encolure de son tee-shirt.

— Je vais te modeler selon mes désirs. J'ai fondé de grands espoirs sur toi, Fleur.

Ses mains revinrent sur le tissu et descendirent le long du dos de la jeune fille, puis plus bas encore...

— Alexis ! cria-t-elle, affolée, en lui saisissant les poignets.

Il lui sourit d'une façon si gentille qu'elle eut honte de lui avoir attribué des intentions ignobles. Mon Dieu !

— Nous devons rester ensemble, chérie. Ne l'as-tu pas compris ? Il est temps que tu apprennes la vérité, que...

— Non !

— Tu n'es pas ma fille, Fleur. Ta mère était enceinte d'un autre quand je l'ai épousée.

— Je ne te crois pas. Tu mens !

— Tu es la fille d'Errol Flynn, mon plus vieil ennemi.

C'était une plaisanterie. Fleur tenta même de sourire pour montrer à Alexis que ces propos ne la touchaient pas. Mais son sourire s'évanouit lorsqu'elle se souvint de la remarque de Johnny Guy à propos de Flynn et de sa mère.

Alexis se pencha vers elle et pressa sa joue contre la sienne.

— Ne pleure pas, mon enfant. C'est bien mieux ainsi. Ne comprends-tu pas ?

Fleur tremblait de tous ses membres. Elle avait l'impression de partir à la dérive, sans rien ni personne à qui se raccrocher.

Elle sentit les mains d'Alexis la caresser tout doucement à travers son tee-shirt.

— Si belle, si délicate, et tellement plus fine que ta mère...

— Non ! Non ! cria Fleur en se redressant sur le lit.

Alexis s'écarta d'elle.

— Je suis désolée, chérie. Je ne voulais pas t'effrayer. Il faut que je te laisse le temps de t'habituer à voir les choses comme moi. Mais il n'y a aucun mal à ce que nous restions ensemble. Tu finiras par le comprendre.

— Mais tu es mon père ! dit-elle d'une voix brisée.

— Non ! tonna-t-il. Je ne me suis jamais comporté envers toi comme un père. Et ces dernières années, je te faisais la cour. Même ta mère l'a compris.

Fleur se releva, tremblante.

— Cesse de te tracasser, maintenant. Je me suis montré

maladroit avec toi. Pardonne-moi. J'attendrai que tu sois prête pour...

— Prête ? Mais prête à quoi ?

— Nous parlerons de cela plus tard.

— Non ! Maintenant !

— Tu as l'air complètement affolée, ma pauvre chérie.

— Je veux que tu me dises tout de suite ce que tu as derrière la tête.

— Cela te paraîtra bizarre parce que tu n'y es pas préparée.

— Que veux-tu de moi, Alexis ?

Il soupira.

— Je veux que tu restes avec moi pour que je puisse te gâter. Que tu laisses repousser tes cheveux et que tu redeviennes aussi belle qu'avant.

Il y avait autre chose. Elle savait qu'il y avait autre chose.

— Dis-le-moi, Alexis !

— Tu n'es pas prête à l'entendre.

— Dis-le-moi !

Oh, surtout ne me demande pas d'être ton amante ! Je t'en prie !

Il ne le lui demanda pas.

Il lui dit qu'il voulait un enfant d'elle.

18

Debout à la fenêtre du grenier, Fleur regardait le toit de la maison. Le cadavre d'un oisillon, encore rose et sans plumes, gisait sur les tuiles, tombé de l'un des nids qu'il y avait dans les cheminées. Alexis marchait de long en large dans la pièce, les mains dans les poches, exposant à la jeune fille tous les détails de son plan. Dès qu'elle serait enceinte, il l'emmènerait quelque part en province pour la durée de sa grossesse. Quand elle aurait accouché, il annoncerait à ses amis qu'il avait adopté un enfant.

Fleur regardait fixement le petit cadavre. Il n'avait même pas eu le temps de voir pousser ses plumes. La jeune fille se sentait sans vie, comme lui. Aurait-elle une chance de voler un jour de ses propres ailes ?

Alexis lui affirma qu'il n'avait rien d'un vieil homme pervers. « C'est ce que tu dis ! » songea-t-elle. Dès que possible, ils reviendraient tous deux à des relations normales, des relations de père à fille.

— Je vais prendre un avocat, dit-elle, mais si bas que ses propos se perdirent dans un murmure inaudible.

Aussi dut-elle répéter sa phrase.

— Je vais prendre un avocat. Je veux mon argent, Alexis.

Il se mit à rire.

— Oh, tu peux t'entourer d'une douzaine d'avocats, si tu le désires. Mais tu as signé ces papiers de ton plein gré.

Et je t'ai toujours donné les explications que tu désirais avoir au sujet des investissements. Tout est parfaitement légal.

— Je veux récupérer mon argent.

— Mais pourquoi t'inquiètes-tu ? Demain, je t'achèterai des saphirs et des émeraudes assorties à tes yeux. Je t'achèterai tout ce que tu voudras.

— Non.

— Il fut un temps où ta mère était seule, dit-il. Sans un sou, sans projets d'avenir... et enceinte de surcroît, ce que je ne savais pas à l'époque. Tu as autant besoin de moi aujourd'hui, Fleur, qu'elle avait besoin de moi à ce moment-là.

— Mais que sais-tu de moi, finalement ? demanda la jeune fille.

Visiblement, sa question le surprit.

— Qu'est-ce qui te fait croire que j'accepterais un marché aussi abject ? poursuivit-elle. Tu es un homme intelligent. Jamais tu ne m'aurais fait une telle proposition si tu avais pensé que je puisse la refuser. Crois-tu vraiment que je sois si faible ?

Alexis haussa les épaules en poussant un soupir compatissant.

— Tu n'es pas responsable de ce qui t'arrive, dit-il, mais plutôt victime de ton destin. Tu dois admettre qu'en réalité tu n'es pas grand-chose. Plus belle que la plupart des filles, certes, mais incapable de te débrouiller seule, d'affronter la vie.

— Tu es complètement fou, Alexis ! siffla-t-elle. Tu oublies que je suis le mannequin le plus célèbre du monde !

— Effectivement. Mais le Bébé Star reste avant tout l'œuvre de Belinda. Tu ne t'en sortirais jamais sans son aide. Et quand bien même, tu lui devrais toujours ton succès. Moi, je t'offre une position dans la vie, et je te fais la promesse que je ne t'abandonnerai pas. Nous savons l'un et l'autre que c'est là le plus important pour toi.

Ainsi, il pensait vraiment qu'elle allait capituler. Fleur

pouvait le lire dans ses yeux. Il la jugeait assez faible pour cela.

La jeune fille sortit du grenier en courant, dévala les escaliers et regagna sa chambre, dont elle verrouilla la porte. Elle se glissa dans son lit et s'enfouit sous ses couvertures. Bientôt, elle entendit les pas d'Alexis dans le couloir. Il s'arrêta quelques instants devant sa porte, puis il poursuivit son chemin jusqu'à sa propre chambre. La jeune fille ne bougea pas de son lit, la gorge nouée, les muscles tendus. Pas une minute elle ne dormit. A l'aube, elle sortit de sa chambre sur la pointe des pieds.

Avec d'infinies précautions, Fleur introduisit la clé dans la serrure. Elle posa son sac de voyage sur le sol et fit la lumière dans le musée. Elle avait les mains moites, et elle les essuya sur son jean, tout en se dirigeant vers une petite pièce au fond du hangar. Différents outils étaient accrochés au mur, et Fleur les élimina mentalement les uns après les autres, jusqu'à ce qu'elle trouve celui qu'elle cherchait.

Belinda avait tort. Tout le monde devait obéir aux mêmes règles. Ceux qui refusaient de le faire cessaient d'être des hommes dignes de ce nom.

Fleur s'approcha de la Royale et contempla la carrosserie noire, parfaitement nette, rutilante. Elle leva le marteau à deux mains et le laissa retomber sur le capot brillant.

L'heure de la révolte avait sonné.

19

Le soleil brillait au-dessus des toits de l'Opéra, tandis qu'une foule de piétons pressés passaient devant les bureaux de l'American Express, rue Scribe.

Son sac de voyage en bandoulière, Fleur se dirigea vers le métro. Son bras droit pendait le long de son corps, encore douloureux des vibrations du marteau. Elle avait détruit la Royale. Le pare-brise avait volé en éclats, la carrosserie était complètement cabossée, les pare-chocs pratiquement arrachés, et le moteur irrécupérable. Les murs épais avaient amorti le bruit du massacre, et personne n'était intervenu tandis que Fleur détruisait le rêve d'Alexis. Peut-être, un jour, regretterait-elle ce qu'elle avait fait. Mais pour le moment elle avait simplement peur des représailles.

Une fois de plus, Fleur jeta un coup d'œil angoissé par-dessus son épaule, s'attendant à voir Alexis surgir à tout instant derrière elle. Stupide ! se dit-elle, il ne découvrira rien avant plusieurs heures. D'ailleurs, personne ne lui accordait la moindre attention. Elle dévala l'escalier du métro, son lourd sac de voyage cognant contre sa cuisse à chaque pas. Elle le serra contre elle. A l'intérieur, il y avait neuf mille francs. Fleur avait réussi à retirer de l'argent au bureau de l'American Express grâce à sa carte de crédit.

Quand elle arriva à la gare de Lyon, Fleur se fraya un passage à travers la foule jusqu'au tableau des départs. Le prochain départ, dans un quart d'heure, était à destination de Nîmes. La jeune fille acheta aussitôt un billet. La ville de Nîmes se trouvait à sept cents kilomètres de Paris, à sept cents kilomètres d'Alexis...

Fleur s'installa dans un compartiment de seconde classe. Un couple de vieux, assis près de la fenêtre, la regarda avec suspicion. Elle détourna la tête, regrettant de ne pas s'être lavée et coiffée dans les toilettes de la gare avant de monter dans le train. Je dois ressembler à une vagabonde, se dit-elle. Un petit éclat de verre du pare-brise lui avait coupé la joue, et elle avait probablement un peu de sang séché sur le visage. Fleur ferma les yeux et imagina son visage avec une cicatrice sur la joue. Puis elle imagina qu'une longue balafre blanche traversait sa joue de part en part. Elle sourit à cette idée. Ce serait le comble. Avec une telle cicatrice, elle serait tranquille pour le restant de ses jours.

Juste avant le départ du train, deux jeunes filles entrèrent dans le compartiment, l'une d'elles tenant plusieurs magazines américains à la main. Fleur les regarda s'installer et dévisager les autres voyageurs avec curiosité, comme le font souvent les touristes. Finalement, elles engagèrent la conversation avec le couple âgé. Fleur ferma les yeux, épuisée. Elle avait l'impression de n'avoir pas dormi depuis des semaines. Elle essaya de se concentrer sur le roulis du train pour s'endormir. Mais le bruit du métal fracassé et du verre brisé résonnait encore à ses oreilles. Elle finit cependant par trouver le sommeil.

Quand Fleur se réveilla, les deux jeunes filles parlaient d'elle.

— Je suis sûre que c'est elle, chuchota l'une. Oublie ses cheveux et regarde ses sourcils.

— Tu délires, ma vieille, répondit l'autre. Pourquoi Fleur Savagar voyagerait-elle en seconde classe ? Et puis, j'ai lu dans un magazine qu'elle tournait actuellement un film en Californie.

Fleur se sentit gagnée par la panique. Ce n'était pourtant pas la première fois que des inconnus la reconnaissaient. Mais la simple idée que l'on continue à associer sa personne au Bébé Star la rendait malade. L'une des deux jeunes Américaines tenait un magazine ouvert sur ses genoux. Fleur y jeta un rapide coup d'œil et reconnut une publicité qu'elle avait faite pour Armani, quelques mois plus tôt. Sur la photo, elle portait un chapeau, et ses longs cheveux blonds volaient autour de son visage.

L'une des deux touristes se tourna finalement vers elle.

— Excusez-moi, ne vous a-t-on jamais dit que vous ressembliez beaucoup à Fleur Savagar ?

Fleur continua à regarder par la fenêtre, comme si elle n'avait rien entendu. La jeune fille ne la quittait pas des yeux, attendant une réponse.

— Elle ne comprend pas l'anglais, dit-elle enfin.

— Je t'avais bien dit que ce n'était pas elle, remarqua son amie.

Le train arriva à Nîmes. Fleur loua une chambre dans un petit hôtel près de la gare. Elle s'allongea sur le lit et se laissa enfin aller à son chagrin, pleurant toutes les larmes de son corps, des larmes amères et brûlantes.

Elle se sentait abandonnée, trahie, seule au monde. Elle avait tout perdu. L'amour de Belinda n'avait été qu'un mensonge, l'amour d'Alexis un sentiment ignoble, et son amour pour Jake une pure illusion.

Ces multiples trahisons lui avaient ouvert les yeux sur sa propre faiblesse, sa propre nullité. Les gens ne survivent que grâce à l'exactitude de leurs jugements, et elle s'était toujours trompée dans ses jugements sur les autres. « Tu n'es rien », lui avait dit Alexis. Alors que la nuit tombait, Fleur comprit ce qu'était l'enfer. Elle se sentit tout à coup comme dépossédée d'elle-même.

— Je suis désolé, mademoiselle, mais votre compte est clos.

La carte American Express de Fleur disparut dans la main de l'employé de banque.

La panique l'envahit. Une seule chose désormais était

claire : elle avait besoin d'argent pour fuir, pour se cacher quelque part où personne ne la reconnaîtrait, où Alexis ne pourrait jamais la retrouver. Et, à présent, c'était impossible. Alors qu'elle marchait d'un pas précipité dans les rues de Nîmes, elle avait la sensation qu'Alexis l'observait. Elle croyait voir son reflet dans les fenêtres des maisons, dans les vitrines des magasins. Serrant son sac de voyage contre elle, elle se dirigea vers la gare.

Lorsque Alexis découvrit la Royale, il se sentit vulnérable et mortel pour la première fois de sa vie. Le choc fut tel qu'il se traduisit par une paralysie partielle de la face. Cet enfer dura deux jours, et Alexis resta enfermé dans sa chambre sans voir personne.

Pendant ces quarante-huit heures, il demeura allongé sur son lit, un mouchoir dans la main gauche. Parfois il se levait pour se regarder dans la glace. Il observait longuement la moitié droite de son visage, totalement affaissée. Ce qui le gênait le plus, c'était ce filet de salive qui coulait doucement du coin de sa bouche, phénomène impossible à contrôler. Chaque fois qu'il essuyait sa salive avec son mouchoir, il se disait qu'il ne pardonnerait jamais à Fleur.

La paralysie diminua graduellement, puis disparut. Alors seulement, il appela ses médecins. Ceux-ci lui expliquèrent qu'il avait été victime d'une attaque. C'était un avertissement. Ils lui conseillèrent de cesser de fumer, de se ménager et de suivre un régime. Alexis les écouta patiemment, puis il les congédia.

Début décembre, il vendit sa collection de Bugatti aux enchères. Les docteurs lui conseillèrent de ne pas assister à la vente, mais il décida néanmoins d'y être présent. Il voulait voir chaque voiture partir, étudier les visages de leurs nouveaux propriétaires, imprimer tout cela dans sa mémoire afin de s'en souvenir toute sa vie.

Lorsque tout fut vendu, il fit démanteler le musée, pierre par pierre.

Assise à la table d'un café fréquenté par des étudiants, Fleur terminait sa seconde pâtisserie, aussi lourde et sucrée que la première. Elle n'en laissa pas une miette. Depuis plus d'un an, les aliments sucrés lui procuraient un réconfort immédiat, et au fil des mois elle s'était sentie de plus en plus à l'étroit dans son jean. La première fois qu'elle avait tâté les bourrelets de graisse autour de sa taille, elle avait éprouvé une intense — et perverse — satisfaction. Le légendaire Bébé Star avait cessé d'exister. Fleur imagina la tête de Belinda si elle la voyait maintenant — grossie, habillée sans recherche, mal coiffée. Quant à Alexis, elle savait qu'en plus d'une haine tenace il éprouverait pour elle le plus profond mépris.

Elle paya l'addition, remonta le col de son parka et sortit. Il avait neigé ce matin-là, et les trottoirs commençaient à geler. Fleur enfonça son bonnet de laine sur ses oreilles, plus pour se protéger du froid que par crainte d'être reconnue, ce qui ne lui était plus arrivé depuis des mois.

Une queue s'était déjà formée devant le cinéma. Prenant place derrière les derniers arrivés, Fleur remarqua qu'ils échangeaient des propos en anglais. Elle tendit l'oreille et se délecta au son de cette langue qu'elle ne parlait plus depuis longtemps.

En dépit du froid, la jeune fille avait les mains moites, et elle les glissa dans les poches de son parka. Depuis un an, elle fuyait tout ce qui pouvait lui rappeler son passé. Elle avait décidé, ce soir, d'avoir le courage de s'y confronter. Mais le simple fait de regarder l'affiche du film la rendait malade. Fleur se demanda si elle réussirait à voir le film jusqu'au bout.

Quand *Éclipse de soleil* était sorti sur les écrans, Fleur s'était juré de ne pas lire les critiques. Mais elle n'avait pu résister longtemps à l'envie de savoir ce qu'on disait d'elle. Dans l'ensemble, les commentaires étaient plutôt élogieux : « ...des débuts très prometteurs », « une osmose parfaite entre Koranda et Savagar ». Cette phrase l'avait rendue triste pendant plusieurs jours. Que restait-il aujourd'hui de l' « osmose parfaite » entre elle et Jake ?

Comme elle arrivait près de la caisse, elle entendit une jeune Française taquiner son petit ami.

— Tu n'as pas peur que je n'aie plus envie de toi ce soir après avoir passé deux heures à regarder Jake Koranda ?

Le garçon regarda l'affiche du film, puis sa petite amie.

— N'oublie pas que pendant que tu fantasmeras sur Koranda, j'aurai les yeux braqués sur Fleur Savagar. Jean-Paul a vu le film la semaine dernière, et il m'a dit qu'elle avait un corps superbe.

Fleur eut un mouvement de recul inconscient. Elle remonta le col de son parka, baissa la tête et attendit que les deux jeunes gens fussent placés pour s'installer assez loin d'eux, au dernier rang.

Les lumières s'éteignirent dans la salle. Une voix en elle lui disait de partir, mais elle lutta contre cette violente pulsion de fuite. Si elle capitulait maintenant, jamais elle n'aurait le courage d'affronter son passé. Et elle devait le faire, comme une sorte d'exorcisme.

Le générique défila sur l'écran. Il y eut d'abord un plan général d'une ferme dans l'Iowa, puis un gros plan sur des bottes de cow-boy foulant le gravier du chemin. Brusquement, le visage de Jake apparut sur l'écran. Fleur serra les poings et se mordit les lèvres, s'efforçant de se souvenir à quel point il l'avait fait souffrir et comment il l'avait trahie. Mais seuls les moments de tendresse, de passion et de bonheur lui revinrent en mémoire. Les premières scènes du film défilèrent, puis elle vit Jake debout près de la ferme. Une jeune fille le hélait et se mettait à courir dans sa direction.

Les pâtisseries que Fleur avait ingurgitées formèrent une boule dans son estomac tandis qu'elle se vit, à l'écran, se jeter dans les bras de Jake. Elle se souvint de la rudesse de ses gestes, du goût de ses lèvres. Elle se souvint de son rire, de ses plaisanteries. Elle se souvint qu'il la serrait si fort dans ses bras qu'elle pensait qu'il ne la laisserait jamais repartir. Elle sut qu'elle ne tiendrait pas une seconde de plus. Saisissant son parka, elle bondit de son siège et sortit en courant du cinéma. Elle préférait encore se fuir toute sa vie plutôt que de rester une seconde de plus devant l'homme qu'elle avait aimé.

La dernière chose qu'elle entendit, en quittant la salle obscure, fut la voix de Jake. « Tu es encore plus belle qu'avant, Lizzie. »

Tous les vendredis à quinze heures précises, un homme venait remettre un rapport à Alexis, boulevard Saint-Germain. Celui-ci enfermait le dossier dans son attaché-case et ne s'autorisait à l'ouvrir que tard dans la soirée, dans le silence de sa chambre.

Il avait pensé qu'elle rentrerait à New York pour reprendre sa carrière de mannequin. Cette décision de rester en France l'avait surpris. Fleur avait d'abord vécu à Lyon, puis à Aix-en-Provence, Grenoble, Bordeaux et Montpellier. Elle choisissait toujours des villes universitaires, s'imaginant sans doute — quelle sotte ! — qu'elle échapperait plus facilement à son contrôle ainsi perdue parmi une foule d'étudiants anonymes. Comme si une telle chose était possible...

Au bout d'un an, elle avait commencé à suivre des cours en faculté. Il s'était tout d'abord demandé pourquoi elle avait décidé d'étudier le droit et la sociologie. Puis il avait compris qu'elle choisissait des cours ayant lieu dans de grands amphithéâtres. Ainsi, personne ne risquait de découvrir qu'elle n'était pas inscrite à l'université. Elle n'avait en effet aucun moyen de payer les droits d'inscription. Fleur n'avait pas d'argent — il y avait veillé.

Il parcourut la liste des petits boulots minables qu'elle faisait pour survivre — palefrenier, serveuse, standardiste. Il lui arrivait aussi de travailler chez un photographe, pas en tant que mannequin — cette éventualité était maintenant exclue — mais en tant qu'assistante.

Alexis relut une dernière fois le rapport avant de l'enfermer dans son coffre. Pour le moment, il ne pouvait rien lui prendre, mais le jour viendrait où elle serait de nouveau vulnérable. Alexis était un homme patient, et il attendait son heure.

Fleur achevait de classer des diapositives lorsque la sonnette retentit à la porte d'entrée. Elle sursauta, comme chaque fois qu'elle entendait un bruit soudain. Elle aurait pourtant dû cesser de bondir au moindre bruit : il y avait désormais deux ans qu'elle s'était enfuie et, si Alexis avait réellement voulu la retrouver, ç'aurait déjà été chose faite.

Fleur jeta un coup d'œil à la pendule. Il était quatorze heures. Son patron avait fait une série de photos de bébés en vue d'une publicité. Ce travail leur avait pris toute la semaine, et la jeune fille espérait qu'elle pourrait disposer de son après-midi, vendredi, pour assister à un cours de sociologie. Elle ouvrit le rideau qui séparait le laboratoire du studio de prises de vues.

Elle se retrouva face à Gretchen Casimir.

— Mon Dieu ! s'exclama Fleur.

Elle sentit tous ses muscles se contracter.

— Mon Dieu ! répéta Gretchen.

Fleur tenta de se raisonner. Ce genre de rencontre devait se produire un jour ou l'autre — elle aurait dû se réjouir que cela ait pris si longtemps. Mais elle se sentait complètement paniquée, prise au piège. Pourquoi était-elle restée si longtemps à Strasbourg ? Quatre mois, c'était beaucoup trop long.

Gretchen ôta ses lunettes de soleil et toisa Fleur de la tête aux pieds.

— Tu as terriblement grossi. Je ne pourrai pas te faire travailler dans cet état-là.

Fleur trouva que Gretchen avait les cheveux plus longs et plus brillants qu'avant. La directrice de l'agence Casimir portait un tailleur de lin beige de Christian Dior et le foulard Hermès de rigueur. Fleur n'avait pas vu de femme aussi élégante depuis longtemps. Elle aurait pu vivre six mois avec l'argent qu'avait dépensé Gretchen pour s'habiller.

— Mais ma parole, tu as bien pris quinze kilos ! Et ces cheveux ! Mon Dieu ! Non, vraiment, je ne pourrais rien faire de toi pour le moment.

Fleur tenta de lui lancer un sourire fanfaron mais n'y parvint pas.

— Personne ne te le demande, Gretchen. Tu peux t'en aller.

— M'en aller ? Tu plaisantes ! Cette petite escapade t'a déjà coûté plusieurs milliers de dollars. Tu as rompu des contrats. Tu es poursuivie en justice. Après le jugement, il ne te restera pas un centime.

Fleur tenta de glisser sa main dans la poche de son jean, mais il était si serré qu'elle ne réussit à y introduire que son pouce. Néanmoins, ses rondeurs lui procuraient un sentiment de sécurité.

— Envoie donc la note à Alexis, dit la jeune fille. Il me doit deux millions de dollars. J'estime que c'est suffisant pour dédommager tes clients. Mais j'imagine que tu es au courant.

Encore une manœuvre d'Alexis, pensa-t-elle. Il m'a retrouvée, et il m'a envoyé Gretchen pour quelque obscure raison. La jeune fille eut la sensation que les murs de la pièce se refermaient sur elle.

— Je vais te ramener à New York, dit Gretchen d'un ton sans appel. Une fois là-bas, je t'enverrai faire une cure d'amaigrissement. Cela prendra plusieurs mois avant que tu sois de nouveau présentable, mais je pourrai mettre fin à certaines poursuites en annonçant que tu vas retravailler. Évidemment, avec tes cheveux courts, n'espère pas que je pourrai te faire travailler au même tarif qu'avant. Ne t'imagine pas non plus que Parker pourra te trouver un engagement dans un film dès ton retour.

— Je n'ai pas l'intention de revenir à New York, dit Fleur.

— Ne fais pas l'enfant. Et regarde un peu cet endroit. Je n'arrive pas à croire que tu travailles vraiment ici. Mon Dieu, quand je pense qu'après la sortie d'*Éclipse de soleil* les plus grands réalisateurs de Hollywood te demandaient.

Gretchen joua quelques instants avec ses lunettes.

— Cette querelle ridicule avec Belinda a assez duré, reprit-elle. Toutes les filles ont des problèmes avec leur mère. Inutile de faire autant d'histoires à cause de ça.

— Cela ne te regarde pas, remarqua Fleur.

— Reviens un peu sur terre, Fleur. Aucun homme ne mérite que deux femmes liées par une affection profonde se brouillent définitivement à cause de lui.

Voilà donc ce que tout le monde pense, se dit Fleur, que nous nous sommes brouillées à cause de Jake. Après tout, ce motif en valait un autre.

Gretchen ne fit aucun effort pour masquer son mépris.

— Mais regarde-toi un peu ! lança-t-elle. Tu te caches dans cette ville de province ! Tu vis comme une miséreuse ! Tout ce que tu possédais, c'était ta beauté, et tu as tout fait pour t'enlaidir ! Si tu ne m'écoutes pas, tu vas te réveiller un beau matin, vieille et seule, et tu devras te contenter des miettes qu'on voudra bien te jeter. Est-ce vraiment ce que tu veux ? Te détruire complètement ?

Fleur sentit ses yeux la picoter. *Allons, du courage ! Gretchen essaie seulement de te faire peur pour t'influencer.* Oui, elle parviendrait un jour ou l'autre à s'en sortir. Ce n'était qu'une question de temps.

— Laisse-moi tranquille, dit-elle. Je ne veux pas rentrer à New York avec toi.

— Je ne quitterai pas cette ville tant que tu...

— Va-t'en !

— Tu ne peux pas continuer à...

— Fiche le camp ! hurla Fleur.

Gretchen laissa errer son regard sur la jeune fille pendant quelques instants. Ses yeux s'attardèrent sur l'affreuse chemise d'homme, le jean râpé... la jugeant, la condamnant. Fleur aurait pu dire à quel instant précis Gretchen décida qu'elle ne valait plus la peine qu'on tente de l'aider.

— Tu as une mentalité de perdante, Fleur. Te voilà grosse et pitoyable, engagée dans une vie qui ne te mènera nulle part. Et à dire vrai, cela ne me surprend pas. Sans Belinda derrière toi, tu n'es rien.

Fleur manqua son cours de sociologie. Elle fit ses bagages et quitta Strasbourg le soir même.

Une autre année s'écoula. Alexis dut se faire violence pour conserver sa patience. Fleur avait découvert involontairement le seul moyen de lui résister. En effet, que pouvait-il prendre à une femme qui n'avait plus ni argent, ni ambition, ni beauté ?

Il s'installa confortablement dans son fauteuil et alluma la dernière des cinq cigarettes qu'il s'autorisait à fumer chaque jour. Puis il se plongea dans la contemplation des photographies étalées devant lui. Ces clichés ne différaient en rien de tous ceux qu'on lui faisait parvenir depuis trois ans. Toujours ces cheveux mal coupés, ces jeans élimés, ces bottes de cuir épais. Selon les critères ordinaires, on ne pouvait la considérer comme obèse. Mais pour une fille comme elle, que la nature avait dotée d'une beauté exceptionnelle, le fait de peser vingt kilos de trop paraissait carrément obscène.

Alexis entendit des pas dans le couloir et s'empressa de cacher les photos dans une chemise. Puis il se leva et alla déverrouiller la porte.

Belinda se tenait devant lui, les cheveux emmêlés, les yeux gonflés de sommeil.

— J'ai encore rêvé de Fleur, se plaignit-elle. Pourquoi est-ce que je continue à rêver d'elle, Alexis ? Pourquoi ?

— Parce que tu es toujours attachée à elle, Belinda. Tu refuses de l'oublier.

Belinda tendit la main vers lui et lui serra le bras, implorante.

— Tu sais où elle est. Alors dis-le-moi, je t'en prie.

— Non, chérie. Il faut que je te protège. Je n'ai nullement l'intention de t'exposer à la haine de ta fille.

20

Le jour de son vingt-troisième anniversaire, Fleur se regarda dans une glace et détesta ce qu'elle y vit : un visage gras aux traits masculins durcis par l'absence de maquillage, des cheveux ternes et mal coiffés. Elle se souvint alors de la longue crinière blonde qui l'avait rendue célèbre, du temps où elle était mince et pleine d'énergie, et où elle pouvait courir facilement trois ou quatre kilomètres sans s'arrêter. Elle se rappela l'époque où elle n'avait pas à se soucier de son prochain repas et du loyer de quelque chambre sordide aux murs tachés d'humidité.

Avec le temps, la douleur s'était atténuée. Il s'écoulait parfois une journée entière sans qu'elle pense une seule fois à Jake. Elle pouvait même voir des photos d'Alexis et de Belinda dans la presse sans en éprouver la moindre rancœur, plutôt un certain détachement. Sa mère avait fini par revenir vers lui. Logique. Elle avait toujours eu besoin d'une vie brillante, comme d'autres ont besoin d'oxygène.

Fleur envisageait parfois la possibilité de rentrer à New York. Mais que ferait-elle là-bas ? Elle se sentait en sécurité dans sa vie de vagabonde. Alors, pourquoi revenir à une existence combative, où il faudrait de nouveau prendre des risques pour lesquels elle n'était pas prête ? Elle préférait oublier la jeune fille qui souhaitait plus que tout au monde être aimée. A présent, Fleur n'avait plus besoin de l'amour de quiconque. Elle se suffisait à elle-même.

Une semaine avant Noël, elle mit toutes ses affaires dans un sac de voyage et prit le train pour Vienne. Elle vivait en France depuis plus de trois ans, mais elle faisait de petits voyages à l'étranger chaque fois qu'elle en avait les moyens. Elle avait choisi Vienne sur un coup de tête, après avoir lu *Le Monde selon Garp* de John Irving. Une ville avec des ours à bicyclette et un homme qui marche sur les mains lui convenait parfaitement, en somme.

Fleur loua une petite chambre au sixième étage d'une vieille pension viennoise. Après avoir déjeuné, elle prit un autobus à destination de l'école d'équitation. Là, elle apprit que ce lieu mythique était fermé jusqu'en mars. Déçue, elle rentra à la pension. Arrivée dans sa chambre, elle se déshabilla et s'assit sur son lit, enroulée dans l'édredon, tellement il faisait froid. Elle commença à feuilleter un magazine américain qu'elle avait acheté en arrivant à la gare et pensa aux luxueux palaces qu'elle fréquentait autrefois.

Elle s'efforça de ne pas se laisser emporter par ses souvenirs et se concentra sur son magazine. Soudain ses mains devinrent moites, et ses lèvres se mirent à trembler à la vue d'une photo couleur illustrant un reportage : Jake, souriant et détendu, aux côtés d'une adorable jeune femme brune.

Le cœur de Fleur battait la chamade chaque fois qu'elle voyait une photo de Jake. Elle tourna la page. Encore une photo : cette fois, Jake sortait du théâtre, la jeune femme à son bras. Ils paraissaient heureux ensemble. Fleur ne put s'empêcher de lire l'article les concernant :

« L'actrice Diana Brennan et Jake Koranda, le célèbre comédien et auteur dramatique, semblent très bien s'entendre et ne se quittent plus depuis le début de l'été. Tout le monde, à Hollywood, parle de cette nouvelle romance. Bien qu'ils prétendent n'être que de très bons amis, il suffit de les voir ensemble pour comprendre qu'ils sont liés par un sentiment beaucoup plus profond. " Jake et Diana ont de nombreux points communs ", nous a confié Lynn Davids, une ex-compagne de l'acteur.

« Koranda, dont la carrière d'acteur est florissante grâce au succès remporté par des films tels que *Le Grand Commando* ou *La Rivière sanglante,* n'a rien écrit depuis 1977, l'année où il a gagné un oscar pour le scénario d'*Éclipse de soleil.* Ses amis espèrent vivement que sa nouvelle compagne saura le convaincre de se remettre à écrire et que... »

Fleur n'en put lire davantage. Elle referma rageusement le magazine et le jeta à la poubelle.

Le lendemain, elle se promena dans le palais Schönbrunn, puis elle entra dans un restaurant près de Rooseveltplatz. Le serveur lui apporta l'escalope viennoise qu'elle avait commandée. La viande était délicieuse, mais Fleur y toucha à peine. Vienne ne réussissait pas à la distraire. Elle n'y avait rencontré aucun homme marchant sur les mains, aucun ours à bicyclette. Bref, elle restait plongée dans les mêmes problèmes qu'un changement de décor ne suffisait pas à résoudre.

Un homme en Burberry, un attaché-case Vuitton à la main, passa devant la table de Fleur, se retourna et revint sur ses pas.

— Fleur ? demanda-t-il, interloqué. Fleur Savagar ?

Il fallut quelques secondes à la jeune fille pour reconnaître Parker Dayton, son ancien agent. Il avait à présent la quarantaine, et la mollesse de ses traits ne s'était pas arrangée avec le temps.

Quelques années plus tôt, Belinda avait engagé Dayton sur les conseils de Gretchen pour s'occuper de la carrière cinématographique de Fleur. « C'est un ambitieux », avait alors prétendu Gretchen. En réalité, il était son amant à l'époque, et pas grand-chose d'autre. Mais à en juger par l'attaché-case Vuitton et les chaussures Gucci, il avait fait son chemin.

— Fleur ! s'exclama-t-il. Je croyais que tu n'étais plus de ce monde ! Mon Dieu ! Tu m'as fait perdre un maximum d'argent en disparaissant ainsi ! Attends un peu que je raconte à Gretchen que je t'ai vue !

— Tu ferais peut-être mieux de n'en rien dire. Je lui dois probablement quelques milliers de dollars.

Elle le gratifia d'un faible sourire et regretta de ne pas porter de rouge à lèvres. Elle n'avait jamais beaucoup aimé Dayton, et elle n'avait aucune envie qu'il la vît ainsi, négligée.

Dayton ne lui rendit pas son sourire, et elle se souvint qu'il perdait toujours son sens de l'humour dès qu'il s'agissait d'argent. Sans y être invité, il prit une chaise et s'assit à la table de Fleur.

— Tu avais une cote terrible après *Éclipse,* dit-il. Les plus grands réalisateurs de Hollywood voulaient travailler avec toi. Tu étais fabuleusement sexy dans ce film.

Puis il la regarda pendant quelques secondes interminables. Fleur avait de plus en plus envie de le gifler. Elle n'avait tout de même pas changé à ce point-là ! Certes, elle ne ressemblait plus au sublime mannequin qu'elle avait été, mais elle n'avait rien non plus du monstre de foire.

— Cela a dû coûter une fortune à Gretchen de dédommager ses clients, remarqua Dayton. Je ne sais pas si tu t'en rends compte, mais tu as bien dû rompre une vingtaine de contrats.

Fleur inclina légèrement le buste vers la table.

— Gretchen n'a pas perdu un centime, Parker. Je suis sûre qu'Alexis a payé ce qu'il fallait. Avec *mon* argent. Et je pouvais me le permettre, crois-moi.

Ayant mis les choses au point, la jeune fille changea de sujet.

— Au fait, comment se porte l'agence Dayton ?

— Je m'occupe de divers chanteurs, répondit-il. Entre autres choses, je suis le manager des Lynx. Voilà pourquoi je suis à Vienne.

Il fouilla dans ses poches et en extirpa un billet orange et vert, qu'il tendit à Fleur.

— Voilà une place pour le concert de ce soir. Tu es mon invitée.

Fleur avait vu les affiches de ce nouveau groupe de rock américain placardées un peu partout en ville. C'était leur première tournée en Europe. Elle prit le billet et, tout en se disant qu'elle n'irait pas au concert, dit :

— Je n'arrive pas à t'imaginer en manager d'un groupe de rock, Parker. Comment t'es-tu lancé là-dedans ?

— L'appât du gain, Fleur. Quand un groupe de rock marche, c'est un peu comme si tu avais une licence pour imprimer des billets de banque à volonté. Les Lynx jouaient dans un petit club minable quand je les ai découverts. J'ai tout de suite senti qu'ils possédaient l'étoffe des grandes stars. Seulement, ils ne savaient pas se mettre en valeur. Cela tient à des détails, comme la manière de s'habiller, par exemple. Alors j'ai décidé de les prendre en main. J'ai fini par en faire la coqueluche de tout le pays. J'ai toujours su que cela marcherait, mais, franchement, je ne m'attendais pas à ce que cela marche aussi fort. Tu ne peux pas imaginer...

Il s'interrompit brusquement et se leva de sa chaise pour faire signe à quelqu'un derrière elle. Bientôt, un homme arriva à leur table. Fleur lui donna dans les trente ans. L'inconnu avait des cheveux mi-longs, épais et frisés, et portait une moustache. Parker le lui présenta comme étant son assistant sur la tournée. Il s'appelait Stu Kaplan. Au grand soulagement de Fleur, il ne sembla pas la reconnaître. Les deux hommes commandèrent du café.

— Alors, Stu, tout est arrangé ? s'enquit Parker.

Stu se laissa aller contre le dossier de sa chaise.

— J'ai passé une heure à l'agence d'intérim. Ils m'ont finalement dit qu'ils auraient peut-être une fille d'ici une semaine, grogna-t-il, écœuré. Mais dans une semaine on sera en Allemagne, bon Dieu !

Parker fronça les sourcils.

— C'est ton problème, Stu. A toi de te débrouiller, sinon tu devras te passer de secrétaire.

Puis il s'excusa et alla aux toilettes. Stu se tourna vers Fleur.

— Parker est un de vos amis ? demanda-t-il.

— Pas vraiment. On se connaît, c'est tout, répondit Fleur.

— Quel tyran ! siffla-t-il. « C'est ton problème, Stu. » Ben voyons ! Comme si c'était moi qui l'avais mise enceinte !

— Votre secrétaire ?

— Ouais, marmonna Stu en contemplant sa tasse de café d'un air las. Je lui ai pourtant dit que nous paierions les frais de son avortement, mais elle n'a rien voulu savoir. Elle a décidé de rentrer aux États-Unis pour se faire avorter dans de bonnes conditions. Comme s'il n'y avait pas de médecins à Vienne, dans la ville de Freud ! Il aurait mieux valu que cela arrive à Pittsburgh ou à Denver.

— En quoi consiste exactement le travail de la secrétaire d'un manager ? demanda la jeune fille.

Cette question lui était venue spontanément. Elle ignorait pourquoi elle l'avait posée. Simple curiosité, voilà tout.

Stu Kaplan la regarda avec une lueur d'intérêt dans les yeux.

— C'est vraiment une bonne planque. Il faut répondre au téléphone, vérifier les réservations d'hôtel, d'avion, aider les membres du groupe dans leurs petits problèmes quotidiens. Voilà, rien de bien compliqué.

Stu but une gorgée de café.

— Vous parlez un peu allemand ? s'enquit-il.

— Oui, un peu, répondit-elle. J'ai également des notions d'italien et d'espagnol. Et, bien sûr, je parle français couramment.

Le cœur de Fleur battait très fort, mais sa voix était posée. Rien dans son attitude ne trahissait son trouble.

Stu s'inclina légèrement vers la table et regarda la jeune fille droit dans les yeux.

— Ce boulot est payé deux cents dollars par semaine, nourriture et hébergement compris. Ça vous intéresse ?

Quelle folie ! Fleur avait un travail à Lille, et une chambre, et il y avait longtemps qu'elle n'agissait plus impulsivement. Mais après tout, pourquoi ne pas suivre ce groupe pendant un mois ou deux, le temps de réfléchir à son avenir ?

— Oui, ça m'intéresse, finit-elle par répondre.

Stu lui fit un grand sourire, griffonna quelque chose sur une carte de visite qu'il lui tendit, puis se leva.

— Voilà le numéro de la suite des Lynx. Sois gentille de dire à Parker que je l'attends là-bas.

Quand Parker revint à la table, Fleur lui raconta ce qui venait de se passer.

— Désolé, Fleur, mais tu ne peux pas faire ce travail, annonça-t-il, en hochant la tête.

A présent qu'elle avait pris sa décision, elle ne pouvait supporter l'idée qu'on l'évince ainsi, arbitrairement.

— Et pourquoi pas ? s'enquit-elle.

— Tu ne tiendrais pas le coup. J'ignore si Stu te l'a dit, mais il s'agit déjà d'un travail difficile en temps normal. Alors, avec les Lynx...

— J'ai déjà fait des boulots très durs, Parker. Ces dernières années n'ont pas été particulièrement roses pour moi.

— Je m'en doute, dit-il en lui tapotant la main, très paternel. Mais laisse-moi t'expliquer quelque chose. L'une des raisons du succès des Lynx, c'est leur côté enfant gâté, insupportable et arrogant. Voilà l'image qu'ils ont aux yeux du public. Et à vrai dire, je les ai encouragés dans cette voie. Cela les rend irrésistibles sur scène, agressifs, efficaces. Mais ce sont des types impossibles dans la vie. Alors, imagine que tu vas devoir les supporter vingt-quatre heures sur vingt-quatre et satisfaire leurs moindres caprices. Ce n'est pas un emploi prestigieux, Fleur, loin de là. Alors essaie de voir les choses en face : tu as l'habitude de donner des ordres, pas d'en recevoir.

S'il avait su...

— Écoute, Parker, je suis parfaitement capable de m'en sortir, affirma-t-elle.

— Fleur, soupira-t-il, tu ne tiendras pas deux heures avec eux. J'ignore ce qui t'est arrivé, mais j'ai l'impression que tu es en train de te détruire. Alors, si tu veux un bon conseil, renonce au pain et aux pâtisseries pendant quelque temps, et rappelle Gretchen dès que tu auras retrouvé ta ligne.

La jeune fille se leva et regarda Parker droit dans les yeux.

— Est-ce vrai que Stu Kaplan a le droit d'engager la secrétaire qu'il veut ? s'enquit-elle.

— Dans des circonstances normales...

— C'est vrai ou pas ?

— Stu peut engager qui il veut, oui.

— Bien. Stu m'a proposé ce travail, et je l'ai accepté. Alors, tu n'as rien à dire.

Fleur sortit du restaurant avant qu'il ait pu répondre. Mais à peine se retrouva-t-elle dehors qu'elle se sentit prise de vertige. Elle s'appuya contre un mur pour ne pas s'écrouler sur le trottoir. Son cœur battait très vite. Elle s'efforça de se raisonner pour recouvrer son calme. Ce n'est qu'un travail de secrétaire, se dit-elle, rien de très compliqué. Mais au fond d'elle-même, elle n'en était pas vraiment persuadée.

Une heure plus tard, Fleur pénétrait dans la suite 412 de l'hôtel Intercontinental. Elle resta figée quelques instants devant l'agitation qui y régnait. Une horde de journalistes agglutinés dans un coin interviewaient Parker et deux jeunes hommes vêtus d'une façon extravagante, qu'elle supposa être deux membres du groupe. Des serveurs sillonnaient la pièce avec des plateaux chargés de boissons, et trois téléphones sonnaient en même temps. Stu décrocha deux combinés simultanément et fit signe à Fleur de prendre la troisième communication.

C'était le directeur d'un hôtel de Munich où le groupe devait descendre le lendemain soir. L'homme informa Fleur qu'un bruit courait selon lequel les Lynx avaient saccagé le mobilier d'une suite d'un hôtel londonien. En conséquence, il n'était plus question qu'il les accueille dans son établissement. Fleur appuya la paume de sa main contre le combiné et fit part de la situation à Stu.

Elle comprit alors que le Stu Kaplan qu'elle avait rencontré au restaurant n'était pas le même homme que celui qui, à présent, la regardait d'un air mauvais.

— Dis-lui qu'il confond avec Rod Steward ! Fais fonctionner un peu ta petite cervelle au lieu de me déranger pour des broutilles !

Fleur paraissait désemparée. Stu vint vers elle et lui tendit une feuille de papier.

— Et surtout, vérifie bien les réservations, qu'on ne se retrouve pas à la rue par ta faute ! ajouta-t-il.

Par ma faute ! se répéta Fleur. Là, il exagère ! Jamais je n'accepterai qu'on me traite ainsi, se dit-elle.

Parker Dayton lui lança un petit coup d'œil ironique. La jeune fille avait les mains moites. Elle se tournait déjà vers la porte, prête à quitter ce lieu maudit, quand elle vit son reflet dans une grande glace accrochée au mur. L'image que lui renvoya le miroir la fit sursauter. Non, ce visage si pâle, si angoissé, ne pouvait être le sien.

Fleur reprit la communication téléphonique.

— Je suis désolée de vous avoir fait attendre, mais vous ne pouvez décemment accuser les Lynx d'un méfait qu'ils n'ont pas commis.

Elle avait parlé sur ton saccadé, comme si elle manquait d'air. Aussi prit-elle une profonde inspiration avant d'accuser Rod Steward de tous les vices. Puis elle lut au directeur de l'hôtel la liste des réservations portées sur la note que Stu lui avait donnée. Tandis que son correspondant les confirmait méthodiquement, Fleur sentit monter en elle une bouffée d'orgueil. Elle avait réussi à le convaincre de revenir sur sa décision ! Elle en éprouva une satisfaction tout à fait hors de proportions en regard de ce qu'elle venait d'accomplir.

Fleur raccrocha. Aussitôt, le téléphone se remit à sonner. L'un des roadies venait de se faire arrêter pour détention illégale de cocaïne. La jeune fille savait déjà que Stu allait se mettre à hurler si elle lui demandait qui étaient les roadies.

— Tu ne sais rien, ma parole ! Les roadies accompagnent les groupes de rock en tournée. Ce sont les types qui s'occupent du matériel. Ils installent la sono chaque soir, avant le concert, et ils la démontent après le spectacle.

Stu enfila sa veste.

— Reste ici pendant que je vais essayer de le sortir du commissariat. J'espère que ces enfoirés de flics viennois parlent anglais !

Puis il lui tendit une nouvelle note.

— Voilà le programme de la tournée avec les différentes réservations et les numéros de téléphone. Et voici un paquet de laissez-passer. Tu devras les distribuer aux journalistes et à diverses personnes importantes.

Il s'éloignait déjà, quand il revint sur ses pas.

— J'oubliais l'essentiel ! reprit-il. Appelle Munich pour vérifier que tout est au point pour le transport du groupe de l'aéroport à l'hôtel. La dernière fois, nous avons manqué de voitures. Et vérifie les réservations sur le charter pour Rome.

Après son départ, Fleur donna encore huit coups de téléphone et resta une demi-heure en ligne avec l'aéroport de Munich avant de s'apercevoir qu'elle n'avait toujours pas quitté son manteau. En s'en allant, Parker Dayton lui lança un petit sourire cynique et lui demanda si elle avait enfin compris son malheur. Elle lui rendit son sourire et lui assura qu'elle vivait un moment merveilleux. Mais dès qu'il eut refermé la porte, elle se laissa tomber sur une chaise, épuisée. Il fallait qu'elle tienne au moins trois jours. Stu lui avait dit que Parker rentrait à New York dans trois jours, aussi devait-elle attendre son départ pour donner sa démission. Elle ne voulait pas lui donner la satisfaction de la voir capituler. Après tout, que représentaient trois jours dans une vie ? Elle tiendrait bien jusque-là.

Peter Zabel, le guitariste du groupe, fit son entrée. Bien que Fleur ne l'eût jamais rencontré, elle le reconnut immédiatement. Entre deux coups de téléphone, elle avait pris le temps de jeter un coup d'œil sur le dossier de presse des Lynx. Elle pouvait désormais mettre un nom sur chaque visage. Zabel était un jeune homme d'une vingtaine d'années, petit et trapu, avec des cheveux mi-longs, noirs et frisés. Fleur remarqua qu'il portait deux boucles d'oreilles sur le lobe droit : un gros diamant et une longue plume blanche. Il lui demanda d'appeler son courtier, à New York. Peter Zabel s'inquiétait du cours de l'acier.

Après avoir parlé avec son agent de change, le guitariste s'allongea sur le canapé, les pieds sur la table basse. Ses boots en lézard avaient des talons d'au moins huit centimètres.

— Je suis le seul membre du groupe qui pense à l'avenir, déclara-t-il tout à coup. Les autres sont persuadés que ça va durer toujours, et je les trouve bien naïfs. Je sais que la célébrité n'a qu'un temps, et j'ai décidé de me constituer un solide portefeuille.

— C'est sûrement une très bonne idée, commenta Fleur.

Elle saisit une vingtaine de laissez-passer et entreprit d'y apposer un tampon.

— Une idée géniale, oui ! renchérit Peter. Au fait, comment tu t'appelles ?

— Fleur.

— J'ai l'impression de t'avoir déjà vue quelque part. T'es lesbienne ?

— Non, répondit-elle, tout en tamponnant un laissez-passer un peu plus durement que nécessaire.

Mais à qui essayait-elle donc de donner le change ? Jamais elle ne tiendrait trois jours.

Peter se leva et se dirigea vers la porte. La main sur la poignée, il se retourna vers elle.

— Je sais où je t'ai vue. Tu as été mannequin. Mon petit frère avait un poster de toi dans sa chambre, et tu étais dans ce film que j'ai vu sur le Viêt-nam. Fleur... Fleur comment déjà ?

Elle hésita un instant avant de répondre.

— Savagar. Fleur Savagar.

— Ah oui, c'est ça.

Il ne paraissait pas très impressionné. Il tripota la plume qui pendait à son oreille.

— Écoute, ne m'en veux pas de te le dire, mais si tu avais eu un portefeuille d'actions, tu ne te serais pas retrouvée sans un sou quand ta carrière s'est cassée la gueule.

— Je n'oublierai pas ton conseil, déclara-t-elle solennellement.

La porte se referma derrière Peter, et Fleur s'aperçut qu'elle souriait pour la première fois depuis des semaines. Pour le groupe, le Bébé Star n'était qu'une figure du passé. Elle s'installa confortablement dans son fauteuil avec soudain la sensation de respirer plus facilement.

Ce soir-là, les Lynx devaient jouer dans un grand stade, au nord de Vienne. Dès que Stu revint avec le roadie égaré, Fleur n'eut plus une minute à elle. Elle dut s'assurer que le camion arriverait à temps pour transporter le matériel et téléphoner aux membres du groupe toutes les dix minutes pour leur rappeler qu'ils devaient être prêts à dix-neuf heures. Elle descendit dans le hall avant les autres et vérifia une dernière fois que les limousines étaient bien arrivées. Puis elle commença à distribuer les laissez-passer. Enfin, elle donna un dernier coup de fil aux artistes pour leur annoncer que les limousines les attendaient. Stu lui criait après à tout propos, mais comme il criait après tout le monde, elle ne s'en formalisa pas. Elle avait déjà appris les deux règles d'or de la secrétaire attachée à un groupe de rock : faire en sorte que les artistes soient contents, et tout vérifier au moins trois fois.

Les membres du groupe firent leur entrée dans le hall, et Fleur les identifia sans peine. Elle connaissait déjà Peter Zabel, le guitariste. Elle reconnut immédiatement Kyle Light, le bassiste aux fins cheveux blonds et aux yeux de poisson mort. Il y avait ensuite Frank Laporte, le batteur, un grand type roux au teint pâle et aux cheveux en brosse, avec une canette de bière à la main, et Simon Kale, le joueur de synthé. C'était l'homme le plus noir et le plus féroce qu'elle ait jamais vu. Il avait le crâne rasé et luisant d'huile et portait trois rangées de chaînes en argent sur son immense poitrine, un collier d'esclave autour du cou et un objet qui ressemblait curieusement à une machette accroché à la ceinture.

— Mais où est donc passé cet enfoiré de Barry ? cria Stu. Fleur, remonte dans la suite et ramène-moi ce salaud ici. Et surtout prends-le avec des pincettes, c'est un conseil d'ami.

Fleur se dirigea à contrecœur vers l'ascenseur et monta jusqu'à la suite nuptiale qu'avait investie Barry Noy, le chanteur du groupe. Dans le dossier de presse, on le présentait comme le nouveau Mick Jagger. Il avait vingt-quatre ans et de longs cheveux blonds qu'il portait libres ou en queue de cheval. Ses lèvres charnues et sensuelles étaient perpétuellement boudeuses. Elle avait cru comprendre que Barry était « difficile », sans s'attarder outre mesure sur ce que cela signifiait.

Elle frappa à la porte de la suite et, n'obtenant aucune réponse, tourna la poignée. La porte n'était pas fermée à clé. Fleur risqua un œil à l'intérieur.

— Barry ? demanda-t-elle.

Le chanteur était allongé sur le canapé, un bras replié sur le visage, sa longue queue de cheval traînant sur le sol. Il portait le même pantalon de satin moulant que les autres membres du groupe, mais le sien était orange fluo avec une étoile rouge pailletée à l'endroit érotiquement stratégique.

— Barry ? répéta Fleur. Stu m'envoie te chercher. Nous sommes prêts à partir.

— Je ne pourrai pas chanter ce soir.

— Et pour quelle raison ?

— Je suis déprimé, soupira-t-il. Je te jure que je ne me suis jamais senti aussi triste de ma vie. Je ne peux pas chanter dans cet état-là.

Fleur jeta un coup d'œil à sa montre, une Rolex en or que Stu lui avait prêtée cet après-midi après l'avoir synchronisée avec la sienne. Il lui restait très exactement cinq minutes pour le décider à la suivre.

— Tu ne veux pas m'expliquer ce qui ne va pas ? demanda-t-elle.

Pour la première fois depuis qu'elle était entrée dans la chambre, il daigna la regarder.

— Qui es-tu ? demanda-t-il.

— Fleur, la nouvelle secrétaire.

— Ah oui ! Peter m'a parlé de toi. Tu es une ancienne star de cinéma ou quelque chose comme ça.

Puis il se couvrit de nouveau les yeux avec son bras.

— Je vais te dire une chose, poursuivit-il. La vie est vraiment dégueulasse. Je suis au sommet de ma carrière, je peux m'offrir toutes les filles que je veux, mais la seule qui m'intéresse se moque de moi. Cette petite salope de Kissy me fait tourner en bourrique. J'ai bien dû appeler New York cent fois aujourd'hui sans réussir à la joindre.

— Elle était peut-être sortie, suggéra Fleur.

— Ouais. Sortie avec un autre mec.

Fleur consulta sa montre. Plus que trois minutes et trente secondes.

— Barry, crois-tu sérieusement qu'une femme qui peut t'avoir dans son lit irait sortir avec un autre ?

Et comment ! N'importe quelle fille un tant soit peu lucide préférerait encore un kangourou à un type comme toi !

— C'est sans doute une histoire de décalage horaire, reprit Fleur. Pourquoi n'essaierais-tu pas de la rappeler après le concert ?

Elle crut voir une vague lueur d'intérêt dans le regard du chanteur.

— Tu crois ? demanda Barry.

— Aucun doute là-dessus, affirma-t-elle. Si tu veux, je l'appellerai moi-même.

— Tu veux dire que tu reviendras ici avec moi après le concert et que tu m'aideras à passer ce coup de fil ?

— Je te le promets.

Il la gratifia de son plus beau sourire.

— Hé ! C'est vraiment chic de ta part. Je crois qu'on va bien s'entendre, tous les deux.

— Et si on y allait ? proposa Fleur.

Ils arrivèrent dans le hall avec trente secondes d'avance sur les cinq minutes accordées par Stu.

Dans l'ascenseur, entre le neuvième et le dixième étage, Barry avait proposé à Fleur de coucher avec lui. Quand elle avait refusé, il avait pris l'air renfrogné. Elle lui avait alors dit qu'elle pensait avoir une maladie vénérienne. Curieusement, il en avait eu l'air très content.

21

« Mesdames et messieurs... venus tout droit d'Amérique, pour leur première tournée européenne... LES LYNX ! »

Quatre énormes projecteurs éclairèrent soudain la scène, et la foule se mit à hurler. On entendit l'intro d'un morceau, les faisceaux lumineux se croisèrent, et les Lynx déboulèrent sur la scène.

La foule redoubla de cris, en plein délire. Barry fit un bond en l'air, les cheveux au vent, les hanches propulsées en avant. Son étoile rouge, accrochant la lumière des spots, semblait briller de mille feux.

Frank Laporte se mit à frapper sa batterie comme un fou, et Simon Kale plaqua un premier accord sur son synthétiseur. Fleur, depuis les coulisses, remarqua une adolescente d'une douzaine d'années qui venait de s'écrouler sans connaissance sur une barricade au pied de la scène. La foule continua à se presser contre elle, sans lui prêter la moindre attention.

La musique avait quelque chose de sauvage, de viscéral. Barry Noy jouait sur l'aspect puissamment érotique de son personnage. Alors que les musiciens entamaient l'intro du deuxième morceau, il y eut un nouveau mouvement de foule. Fleur sentit que les gardes chargés de veiller à la sécurité du public devenaient nerveux. Elle prit peur, se demandant si quelque spectateur n'allait pas mourir étouffé. Un roadie vint se placer à côté d'elle, et la jeune fille lui fit part de ses craintes.

— Aucun risque ! s'exclama-t-il. A côté de ce qu'on voit aux États-Unis, ils sont plutôt endormis, par ici.

Après le spectacle, Fleur descendit avec Stu dans le garage en sous-sol que la police viennoise avait réquisitionné pour les limousines des Lynx. Ils arrivèrent bientôt, ruisselants de sueur. Barry prit Fleur par le bras.

— Il faut que je te parle, annonça-t-il.

Alors qu'il l'entraînait vers l'une des limousines, elle commença à protester mais, croisant le regard outré de Stu, elle se souvint de la règle d'or numéro un — ne jamais contrarier un membre du groupe. Il lui apparut soudain clairement que cette règle concernait surtout Barry Noy — ce qui aurait été somme toute agréable si celui-ci n'avait pas été si horripilant.

Barry s'assit à côté d'elle dans la voiture, puis une ombre se profila à la porte de la limousine, accompagnée d'un cliquetis de chaînes. Un fantôme ? Mais non ! Seulement Simon Kale qui venait s'installer à côté d'eux. Fleur le revit alors, faisant tournoyer sa machette sur la scène, et lui lança un regard inquiet. Simon alluma un cigarillo et tourna la tête vers la vitre.

La limousine franchit la porte du garage entre deux rangées de policiers qui s'évertuaient à retenir un groupe de fans surexcités. Soudain, une jeune fille réussit à leur échapper et se précipita vers la voiture en relevant son tee-shirt. Deux petits seins bourgeonnants apparurent l'espace d'un instant. Un policier la rattrapa avant qu'elle ait pu atteindre la limousine. Barry ne prêta aucune attention à la scène.

— Alors, comment tu m'as trouvé, ce soir ? demanda-t-il à Fleur avant d'avaler une gorgée de Budweiser.

— Tu as été génial, Barry, répondit-elle en s'efforçant de paraître sincère. Vraiment génial.

— Tu le penses vraiment ? s'enquit Barry, très sérieux.

— Oui, vraiment.

— Bon, tu as certainement raison.

Il but le reste de sa bière d'un seul trait.

— J'aurais tellement voulu que Kissy soit là, ce soir, soupira-t-il, nostalgique. Mais elle a refusé de me suivre en tournée. C'est insensé !

— Oui, c'est ridicule, renchérit Fleur pour lui faire plaisir.

Elle crut entendre Simon émettre un ricanement méprisant et enchaîna aussitôt :

— A propos, que fait-elle dans la vie ?

— Elle prétend être actrice. Mais je ne l'ai jamais vue jouer nulle part, ni à la télé ni au ciné. Et merde, je suis de nouveau déprimé.

S'il était une chose dont elle n'avait pas besoin, c'était un Barry Noy déprimé.

— Eh bien, voilà ! s'exclama-t-elle. Je comprends maintenant pourquoi elle a refusé de t'accompagner en Europe. Une actrice qui veut devenir célèbre ne peut se permettre de quitter New York à n'importe quel moment. Elle doit rester près de son téléphone au cas où on lui proposerait le rôle de sa vie.

— Ouais. C'est pas bête, ce que tu dis !

Fleur n'était pas préparée à l'assaut des groupies dans le hall de l'hôtel. Tandis que les artistes se frayaient tant bien que mal un passage jusqu'aux ascenseurs, elle vit Peter Zabel agripper une petite rousse par le bras et l'entraîner avec lui. Frank Laporte évalua du regard une blondinette qui mâchait un énorme chewing-gum et lui fit signe de le suivre. Seul Simon Kale parut ignorer cette foule de midinettes électrisées.

— C'est pas vrai ! marmonna Fleur.

Stu entendit sa remarque.

— J'espère qu'elles ne parlent pas un mot d'anglais. Cela nous évitera d'avoir en plus à leur faire la conversation, dit-il.

Fleur le regarda, choquée.

— C'est la chose la plus révoltante que j'aie jamais entendue !

— Les stars du rock ont tous les droits, mon petit ! C'est comme ça !

Puis il glissa son bras sous celui d'une petite brune à couettes et se dirigea vers l'ascenseur. Avant que les portes se referment, il fit un signe à Fleur.

— Ne quitte pas Barry d'une semelle. Il m'a dit qu'il t'aimait bien. Et vérifie les cartes d'identité des petites. Elles me paraissent bien jeunes, et je ne veux surtout pas avoir de problèmes avec les flics. Et puis essaie de joindre cette maudite Kissy et de la convaincre de nous rejoindre demain à Munich. Dis-lui qu'on lui donnera deux cent cinquante dollars par semaine.

— Hé ! Je n'en gagne que deux cents ! s'insurgea Fleur.

— Tu n'es pas irremplaçable !

Les portes de l'ascenseur se refermèrent. Fleur s'appuya contre une colonne. Ah, le monde du rock... Il était une heure du matin, et elle tombait de sommeil. Oui, elle allait oublier Frank, Peter et leurs groupies, elle allait oublier Barry Noy et sa stupide Kissy et aller se coucher. Demain matin, elle téléphonerait à Parker pour lui donner sa démission. Il avait raison. Jamais elle n'aurait dû accepter ce travail.

Mais dès qu'elle se retrouva dans l'ascenseur, elle appuya spontanément sur le bouton de l'étage où Frank Laporte avait sa suite.

Elle jeta un coup d'œil sur les cartes d'identité des jeunes filles élues par Frank et Peter pour la nuit, puis elle dit gentiment bonsoir à tout le monde et se dirigea de nouveau vers l'ascenseur. Parvenue à l'étage de Barry, elle traîna son corps rompu de fatigue jusqu'à la porte du chanteur, rêvant à la belle chambre d'hôtel où elle allait dormir cette nuit — des draps frais, de la moquette partout, une vraie salle de bains...

Le garde du corps la laissa entrer, et elle fut soulagée de constater qu'ici au moins tout le monde était encore habillé. Trois jeunes filles jouaient aux cartes d'un air las, tandis que Barry, allongé sur le lit, regardait la télé. Le visage du chanteur s'éclaira dès qu'il vit Fleur.

— Hé, Fleur ! J'allais justement appeler ta chambre. Je pensais que tu m'avais oublié.

Il se leva, prit son portefeuille sur la table basse et en extirpa un bout de papier froissé qu'il tendit à Fleur.

— Voilà le numéro de Kissy, expliqua-t-il. Tu pourrais l'appeler de ta chambre. Moi, il faut que je dorme. Oh ! Et puis emmène deux de ces nanas avec toi en sortant.

— Lesquelles ?

— Celles qui parlent anglais de préférence.

Lorsqu'elle se retrouva enfin seule dans sa chambre, Fleur regarda son lit avec envie. Puis elle poussa un soupir, s'installa sur le canapé et composa le numéro de Kissy. Tandis qu'elle attendait une réponse, elle jeta un coup d'œil sur la feuille de papier froissée. Kissy Sue Christie, lut-elle. Mon Dieu !

On décrocha à la sixième sonnerie, et une voix furieuse répondit.

— Barry, je te jure que...

— Ce n'est pas Barry, l'interrompit Fleur. Miss Christie ?

— Oui.

— Je m'appelle Fleur, et je suis la nouvelle secrétaire des Lynx.

— Barry vous a demandé de me téléphoner, n'est-ce pas ?

— A vrai dire...

— Aucune importance. Je vais vous laisser un message pour lui.

D'une voix douce à l'accent évoquant les « belles » du sud des États-Unis, Kissy commença à donner des détails croustillants sur Barry Noy et son anatomie. Fleur ne put se retenir de rire.

— Ça vous amuse ? demanda Kissy.

— Oui ! excusez-moi, articula Fleur dans un dernier éclat de rire, mais il est si tard et je suis si fatiguée, et quant à Barry...

— ...Ce n'est qu'un crapaud baveux, conclut Kissy.

De nouveau, Fleur éclata de rire, et Kissy rit de concert.

Quand elles furent calmées, Fleur s'excusa une dernière fois de l'avoir appelée.

— Ne t'en fais pas, la rassura Kissy. Dis-moi plutôt combien Stu me propose cette fois. Sur la dernière tournée, c'était deux cents dollars par semaine.

— Le tarif a augmenté. C'est deux cent cinquante dollars maintenant.

— Non ! Sérieusement ? Écoute, je meurs d'envie d'aller en Europe. En outre, j'ai une semaine de vacances à prendre. Tu sais, j'ai très peu voyagé dans ma vie. Je ne connais que la Caroline du Sud, New York et Atlantic City, mais crois-moi, Fleur, je préférerais encore devenir bonne sœur plutôt que de coucher encore une fois avec Barry Noy !

Fleur réfléchit quelques instants à la question, puis :

— Écoute, Kissy, il y a peut-être une solution...

On la réveilla par téléphone le lendemain matin à six heures trente. Elle s'assit dans son lit, s'attendant à ressentir cette lourdeur dans les membres, cette oppression qui accompagnaient tous ses réveils depuis trois ans. Mais le malaise ne vint pas. Elle se sentait légère, reposée et heureuse de son sort. Pourtant, elle n'avait dormi que cinq heures. Elle se sentait... comment dire ? Compétente, efficace.

Fleur s'installa confortablement, le dos appuyé sur ses deux oreillers, pour mieux réfléchir. Elle faisait un travail ingrat. Les artistes étaient capricieux et insupportables. Stu criait sans arrêt. En outre, tout ce petit monde était joyeusement amoral. Mais en dépit de ces considérations, Fleur avait survécu à ce premier jour d'hystérie. Elle s'en était même très bien tirée. On avait eu beau avoir de terribles exigences à son égard, pas une seule fois elle n'avait déclaré forfait. Ah, Parker Dayton allait voir ce qu'il allait voir !... Et puis zut, à la fin ! Elle se moquait pas mal de Parker Dayton. Elle se moquait totalement de l'opinion d'Alexis, de Belinda ou de qui que ce soit. La seule personne à qui Fleur se devait de prouver quelque chose, c'était elle-même.

L'arrivée du groupe à Munich fut aussi épique qu'elle l'avait imaginé. Stu réglait tous les problèmes en lui criant après, et Fleur commença à crier en retour, ce qui le laissa coi. Les deux concerts de Munich ressemblèrent étrangement à celui de Vienne. De nouveau des jeunes filles s'évanouirent face à la scène, et chaque soir une armée de groupies attendaient, pleines d'espoir, l'arrivée des stars dans le hall de l'hôtel. Juste avant le troisième et dernier concert, Fleur envoya une limousine à l'aéroport pour aller chercher la fameuse Kissy. Hélas, la voiture revint sans elle. Fleur expliqua à Barry que l'avion avait du retard et passa les deux heures suivantes à tenter de retrouver la jeune actrice. Quand Stu découvrit la vérité, il entra dans une violente colère et dit à Fleur qu'elle devrait se charger elle-même de tout expliquer à Barry — mais après le concert.

Barry prit les choses aussi mal qu'elle s'y attendait.

Après l'avoir calmé avec de vagues promesses qu'elle n'avait nullement la certitude de pouvoir tenir, Fleur se dirigea vers sa chambre, épuisée. Elle croisa Simon Kale dans le couloir, vêtu d'un jean moulant et d'une chemise de soie noire ouverte au col avec une chaîne en or autour du cou. Jamais encore elle ne l'avait vu habillé d'une manière aussi discrète, mais elle ne pouvait s'empêcher de le soupçonner d'avoir un couteau dans sa poche.

Elle se glissa dans son lit et s'endormit aussitôt. Mais un coup de téléphone du directeur de l'hôtel la tira bientôt du sommeil, l'informant que plusieurs clients s'étaient plaints du bruit provenant d'une suite au quinzième étage. Étant donné qu'il n'avait pas réussi à joindre Stu Kaplan, il lui demandait expressément de régler ce problème.

Les membres du groupe avaient décidé d'organiser une fête dans la suite 151. Il fallut une demi-heure à Fleur pour les convaincre de limiter le nombre de leurs invités à vingt-cinq. Elle jugea prudent de rappeler les gardes pour leur demander de surveiller l'entrée. Tandis qu'elle emportait l'appareil téléphonique dans la salle de bains pour essayer encore une fois de joindre Kissy, elle croisa Barry qui quittait les lieux en emmenant quelques filles avec lui. Aussi décida-t-elle bientôt qu'elle pouvait retourner se coucher. Puis elle se ravisa. Après tout, le lendemain était un jour de congé, et elle aussi méritait de se détendre un peu en prenant un verre avant d'aller dormir.

Elle se servit une coupe de champagne. Peter la héla et commença à lui parler du cours du café, au grand regret des jeunes filles qui s'évertuaient depuis une heure à attirer son attention. Fleur entamait sa deuxième coupe de champagne quand elle entendit quelqu'un frapper violemment à la porte. Elle abandonna son verre de mauvaise grâce et s'en fut crier à travers la porte :

— La fête est finie !

— Laissez-moi entrer ! cria une voix féminine sur un ton vaguement désespéré.

— Impossible, répondit Fleur. Je dois respecter les consignes de sécurité.

— Fleur, c'est toi ?

— Mais comment es-tu..., commença-t-elle en reconnaissant brusquement la voix de Kissy.

Elle déverrouilla aussitôt la porte.

Kissy Sue Christie fit son entrée dans la pièce.

Fleur trouva qu'elle ressemblait à une jolie poupée toute neuve qu'on lui aurait envoyée dans une boîte et qui aurait un peu souffert du voyage. De courtes boucles brunes légèrement en désordre entouraient un visage rose et rond, aux immenses yeux noirs pétillants de malice et à la bouche gourmande. Kissy portait un pantalon de cuir noir moulant et un bustier rose électrique dont l'une des bretelles avait sauté. Hormis une très généreuse paire de seins, tout chez elle était petit. Elle était légèrement bancale, ayant perdu l'une de ses chaussures en route. Mais même bancale, Kissy Sue Christie possédait un charme indéniable. Elle avait exactement le genre de physique que Fleur avait toujours rêvé d'avoir.

De son côté, Kissy dévisageait Fleur avec intérêt.

— Ainsi, tu es Fleur Savagar, dit-elle en hochant la tête. J'en ai eu l'intuition dès les premières secondes où nous nous sommes parlé au téléphone. Je suis un peu médium, tu sais.

Puis elle se retourna pour fermer la porte et en pousser le verrou.

— Il y a un pilote de la Lufthansa auquel j'essaie désespérément d'échapper, expliqua-t-elle. Tu vois, j'aurais dû arriver plus tôt, mais j'ai été retardée.

Pour la première fois depuis qu'elle était entrée dans la pièce, Kissy jeta un regard autour d'elle.

— Dis-moi que je suis une veinarde et que Barry n'est pas là, reprit-elle.

— Tu es une veinarde, annonça Fleur en souriant.

— Aurait-il été kidnappé ? s'enquit Kissy.

— Ah, ça, c'est trop demander ! répliqua Fleur.

Puis elle se souvint qu'elle avait certaines responsabilités vis-à-vis de la précieuse Kissy.

— Où sont tes bagages ? demanda-t-elle. Je vais téléphoner au garçon d'étage pour qu'il te montre ta chambre.

— Euh... à vrai dire, ma chambre est déjà occupée.

— Ah ? dit Fleur, surprise.

— Écoute, tu crois qu'on pourrait trouver un endroit tranquille pour parler ? s'enquit Kissy. Et puis, si tu me proposais un verre, je ne dirais pas non.

Fleur alla prendre une bouteille de champagne et deux verres, puis elle entraîna Kissy dans la salle de bains, le seul endroit inoccupé de la suite, et verrouilla la porte.

Elles s'assirent sur le carrelage. Tandis que Fleur versait du champagne dans les deux verres, Kissy ôta l'unique chaussure qui lui restait.

— En toute franchise, dit la jeune actrice, je pense que j'ai eu tort de le laisser entrer dans ma chambre.

— Qui ça ? s'enquit Fleur. Le pilote de la Lufthansa ?

— Oui, avoua Kissy. Tout a commencé par un flirt tout à fait anodin, et puis la situation a dégénéré.

Elle avala délicatement une petite gorgée de champagne, après quoi elle passa très vite un bout de langue pointue sur sa lèvre supérieure.

— Je sais que cela va te paraître étrange, poursuivit Kissy, mais j'ai toujours eu beaucoup d'intuition, et je sens que nous allons devenir intimes, toutes les deux. Aussi vaut-il mieux que je te le dise tout de suite : j'ai un petit problème avec les hommes.

Fleur s'installa un peu plus confortablement contre la paroi de la baignoire.

— Que veux-tu dire par « petit problème » ? s'enquit-elle.

— Tu aimes les hommes, Fleur ? demanda Kissy, en s'asseyant en tailleur, le dos contre la porte.

Fleur remplit à nouveau les coupes de champagne et réfléchit quelques instants à la question.

— Disons qu'en ce moment j'ai une attitude plutôt neutre à leur égard. Je suis comme asexuée, si tu vois ce que je veux dire.

Kissy ouvrit de grands yeux.

— Mon Dieu, non ! Excuse-moi, mais je ne vois pas du tout.

Fleur eut soudain envie de rire. Était-ce le champagne, l'heure tardive ou bien la présence de Kissy qui lui faisait cet effet-là ? Elle s'aperçut soudain qu'elle en avait assez de tout l'aspect tragique de sa vie et qu'il était vraiment bon de rire de nouveau. Elle remarqua que Kissy avait vidé sa coupe de champagne et la lui remplit encore une fois.

— Parfois, je me dis que les hommes finiront par me détruire, dit Kissy d'un ton lugubre. Alors je me promets de changer. Mais dès qu'un nouveau mâle se trouve sur ma route, le genre avec de larges épaules et des hanches étroites, alors je craque immédiatement. Je ne peux pas m'en empêcher.

— Comme ce pilote de la Lufthansa ?

Kissy se mordit la lèvre.

— Il avait une petite fossette là, tu voix, expliqua-t-elle en posant le bout de son doigt au milieu de sa joue. Cette petite fossette, eh bien, ça m'a fait quelque chose. Voilà mon problème. Chaque fois je craque à cause d'un détail idiot. Et cela me coûte très cher, crois-moi.

— Par exemple ?

— Le concours.

— Quel concours ? demanda Fleur.

— Le concours de Miss Amérique. Mes parents m'ont élevée dans l'idée qu'un jour je serais Miss Amérique.

— Et tu n'as pas réussi ?

— J'ai failli. J'ai d'abord été Miss Caroline du Sud. Mais la veille de la nomination de Miss Amérique, j'ai commis une erreur.

— A cause d'un homme ?

— A cause de deux hommes, des membres du jury. Je n'ai pas fait l'amour avec les deux en même temps, enfin, pas exactement.

Kissy prit soudain l'air songeur.

— Quelle injustice tout de même ! s'exclama-t-elle.

— On vous a surpris ? demanda Fleur.

— Au moment crucial, oui. Je fus disqualifiée d'office, alors qu'eux ils restèrent dans le jury. Tu trouves ça normal ? Des hommes comme eux, juges dans le plus fameux concours de beauté du monde ?

Cela parut extrêmement injuste à Fleur, et elle le lui dit.

— Enfin, la vie a continué, soupira la jeune actrice. Je rentrais à Charleston quand j'ai rencontré ce chauffeur de poids lourd qui ressemblait à John Travolta. Il m'a emmenée à New York et aidée à trouver un appartement là-bas. J'ai réussi à me faire engager dans une galerie d'art, ce qui m'a permis de survivre jusqu'ici en attendant le rôle de ma vie. Et je risque d'attendre encore longtemps, au rythme où vont les choses.

— La concurrence est rude, compatit Fleur.

— La concurrence n'a rien à voir là-dedans ! protesta Kissy, indignée. Je suis exceptionnellement douée, et je suis faite pour jouer Tennessee Williams. Il m'arrive parfois de penser qu'il a écrit ses rôles féminins spécialement pour moi.

— Alors, quel est le problème ?

— Obtenir une audition, voilà le problème ! Les metteurs en scène me dévisagent tous de la tête aux pieds, puis ils me disent que je ne suis pas le genre de fille qu'ils recherchent. Ce qui signifie en clair que je suis trop petite, que mes seins sont trop gros et que j'ai l'air trop frivole. Ça me rend folle ! Tu sais, Fleur, les filles comme toi, grandes, avec des pommettes saillantes et de longues jambes, ne peuvent pas s'imaginer ce que c'est.

Fleur fut indignée.

— Kissy, tu es la fille la plus mignonne que j'aie jamais vue. Toute ma vie, j'ai rêvé d'être petite et adorable comme toi.

Elles demeurèrent quelques instants silencieuses puis éclatèrent de rire de concert. Après quoi, Fleur remarqua qu'elles avaient vidé la bouteille de champagne et sortit en chercher une autre. Quand elle revint, une bouteille à la main, la salle de bains était vide.

— Kissy ?

— Il est parti ? demanda une voix qui venait de derrière le rideau de la douche.

— Qui ça ?

Kissy sortit de sa cachette.

— Quelqu'un a eu besoin d'utiliser les toilettes. Je pense qu'il s'agissait de Frank. Je le trouve vraiment vulgaire, celui-là.

Elles se réinstallèrent par terre, Fleur adossée contre la baignoire et Kissy contre la porte. Cette dernière regarda Fleur avec intérêt.

— A ton tour maintenant.

— Que veux-tu dire ? s'enquit Fleur.

— Écoute, ma belle, me voilà enfermée dans une salle de bains avec une fille qui a été le plus célèbre mannequin du monde, doublé d'une future grande actrice, et qui a disparu de la circulation après avoir eu une aventure avec l'un des plus sublimes acteurs des États-Unis. Avoue qu'il y a de quoi être curieuse.

— Certes, lâcha Fleur, songeuse.

— Alors ?

— Alors quoi ?

— Alors, nous sommes amies ou pas ? Je t'ai raconté des tas de choses sur ma vie, et toi, tu ne m'as encore rien dit.

— Mais nous venons à peine de nous rencontrer, Kissy.

Fleur regretta aussitôt ce qu'elle venait de dire. Trop tard. Les yeux de Kissy se remplirent de larmes.

— Quelle importance ? Tu ne comprends donc pas qu'une véritable amitié nous lie déjà ? Fleur, tu dois me faire confiance !

Kissy essuya ses larmes d'un revers de la main, saisit la bouteille de champagne et en but une longue gorgée au goulot. Puis elle regarda Fleur droit dans les yeux et lui tendit la bouteille.

Fleur songea à ces terribles secrets enfouis en elle depuis trois ans et comprit brusquement à quel point elle s'était apitoyée sur elle-même. Oui elle avait passé tout ce temps à se complaire dans ses problèmes. Elle eut soudain conscience de s'être sottement enfermée dans sa propre solitude. Kissy lui offrait spontanément son amitié. Mais si Fleur s'ouvrait à elle, elle serait à nouveau vulnérable...

Lentement, elle tendit la main vers la bouteille et but une grande gorgée de champagne.

— C'est une histoire assez compliquée, commença-t-elle. Tout a commencé avant ma naissance...

Il fallut plus de deux heures à Fleur pour tout raconter. Au bout d'une heure, elles durent déménager jusqu'à la chambre de Fleur, car plusieurs personnes désiraient utiliser la salle de bains. Parfois Kissy l'interrompait pour lui demander quelque précision sur l'une des personnes évoquées, le regard plein de pitié. Mais Fleur, qui continuait à boire pour se donner du courage, paraissait détachée.

— Quelle histoire horrible ! s'exclama Kissy quand Fleur eut terminé. Je me demande comment tu arrives à parler de tout ça sans t'effondrer.

— J'en ai pris mon parti, Kissy. Avec le temps, même

les choses les plus terribles finissent par devenir supportables.

— Ton histoire me fait penser à *Œdipe roi,* remarqua Kissy.

— Alors, tu comprends ce que j'ai pu ressentir.

— Très bien, oui. Mais dis-moi, qu'est-ce que c'est, pour toi, un héros de tragédie ?

Fleur réfléchit une minute avant de répondre. Vu la quantité de champagne qu'elle avait ingurgité, elle éprouvait quelque difficulté à se concentrer.

— Hum, je vois un homme de grande taille, marqué par la fatalité. Un homme qui ne parvient pas à échapper à son destin.

— Ou une femme, intervint Kissy.

— Moi, par exemple ?

— Et pourquoi pas ? Tu es une femme de grande taille, et toi aussi tu as été marquée par le destin.

— De quelle manière ?

Kissy réfléchit une minute.

— A cause de mauvais parents.

Le lendemain matin, vers onze heures, Fleur entendit frapper à sa porte. Kissy alla ouvrir et se jeta avec un cri de joie dans les bras de Simon Kale.

Ils allèrent tous les trois prendre le petit déjeuner dans un restaurant panoramique au dernier étage d'une tour de Munich. Tandis qu'ils mangeaient, Fleur apprit que Simon et Kissy se connaissaient depuis longtemps. Une solide amitié les liait l'un à l'autre. Fleur découvrit également que Simon Kale était à peu près aussi menaçant que le Père Noël.

A un moment donné, le musicien se mit à rire et s'essuya délicatement la bouche avec sa serviette en papier.

— Tu aurais dû voir Fleur mater Barry avec son histoire de maladie vénérienne ! s'exclama-t-il à l'adresse de Kissy. Elle a été géniale sur ce coup-là !

— Et, te connaissant, j'imagine que tu ne lui es pas vraiment venu en aide, remarqua Kissy avec un soupçon de reproche dans la voix. Tu as dû lui lancer ton regard cannibale, du genre : « Je mange les jeunes filles toutes crues au petit déjeuner. » Histoire de t'amuser.

Simon prit l'air blessé.

— Il y a bien longtemps que je ne dévore plus de jeunes filles au petit déjeuner, et je ne comprends pas comment tu oses faire une allusion pareille !

— Simon est homosexuel, mais personne ne le sait, explique Kissy.

Quand ils quittèrent la table, Fleur s'aperçut que finalement elle aimait beaucoup Simon Kale. Sous des dehors cyniques et peu engageants, il cachait un cœur d'or. En observant ses gestes délicats, presque féminins, elle se dit qu'il se serait certainement senti plus à l'aise dans le corps d'un frêle jeune homme. Peut-être l'aimait-elle pour cette raison. Ils étaient dotés l'un et l'autre d'un physique trop grand pour eux.

Ils rentrèrent tous trois à l'hôtel. Simon quitta les filles pour aller téléphoner. Fleur et Kissy prirent l'ascenseur jusqu'à la suite de Barry.

La femme de ménage avait dû passer par là, car un semblant d'ordre régnait dans la pièce. Barry, toujours aussi nerveux, marchait de long en large sur la moquette. Il fut si heureux de voir Kissy qu'il écouta à peine le mensonge grossier qu'elle lui servit pour expliquer son retard, et il ne remarqua pas la présence de Fleur avant plusieurs minutes. Il lui lança alors des regards irrités pour l'inciter à quitter les lieux au plus vite. Fleur fit semblant de ne pas comprendre.

Kissy se pencha vers Barry et lui chuchota quelque chose à l'oreille. Puis elle baissa piteusement la tête, comme une petite fille honteuse.

Barry était hors de lui. Il regarda Fleur, l'air furieux, puis Kissy, puis de nouveau Fleur.

— Mais qu''est-ce qui se passe, bon Dieu ? hurla-t-il. C'est une épidémie ou quoi ?

Au bout de deux semaines, Kissy dut rentrer à New York, pour reprendre son travail à la galerie. Fleur l'accompagna à l'aéroport de Heathrow. Les deux jeunes femmes se séparèrent à regret et se promirent de se téléphoner le soir même. Fleur rentra seule à l'hôtel. Pour la première fois depuis qu'elle avait commencé à travailler pour les Lynx, elle se sentit déprimée. Kissy et son extraordinaire sens de l'humour lui manquaient déjà.

Quelques jours plus tard, Parker Dayton lui proposa de l'engager comme secrétaire à temps complet. Elle travaillerait dans ses bureaux de New York. Il lui offrait le double de ce qu'elle gagnait pour le moment. Ne sachant que décider, Fleur appela Kissy à la galerie.

— Je ne vois pas ce qu'il y a de surprenant à cela, Fleurinda. Il te parle au moins deux fois par jour au téléphone, et j'imagine qu'il est impressionné par ton efficacité. Il n'est pas le seul, d'ailleurs...

— Je... je ne me sens pas prête à rentrer à New York, avoua Fleur. C'est trop tôt, Kissy.

— Écoute, Fleur, tu ne vas pas recommencer à t'apitoyer sur toi-même, j'espère ? Ça tue la libido.

— Ma libido est en sommeil depuis un bon bout de temps, remarqua Fleur.

— Tu vois ! Qu'est-ce que je te disais !

Fleur poussa un profond soupir.

— Tu sais, Kissy, les choses ne sont pas si simples.

— Continue comme ça, et je te donne une semaine pour replonger dans la déprime. Fleur, le moment est venu de te mesurer de nouveau à la réalité.

Kissy semblait ne pas saisir l'ampleur du problème. Combien de temps Fleur pourrait-elle garder l'incognito à New York ? Les journalistes finiraient tôt ou tard par apprendre son retour. Et que se passerait-il si jamais elle ne se montrait pas à la hauteur dans son nouveau travail ? Que deviendrait-elle alors ? Tout à coup, son estomac cria famine, et elle s'aperçut qu'elle n'avait rien mangé depuis la veille. Le fait de travailler pour le groupe l'avait guérie de sa boulimie. A présent, son jean flottait à la taille, et ses cheveux commençaient à repousser. Décidément, tout changeait.

Après avoir raccroché, elle se dirigea vers la fenêtre et regarda dehors. En bas, dans la rue, un jeune homme faisait du jogging sous la pluie, distançant les taxis. Elle se souvint de l'époque où elle courait chaque jour, sans se soucier du temps qu'il faisait. La plus courageuse, la plus rapide, la plus forte... A présent, elle était sans doute incapable de courir deux cents mètres sans s'essouffler.

— Hé, Fleur, t'aurais pas vu Kyle, par hasard ?

C'était Frank, une canette de Budweiser à la main, à neuf heures du matin...

Fleur prit son parka et passa devant le musicien sans lui répondre. Elle sortit de sa chambre, s'élança dans le couloir, prit l'ascenseur et se retrouva bientôt dehors.

Fleur courait. On était en janvier, et une pluie glaciale lui fouettait le visage, s'insinuant déjà dans le col de son parka. Au bout de deux cents mètres, elle commença à patauger dans ses chaussures de sport. C'étaient de vieilles chaussures, trouées au bout, dont les lacets s'effilochaient.

Fleur leva la tête vers le ciel plombé, sans ralentir sa cadence. Elle sentait son cœur battre à tout rompre, mais une délicieuse sensation de liberté l'envahissait peu à peu. Elle regarda droit devant elle et continua à courir.

22

Fleur prit un taxi à l'aéroport et se fit conduire à Greenwich Village, jusque chez Kissy. La jeune actrice habitait au-dessus d'un restaurant italien. La fille qui partageait son appartement depuis plusieurs mois venait de déménager, et Kissy cherchait quelqu'un pour la remplacer. Il fut convenu que Fleur habiterait là, au moins pour un temps.

L'intérieur de l'appartement ressemblait à son occupante, tout en couleurs vives, avec une collection d'ours en peluche et un poster de Mick Jagger dans la chambre.

— Dis-moi, Kissy, c'est la marque de ton rouge à lèvres, là, sur l'affiche de Mick Jagger ? demanda Fleur.

— Oui. Et après ?

— Tu aurais pu viser la bouche, tout de même...

Parker lui avait donné une semaine pour s'installer, et la jeune fille mit ces huit jours à profit pour se réacclimater à la vie new-yorkaise. On était en février, et il faisait très froid, mais la ville lui parut merveilleuse, et elle éprouva la sensation d'être enfin rentrée chez elle.

Fleur courait chaque matin, quelques centaines de mètres pour commencer, car elle manquait sérieusement d'entraînement. Néanmoins, elle sentait qu'elle retrouvait peu à peu sa forme d'antan. Il lui arrivait de passer dans des rues où elle s'était promenée avec Belinda, et son cœur se serrait. Sa mère lui manquait terriblement. Dire que Belinda n'avait même pas essayé de la contacter une seule fois depuis trois ans et demi ! Cela prouvait à quel point son prétendu amour maternel n'avait été qu'un leurre.

Cette tristesse, cette lourdeur qui l'envahissaient chaque fois qu'elle pensait à sa mère l'agaçaient. Ces états d'âme révélateurs de sa propre faiblesse n'avaient plus de place dans sa nouvelle vie. Fleur allait se lancer dans une carrière, et il lui fallait faire du passé table rase. Ne plus jamais mendier l'amour. Ne plus jamais se torturer, la nuit, en pensant à Jake. A partir de maintenant, elle devait se montrer suffisamment forte pour réussir à se frayer un chemin dans la vie.

Elle décida de se mettre à l'épreuve en assistant à une rétrospective des films d'Errol Flynn. Effectivement, elle ne ressentit aucune émotion à la vue de ce beau séducteur, si vivant à l'écran. Flynn ne représentait rien pour elle, car dans son esprit Alexis Savagar, aussi ignoble fût-il, resterait toujours son père.

Quand elle rentra chez elle, la veille du jour où elle allait recommencer à travailler, Fleur découvrit que Kissy avait jeté tous ses vêtements.

— Pas question que tu continues à t'habiller avec ces trucs informes, Fleur Savagar. Tu es belle, et tu dois plaire !

— Bon Dieu, Kissy ! protesta Fleur. Tu n'avais pas le droit !

Mais elle était incapable d'en vouloir longtemps à son amie, et elle finit par aller s'acheter un nouveau jean, plus moulant et plus sexy que tous ceux qu'elle portait depuis trois ans. Elle s'offrit également deux chemises blanches, un sweat-shirt, deux pulls à col roulé, et même une tunique bleu pâle. Kissy ne fit aucun commentaire sur ces nouvelles tenues, mais elle laissa traîner un magazine sur le réfrigérateur, où l'on ne voyait que jupes, robes et tailleurs. Fleur sourit. Elle se sentait si bien dans son nouveau jean...

Elle comprit très vite que si Parker la payait royalement, il attendait en retour qu'elle travaille comme une forcenée.

Bientôt, elle commença à rester au bureau tard le soir et une partie de ses week-ends.

Fleur rédigeait des communiqués de presse, étudiait les contrats et restait en contact permanent avec la maison de disques des Lynx. Elle mincissait à vue d'œil, et Parker ne cessait de la harceler pour qu'elle accepte de contacter des metteurs en scène de sa connaissance à Hollywood, mais cela ne l'intéressait pas le moins du monde. Elle prit des reponsabilités de plus en plus grandes et commença à s'occuper de plusieurs autres clients de Parker. Elle apprit à connaître le monde du show-biz et sut très vite se frayer un chemin jusqu'aux producteurs d'émissions musicales télévisées, qui acceptèrent peu à peu de placer ses artistes dans leurs programmes. Fleur se montrait d'une efficacité remarquable, honorant toujours ses engagements, si bien que tout le monde avait plaisir à travailler avec elle. Quand vint l'été, elle comprit qu'elle était définitivement tombée amoureuse de ce métier qui consistait à fabriquer des stars.

— C'est vraiment passionnant de tirer les ficelles, confia-t-elle à Kissy. Et puis, ça change, non ?

Comme chaque dimanche après-midi, les deux jeunes filles assises sur un banc à Washington Square, suçaient des glaces en regardant passer les gens. Six mois s'étaient écoulés depuis l'arrivée de Fleur à New York. Physiquement, elle avait beaucoup changé. Elle avait à présent les cheveux mi-longs, coupés au carré. Elle était joliment hâlée, et trop mince pour porter un short aussi large.

Kissy lui jeta un coup d'œil à la dérobée. Pourquoi Fleur persistait-elle à s'habiller d'une manière si impersonnelle ? Pourquoi continuait-elle à assimiler les tenues élégantes et sexy avec l'image du Bébé Star ? Elle ne possédait pas une seule robe. Kissy avait beau la taquiner à ce sujet, rien n'y faisait. Viendrait pourtant le jour où Fleur s'apercevrait qu'elle menait une bataille perdue d'avance. Car en dépit de ces vêtements discrets, et bien que ses cheveux n'aient pas encore atteint leur longueur d'antan, la nouvelle Fleur Savagar surclassait sans conteste le Bébé Star. Avec les années, son visage avait gagné en maturité. Fleur était devenue une vraie beauté.

Pourtant, elle persistait à ne pas vouloir l'admettre. Kissy l'avait trop souvent observée pour ignorer qu'elle ne passait jamais plus d'une minute devant la glace. Comme si elle avait craint de voir resurgir le Bébé Star...

— Tu aimes vraiment ton travail, n'est-ce pas, Fleurinda ?

Kissy donna un coup de langue à sa glace à la fraise.

— Cela m'étonne moi-même, répondit Fleur, mais oui, j'adore ce métier, y compris les mauvais côtés, comme passer des heures à rassurer Barry Noy sur son propre talent. J'aime le fait qu'il faille toujours se battre, discuter, argumenter. Et puis, il se passe toujours quelque chose ! Il faut veiller à chaque détail. Quand je gagne une bataille, je me sens tellement euphorique, si tu savais !

— Tu es un vrai petit soldat, Fleur ! ironisa Kissy. Un petit soldat doublé d'une incurable perfectionniste.

— Tu as raison, approuva Fleur en léchant sa glace au chocolat. Quand j'étais petite, je pensais que si je devenais la meilleure en tout, mon père accepterait de me prendre avec lui. Chez moi, le perfectionnisme est une seconde nature. Et crois-moi, je prends vraiment plaisir à bosser pour Parker !

— Mais tu ne regrettes jamais d'avoir abandonné ta carrière de comédienne ? demanda Kissy.

— Tu as vu *Éclipse*. Tu sais donc que je n'avais pas la moindre chance de réussir.

— Tsst, tsst. Tu étais très bonne dans ce rôle, dit Kissy.

— Tout juste correcte, rectifia Fleur. Tu te souviens de ce qu'ont dit les critiques : « Fleur Savagar a plus de beauté que de talent. »

— Oh ! Arrête un peu. Un seul critique a dit ça. Tous les autres t'ont encensée.

Fleur poussa un soupir.

— Je n'ai jamais été à l'aise devant une caméra. Je me sentais trop vulnérable.

Par respect pour son amie, elle omit d'ajouter qu'elle trouvait ce métier parfaitement ennuyeux.

— Mais pourtant, tu as été le plus fabuleux mannequin de tous les temps ! objecta Kissy.

— Grâce à une heureuse combinaison de chromosomes, dit Fleur. La nuit où Alexis m'a fait cette ignoble proposition, il m'a dit que je n'étais rien d'autre qu'un bel objet.

— Alexis Savagar est un salaud, si tu veux mon avis.

Fleur éclata de rire. C'était curieusement réconfortant d'entendre Kissy dénigrer Alexis.

— Mais il avait raison, en un sens. J'ai passé trois ans à me fuir. Aujourd'hui, je sais qui je suis et ce que j'attends de la vie.

— J'aimerais bien avoir de telles certitudes, remarqua Kissy.

— Pourquoi dis-tu cela ? Je ne connais personne qui travaille à sa réussite avec autant d'acharnement que toi. Tu te débrouilles toujours pour passer des auditions en plus de ton travail à la galerie, tu répètes tous les soirs pour cette pièce...

— ... qui ne sera peut-être jamais montée ! l'interrompit Kissy.

— Ton heure viendra, Magnolia, crois-moi. Tu sais bien que j'ai parlé de toi à des tas de gens.

— Je sais, et j'apprécie que tu m'aides. Mais je pense que le moment est venu pour moi d'admettre que ça ne marchera jamais. Les réalisateurs me proposent toujours des rôles d'allumeuses, et j'ai horreur de ça. Je suis une actrice sérieuse, Fleur.

— Mais je n'en doute pas, ma chérie.

Fleur la regarda avec beaucoup de compassion, mais elle n'en pensait pas moins que Kissy, avec ses gros seins, sa bouche sensuelle et une trace de glace à la fraise sur le menton, était parfaite pour jouer les femmes objets.

— J'ai été augmentée, annonça tout à coup Kissy sur un ton tragique. Jamais je n'aurais dû terminer mes études d'histoire de l'art. Ce diplôme a fini par devenir pour moi un alibi.

— Tu pourrais essayer de m'expliquer ?

— Je veux dire que si j'avais un travail plus pénible, je ferais peut-être davantage d'efforts pour m'en sortir.

Kissy suivit des yeux un beau jeune homme qui passait devant elles, mais Fleur sentit que le cœur n'y était pas.

— Je vais renoncer à devenir comédienne, dit Kissy. J'ai un travail intéressant à la galerie, et on apprécie mes compétences. Je crois que je vais me contenter de ça pour le moment. J'en ai assez de me faire jeter. J'ai besoin d'un peu de temps pour voir venir.

— Hé ! Qu'est-ce qui t'arrive ? N'oublie pas que c'est toi qui m'as appris à penser d'une façon positive.

— Je sais. Mais je n'y crois plus, c'est tout.

Fleur ne répondit rien. Elle savait qu'il ne fallait pas insister pour le moment. Kissy était déprimée. Cela finirait bien par passer.

— Allez, viens, je t'offre un hamburger, proposa Fleur. Et si on se dépêche, on pourra même arriver à temps à la maison pour voir *Butch Kassidy et le Kid* à la télé !

— Bonne idée. On l'a vu combien de fois ?

— Cinq ou six, je ne me souviens plus.

— Dis-moi, Fleurinda, tu n'as raconté ça à personne au moins ?

— Tu es folle ? Comme si j'avais envie que tout le monde le sache !

Alors qu'elles sortaient du parc, une bonne douzaine d'hommes les regardèrent s'éloigner.

Ce soir-là, Fleur avait rendez-vous avec Max Shaw, un jeune acteur encore inconnu. Lorsqu'elle avait décidé de recommencer à sortir avec des garçons, elle avait choisi des acteurs débutants. En effet, ceux-ci étaient tellement imbus d'eux-mêmes qu'ils ne lui posaient pratiquement jamais de questions personnelles. C'était avec Max, un jeune homme très beau et tout à fait charmant, que Fleur avait décidé de mettre un terme à sa chasteté. Ce soir, elle s'était promis de passer à l'acte.

Longtemps, elle n'avait pu envisager l'éventualité d'un contact intime avec un autre homme que Jake. Mais alors que son corps se raffermissait, s'affinait, son désir endormi avait resurgi. Quand elle prenait sa douche ou qu'elle enfilait un pull très doux, elle sentait monter en elle un désir diffus. Elle se surprenait à penser à l'amour sur la plate-forme de l'autobus ou en pleine réunion de travail. Elle avait donc fini par admettre qu'elle avait besoin d'un homme.

Elle désirait qu'on la touche, qu'on la caresse, qu'on la cajole. Quoi de plus naturel ? Elle voulait qu'un homme la serre dans ses bras, un homme qui boirait de la bière mexicaine — enfin non, pas de la bière mexicaine, car il lui rappellerait Jake. Ce réveil de sa libido ranimait déjà suffisamment de souvenirs en elle...

Max vint la chercher à vingt heures trente. Fleur portait un jean et un petit bustier noir moulant. Il lui proposa de l'emmener dans une fête, mais elle lui dit qu'elle préférait aller dans un endroit tranquille. Max capta le message et l'invita chez lui.

Tandis qu'il lui versait un verre de vin, Fleur s'aperçut soudain qu'elle n'avait aucune envie de faire l'amour avec ce garçon. Qu'était-il donc advenu de l'excitation perpétuelle de ces derniers temps ? Elle croisait nerveusement les jambes.

Max vint s'asseoir près d'elle, sur le canapé.

— Tu sais que tu me plais beaucoup ? lui murmura-t-il en lui caressant la nuque de sa main douce et chaude.

Fleur toussota, mal à l'aise.

— J'ai eu envie de coucher avec toi dès que je t'ai vue, avoua-t-il.

Puis il lui caressa un sein. Fleur sursauta.

— Quelque chose ne va pas ? s'inquiéta le garçon.

— Non ! Je... Embrasse-moi, Max.

Elle lui entoura les épaules de ses bras mais ne parvint pas à se concentrer sur ce baiser. Elle était consciente des bruits provenant de l'appartement du dessus, de la position de leurs bouches, d'une vague douleur aux pieds. Et puis, Max sentait l'eau de toilette ! Fleur préférait les hommes qui sentaient le savon, comme Jake...

Elle chassa cette pensée importune de son esprit. Max grogna de plaisir et l'attira davantage contre lui. Elle sentit ses mains sur ses hanches et se dit qu'elle allait bientôt faire l'amour avec un homme qu'elle connaissait à peine. Se donner à lui, dans un acte intime et sacré. Pourquoi allait-elle s'abandonner dans les bras d'un homme qu'elle n'aimait pas ?

Fleur ferma les yeux et se laissa toucher, caresser, dépouiller de ses vêtements, posséder... La plus forte, la plus rapide, la plus courageuse. Encore une fois, elle avait relevé le défi. Mais elle n'en éprouvait aucune fierté.

Après l'amour, Max avait envie de parler avec elle, mais la jeune femme prétendit qu'elle avait une réunion tôt le lendemain matin. Tandis qu'elle se rhabillait, elle comprit qu'elle l'avait blessé. Il s'était montré tendre avec elle, attentif à ses désirs, et elle ne lui avait rien donné en retour.

Sur le chemin du retour, son corps tremblait. Il y a des millions de gens qui font l'amour seulement pour le plaisir, se dit-elle. Alors, que lui arrivait-il ? Pourquoi avait-elle l'impression d'avoir perdu quelque chose de précieux ?

Le lendemain matin, en ouvrant le *Daily News,* elle comprit que c'en était fini de sa tranquillité. « Fleur Savagar, le Bébé Star, est de retour à New York et travaille à l'agence de Parker Dayton. »

Cela devait arriver un jour ou l'autre, Fleur le savait, mais elle avait cru pouvoir garder l'anonymat plus longtemps. En effet, elle s'habillait toujours en jean pour passer inaperçue, et elle évitait tous les lieux « branchés ». Et hormis un coup de téléphone de Gretchen qui désirait savoir si elle avait changé d'avis à propos de sa carrière, aucune personnalité du monde de la mode ne l'avait contactée.

Mais ce matin-là, de nombreux messages l'attendaient à son arrivée au bureau. Elle ferma la porte et passa la matinée à rappeler poliment tous ces curieux, pour leur signifier qu'elle ne donnait plus d'interviews. Les plus audacieux se déplacèrent jusqu'à sa porte. Ils voulaient qu'elle pose de nouveau pour des magazines, qu'elle sorte avec des hommes célèbres, qu'elle leur raconte son histoire avec Jake Koranda. Tout ce qu'ils obtinrent fut un laconique « sans commentaire ». Ils envoyèrent leurs photographes qui revinrent avec des clichés d'une jeune fille en jean et casquette quand on s'attendait à une robe de grand couturier et à une coiffure vaporeuse. Ils s'acharnèrent une semaine, puis ils renoncèrent.

Après son expérience avec Max Shaw, Fleur cessa de s'intéresser aux hommes. Au moment de Noël, Kissy la taquina à ce propos.

— Tu sais, Fleur, si tu ne fais pas attention, tu vas finir par ressembler à ces femmes carriéristes qui ont le pouvoir et l'argent, mais rien d'autre. Tu as besoin d'un homme.

— Ridicule ! On n'est plus au Moyen Age ! railla Fleur.

Fleur continua à sortir de temps en temps, mais, ayant compris qu'elle ne pourrait se donner qu'à un homme qu'elle aimerait, elle se contenta de relations amicales avec les hommes et décida de renoncer au sexe.

Elle concentra toute son énergie sur son travail. Au fil des mois, elle s'aperçut que Parker freinait certaines de ses initiatives. Il devint évident qu'ils ne voyaient pas les choses de la même façon. La carrière d'Olivia Creighton, par exemple.

Olivia avait été une reine des films de série B dans les années cinquante. Après une longue éclipse de plus de vingt ans, elle s'était mis en tête de refaire du cinéma. Mais Bud Sharpe, son imprésario, et Parker Dayton ne lui proposaient que des films publicitaires, ce qui, selon Fleur, était une erreur.

— Alors, qu'avez-vous trouvé pour moi ? soupira Olivia au téléphone. Une publicité pour un laxatif ?

— Non. Mais un spot pour une crème de beauté. Il n'y

a plus qu'à signer le contrat, annonça Fleur, tout aussi peu enthousiaste qu'Olivia à cette idée.

— Et le film avec Mike Nichols ? s'enquit la comédienne.

— Ce n'était qu'un petit rôle, Olivia. Bud a estimé que ce n'était pas assez payé.

Fleur, pour sa part, ne voyait aucun inconvénient à ce qu'Olivia joue dans ce film, et elle avait tenté d'en convaincre Dayton et Bud. En vain. Parker avait toujours le dernier mot.

Après avoir raccroché, Fleur resta pensive quelques instants, puis elle enfila ses mocassins qui traînaient sous la table, se leva et se dirigea vers le bureau de Parker. Elle travaillait pour lui depuis un an et demi. Et en dépit de certains désaccords, il n'avait nullement l'intention de se passer de ses services. En effet, Fleur s'était toujours montrée d'une efficacité remarquable.

Quant à elle, elle s'interrogeait sur son avenir. Pourrait-elle continuer encore longtemps à assumer les erreurs de Parker ? Celui-ci ne s'occupait plus que des Lynx, délaissant ses autres clients.

Fleur trouvait que c'était, à long terme, une mauvaise stratégie. Le dernier album des Lynx n'avait pas très bien marché, Barry Noy devenait dangereusement mégalomane, et Simon Kale parlait de créer son propre groupe. Certes, les dissensions étaient fréquentes au sein des groupes de rock, mais il y avait de quoi s'alarmer.

— Parker, j'ai une idée dont je voudrais te parler, annonça Fleur en s'asseyant sur le canapé de son bureau.

Dayton fronça les sourcils, visiblement méfiant.

— Pourquoi ne m'as-tu pas fait l'un de ces fameux rapports dont tu as le secret ? ironisa-t-il.

— J'ai pensé qu'il valait mieux t'en parler directement.

— Pourquoi pas, après tout ? Tes brillants rapports, je m'en tape, si tu veux tout savoir !

Fleur poussa un soupir. Quelle humeur massacrante ! Parker s'était probablement encore disputé avec sa femme.

— Qu'as-tu inventé, cette fois ? Un nouveau système de classement informatisé ?

— Écoute, il s'agit de quelque chose de vraiment important.

— Alors vas-y, mais dépêche-toi.

— Voilà. Je trouve que nous perdons de l'argent bêtement. Nous touchons dix pour cent sur chaque contrat, quand les imprésarios de nos clients en touchent quinze, les avocats cinq et les attachés de presse encore deux ou trois.

— Ce qui signifie ?

— Que nous devrions agir avec tous nos clients importants comme avec les Lynx. Ils n'ont pas d'autre imprésario, nous nous occupons de leur publicité, de leurs tournées, et nous gagnons sur toute la ligne. Imagine que nous prenions vingt pour cent à tous nos clients. Nous doublons ainsi nos bénéfices. Quant à eux, ils économisent dix pour cent de leur cachet. Bref, tout le monde est content. Il suffirait d'engager quelques personnes de plus.

— Fleur, le cas des Lynx est un cas à part. Dès le début, j'ai su que j'avais une mine d'or entre les mains. Mais l'organisation à mettre en place pour réaliser ton idée me coûterait trop cher. En outre, je doute que nos clients apprécient de voir leurs affaires centralisées ainsi. Ils ne pourraient plus rien contrôler et seraient à la merci d'une faute de management, ou même d'une escroquerie.

— Tu as raison, concéda Fleur. Aussi faudrait-il leur laisser un droit de regard sur les comptes. Mais de toute façon, ils se font escroquer d'une façon légale par leurs imprésarios. Olivia Creighton en est un parfait exemple. Son manager préfère lui faire tourner des spots publicitaires parce que c'est mieux payé que des petits rôles au cinéma. Il pense à ses propres intérêts avant de considérer ceux de sa cliente. Il refuse de prendre des risques à long terme, et finalement Olivia y perd.

Parker regardait sans cesse sa montre, mais Fleur ne se laissa pas décourager par son agacement évident.

— Bien menée, cette affaire peut nous rapporter beaucoup d'argent, poursuivit-elle. Les clients y gagneront, et nous aussi. Nous pourrions devenir l'agence la plus prisée de New York, et nous serions obligés de refuser du monde !

— Fleur, je vais encore te répéter ce que je t'ai déjà dit cent fois. Je n'ai nullement l'intention de concurrencer William Morris. Mon affaire marche bien, et je ne vois pas pourquoi je me lancerais dans une aventure.

Fleur s'était doutée que la discussion se terminerait ainsi, mais elle avait voulu tenter sa chance une dernière fois. Tandis qu'elle retournait dans son bureau, elle prit une décision qui l'enchanta : créer sa propre agence.

Elle réfléchit très sérieusement à cette idée durant la semaine qui suivit. Elle devrait prendre des risques, de gros risques. Il lui faudrait une adresse prestigieuse et des bureaux somptueux. Elle devrait s'entourer d'un personnel compétent, ce qui impliquait des salaires élevés. Elle estima le coût de départ de l'opération à cent mille dollars. Plus elle songeait à ce projet, et plus elle pensait être la femme de la situation... Une femme qui, pour le moment, ne disposait que de six mille dollars d'économies !

Ce soir-là, elle dîna avec Simon Kale dans un restaurant indien.

— Que ferais-tu, s'enquit-elle, si tu n'avais que des petits revenus et si tu avais besoin d'une grosse somme d'argent ?

— Je m'achèterais un billet de loterie !

— Je suis sérieuse, Simon. Comment te débrouillerais-tu si tu avais, mettons, six mille dollars à la banque et que tu avais besoin de beaucoup plus ?

— Je téléphonerais à Gretchen Casimir.

— Voilà une possibilité à exclure d'office, Simon.

Elle y avait bien songé pendant un moment, mais elle avait vite renoncé à cette idée. Elle en avait fini avec le métier de mannequin. Simon devait en avoir conscience, car il n'insista pas.

— Donc, il est bien entendu que nous éliminons toute

forme de prostitution pour arriver à nos fins, poursuivit Simon.

Fleur le fusilla du regard.

— Ne le prends pas mal ! J'essayais seulement d'envisager toutes les possibilités. La plus sage, à mon avis, serait encore d'emprunter cette somme à un vieil ami fortuné. Qu'en penses-tu ?

— Tu me prêterais cet argent, n'est-ce pas ? Je n'aurais qu'à demander ?

Simon hocha la tête.

— Ce qui est contre tes principes, remarqua Simon. Je me trompe ?

— Bien sûr que non. D'autres suggestions ?

— Hum... Peter, j'imagine. Je crois que c'est ta meilleure chance.

— Peter Zabel ? Mais comment pourrait-il m'aider ? s'étonna Fleur.

— Fleur ! Tu le connais assez pour savoir qu'il n'a pas son pareil pour faire du fric. J'ai acheté des actions sur ses conseils, et j'ai déjà gagné une fortune. Cela me surprend qu'il ne t'ait jamais proposé d'investir en Bourse.

— Tu veux dire que j'aurais dû le prendre au sérieux ?

— Personne ne t'a jamais dit que tu manquais de jugeote ?

— Mais ce garçon est tellement bête ! objecta Fleur.

— Je crois que son banquier te donnerait tort sur ce point.

Fleur téléphona à Peter dès le lendemain et lui exposa son problème.

— J'ai besoin de beaucoup d'argent pour monter une affaire, expliqua-t-elle. Tu crois que ça vaudrait la peine d'acheter pour six mille dollars d'actions ?

— Tout dépend si tu es prête à les perdre ou non, répondit Peter. Si tu veux des bénéfices importants, tu vas devoir faire des placements à risques.

Elle réfléchit quelques instants.

— Aucune importance. De toute façon, six mille dollars ne me suffisent pas pour démarrer cette affaire. Alors, autant tenter le tout pour le tout. Dis-moi comment procéder.

Peter lui donna quelques tuyaux et lui recommanda de lire diverses revues boursières. Fleur prit l'habitude, dès qu'elle disposait d'une minute, de se plonger dans le *Wall Street Journal.* Le soir, elle s'endormait en lisant les cours de la Bourse.

Elle misa toute sa fortune sur le cours du soja, du propane et du jus d'orange — deux mille dollars d'actions chaque fois. Les plantations d'oranges de Floride souffrirent du gel, et les germes de soja pourrirent sous l'effet de pluies torrentielles, mais le cours du propane connut une hausse inattendue. Fleur possédait désormais sept mille dollars, qu'elle réinvestit aussitôt sur le cours du cuivre, de l'avoine, et tenta de nouveau sa chance avec le soja.

En avril, Kissy obtint le rôle de Maggie dans *La Chatte sur un toit brûlant.* Elle fit irruption en pleine nuit dans la chambre de Fleur pour le lui annoncer. Fleur se réveilla en sursaut.

— Tu te rends compte, Fleurinda. J'avais pratiquement renoncé à ce métier ! Et voilà que cette fille avec qui j'avais pris des cours de comédie m'appelle et m'annonce qu'elle met en scène *La Chatte !* Elle s'était souvenue qu'un jour j'avais interprété le rôle de Maggie pendant le cours et... oh, mon Dieu ! Tu imagines ? Nous commençons les répétitions la semaine prochaine ! Bien sûr, il n'y a pas d'argent, et c'est une production trop marginale pour que des gens importants se déplacent à la première. Mais au moins j'ai un rôle. Fleur ! Je vais recommencer à jouer !

Dès que les répétitions commencèrent, Fleur ne fit plus que croiser Kissy de temps à autre. Celle-ci se montrait lointaine et inaccessible. Plus un seul homme ne venait la voir, et Fleur la taquina à ce sujet.

— Je dois conserver mon énergie sexuelle pour le rôle, expliqua la jeune actrice.

Le soir de la première, Fleur se sentait encore plus angoissée que son amie. Que se passerait-il si jamais Kissy n'était pas à la hauteur ? Oserait-elle le lui dire ? Kissy avait tant d'intuition qu'il était impossible de lui mentir.

Elle prit un ascenseur branlant et se retrouva dans un loft mal chauffé. La peinture grise des murs était écaillée. A une extrémité de la pièce, une estrade en bois faisait office de scène. Pour tout décor, Fleur vit un lit, ce qu'elle interpréta comme un heureux présage pour Kissy. Elle s'assit au premier rang sur une chaise en métal. Petit à petit, les spectateurs arrivèrent : des jeunes hommes en jeans délavés, des artistes au chômage, des acteurs débutants. Fleur remarqua que pas un seul réalisateur, pas un seul agent de casting n'avait daigné se déplacer. Elle en avait pourtant contacté une bonne vingtaine. Mauvais signe pour quelqu'un qui veut lancer sa propre agence, pensa-t-elle.

— Vous êtes une amie du mari ou une amie de la femme ? demanda un jeune homme à côté d'elle.

— Euh... une amie de la femme, répondit Fleur.

— C'est bien ce que je pensais ! Vous avez des cheveux magnifiques.

— Merci, dit Fleur.

Ses cheveux descendaient à présent un peu plus bas que ses épaules, et de nouveau ils attiraient l'attention des hommes, à tel point qu'elle avait même songé à les faire recouper. Mais elle n'arrivait pas à s'y résoudre.

— Vous accepteriez de poser pour moi un de ces jours ? s'enquit le garçon. Je peins à l'acrylique.

— Je ne pense pas, non.

— Dommage, soupira le garçon, habitué à essuyer des refus.

Le spectacle commença. Fleur se mordit les lèvres d'appréhension lorsque Kissy fit son entrée sur la scène. La jeune actrice portait une robe de dentelle rétro. Sa voix était rauque, et tout en elle exprimait l'insatisfaction sexuelle. Elle ôta sa robe et s'étira, ses doigts battant l'air comme des griffes. L'un des voisins de Fleur s'agita sur sa chaise.

Pendant deux heures, Fleur fut comme envoûtée par

Kissy. Celle-ci parcourait la scène, gémissait, se tordait les mains, exprimant à la perfection l'hystérie de Maggie. Quel érotisme trouble et désespéré ! Kissy jouait avec toute son âme. C'était vraiment la performance la plus extraordinaire à laquelle Fleur ait jamais assisté. A la fin du spectacle, elle comprit tout à coup le problème de Kissy. Si sa meilleure amie ne la prenait pas au sérieux en tant qu'actrice, comment pourrait-elle jamais convaincre un metteur en scène de son talent ?

Fleur se fraya un passage à travers le groupe de gens venus féliciter Kissy.

— Tu as été géniale ! s'exclama-t-elle en la serrant dans ses bras. Je n'ai jamais rien vu d'aussi formidable !

— Je m'en doute ! plaisanta Kissy. Allez, viens avec moi, tu me raconteras tout ça dans ma loge.

Fleur suivit son amie jusqu'à une petite pièce transformée en loge de fortune. Kissy lui présenta les autres filles qui avaient joué dans la pièce, et Fleur discuta un moment avec elles. Puis elle s'installa sur une chaise à côté de la table où Kissy était en train de se démaquiller et lui répéta au moins vingt fois qu'elle l'avait trouvée merveilleuse.

— On peut entrer ? demanda une voix masculine de l'autre côté de la porte. Il faut que je récupère les costumes.

— Tout le monde est parti, Michael, répondit Kissy. Tu peux entrer. Je voudrais te présenter quelqu'un.

Le jeune homme entra dans la pièce.

— Fleur, reprit Kissy, je t'ai souvent parlé de notre génial costumier et futur grand styliste, Michael Anton. Michael, je te présente Fleur Savagar.

Fleur eut soudain l'impression que tout se figeait autour d'elle, comme l'image d'un film sur le point de casser. Il portait une large chemise en satin violet et un pantalon souple retenu par des bretelles. Il n'était pas beaucoup plus grand que la dernière fois qu'elle l'avait vu, un mètre soixante peut-être. Ses fins cheveux blond clair ondulaient jusqu'à ses épaules étroites. Il avait toujours les mêmes traits délicats et les mêmes yeux d'un bleu pervenche, si intense que Fleur détourna la tête. Elle ne pouvait supporter cette couleur sans un douloureux pincement au cœur.

— Bonsoir, Fleur.

Il fit un pas vers elle mais ne lui tendit pas la main. Fleur remarqua qu'il se mouvait avec la grâce innée d'un aristocrate. Il avait la distinction naturelle d'Alexis.

Il s'écoula presque une minute avant que Kissy s'aperçoive qu'il se passait quelque chose d'anormal. Son regard allait de l'un à l'autre.

— Vous vous connaissez tous les deux ? demanda-t-elle.

Michael Anton hocha la tête. Fleur se ressaisit et sourit. Elle n'avait plus dix-sept ans, et elle savait désormais maîtriser ses émotions.

— A vrai dire, c'est un moment solennel, Kissy. Je te présente mon frère, Michel.

— Oh, mon Dieu !

Kissy les regardait avec des yeux tout ronds.

— Dommage qu'il n'y ait pas un orgue dans les parages ! plaisanta-t-elle.

Michel glissa ses mains dans les poches de son pantalon.

— J'ai l'impression que tu n'es pas très contente de me voir, remarqua-t-il.

— Tu savais que j'étais à New York ? demanda Fleur sans tenir compte de la remarque de son frère.

— Oui, je le savais.

Elle aurait voulu se conduire en adulte, assumer cette situation, mais elle s'en sentit incapable. Elle saisit son sac à main, donna un baiser rapide à Kissy et quitta la pièce.

Kissy la rattrapa juste au moment où elle sortait de l'immeuble.

— Fleur ! Attends ! Je suis désolée. Je n'imaginais pas une seule seconde que...

— Ne t'inquiète pas, Kissy. Ça m'a fait un choc, c'est tout.

— Fleur, Michael est vraiment un type formidable.

— Et tu trouves que j'ai mal agi en partant ainsi, n'est-ce pas ?

— Mais non. Je pense seulement que tu devrais essayer de le connaître un peu mieux avant de le rayer de ta vie.

Fleur repéra un taxi et le héla.

— Va à cette fête sans moi, Magnolia, dit Fleur. Et bois un verre à ma santé. Je file me coucher.

Mais il s'écoula plusieurs heures avant que Fleur ne parvienne à trouver le sommeil cette nuit-là.

Durant les semaines qui suivirent, elle tenta de chasser Michel de son esprit. En vain. Aussi un soir se décida-t-elle à remonter la Cinquante-cinquième Rue. Il était près de dix-neuf heures, et tous les magasins étaient fermés. Heureusement, car sinon jamais elle ne se serait aventurée par ici.

Elle finit par trouver le numéro qu'elle cherchait et jugea aussitôt que Michel faisait un piètre homme d'affaires. Son magasin était bien situé, certes, mais rien n'incitait à s'y arrêter. La vitrine était trop petite et mal éclairée. Cependant y étaient exposés les vêtements les plus beaux et les plus originaux qu'elle ait jamais vus.

De toute évidence, il désirait se démarquer de ce groupe de stylistes à la mode qui s'ingéniaient à faire ressembler les femmes à des hommes. Dans la petite vitrine de sa boutique, on pouvait voir une demi-douzaine de robes ultra-féminines, qui évoquaient aussi bien la Renaissance qu'une comédie musicale de Busby Berkeley. Tandis qu'elle admirait les drapés de crêpe de Chine, les soies et les jerseys, Fleur se demanda depuis combien de temps elle n'avait plus porté de robe. Depuis trop longtemps elle ne s'achetait plus rien — hormis du rouge à lèvres et des Tampax — et investissait tout son argent en actions.

Ce fut bientôt l'été, puis l'automne. Le groupe théâtral de Kissy fut dissous avant qu'elle ait l'occasion de jouer un autre grand rôle, et elle entra dans une nouvelle troupe qui, malheureusement, jouait presque exclusivement dans le New Jersey. Pour son vingt-cinquième anniversaire, Fleur demanda une augmentation à Parker, qui la lui accorda. La jeune femme misa aussitôt sur le cours du cacao.

Elle perdait plus souvent qu'elle ne gagnait, mais elle ne s'en inquiétait pas. Fleur avait compris que c'était chose courante en Bourse. Elle savait aussi que, chaque fois que les cours montaient, les gains étaient importants. Peter lui donnait d'excellents conseils. En outre, elle commençait à savoir tirer parti de ses propres erreurs. De six mille dollars au départ, sa fortune se chiffrait aujourd'hui à trente-cinq mille dollars. Elle s'efforçait de résister à la tentation de les dépenser. En effet, trente-cinq mille dollars lui étaient aussi peu utiles que six mille.

L'hiver arriva. Fleur cessa de demander conseil à Peter et prit ses décisions seule. Elle bénéficia d'une hausse tout à fait spectaculaire du cours du cuivre et gagna vingt mille dollars en six semaines. Elle commença à souffrir de maux d'estomac. Elle n'en continua pas moins à investir en Bourse chaque centime qu'elle pouvait économiser.

Le premier jour de juin, très exactement un an et demi après s'être lancée dans la grande aventure de la spéculation boursière, Fleur donna sa démission à Parker. Elle vendit tout ce qu'elle possédait et loua un coffre à la Chase Manhattan Bank. En dix-huit mois, elle avait gagné quatre-vingt-treize mille dollars.

Fleur se mit en quête d'un bureau. Trois semaines plus tard, elle signait le bail de location d'une maison de quatre étages dans l'Upper East Side.

Le téléphone sonnait quand elle rentra chez elle. Pensant qu'il s'agissait de Kissy, elle décrocha, un sourire aux lèvres. Les deux amies avaient prévu d'aller dîner ensemble.

— Allô !

— Allô, mon enfant.

Bien que cette voix et cette expression lui fussent familières, elle ne les avait plus entendues depuis cinq ans, et son cerveau mit plusieurs secondes à décoder le message.

Fleur s'efforça de conserver son calme et prit une profonde inspiration.

— Que veux-tu, Alexis ?

— Tu fais l'impasse sur les formules de politesse ? ironisa-t-il.

— Tu as très exactement une minute pour parler. Après, je raccroche.

Il poussa un long soupir, comme si cette réflexion l'avait profondément blessé.

— Très bien, chérie. Je voulais te féliciter pour tes gains en Bourse. Des placements un peu hasardeux, certes, mais le résultat est là. Si je ne me trompe, tu as signé aujourd'hui un bail de trois ans pour une maison.

Fleur sentit un frisson d'angoisse la parcourir.

— Comment le sais-tu ?

— Je te l'ai déjà dit, chérie. Je ne perds jamais de vue les êtres que j'aime.

— Assez, Alexis ! N'essaie pas de jouer au plus fin avec moi. Je sais bien que tu ne m'aimes pas.

— Détrompe-toi. Je t'aime beaucoup. Il y a des années que j'attends ce moment, chérie. J'espère que tu ne me décevras pas.

— Quel moment ? Que veux-tu dire ?

— Protège ton rêve, chérie. Protège-le mieux que je n'ai su protéger le mien.

23

Fleur regardait les hautes herbes se courber sous la caresse du vent léger qui soufflait dans les dunes. La lumière du crépuscule faisait scintiller de petites étincelles dorées à la surface de la mer. La jeune femme ne regrettait pas d'être venue. Elle se sentait bien sur cette vaste terrasse. Elle adorait cette maison à la structure géométrique, toute de métal et de verre, avec ses capteurs solaires dirigés vers le ciel. Mais la petite phrase d'Alexis lui revenait sans cesse en tête : « Protège ton rêve. » Un avertissement évident. Elle avait détruit la Royale, le rêve de son père, et maintenant qu'elle possédait quelque chose en propre — son agence —, il avait décidé de se venger. Mais comment ?

Oui, elle avait bien fait de venir passer ce dernier week-end de juillet à Long Island. Kissy avait eu raison d'insister pour qu'elle l'accompagne. Ces derniers temps, Fleur travaillait comme une forcenée, et elle n'avait pas l'intention de prendre des vacances cet été.

Elle tenta encore une fois de chasser Alexis de son esprit. Au fil du temps, elle avait presque fini par l'oublier. Mais ce coup de téléphone faisait resurgir en elle d'affreux souvenirs. Elle s'efforça de se concentrer sur sa nouvelle maison, un bâtiment de quatre étages qu'elle venait de louer à New York. Cette demeure allait à la fois lui servir de locaux pour l'agence Savagar et de résidence privée. Le décorateur qui avait supervisé les travaux d'aménagement des bureaux lui avait promis qu'elle pourrait s'y installer dès la mi-août. La maison disposait de deux parties bien distinctes, séparées verticalement : côté rue, il y aurait l'agence, côté cour les appartements de Fleur.

La jeune femme avait calculé qu'elle pourrait tenir financièrement jusqu'en février. Théoriquement, une affaire comme la sienne deviendrait rentable au bout d'un an. Vu qu'elle ne disposait que de six mois pour commencer à faire des bénéfices, il lui faudrait travailler très dur.

Elle se dit qu'elle avait toutes les chances de réussir. Ce concept d'une agence d'artistes qui prendrait en main le lancement et les intérêts de ses clients sans nécessiter le moindre intermédiaire était révolutionnaire. Fleur avait pris la décision de s'occuper de futures célébrités en tout genre — acteurs et musiciens, aussi bien que sportifs ou écrivains. L'agence Savagar comptait déjà trois clients : Rough Harbor, le nouveau groupe de Simon Kale — les Lynx s'étaient séparés — ; Olivia Creighton — Fleur avait réussi à l'arracher des griffes de Bud Sharpe — ; et même Kissy.

Kissy... Fleur fronça les sourcils à la pensée que son amie avait de nouveau cessé de passer des auditions. Kissy végétait. Depuis *La Chatte sur un toit brûlant,* elle n'avait tourné que quelques minutes d'un feuilleton télévisé. Fleur s'en sentait un peu responsable. Pour que son amie se fasse connaître, il lui fallait absolument jouer dans une production importante. Or Fleur n'avait pas encore réussi à lui trouver ce genre d'engagement. Mauvais présage pour quelqu'un qui s'était promis de faire fortune avant février...

Et puis Kissy collectionnait les amants, les choisissant de plus en plus musclés et de plus en plus bêtes. Pour oublier son infortune professionnelle, sans doute...

Fleur pensa soudain à Charlie Kincannon, leur hôte pour le week-end. Il mourait d'envie de figurer sur la liste des amants de Kissy. Bien qu'il ne ressemblât en rien à un

Apollon, Charlie aurait fait un partenaire idéal pour Kissy. Ce producteur de pièces de théâtre subtil et sensible était tout à fait capable d'estimer la jeune femme à sa juste valeur.

Le panneau de verre coulissa, et la pulpeuse Kissy apparut sur la terrasse, dans un pantalon blanc moulant et un petit bustier rose et bleu. Avec ses boucles d'oreilles en forme de cœur et son ruban bleu dans les cheveux, on aurait dit une fillette avec des seins.

Kissy avala une gorgée de piña colada.

— Il est huit heures, et les invités commencent à arriver, dit-elle. Tu ne penses pas que tu devrais songer à te préparer, Fleur. Cela m'étonnerait que Machin Chose apprécie de te voir assister à sa soirée dans cette tenue.

Fleur s'aperçut tout à coup qu'elle avait gardé sa tenue de plage — un short blanc sur un bikini noir — et que ses cheveux, hâtivement relevés en chignon, étaient pleins de sel.

— Oui, je vais aller prendre une douche. Mais arrête de l'appeler Machin Chose. Charlie Kincannon est un garçon charmant.

— Ah oui ? Alors pourquoi ne sors-tu pas avec lui ?

— Je pourrais, Kissy. C'est le premier homme que tu me présentes qui ne passe pas ses journées à faire de l'aérobic et à bronzer.

— Merci, Fleurinda. Je te le laisse alors, et sans regrets. Il me rappelle un pasteur baptiste qui voulait me sauver du vice !

— Charlie n'a rien d'un puritain, objecta Fleur. Et tu lui plais beaucoup, je le sais.

— Écoute, Fleurinda, laisse-moi mener ma vie comme je l'entends !

Fleur poussa un soupir et se leva. Inutile d'insister pour le moment.

Dans le grand salon meublé à la japonaise, Charlie Kincannon sirotait un scotch, assis sur le canapé. Il ne semblait prêter aucune attention à ses invités.

— Pourrais-je te parler une minute, Fleur ? demanda-t-il.

— Bien sûr, répondit-elle en s'installant à côté de lui.

Charlie Kincannon lui avait toujours fait penser à un personnage que pourrait incarner Dustin Hoffman, le genre d'homme qui, en dépit de sa fortune, reste toujours en léger décalage avec le reste du monde.

— Cela te paraîtra peut-être un peu bête, mais penses-tu que j'aie mes chances avec Kissy ? demanda-t-il sérieusement.

— Difficile à dire, éluda Fleur.

— En d'autres termes, aucune chance, n'est-ce pas ?

Fleur aurait volontiers étranglé sa copine sur-le-champ.

— Tu n'y es pour rien, Charlie. Kissy a des penchants autodestructeurs ces temps-ci, elle a tendance à considérer les hommes comme des objets.

Charlie réfléchit quelques instants.

— En un sens, c'est un renversement de situation plutôt intéressant dans les rapports hommes-femmes. Intéressant, mais difficile à encaisser. D'accord, je ne possède pas la carrure d'un Stallone, mais d'habitude les femmes s'en moquent parce que je suis riche.

Fleur admirait cette lucidité. Elle eut envie d'aider Charlie Kincannon.

— Je ne sais pas si cela marchera ou non, Charlie, mais tu es le seul homme, hormis Simon Kale — et tu ne peux pas le considérer comme un rival —, qui estime Kissy pour son intelligence. Alors peut-être devrais-tu miser là-dessus et ignorer son corps pour te concentrer sur son esprit.

Charlie lui lança un regard lourd de reproches.

— Je ne voudrais pas passer pour un obsédé sexuel, Fleur, mais il me paraît difficile d'ignorer le sex-appeal de Kissy.

Fleur le regarda avec bienveillance.

— Désolée, mais c'est le meilleur conseil que je puisse te donner.

Elle allait se lever quand elle entendit une voix familière. Michel, vêtu d'un short et d'un débardeur jaune d'or, venait d'entrer dans le salon. La bonne humeur de Fleur s'évanouit aussitôt.

Depuis un an, ils avaient dû se rencontrer à deux ou trois reprises, et chaque fois la même gêne s'était installée entre eux. Ils se saluaient froidement, sans jamais rien trouver à se dire. Elle aurait dû se douter qu'il ferait partie du groupe d'amis invités par Kissy. L'homme qui accompagnait Michel était grand et musclé, avec des cheveux bruns qui lui arrivaient jusqu'au milieu du dos. Un danseur, décida Fleur en remarquant qu'il marchait les pieds ouverts vers l'extérieur.

La maison se remplissait d'invités. Fleur s'excusa auprès de Charlie et dit qu'elle allait se changer. Mais elle sortit par la petite porte de derrière qui donnait sur la plage. Elle avait besoin de marcher, seule.

La lune se levait. Sa clarté se reflétait dans la mer et faisait scintiller la crête des vagues. Mais Fleur n'avait pas l'âme romantique, ce soir-là, et ce spectacle la laissa indifférente. Pourquoi avait-il fallu que Michel vienne ?

La jeune femme s'éloignait peu à peu de la maison et s'en fit le reproche. Charlie avait sûrement invité quelques comédiens, encore peu connus et prometteurs, et Fleur aurait dû se trouver parmi eux pour établir de nouveaux contacts utiles à la bonne marche de son agence. Elle était stupide de se laisser décontenancer aussi facilement. Cela ne pouvait que nuire à sa carrière. Elle enfonça résolument ses mains dans ses poches et fit demi-tour.

Fleur pensait à Charlie et à Kissy, quand elle vit un homme se détacher des dunes à une centaine de mètres devant elle et s'arrêter. Fleur frissonna, brusquement consciente du fait qu'ils étaient seuls sur une plage déserte. L'homme, dont la haute stature se détachait sous la clarté de la lune, lui parut effrayant. De plus, il semblait observer son approche avec intérêt. Fleur regarda la maison, au loin. Personne ne l'entendait crier si elle avait besoin d'aide.

Et d'ailleurs, pourquoi aurait-elle besoin d'aide ? Le fait

de vivre à New York avait dû la rendre paranoïaque. Ce type n'était probablement que l'un des invités de Charlie, sorti prendre l'air, comme elle. Cependant elle ne pouvait s'empêcher d'avoir peur, et elle accéléra spontanément le pas.

Soudain, l'homme bougea. Fleur sentit tous ses muscles se contracter. Il jeta la bouteille qu'il tenait à la main et marcha vers elle à longues enjambées. Sans attendre davantage, elle se mit à courir et passa devant lui comme une flèche.

Tout d'abord, elle n'entendit que le bruit de sa propre respiration, mais elle comprit bientôt qu'il courait derrière elle. Le cœur de la jeune femme battait comme un gong dans sa poitrine. Tu peux le distancer, Fleur, se dit-elle, il suffit d'accélérer le rythme, juste un peu.

Pendant une centaine de mètres, elle courut, éperdument. Elle prit bien garde de demeurer au bord de l'eau, là où le sable était suffisamment dur pour qu'elle puisse maintenir une cadence rapide. Oui, elle finirait bien par le semer. La maison se rapprochait. Fleur se mit à courir plus vite.

Deux cents mètres plus loin, l'homme était toujours derrière elle. La peur empêchait Fleur de respirer correctement. Ses poumons la brûlaient, et elle ne prenait plus que de courtes et pénibles inspirations. Il allait la violer ! Cette idée l'obsédait. Que faire en pareil cas ? Elle avait lu quelque part qu'il fallait tenter de parlementer avec l'agresseur, pour gagner du temps. Mais aurait-elle le cran — et le souffle — nécessaire ? Mon Dieu ! Pourquoi était-il encore derrière elle ?

Elle sentit qu'il se rapprochait. Il cria quelque chose qu'elle n'entendit pas. Qu'elle ne voulut pas entendre. Puis elle sentit une main s'abattre sur son épaule. Il la força à se retourner. Elle glissa, tomba le dos dans le sable. Il s'abattit sur elle et la maintint fermement plaquée à terre.

— Fleur !

Il l'écrasait de tout son poids et l'empêchait de respirer.

Avec le peu de force qui lui restait, elle lui donna un coup de poing dans le dos. Il poussa un grognement furieux et se redressa légèrement, s'appuyant sur ses coudes. Fleur le frappa encore.

Sous l'impact du coup, il recula, et Fleur en profita pour se mettre à genoux dans le sable et pour lui donner une volée de coups de poing. Elle frappait sans discernement tout ce qu'elle pouvait atteindre, de toutes ses forces.

Soudain il l'attira violemment vers lui, la serrant si fort contre sa poitrine que, de nouveau, elle éprouva des difficultés à respirer.

— Arrête, Fleur ! C'est moi, Jake !

— Je sais que c'est toi, salaud ! Laisse-moi partir !

— Pas avant que tu n'aies retrouvé ton calme.

— Je suis parfaitement calme ! protesta-t-elle.

Jake relâcha peu à peu la pression de ses mains sur les bras de la jeune femme.

— Si tu me frappes encore, je te promets que tu vas le regretter ! la menaça-t-il.

Il n'avait pas l'air de plaisanter. Fleur se releva lentement, et Jake se mit debout, face à elle. Il la regardait avec une franche hostilité. Ses cheveux, plus longs qu'avant, lui arrivaient presque à hauteur des épaules. Il portait une moustache, mais celle-ci ne cachait pas sa lèvre inférieure, charnue et sensuelle. Il était vêtu d'un tee-shirt trop grand et d'un short marron délavé. Mais il n'avait plus l'air aussi sympathique qu'avant dans son éternelle tenue décontractée.

— Pourquoi ne m'as-tu pas dit que c'était toi ? cria-t-elle.

— Je n'ai pas pensé une seule seconde que tu ne me reconnaîtrais pas.

— Tu ressembles à Charles Manson ! dit-elle.

Elle lui lança un regard plein de ressentiment. Fleur avait imaginé de tout autres retrouvailles. Jamais elle n'avait envisagé l'éventualité d'apparaître ainsi à son désavantage, dans un vieux short blanc, les cheveux attachés en une queue de cheval à moitié défaite.

Lentement, il se rapprocha d'elle.

— Je tourne la suite des aventures du Dog. Dans le film, il est devenu aveugle. Je dois apprendre à tirer au jugé. Je sens que cela va être aussi nul que d'habitude. Mais ça va probablement me rapporter quelques millions de dollars.

— Et tu violes combien de femmes dans celui-là ? railla Fleur.

— Qu'est-ce que ça peut te faire ? Tu voudrais être du nombre ?

Fleur se mordit les lèvres. Il essayait de la provoquer, elle le savait. Mais elle n'entrerait pas dans son jeu, pas cette fois. Il la déshabillait des yeux d'une manière insultante. Il fallait avouer qu'elle n'était pas très couverte. Le regard de Jake s'arrêta un instant sur le buste de la jeune fille — elle ne portait qu'un soutien-gorge de maillot de bain —, puis descendit un peu plus bas.

— Il semblerait que ces longues jambes courent toujours aussi bien, remarqua-t-il.

Étrangement, cela ne sonnait pas comme un compliment. Il vint tout près d'elle et la prit par les épaules.

— Combien de fois avons-nous fait l'amour ce fameux week-end ? reprit-il. Cinq, six ?

— Arrête, Jake.

Elle recula d'un pas.

— Tu sais quoi ? Eh bien, j'ai le sentiment de m'être fait manipuler.

Fleur fulminait intérieurement. Comment osait-il ?

— Espèce de salaud ! Tu t'es servi de moi pour réussir ton film. Je n'étais qu'une fille naïve et stupide qui refusait de se montrer nue devant la caméra. Mais tu t'es arrangé pour que ça change, n'est-ce pas ? Tu as pensé à moi en recevant ton oscar ?

Jake s'avança d'un pas et la saisit fermement par le bras.

— Tu as été victime des ambitions de ta mère, pas des miennes ! Alors ne reporte pas ta haine sur moi. A cause de vous, j'ai eu la meilleure partie de ma vie gâchée !

Elle n'essaya pas de comprendre ce qu'il venait de dire. Une seule chose la préoccupait : qu'il lui lâche le bras.

— Je crois que vous feriez mieux de la laisser partir, dit une voix qui venait des dunes.

Jake et Fleur se retournèrent et virent un homme venir vers eux.

— Occupez-vous donc de vos affaires ! siffla Jake en relâchant légèrement sa pression sur le bras de la jeune fille.

Michel se tenait devant eux.

— Viens, Fleur, dit-il, rentrons.

Elle leva les yeux vers son frère, médusée. Il se posait en protecteur ! Michel, beaucoup plus petit et plus frêle que Jake, était prêt à l'affronter pour aider sa sœur.

— Pourquoi n'irais-tu pas voir ailleurs si j'y suis avant que je te botte les fesses ? railla Jake.

Cette réplique semblait tout droit sortie du plus mauvais de ses films. Fleur aurait très bien pu apaiser la situation, mais elle n'en fit rien. Michel en protecteur... Elle voulait voir jusqu'où il était prêt à aller pour la défendre.

Le visage de Michel ne trahissait aucune émotion.

— Je serai ravi de partir, si toutefois Fleur vient avec moi.

— N'y compte pas, grogna Jake.

Michel, très calme, glissa ses mains dans les poches de son short. Il savait qu'il ne faisait pas le poids, aussi adoptait-il la défense passive. Il attendait que la situation se débloque. Et il paraissait décidé à attendre le temps qu'il faudrait. Jake semblait mal à l'aise. Michel ne ressemblait en rien aux méchants qu'il avait l'habitude de rosser dans ses films.

— C'est un ami à toi, Fleur ? demanda-t-il, son regard allant de l'un à l'autre.

— C'est mon frère, Michel...

— Je m'appelle Michel Savagar, l'interrompit-il.

Jake les fixa encore quelques instants, puis il ôta sa main du bras de Fleur.

— Je me suis fait une règle de ne jamais rester en présence de deux membres de la famille Savagar à la fois, annonça-t-il. A plus tard, Fleur.

Puis il tourna les talons et s'éloigna vers la mer.

Fleur regarda son frère pendant un moment sans rien dire. Puis ils partirent en direction des dunes.

— Pourquoi as-tu fait ça, Michel ? finit-elle par lui demander. Il aurait pu te casser en deux.

— Tu es ma sœur, dit-il simplement. Et c'est mon devoir en tant qu'homme de te protéger.

Alexis lui aurait donné la même réponse. Mais Alexis n'aurait jamais été capable de créer ces robes sublimes exposées dans la petite boutique de la Cinquante-cinquième Rue. Ils arrivèrent bientôt devant la maison.

— Et si nous allions quelque part pour parler ? proposa Fleur.

— Avec plaisir, répondit Michel.

Ils prirent la voiture de Fleur et roulèrent en silence jusqu'à une auberge située près de Hampton Bay, où ils commandèrent des praires, des frites et de la bière.

— Je regrette de m'être aussi mal conduite envers toi, avoua Fleur. Je ne sais pas comment t'expliquer...

— Ce n'est pas grave. N'y pense plus.

Michel alluma une cigarette. Le néon clignotant de l'enseigne projetait une lumière bleue sur ses cheveux. Fleur lui parla de son enfance au couvent, du sentiment d'abandon qu'elle avait éprouvé pendant toutes ces années. Quand elle eut achevé son récit, Michel resta silencieux un moment, puis il se mit à parler de lui — ses études, son homosexualité, Alexis. Tous ses propos étaient empreints de cynisme, sauf lorsqu'il parlait de sa grand-mère. Fleur apprit que Solange Savagar lui avait légué ce qui restait de sa fortune. Michel avait monté son affaire grâce à cet argent. Quand il se tut, elle lui parla de Belinda et d'Errol Flynn.

Michel alluma une nouvelle cigarette. Lorsqu'il reprit la parole, il lui déclara :

— Je veux créer des robes pour toi. J'en rêve depuis que je t'ai vue.

Fleur s'était attendue à tout, sauf à ça.

Elle se réveilla tard le lendemain matin et, après une douche rapide, elle descendit prendre une tasse de café à la cuisine. Le grand salon était désert, mais Fleur vit que plusieurs invités, dont Michel, étaient déjà installés sur la terrasse et sirotaient leur café en lisant les journaux du matin. Elle sourit au souvenir de la soirée de la veille. Michel semblait l'aimer, et pourtant elle n'avait jamais rien fait pour cela. Ils s'étaient même embrassés avant d'aller se coucher !

Fleur se versa une tasse de café.

— Et si tu en préparais une deuxième ?

Elle fit volte-face. Jake était debout dans l'embrasure de la porte. Elle savait désormais que leur rencontre de la veille n'était pas le fruit du hasard. Michel lui avait appris que Jake faisait partie des invités de Charlie. L'acteur était simplement sorti la chercher sur la plage quand on lui avait dit qu'elle était sortie se promener.

— Tu n'as qu'à te servir toi-même ! lâcha-t-elle.

Jake la regarda fixement pendant quelques instants, puis il vint se verser une tasse de café. Il portait un tee-shirt blanc et un short bleu marine élimé, Fleur aurait juré que c'était le même qu'il portait quelque six ans plus tôt pour aller déjeuner chez Belinda, un dimanche. Jake saisit la cafetière et frôla son bras. Il sentait le dentifrice et le savon. Fleur ajouta du lait et du sucre dans son café — qu'elle buvait noir d'habitude — histoire de se donner une contenance. Jake devait comprendre qu'il avait désormais affaire à une femme et non plus à une admiratrice de dix-neuf ans.

— Je ne cherchais pas à te faire peur, la nuit dernière, expliqua-t-il. Mais j'avais un peu trop bu. En outre, ça ne va pas très fort en ce moment. Pardonne-moi, Fleur.

Elle alla s'adosser contre le réfrigérateur et croisa les bras sur sa poitrine.

— J'imagine que c'est très dur, en effet, de gagner tous

ces millions, mais je préfère encore m'apitoyer sur les victimes des tremblements de terre.

— Très charitable de ta part, railla-t-il.

— Tu t'attendais à quoi ? J'ai horreur qu'on se moque de moi. Et les numéros de macho ont cessé de m'impressionner depuis longtemps.

Jake but une longue gorgée de café.

— Ce qui veut dire ?

— Devine ! lança-t-elle.

— Il semblerait que tu te sois endurcie avec les années, remarqua-t-il.

— Et comment !

Jake baissa un instant les yeux vers sa tasse, songeur.

— Tu m'as surpris dans *Éclipse,* tu sais ? Je ne m'attendais pas à une telle performance de ta part.

— Merci, Jake ! rétorqua-t-elle, sarcastique.

— Tu veux venir te promener sur la plage avec moi ?

— Non.

— Allez, viens. Qu'est-ce que tu redoutes le plus ? Que je morde ou que je ne morde pas ?

— Très honnêtement, Koranda...

— Après vous, ma chère ! dit-il en s'effaçant pour la laisser passer. Ils sortirent par la petite porte de derrière.

Une fois sur la plage, Fleur ôta ses espadrilles pour marcher pieds nus dans le sable. Jake se baissa pour ramasser un coquillage. Ils ne parlèrent ni l'un ni l'autre pendant un long moment. L'acteur fut le premier à rompre le silence.

— J'aime beaucoup ton frère, dit-il. Nous avons un peu discuté ce matin. C'est un type très bien.

Cette gentillesse, cette douceur agaçaient Fleur. Si Jake croyait pouvoir se faire pardonner de cette manière, il se trompait.

— Un type très bien pour un styliste, hein ?

— Que veux-tu dire par là ? demanda Jake, en fronçant les sourcils.

— Que je te trouve condescendant. Pour qui te prends-tu, Koranda ?

Jake la regarda avec dégoût.

— Va te faire foutre ! siffla-t-il.

Il tourna les talons et commença à s'éloigner à grands pas.

— Jake ! cria-t-elle.

Il ne s'arrêta pas, mais il ralentit sensiblement sa marche, ce qui permit à Fleur de le rejoindre sans avoir à lui courir après — ce qu'elle n'aurait fait pour rien au monde.

— Désolée, j'ai passé une mauvaise nuit, s'excusa-t-elle.

— Et moi ? Tu crois que j'ai bien dormi ?

Il se laissa tomber sur le sable.

— Écoute, reprit-il. Nous devons exorciser le passé. Alors reprenons l'histoire depuis le début et réglons nos comptes, tout de suite.

La jeune femme suivit des yeux un cerf-volant jaune et bleu.

— Tu ne crois pas que tu en fais trop ? demanda-t-elle. Cela me paraît un peu désuet, pour deux adultes, de se lamenter sur une virginité perdue. Nous sommes à l'âge de la liberté sexuelle, Jake. Et après toi, j'ai eu de nombreux amants, mentit-elle. Il n'y a pas de quoi en faire un plat.

— Ah non ? dit-il, avec un soupçon de rancœur dans la voix. Alors peux-tu m'expliquer pourquoi tu as abandonné une carrière qui s'annonçait extraordinaire ? Et pourquoi je n'ai plus rien écrit depuis *Éclipse de soleil* ?

A l'annonce de cette nouvelle, Fleur éprouva un intense sentiment de satisfaction.

— C'est vrai ? s'enquit-elle, en s'efforçant de masquer sa joie.

— Tu as vu un seul scénario ou une seule pièce signés par moi depuis six ans ?

— Tu n'écris plus du tout, alors ? fit-elle, incrédule, tout en s'asseyant à côté de lui, dans le sable.

— Non. Je suis bloqué. Complètement bloqué, expliqua-t-il. Et tu sais quoi ? J'écrivais avec une facilité déconcertante avant que toi et ta mère n'entriez dans ma vie.

— Tu me fais des reproches ?

— Je n'aime pas qu'on me prenne pour un idiot.

— C'est la deuxième fois que tu essaies de jouer les martyrs, Jake. Et ça ne prend plus.

— O.K. Alors, reprenons tout depuis le début. Ce qui s'est passé entre nous ce fameux week-end n'avait rien à voir avec le film, et tu le sais aussi bien que moi. Je crois que tu avais besoin d'un alibi pour venir te jeter dans mes bras.

Fleur sentit la colère monter en elle.

— Vraiment ? Alors explique-moi une chose, Jake. Si tu ne t'es pas senti coupable à mon égard, pourquoi n'as-tu plus rien écrit depuis *Éclipse* ? Je ne prétends pas lire dans les recoins obscurs de ton subconscient, mais la raison de ce blocage me paraît claire.

— Tu ne peux pas comprendre.

— Parfait. Alors oublions le film, et disons simplement que j'étais une gamine assoiffée d'amour et toi un homme mûr. C'était à toi de prendre tes responsabilités.

Jake se releva brusquement.

— Et depuis quand suis-je censé être un saint ? Avec le corps que tu avais à dix-neuf ans, excuse-moi, mais je ne pouvais décemment te considérer comme une gamine.

Il ôta son tee-shirt d'un geste rageur, courut vers l'eau et plongea. Fleur ne le quitta pas des yeux, de peur qu'il ne se noie. La superstar super-virile ! Fleur avait néanmoins réussi à lui faire perdre le contrôle de lui-même, et elle en éprouvait une grande satisfaction. « Avec le corps que tu avais à dix-neuf ans ! » Qu'avait-il voulu dire par là ? Et le corps qu'elle avait maintenant, alors ?

Comme il sortait de l'eau, Fleur se leva, ôta sa robe et la laissa tomber sur le sable. En dessous, elle portait un mini-bikini orange. Elle se tint bien droite, afin qu'il puisse profiter du spectacle. Quand il arriva à sa hauteur, elle s'éloigna vers la mer à longs pas félins, sans un mot. Arrivée au bord de l'eau, elle se tourna vers lui de profil et leva les bras pour refaire sa queue de cheval, en prenant bien soin de s'étirer le plus possible. Elle lui jeta un regard à la dérobée pour voir s'il l'observait. Oui, il la regardait. Intensément. Tant mieux.

Elle plongea dans l'eau froide et nagea pendant quelques minutes. Quand elle vint le rejoindre, il tenait sa robe de plage sur ses genoux. Fleur se pencha pour la saisir. Mais Jake l'écarta d'elle, l'empêchant de la prendre.

— Et si on faisait la paix, Fleur ? proposa-t-il, maintenant toujours la robe hors de sa portée.

— La paix ? Alors arrête de me taquiner bêtement !

Elle regretta aussitôt ce qu'elle venait de dire. Après tout, ils n'allaient tout de même pas se fâcher à cause d'une robe.

— Viens la chercher ! lança-t-il.

Fleur se pencha de nouveau, mais au moment où elle allait saisir le vêtement, Jake recula vivement en la frôlant. Elle redressa la tête, secoua ses cheveux et le vit, allongé sur le dos, légèrement redressé sur ses coudes, qui la regardait, arborant le sourire du mâle satisfait. Elle le dévisagea quelques instants, l'air rageur, puis elle s'éloigna sans se retourner.

Le sourire de Jake s'évanouit aussitôt. Il avait l'impression d'avoir reçu un coup de poing dans l'estomac. Comme elle était belle ! Encore bien plus belle et bien plus désirable qu'à dix-neuf ans. Un véritable fantasme vivant, cette fille ! Quelles jambes, et quel sublime petit cul ! Il avait été vraiment idiot de ne pas lui rendre sa robe, s'exposant de ce fait à la torture de la voir s'éloigner dans ce bikini orange ridiculement petit. Ah, ce bikini ! Il n'en aurait fait qu'une bouchée !

Il enfouit son visage dans la robe. Elle sentait un subtil parfum de fleurs qu'il avait déjà remarqué la veille, quand ils s'étaient battus sur la plage. Il s'était conduit comme un imbécile ce soir-là, et depuis il se sentait perturbé. C'était le problème avec elle. Elle le troublait, lui faisait perdre contenance. Jusqu'à ce qu'elle entre dans sa vie, tout allait pour le mieux. Mais elle s'était arrangée pour mettre son existence sens dessus dessous. Elle avait fait tomber toutes ses défenses, elle l'avait rendu vulnérable. Au point qu'il n'avait plus jamais trouvé en lui le courage d'écrire.

Ces symptômes n'ont rien d'extraordinaire, lui souffla une petite voix qu'il tenta de chasser bien vite. Ces symptômes sont révélateurs d'un certain état. Alors, tu ne comprends donc pas ?

24

Fleur ne revit pas Jake. Il regagna la maison peu de temps après elle, fit ses bagages et quitta les lieux sans même lui dire au revoir. Rentrée à New York, la jeune femme se surprit à sursauter chaque fois que le téléphone sonnait. Espérait-elle vraiment qu'il l'appelle ? Oui, pour l'envoyer au diable ! Des rêves érotiques commencèrent à envahir ses nuits, et elle se réveillait trempée de sueur chaque matin. Il lui fallait absolument trouver un amant. Elle ne pouvait continuer à vivre ainsi, en refoulant sa sexualité. Pourquoi ne pouvait-elle faire l'amour seulement pour le plaisir ? Elle se sentait tiraillée entre son sens moral à l'ancienne et de violents appétits sexuels. Une fois de plus, elle se plongea à corps perdu dans son travail.

— Michel, j'ai jeté un coup d'œil sur tes livres de comptes, hier soir. Tout cela a été fait en dépit du bon sens.

Fleur était assise dans un fauteuil, au fond de la boutique. Au début, elle et Michel avaient trouvé des prétextes pour rester en contact. Son frère lui avait téléphoné pour savoir si elle était bien rentrée de Long Island. Elle l'avait rappelé le lendemain pour lui demander son avis sur le genre de robe qu'elle pourrait offrir à Kissy. Finalement, ils abandonnèrent ces subterfuges et acceptèrent le fait qu'ils avaient tout simplement envie de se voir.

— Comment as-tu pu laisser une telle pagaille s'installer dans tes comptes ? demanda Fleur avec un soupçon de reproche dans la voix. Pas étonnant que tu perdes autant d'argent.

Michel ferma à clé la porte de la boutique, éteignit quelques lampes et vint la rejoindre.

— Je suis un artiste, pas un homme d'affaires, expliqua-t-il. Voilà pourquoi j'ai fait appel à tes services.

— Mon nouveau client, Michel Savagar, déclama Fleur, comme face à un auditoire. Tu sais, cela me plaît beaucoup de m'occuper de ta carrière. Ici, à New York, on n'a plus vu de vêtements aussi beaux et aussi originaux que les tiens depuis longtemps. A moi de me débrouiller pour les faire connaître.

Elle passa les mains au-dessus d'une boule de cristal imaginaire.

— Je vois la fortune, la gloire et un nouvel amour, annonça-t-elle.

Michel vint se placer derrière elle et commença à lui ôter ses épingles à cheveux.

— La gloire et la fortune suffiront, précisa Michel. Je sais que tu n'aimes pas beaucoup Damon, mais...

— Ce n'est qu'un petit crétin pleurnichard, coupa Fleur. Honnêtement, tu as encore plus mauvais goût que Kissy dans le choix de tes amants. Les siens sont stupides, les tiens sont névrosés.

Fleur avait rencontré Damon chez Charlie Kincannon et avait immédiatement pensé que Michel devait pouvoir trouver mieux.

— Passe-moi ta brosse, dit-il. Tu ressembles à une Bette Davis hirsute ! Et ces jeans me rendent malade ! Ce n'est pourtant pas faute de t'avoir montré des modèles...

— Dépêche-toi de me faire ce chignon, l'interrompit-elle. J'ai rendez-vous avec Kissy dans dix minutes, et j'étais juste passée pour t'inviter à dîner demain soir... dans ma nouvelle maison.

— Comment ? Mais tu n'as pas encore emménagé ! s'étonna-t-il. Tu ne penses pas qu'il va te manquer un certain nombre de choses, comme, euh... des meubles ou des murs, par exemple ?

— Aucune importance, nous serons entre nous, précisa-t-elle.

Elle se leva, l'embrassa sur la joue et sortit de la boutique. Tandis qu'elle attendait un taxi sur la Cinquante-cinquième Rue, Fleur songea à sa soirée du lendemain et à la surprise qu'elle réservait à ses deux invités.

— Personne ne risque de confondre cet endroit avec Maxim's ! plaisanta Michel en jetant un rapide coup d'œil autour de lui.

Dans la grande pièce encore en chantier, qui deviendrait bientôt son bureau, Fleur avait installé une table de fortune en posant un bout de contre-plaqué sur des tréteaux, avec quelques chaises pliantes autour.

Kissy regarda Michel d'un air ironique. Il portait une chemise paysanne et un pantalon chinois, un peu court aux chevilles.

— De toute façon, on ne te laisserait pas entrer chez Maxim's habillé comme ça ! remarqua-t-elle.

Elle sourit à la vue des escabeaux et des pots de peinture qui traînaient dans la pièce.

— A ta place, Fleurinda, j'attendrais un peu avant de m'installer ici. C'est un vrai chantier !

— Le décorateur m'a juré que les travaux seraient finis pour le 15 août. Alors je pense que je devrais pouvoir emménager vers la mi-septembre.

Fleur entreprit de découper un poulet froid.

— J'aimerais vraiment que tu changes d'avis, Kissy, et que tu viennes habiter ici avec moi. J'ai fait aménager le grenier. Il y a une salle de bains et une cuisine entièrement équipée. Tu auras même ton entrée privée. Réfléchis, tu auras deux fois plus de place ici.

— C'est gentil, Fleurinda, mais j'aime mon appartement. Et puis tu sais bien que j'ai horreur de déménager. Je ne le ferai que si j'y suis vraiment obligée.

Fleur sentit qu'il serait inutile d'insister davantage. Bien que Kissy enviât son amie de gagner autant d'argent, jamais elle n'accepterait d'en profiter.

Fleur venait de disposer des crevettes sur un plat. Kissy en prit une.

— Alors, Fleurinda, je croyais que tu avais quelque chose à nous annoncer ! De quoi s'agit-il ?

Fleur désigna la bouteille de vin à Michel d'un geste de la main.

— Sers-nous à boire, s'il te plaît. Nous allons porter un toast, annonça-t-elle, mystérieuse.

Michel remplit les verres, et Fleur leva le sien.

— Ce soir, dit-elle, nous allons boire à la santé de mes deux clients préférés et du génie qui va les conduire au sommet !

Ils trinquèrent et burent une gorgée de vin.

Après avoir reposé son verre sur la table, Fleur regarda son frère.

— Dis-moi, Michel, pourquoi n'as-tu jamais organisé de défilé de mode pour montrer tes modèles à la presse ?

Le jeune styliste haussa les épaules.

— J'en ai organisé un, la première année. Cela m'a coûté une fortune, et aucun journaliste n'a daigné se déplacer.

Fleur se tourna vers Kissy.

— Et toi, ma belle, tu n'as jamais pu décrocher les rôles dont tu rêves parce qu'on ne te laisse jamais passer d'auditions pour ces rôles-là. Je ne me trompe pas ?

Kissy approuva d'un hochement de tête.

— Ce dont vous avez besoin tous les deux, c'est de vous faire connaître. Et j'ai enfin trouvé la solution. Un peu de chance, beaucoup de pub, et le tour est joué. Maintenant, dites-moi lequel de nous trois saura le mieux attirer l'attention des médias ?

— N'en rajoute pas, Fleur. Tu sais bien que c'est toi, grommela Kissy.

Fleur hocha la tête en signe d'assentiment.

— Oui, mais pas comme tu le crois. Il y a deux ans que je vis à New York, et la presse n'a pratiquement pas parlé de moi. Les journalistes se moquent pas mal de Fleur Savagar. Seul le Bébé Star les intéresse.

Elle leur tendit le journal du soir, ouvert à la page de la rubrique mondaine d'Adelaïde Abrams.

Kissy lut l'article à haute voix.

« Vous, les amoureux des stars, vous ignorez sans doute encore que le grand acteur Jake Koranda s'est promené le week-end dernier sur une plage de Long Island avec... devinez qui ! Fleur Savagar, le Bébé Star en personne, mais oui ! Ils étaient les invités de Charlie Kincannon, l'héritier milliardaire des laboratoires pharmaceutiques. Selon leurs amis, l'acteur n'avait d'yeux que pour Fleur, qui paraissait très émue de le retrouver. Pour le moment, ils semblent garder l'un et l'autre la plus grande discrétion sur ces retrouvailles. C'est le silence total, aussi bien de la part de Jake Koranda que de Fleur Savagar, laquelle vient de monter une agence de comédiens dont on entendra certainement parler très bientôt. »

Kissy leva les yeux vers Fleur, pleine de compassion pour son amie.

— C'est affreux, Fleurinda. Abrams est vraiment une ignoble commère ! J'ignore qui lui a raconté ça, mais...

— Kissy, c'est moi qui lui ai raconté, dit Fleur.

Michel et Kissy la regardèrent, interloqués.

— On peut savoir pourquoi ? demanda Michel.

Fleur but une gorgée de vin et leva son verre.

— Michel, il est temps de sortir du placard toutes ces robes que tu as créées pour moi. Le Bébé Star va faire son *come-back.*

Sans l'aide de l'alcool, la douleur est encore plus insupportable. C'est ce que pensait Belinda depuis qu'elle avait cessé de boire. Elle glissa la cassette dans le magnétophone, et la voix de Barbara Streisand emplit la pièce. Belinda posa le journal sur la table de nuit, s'adossa contre ses oreillers de satin bleu et se mit à pleurer.

Les derniers rebelles étaient morts. Jimmy sur la route de Salinas, puis Sal Mineo, et maintenant Natalie Wood. Les trois vedettes de *La Fureur de vivre* avaient tous rendu l'âme avant l'heure, et Belinda craignait que son tour n'arrive bientôt.

Elle avait le même âge que Natalie. Elles avaient toutes les deux aimé Jimmy. Et Natalie venait de disparaître.

L'idée de la mort terrifiait Belinda, même si elle avait parfois envie d'en finir. Sa vie était devenue un véritable enfer, et elle se demandait souvent combien de temps encore elle pourrait survivre dans ces conditions.

Malgré tout, au fond d'elle-même, elle avait l'espoir que tout s'arrange un jour. Alexis finirait bien par mourir...

Sa fille lui manquait terriblement. Mais Alexis l'avait menacée de l'envoyer dans une maison de repos pour alcooliques chroniques si jamais elle tentait de contacter Fleur. Belinda n'avait pas touché à une goutte de whisky depuis deux ans, mais elle craignait qu'il mette sa menace à exécution si jamais elle ne respectait pas sa volonté.

Alexis ne quittait pratiquement plus la maison. Il travaillait dans ses appartements du premier étage avec plusieurs assistants, de jeunes hommes à l'expression sinistre, toujours habillés de costumes sombres. Elle croisait parfois ces corbeaux dans l'entrée ou dans l'escalier, et jamais ils ne lui adressaient la parole. D'ailleurs plus personne ne lui parlait. Elle voyait très peu son mari. Les journées s'écoulaient, solitaires, monotones, les jours succédant aux nuits, et elle craignait qu'il en soit ainsi jusqu'à la mort.

Autrefois, quand elle sortait encore avec Alexis, les gens s'intéressaient à elle, lui posant des questions, lui demandant son opinion sur tout. Mais à présent qu'il ne sortait plus, Belinda se sentait transparente aux yeux des autres. Elle avait peu à peu cessé de répondre aux invitations de ses amis.

Comme elle regrettait le temps où elle vivait en Californie, quand elle était la mère du Bébé Star. Elle se sentait si lumineuse alors, si pleine d'énergie. Oui, ç'avait été l'époque la plus heureuse de sa vie.

Belinda réembobina la cassette et réécouta la chanson de Barbara Streisand. La musique l'empêcha d'entendre la porte de sa chambre qui s'ouvrait.

— Belinda !

Elle sursauta et vit Alexis debout au pied de son lit. Il y avait plus d'un mois qu'il n'était pas venu dans sa chambre. Pourquoi fallait-il qu'il surgisse au moment où elle avait les yeux gonflés et les cheveux en bataille ?

— Je ne suis plus qu'une épave, murmura-t-elle, en triturant nerveusement le bas de sa chemise de nuit.

— Moi, je te trouve toujours aussi belle, dit-il.

Voilà où résidait le pouvoir d'Alexis. Dans l'alternance subtile et machiavélique de tendresse et de cruauté. Et, tendre ou cruel, en un sens il était toujours sincère.

Alexis éteignit toutes les lampes, excepté celle de la table de chevet qui diffusait une lumière tamisée.

Vêtu de sa robe de chambre de soie noire, il vint s'allonger à côté de sa femme. Sans dire un mot, il fit glisser sa chemise de nuit jusqu'à la taille et commença à lui caresser les seins. Puis il lui ôta doucement sa petite culotte. Il tenta de lui écarter les cuisses, mais elle résista et poussa un petit cri angoissé. Il la récompensa d'avoir l'air effrayée en lui prodiguant ces caresses profondes dont il avait le secret et qu'elle aimait tant. De nouveau, elle essaya de refermer les jambes, mais il avait commencé à l'embrasser à l'intérieur des cuisses, et elle ne put résister au plaisir qui l'envahissait. C'était un pacte secret entre eux deux. Depuis qu'Alexis avait renoncé à ses très jeunes maîtresses, Belinda jouait à la jeune fille effarouchée pour l'exciter. Puis, fermant les yeux, elle pensait à Jake Koranda, à Errol Flynn, ou à James Dean.

Généralement, Alexis quittait sa chambre dès qu'il avait joui, mais cette fois il resta allongé auprès d'elle.

— Tu te sens bien ? s'enquit-elle.

— Voudrais-tu me passer ma robe de chambre, chérie ? Il y a des pilules dans la poche.

Elle détourna la tête pendant qu'il avalait ses médicaments. Belinda avait remarqué que sa maladie, bien loin de l'affaiblir, n'avait fait qu'affermir son pouvoir sur elle et sur les autres. Entouré d'une armée d'hommes dévoués, enfermé dans sa forteresse du premier étage, Alexis était devenu quasiment invulnérable.

Belinda se leva pour aller prendre une douche. Quand elle ressortit de la salle de bains, elle constata avec surprise qu'il était toujours là. Assis dans un fauteuil, il sirotait un alcool.

— Je t'ai fait servir un whisky, chérie, annonça-t-il.

Quelle cruauté caractéristique !

— Tu sais bien que je ne bois plus, soupira-t-elle.

— Tu ne devrais pas mentir, chérie. Et toutes ces bouteilles vides que la bonne retrouve sous ton lit ? Tu crois que je ne suis pas au courant ?

Il n'y avait pas de bouteilles vides. C'était sa manière de l'effrayer, au cas où elle aurait encore des désirs de rébellion.

— Qu'attends-tu de moi, exactement, Alexis ?

— Tu n'es qu'une femme stupide, Belinda. Stupide et faible de surcroît. Je me demande parfois comment j'ai pu t'aimer. Tu vas partir. Loin. Et pas plus tard que demain.

D'affreuses visions de cliniques grises et tristes comme des prisons traversèrent l'esprit de Belinda. Heureusement qu'elle gardait ce tube de somnifères caché dans son coffre à bijoux. Le moment était venu d'aller rejoindre les rebelles au paradis.

Alexis croisa les jambes et avala une gorgée de cognac.

— Ta présence me déprime, Belinda. Et je n'ai pas l'intention de te garder plus longtemps près de moi.

S'éteindre lentement après avoir avalé des comprimés. Oui, voilà ce qu'elle allait faire. Se retirer du monde des vivants, sans crier gare, en s'endormant, tout simplement.

Le dur regard slave d'Alexis Savagar la transperça.

— Je vais t'envoyer à New York, annonça-t-il. Et ce que tu feras une fois que tu seras là-bas ne me regarde plus d'aucune manière.

BÉBÉ STAR RESSUSCITÉ

J'étais désormais une proie rêvée.

Errol Flynn, *Mes quatre cents coups*

25

La longue robe moulante de velours noir lui allait comme un gant. Elle avait voulu relever ses cheveux en chignon, mais Michel l'en avait dissuadée.

— Cette longue chevelure blonde est le symbole du Bébé Star. Ce soir, il ne faut pas attacher tes cheveux.

Kissy apparut à la porte de la chambre.

— La limousine est arrivée !

— Souhaitez-moi bonne chance, leur demanda Fleur.

— Tu pourrais quand même te regarder dans la glace avant de partir, suggéra Kissy.

— Bon ! soupira Fleur. Mais j'ai à peine le temps.

Elle leva les yeux vers le miroir. Elle avait le même visage qu'à dix-neuf ans. Pourtant, l'expression en était différente. Oui, elle paraissait plus mûre qu'avant, plus déterminée aussi. Fleur observa son reflet plus attentivement — les grands yeux verts en amande, les sourcils épais, la bouche immense...

— Voilà la preuve qu'un bon maquillage fait des merveilles, dit-elle.

Kissy poussa un soupir.

— Je ne comprends pas pourquoi tu refuses d'admettre à quel point tu es belle.

— Arrête de dire des bêtises !

Fleur prit son sac et se précipita hors de l'appartement. Mais avant de monter dans la limousine, elle leva la tête et vit Michel et Kissy qui lui souriaient, accoudés à la fenêtre. Le Bébé Star était de retour.

Mais pas une seconde elle n'avait pensé qu'elle se retrouverait nez à nez avec Belinda.

Fleur tressaillit. Belinda se tenait debout, à l'entrée de la galerie Orlani, aussi belle et aussi fragile qu'un papillon. Tandis que sa mère se frayait un passage à travers la foule pour venir la rejoindre, Fleur se sentit envahie par un flot d'émotions difficilement contrôlables. Elle ne s'était vraiment pas attendue à voir Belinda. Elle respira profondément pour tenter de dissimuler son trouble.

Belinda lui tendait la main.

— Les gens nous regardent, chérie, dit-elle. Sauvons au moins les apparences.

— Je ne joue plus à ce jeu-là, mère.

Puis elle tourna les talons et s'éloigna. Elle s'éloigna des effluves de Shalimar et de ces petites lignes fines qui s'épanouissaient aux coins des yeux de Belinda, comme les nervures délicates d'une jolie feuille d'automne.

Fleur s'avançait au milieu de la foule, souriant comme un automate, s'arrêtant parfois pour échanger quelques phrases avec des gens qu'elle avait connus dans le passé. Elle accorda même une brève interview à la journaliste de *Harper's Bazaar*. Pourquoi avait-il fallu que cela arrive ce soir ? Depuis six ans, Belinda ne s'était pas manifestée une seule fois. Pourquoi avait-elle choisi de réapparaître dans sa vie justement aujourd'hui ? Kissy et Michel allaient arriver dans moins d'une demi-heure. Leur apparition impromptue devait être le clou de la soirée. La présence de Belinda risquait de tout gâcher.

— Fleur Savagar ?

Un jeune homme en livrée vert olive se tenait devant elle.

— Oui, c'est moi.

— Il y a un homme dehors qui m'a demandé de vous remettre ceci, expliqua-t-il en lui tendant une longue boîte de carton blanc.

Elle donna un pourboire d'un dollar au jeune homme et

prit la boîte. Adelaïde Abrams apparut à ses côtés comme par enchantement.

— Un admirateur ? s'enquit la journaliste, curieuse.

— Je ne sais pas, répondit Fleur.

Puis elle ôta le couvercle de la boîte, écarta le papier de soie et découvrit alors plusieurs douzaines de roses blanches couchées à l'intérieur... Elle leva les yeux, et son regard croisa celui de Belinda. Alors, elle sortit lentement une rose de la boîte.

Quand Belinda vit ce que tenait sa fille, ses mains tremblèrent, et ses épaules semblèrent s'affaisser. Pendant quelques instants, elle demeura figée sur place. Puis elle marmonna quelques mots aux gens avec lesquels elle s'entretenait encore quelques secondes plus tôt et quitta la galerie.

Adelaïde, sans gêne, fouillait dans la boîte.

— Il n'y a pas de carte, annonça-t-elle.

— Je sais qui me les envoie, dit Fleur, les yeux fixés sur la porte par où sa mère venait de disparaître.

— Ses initiales ne seraient pas J. K., par hasard ? s'enquit la journaliste.

Fleur reporta son attention sur Adelaïde et la gratifia de son plus beau sourire.

— A vrai dire, Adelaïde, tout le charme d'un admirateur mystérieux réside dans le fait qu'on ne dévoile jamais son nom.

— Vous êtes une jeune femme charmante, Fleur, en dépit de votre goût prononcé pour le secret.

Puis elle lui fit un clin d'œil et s'éloigna.

Fleur remit la rose dans la boîte avec les autres. Si Adelaïde s'imaginait que ces roses venaient de Jake, tant mieux. Ainsi, elle ne pourrait se douter que le véritable auteur de ce présent était Alexis Savagar.

Depuis qu'il lui avait téléphoné, Fleur s'attendait à ce qu'Alexis se manifeste d'une façon ou d'une autre. Le parfum des roses était entêtant, et Fleur les aurait bien jetées dans la première poubelle venue. Mais elle ne pouvait se permettre de céder à ce genre d'impulsion en présence d'Adelaïde Abrams. Que signifiaient donc ces roses pour Belinda ? Pourquoi avait-elle quitté la galerie aussitôt qu'elle les avait vues ? C'était clairement un message d'Alexis, mais lequel ? S'agissait-il d'un nouvel avertissement ?

Elle fut heureusement distraite de ces sombres pensées par l'arrivée de Michel et de Kissy. Son frère, qui portait un smoking blanc avec un tee-shirt en nylon noir, avait habillé la jeune actrice d'une robe rose décolletée, courte et serrée à la taille, qui lui allait à merveille. Fleur la vit s'avancer au bras de Michel, féminine, délicate, les lèvres entrouvertes. Pas étonnant que les metteurs en scène ne lui proposent que des rôles d'allumeuse !

Fleur les embrassa tous les deux et murmura à l'oreille de Michel que Belinda venait juste de partir. Elle lui sourit avec sympathie. A partir de ce soir, il redevenait Michel Savagar, renonçant définitivement à se cacher derrière un pseudonyme. Fleur jugeait cette décision courageuse.

L'arrivée de Michel et de Kissy, l'accueil chaleureux que leur avait réservé Fleur, tout cela avait attiré l'attention des journalistes, et un reporter du *Women's Wear Daily* vint leur poser quelques questions. Fleur fit les présentations. Michel et Kissy jouèrent leur rôle à la perfection. Lui afficha une indifférence blasée, alors que la jeune actrice déployait tout son charme et s'exprimait avec l'exubérance qui sied à une future star. Quand ils en eurent fini avec le *Women's Wear Daily, Harper's Bazaar* et Adelaïde Abrams, ils firent le tour de la salle. Michel restait à l'écart, Kissy était bavarde comme une pie, et Fleur s'ingéniait à les mettre l'un et l'autre en valeur.

— Je suis ravie que ma robe vous plaise, disait-elle à qui voulait l'entendre. C'est une création de mon frère. Il est vraiment très doué. J'essaie de le convaincre de se lancer dans la mode.

Quand les gens s'enquéraient de l'identité de Kissy, Fleur se faisait un plaisir de satisfaire leur curiosité.

— N'est-elle pas ravissante ? Elle aussi porte une robe de Michel Savagar. Ce qu'elle fait dans la vie ? Oh, elle est actrice, et je crois que nous allons entendre parler d'elle d'ici peu.

Fleur et Kissy attiraient tous les regards, aussi bien masculins que féminins.

— Eh oui, soupirait Fleur, faussement navrée. Pour le moment, Michel ne crée des modèles que pour Kissy et moi. Mais, tout à fait entre nous, je compte bien le faire changer d'avis.

Chaque fois que la conversation venait sur Belinda, Fleur s'arrangeait pour éluder la question. En revanche, elle parla de son agence à un maximum de gens et lança même quelques invitations pour la fête qu'elle allait donner pour célébrer l'ouverture officielle de ses bureaux. Un célèbre chirurgien l'invita à dîner avec lui le lendemain soir. Fleur trouva le courage d'accepter. Ce serait l'occasion de porter une autre création de Michel.

A minuit, Fleur était épuisée. Tandis qu'elle se laissait choir sur la banquette arrière de la limousine, son frère lui prit la main.

— Tu n'étais pas obligée de te donner tant de mal, remarqua-t-il.

— Je sais. Mais il le fallait. Il est temps que j'assume mon identité, y compris le Bébé Star. Mais je n'avais pas pensé voir resurgir tous ces fantômes du passé.

Comme la voiture démarrait, Fleur se souvint brusquement des roses blanches qu'elle avait laissées sur une table au fond de la galerie Orlani. Soudain elle comprit le sens du message d'Alexis. C'était sa manière de lui faire savoir qu'il était responsable de la présence de Belinda à New York. Après l'avoir tenue à l'écart, il la lui renvoyait.

Environ une semaine plus tard, Fleur commença à recevoir des coups de téléphone anonymes. Le plus souvent vers minuit. Si Kissy décrochait, le mystérieux correspondant coupait la communication immédiatement. Mais si c'était Fleur, l'inconnu ne raccrochait pas. Il ne parlait pas non plus. Parfois, Fleur entendait quelque bruit de fond — le ululement d'une sirène au loin, ou encore de la musique en sourdine, Barbara Streisand ou Neil Diamond.

Au début, Fleur ne prêta aucune attention à ces coups de fil. Mais elle eut bientôt la conviction qu'ils émanaient de Belinda. Elle n'en avait aucune preuve, elle le sentait, voilà tout. Chaque fois, Fleur raccrochait sans un mot, mais ces appels téléphoniques commencèrent à la tracasser. Elle s'attendait à voir surgir Belinda à chaque coin de rue.

En l'espace de quelques semaines, Fleur et Kissy devinrent des figures en vue du Tout-New York. On les voyait partout, vêtues des plus belles créations de Michel. Elles se montraient chez les plus grands chausseurs, les plus grands bijoutiers — sans rien acheter d'ailleurs ! Elles déjeunaient et dînaient dans les meilleurs restaurants et dansaient presque toutes les nuits dans les discothèques à la mode. Bientôt, toutes les femmes riches et élégantes voulurent porter les robes de Michel Savagar. Lorsqu'elles apprirent que celles-ci n'étaient pas à vendre, elles en eurent encore plus envie. Fleur avait adopté la bonne stratégie.

Parfois, Fleur et Kissy emmenaient Michel avec elles, mais le plus souvent elles sortaient seules, ce qui leur permettait de lâcher de fausses confidences. Ainsi, Fleur confia à la femme — réputée cancanière — de l'héritier d'une chaîne de grands magasins : « Michel craint de tuer sa créativité en commercialisant ses modèles. Pourtant, il travaille actuellement sur une ligne de vêtements qui pourraient bien ressembler à une collection d'été... »

Kissy se montrait moins subtile : « Je suis presque sûre qu'il prépare une collection en secret », disait-elle à qui voulait l'entendre. Puis elle plissait sa jolie bouche sensuelle en une moue charmante et ajoutait : « Je trouve qu'il a tort de ne pas me confier ses projets. Je sais garder un secret aussi bien que quiconque. »

Tandis que les deux jeunes femmes le présentaient comme un idéaliste indifférent au succès commercial, Michel travaillait seize heures par jour à sa collection d'été, dépensant pour ce faire les derniers dollars de l'héritage de Solange Savagar. Sa boutique de la Cinquante-cinquième Rue était fermée pour travaux. Fleur avait engagé des décorateurs pour la faire rénover. Le magasin de son frère aurait bientôt une façade plus imposante, avec l'inscription « Michel Savagar » en grosses lettres rouges sur fond gris.

Fleur avait repris un rythme de vie effréné, comme au temps de sa tournée avec les Lynx, ne dormant que quatre heures par nuit. Elle sortait tous les soirs, et elle consacrait chaque minute de ses journées à sa nouvelle agence, répondant au téléphone, donnant ses ordres aux peintres et aux décorateurs, s'ingéniant à ce que tout le monde sache que l'agence Savagar était sur le chemin du succès.

— Tu devrais te calmer un peu, lui conseilla Kissy. Tu ne tiendras pas longtemps à ce rythme-là.

— Je ralentirai la cadence à partir du mois de mars, répondit Fleur. En attendant, je dois mettre les bouchées doubles.

— J'espère au moins que tu sais pourquoi tu fais tant d'efforts...

Fleur ignorait les conseils de son amie. Après avoir reçu plusieurs dizaines de personnes, elle engagea deux collaborateurs. Will O'Keefe, un homme d'une quarantaine d'années originaire du Dakota du Nord, possédait une grande expérience de publicitaire et d'agent de comédiens. David Bennis, un homme aux cheveux gris qui inspirait confiance, s'occuperait de l'aspect financier de l'affaire. Certes, Fleur n'avait pas encore suffisamment de clients pour leur donner du travail, mais il lui fallait créer les apparences du succès, et ces deux hommes s'intégraient parfaitement au décor sophistiqué de son agence.

— Te voilà de nouveau dans la rubrique mondaine, Fleur, dit Will. Je ne suis pas certain que tu apprécies les allusions de cette chère Adelaïde.

Fleur prit le journal qu'il lui tendait. Depuis des mois, Adelaïde Abrams suivait Belinda à la trace. Qu'avait-elle encore inventé ?

« Ces derniers temps, on a pu voir Belinda Savagar et Shawn Howell, son éternel chevalier servant, dans tous les lieux à la mode. Ils semblent fréquenter tout le monde, excepté Fleur, la fille de Belinda. La mère et la fille finiront-elles par enterrer la hache de guerre ? Noël serait l'occasion rêvée pour faire la paix. »

Sans un mot, Fleur jeta le journal dans la corbeille à papiers.

Les travaux de décoration ne furent achevés que quatre jours avant l'ouverture officielle de l'agence. Fleur jugea que le résultat en valait la peine. Tout ici sentait la peinture fraîche et l'argent.

Les bureaux avaient été peints en blanc laqué. Les meubles et les canapés étaient gris clair et les tapis bleu acier. Il y avait quelques touches mauves de-ci de-là. Le hall de réception et le bureau de Fleur se trouvaient au rez-de-chaussée. Les autres bureaux, situés au premier étage, donnaient sur un balcon de style art déco à la rampe d'acier chromé. Un escalier recouvert d'une épaisse moquette bleu vif menait à l'étage.

Fleur se rendit dans son bureau et commença à ranger les tiroirs de sa table de travail au plateau de marbre blanc. L'agence étant officiellement fermée pour travaux, la jeune femme avait troqué son tailleur — encore un modèle signé Michel Savagar — contre un jean et un sweat-shirt orange. Alors qu'elle refermait un tiroir, Will O'Keefe passa la tête dans l'entrebâillement de la porte.

— Il y a un problème grave, Fleur. Olivia Creighton m'a téléphoné hier, me disant qu'elle n'avait pas reçu son invitation pour la soirée d'inauguration de l'agence. Je lui en ai donc envoyé une autre, et puis j'ai oublié cet incident jusqu'à tout à l'heure, quand Adelaïde m'a appelé pour la même raison. Fleur, j'ai vérifié un peu partout. Personne n'a reçu tes invitations.

— Mais c'est absurde ! s'exclama Fleur. Il y a des semaines qu'elles ont été postées.

— Il semblerait que non. Ma secrétaire les avait laissées

sur son bureau. Et ce jour-là, quand elle est rentrée après déjeuner, elles n'y étaient plus. Aussi en a-t-elle déduit que je les avais postées moi-même. Malheureusement, elle ne s'en est pas assurée.

Fleur se laissa tomber dans son fauteuil, essayant de réfléchir à ce qu'il convenait de faire.

— Tu veux que j'appelle tout le monde et que je fasse les invitations par téléphone ? proposa Will. Ou bien devons-nous changer la date de la réception ? Il ne nous reste que quatre jours.

— Ne téléphone à personne. Et ne donne aucune explication, décida Fleur. Fais porter une nouvelle série d'invitations cet après-midi même par coursier.

Cela allait lui coûter une fortune, mais elle n'avait pas le choix. Si Will expliquait la situation à ses invités, cela ferait mauvais effet. Elle aurait l'air inexpérimentée et inefficace. Alors qu'il sortait de son bureau, Fleur le rappela.

— Sois gentil de vérifier tout le reste, que nous n'ayons pas de surprise de dernière minute.

Will revint avant même qu'elle ait fini de ranger un nouveau tiroir. Fleur sentit immédiatement que quelque chose n'allait pas.

— Je viens de parler au traiteur, annonça Will. Quelqu'un a annulé notre commande il y a une semaine, et ils doivent s'occuper d'une autre réception le soir de l'inauguration de l'agence.

Fleur ne se laissa pas décourager et consacra la fin de l'après-midi à trouver un nouveau traiteur.

Dans les jours qui suivirent, elle s'attendit au pire, mais il ne se produisit rien de fâcheux. Néanmoins, Fleur vécut dans l'angoisse d'une catastrophe imminente. L'après-midi du jour J, elle avait les nerfs en pelote et décida d'aller marcher une heure. Quand elle revint, Will se précipita à sa rencontre, les traits tirés. Fleur comprit immédiatement que la catastrophe tant redoutée venait de se produire.

— Fleur, il y a le feu !

— Mon Dieu ! s'exclama-t-elle. Personne n'est blessé, au moins ?

— Non, rassure-toi. Nous sommes intervenus à temps. David et moi nous trouvions dans l'entrée quand nous avons senti une odeur de brûlé qui semblait venir du sous-sol. Nous nous sommes précipités en bas avec des extincteurs, et nous avons réussi à éteindre les flammes avant qu'il n'y ait trop de dégâts.

— Tu es sûr que ça va ? Et David, comment va-t-il ?

— Tout va bien, ne t'inquiète pas. David est en train de nettoyer.

— Dieu soit loué !

— Fleur, dit Will, je voudrais te montrer quelque chose.

Il entraîna la jeune femme au sous-sol. Le vasistas qui donnait sur la rue, au niveau du trottoir, avait été brisé.

— On a cassé le carreau de l'extérieur, commenta Fleur.

— Je ne comprends pas, reprit Will. Je suis passé là ce matin, et tout était en ordre. Je suppose que quelques punks ont découpé la vitre et jeté quelque chose à l'intérieur.

Ce raisonnement paraissait sensé, à part le fait qu'à cinq heures de l'après-midi les punks ne traînaient pas dans le quartier.

— Ouvre toutes les fenêtres pour aérer, dit Fleur. Je m'occupe du rez-de-chaussée.

Une heure plus tard, toutes les pièces avaient été généreusement vaporisées d'Opium, un parfum suffisamment fort pour gommer toute odeur de brûlé. Fleur ne pouvait faire mieux. Alors que Will enfilait son manteau et se préparait à passer chez lui pour se changer en vue de la soirée, Fleur lui dit :

— J'apprécie vraiment ce que vous avez fait, David et toi. Je suis heureuse que personne n'ait été blessé.

— Allez, ne te tracasse pas. Tout va bien à présent. Au fait, j'avais oublié de te dire : on a livré des fleurs pendant que tu étais sortie. Je les ai mises dans l'eau. Il n'y avait pas de carte.

Le bouquet se trouvait dans un vase chromé, posé sur son bureau.

Une douzaine de roses blanches.

6

Malgré tous ces incidents de dernière minute et en dépit du fait que Fleur était à bout de nerfs, la réception semblait se dérouler sans anicroches. Elle prit une coupe de Dom Pérignon sur le plateau d'un serveur qui passait à sa portée et en sirota une gorgée tout en étudiant ses invités. Un heureux mélange, en vérité. Il y avait suffisamment de visages connus pour satisfaire les nombreux journalistes et photographes que Will avait conviés ce soir-là. Kissy faisait semblant d'écouter Olivia Creighton, tout en reluquant Robert Palmer qui venait de franchir la porte.

Un peu plus tôt dans la soirée, Fleur avait annoncé que Michel préparait une collection d'été. A présent, tout le monde accaparait le jeune styliste pour lui poser des questions et le féliciter.

Fleur portait une robe à manches longues en soie écrue, piquée de perles dorées. Sur les conseils de Michel, elle avait relevé ses cheveux en chignon.

Kissy vint la retrouver. Elle suivait toujours Robert Palmer des yeux.

— J'ai fait mon devoir, Fleur. Je viens de passer une demi-heure à écouter Olivia Creighton. Elle n'a pas cessé de me parler de *La Baie du dragon,* le feuilleton dans lequel tu lui as obtenu un petit rôle. Il n'y a vraiment pas de quoi en faire toute une histoire.

— Détrompe-toi, Kissy. Les feuilletons sont très suivis,

ces temps-ci. Et je pense qu'Olivia est parfaite pour la télé. Elle pourrait devenir une deuxième Joan Collins.

Fleur était convaincue que les femmes de quarante-cinq ans allaient facilement s'identifier à Olivia. Sa maturité radieuse et sexy leur donnerait à penser qu'elles pouvaient encore séduire.

Robert Palmer disparut au milieu d'un groupe de femmes, et Kissy reporta toute son attention sur Fleur.

— Tu es superbe, ce soir, déclara-t-elle. Un peu intimidante aussi.

— Que veux-tu dire par là ?

— Tu ressembles à ces blondes sophistiquées dans les romans, qui tentent d'attirer le héros dans leurs filets.

— Mes ongles sont trop courts, remarqua Fleur.

Mais en réalité elle était flattée. Une blonde sophistiquée n'avait pas à s'inquiéter des petits détails de la vie quotidienne — comme le fait, par exemple, qu'Alexis Savagar tentait de la détruire.

Bien qu'elle ait dit à Michel et Kissy qu'il y avait eu le feu à l'agence, elle ne leur avait pas parlé des roses. Elle ne voulait pas qu'ils s'inquiètent à son sujet. Alexis jouait au chat et à la souris avec elle, un jeu qui avait commencé le jour où Belinda avait fait son entrée à la galerie Orlani. Puis il y avait eu ces invitations volées, histoire de lui montrer qu'il cherchait encore à se venger. Mais en commanditant l'incendie, il était passé à l'action.

Kissy prit une coupe de champagne sur un plateau.

— Tu ne m'avais pas dit que tu avais invité Charlie Kincannon ? demanda-t-elle, faussement désinvolte.

— Exact, répondit Fleur.

— Tu crois qu'il va venir ?

— Je n'en ai pas la moindre idée. Tu veux que je demande à Will ?

— Non, non, c'est inutile, s'empressa de répondre Kissy.

— Tu as un problème ? s'enquit Fleur.

Kissy haussa les épaules.

— Oh, j'imagine qu'il est homosexuel, lâcha-t-elle.

Fleur fronça les sourcils. Kissy savait pertinemment que Charlie n'était pas homosexuel. Alors, à quel jeu jouait-elle ?

— J'ai entendu dire qu'il sortait avec Christie Brinkley, dit Fleur.

Ce n'était pas très gentil de sa part de raconter cela à sa meilleure amie, mais dans ce cas précis la fin justifiait les moyens. Charlie Kincannon était le compagnon rêvé pour Kissy, qu'elle veuille l'admettre ou non.

— Christie Brinkley ! s'exclama Kissy. Mais elle fait bien une tête de plus que lui !

— Charlie n'est pas le genre d'homme qui accorde de l'importance aux apparences.

— Personnellement, remarqua Kissy, je ne trouve pas Christie particulièrement séduisante.

— Elle ressemble à un grand cheval, en effet, concéda Fleur.

— Tu trouves que c'est bien fait pour moi, n'est-ce pas ?

— Le châtiment divin, Magnolia.

Kissy allait répondre quand Will héla Fleur de l'autre bout de la pièce. Celle-ci fit un sourire compatissant à son amie et alla rejoindre son collaborateur. Elle répondit aux questions des journalistes et se laissa photographier plusieurs fois. Quand elle en eut fini avec la presse, elle se retourna et buta contre un homme qui venait de s'approcher d'elle. C'était Shawn Howell.

— Salut, beauté ! lança-t-il.

Il l'embrassa sur la bouche, sans autre préambule. Elle sentit le bout de sa langue sur ses lèvres avant même d'avoir le temps de reculer.

— Tu n'as rien contre les pique-assiettes, tout de même ? demanda-t-il avec insolence.

Un flash crépita à côté d'eux.

— Apparemment, c'est un peu tard pour s'en formaliser.

Fleur remarqua que Shawn avait toujours son air d'éternel adolescent. Ce genre-là lui allait d'ailleurs beaucoup moins bien à vingt-neuf ans qu'à vingt-deux. Sa carrière ne marchait pas très fort, semblait-il. On racontait qu'il devait deux cent cinquante mille dollars au fisc et qu'il avait des difficultés à trouver du travail.

— Oh, Fleur, nous pouvons tout de même parler affaires, non ?

Shawn la gratifia de son plus beau sourire et lui passa maladroitement la main dans le dos, comme un adolescent cherchant l'attache d'un soutien-gorge.

— J'ai entendu dire que tu étais à la recherche de nouveaux talents, poursuivit-il. Quant à moi, j'ai besoin d'un bon agent. Peut-être pourrions-nous nous entendre ?

— Je ne le pense pas, trancha Fleur.

Elle tournait déjà les talons, quand il la rattrapa.

— Fleur, ne pars pas si vite. J'ai quelque chose à te dire, reprit Shawn, l'air sérieux, tout à coup.

— Je t'écoute, soupira-t-elle.

— Belinda t'attend dans ton bureau. Elle m'a demandé de te prévenir.

Oh, non ! se dit Fleur. Pas ce soir ! Pendant quelques instants, elle fut tentée de quitter sa propre réception sur-le-champ, mais elle se ressaisit. Elle n'avait que trop différé cette confrontation.

Lorsqu'elle ouvrit la porte de son bureau, Belinda lui apparut de dos, frêle et tendue. Elle regardait une lithographie accrochée au mur. Fleur sentit des larmes lui picoter les yeux. Brusquement, elle se revit à la porte du couvent, courant vers sa mère et se jetant dans ses bras. A cette époque-là, Belinda était son idole, sa seule amie... Fleur chassa très vite cette pensée et s'efforça d'endiguer la vague d'émotion qui montait en elle.

— Je suis désolée, ma chérie, dit Belinda, sans se retourner. je sais que tu n'as aucune envie de me voir.

Fleur s'assit à son bureau, espérant ainsi se donner une contenance pour affronter la situation.

— Pourquoi es-tu venue ici ? demanda-t-elle.

Belinda se retourna.

— J'ai essayé de me tenir à l'écart de ta vie. Mais c'est trop dur. Je n'en peux plus.

Belinda portait un tailleur bleu acier au col de vison blanc et des escarpins bleu pâle à talons hauts.

— Depuis ce fameux soir à la galerie Orlani, quand j'ai vu ces roses blanches, j'ai essayé de me tenir à l'écart de ta vie. Mais tu vois, je n'ai pu résister bien longtemps.

— Que signifient ces roses pour toi, Belinda ?

Belinda ouvrit le fermoir de son sac et y prit une cigarette.

— Tu n'aurais jamais dû détruire la Royale, dit-elle. Alexis te hait.

Elle alluma sa cigarette avec un briquet en or. Ses mains tremblaient.

— Et pourquoi pas ? demanda Fleur nerveusement. Alexis n'est pas mon père.

Un silence pesant s'installa entre elles. Puis Belinda reprit la parole.

— Je voulais te le dire, avoua Belinda d'une voix douce. Tu ne peux pas imaginer combien de fois j'ai eu envie de te parler de ton vrai père. Nous avons vécu ensemble trois mois au Jardin d'Allah. Errol Flynn était une grande star, Fleur. Tu lui ressembles tant.

Fleur frappa son bureau du plat de la main.

— Comment as-tu pu me mentir pendant toutes ces années ? Pourquoi ne m'as-tu pas dit la vérité, plutôt que de me laisser croire que mon père ne voulait pas de moi ?

— Je ne voulais pas te blesser, ma chérie.

— Me blesser ! Tes mensonges m'ont fait plus de mal que la pire des vérités, Belinda. Pendant toute mon enfance et toute mon adolescence, j'ai cru que c'était ma faute si Alexis m'avait bannie de la famille ! Tu ne comprends donc pas ?

— Mais, ma chérie, si je t'avais dit la vérité, tu m'aurais détestée.

Belinda paraissait fragile et désespérée. Fleur ne pouvait en entendre davantage.

— Parle-moi plutôt de ces roses, Belinda. Alexis t'a envoyée ici, n'est-ce pas ?

Belinda eut un rire nerveux.

— Alexis pense que j'ai une mauvaise influence sur toi. Je l'ai compris en voyant ces roses. N'est-ce pas ridicule ? Je savais qu'il voulait que je vienne te voir, aussi me suis-je tenue à l'écart.

— Jusqu'à ce soir.

— J'ai fait de mon mieux pour résister à l'envie de venir. Mais je n'ai pas pu continuer à rester dans l'ombre. Je voudrais tant que nous repartions sur de nouvelles bases, toutes les deux. Tu me manques tellement, ma chérie.

Fleur serra très fort les accoudoirs de son fauteuil et regarda sa mère d'un air de défi.

— Je vais te laisser, dit finalement Belinda, mal à l'aise.

Elle se dirigea vers la porte. Avant de sortir, elle se retourna.

— Méfie-toi d'Alexis, ajouta-t-elle. Et souviens-toi que je t'aime toujours. Je n'ai jamais voulu te faire de mal.

Fleur se massa les tempes. Belinda ne comprenait toujours pas. Après tant d'années, elle n'avait toujours pas conscience d'avoir mal agi. Fleur ne put retenir ses larmes plus longtemps.

— Tu m'as maquée, dit-elle.

Belinda parut troublée.

— Mais c'était Jake Koranda, chérie. Jamais je ne t'aurais donnée à un autre que lui.

Belinda sembla hésiter un moment. Finalement, elle sortit.

La soirée avait été un succès, mais lorsque le dernier invité fut parti Fleur se sentit épuisée. Elle traversa la salle de réception et déverrouilla la porte qui menait à ses appartements privés à l'arrière de la maison. Une odeur d'eucalyptus flottait dans l'air. Ces plantes, disposées dans des paniers en osier, étaient la seule décoration que

Fleur avait pu s'offrir. Elle se dirigea vers le salon, alluma les lumières et se laissa tomber sur son canapé d'occasion. Dans la quiétude de la pièce, elle commença peu à peu à se détendre. Elle regarda par la fenêtre et s'absorba dans la contemplation du petit jardin en contrebas, éclairé par un lampadaire. Le fait de voir des arbres lui faisait du bien.

Puis elle se replongea dans la contemplation du salon, vide pour le moment. Fleur imagina des meubles en noisetier et des tapis orientaux. Oui, elle arrangerait cette pièce de telle sorte qu'elle soit un havre de paix où elle pourrait se replonger chaque soir, après le travail. Il y aurait des coussins, des tables basses et des lampes à la clarté diffuse ornées d'abat-jour anciens.

Le salon, aménagé en mezzanine, donnait sur la cuisine et la salle à manger situées en contrebas. Fleur s'approcha de la rambarde en bois et regarda la table en merisier, cadeau de Michel, qui trônait au milieu de la salle à manger. Pour le moment, la table était entourée de chaises dépareillées, mais un jour il y aurait là de superbes chaises aux pieds cannelés sur un tapis tissé à la main.

Fleur éteignit les lumières du salon et du jardin, puis elle gravit les marches qui menaient à sa chambre. En haut de l'escalier, elle ôta sa robe. Pieds nus, en soutien-gorge et petite culotte de soie, elle entra dans sa chambre. Elle sourit. Elle qui possédait l'une des plus belles garde-robes de New York ne disposait que d'une chambre au mobilier sommaire : une commode d'occasion à la peinture craquelée, une vieille chaise et un grand matelas sur un sommier. Elle alluma la lumière et poussa un cri.

Jake était allongé sur son lit.

— C'est toi, Fleur ? demanda-t-il, la voix ensommeillée.

Elle poussa un soupir excédé et se dirigea vers le lit à grands pas.

— Que fais-tu dans ma chambre ? Sors d'ici, Koranda ! Et d'abord, comment es-tu entré ? Je te jure que...

— C'est ta secrétaire qui m'a laissé entrer. Elle pense

que je suis un meilleur acteur que De Niro, expliqua-t-il tout en bâillant.

— Eh bien, elle se trompe ! cria Fleur. Tu ne sais faire que des grimaces. Et je veux que tu t'en ailles ! Tu n'as pas à t'introduire chez moi en faisant du charme à ma secrétaire !

Fleur se sentait ridicule de le sermonner ainsi, mais c'était mieux que de lui envoyer quelque chose à la figure comme elle en avait envie. Pourquoi avait-il justement choisi ce soir-là ? Était-ce une conspiration contre elle ? Ne pouvaient-ils donc la laisser tranquille ?

Jake se redressa et alluma la lampe qui se trouvait près du lit, révélant le corps de Fleur — ce corps qui restait d'une froideur de marbre avec tout autre homme que lui. Pas maintenant ! aurait-elle voulu crier, mais c'était trop tard. Elle se sentait soudain très excitée. Une douce et douloureuse chaleur l'envahit. Bien qu'il ait rasé sa moustache et coupé ses cheveux, Jake ne paraissait pas plus civilisé que la dernière fois qu'elle l'avait vu. Il avait l'air dur, viril et infiniment séduisant. Fleur s'aperçut tout à coup qu'elle était debout devant lui en soutien-gorge et petite culotte. Ses sous-vêtements étaient d'une jolie couleur vanille.

— Est-ce que tu portes toujours des dessous aussi affriolants ? s'enquit-il.

— Cela ne te regarde pas, répondit Fleur sèchement.

Jake s'assit au bord du lit.

— Tu pourrais peut-être enfiler une robe de chambre ?

— Non.

Jake était un intrus, et elle ne ferait rien pour lui plaire. Mais il y avait autre chose : elle aimait cette légère crispation de ses mâchoires, le pli sévère de sa bouche. Tout cela prouvait qu'il avait, tout comme elle, quelque difficulté à se maîtriser.

— Tu es contrariée parce que je ne suis pas venu à ta réception ? demanda-t-il. Désolé, mais je déteste ce genre de soirée. Je l'ai dit à Will au téléphone, d'ailleurs. Néanmoins, c'était gentil de ta part de m'avoir invité.

Fleur en aurait pleuré de rage. Jamais Jake n'avait figuré sur les listes d'invités. Will avait outrepassé ses droits. Il faudrait qu'elle lui parle. Fleur prit sa robe de chambre sur le dossier de la chaise et l'enfila.

— Alors, on a changé d'avis à propos de la robe de chambre ? ironisa-t-il.

— Oh, laisse tomber, s'il te plaît. Dis-moi plutôt ce que tu veux.

Parfait, Fleur. Joue à la blonde distante et froide. Comme cela, il ne verra pas à quel point tu es émue.

Jake se leva.

— Je voudrais te proposer une affaire, expliqua-t-il. Mais je vois que tu n'es pas en état de parler. Alors, peut-être pouvons-nous attendre demain matin, quand tu me prépareras le petit déjeuner ?

Une affaire ! Fleur ressentit une vive déception. Qu'il aille au diable ! Pourquoi pensait-il qu'il pouvait resurgir dans sa vie quand bon lui semblait ? Elle se tourna vers lui et commença à ôter les épingles de son chignon.

— Quel genre d'affaire ?

— Demain matin, répondit-il, tout en laissant errer son regard sur le décolleté de la robe de chambre de Fleur. Où veux-tu que je dorme ?

— A l'hôtel !

Jake se rallongea à demi sur son lit.

— Merci bien, mais je crois que je vais rester ici. Le matelas est ferme, à mon goût, et je...

— Non !

Soudain, Fleur ne supporta plus sa présence.

— Il y a une chambre au premier. Avec un lit d'une personne. Trop petit pour toi, j'en ai peur. Aussi ne te plains pas si tu as des courbatures demain. Je t'aurai prévenu.

Jake se leva.

— Tu es sûre que tu ne vas pas te sentir seule dans ce grand lit ?

— Je serai ravie de ne le partager avec personne, pour une fois.

Mon Dieu ! Pourquoi avait-elle dit cela ?

Le visage de Jake se ferma, et il se dirigea vers la porte.

— Désolé de faire chuter ta moyenne !

Fleur se précipita dans la salle de bains pour prendre une douche. Tandis que l'eau chaude coulait sur son corps, elle tenta d'oublier à quel point elle avait envie de lui en se demandant de quel genre d'affaire il désirait lui parler. Était-ce possible qu'il veuille la prendre comme agent ? Un frisson d'excitation la parcourut à cette idée. Cela ferait une publicité extraordinaire à son agence. Fleur essaya de tempérer son enthousiasme. Une superstar ne décide pas brusquement de prendre un nouvel agent uniquement parce que celui-ci est une ex-petite amie.

Peut-être se sentait-il coupable. Espérait-il se racheter en lui demandant de s'occuper de sa carrière ? Ridicule, se dit-elle, Jake n'avait montré aucun signe de remords. Bien au contraire, il semblait éprouver du ressentiment à son égard, pour quelque obscure raison. Mais alors, quel genre d'affaire voulait-il lui proposer ? Fleur se laissa aller à imaginer, quelques instants, que Jake devenait son client. Dès que cela se saurait, les plus grandes stars se bousculeraient pour lui proposer de s'occuper de leurs intérêts. Elle aurait alors l'agence la plus prestigieuse de la ville.

Le lendemain matin, Fleur se réveilla à neuf heures et demie. Une odeur de café montait de la cuisine. Elle enfila une tenue de jogging et se fit une queue de cheval. Elle était presque dans l'escalier lorsqu'elle se ravisa et revint sur ses pas. Elle se mit du rouge à lèvres, puis un peu de rose aux joues. Finalement, elle ôta sa tenue de sport et se décida pour un pantalon noir et un sweater gris pâle.

Jake buvait du café, assis à la table de la cuisine, ses longues jambes étirées devant lui. Fleur se dirigea vers le réfrigérateur et se versa un grand verre de jus d'orange.

— Je ferai les toasts si tu prépares les œufs, proposa-t-elle.

— Tu es certaine de pouvoir t'en sortir ? s'enquit Jake. Je crois me souvenir que la cuisine n'est pas vraiment ton fort.

Fleur ne releva pas cette remarque. Elle ouvrit un placard, y prit des assiettes, une poêle et des œufs. Puis elle sortit un pamplemousse du réfrigérateur et le coupa en deux.

— Ce n'est pas la peine de cuisiner ce pamplemousse, dit Jake en cassant les œufs dans un saladier.

— Que veux-tu dire ? demanda Fleur.

— Eh bien, je ne sais pas, moi, le faire griller ou bien revenir dans l'huile d'olive. Je pense qu'il faut respecter le goût des aliments.

— Rassure-toi. Je ne ferai rien de sacrilège avec ton pamplemousse.

Ils s'installèrent l'un en face de l'autre. La scène parut soudain si conjugale à Fleur qu'elle éprouva quelque difficulté à avaler le morceau de toast qu'elle avait dans la bouche.

— Tu as toujours un appartement en ville ? demanda-t-elle, histoire de dire quelque chose.

— Effectivement, répondit Jake. Mais il y a trop de gens qui viennent me déranger là-bas. Au bout d'un moment, je ne peux plus le supporter. Alors je m'en vais. En fait, c'est l'une des choses dont je voulais te parler.

— Vraiment ?

Fleur retint sa respiration, dans l'expectative, et s'efforça de cacher son trouble. Si Jake et elle devaient travailler ensemble, il lui faudrait conserver une certaine distance vis-à-vis de lui.

— Je voudrais savoir si nous pourrions faire quelque chose de ton grenier, dit-il.

— De mon grenier ? répéta-t-elle, complètement éberluée.

— J'ai demandé à ta secrétaire de me le montrer hier soir. C'est un endroit génial — vaste, indépendant. J'ai justement besoin d'un lieu où je puisse travailler tranquillement.

Tous les espoirs de Fleur s'évanouirent d'un seul coup. Elle aurait volontiers bondi par-dessus la table pour l'étrangler. Il ne voulait pas d'elle comme agent mais comme logeuse ! Elle jeta sa serviette sur la table d'un geste rageur.

— Tu es devenu fou ou quoi ? hurla-t-elle. Comment as-tu pu croire une seule seconde que j'accepterais une chose pareille ? As-tu à ce point l'habitude que les autres accèdent à tes moindres désirs ? Sors d'ici, Koranda. Je suis fatiguée de te regarder, fatiguée de t'entendre, fatiguée de...

— Dois-je considérer cela comme un refus sans appel ? demanda-t-il en croisant ses bras derrière sa tête.

— Ne fais pas le malin. Tu as parfaitement compris, et...

— Peut-être devrais-tu me laisser finir avant de prendre ta décision. En réalité, j'ai une idée qui pourrait t'intéresser.

— Tu n'as pas l'intention de me payer un loyer, au moins ?

— Je t'ai dit la nuit dernière que j'avais une affaire à te proposer. Alors bois ton café et écoute-moi bien.

Fleur le regarda, l'air buté, sans toucher à son café.

— Je dois me remettre à écrire, annonça-t-il. Si je ne surmonte pas ce blocage maintenant, je n'y arriverai jamais. J'ai décidé d'arrêter de tourner pendant six mois et de me consacrer totalement à l'écriture. Et je veux que tu sois mon agent.

Fleur tenta de masquer sa joie. Ainsi, elle ne s'était pas trompée ! Il semblait un peu difficile de jouer à la femme d'affaires froide et distante après la scène qu'elle venait de lui faire, mais elle essaya néanmoins de paraître maîtresse d'elle-même.

— Je serais ravie de m'occuper de ta carrière, annonça-t-elle.

Puis elle s'appuya contre le dossier de sa chaise et lui servit le laïus qu'elle réservait à tous ses futurs clients.

— Comme tu le sais, je m'occupe des intérêts d'un petit groupe de clients. Cela inclut aussi bien la publicité que les questions légales ou financières. Et, bien sûr, je peux également négocier des contrats pour toi...

— J'ai des gens très bien qui se chargent de tout cela, l'interrompit-il. Ils travaillent pour moi depuis des années, et je n'ai nulle intention de me séparer d'eux.

Fleur sentit son enthousiasme retomber. De nouveau, la colère l'envahit.

— Alors, qu'attends-tu de moi exactement ?

— Je voudrais que tu t'occupes de tout ce que j'écris.

Elle le regarda fixement.

— Voilà une affaire intéressante, railla-t-elle.

— Tu auras mon nom sur ta liste de clients, et tout ce que tu risques, c'est de gagner des fortunes avec un best-seller !

— Jake, tu n'as rien écrit depuis six ans ! Si je m'occupe de toi en tant qu'écrivain, je pourrai à peine m'acheter des baskets !

— C'est toi la responsable de mon blocage, ma belle. Alors maintenant, à toi de me débloquer.

Fleur prit son assiette et en vida le contenu dans la poubelle.

— Pourquoi dis-tu cela ? Pourquoi m'accuses-tu encore ?

— Je te l'ai déjà expliqué : avant de te rencontrer, je n'avais aucun problème pour écrire.

— Ce n'est pas une réponse, et tu le sais.

Fleur entendit la chaise de Jake crisser sur le sol. Il se leva et vint près d'elle.

— Tu devras t'en contenter pour le moment, dit-il durement.

Fleur eut du mal à cacher son amertume.

— Et comment suis-je censée t'aider ? demanda-t-elle. Sur le dos ?

— C'est ce que tu veux ?

— Salaud, souffla-t-elle.

Jake la saisit par les épaules et la retourna face à lui. Ses yeux lançaient des éclairs.

— Tu me connais bien mal pour dire des choses pareilles ! se fâcha-t-il.

— Je ne te connais pas du tout !

— J'ai besoin d'aide ! Tu ne comprends donc pas ? Tous mes problèmes datent du tournage d'*Éclipse.* Et je veux exorciser tout ça.

— Pourquoi est-ce si important pour toi ? Tu ne manques pas d'argent. Tu n'es pas obligé d'écrire.

— Mais c'est mon métier ! cria-t-il en lui serrant les épaules. Le fait de jouer est agréable et me rapporte de l'argent. Mais écrire me permet de vivre, tu comprends ?

Il lui dit cela avec un air de défi, comme si ces confidences risquaient de le compromettre. Il n'a pas changé, remarqua Fleur. Il me laisse entrevoir quelque recoin obscur de sa personnalité pour se rétracter aussitôt.

— Écoute, reprit-il. Je n'ai pas l'intention de vivre accroché à tes basques. D'ailleurs, j'ai besoin de solitude. Mais il faut que j'écrive près de toi. Je ne sais pas pourquoi, c'est psychologique. Et puis, si jamais ça marche, ton agence ne pourra qu'en tirer des bénéfices.

Fleur réfléchit. On apprendrait très vite qu'elle s'occupait d'un auteur qui n'écrivait plus rien depuis des années. Et l'on raconterait qu'il la laissait utiliser son nom parce qu'elle couchait avec lui. Sans nul doute, cela ternirait l'image qu'elle s'était construite d'une professionnelle à la moralité inattaquable.

Mais hormis cet aspect négatif, que se passerait-il s'il se remettait à écrire pour de bon ? Alors Fleur n'aurait plus à se préoccuper ni des commérages ni de ses échéances de février. C'était un coup de poker, et elle avait envie de le jouer. Il lui faudrait certainement payer le prix, mais elle décida de passer outre. Une fois de plus, elle se lançait dans une aventure avec lui !

Il y eut en effet des commérages, mais ces bruits n'avaient rien à voir avec Jake Koranda. Le lundi matin, deux jours après qu'elle et Jake eurent passé un accord, Fleur reçut un coup de téléphone du vice-président d'une chaîne de télévision, un homme qu'elle connaissait depuis des années. Le téléphone sonna juste au moment où elle allait sortir : elle avait rendez-vous avec une star brésilienne du football qu'elle espérait compter bientôt parmi ses clients.

— Fleur, je veux t'avertir que l'on raconte des choses à ton sujet. Quelqu'un rappelle à qui veut l'entendre que tu as rompu des contrats lorsque tu étais mannequin, il y a plusieurs années.

Fleur tenta de paraître détachée.

— C'est de l'histoire ancienne. Je n'ai aucune raison de m'inquiéter.

— Au contraire, quand on monte sa propre affaire, ce genre de commérage peut s'avérer fâcheux.

Il n'eut pas besoin d'en dire davantage. Fleur avait capté le message. Si elle avait rompu des contrats dans le passé, cela impliquait qu'elle pouvait recommencer. Mais qui pouvait bien ressortir toutes ces histoires après tant d'années ? Comme si l'on essayait délibérément de lui faire du tort... Fleur comprit qu'Alexis venait de frapper un nouveau coup.

Le footballeur vedette ne vint pas au rendez-vous, une attitude que Fleur interpréta sans peine. Quand elle rentra au bureau, elle reçut un coup de téléphone d'Olivia Creighton. Olivia, avec laquelle Fleur avait d'excellents rapports depuis la signature du contrat pour le feuilleton, paraissait subitement contrariée.

— J'ai entendu dire des choses terribles à ton sujet, Fleur, annonça-t-elle. Bien sûr, je n'en crois pas un mot, et tu sais à quel point je t'adore.Mais tout cela m'angoisse. Je supporte mal les états d'instabilité.

— Je comprends, Olivia, répondit Fleur.

Puis elle réfléchit très vite et proposa à Olivia de déjeuner le lendemain avec David Bennis. Avec ses sourcils en broussaille et sa pipe, il saurait rassurer Olivia sur son sort. Néanmoins, tandis qu'elle montait l'escalier qui menait au bureau de David, Fleur sentit la colère monter en elle.

Ce soir-là, elle éprouva la tentation de téléphoner à Alexis, mais elle se ravisa aussitôt. Que gagnerait-elle en l'accusant de l'avoir calomniée ? Rien. Mieux valait le laisser s'interroger sur l'attitude qu'elle allait adopter pour parer le coup.

Fleur s'installa dans un fauteuil pour réfléchir à la situation. Dès que les commérages à propos des contrats rompus cesseraient, le bruit commencerait à courir qu'elle avait passé un accord avec Jake Koranda. Elle imaginait déjà la joie d'Alexis lorsqu'il apprendrait cette nouvelle. Restait la collection de Michel pour sauver sa réputation. Il fallait absolument que cette présentation de mode soit une réussite. Alexis ne tarderait pas à comprendre l'importance de l'enjeu. Il fallait absolument protéger Michel et ses créations. Elle décida de tout raconter à son frère.

Elle lui rendit visite sur son lieu de travail — une ancienne usine aménagée en ateliers d'artistes — où des couturières italiennes achevaient de coudre les modèles. Michel était épuisé d'avoir dû travailler si vite, et Fleur aurait préféré ne pas lui créer de nouveaux soucis.

— Quel salaud ! s'exclama-t-il après que Fleur lui eut tout raconté. Qu'allons-nous faire ?

— Je ne veux pas que tu interviennes, Michel. Je suis responsable de tout cela, et c'est à moi d'agir. A partir de ce soir, je vais faire surveiller ton atelier. Il y aura également des gardes à la boutique. Mais je pense que ce sont tes modèles qui l'intéressent.

Michel parut abattu, tout à coup.

— Tu crois vraiment qu'il irait jusque-là ? demanda-t-il. Tu penses qu'il essayerait de détruire mes robes ?

— J'en suis certaine, répondit-elle. Ainsi, il nous ferait un tort considérable à l'un comme à l'autre. Mais je ne pense pas qu'il passera à l'action le jour du défilé. La logique veut qu'il s'empare de tes créations avant que tu puisses les montrer.

Michel resserra machinalement le foulard que Fleur avait noué autour de son cou sur sa robe de cachemire blanc. La jeune femme portait des talons hauts, et son frère dut se hausser sur la pointe des pieds. Depuis qu'elle s'était aperçue que sa grande taille jouait en sa faveur dans ses relations professionnelles, Fleur avait opté pour les talons aiguilles.

— Alexis ne se laissera pas décourager aussi facilement, remarqua Michel. Si nous gagnons ce coup-là, il trouvera autre chose. Tu le sais, n'est-ce pas ?

— Je le sais, admit Fleur, en haussant les épaules. Aussi dois-je procéder par étapes et espérer qu'il finira par se lasser. Je ne vois pas ce que je pourrais faire d'autre.

Jake s'était installé dans le grenier. Parfois, tard le soir, Fleur l'entendait marcher de long en large pendant qu'elle s'endormait. Il lui arrivait également d'entendre l'eau couler dans la baignoire. Mais jamais encore elle n'avait perçu le crépitement d'une machine à écrire. Ce silence l'exaspérait.

Ainsi qu'elle l'avait prévu, des bruits commençaient à courir à leur sujet. Un acteur de Broadway et un chanteur célèbre avec lesquels Fleur était sur le point de signer se dérobèrent au dernier moment. Elle se surprit à guetter le crépitement de la machine à écrire chaque fois qu'elle rentrait à la maison et dut se faire violence pour ne pas monter au grenier demander des explications à Jake sur ce silence. Si elle ne pouvait le forcer à écrire, peut-être pouvait-elle l'y aider. Oui, mais comment ?

Se basant sur la théorie selon laquelle le sport résout bien des problèmes, Fleur commença à glisser des petits mots sous la porte de Jake, l'invitant à courir avec elle le matin. Et un beau matin d'octobre, elle le trouva assis qui l'attendait sur une marche en bas de la maison. Il portait un pantalon de survêtement bleu marine et un sweat-shirt gris. Quand il la vit, un sourire se dessina sur ses lèvres.

Fleur sentit son cœur bondir dans sa poitrine. Pourquoi était-elle nerveuse comme une jeune fille chaque fois qu'elle le voyait ? Elle descendit les trois marches du perron d'une seule enjambée et passa devant Jake sans rien dire. Il rit et la rattrapa en courant.

— Tu crois que tu peux courir à mon rythme, cow-boy ? lança-t-elle par dessus son épaule.

— Je n'ai pas encore rencontré une seule femme capable de me distancer, répondit-il.

— Tu en es bien sûr ? insista-t-elle. Il me semble que tu mènes une existence plutôt oisive, ces temps-ci.

— Jouer trois après-midi par semaine au basket avec des gamins, ce n'est pas exactement ce que j'appelle se laisser aller.

— Vu ton grand âge, cela me surprend que tu tiennes le coup, plaisanta Fleur.

— Mais qui t'a dit que je tenais le coup ? J'ai les genoux raides, et je ne peux plus sauter. Généralement, j'arrête au bout d'un quart d'heure. Les gamins continuent à jouer avec moi uniquement parce que j'ai payé leurs tenues.

Tandis qu'ils traversaient le parc, Fleur souriait. Elle adorait la façon qu'avait Jake de se moquer de lui-même. Avec son corps d'athlète, son humour était ce qui lui plaisait le plus en lui. Son corps et sa virilité insensée. Et son visage. Mon Dieu, comme elle aimait ce visage ! Soudain, elle se sentit furieuse après elle-même. Et sa moralité douteuse ? Cela aussi lui plaisait ? Et ses manipulations, ses trahisons ?

— Je n'ai pas beaucoup entendu la machine à écrire, ces derniers temps, remarqua-t-elle.

— Et les stylos, à ton avis, ça sert à quoi ?

— Aux gens qui éprouvent le besoin urgent de coucher leurs idées sur le papier.

— Oh, ne m'énerve pas, Fleur, s'il te plaît.

Le visage de Jake se ferma, et elle décida de ne pas insister pour le moment. Mais le débat n'était pas clos pour autant. Il devait se mettre à écrire, et vite. Il ne pouvait rester ainsi, enfermé des journées entières, à ne rien faire. Impulsivement, Fleur l'invita au dîner qu'elle allait donner le samedi suivant, afin de présenter Simon Kale à Michel — avec la complicité de Kissy. Peut-être la présence de quelques personnes sympathiques lui serait-elle bénéfique.

— Désolé, Fleur, mais les dîners guindés m'ennuient à mourir.

— Il ne s'agit pas d'un dîner guindé, précisa-t-elle. Les invités feront la cuisine. Il n'y aura que Michel, Simon Kale et Kissy. J'avais également invité Charlie Kincannon, mais il ne sera pas à New York ce soir-là.

— Tu connais vraiment quelqu'un qui s'appelle Kissy ? demanda Jake, soudain intéressé.

— Je ne pense pas que tu l'aies déjà rencontrée. A vrai dire, c'est ma meilleure amie, bien que... — Fleur hésita quelques instants — ... il vaudrait mieux que tu évites de te retrouver seul avec elle dans les coins sombres.

Apparemment, Jake jugea ce commentaire intéressant, car il eut un petit sourire narquois qui déplut fortement à Fleur.

Ils coururent quelques minutes en silence, puis Jake lui jeta un coup d'œil.

— Mon agent m'a envoyé une série d'articles nous concernant. Il semblerait que toi et moi ayons fait les beaux jours de la rubrique mondaine, il y a quelques semaines.

Fleur essaya de paraître désinvolte.

— Tu viens seulement de t'en apercevoir ? Tu ne lis donc pas les journaux ?

— Je ne lis que les titres et la page des sports. Il n'y a rien d'autre qui vaille la peine d'être lu.

— Tu plaisantes ? Tu ne lis pas les bandes dessinées ? C'est incroyable !

— Mais pourquoi ai-je le sentiment que tu essaies de changer de sujet de conversation ?

Jake lui attrapa le bras et l'obligea à s'arrêter. Pendant quelques instants, il l'observa.

— Je n'arrive pas à y croire ! finit-il par dire. C'est toi qui as inventé ces histoires de toutes pièces. Je me trompe ou pas ?

Fleur faillit lui mentir, mais elle se ravisa. Elle redressa la tête afin qu'il comprenne bien qu'il ne l'intimidait pas.

— A ce moment-là, j'avais besoin de publicité, expliqua-t-elle. Cela n'arrivera plus, je te le promets.

— Tu sais pourtant à quel point je tiens à ce qu'on respecte ma vie privée !

— Je le sais, admit-elle.

— Je déteste les mauvaises plaisanteries.

— Comme c'est curieux, se moqua-t-elle. Il me semblait que tu adorais en faire aux autres.

Jake recula d'un pas et mit les mains sur ses hanches, l'air furieux.

— Mais qu'est-ce qui cloche chez toi ? Tu rêves donc à ce point-là de devenir célèbre ? Tu es prête à tout pour gagner de l'argent ?

— Ces réflexions me touchent beaucoup, surtout venant de quelqu'un qui vaut cinq millions de dollars au bas mot.

Les mâchoires de Jake se contractèrent.

— Tu en veux une partie ? Tu veux que je te fasse un chèque ? Quel prix dois-je payer pour ne plus voir mon nom dans la rubrique mondaine ?

— Oh, va au diable ! Je t'ai dit que j'étais désolée.

— En réalité, tu ne l'as pas dit.

— Exact. Je ne l'ai pas dit parce que je ne le suis pas, voilà !

Jake l'étudia pendant quelques instants, puis il secoua la tête, l'air dégoûté.

— Tu sais quoi ? Eh bien, je t'aimais beaucoup plus il y a sept ans.

Fleur resta seule dans l'allée tandis que Jake s'éloignait d'elle en courant. Évidemment que tu m'aimais plus avant, pensa-t-elle. Quand tu pouvais tirer les ficelles. Quand d'un seul regard tu pouvais me faire tout oublier, sauf toi et le désir que j'avais de toi. Mais maintenant, j'ai grandi. Aujourd'hui...

Aujourd'hui, c'était exactement la même chose !

27

Le samedi, Fleur fit des courses pour le dîner. Elle rangea soigneusement tous les produits d'épicerie dans son placard, disposa des tulipes dans un vase et mit des bières mexicaines au frais. En réalité, elle ne s'attendait pas à voir arriver Jake. Elle n'avait plus eu aucune nouvelle de lui depuis le jour où ils avaient couru ensemble, et elle en avait déduit qu'il était retourné chez lui. Peut-être même avait-il quitté la ville. Après tout, il n'avait à se soucier de rien. C'était elle qui supportait les conséquences des commérages à leur sujet, elle qui voyait son compte en banque approcher du zéro.

A sa grande surprise, Jake fut le premier à arriver. Il frappa à sa porte à neuf heures précises et ne fit aucune allusion à leur dernière dispute. Aussi jugea-t-elle plus sage de ne pas en reparler. Ils bavardèrent pendant quelques minutes, puis il la détailla, l'air admiratif. Fleur portait un pantalon de laine beige et un chemisier de soie vieux rose.

— Toujours aussi élégante, à ce que je vois, remarqua-t-il, en lui tendant un paquet enrubanné.

Elle défit l'emballage de son cadeau. C'était un livre : *Le Plaisir de cuisiner.*

— C'est un peu désuet, Koranda, tu ne trouves pas ?

Elle se retourna pour poser le livre sur une table et en profita pour prendre une profonde inspiration, bien décidée à ne pas se laisser impressionner parce que Monsieur la Super-Star avait daigné accepter son invitation à dîner.

— Hum, soupira-t-il. Tu as probablement raison. C'est un peu désuet.

Elle l'entendit approcher derrière elle et sentit l'odeur de sa chemise fraîchement lavée. Elle sursauta lorsqu'il lui souleva les cheveux.

— Jake ! Qu'est-ce que tu...

— Du calme ! Tu es bien nerveuse, ce soir...

Il toucha sa nuque sous le col de son chemisier, et quelque chose de petit et de froid vint se placer sur la soie, entre ses seins. Baissant la tête, Fleur vit qu'il avait attaché une fine chaîne en or autour de son cou. Y était suspendue une fleur émaillée de vert et de bleu, avec de minuscules diamants figurant des gouttes de rosées.

Fleur prit le bijou entre ses doigts et leva les yeux vers Jake. Il la regardait avec une grande tendresse. La jeune femme sentit sa gorge se serrer. Ils restèrent ainsi, les yeux dans les yeux, comme au temps où tout allait bien entre eux.

— C'est magnifique, Jake. Vraiment, je ne sais...

— C'est une belle-de-jour.

— C'est tellement gentil de ta part...

— Inutile d'en faire toute une histoire ! l'interrompit-il, un peu agacé.

Et voilà. Le charme était rompu. Jake se détourna et se dirigea à grands pas vers la cuisine. Pourquoi s'était-elle laissée aller à la douceur du moment ? Elle aurait dû se méfier. Depuis le temps...

— Comment se fait-il que je ne sente aucune odeur de nourriture ? cria Jake, depuis la cuisine. Je trouve que ce n'est pas très bon signe.

— Le cuisinier n'est pas encore arrivé, répondit Fleur.

Juste à cet instant, la sonnette retentit. Fleur alla ouvrir. C'était Michel.

— J'ai apporté mes couteaux, annonça-t-il, tout en se dirigeant vers la cuisine.

Il déposa un sac plein de provisions sur la table.

— J'ai également de l'ail, tu sais, celui qu'on ne trouve que dans ce petit magasin de Canal Street. As-tu acheté les praires et le poisson ?

— Oui, monsieur, répondit Fleur.

Simon arriva quelques minutes plus tard, et Fleur fit les présentations. Le musicien avait vu tous les films de Jake et n'accorda pas la moindre attention à Michel. Quant à celui-ci, occupé à hacher des oignons, il ne remarqua pas Simon. Fleur se dit que les choses ne se passaient pas exactement comme elle l'avait espéré.

Puis Kissy arriva.

— Désolée, je suis en retard, mais Charlie m'a appelée de Chicago juste au moment où j'allais partir.

— Félicitations, dit Fleur. On dirait que c'est une affaire qui marche.

— Kissy se dirigea vers la cuisine, l'air béat.

— J'ai l'impression d'avoir quinze ans depuis quelques semaines...

Puis elle aperçut Jake, accoudé à l'évier.

Fleur les présenta l'un à l'autre. Jake regarda Kissy, et un sourire éclaira aussitôt son visage. Kissy était à croquer. Elle leva les yeux vers lui, les cils papillonnants, la bouche en cœur, et Fleur ressentit un vif pincement de jalousie.

Kissy gratifia Jake de son sourire de vamp, et l'acteur gonfla la poitrine comme un coq. Leurs lèvres bougeaient, aussi Fleur en conclut-elle qu'ils se parlaient, mais elle n'avait pas la moindre idée de ce qu'ils pouvaient bien se dire. Tout ce qu'elle voyait, c'était le visage de Jake, littéralement fendu en deux par un sourire niais. Quant à Kissy, elle semblait tout droit sortie d'un rêve érotique d'adolescent. Bientôt la jeune actrice vint prendre Fleur par le bras et l'entraîna dans sa chambre sous prétexte de lui emprunter un livre.

Kissy ferma la porte et regarda son amie droit dans les yeux.

— Celui-là, soupira-t-elle, c'est la crème de la crème...

— Ses dents sont de travers, se moqua Fleur.

— Mais je parie que le reste ne l'est pas.

— Que veux-tu dire par là ?

— Que tu devrais cesser de te conduire comme une gamine. Sinon, je te jure que je retourne dans cette cuisine et que je récupère sur-le-champ tous les plats que je t'ai prêtés !

— Je ne comprends pas de quoi tu parles.

Kissy lui lança un regard de mépris.

— Dans ce cas, je ne peux plus rien pour toi. Tu viens d'avoir vingt-six ans. A cet âge-là, tu devrais te connaître un peu mieux.

Sur ce, Kissy ouvrit la porte et sortit de la chambre.

Tout le monde semblait passer une excellente soirée, excepté Fleur. Michel prépara des filets de sole à la sauce aux praires, tandis que Kissy et Simon s'occupaient de la salade et Jake des boissons. Au début, Michel et Simon ne s'adressèrent pas la parole. Mais peu à peu, échangeant des idées sur la manière de cuisiner, ils découvrirent qu'ils aimaient les mêmes plats et connaissaient les mêmes restaurants. Kissy lança un regard complice à Fleur, mais celle-ci fit semblant de l'ignorer. Aussi la jeune actrice reporta-t-elle son attention sur Jake. Tous les deux se comportaient comme s'ils se connaissaient depuis des années. Ils riaient sans arrêt et échangeaient des plaisanteries d'un air complice. Pourquoi ne vont-ils pas tout de suite au lit ? pensait Fleur.

Au dessert, Fleur apporta sur la table une génoise fourrée de crème pralinée et nappée de chocolat qu'elle avait passé l'après-midi à préparer. Le gâteau était un peu de guingois mais délicieux, et tout le monde lui en fit compliment. Fleur réussit à peine à en avaler une bouchée.

Après le dessert, tous les convives allèrent prendre le café au salon. Lorsque Kissy prit place sur le canapé, Fleur s'assit délibérément par terre, sur un coussin. Elle se sentait malheureuse et abandonnée. Que lui arrivait-il ? Elle leva les yeux vers Kissy, qui lui fit un clin d'œil de sympathie. Fleur comprit brusquement qu'elle se conduisait comme une idiote depuis le début de la soirée.

Comme les hommes se mettaient à parler musique, elle entraîna Kissy dans sa chambre.

— Je suis désolée, dit Fleur. Je me suis comportée comme une idiote, je ne sais pas pourquoi.

— Tu es verte de jalousie, Fleur Savagar. Et je pense qu'il est temps que tu prennes conscience de tes sentiments réels à l'égard de ce mâle superbe qui est assis dans ton salon.

— Mes sentiments pour lui ne sont qu'un mélange de frustration sexuelle et de bons souvenirs, rien d'autre. Pardonne-moi, Kissy. Je me suis vraiment mal conduite avec toi.

— Je comprends. Je ressens exactement la même chose chaque fois que tu parles avec Charlie.

— Oh non ! Je ne te crois pas !

Kissy poussa un profond soupir.

— Il a tellement d'estime pour toi, dit-elle. Et puis tu es si belle. Chaque fois qu'il te regarde, je me sens laide et sans intérêt.

Fleur ne savait plus très bien si elle devait rire ou pleurer. Elle prit Kissy dans ses bras et la serra très fort contre sa poitrine. Elles se regardèrent avec une grande tendresse, puis Fleur jeta un coup d'œil à sa montre.

— Ils repassent *Butch Cassidy et le Kid,* ce soir, à la télé. Si je ne me trompe pas sur l'horaire, on devrait pouvoir en voir un petit bout avant de redescendre. Qu'en dis-tu ?

— Excellente idée !

Kissy se dirigea vers le téléviseur et l'alluma.

— Mon Dieu, j'adore Robert Redford ! s'exclama-t-elle.

— Et moi donc ! renchérit Fleur.

Au début, elles prêtèrent peu d'attention au film, occupées à parler de Michel et de Simon. Robert Redford était assis sur le balcon du bordel, un verre à la main. Fleur et Kissy tournèrent leurs regards vers l'écran au moment où Etta Place, l'institutrice, rentrait chez elle.

Etta défit les premiers boutons de sa jupe et ferma la porte d'entrée avant d'aller dans sa chambre. Là, elle ôta sa jupe et la suspendit dans le placard. Puis elle se retourna et poussa un cri en voyant le Kid debout, à quelques mètres d'elle, qui la regardait d'un air menaçant.

— Continue, ma jolie, dit-il.

Elle le fixait, les yeux écarquillés, absolument terrifiée. Lentement, il pointa son revolver en direction de la jeune femme.

— Tout va bien. Ne fais pas attention à moi et continue à te déshabiller.

Avec des gestes hésitants, elle ôta son long jupon à volants, puis elle le tint pudiquement devant elle.

— Défais ton chignon, ordonna-t-il.

Elle fit ce qu'il lui demandait — laissant tomber son jupon pour ôter ses épingles à cheveux.

— Secoue la tête.

Aucune femme ne discutait avec le Kid, surtout quand il la menaçait de son revolver. La jeune institutrice s'exécuta. Elle n'avait plus sur elle que sa culotte et son bustier de coton. Le Kid leva son arme en direction du bustier, et la jeune femme comprit ce qu'il voulait.

Etta défit lentement les boutons de son bustier, jusqu'à l'avant-dernier. Les deux pans s'écartèrent en V. Le Kid dégrafa sa ceinture et la jeta sur le lit, puis il se dirigea lentement vers la jeune femme, s'arrêta devant elle et glissa ses mains dans le bustier ouvert.

— Tu sais ce qui me ferait plaisir ? demanda Etta.

— Hein ?

— Que tu aies l'air encore plus menaçant !

Tandis qu'Etta se jetait au cou de Redford, Fleur se leva pour éteindre le téléviseur et soupira.

— Difficile de croire que ç'a été écrit par un homme, n'est-ce pas ?

— En effet, approuva Kissy. William Goldman est un grand scénariste, mais j'ai toujours eu le sentiment que c'était sa femme qui avait écrit cette scène. Mon Dieu, qu'est-ce que je ne donnerais pas pour...

— Hum, c'est vraiment le plus grand fantasme de toutes les femmes, dit Fleur. Toute cette violence sexuelle venant d'un homme dont on sait pertinemment qu'il ne vous fera aucun mal. Hélas, il n'y a plus d'hommes comme ça aujourd'hui.

Jake se tenait derrière la porte entrebâillée. Il n'avait pas eu l'intention de les espionner, mais Fleur lui avait paru bizarre toute la soirée et, comme elle avait disparu en haut depuis un certain temps, il s'était inquiété d'elle. A présent, il regrettait de se trouver là ; c'était exactement le genre de conversation qu'un homme ne doit pas entendre. Mais que voulaient-elles, à la fin ? En public, elles prétendaient rêver d'un homme sensible et réclamaient l'égalité des sexes, et en privé voilà qu'elles s'excitaient à l'idée de faire l'amour avec un macho. Allez comprendre...

Jake refusait d'admettre qu'il était jaloux. Lui, l'un des plus célèbres acteurs du moment, habitait chez Fleur Savagar et ne trouvait rien d'autre à faire avec elle que d'échanger des remarques acerbes ! Quel scandale ! S'il y avait une justice en ce monde, alors il souhaitait de toutes ses forces que la femme de Redford soit en ce moment même en train de se pâmer devant une scène d'amour d'un film du Dog. Cette pensée le réconforta, et il s'éloigna de la chambre sur la pointe des pieds. Difficile d'être un homme par les temps qui courent, se dit-il.

Le lendemain matin, Jake l'attendait sur le perron quand elle sortit pour aller courir, mais il ne lui adressa pas la parole pendant qu'ils firent le tour du parc. Quand ils rentrèrent à la maison, Fleur l'invita spontanément à prendre le petit déjeuner avec elle. Il refusa si catégoriquement qu'elle en fut offensée.

— Je sais que tu as un programme très chargé en ce moment, lança-t-elle, sarcastique. Cela doit être épuisant de passer des journées entières devant sa machine à écrire.

— Je n'ai aucune envie d'en parler.

— Essaies-tu réellement d'écrire, Jake, ou bien me joues-tu la comédie ?

— Que veux-tu dire par là ?

Il ôta son sweat-shirt.

— Si tu veux tout savoir, eh bien, j'écris tous les jours.

Elle lui lança un coup d'œil qui signifiait qu'elle n'en croyait pas un mot. Il haussa les épaules, passa devant elle et entra dans la maison.

Fleur se doucha longuement, puis elle enfila un jean et un chandail noir. Plus le temps passait, et plus elle se sentait gagnée par la colère. N'avait-elle pas conclu un accord avec Jake pour qu'il se remette à écrire, et n'était-il pas en train de se moquer d'elle ?

A dix heures, n'y tenant plus, elle se dirigea vers la porte qui menait au grenier. Elle hésita quelques instants avant d'introduire la clé sans la serrure.

Le grenier était une pièce spacieuse et claire, avec une rangée de petites fenêtres rectangulaires et une verrière. C'était la première fois que Fleur pénétrait dans ces lieux depuis que Jake avait emménagé. Elle remarqua qu'il avait meublé l'endroit avec goût. Il y avait désormais quelques chaises confortables, un lit immense et une longue table en forme de L sur laquelle trônaient une machine à écrire et une rame de papier à l'emballage encore intact.

Jake était assis dans son fauteuil, les pieds sur la table, et faisait rebondir un ballon de basket sur le sol, l'air rêveur.

— Je n'ai pas souvenir de t'avoir dit d'entrer.

— Effectivement, tu ne l'as pas fait.

— Je t'ai pourtant dit que j'étais très occupé. Je déteste être dérangé quand je travaille.

— Je n'ai nulle intention de couper ton inspiration. Tu n'as qu'à faire comme si je n'étais pas là.

Elle se dirigea vers la cuisine, ouvrit un placard, sortit la cafetière et mit de l'eau à bouillir.

— Va-t'en, Fleur. Je ne veux pas que tu restes ici.

— Ne t'inquiète pas, je vais te laisser. Mais avant, nous allons avoir une réunion de travail.

— Je ne me sens pas d'humeur à ça.

Fleur versa l'eau bouillante sur le café, puis elle vint s'asseoir sur un coin de la table.

— Les vacances sont finies, Jake, annonça-t-elle. Et j'ai horreur des poids morts, surtout lorsqu'ils m'attirent des ennuis. En signant un contrat avec moi, tu t'es engagé à fournir un certain travail. Dans cette ville, tout le monde pense que tu as signé parce que je couchais avec toi. Le seul moyen de mettre un terme à cette rumeur est d'écrire une nouvelle pièce.

— Alors déchire ce contrat.

— Arrête de te conduire en enfant gâté ! cria-t-elle.

Elle lui prit le ballon des mains et l'envoya rebondir à l'autre bout de la pièce.

Les mâchoires de Jake se crispèrent, ses yeux se plissèrent, et Fleur se retrouva face à face avec le Dog.

— Sors d'ici, ordonna-t-il, menaçant. Ce ne sont pas tes affaires.

Elle ne bougea pas.

— Écoute, Jake. D'abord, tu me dis que je suis responsable de ton blocage, et maintenant tu prétends que tout cela ne me regarde pas. C'est trop facile. Tu ne t'en tireras pas comme ça !

— Fous-moi la paix ! cria-t-il.

Il se leva, l'attrapa par le bras et l'entraîna vers la porte. Elle sentit la colère l'envahir, non pas parce qu'il la brutalisait, mais parce qu'il gâchait son talent, bêtement, parce qu'il aurait pu écrire des choses merveilleuses.

— Espèce d'écrivain à la manque ! hurla-t-elle. Il y a au moins deux millimètres de poussière sur cette machine !

— C'est encore trop tôt. Je ne suis pas prêt.

Puis il la repoussa, prit sa veste qui traînait sur un fauteuil et se dirigea vers la porte.

— Mais où est le problème, Jake ?

Il enfila sa veste. Alors Fleur déchira l'emballage de la rame de papier et en sortit une feuille qu'elle glissa dans le chariot de la machine à écrire.

— N'importe qui peut glisser une feuille de papier dans une machine à écrire. Tu vois, je viens de le faire !

Fleur s'assit à la table et appuya sur le contact. La machine se mit à ronronner en sourdine.

— Regarde comment on procède. Acte I, scène 1.

Fleur tapait maladroitement, cherchant les lettres sur le clavier.

— Où se situe l'action, Jake ? A quoi ressemble le décor ?

— Espèce de petite salope !

— Espèce... de... petite.... salope..., écrivit-elle. D'accord. Commençons comme ça. Voilà un début de dialogue tout à fait dans le style Koranda — dur, réaliste, misogyne. Et après ?

— Arrête, Fleur !

— Arrête... Fleur... Tu aurais pu choisir un autre prénom, remarqua-t-elle.

— Arrête ! hurla-t-il.

Ses mains s'abattirent sur les mains de Fleur, et il arracha la feuille du chariot.

— Tout ceci n'est qu'une plaisanterie pour toi, n'est-ce pas ? Tu trouves ça drôle !

Elle leva la tête vers lui et vit soudain qu'il souffrait. Sous le masque de la colère perçait le désespoir. Fleur se sentit honteuse, tout à coup. Elle tourna alors sa main sous celle de Jake, paume contre paume. Impulsivement elle baissa la tête et lui effleura les doigts de ses lèvres.

— Je ne trouve pas ça drôle du tout, dit-elle doucement.

Jake était debout derrière elle, immobile. Elle sentit qu'il lui caressait les cheveux. Puis il s'écarta d'elle. Elle entendit des bruits de placards qu'on ouvre et qu'on referme, des bruits de vaisselle. Bientôt Jake revint avec une tasse de café à la main. Fleur glissa une nouvelle feuille dans la machine.

— Que fais-tu ? aboya-t-il.

Fleur prit une profonde inspiration.

— Tu vas écrire aujourd'hui, annonça-t-elle. Je ne te laisserai pas différer ce moment plus longtemps.

— Notre accord prend fin dès maintenant, Fleur. Je vais quitter cet endroit.

— Peu importe. Quel que soit l'endroit où tu décides de t'installer, tu devras honorer ton contrat.

— Tu es vraiment devenue une salope de première ! siffla-t-il. Hormis ton agence, tu te fiches de tout et de tout le monde.

— Tu vas écrire aujourd'hui, répéta-t-elle.

Jake vint se placer derrière elle et posa les mains sur ses épaules.

— Je ne le pense pas, dit-il.

Elle ne bougea pas lorsqu'il se pencha vers elle et pressa ses lèvres sur sa nuque. Elle sentit son souffle chaud dans son cou, et un délicieux frisson la parcourut.

Elle ferma les yeux. Jake lui caressa le cou, puis ses mains se glissèrent sous son sweater, et il effleura ses seins à travers la soie fine de son soutien-gorge. Sa respiration s'accéléra. C'était tellement bon. Et cela faisait si longtemps... Jake défit l'attache de son soutien-gorge et écarta le tissu...

Une part d'elle-même lui soufflait de ses ressaisir mais, tandis qu'il lui ôtait son sweater et dénudait ses seins, elle ne pouvait penser qu'au plaisir qui montait en elle.

Jake la prit par les épaules et se pencha vers elle. Elle vit sa tête descendre jusqu'à ses seins, dont il saisit délicatement les pointes entre ses lèvres. Soudain elle réalisa qu'il était en train de la manipuler et qu'il se servait de son charme pour cela.

— Non ! s'écria-t-elle, se dégageant de son étreinte et se relevant d'un bond. Tu n'es qu'un salaud, Koranda ! Le sexe est-il donc ton seul argument ?

— Je ne comprends pas de quoi tu parles, dit-il innocemment.

— Tu me prends pour une idiote, ou quoi ?

Jake la saisit par le bras pour la seconde fois et l'entraîna vers la porte sans ménagements.

— Je crois que je t'ai assez vue pour aujourd'hui, Fleur. Maintenant va-t'en.

— Ne me touche pas !

Elle tenta de se dégager, mais il la tenait fermement. Il la regardait avec hostilité.

— Et voilà ! s'exclama-t-elle. La boucle est bouclée ! Tu as joué le Dog pendant si longtemps que tu as fini par lui ressembler. Tu t'es laissé dévorer par lui. Tu n'arrives même plus à écrire...

— Tais-toi ! hurla-t-il en tournant le bouton de la porte.

— Le Dog en personne ! Le gros dur à la grosse tête !

Elle lui donna un coup de poing sur le bras. Surpris, il la lâcha. Elle en profita pour retourner s'asseoir devant la machine et posa ses mains tremblantes sur le clavier.

— Acte I, scène 1.

— Tu es complètement folle !

— Allez, tu as l'habitude d'écrire des pièces ! Aie au moins le courage de commencer !

— Ce n'est pas une pièce !

Il fondit sur elle à grands pas, l'air si furieux qu'elle frissonna.

— C'est un livre ! Je veux écrire un livre ! Sur le Viêtnam.

Fleur poussa un soupir de dégoût.

— Un livre de guerre ! Tout à fait dans les cordes du Dog, non ?

— Tu es vraiment une petite conne bourrée de préjugés, dit-il froidement. Tu ne sais même pas de quoi il s'agit.

De nouveau, elle sentit sa souffrance. Elle lui prit doucement la main.

— Tu as raison, je ne sais pas de quoi il s'agit. Alors explique-moi, s'il te plaît.

Jake retira sa main.

— Tu n'y étais pas, dit-il. Tu ne peux pas comprendre.

— Mais tu es l'un des plus grands écrivains de ce pays. Alors fais-moi comprendre.

Il lui tourna le dos, et le silence retomba entre eux. Fleur entendit le bruit d'une sirène de police dans le lointain, puis celui d'un camion qui passait dans la rue.

— C'était difficile de faire la différence, lâcha-t-il finalement. Il fallait tous les considérer comme des ennemis.

Sa voix était calme et posée, mais elle semblait venir de très loin. Jake se retourna et la regarda comme s'il voulait s'assurer qu'elle comprenait bien. Fleur hocha la tête et posa ses doigts sur les touches de la machine.

— Tu marchais le long d'une rizière, et tu voyais deux petits mômes — quatre ou cinq ans. Avant même que tu comprennes ce qui t'arrivait, l'un d'entre eux te balançait une grenade. Merde ! Qu'est-ce que c'était que cette guerre ?

Fleur commença à taper, un peu inquiète. Avait-elle raison de le faire ? Jake sembla ne pas remarquer le crépitement de la machine.

— Le village était une base viêt-cong, reprit-il. La guérilla avait coûté beaucoup d'hommes. Certains avaient été torturés, mutilés... C'étaient nos copains, des gars qu'on connaissait bien. On était censés détruire le village. Les civils connaissaient la règle : ne pas courir. Surtout ne pas courir ! La moitié des gars étaient défoncés à mort. C'était la seule manière de tenir le coup. Les hélicos nous ont déposés près du village, et tout de suite nous avons commencé à tirer. Puis nous sommes entrés dans le village. Tous les paysans étaient rassemblés sur la place. Personne ne courait — ils connaissaient la règle —, mais quelques-uns furent tués quand même. Il y avait une petite fille... elle portait une chemise toute trouée, avec des petits canards jaunes dessus... Pourquoi est-elle partie en courant ? Quand tout fut fini, les maisons brûlaient, quelqu'un a allumé la radio. Otis Reding chantait *Sitting on the Dock of the Bay*. Et il y avait toutes ces mouches sur le ventre de la petite fille.

Pour la première fois depuis qu'il avait commencé son récit, Jake s'aperçut que Fleur tapait tout ce qu'il racontait.

— Tu as eu le temps de noter ce que j'ai dit à propos de la musique ? C'est essentiel. Tous les types qui ont fait le Viêt-nam se souviennent de la musique.

— Je... je ne sais pas. Tu vas un peu vite.

— Laisse-moi faire, dit-il en la poussant et en s'installant devant la machine.

Il ôta la feuille de papier engagée dans le chariot et en mit une nouvelle. Il secoua la tête comme s'il cherchait à s'éclaircir les idées, puis il commença à taper.

Fleur se dirigea vers le canapé et s'y laissa tomber, épuisée. L'image atroce de la petite fille éventrée l'obsédait.

Elle regarda Jake travailler pendant plus d'une heure. Il tapait très vite, le front penché sur le clavier, les yeux fixés sur le papier, tandis que les pages succédaient aux pages comme par magie. Finalement, Fleur sortit de la pièce sans qu'il s'en aperçoive.

Elle passa le reste de la journée à mettre au point les derniers détails concernant l'organisation du défilé de Michel. Vers dix-neuf heures, elle se changea pour aller dîner avec Kissy. Lorsqu'elle rentra, peu avant minuit, elle entendit, faible mais distinct, le crépitement de la machine à écrire. Fleur prépara un sandwich, coupa une part du gâteau de la veille et déposa le tout sur un plateau. Elle entra chez lui sans frapper.

Il était toujours rivé à sa machine, les traits tirés par la fatigue. Plusieurs tasses de café, dont certaines à moitié pleines, et un tas de feuilles de papier encombraient la table. Il grogna lorsque Fleur vint prendre les tasses. Elle les lava et prépara une Thermos de café frais qu'elle déposa sur son bureau. Après quoi elle redescendit se coucher.

Quelques jours plus tard, elle reçut un premier coup de téléphone de Dick Spano.

— Il faut absolument que je trouve Jake, annonça-t-il.

— Il ne m'appelle jamais, répondit Fleur, ce qui n'était pas faux.

— Si jamais il te passe un coup de fil, tu pourrais lui dire de me rappeler ?

— Bien sûr. Mais cela m'étonnerait qu'il me téléphone.

Ce soir-là, Fleur monta au grenier et informa Jake du

coup de téléphone de Dick. Il avait les yeux cernés et n'était pas rasé. Fleur en déduisit qu'il n'avait pas dormi.

— Je ne veux parler à personne. Il faut que tu fasses le barrage, Fleur. D'accord ?

Elle le lui promit, tout en se doutant que cela n'allait pas être simple.

Dix jours plus tard, elle avait éconduit son agent de la côte Ouest, son chargé d'affaires et toutes leurs secrétaires. Mais bientôt elle comprit qu'il fallait faire quelque chose avant que ses proches ne s'alarment trop. Elle rappela Dick Spano.

— J'ai eu des nouvelles de Jake. Il va bien. Il a recommencé à écrire. Mais on ne pourra pas le joindre pendant quelque temps.

— C'est fâcheux. J'ai un contrat à lui faire signer qui ne peut attendre. Il faut que je lui parle. Dis-moi où il est.

Fleur hésita pendant quelques instants avant de répondre.

— Quelque part au Mexique, dit-elle. Il ne m'a pas dit où exactement.

Dick poussa quelques jurons, puis il se lança dans une longue tirade à propos du caractère impossible de Jake. Enfin, il donna à Fleur une liste d'instructions à lui transmettre au cas où il la rappellerait. Fleur promit de le faire et nota les instructions de Spano sur une feuille de papier qu'elle enfouit au fond d'un tiroir.

Un mois s'écoula. Novembre arriva. Fleur prit l'habitude de s'endormir au son lointain d'une machine à écrire. Tous les matins, elle allait courir avant de se mettre au travail. Et tous les soirs elle rendait visite à Jake. Bientôt il fut difficile de dire lequel des deux était le plus épuisé.

Le défilé de Michel devait avoir lieu dans un grand hôtel new-yorkais. La veille, Fleur s'assura que tout était fin prêt. Elle insista auprès des vigiles pour qu'ils fassent des rondes toutes les demi-heures. Même Kissy perdit patience et la traita de paranoïaque. Mais Fleur n'y prêta aucune attention. Alexis n'avait plus que vingt-quatre heures pour agir, et cette fois il ne la prendrait pas au dépourvu.

Willie Bonaduce plongea la main dans la poche de son uniforme et en extirpa un nouveau chewing-gum. Il aimait bien les chewing-gums à la fraise, et il en consommait plusieurs paquets par jour. Cela l'aidait à passer le temps. Cela faisait un mois qu'ils travaillaient là, et c'était le dernier soir. Willie trouvait que c'était faire beaucoup d'histoires pour quelques robes, mais du moment qu'on le payait, ce n'était pas son problème.

Ils étaient deux équipes de quatre qui se relayaient jour et nuit. Willie gardait l'entrée de la vieille fabrique, tandis qu'Andy surveillait la porte de derrière. Deux autres gardes se trouvaient au premier étage, là où les robes étaient entreposées. Dès demain, l'équipe de jour convoierait la collection jusqu'à l'hôtel où devait avoir lieu le défilé. Le travail serait terminé.

Willie se plongea dans la rubrique sportive du *Daily News* et ne remarqua pas la camionnette orange qui passait dans la rue devant lui.

Le conducteur de la camionnette tourna dans une petite rue qui longeait la fabrique. Depuis une semaine, il venait là tous les soirs, chaque fois dans un véhicule différent. Le moment était venu de passer à l'action.

Il savait qu'il y avait des gardes. Il savait aussi que Willie lisait le journal entre une heure et deux heures du matin.

Ce fut un jeu d'enfant que de l'assommer sans bruit. L'homme avait déjà rempli d'autres missions, et des plus compliquées.

Le déclencheur du système antifeu se trouvait au rez-de-chaussée, dans un petit réduit dont il crocheta la porte sans difficulté. Il baissa la manette, puis il s'éclipsa aussitôt sur la pointe des pieds. Lorsque les gardes du premier étage donnèrent l'alarme, l'homme se trouvait déjà dehors, sur le trottoir. Quelques secondes plus tard, il grimpait dans sa camionnette et démarrait sans hâte.

Au premier étage de la fabrique, toutes les robes de Michel Savagar étaient trempées d'eau, et les gardes s'ébrouaient, sans comprendre ce qui venait d'arriver.

FLEUR

Te connaîtras-tu jamais, Flynn ?

Errol Flynn, *Mes quatre cents coups*

28

Le coup de téléphone de la compagnie de gardiennage réveilla Fleur à quatre heures du matin. Elle écouta l'explication lente et laborieuse de l'homme à l'autre bout du fil.

— Surtout, ne téléphonez pas à mon frère, dit-elle avant de raccrocher.

Puis elle se recoucha et remonta ses couvertures sur sa tête.

Elle se rendormit mais fut bientôt réveillée de nouveau en sursaut. Cette fois, on sonnait à la porte d'entrée. Fleur se demanda si les fleuristes livraient des roses blanches à six heures du matin et décida de ne pas aller s'en assurer. Finalement, on arrêta de sonner, pour recommencer de plus belle quelques minutes plus tard. Fleur s'enfouit la tête sous l'oreiller et tenta de se rendormir. Mais brusquement elle sentit qu'on lui enlevait son oreiller. Elle poussa un cri strident et se redressa d'un bond dans son lit.

Jake était debout au pied de son lit, vêtu d'un jean et d'un vieux sweat-shirt à même la peau. Il avait les cheveux ébouriffés, le regard fixe, et il n'était pas rasé.

— Qu'est-ce qui te prend, Fleur ? aboya-t-il. Tu ne réponds plus quand on sonne à ta porte ?

Fleur arracha l'oreiller de ses mains et le lui lança à la tête.

— Il est six heures et demie du matin ! cria-t-elle. Et tu m'as fait peur !

— Tu vas courir à six heures tous les jours ! Où étais-tu, Fleur ?

— Au lit !

— Bon ! Inutile d'en faire toute une histoire ! Comment aurais-je pu deviner que tu dormais ? Je ne t'ai pas entendue te lever comme d'habitude, et j'ai cru que quelque chose n'allait pas.

Fleur repoussa ses couvertures et alluma la lumière. Sa chemise de nuit lui remontait jusqu'aux cuisses. Elle se cambra, s'étira, bâilla, et fit en sorte que Jake ait le temps d'admirer ses jambes. Puis elle se leva d'un bond sans le regarder et fonça dans la salle de bains, totalement dégoûtée d'elle-même. Si elle avait à ce point envie de lui, pourquoi ne pas le lui dire franchement plutôt que d'employer ces ruses féminines abjectes ? N'était-ce pas ce que « libération des femmes » voulait dire ?

Tandis qu'elle mettait du dentifrice sur sa brosse à dents, elle décida qu'elle allait revenir dans la chambre d'un pas ferme, comme n'importe quel mâle qui se respecte, regarder Jake droit dans les yeux et lui dire qu'elle voulait... Fleur hésita. Quel terme employer ? « Aller au lit » ? Trop expéditif. « Faire l'amour » ? Trop romantique. « Baiser » ? Carrément vulgaire.

Elle essaya de réfléchir. Elle n'allait tout de même pas renoncer pour une simple question de vocabulaire. Quels mots emploierait un homme expérimenté, un séducteur ? Quels mots emploierait Jake ? Comment procéderait-il ? Et d'ailleurs, pourquoi Jake ne prendrait-il pas lui-même l'initiative ?

Fleur se rinça la bouche. Jake lui avait paru furieux. Peut-être n'avait-il même pas envie d'elle. Elle décida de retourner dans la chambre et de l'embrasser. Après, elle n'aurait plus qu'à suivre son instinct.

Elle ôta sa chemise de nuit, s'enroula dans une grande serviette, prit une profonde inspiration et ouvrit la porte.

Jake était parti.

En fait, il était dans la cuisine, mais Fleur ne le découvrit que lorsqu'elle eut enfilé un jean, un pull et des baskets. Jake leva alors les yeux de la poêle dans laquelle il venait de mettre un morceau de beurre. Avec ses larges épaules, il était indiscutablement viril et infiniment attirant. Fleur sut alors qu'elle ne prendrait jamais l'initiative. S'il la voulait, eh bien, il faudrait qu'il la prenne, libération des femmes ou pas !

— Au fait, demanda-t-elle, comment es-tu entré chez moi ce matin ? J'ai vérifié les portes, hier soir, et elles étaient fermées.

— Tu veux des œufs brouillés ou au plat ?

— Jake...

— Écoute, Fleur. Je ne peux pas discuter et préparer le petit déjeuner en même temps. Et tu pourrais m'aider au lieu de rester plantée là !

Contre-attaque typique ! Il ne voulait pas répondre. Mais il ne s'en tirerait pas ainsi.

— Tu as fait du charme à ma secrétaire, l'accusa-t-elle en s'asseyant à table. Tu lui as emprunté sa clé et tu en as fait faire un double.

Jake surveillait les œufs, l'air gêné.

— Allez, avoue-le, reprit Fleur. Il n'y a pas d'autre solution. Ma secrétaire possède une clé. J'en ai une, Michel aussi. Alors qui d'autre...

— Ton frère m'a prêté sa clé, expliqua Jake. Le soir où tu nous a invités à dîner, il m'a raconté que ton père te menaçait. Il s'inquiète pour toi, Fleur, et je ne suis pas tranquille non plus. Lorsque j'ai vu que tu ne te levais pas pour aller courir ce matin et que tu ne répondais pas à mes coups de sonnette...

Fleur posa sa fourchette sur la table d'un geste rageur.

— Alexis ne s'attaquera pas à moi physiquement, Michel devrait le savoir. Ce n'est pas son style. Ce qu'il veut, c'est me voir souffrir. D'ailleurs, tout cela ne te regarde pas ! Tu n'as pas assez à faire, ces temps-ci, pour t'occuper des histoires des autres ?

— Je n'aime pas ça, Fleur.

— Moi non plus, ça ne me rend pas folle de joie, admit-elle.

Ils mangèrent en silence pendant un moment, puis Jake demanda à Fleur si elle portait toujours un jean et des baskets pour travailler.

— Je dois accompagner les hommes qui vont emmener ces caisses à l'hôtel, mais ils n'arriveront pas avant neuf heures. C'est pourquoi je voulais dormir ce matin. La journée va être longue. En outre, je ne peux pas sortir de la maison tant que ces caisses sont ici.

Jake fit un geste en direction des fameuses caisses empilées dans la cuisine. Il y en avait bien une vingtaine.

— Peux-tu me dire ce qu'il y a là-dedans, ou bien dois-je le deviner tout seul ?

— Les robes de la collection de Michel, expliqua Fleur.

Elle raconta alors à Jake comment Alexis avait tenté de saboter le défilé et lui parla du coup de téléphone qu'elle avait reçu pendant la nuit.

— Les responsables de la compagnie de gardiennage ignorent encore comment le système antifeu a été déclenché. Mais toutes les robes étaient trempées.

Jake fit un mouvement de tête en direction des caisses.

— Je croyais qu'elles étaient là-dedans.

— Elles y sont. J'ai entreposé de vieilles robes d'occasion à la fabrique.

Fleur se leva.

— Excuse-moi, mais il faut que j'appelle Michel avant qu'il n'arrive là-bas. Je ne voudrais pas qu'il ait une crise cardiaque.

— Attends un peu. Tu ne lui as pas dit que toutes ses robes étaient chez toi ?

— Ce n'est pas son problème, Jake. C'est moi qui ai détruit la Bugatti, et c'est moi qu'Alexis essaie d'atteindre à travers lui. En outre, Michel a suffisamment de soucis comme ça avec son défilé.

Jake était furieux.

— Imagine que ton père t'ait envoyé l'un de ses hommes de main ici. Qu'aurais-tu fait, tu peux me le dire ?

— Mais c'est absurde, voyons ! protesta Fleur. La fabrique était truffée de gardes, dont certains bien visibles. Alexis ne pouvait pas se douter que les modèles se trouvaient chez moi !

— Ton problème, c'est que tu ne réfléchis pas ! lança Jake.

Il se leva d'un bond, et quelque chose, dans la poche de son survêtement, heurta la table avec un bruit mat. Fleur remarqua alors que le côté droit de son sweat-shirt pendait plus bas que l'autre. Peut-être n'aurait-elle rien remarqué si Jake ne lui avait pas lancé un regard furtif avant d'aller déposer son assiette dans l'évier.

— Qu'y a-t-il dans ta poche ? demanda-t-elle.

— Rien d'intéressant.

— Je veux le savoir, insista-t-elle.

— Fiche-moi la paix !

— Dis-le-moi, Jake.

Elle crut qu'il allait quitter la pièce, mais il se contenta de hausser les épaules.

— Un .22 automatique.

Fleur le regarda, perplexe.

— Un quoi ?

— Un revolver.

— Mais tu es complètement fou ! s'écria-t-elle. Tu as apporté une arme, ici ? Tu n'es pas au Viêt-nam, Jake, ni dans l'un de tes films, tu es dans ma maison !

— Ton père n'est pas un enfant de chœur. Et ce matin, quand je suis entré ici, je ne savais pas du tout sur qui j'allais tomber !

Elle le fixa pendant une bonne minute, et il soutint son regard. Puis il sortit de la pièce.

Un quart d'heure plus tard, il était de retour, vêtu cette fois d'un parka et d'un jean. Entre-temps, on avait livré des roses blanches, ce qui prouvait qu'Alexis ignorait que son plan avait échoué. Fleur était en train de téléphoner à Michel. Jake lui prit le combiné des mains.

— Michel, dit-il, je monterai dans la camionnette avec Wonder Woman. Ensuite, à toi de jouer.

Jake accompagna Fleur et les précieuses caisses jusqu'à l'hôtel, puis il la laissa régler les détails du défilé avec son frère.

Michel était sur les nerfs. Certaines robes avaient été froissées. Fleur fit de son mieux pour le calmer et lui être utile. Ils avaient décidé de ne présenter la collection que deux fois, tôt dans l'après-midi et en début de soirée.

Comme dans tous les défilés de mode, chaque mannequin disposait de sa cabine. Fleur ayant refusé que l'on prépare les tenues la veille, il fallait maintenant disposer en bon ordre les robes que chacune devait porter avec les accessoires correspondants. La confusion régnait. Néanmoins, chaque mannequin finit par retrouver les chaussures et les ceintures qui lui étaient destinées. L'équipe vidéo se prépara à filmer le défilé, que l'on rediffuserait par la suite dans les boutiques et les grands magasins.

Quand tout fut prêt, Fleur alla se changer. Elle avait choisi de porter l'une des premières robes que Michel avait créées pour elle. C'était un fourreau de satin rouge, avec une longue entaille depuis le cou jusqu'au creux des seins. Deux grands papillons noirs étaient brodés sur chaque épaule. Elle chaussa des escarpins à talons hauts assortis à la robe.

Kissy apparut bientôt à ses côtés, pâle et tendue.

— C'est une mauvaise idée, Fleur. Je ne comprends pas pourquoi tu as pensé que ça pourrait jamais marcher. Je sens que j'ai de la fièvre.

— Pas du tout ! C'est l'émotion. Respire à fond, ça va passer.

— Respire à fond ! Tu parles ! J'aimerais bien te voir à ma place !

Fleur sourit et serra Kissy dans ses bras.

— Merde, Magnolia.

Fleur sortit des coulisses et se mêla à la foule qui remplissait déjà la salle. On l'interpellait de toute part. Quand elle eut salué quelques douzaines de personnes, répondu aux questions des journalistes et posé pour les photographes, elle était plus nerveuse que jamais. Elle s'assit sur la chaise qui lui était réservée au premier rang et serra la main de Charlie Kincannon.

Il se pencha vers elle.

— J'ai surpris une conversation entre deux stylistes, lui chuchota-t-il. Ils n'ont pas l'air d'aimer ton frère. Ils disent que ses modèles sont trop « froufroutants ».

— C'est parce qu'ils sont jaloux que Michel ait créé une mode si féminine.

Fleur aurait aimé être aussi optimiste qu'elle en avait l'air. Michel risquait vraiment de se faire huer par la critique. Sa collection détonnait tellement avec celles des jeunes stylistes à la mode qu'on pouvait tout aussi bien le conspuer que crier au génie. Fleur jeta un coup d'œil furtif à la journaliste du *Women's Wear Daily* et lui trouva l'air hostile.

Un blues triste et lent s'éleva dans la salle tandis que les lumières s'éteignaient. Des spots verts et bleus éclairèrent la scène à l'extrémité du podium. Apparut un véritable tableau vivant, derrière un rideau de gaze blanche. La scène avait quelque chose d'onirique. Le décor — un balcon en fer forgé, un lampadaire, l'ombre d'un palmier — suggérait quelque arrière-cour de New Orleans par une fin d'après-midi moite et chaude.

Tandis que la lumière se faisait plus forte, des personnages commencèrent à apparaître, des mannequins dans des robes d'été fleuries, immobiles dans des poses bizarres, le corps tendu vers le public, la tête rejetée en arrière. Certaines avaient un bras replié, formant un angle exagéré. L'une des filles était penchée en avant, ses longs cheveux blonds inondant le sol comme une brassée de blé mûr. Il y eut des murmures dans la salle, des regards à la dérobée pour voir comment les autres réagissaient, mais il était clair que personne n'allait se manifester avant de savoir de quel côté le vent tournerait.

Soudain, l'une des filles se détacha du groupe et avança dans un halo de lumière bleue. Elle regarda le public pendant quelques instants, comme si elle hésitait à se confier à lui. Puis elle se lança. Elle leur parla de Belle-Rive, sa plantation perdue, de Stanley Kowalsky, l'homme que sa sœur avait épousé. Son visage était las et tourmenté, sa voix bouleversante. Puis elle se tut et tendit la main vers la salle, comme si elle mendiait la compréhension du public. Il y eut un moment de silence total, puis le blues reprit. Défaite, la jeune femme alla se perdre dans l'ombre.

Un silence pesant. Puis quelques applaudissements. Bientôt suivis par d'autres. Puis d'autres encore, jusqu'à ce que la salle crépite sous les bravos. Kissy avait interprété le monologue de Blanche Du Bois à la perfection. Fleur entendit Charlie pousser un soupir de soulagement.

— Ils ont aimé, n'est-ce pas ? murmura-t-il.

Si seulement ils pouvaient aimer autant la collection de Michel, se dit Fleur.

Deux longues rampes de spots éclairèrent le podium. On entendit un air de jazz plus entraînant que le précédent. Un par un, les mannequins abandonnèrent leurs poses figées pour s'avancer sur le podium. Elles portaient des robes légères, fleuries, décolletées, qui évoquaient les belles du Sud, féminité, douceur et sensualité mêlées. On n'avait rien vu de tel à New York depuis des années.

Autour d'elle, Fleur entendait les murmures et le crissement des stylos sur les blocs. Il y eut des applaudissements polis aux premiers passages, mais bientôt un fol enthousiasme se répandit comme une traînée de poudre parmi l'assemblée. Le public applaudissait à tout rompre.

Fleur sentit sa main gauche se détendre et s'aperçut brusquement qu'elle serrait le genou de Charlie depuis le début du défilé.

— Ouf ! soupira celui-ci. J'ai rarement eu aussi peur de ma vie !

Kissy fit une dernière apparition et joua une scène de *La Chatte sur un toit brûlant* qui servit d'introduction à la présentation d'une série de robes du soir. Plus fabuleuses les unes que les autres, ces robes décorées de plumes et de paillettes avaient un côté exotique et délicieusement décadent.

A la fin du défilé, Fleur regarda Michel et Kissy saluer

le public, sachant que leur vie — à tous les trois — ne serait plus jamais la même.

Les spectateurs commencèrent à se lever. Plusieurs personnes vinrent saluer Fleur et la féliciter. Son regard accrocha soudain le visage de quelqu'un qu'elle ne s'attendait pas à voir là. Jake. Jake était là, à l'entrée de la salle. Il leva son pouce en signe de victoire, puis il disparut.

Les jours suivants, le téléphone n'arrêta plus de sonner. Michel fit la couverture du *Women's Wear Daily* qui lui consacra un article intitulé « La nouvelle féminité ». Tous les grands critiques de mode voulurent l'interviewer et connaître ses projets. Fleur organisa pour lui une conférence de presse, puis elle l'invita à dîner dans un grand restaurant.

— Il semblerait que les petits Savagar ne s'en soient pas trop mal tirés, remarqua Michel en prenant la carte sur la table. Qu'en dis-tu, grande sœur ?

— Plutôt bien, même, petit frère ! renchérit Fleur.

Ils échangèrent un regard complice puis reportèrent leur attention sur la carte.

— Je pense que nous pourrions commander de la dinde en gelée, suggéra Michel.

— Oh non ! Surtout pas quelque chose qui tremblote !

— Du saumon froid, alors ?

— Et pourquoi pas du filet de bœuf ?

— Vraiment, Fleur, tu as des goûts d'un commun ! fit Michel, attristé. Trouvons un compromis : prenons du veau, d'accord ?

— D'accord, concéda Fleur.

Il y eut un moment de silence, puis Michel se tourna vers elle.

— Cela t'ennuie que je sois homosexuel ? demanda-t-il tout à coup.

— Mais non, pas du tout ! s'exclama-t-elle, un peu surprise par la question. J'aurais bien aimé avoir des nièces et des neveux, mais puisque c'est impossible, tout ce que je souhaite, c'est que tu aies une relation profonde et stable avec quelqu'un de bien.

— Quelqu'un comme Simon Kale ?

— Puisque tu parles de lui...

Michel regarda Fleur droit dans les yeux, l'air sérieux.

— Cela ne marchera pas entre lui et moi. Je sais que tu comptais là-dessus, mais cela ne se fera pas.

Fleur parut embarrassée.

— Écoute, Michel, je m'excuse. Je me suis mêlée de ce qui ne me regardait pas. Pardonne-moi.

Il lui sourit.

— Mais pas du tout. Tu avais parfaitement le droit de me présenter à quelqu'un. Tu l'as fait parce que tu m'aimes. Tu ne peux pas savoir combien c'est important pour moi d'avoir enfin quelqu'un qui se préoccupe de mon sort.

Fleur était de plus en plus gênée.

— Simon est un être rare, poursuivit Michel. Nous nous sommes revus, et nous sommes devenus de grands amis, un peu comme toi et Kissy. Mais il n'y aura jamais rien d'autre entre nous que de l'amitié. Nous sommes l'un et l'autre des êtres forts, indépendants, qui se suffisent à eux-mêmes. Simon n'a besoin de personne.

— Et tu tiens absolument à partager ta vie avec quelqu'un qui ait besoin de toi, n'est-ce pas ? demanda Fleur.

Michel hocha la tête.

— Je sais que tu n'aimes pas beaucoup Damon, reprit-il. Et en un sens, je te comprends. C'est vrai qu'il peut se montrer très égoïste, parfois. Mais il m'aime, Fleur. Et il a besoin de moi.

— Je n'ai jamais dit que Damon avait mauvais goût, dit Fleur.

Si le succès de Michel était incontestable, Kissy, de son côté, se voyait soudain proposer audition sur audition. Pendant les semaines qui suivirent le défilé, Fleur consacra la majeure partie de son temps à la carrière de son amie et se montra très exigeante. Elle refusa toute proposition la concernant jusqu'au moment où on lui offrit le premier rôle dans un film d'aventures. Kissy devait bientôt partir tourner à Londres.

Ce vendredi-là, Fleur l'attendait pour dîner. Cela faisait des semaines qu'elles n'avaient plus trouvé le temps de dîner ensemble.

Kissy arriva vers vingt et une heures avec une pizza et des canettes de bière.

— Va vite débrancher le téléphone, qu'on ne nous dérange pas.

— C'est déjà fait, répondit Fleur.

Puis elle alla chercher des verres à la cuisine, tandis que Kissy posait la pizza sur la nouvelle table basse du salon.

— Comme au bon vieux temps, hein, Fleurinda ? Sauf que maintenant nous sommes riches et célèbres. Peut-être devrions-nous nous mettre au caviar, quoique je m'imagine mal renonçant à une bonne pizza américaine pour de vulgaires œufs de poissons communistes.

Fleur éclata de rire et servit la bière. Kissy découpa la pizza, en prit une part et croqua dedans avidement.

— Je n'ai rien mangé depuis ce matin, expliqua-t-elle.

Fleur se servit à son tour.

— Je n'ai jamais été aussi heureuse qu'en ce moment, poursuivit Kissy. Tu imagines, le rôle principal d'un film ? Cela m'excite et m'effraie à la fois. C'est difficile à expliquer. Qu'as-tu ressenti, toi, avant de tourner *Éclipse* ?

Fleur n'avait aucune envie d'aborder le sujet, mais Kissy semblait si désireuse d'en parler qu'elle ne voulut pas la priver de ce plaisir. Finalement, la conversation vint sur Jake.

— Tu ne m'as pas beaucoup parlé de lui ces derniers temps, remarqua Kissy.

Fleur haussa les épaules.

— Je ne le vois pas souvent. Il travaille sans arrêt. Chaque fois que je monte prendre de ses nouvelles, c'est tout juste s'il remarque ma présence.

— En clair, cela signifie que vous ne couchez pas ensemble, commenta Kissy.

— Enfin, Kissy ! Il n'y a pas que le sexe dans la vie !

— Allons, Fleurinda. Je suis ta meilleure amie, ne l'oublie pas.

— Écoute. Je ne vais pas te mentir. Cet homme m'attire, et il m'attirera probablement toujours. Mais ça s'arrête là. Il m'a terriblement fait souffrir autrefois, et je ne veux pas que ça recommence. Il n'est pas bien pour moi.

— En es-tu vraiment sûre ?

— Mais enfin ! Il a été l'amant de ma mère !

— Et en quoi cela te concerne-t-il ? A ce moment-là, il n'était pas ton amant à toi. Alors ? Belinda lui aura plu, voilà tout.

— Mais elle savait que je l'aimais ! protesta Fleur. Et elle a tout de même couché avec lui !

— Oui, mais Jake, comment aurait-il pu deviner que tu l'aimais ? J'imagine que tu as cessé de croire qu'il t'a fait l'amour uniquement pour assurer le succès de son film. Je n'ai vu cet homme que deux ou trois fois, et je peux t'affirmer que ce n'est pas son genre. Il a certainement ses torts dans cette affaire, mais il n'aura pas péché par ambition.

— Oui, il a ses torts. Et en plus, c'est l'homme le plus déloyal que je connaisse. Affectivement, s'entend.

— Je ne comprends pas, Kissy.

— Il fuit quiconque s'intéresse à lui de trop près. Il se livre un peu, puis il se renferme aussitôt en lui-même. Crois-moi, cela est très dur pour quelqu'un qui l'aime vraiment.

Kissy en arrêta de manger et la regarda, interloquée. Fleur rougit.

— Je parlais en général, précisa-t-elle. Je ne parlais pas de moi. Je ne suis pas amoureuse de lui, Kissy. Mais bien sûr, il y a des choses que j'aime en lui — son intelligence, son humour. Et puis, j'ai vraiment l'impression d'être moi-même en sa présence. Tu vois ce que je veux dire ? Être avec lui, c'est comme être avec toi.

— Sauf qu'avec lui tu ne te sens pas en sécurité.

— C'est vrai, admit Fleur.

Un long silence s'installa entre elles. Puis Fleur reprit la parole.

— Je ne peux pas me permettre de l'aimer, dit-elle. Il y a déjà eu trop de gens qui m'ont trahie dans ma vie. Je ne suis pas certaine de pouvoir vraiment compter sur lui. Plus jamais je ne supplierai quelqu'un de m'aimer, Kissy. Plus jamais. Je n'ai pas à le faire.

— Bien sûr que non, Fleurinda.

Kissy réalisa à quel point son amie était bouleversée et changea de sujet de conversation. Elles parlèrent d'Olivia Creighton, puis du genre de vêtements que Kissy devrait emporter à Londres. Finalement, Kissy n'eut plus rien à dire. Fleur sentit qu'il y avait quelque chose dans l'air. Cela avait-il un rapport avec Charlie ? Kissy n'avait pas parlé de lui de toute la soirée.

— Kissy, je crois que tu as quelque chose à me dire.

— Moi ? demanda la jeune femme, faussement surprise.

— Allez ! Il s'agit de Charlie, n'est-ce pas ?

Kissy hésitait à répondre, un peu embarrassée.

— Eh bien, je n'ai rien dit parce que je pensais que tu trouverais ça idiot.

— Vraiment ? Me suis-je déjà moquée de toi ?

— A vrai dire, je pense que je suis amoureuse, avoua Kissy.

— Et pourquoi devrais-je trouver cela idiot ?

— Eh bien, vu le genre d'hommes avec qui je sortais autrefois, Charlie pourrait ne pas apparaître comme l'amant idéal.

Fleur sourit.

— J'ai toujours pensé que vous étiez faits l'un pour l'autre. C'est toi qui n'étais pas d'accord.

— Tu sais, Fleurinda, Charlie est l'homme le plus merveilleux de la terre. Mais il y avait si longtemps que je n'avais pas rencontré un homme qui s'intéresse à autre chose qu'à mon corps que cela m'a perturbée. J'essayais sans cesse de le séduire, et il jouait les indifférents. Il me parlait de Kierkegaard ou du dadaïsme, ou de Dieu sait quoi encore. Et tu sais, quel que soit le sujet de conversation, jamais il n'a tenté de m'imposer ses vues. Il ne s'écoutait pas parler, comme tous les hommes que j'ai connus. Il voulait savoir ce que j'avais à dire. Et plus nous parlions, plus je m'apercevais que j'étais quelqu'un d'intelligent. Fleur, cela m'a fait tellement de bien.

Fleur sentit ses yeux la picoter.

— Je suis si heureuse pour toi, Magnolia. Charlie est un être rare, et toi aussi.

— Le plus drôle, reprit Kissy, c'est qu'au début je ne pensais qu'à une chose : l'attirer dans mon lit — mon territoire. Je trouvais sans arrêt des prétextes. Je lui disais que j'avais mal au dos et que je voulais qu'il me masse. Et il le faisait, mais sans jamais profiter de l'occasion. Finalement, j'ai laissé tomber la séduction, et j'ai simplement décidé de jouir de sa présence. J'ai alors compris qu'en fait il avait vraiment envie de moi. Mais j'ai préféré attendre.

Kissy eut un regard malicieux, et Fleur sourit.

— Je ne l'ai pas laissé me toucher pendant des semaines ! annonça Kissy, triomphante.

— Tu plaisantes !

— Fleur, c'était tellement bon de se faire courtiser. Il y a deux semaines, il est venu me voir chez moi, un soir, après une audition. Il a commencé à m'embrasser, et cela m'a vraiment plu. Mais en même temps j'avais très peur — enfin, peur de le décevoir au lit. Et il l'a compris : il a eu ce sourire compréhensif et bienveillant qu'il a souvent. C'est alors qu'il m'a proposé de jouer au scrabble.

— Au scrabble ? s'exclama Fleur, perplexe.

— Enfin, pas vraiment un scrabble normal. Un genre de... « strip scrabble ».

Tu me rassures, Charlie, pensa Fleur.

— Et pourrais-je savoir comment on y joue ? demanda-t-elle.

— Oh, c'est très simple. Chaque fois que l'adversaire dépasse ton score de vingt points, tu dois ôter l'un de tes vêtements. Et tu sais, Fleur, je mourais d'envie de coucher avec lui. Mais j'aimais tellement qu'il me fasse la cour que j'ai joué comme une championne, ce soir-là !

— Que s'est-il passé ? demanda Fleur, curieuse.

— Eh bien, voilà. Au bout de trois heures il avait encore une chaussette et son caleçon sur lui. Quant à moi, il me restait mon slip et mon soutien-gorge.

— Et alors ?

— Alors il a marqué quarante-cinq points d'un coup !

— Ce diable d'homme ! s'exclama Fleur.

29

Au lieu de se reposer un peu après ces mois de travail intensif, Fleur resta au bureau de plus en plus tard le soir. Depuis le jour mémorable du défilé, on parlait de son agence dans tout New York. En outre, le premier album de Rough Harbor allait bientôt sortir et promettait d'être un succès. Kissy était partie pour Londres dans d'excellentes dispositions. Fleur s'aperçut soudain qu'elle avait obtenu à peu près tout ce qu'elle désirait. Alexis ne s'était plus manifesté depuis le jour où il avait tenté de saboter la collection de Michel. Quant aux rumeurs concernant les contrats rompus autrefois, elles s'étaient tues. Son agence n'aurait pu mieux marcher. Alors, pourquoi n'était-elle pas heureuse ? Elle chassa cette question de son esprit en travaillant encore davantage.

Peu de temps après le nouvel an, un vendredi soir très tard, Fleur se réveilla en sursaut. Elle avait entendu du bruit.

— Tout va bien, Fleur, lui souffla une voix. C'est seulement moi.

Les doubles rideaux qu'elle avait tirés avant de s'endormir étaient ouverts, et la pièce était faiblement éclairée par les lumières de la rue. Jake était assis dans un fauteuil, les manches de sa chemise retroussées jusqu'au coude, ses longues jambes étirées devant lui.

— Qu'est-ce que tu fais là ? s'enquit-elle.

— Je te regardais dormir.

Sa voix était grave et sensuelle.

— La lumière éclairait tes cheveux éparpillés sur les draps. Tu te souviens comment nous étions enroulés dans ta chevelure lorsque nous avons fait l'amour ?

Le cœur de Fleur se mit à battre plus vite. Elle sentit comme un afflux de sang dans tout son corps.

— Je m'en souviens.

— Je ne voulais pas te faire de mal, Fleur. Tu t'es simplement trouvée sur la ligne de tir.

Elle ne voulait surtout pas repenser au passé. Seul comptait le présent.

— C'était il y a bien longtemps. Je ne suis plus aussi naïve aujourd'hui.

Elle avait parlé plus durement qu'elle ne l'aurait souhaité. La voix de Jake se fit plus dure aussi.

— Pour quelqu'un qui veut me faire croire qu'elle a beaucoup d'amants, il me semble que ta chambre n'est pas très visitée, ces derniers temps.

Pourquoi était-il incapable d'être gentil plus de deux minutes d'affilée ? Elle décida de le punir.

— Tu crois que j'amènerais des hommes ici alors que tu habites au-dessus. Je vais chez eux.

— Vraiment ? dit-il en croisant les bras.

Elle comprit qu'il n'en croyait pas un mot. Il se leva et commença à déboutonner sa chemise.

— Puisque tu couches avec tout le monde, alors pourquoi pas avec moi ?

Fleur se redressa d'un bond dans son lit.

— Je ne couche pas avec tout le monde ! Et tu le sais ! En fait, je ne couche avec personne, mais cela ne te regarde pas ! Qu'est-ce que tu fais ?

Jake ôta sa chemise.

— Cela aurait pu arriver il y a des mois, mais tu n'avais pas le courage de me le demander.

— Moi ! Et depuis quand une femme doit-elle faire le premier pas ?

Il ôta la ceinture de son jean.

— Arrête-toi là, Jake.

— Depuis que tu m'as accusé de vouloir « soigner » mon blocage en couchant avec toi.

Il finit de déboutonner sa braguette.

— Mais finalement, j'ai préféré attendre d'avoir fini mon livre, comme cela tu ne pourras m'accuser d'avoir voulu profiter de toi. Alors maintenant, arrêtons de jouer au chat et à la souris.

Elle avait envie de lui. Elle avait terriblement envie de lui. Mais la situation lui semblait bizarre. Jake avait une drôle d'expression, et elle voulait savoir pourquoi.

— Reboutonne ton jean, cow-boy, il faut d'abord que nous parlions.

— Sûrement, oui ! railla-t-il.

Il enleva ses mocassins, puis il tira les couvertures qui la recouvraient. Elle apparut dans sa chemise de nuit bleu pâle remontée haut sur les cuisses.

— Arrête, Jake, c'est ridicule.

— Tais-toi, dit-il en ôtant son jean et son caleçon. Reste tranquille, veux-tu ?

Avant qu'elle ait pu faire un seul geste de protestation, il était nu à côté d'elle et commençait à remonter sa chemise de nuit.

— Non ! cria-t-elle en faisant un bond jusqu'à l'autre bout du lit. Non, Jake, il faut d'abord qu'on parle.

— On parlera plus tard, marmonna-t-il en saisissant un pan de sa chemise de nuit pour l'empêcher de s'échapper.

— Dis-moi ce qui ne va pas, Jake. Dis-le-moi.

— Je n'ai rien à te dire !

— Et moi je n'ai pas à faire l'amour avec toi pour calmer tes nerfs ! rétorqua-t-elle.

Soudain il donna un coup de poing dans le mur, juste au-dessus de la tête de Fleur.

— Et est-ce que tu ferais l'amour avec moi par pitié ? Parce que, dans ce cas, je suis partant.

Fleur regretta aussitôt de l'avoir repoussé. Il souffrait, et elle ne s'en était même pas rendu compte.

— Jake, je suis désolée, je...

— N'y pense plus, dit-il.

Puis il ramassa son jean et l'enfila à toute vitesse.

— N'y pense plus ! Et oublie que je suis venu !

Il saisit sa chemise d'un geste rageur et se dirigea vers la porte.

— Jake ! Attends !

Elle courut derrière lui, mais il descendait déjà l'escalier qui menait au salon.

— Attends ! Je voudrais qu'on parle !

— J'en ai assez de te parler, Fleur.

Sur ce, il claqua la porte derrière lui.

Fleur descendit dans le salon désert. Elle se sentit perdue tout à coup, et coupable. Coupable ? Après tout, c'était lui qui se conduisait comme un sauvage. Qu'était-elle censée faire ? Le laisser venir dans son lit après toutes ces années, comme s'il s'agissait là d'une chose tout à fait naturelle ? Elle l'entendait marcher de long en large dans le grenier, et elle se souvint à quel point il lui avait paru tendu, fatigué, désespéré. Sans plus réfléchir, Fleur monta au grenier. La porte était fermée à clé.

— Ouvre !

Il ne répondit pas. Elle frappa le panneau de bois du plat de la main, plusieurs fois.

— Ouvre-moi, Jake ! Ouvre-moi immédiatement.

— Va-t'en !

— Si tu n'ouvres pas cette porte, je vais l'enfoncer.

Elle l'entendit ricaner.

— Désolé, Scarlett, mais Rhett a sommeil, cria-t-il.

Fleur jura à voix basse, puis elle courut chez elle chercher sa clé. Quand elle revint, la porte était entrebâillée. Jake était assis sur son lit défait, une canette de bière à la main, son jean toujours déboutonné.

— Tu n'as jamais entendu parler des droits des locataires ?

— Tu n'as pas de bail.

Fleur alla jusqu'à lui, enjambant sa chemise qui traînait par terre, et le regarda un moment. Il avait le visage marqué par la fatigue et paraissait déprimé.

— Si quelqu'un a besoin de pitié ici, c'est moi, dit-elle doucement.

Jake lui lança un regard dur et méprisant. Fleur comprit alors qu'il n'allait pas lui faciliter la tâche. Il avait perdu la face devant elle, et maintenant il allait le lui faire payer. Jake avala une gorgée de bière.

— Peut-être qu'un mec paumé accepterait de coucher avec toi si seulement tu n'étais pas une telle emmerdeuse !

Fleur se domina pour ne pas le gifler sur-le-champ. A elle de garder le contrôle de la situation, sinon les choses allaient dégénérer, une fois de plus.

— Ce ne sont pourtant pas les propositions qui manquent, dit-elle, le plus calmement possible.

— Oh, ça, je m'en doute ! railla-t-il. Laisse-moi deviner. Des yuppies à la nuque dégagée, roulant en BMW.

— Entre autres, oui.

— Combien en tout ? aboya-t-il.

Fleur se demanda pourquoi il ne lui disait pas tout simplement qu'il avait besoin d'elle. Il n'y avait rien d'humiliant à cela. Pourquoi fallait-il toujours que la situation tourne au drame ?

— Des douzaines, répliqua-t-elle. Non, des centaines.

— J'imagine, oui.

— Je suis légendaire, ajouta-t-elle.

Jake avala une nouvelle gorgée de bière et s'essuya la bouche du revers de la main.

— Et maintenant tu comptes sur moi pour apaiser tes frustrations sexuelles, n'est-ce pas ?

Quel culot ! Comment osait-il lui dire des choses pareilles ?

— Pourquoi, tu as mieux à faire ? s'enquit-elle.

Il haussa les épaules et repoussa les couvertures d'un coup de pied.

— Justement non. Enlève ta chemise de nuit.

— Pas question, cow-boy. Tu n'as qu'à l'enlever toi-même. Et pendant que tu y es, enlève donc ton jean, que je voie ce que tu as entre les jambes.

— Ce que j'ai entre les jambes ?

— Oui. Tu n'as qu'à considérer cela comme une audition.

Jake ne réussit même pas à sourire, et Fleur se dit qu'il n'était pas loin du point de rupture.

— Après tout, poursuivit-elle, allonge-toi, tout simplement. Je me sens d'humeur agressive.

Sans lui laisser le temps de répondre, Fleur remonta sa chemise de nuit et leva les bras pour l'enlever, mais une bretelle se prit dans ses cheveux. Elle se retrouva nue devant lui, le visage caché sous le tissu, essayant de démêler cette mèche de cheveux traîtresse. Elle ne fit que l'emmêler davantage.

— Allonge-toi, dit-il avec une grande douceur.

Elle fit ce qu'il lui demandait. Il lui prit délicatement le bras, l'aida à s'allonger, et tandis que le sommier gémissait, la hanche de Fleur frôla le tissu râpeux de son jean.

— Voilà, dit-il, en ôtant sa chemise de nuit. Ça y est.

Puis plus rien. Il ne tenta même pas de la toucher. Fleur s'assit sur le lit en lui tournant le dos, les genoux repliés, les bras autour des jambes. Elle ne pouvait pas aller plus loin. Il dut le sentir, car elle l'entendit bientôt se lever et ôter son jean. Pourquoi fallait-il que les choses se passent ainsi ? Pourquoi était-ce si difficile ? Peut-être ne l'embrasserait-il même pas ? Oui, il était bien capable de lui faire l'amour sans même l'embrasser, ce salaud. Il jouait avec ses sentiments. Il ne lui adressait la parole que pour l'insulter. Et dire qu'il était prêt à lui sauter dessus, cet ignoble !

— Fleur ? dit-il, en lui touchant l'épaule.

Vivement, elle se retourna vers lui, comme si une guêpe l'avait piquée.

— Je ne ferai pas l'amour avec toi si tu ne m'embrasses pas ! Sérieusement, Jake, si tu ne m'embrasses pas, tu peux aller te faire voir !

Jake lui prit la nuque et l'attira contre lui.

— Tais-toi. J'ai besoin de toi, Fleur. J'ai terriblement besoin de toi.

Puis il l'embrassa. Elle eut la sensation de flotter sous

l'effet de ce baiser doux et profond. Elle aurait voulu qu'il ne s'arrête jamais. Mais bientôt Jake l'allongea sur le dos et l'écrasa de tout son poids. Son baiser se fit violent. Sa respiration s'accéléra tandis que son grand corps pesait sur le sien. Et soudain ses mains furent partout sur elle, sur ses seins, sur son ventre, sur ses fesses, entre ses cuisses...

Fleur le serra très fort contre elle.

— Aime-moi, Jake, murmura-t-elle. S'il te plaît, aime-moi.

Les mains de Jake écartèrent ses cuisses, et il la pénétra brusquement. Elle poussa un cri. Alors il lui prit la tête entre ses mains et sa écrasa sa bouche contre la sienne, l'embrassant désespérément, allant et venant en elle à grands coups de reins. Elle jouit la première — d'un orgasme sans joie. Jake continuait à bouger en elle, la langue dans sa bouche, plus fort, plus vite, jusqu'à ce qu'il jouisse à son tour, en poussant un cri de fauve blessé.

Il se détacha d'elle aussitôt après. Fleur fixait le plafond, triste à mourir. Il avait fini d'écrire son livre. Il venait de lui faire l'amour comme si c'était la dernière fois. A présent, il ne lui parlait pas. Elle ne put s'empêcher de penser qu'il venait de lui dire adieu.

Ils étaient allongés sur le lit côte à côte, sans même se toucher la main.

— Fleur ?

Elle ne répondit pas et ferma les yeux, faisant semblant de dormir.

— Fleur, je voudrais te parler.

Elle lui tourna le dos et enfouit sa tête dans l'oreiller. A présent que tout était fini, il voulait lui parler ! Quelle ironie... Fleur avait la bouche sèche, ses yeux la piquaient comme si elle allait pleurer. Il lui toucha l'épaule. Elle sursauta.

— Je savais bien que tu ne dormais pas, dit-il.

Le sommier gémit, et elle sentit que Jake se levait du lit.

— Qu'est-ce que tu veux ? demanda-t-elle.

Jake alluma la lumière. Il se tenait debout devant elle, complètement nu.

— Tu as des choses importantes à faire, ce week-end ? demanda-t-il. Ou bien pourrais-tu te libérer jusqu'à lundi ?

Voilà qu'il l'invitait en week-end pour lui jouer la grande scène des adieux ! Elle tenta de masquer son angoisse.

— Pourquoi ? Tu veux m'emmener au cinéma ? Laisse-moi d'abord jeter un coup d'œil sur mon agenda pour voir si je suis libre.

Il la regarda méchamment.

— Tu me fais toujours le même coup ! Chaque fois que je te pose une question sérieuse, je n'ai droit qu'à tes sarcasmes ! J'en ai assez, Fleur.

Elle ne savait plus quoi dire. Tout allait subitement de travers. Elle se sentait à la fois blessée et furieuse.

— Tu mens ! s'écria-t-elle. C'est toi qui tournes toujours tout en dérision et qui fais sans arrêt marche arrière !

Jake haussa les épaules.

— Très bien. N'en parlons plus, dit-il. Oublie ce que je t'ai dit.

— Tu vois ! Tu te rétractes, encore une fois.

— Bon Dieu ! Dépêche-toi de mettre quelques affaires dans une valise. Je reviens te chercher dans une demi-heure.

Deux heures plus tard, ils étaient dans un avion, volant vers Dieu sait quelle destination. Jake dormait à côté de Fleur. Pourquoi fallait-il qu'elle soit éprise d'un homme qui visiblement ne l'aimait pas ? Parce qu'elle l'aimait vraiment profondément. Inutile de se cacher plus longtemps la vérité. Elle était tombée amoureuse de lui à dix-neuf ans, et depuis elle n'avait cessé de l'aimer. En un sens, Jake était le seul être en qui elle se reconnaissait. Aussi étrange que cela paraisse, cet homme, qui se fermait devant elle, représentait une part d'elle-même. La meilleure part. La pire aussi.

Jake ne donnait rien. Chaque fois qu'il venait la voir, il laissait ses émotions au vestiaire. Il ne se livrait pas, il ne lui parlait jamais des épisodes marquants de sa vie — la guerre, son premier mariage —, et jamais il n'avait abordé avec elle le sujet de leurs amours passées. En revanche, il passait son temps à la juger, à l'accuser, à se moquer d'elle. Il s'éloignait d'elle dès qu'il la sentait trop proche de lui. Et, très honnêtement, elle faisait la même chose. Mais elle agissait ainsi parce qu'il lui fallait se protéger. Tandis que lui, que craignait-il ?

L'avion se posa sur l'aéroport de Santa Barbara à sept heures du matin, heure locale. Jake releva le col de sa veste de cuir. A cause de la fraîcheur matinale ou pour ne pas qu'on le reconnaisse ? Fleur l'ignorait. D'une main, il tenait un attaché-case, et de l'autre il la guidait par le coude à travers les méandres de l'aéroport. Ils se retrouvèrent bientôt dans le parking et s'arrêtèrent à côté d'une Jaguar marron foncé dont il ouvrit la portière avant de lancer son attaché-case, puis le sac de Fleur, sur la banquette arrière.

— Il va nous falloir un bon moment avant d'arriver là-bas, annonça-t-il. Tu devrais essayer de dormir un peu.

La maison, accrochée à la paroi rocheuse, était la même que dans son souvenir. Quel lieu parfait pour la grande scène d'adieu !

— Alors, on revient sur les lieux du crime, Jake ?

Jake alluma la lumière dans la pièce principale.

— Ce n'est pas le terme que j'emploierais. Néanmoins, il faut que nous nous débarrassions de certains fantômes, et cette maison me semble être le lieu idéal pour cela.

Fleur n'avait pas davantage dormi dans la voiture que dans l'avion. Elle se sentait fatiguée et angoissée.

Tandis que Jake prenait une douche, elle enfila son maillot de bain et son peignoir et alla tâter la température de la piscine. L'eau était froide, vraiment froide, en ce mois de janvier. Néanmoins, Fleur ôta son peignoir et plongea. Elle fit quelques longueurs mais ne réussit pas à se détendre. Alors elle sortit de l'eau, s'enroula dans une immense serviette, puis s'allongea au soleil dans une chaise longue, où elle s'endormit immédiatement.

Une Mexicaine de petite taille, avec une dent en or, vint la réveiller pour lui annoncer que le dîner serait bientôt prêt. Fleur évita délibérément d'aller se doucher dans la grande salle de bains où elle et Jake avaient fait l'amour autrefois. Elle préféra la petite salle de bains réservée aux invités. Après s'être douchée et lavé les cheveux, elle se sentit beaucoup mieux. Puis elle enfila un pantalon de laine beige et un chemisier vert émeraude, et elle attacha autour de son cou la chaîne et le pendentif que lui avait offerts Jake. Mais elle glissa le bijou sous son chemisier afin qu'il ne puisse voir qu'elle le portait.

Il était rasé de près et vêtu d'un pantalon et d'un sweater gris — presque classique, pour une fois. Mais il paraissait aussi épuisé qu'avant leur départ, et Fleur sentit à quel point il était tendu. Le dîner fut un cauchemar. Ils n'échangèrent pratiquement pas un seul mot. Néanmoins, Fleur savait que tous leurs problèmes se résoudraient ce soir-là, d'une manière ou d'une autre, aussi s'efforça-t-elle de rester calme.

La Mexicaine vint leur servir le café, puis elle se retira. Lorsqu'elle fut partie, Jake disparut à son tour et revint bientôt avec une lourde enveloppe de papier brun. Fleur regarda l'enveloppe, puis Jake.

— Ainsi, tu as vraiment fini ton livre, dit-elle.

Il approuva d'un hochement de tête.

— Je sors un moment. Peut-être auras-tu envie de le lire pendant ce temps.

Fleur prit l'enveloppe qu'il lui tendait.

— Tu es certain de vouloir que je le lise ? C'est moi qui t'ai forcé à l'écrire, et peut-être ai-je eu tort.

— Ne vends pas les droits d'adaptation cinématographique en mon absence, lança-t-il.

Il tenta de sourire mais n'y parvint pas.

— Ce livre a été écrit pour toi, Fleur. Seulement pour toi, ajouta-t-il avant de sortir.

Fleur le regarda quitter la pièce, l'estomac noué. Jake venait de passer trois mois à s'épuiser sur un manuscrit qu'elle serait seule à lire ? Qui ne serait jamais publié ? Ce livre contenait-il des choses si intimes ou si graves qu'il n'osait les rendre publiques ? L'image de la petite fille éventrée lui revint soudain en mémoire.

Fleur prit sa tasse de café et regarda par la fenêtre, pensive. Jake avait par deux fois relaté des massacres au Viêtnam — dans *Éclipse de soleil,* et maintenant dans ce livre. Il y avait deux hommes en lui. Et elle n'en aimait qu'un, celui qu'elle comprenait, celui qui n'aurait jamais fait de mal à un innocent.

Finalement, Fleur s'installa dans un fauteuil près de la fenêtre, alluma la lumière et commença à lire.

Jake dribblait sur le sol cimenté qui entourait le garage. Il faillit mettre le ballon dans le filet, mais il glissa, et la balle rebondit sur l'anneau métallique du panier. Pendant un moment, il eut envie d'aller chercher ses chaussures de sport à l'intérieur, mais il renonça à cette idée. Il ne supportait pas de la voir lire.

Sa vieille Chevrolet 68 se trouvait toujours dans le garage. Soudain, Jake se souvint qu'il y avait un paquet de Winston dans la boîte à gants. Il n'avait plus fumé depuis quinze ans, mais il alla chercher le paquet, contourna le garage et alla s'asseoir par terre, contre le mur. Il aurait bien bu une bière, mais il était hors de question de pénétrer dans la maison maintenant...

Il ferma les yeux et se dit qu'il aurait pu rompre avec elle d'une autre façon. Lui écrire et la fuir, par exemple. Ainsi, il n'aurait pas eu à supporter ses reproches, sa déception, son dégoût peut-être. Quel gâchis ! Il alluma une nouvelle cigarette. Il se sentait perdu, pitoyable.

A l'intérieur, Fleur lisait avec passion, et les heures s'écoulaient sans qu'elle s'en aperçoive. Les feuillets s'entassaient par terre, les uns sur les autres. Les cheveux de Fleur pendaient en désordre, et ses vêtements étaient froissés. Lorsqu'elle arriva à la dernière page, elle était en larmes.

30

Fleur le trouva assis par terre derrière le garage, le dos contre le mur. La clarté d'un lampadaire éclairait son visage, et il avait l'air de revenir de l'enfer, ce qui n'était pas loin de la vérité.

Fleur s'agenouilla près de lui. Il avait l'air dur et malheureux à la fois. Elle retint ses larmes pour lui parler.

— J'ai eu si peur, Jake, je ne savais plus que penser de toi. Je t'imaginais en train de mettre le feu à des villages, de tuer des innocents. J'ai cru que tu avais participé à quelque horrible massacre.

— Mais c'est le cas ! Toute cette guerre a été un massacre !

— Philosophiquement, oui. Mais j'ai un esprit très terre à terre.

— Alors tu as dû être soulagée d'apprendre la vérité. Maintenant tu sais que ton héros a fini la guerre dans un hôpital psychiatrique, bourré de Valium, parce qu'il ne supportait plus cet enfer.

Nous y voilà, se dit Fleur. Voilà la raison pour laquelle il s'est forgé une telle carapace au fil des années : il avait peur que tout le monde sache qu'il avait craqué.

— Mais tu n'étais pas John Wayne ! plaida-t-elle. Tu n'étais qu'un gamin de vingt et un ans, de Cleveland, qui s'est brusquement retrouvé plongé dans un cauchemar !

— Mais je suis devenu fou, Fleur ! Tu ne comprends donc pas ? Je me tapais la tête contre les murs !

— C'est le prix à payer, Jake. Tu ne peux pas écrire des pièces d'une telle sensibilité et en même temps rester de marbre face à la souffrance humaine.

— Beaucoup d'autres types ont vu les mêmes choses que moi et les ont supportées sans flipper.

— Tu n'es pas comme eux.

Fleur tendit la main vers lui, mais il se leva et lui tourna le dos.

— J'ai réussi à éveiller ton instinct maternel, on dirait, dit-il amèrement. Et maintenant, tu me plains. Crois-moi, Fleur, ce n'était pas du tout mon but.

Elle se releva à son tour, mais cette fois elle ne fit pas l'erreur d'essayer de le toucher. D'ailleurs, elle n'en avait plus envie.

— Pourquoi te fâches-tu, Jake ? Tu m'as donné ton manuscrit à lire, mais tu n'as pas précisé que j'étais censée ne pas réagir. Au fil des pages, j'ai souffert avec toi, Jake. Cela m'a fait mal de t'imaginer recroquevillé sur ce lit d'hôpital, de penser à la souffrance que tu as ressentie quand ton meilleur ami s'est fait tuer. Et j'ai été beaucoup plus émue par ces pages que je ne le serai jamais par aucun film du Dog. Si tu ne peux pas l'assumer, alors pourquoi as-tu voulu que je lise ce livre ?

— Tu n'as rien compris du tout ! cria-t-il.

Puis il s'éloigna à grands pas.

Fleur contourna la maison et se dirigea vers la piscine, ôta ses chaussures et ses vêtements, et resta debout au bord du bassin. Elle frissonnait dans ses sous-vêtements. Elle plongea néanmoins dans l'eau fraîche et fit quelques brasses vigoureuses pour se réchauffer, puis elle se retourna sur le dos. Elle flotta ainsi quelques minutes, comme en attente de quelque chose, sans trop savoir quoi.

Elle ne lui en voulait pas de l'avoir fuie encore une fois. Comment aurait-elle pu lui reprocher quoi que ce soit après ce qu'elle venait de lire ? Elle éprouvait tant de compassion pour l'enfant qu'il avait été, élevé à la dure par une mère trop malheureuse elle-même pour le rendre heureux.

Adolescent, Jake s'était cherché une image paternelle parmi tous les hommes qui fréquentaient les bars de son quartier, au hasard des rencontres. Comble de l'ironie, lorsqu'on lui avait accordé une bourse pour aller au collège, ce n'étaient pas son intelligence et sa sensibilité qu'on avait ainsi récompensées, mais sa vigueur physique et ses exploits sportifs.

Flottant toujours sur le dos, Fleur songea à son mariage avec Liz. Il avait continué à l'aimer bien après leur séparation. Contrairement à Fleur, Jake ne donnait pas facilement son amour. Mais une fois qu'il avait accordé sa confiance à quelqu'un, il avait du mal à s'en détacher. Déçu et blessé par la trahison de celle qu'il aimait, il s'était enrôlé dans l'armée et avait cherché l'oubli dans la guerre, l'imminence de la mort et la drogue.

Indifférent à son propre sort, il s'était endurci jusqu'à ce que toute sa sensibilité refoulée resurgisse d'un seul coup. Il s'était alors retrouvé à l'hôpital, perdu et désemparé. Bien qu'il ait été soigné pendant des mois, il n'était jamais redevenu tout à fait lui-même. Les yeux tournés vers le ciel étoilé. Fleur comprit soudain pourquoi.

— L'eau est trop froide pour nager, Fleur. Tu ferais mieux de sortir.

Il se tenait au bord de la piscine, une serviette orange dans une main et une canette de bière dans l'autre.

— J'ai envie de rester encore un peu, dit-elle.

Jake haussa les épaules et alla s'asseoir sur une chaise, à proximité.

— Pourquoi m'as-tu reproché d'être responsable de ton blocage ?

— Je n'avais jamais eu de problème pour écrire jusqu'à ce que je te rencontre, répondit-il durement. Avant que tu apparaisses dans ma vie, tout allait bien.

— Et pourquoi, d'après toi ? Tu as une idée sur la question ?

— Quelques-unes, oui.

— Pourrais-je savoir lesquelles ?

— Non.

Fleur eut un rire amer.

— Je vais te le dire, moi, pourquoi tu n'arrivais plus à écrire. Tu avais érigé de véritables remparts autour de toi-même, pour te protéger. Et cette gamine de dix-neuf ans, qui te dévorait des yeux chaque fois qu'elle te regardait, les faisait tomber, un à un. Et tu assistais, impuissant, à cette destruction qui allait bientôt te mettre à nu. Tu mourais de peur. Mon amour te faisait peur.

— C'est ridicule ! Les choses n'étaient pas aussi compliquées. Je n'ai plus réussi à écrire après ton départ parce que je me sentais coupable. A cause de toi !

— Non ! dit-elle en nageant vers le bord. Tu ne te sentais pas coupable. Tu n'avais aucune raison de l'être ! Tu m'avais fait l'amour parce que tu en avais envie et parce que tu m'aimais, un peu.

Fleur sentit qu'elle allait pleurer. Mais elle retint ses larmes.

— Il fallait que tu m'aimes, Jake, pour me faire l'amour comme ça.

— Comment peux-tu savoir ce que je ressentais ?

Fleur nagea jusqu'à l'échelle de la piscine et sortit de l'eau. Elle frissonnait.

— Jake, dit-elle, tu as réagi par orgueil. Tu avais révélé trop de choses sur toi-même dans *Éclipse de soleil*. Et tu ne pouvais continuer à te dévoiler ainsi. Jamais tu n'aurais supporté que tes fans s'aperçoivent que le cow-boy sans peur et sans reproche qu'ils admiraient ne ressemble en rien au vrai Jake Koranda. Voilà pourquoi tu as brusquement cessé d'écrire.

— Tu sais que tu parles comme une foutue psychanalyste ?

— Jake, tu t'es tellement acharné à te construire une image ! Tu as probablement commencé le jour où tu as vu un film de John Wayne.

— Quelles conneries !

— En fait, tu n'as rien à voir avec le Dog. Le Dog n'est

qu'un fantasme de l'homme que tu voudrais être — un homme qui n'éprouve aucun sentiment, qui ne souffre pas, un homme invulnérable.

— Tu racontes n'importe quoi ! hurla-t-il.

Fleur se rapprocha de lui. Elle claquait des dents et s'exprimait d'une voix hachée.

— Si tu veux vraiment savoir qui tu es, alors rentre dans cette maison et lis ton livre !

— Tu délires !

— Lis ton livre et essaie d'éprouver de la compassion pour ce pauvre gamin qui n'a pas supporté...

— Mais tu n'as rien compris, espèce d'imbécile ! Ce livre n'est pas destiné à susciter la pitié !

— Mais lis-le ! Lis donc l'histoire de cet enfant que personne n'a jamais aimé !

— Mais pourquoi ne comprends-tu pas ? hurla-t-il en la saisissant par les épaules et en la secouant. Ce livre ne doit pas susciter la pitié mais le dégoût !

Jake donna un grand coup de pied dans la chaise, hors de lui.

— Je veux que tu éprouves du dégoût pour moi, afin que tu déguerpisses le plus vite possible ! cria-t-il.

Puis il s'éloigna à grands pas vers la maison.

Fleur eut la sensation que les portes du couvent se refermaient sur elle pour la millième fois. Jake s'enfuyait, comme tous les autres, emportant avec lui ce frêle espoir qu'elle avait eu d'être aimée. Elle s'effondra au bord de la piscine et se mit à pleurer comme un bébé, pour tout ce qu'il ne lui donnerait jamais — son amour, sa tendresse, sa confiance. Transie de froid, elle rampa jusqu'à la serviette orange et s'enroula dedans. Puis elle s'allongea, la tête posée sur le tas de vêtements qu'elle avait laissés sur le sol, et sanglota jusqu'à ce qu'il ne lui reste plus une seule larme à verser.

Jake, debout à la fenêtre du salon, la regardait pleurer, recroquevillée au bord de la piscine. Son cœur se serra, et il fut tenté d'aller la consoler. Mais il ne s'autorisa pas à le faire. Il avait écrit ce livre pour elle, afin qu'elle comprenne qu'il ne pouvait pas lui donner tout ce qu'elle lui demandait, tout ce qu'elle méritait. Mais elle avait minimisé l'importance de sa dépression nerveuse. Et elle avait eu tort.

Elle prétendait n'y accorder aucune importance, mais Jake se souvenait parfaitement de la nuit où il l'avait surprise en train de se pâmer devant Robert Redford, dans *Butch Cassidy et le Kid.* Jamais Redford n'aurait terminé la guerre roulé en boule sur un lit d'hôpital. Jamais le Dog n'aurait flanché. Alors comment Fleur pouvait-elle aimer un homme aux nerfs si fragiles ?

Il s'éloigna de la fenêtre. Ç'avait été une erreur de l'amener ici. Il aurait tant voulu qu'elle n'ait pas resurgi dans sa vie, tant voulu ne pas l'aimer aussi fort. L'amour le rendait vulnérable, et il était déjà suffisamment vulnérable sans cela. Pourquoi refusait-elle de le comprendre ? Il était faible. *Faible.* Les autres avaient tenu le coup. Pas lui...

Il vit soudain les pages de son manuscrit étalées sur le sol et imagina Fleur en train de les lire, ses longues jambes repliées sous elle, son beau visage penché sur les feuillets. Il se baissa pour rassembler les pages éparses, se promettant de les brûler avant d'aller se coucher. Il ne pourrait se détendre tant qu'il ne les aurait pas détruites. C'était comme une grenade qui lui sauterait à la figure si jamais quelqu'un posait les yeux dessus.

Il en fit un tas bien net qu'il posa sur le fauteuil, puis il jeta un coup d'œil par la fenêtre. Fleur était calme, à présent. Elle semblait s'être endormie.

Jake revint vers le fauteuil, et ses yeux tombèrent sur la première page du manuscrit. Il la prit, l'examina, étudia la présentation, jugea la qualité de la frappe médiocre et la marge trop étroite, puis il commença à lire...

Chapitre premier

Au Viêt-nam, tout était piégé. C'était comme ça, et nous avions fini par nous habituer. Un paquet de cigarettes, un briquet, un sac de bonbons — tout pouvait vous sauter à la figure. Mais jamais nous n'aurions pu deviner que le cadavre d'un bébé abandonné au bord de la route pouvait être piégé. Qui aurait pu imaginer une chose pareille ? C'était l'ultime profanation de l'innocence...

Fleur ouvrit les yeux et ne comprit pas tout de suite qu'elle se trouvait dans la chambre d'amis. Puis elle se souvint que, dans le courant de la nuit, il était venu la chercher. Il l'avait portée jusqu'ici, lui cognant légèrement la tête au passage de la porte. Elle avait alors marmonné quelque chose à propos de Rhett Butler dans un demi-sommeil, et Jake avait répondu que Scarlett ne mesurait pas un mètre quatre-vingts. Mais il n'y avait aucune animosité dans sa voix, bien au contraire. Elle y avait senti une tendresse inouïe. Elle le reconnaissait bien là ! Tendre une minute, et ignoble la minute d'après. Il ressemblait à Alexis, ce mélange subtil de douceur et de cruauté. Il lui était insupportable d'aimer un homme qui jouait avec elle comme avec un ballon de basket.

Elle se souvint des injures qu'il lui avait lancées la veille. Une dernière parade, sans doute, pour tenter de se persuader lui-même qu'il était invulnérable. Mais il n'y croyait plus vraiment. D'où sa rage, qu'il avait reportée sur elle une fois de plus. La dernière fois, se dit-elle.

Il dormait sur le canapé, la bouche entrouverte. Les pages de son manuscrit jonchaient le sol.

Fleur posa son sac de voyage par terre, sans faire de bruit, puis elle se mit à la recherche des clés de la Jaguar, qu'elle finit par trouver sur le bureau de Jake, à côté de son attaché-case.

La voiture démarra au quart de tour. Fleur enclencha la marche arrière, puis elle s'engagea sur le chemin escarpé qui menait à la route. Brusquement, le soleil apparut au-dessus de la colline et l'éblouit. Elle cligna des yeux et prit ses lunettes de soleil dans son sac. Le chemin était plein d'ornières, et Fleur avançait prudemment, pour ne pas endommager la voiture. Jake et sa précieuse vie privée ! Hormis les lapins, qui se serait risqué sur ce chemin ? Fleur jeta un coup d'œil sur le tableau de bord et s'aperçut qu'elle roulait à vingt à l'heure. Lamentable.

Un vague mouvement dans le rétroviseur attira son attention. Jake courait après la voiture. Les pans de sa chemise flottant au vent, les cheveux hirsutes, il criait quelque chose et paraissait prêt à commettre un meurtre. Fleur enfonça la pédale de l'accélérateur, prit un virage trop rapidement, freina au mauvais moment et se retrouva en travers du chemin. Le moteur cala. L'une des roues avant tournait dans le vide.

Fleur coupa le contact et croisa les bras sur le volant. Elle n'avait plus qu'à attendre Jake. Jake et sa colère. Jake et ses insultes. Jake et ses plaisanteries de mauvais goût. Mais que lui voulait-il encore ?

Il ouvrit la portière, mais Fleur ne bougea pas. Elle l'entendait respirer très fort et très vite, comme le soir où il l'avait poursuivie sur la plage, à Long Island.

— Tu as oublié ton pendentif, dit-il, d'une voix curieusement haut perchée. Je veux que tu l'emmènes avec toi, Fleur.

Il laissa tomber le bijou sur ses genoux.

— Merci, dit-elle, sans le regarder, déjà prête à faire marche arrière et à repartir.

— Je... je l'ai fait faire spécialement pour toi. J'avais dessiné la fleur moi-même.

— Elle est magnifique, dit-elle, comme s'il venait de la lui offrir.

Fleur regardait droit devant elle. Elle entendit le gravier crisser sous ses pieds.

— Je ne veux pas que tu partes, Fleur. Tout ce qui s'est passé cette nuit... Écoute, je suis désolé, voilà.

Fleur sentit ses yeux la piquer. Une larme coula le long de sa joue.

— Je n'en peux plus, dit-elle brusquement. Laisse-moi partir.

Il y eut un long silence. Fleur entendit Jake poser ses mains sur le capot de la Jaguar.

— J'ai lu le manuscrit cette nuit. Tu avais raison. J'avais peur de mes émotions. Je me suis toujours caché derrière une façade. Pourtant, cette nuit, quand je suis allé te chercher au bord de la piscine, j'ai soudain compris que j'avais atrocement peur de te perdre.

Fleur tourna la tête vers lui et le regarda à travers ses larmes. Il détourna les yeux, et elle l'entendit se racler la gorge d'une façon caractéristique : elle n'était pas la seule à pleurer.

— Jake ?

— Ne me regarde pas, bon Dieu !

Et soudain il la prit par les épaules, la tira hors de la voiture et la serra très fort contre sa poitrine, si fort qu'elle pouvait à peine respirer.

— Ne me quitte pas, Fleur. Je suis seul depuis si longtemps. Depuis toujours. Mon Dieu, je t'en prie, reste avec moi. Je t'aime tellement.

Elle le sentit trembler, sentit le besoin qu'il avait d'elle. Elle avait enfin obtenu ce qu'elle voulait : Jake Koranda se laissant aller à ses émotions, toutes ses défenses anéanties, se laissant voir comme personne ne l'avait jamais vu. Et cela lui brisa le cœur.

Fleur buvait ses larmes et tentait de le calmer en lui caressant doucement la nuque, les joues, le front. Elle devait l'aider à se ressaisir, à faire face, comme elle. Mais faisait-elle vraiment face ? Jake avait eu le courage de se confronter à ses émotions. Et elle ? Elle avait déjà du mal à se regarder dans une glace.

— Tout va bien, cow-boy, dit-elle, d'une voix douce. Je t'aime. Mais ne me repousse pas, je ne le supporterais pas.

Il l'écarta légèrement de lui et la regarda, les yeux rougis.

— Fleur, mais c'est toi qui as peur de moi, c'est toi qui me rejettes ! Quand vas-tu me faire une place dans ta vie ?

— Je ne comprends pas ce que tu..., commença-t-elle.

Puis elle pressa sa joue contre la poitrine de Jake et songea à l'image qu'elle avait toujours voulu donner d'elle-même. Comme lui, elle avait cherché à dissimuler son vrai visage, recherchant toute sa vie l'approbation des autres — Belinda, Alexis, les nonnes du couvent. Et, plus récemment, elle avait tenté de s'affirmer en créant cette agence. Mais après tout, si cette entreprise échouait, elle n'en serait pas moins un être humain à part entière.

Essaie d'éprouver de la compassion pour l'enfant que tu as été, lui avait-elle dit. Il était temps d'avoir pitié de l'enfant terrifiée qu'elle avait été...

— Jake ?

Il marmonna quelque chose dans son cou.

— Il faudra que tu m'aides, dit-elle.

Il l'attira de nouveau contre lui, et ils s'embrassèrent si longuement qu'ils en perdirent toute notion du temps. Quand finalement leurs lèvres se descellèrent, il la regarda dans les yeux et lui dit :

— Je t'aime, Fleur. Prenons la voiture et roulons jusqu'à la mer. J'ai une envie folle de te serrer dans mes bras, face à l'océan, et de te dire toutes les choses que je n'ai jamais avouées à personne. Toi aussi, tu dois avoir des secrets à me raconter.

Fleur pensa au couvent et à Alexis, à Belinda et à Errol Flynn, à toutes ces années passées en France et à ses propres ambitions. Elle approuva d'un hochement de tête.

Ils réussirent à remettre la voiture en marche sans trop de difficulté. Tout en conduisant, Jake prit la main de Fleur et lui embrassa le bout des doigts. Elle lui sourit, puis elle dégagea tout doucement sa main. Ouvrant son sac, elle en extirpa un petit miroir de poche et commença à se regarder. Elle avait toujours fui les miroirs, toujours craint d'étudier trop longtemps son reflet dans une glace. Mais cette fois elle ne détourna pas les yeux.

Son visage était une partie d'elle-même. Et même s'il ne correspondait pas à ses propres critères de beauté, c'était un visage intéressant. Les pommettes saillantes lui donnaient du caractère. Il y avait dans cette bouche charnue et dans ces yeux verts un mélange troublant de sensualité et de sensibilité.

— Jake ?

— Hmm ?

— Je suis vraiment jolie, n'est-ce pas ?

Il la regarda et sourit avec ironie, prêt à se moquer d'elle. Pour une question stupide, c'était une question stupide ! Puis il vit l'expression de son visage, et son sourire moqueur disparut aussitôt.

— Je pense que tu es la plus jolie femme que j'aie jamais rencontrée, dit-il simplement.

Fleur soupira de soulagement, se laissant aller contre le dossier de son siège. Un sourire radieux flottait sur ses lèvres.

La Jaguar s'engagea sur la route, où elle disparut bientôt. Pendant quelques minutes, on n'entendit pas un bruit alentour. Puis une moto sortit de derrière les broussailles. Le motocycliste releva la visière de son casque, regarda à gauche et à droite : la route était déserte. Alors il s'engagea sur le chemin qui menait à la maison de Jake.

31

Une semaine plus tard, Fleur regardait par le hublot la ville de Santa Barbara disparaître en contrebas. Elle avait l'impression d'abandonner là une part d'elle-même.

— Il faudra nous habituer aux séparations, avait-elle dit la veille à Jake. Cela va faire partie de notre vie.

— C'est vrai. Et cela ne me plaît pas du tout, avait-il répondu en lui mordillant le lobe de l'oreille. Tu sais que tu as un petit grain de beauté juste à côté de ton...

Fleur sourit au souvenir de cette dernière soirée. Encore trois semaines, quatre au plus, et Jake aurait réglé toutes ses affaires en Californie. Il viendrait alors la rejoindre à New York et commencerait à écrire une nouvelle pièce. Elle se souvint du jour où ils étaient rentrés de leur longue promenade sur la plage, tremblants de froid. Jake avait allumé un feu, et ils s'étaient assis près de la cheminée, nus, enroulés dans une couverture. Ils avaient religieusement brûlé le manuscrit. Et tandis que les flammes léchaient les pages une à une, les réduisant en cendres, Jake jubilait et se détendait peu à peu.

— Je crois qu'à présent je peux tout oublier, avait-il dit.

— N'en oublie pas trop, quand même, ça fait partie de toi, de ta vie.

Jake n'avait rien répondu, et Fleur n'avait pas insisté. Il avait besoin de temps. C'était déjà très bien qu'il ait décidé de se remettre à écrire et qu'il arrive à lui parler de son passé.

Leur bonheur était immense. Ils faisaient l'amour avec tendresse et passion. Mais lorsque Jake parla de mariage, Fleur eut un mouvement de recul. Tout lui paraissait presque trop merveilleux...

— Il ne faudrait peut-être pas précipiter les choses, avait-elle dit. Nous devons apprendre à nous connaître, Jake. Je sais que ni l'un ni l'autre nous ne supporterions un échec. Voyons déjà comment nous allons vivre ces séparations, comment nous allons organiser notre vie...

— Mon Dieu, Fleur, comme tu es raisonnable ! Moi qui croyais que les femmes étaient romantiques !

— Mais je suis romantique ! avait-elle protesté. Seulement, je sais aussi garder les pieds sur terre.

— Je me dois de remédier à cela sans délai, avait-il déclaré solennellement.

Puis il s'était jeté sur elle et l'avait dévorée de baisers.

Quelques jours plus tard, elle avait failli lui dire oui. Ce jour-là, alors qu'elle était allongée, nue, sur le lit, elle avait exprimé le désir de monter à cheval. Jake était sorti de la salle de bains, une serviette autour des reins.

— Il n'y a aucun endroit où faire de l'équitation dans les environs, avait-il répondu.

— Comment ? Mais il y a un manège, à six kilomètres d'ici. Nous sommes passés devant hier, en rentrant. Allez, Jake, fais-moi plaisir. Je ne suis pas montée à cheval depuis des mois.

Il avait eu l'air songeur pendant quelques instants.

— Et pourquoi n'irais-tu pas sans moi ? J'ai du travail. Et puis, dans mes films, je passe mes journées à cheval, alors...

— Ce ne sera pas drôle sans toi.

— Écoute, Fleur, nous devons nous habituer aux séparations, c'est toi qui l'as dit.

Puis il avait fait quelques pas dans la chambre, mal à l'aise. Soudain, Fleur avait eu un terrible soupçon à son égard.

— Tu as fait combien de westerns ? avait-elle demandé.

— Je ne sais pas.

— A ton avis ?

— Hum, sept ou huit, peut-être.

Puis il avait pris un caleçon qui traînait sur une chaise et avait disparu dans la salle de bains.

— Moi, je dirais plutôt dix, avait-elle crié.

— Possible, oui. Tu dois avoir raison.

Elle avait entendu des bruits d'eau, puis il s'était brossé les dents pendant trois bonnes minutes. Finalement, il était réapparu, la poitrine nue, avec un peu de dentifrice sur le coin de la bouche. La fermeture Eclair de son jean était à moitié fermée.

Fleur lui avait souri.

— Dix westerns, as-tu dit ?

— Mmm, avait-il grogné en essayant de fermer son jean.

— Alors, tu as passé des centaines d'heures en selle.

— Ah ! Cette foutue fermeture Éclair est coincée !

— Au moins des centaines d'heures, avait-elle répété, pensive.

— Et merde ! Je crois qu'elle est cassée !

— Alors, dis-moi, tu as toujours eu peur des chevaux, ou c'est nouveau ?

Il avait levé la tête, surpris.

— Moi ? Peur des chevaux ?

De nouveau il s'était acharné sur la fermeture Éclair de son jean.

— Je ne peux pas vraiment dire que j'en ai peur, avait-il protesté, l'air gêné.

— Ah non ? Comment le formulerais-tu ?

— Eh bien, entre eux et moi, le courant ne passe pas, voilà.

Fleur avait éclaté de rire.

— Tu as peur des chevaux ! Le Dog a peur des chevaux ! Génial ! Je vais pouvoir te faire chanter toute ma vie ! T'obliger à faire la cuisine, à te plier à tous mes caprices...

Il avait paru blessé.

— Mais j'aime les chiens, avait-il précisé.

— Les petits, je parie.

Il n'avait pas nié.

A cet instant-là, elle avait failli accepter de l'épouser.

Jamais la chance n'avait autant souri à Fleur. Lorsqu'elle rentra de Californie, elle renégocia le contrat d'Olivia Creighton et réussit à tripler le cachet par épisode initialement prévu pour la comédienne. Puis elle signa avec un jeune acteur très prometteur qui devint son dixième client. Depuis qu'elle accordait moins d'importance à sa réussite professionnelle, son affaire marchait mieux que jamais. L'album de Rough Harbor était placé dans les cinq premiers au hit-parade. Kissy venait d'épouser Charlie Kincannon, et le tournage en Angleterre se passait aussi bien que possible. Mais avant tout, Jake était éperdument amoureux d'elle, et elle de lui.

Ils se parlaient au téléphone deux fois par jour. Il l'appelait tous les matins dès qu'il se réveillait, et elle lui téléphonait chaque soir avant de s'endormir. L'un et l'autre attendaient ces moments avec impatience. Fleur avait expliqué un soir à Jake que ce mode de communication, nouveau pour eux, leur permettrait d'avoir des échanges purement intellectuels, chose qu'elle jugeait indispensable à leur relation. Il lui avait alors demandé de quelle couleur était sa petite culotte.

Tout allait bien, très bien. Trop bien. Un soir, alors qu'elle rentrait d'une soirée chez Michel et Damon — ils vivaient ensemble désormais —, le téléphone sonna. Il était presque une heure du matin. Fleur sourit et décrocha.

— Tu croyais que je t'avais oublié, mon chéri ? demanda-t-elle d'une voix sensuelle.

— Fleur ? Oh, mon Dieu, ma chérie ! Il faut que tu m'aides ! Je t'en supplie...

Les doigts de Fleur se crispèrent sur le combiné.

— Belinda ?

— Ne le laisse pas faire ça ! Je sais que tu me détestes, mais je t'en prie, empêche-le de faire ça !

— Où es-tu ?

— A Paris. Je... je pensais qu'il me laisserait tranquille, désormais. J'aurais dû me douter...

La suite se perdit dans un sanglot.

Fleur se fâcha.

— Belinda, ce n'est pas le moment de t'apitoyer sur ton sort. Dis-moi exactement ce qui s'est passé.

— Il m'a envoyé deux de ses hommes à New York. Ils étaient chez moi, hier soir, quand je suis rentrée. Ils m'attendaient. Ils m'ont forcée à les suivre et à rentrer à Paris. Ils vont m'emmener en Suisse, je le sais. Il va me faire enfermer, chérie. Il me menace depuis des années. Mais maintenant...

Il y eut un déclic. La communication avait été coupée.

Fleur s'assit sur le bord de son lit, le combiné dans la main. Elle ne devait rien à sa mère. Après tout, Belinda avait choisi de rester mariée avec Alexis. Elle était donc totalement responsable de ce qui lui arrivait. Excepté que...

Belinda était sa mère.

Fleur raccrocha et considéra ses rapports avec sa mère. Elle se remémora tous ces moments qu'elles avaient passés ensemble. A la lumière de ces souvenirs, Fleur vit enfin sa mère telle qu'elle était : une femme faible et frivole, qui avait toujours dû compter sur les hommes dans sa vie, incapable de rien obtenir par elle-même. Puis Fleur comprit que Belinda l'aimait — mal, certes, il y avait dans cet amour beaucoup d'égoïsme — mais elle l'aimait, d'un amour si sincère qu'elle n'avait jamais compris comment sa fille avait pu en douter.

Fleur avait prévenu Jake qu'elle risquait de rentrer trop tard ce soir-là pour l'appeler, aussi ne lui téléphona-t-elle pas. Elle réserva une place sur le prochain avion à destination de Paris. Puis elle laissa un petit mot à sa secrétaire, lui expliquant qu'elle devait partir d'urgence à Londres et qu'elle rentrerait quelques jours plus tard, précisant qu'elle téléphonerait à Jake dès que possible. Fleur ne voulait surtout pas qu'il débarque à Paris avec une arme, ce qui n'aurait fait qu'envenimer les choses. Parce qu'elle savait déjà que les choses allaient mal se passer. Il était clair qu'Alexis utilisait Belinda comme un appât destiné à l'attirer, une fois de plus, dans ses filets.

La maison de la rue de la Bienfaisance se dressait, grise et sinistre, dans le crépuscule parisien. Tandis qu'elle la regardait à travers la vitre du taxi, Fleur se souvint de la première fois qu'elle l'avait vue. Son cœur battait à tout rompre ce matin-là. Anxieuse à l'idée de rencontrer son père, émue de retrouver sa mère, elle avait peur de ne pas porter les vêtements qu'il fallait. Il semblerait que certaines choses ne changent jamais, se dit-elle. Mais cette fois, au moins, elle était sûre de son élégance.

Fleur portait une robe de velours grenat à manches longues qui lui arrivait au-dessus du genou, avec une courte cape de satin assortie. Un galon noir courait le long des manches et autour du cou. Elle avait relevé ses cheveux en chignon et portait des boucles d'oreilles serties de diamants. S'il lui avait paru intelligent, à dix-sept ans, d'apparaître en tenue débraillée à la porte d'Alexis, elle pensait différemment à vingt-six.

Un jeune homme en costume trois-pièces — qui n'était visiblement pas un domestique — lui ouvrit la porte.

— Bonsoir, mademoiselle Savagar. Votre père vous attend.

Bien sûr qu'il l'attendait. Elle n'en avait jamais douté. Fleur tendit sa cape au jeune homme.

— Je voudrais voir ma mère, dit-elle.

— Par ici, s'il vous plaît.

Elle le suivit dans le grand salon, légèrement surprise qu'il ait accepté de la conduire aussi vite auprès de sa mère. Mais le grand salon était vide et froid. Fleur ne put s'empêcher de frissonner en voyant les brassées de roses blanches qui le décoraient.

— Le dîner sera servi dans un quart d'heure, annonça le jeune homme. Voudriez-vous boire quelque chose ? Du champagne, peut-être ?

— Je voudrais voir ma mère.

L'homme sortit comme s'il n'avait rien entendu, et Fleur se retrouva seule dans cette grande pièce austère et sombre. De nouveau, elle se sentit prise d'angoisse. Cela suffit, se dit-elle. Elle sortit du salon, traversa le hall où étaient accrochées d'immenses tapisseries d'Aubusson et se dirigea vers l'escalier. Ses hauts talons claquaient sur le sol de marbre noir. Elle marchait la tête haute, pour le cas où un observateur invisible l'aurait épiée.

Au moment où elle arriva en haut de l'escalier, un nouveau jeune homme en complet noir, les cheveux impeccablement coiffés, fit un pas vers elle pour l'arrêter.

— Vous vous êtes égarée, mademoiselle.

Ce n'était pas une question, mais une affirmation.

Fleur comprit soudain qu'elle commettait une erreur. Pourquoi se précipiter ? Autant faire attendre Alexis.

Elle regarda l'inconnu, acquiesça en hochant dignement la tête et revint tranquillement sur ses pas. Le premier jeune homme l'attendait en bas de l'escalier.

— Veuillez me suivre, s'il vous plaît.

Il la conduisit dans la salle à manger où le couvert avait été dressé pour une seule personne — de la vaisselle en porcelaine chinoise et des verres de cristal, des roses blanches dans un vase, des couverts d'argent, toute cette mise en scène étant sans doute destinée à l'impressionner.

Fleur se tourna vers le jeune homme.

— J'espère que le dîner est prêt. Je meurs de faim.

Le jeune homme parut dérouté pendant quelques instants — ce qui amusa Fleur —, puis il se ressaisit, hocha la tête et se retira, fort cérémonieux.

Mais qui sont donc ces croque-morts stylés ? se demanda Fleur. Et où est Belinda ? Et Alexis ?

Un serviteur en livrée lui apporta un potage aux asperges, un feuilleté aux fruits de mer, puis une sole meunière, et enfin un dessert. Fleur ne but que de l'eau minérale pendant tout le repas. Elle dîna sans hâte et reprit même de la mousse aux marrons. Après quoi elle demanda une première tasse de thé, puis une seconde, et enfin un cognac, qu'elle n'avait nullement l'intention de boire. Alexis avait pu donner des ordres, il n'avait aucun moyen de la contrôler, elle.

Le jeune homme revint alors qu'elle jouait distraitement avec son verre de cognac.

— Si Mademoiselle veut bien me suivre...

Fleur but une gorgée de cognac, reposa son verre, puis ouvrit son sac à main pour prendre son poudrier et son rouge à lèvres. Le jeune homme ne put réprimer un soupir d'agacement.

— Votre père vous attend, mademoiselle.

— Vous m'avez mal comprise. Je suis venue ici pour voir ma mère. Si c'est impossible, je m'en irai. Je n'aurai rien à dire à M. Savagar tant que je n'aurai pas parlé à ma mère.

L'homme parut contrarié. Il hésita un instant, puis il hocha la tête.

— Très bien. Je vais vous conduire jusqu'à elle.

— Je connais le chemin, dit Fleur.

Elle passa devant lui, traversa le hall et se dirigea vers l'escalier. L'homme qui lui avait barré le passage la première fois était toujours là, mais cette fois il n'essaya pas de l'arrêter.

Cela faisait sept ans qu'elle n'était pas revenue rue de la Bienfaisance, mais rien n'avait changé. Les madones italiennes du XVe siècle roulaient toujours des yeux pâmés dans leurs cadres dorés. Les mêmes tapis persans étouffaient le bruit de ses pas. Dans ce genre de demeure, le temps se mesurait en siècles, et les décennies se succédaient sans qu'on s'en aperçoive.

Tandis qu'elle marchait dans ces couloirs somptueux et silencieux, elle imagina la maison dans laquelle elle aimerait vivre avec Jake — une grande et vieille maison avec des parquets qui craquent, des portes qui claquent, des enfants qui rient en se laissant glisser sur la rampe de l'escalier, une maison où vivrait une famille joyeuse et bruyante. Elle se voyait déjà, le samedi matin, debout au pied de l'escalier, disant à ses enfants : « Ne faites pas de bruit, papa dort encore ! »

Papa... Jamais encore elle n'avait pensé à Jake en tant que père de ses enfants. De leurs enfants. Quand il serait en colère, il leur crierait après comme jamais Alexis ne l'avait fait. Mais le plus souvent il les embrasserait, les cajolerait. Et pour les protéger, il se battrait contre le monde entier.

Fleur se demanda soudain pourquoi elle hésitait à devenir la femme de Jake. C'était pourtant ce qu'elle souhaitait le plus au monde. Et si cela impliquait qu'elle accepte toutes les facettes de sa personnalité, tant mieux : l'avenir promettait d'être passionnant. Elle se sentit tellement soulagée d'avoir pris cette décision qu'elle éprouva la sensation de flotter dans l'air. Jake était le seul homme au monde qu'elle voulait pour mari, et elle allait le lui dire au téléphone pas plus tard que ce soir.

Fleur s'aperçut qu'elle se trouvait devant la chambre de sa mère et s'efforça de chasser ces douces pensées de son esprit avant de frapper. Il s'écoula un certain temps avant qu'elle n'entende des pas à l'intérieur de la chambre. Belinda entrouvrit la porte.

— Ma chérie ! Est-ce vraiment toi ?

Sa voix tremblait comme si elle n'avait parlé à personne depuis longtemps. D'un geste hésitant, Belinda repoussa une mèche de cheveux blonds qui lui était tombée sur le visage. Elle avait un regard apeuré et ressemblait à un oiseau captif.

— Je... je ne suis pas habillée, chérie. Je ne pensais pas...

— Tu n'avais pas cru que je viendrais, dit Fleur.

— Je... je ne voulais pas compter là-dessus. Je n'aurais pas dû te demander de venir...

— Puis-je entrer ?

Belinda s'effaça pour la laisser passer et referma la porte derrière elles. Une forte odeur de cigarettes flottait dans la pièce. Fleur se souvint des effluves de Shalimar qui jadis enveloppaient sa mère. Elle la revit à la porte du couvent, tel un oiseau de paradis.

Belinda avait les cheveux en désordre, et du mascara bleu avait coulé sous ses yeux. Sa robe de chambre en soie rose était froissée. Elle porta la main à son visage.

— Je vais aller m'arranger un peu, dit-elle. J'ai toujours aimé me faire belle pour toi.

Fleur prit la main de sa mère dans la sienne. On aurait dit la main d'un enfant.

— Allons, dit Fleur, tu te maquilleras plus tard. Raconte-moi plutôt ce qui s'est passé.

Belinda fit ce que Fleur lui demandait, comme une petite fille obéit à un adulte qui la domine. Elle lui expliqua qu'Alexis l'avait menacée à plusieurs reprises de l'envoyer dans une clinique pour alcooliques en dépit du fait qu'elle avait arrêté de boire depuis plusieurs années.

— Je sens peser cette menace sur moi comme une épée de Damoclès. Chaque fois que je fais quelque chose qui lui déplaît, il me dit qu'il va se débarrasser de moi.

Belinda s'interrompit pour allumer une cigarette.

— Il n'a pas aimé la façon dont les choses se sont passées à New York entre toi et moi. Il espérait que je te harcèlerais pour te voir. Il s'attendait à ce que je te fasse perdre patience. Mais, en réalité, c'est lui qui a perdu patience.

— A cause de Shawn ?

Belinda acquiesça d'un hochement de tête.

— Shawn m'a laissée tomber pour une femme plus âgée, dit-elle. Incroyable, non ? Alexis avait bloqué tous mes comptes en banque, et cette femme était très riche.

— Belinda, Shawn est un crétin.

— Mais c'est une star, ma chérie ! Et il fera encore de grands films, j'en suis certaine.

Belinda regarda Fleur d'un air de reproche.

— Tu aurais pu l'aider, tu sais. A présent que tu as une agence, tu aurais pu donner un coup de main à un vieil ami.

Fleur s'attendait à se sentir coupable d'avoir déplu à sa mère, mais curieusement ce vieux sentiment de culpabilité ne l'envahit pas. Au contraire, elle éprouva l'espèce d'exaspération mêlée de bienveillance que l'on ressent face à un enfant capricieux.

— Je pense effectivement que j'aurais pu l'aider, dit-elle calmement. Mais je n'ai pas voulu le faire parce que j'estime qu'il n'a aucun talent.

Belinda éteignit sa cigarette, l'air contrarié.

— C'est injuste, Fleur.

— Je n'y peux rien. La vie est injuste. Nous devons essayer de nous en tirer au mieux.

Belinda alluma une nouvelle cigarette puis regarda la robe de Fleur.

— C'est une création de Michel, n'est-ce pas ?

Fleur hocha la tête.

— Je la trouve très belle. Je n'aurais jamais cru qu'il était aussi doué. A New York, tout le monde parle de lui. Tu sais, je suis allée le voir, une fois.

Fleur haussa les sourcils, surprise. Michel ne lui avait pas parlé de cette visite.

— Et alors ? demanda-t-elle.

— Il est si beau, minauda Belinda. Il me ressemble. Et il m'a promis de créer des robes spécialement pour moi, ajouta-t-elle d'un air de défi.

Fleur n'en croyait pas un mot, mais elle réussit à masquer son incrédulité.

— J'en suis ravie, dit-elle. Michel est un garçon formidable.

Soudain, Belinda cessa de jouer la comédie. Elle se prit la tête dans les mains et se mit à sangloter.

— Il m'a regardée de la même manière qu'Alexis, comme si j'étais une espèce d'insecte bizarre. Il n'y a que toi, Fleur, qui m'ait jamais comprise.

— Il vaudrait mieux que tu évites de voir Michel. Tu te fais du mal inutilement, Belinda.

— Michel me hait encore davantage qu'Alexis ! Mais pourquoi Alexis veut-il m'envoyer en Suisse, chérie ?

Fleur posa sa main sur l'épaule de sa mère.

— Belinda, tout cela n'était qu'un prétexte pour me faire revenir. Il a des comptes à régler avec moi.

Belinda redressa brusquement la tête. Elle paraissait affolée.

— Mon Dieu ! Comment n'y ai-je pas pensé ? dit-elle en se levant brusquement. Il faut que tu partes, Fleur. Tout de suite. Alexis est un homme dangereux. Et je ne supporterais pas qu'il te fasse du mal. Laisse-moi réfléchir une minute.

Fleur resta assise sur le lit de sa mère tandis que celle-ci arpentait la pièce, tentant de trouver un moyen de protéger son enfant. Fleur la regardait : c'était à elle, désormais, de protéger sa mère. Il arrivait un moment, dans la vie, où les enfants devenaient en quelque sorte responsables de leurs parents. Plus Fleur observait sa mère, plus elle réalisait que le moment était venu pour elle de prendre le relais.

Elle se leva.

— Je rentre à l'hôtel dormir un peu, dit-elle. Je reviendrai te voir demain matin. Ne t'inquiète pas, tout ira bien.

Fleur se garda bien d'ajouter qu'elle allait affronter Alexis avant de quitter la maison.

Belinda la serra très fort dans ses bras, l'air désespérée.

— Ne reviens pas, chérie. J'aurais dû comprendre plus tôt qu'il cherchait à t'attirer ici en se servant de moi. Alors sauve-toi vite.

Fleur regarda sa mère droit dans les yeux : Belinda était sincère, pour l'instant du moins.

— Ne te fais aucun souci. Il ne m'arrivera rien, lui assura-t-elle.

Fleur sortit de la chambre et s'engagea dans l'enfilade de couloirs qui menaient à l'escalier. Un jeune homme en noir l'attendait au rez-de-chaussée.

— J'aimerais voir M. Savagar maintenant, dit-elle.

— Je suis désolé, mademoiselle, mais il va falloir attendre un peu. Votre père est occupé pour le moment.

Il lui fit signe de s'asseoir dans un fauteuil rococo devant la porte de la bibliothèque.

Combien de temps allait-il la faire attendre ? Car il se trouvait derrière cette porte. Fleur sentait sa présence filtrer à travers le panneau de bois, ses vibrations envahir l'espace autour d'elle.

Fleur se leva. Elle resta debout quelques instants devant la porte, puis elle appuya doucement sur la poignée.

Une lampe était allumée dans un coin de la pièce, diffusant une lumière tamisée dans une partie de la bibliothèque. Alexis était assis à son bureau, dans le coin opposé. Pourtant, même dans la pénombre, Fleur put voir que l'homme vigoureux de jadis s'était desséché avec les années. Il était immobile dans son fauteuil, une main posée sur le bureau, l'autre sur les genoux. Comme toujours, il était extrêmement élégant, mais il semblait flotter dans son costume bleu marine, et il y avait un espace entre le col de sa chemise et son cou.

Fleur ne se laissa pas attendrir. Hormis le fait qu'il avait beaucoup maigri, il ne montrait aucun signe d'affaiblissement. Ses petits yeux cruels l'observaient avec la plus grande attention. Elle sentit son regard aiguisé sur son corps comme un morceau de braise.

— Tu aurais dû être ma fille, dit-il.

32

— Je voulais être ta fille. Mais tu m'as rejetée.

— Tu es une bâtarde. Pas un pur-sang.

Fleur se rapprocha du bureau. Elle aurait bien aimé voir le visage d'Alexis plus distinctement.

— J'ai du sang irlandais dans les veines, le sang d'Errol Flynn. Et j'en suis fière, déclara-t-elle.

Elle eut la satisfaction de le voir se raidir.

— J'ai appris, poursuivit-elle, que l'un de mes ancêtres fut pendu pour avoir volé des moutons. Tu as raison, Alexis, j'appartiens à une lignée peu recommandable. Et puis, il y a toutes ces jeunes filles que Flynn a aimées...

Alexis referma la main qu'il avait posée à plat sur son bureau.

— Tu es folle de jouer avec moi à des jeux que tu n'as aucune chance de gagner.

— Alors cesse de terroriser Belinda, et arrêtons ce duel stupide.

— Et si je te disais que je vais la faire enfermer ?

— Cela risque d'être difficile. Elle ne boit plus depuis des années.

— Tu es encore bien naïve ! On peut tout faire, avec de l'argent.

Cette journée s'éternisait, et Fleur éprouva soudain une profonde lassitude. Elle aurait voulu rentrer à l'hôtel, téléphoner à Jake, et qu'enfin tout redevienne normal.

— Tu crois vraiment que je te laisserai faire sans réagir ? demanda-t-elle.

— Bien sûr que non. Il me faudrait tout d'abord te réduire à l'impuissance et employer pour ce faire des méthodes d'une telle barbarie que j'y renonce à l'avance.

Fleur pensa à Jake, à sa nature impulsive, brutale parfois. Avec ses poings prêts à frapper, avec son revolver, il était mille fois plus civilisé que ce vieil homme cruel, assis en face d'elle. Dommage que la lumière ne soit pas plus forte afin qu'elle puisse mieux discerner les traits de son visage.

— C'est un faux dilemme, n'est-ce pas ? dit-elle en s'asseyant en face d'Alexis. Tu n'as jamais réellement eu l'intention de la faire enfermer.

— Tu es devenue un adversaire de choix, Fleur, remarqua-t-il. Tu l'as d'ailleurs toujours été. Je m'étais douté que tu découvrirais l'incendie à temps. Mais en ce qui concerne la subtitution des robes, félicitations. C'était extrêmement ingénieux.

— Quand on se bat contre un serpent, on apprend à ramper dans la boue, remarqua-t-elle.

— Tu raisonnes et tu agis à l'américaine, sans nuances. Tu as certainement subi l'influence des amis vulgaires dont tu t'entoures.

Fleur sentit la colère l'envahir, mais elle se domina aussitôt. A qui Alexis faisait-il allusion ? A Kissy ? A Michel ? A Jake... Il fallait absolument tenir Jake à l'écart de tout cela, le garder à l'abri des manœuvres subtiles et machiavéliques d'Alexis. Celui-ci savait peut-être que Jake avait vécu chez elle, peut-être était-il au courant de leur escapade au bord de la mer, mais il ne pouvait deviner à quel point ils s'aimaient, et il ne fallait surtout pas qu'il s'en doute.

Fleur croisa les jambes et contre-attaqua.

— A vrai dire, j'apprécie beaucoup mes amis, répliqua-t-elle. Et particulièrement Michel. Tu l'as mal jugé. Il est très doué, et il a une brillante carrière devant lui.

— Styliste, dit Alexis avec mépris. Comment peut-il en être fier ?

Fleur eut un rire moqueur.

— Crois-moi, il assume parfaitement son succès ! Tout le monde lui fait la cour. Les gens sont flattés de pouvoir l'approcher. Il te ressemble beaucoup, tu sais. Michel a tout d'un aristocrate. Et lorsqu'il n'aime pas quelqu'un, il le lui fait sentir de la même façon que toi. Il fronce les sourcils de telle sorte que la personne en face de lui se met à trembler. C'est très impressionnant à voir. Mais c'est un homme sensible, contrairement à toi, ce qui lui confère une valeur que tu n'as pas, que tu n'auras jamais.

— Michel est une tapette ! s'insurgea Alexis.

— Et tu as l'esprit trop étroit pour voir au-delà, n'est-ce pas ? Pauvre Alexis. Parfois, j'éprouve de la pitié pour toi.

Elle l'entendit respirer bruyamment.

— N'as-tu jamais regretté d'avoir détruit la Bugatti ? demanda-t-il brusquement.

Fleur réfléchit quelques instants avant de répondre.

— La Royale était une œuvre d'art, et je ne suis pas fière de l'avoir détruite. Mais ce que tu veux savoir, c'est si je le regrette, n'est-ce pas ?

Elle se tut pendant quelques instants. Alexis se pencha légèrement vers elle, la fixant avec intensité.

— Eh bien, non, je ne le regrette pas. Je n'ai jamais eu de remords, et je n'en aurai jamais.

— Garce ! cracha-t-il.

— Tu t'es toujours considéré comme un homme au-dessus des lois, Alexis, comme les stars de cinéma de Belinda. « C'est une star, chérie. Il n'a pas à se conformer aux mêmes règles que les autres. » J'ai entendu cela pendant toute mon adolescence. Eh bien, c'est faux ! Personne n'est au-dessus des lois. Et ceux qui ne respectent pas certaines règles doivent être punis. Ce que tu m'as fait est horrible, et je t'ai puni pour cela. Les gens civilisés doivent se protéger des barbares, sinon ils perdent toute humanité. Tu peux continuer à me harceler aussi longtemps que tu voudras, Alexis, tu peux menacer Belinda, ou essayer de me ruiner, mais jamais tu ne réussiras à me faire regretter d'avoir détruit la Royale. Je crois que je suis devenue assez forte pour t'empêcher de me ruiner. Mais si je me suis trompée et si tu réussis à le faire, tant pis. J'accepte d'avance les conséquences de mon acte. Quoi qu'il en soit, tu n'as plus aucun pouvoir sur moi.

Alexis s'appuya contre le dossier de son fauteuil.

— Je t'avais dit que je détruirais ton rêve, chérie. Et je vais le faire. Finalement, nous aurons marqué autant de points l'un que l'autre.

— Tu bluffes. Tu ne peux plus rien contre moi.

— Je ne bluffe jamais.

Il sortit une épaisse enveloppe d'un tiroir et la poussa vers elle. Fleur hésita un moment avant de s'en saisir.

— Un souvenir, dit Alexis.

Le cœur de Fleur battait la chamade. Elle ouvrit l'enveloppe, et un morceau de métal cabossé tomba sur ses genoux. Des lettres y étaient encore visibles : BUGATTI. C'était la plaque ovale de la Royale.

Fleur leva les yeux et vit qu'Alexis avait posé autre chose sur le bureau.

— Un rêve contre un rêve, chérie.

Fleur tremblait en prenant le journal, un quotidien américain du jour. Le titre de l'article lui sauta au visage comme une bombe.

LA BIOGRAPHIE EXPLOSIVE
DE JAKE KORANDA
RÉVÉLATIONS INATTENDUES

— Oh, non ! Mon Dieu... non..., souffla-t-elle, en secouant la tête comme pour faire disparaître ces mots horribles.

Alexis avait-il usé de magie noire ? Lisait-il dans ses pensées, dans son cœur ?

« L'acteur et auteur dramatique Jake Koranda, âgé de trente-six ans et connu pour son interprétation du Dog, le cow-boy sans pitié, a souffert d'une dépression nerveuse grave pendant l'automne 1968, alors qu'il combattait au Viêt-nam, dans l'armée américaine. C'est Fleur Savagar, l'agent littéraire et depuis peu la compagne de l'acteur, qui vient de faire cette extraordinaire révélation à la presse. Elle a précisé que tous les détails concernant cette période cachée de la vie de Jake Koranda étaient consignés dans sa biographie qui doit sortir dans quelques semaines. " Jake a fait preuve d'un grand courage en se mettant ainsi à nu devant ses lecteurs ", dit Fleur Savagar, " et je ne doute pas que ses admirateurs le respecteront pour sa franchise et regarderont ce pénible épisode de sa vie avec compassion ". »

L'article continuait, mais Fleur ne put en lire davantage. Il y avait également des photos — Jake en Bird Dog, Fleur et Jake en train de courir dans le parc. Fleur se leva et reposa le journal sur le bureau d'Alexis. La plaque ovale de la Bugatti tomba sur le sol.

— J'ai été patient, Fleur. J'ai attendu sept ans. A présent, je suis vengé. Tu viens de perdre ce à quoi tu tenais le plus au monde. Et ce n'était pas ton agence. Je me trompe ?

Des larmes coulaient sur les joues de la jeune femme, et son cœur s'était contracté en une masse lourde et douloureuse. Elle avait toujours cru qu'il s'attaquerait à son agence. Jamais elle n'avait pensé qu'il chercherait à l'atteindre à travers Jake. Peut-être Alexis avait-il toujours su — et bien avant elle — que l'amour de Jake Koranda lui était aussi essentiel que l'air qu'elle respirait.

Cependant, une part d'elle-même refusait de s'avouer vaincue, de laisser Alexis savourer sa victoire et croire qu'il était le maître du jeu.

— Jake n'en croira pas un mot, dit-elle d'une voix moins assurée qu'elle ne l'aurait souhaité.

— C'est un homme habitué à la duplicité féminine. Il le croira.

— Mais comment as-tu fait ? Le livre n'existe plus. Jake et moi l'avons brûlé.

— J'imagine que quelqu'un s'est servi d'un appareil photo spécial. Cela existe depuis des années.

— Tu mens ! Jake ne s'en est pas séparé une seule fois avant de...

Fleur s'interrompit. Si, Jake avait laissé le manuscrit dans la maison, le jour où, l'ayant rattrapée alors qu'elle s'enfuyait, ils avaient fait cette longue promenade au bord de la mer.

— Mais tu m'attribues des propos que je n'ai jamais tenus. Je n'ai jamais fait aucune déclaration à la presse, et je peux le prouver !

— Cela n'a aucune importance. Un homme trahi n'accorde plus jamais sa confiance à une femme, même si elle brandit des preuves irréfutables de son innocence ! En outre, Koranda sait à quel point tu es ambitieuse. Il pensera que tu t'es servie de son nom pour te faire connaître. Et jamais il ne te le pardonnera.

Cette analyse psychologique était sans faille. Fleur en aurait pleuré de rage. Mais elle ne devait pas baisser les bras. Pas devant lui.

— Tu as perdu, déclara-t-elle. Tu as sous-estimé Jake. Et tu m'as, moi aussi, sous-estimée.

Puis elle tendit le bras très vite, de sorte qu'il ne puisse l'arrêter, et alluma la lampe posée sur son bureau.

Avec une exclamation de colère, il jeta la lampe par terre. Elle tangua sur le tapis pendant quelques instants, suffisamment longtemps pour éclairer par intermittences son visage. Fleur ne le quittait pas des yeux, mais il lui fallut quelques secondes pour comprendre ce qui n'allait pas. Alexis leva le bras. Trop tard. Fleur avait vu...

Quelqu'un qui l'aurait moins bien connu qu'elle ne se serait peut-être aperçu de rien. Et si elle ne l'avait pas vu de face, peut-être n'aurait-elle pas remarqué que la moitié gauche de son visage était paralysée. Il s'agissait en fait d'un léger affaissement de la joue gauche et du coin gauche de la bouche. Rien de très frappant. Un autre homme que lui, affecté du même mal, ne s'en serait vraisemblablement pas préoccupé outre mesure. Mais un être aussi fier qu'Alexis, aussi épris de perfection en toutes choses, devait en souffrir horriblement et se sentir défiguré.

— Ton visage est désormais le reflet de ton âme, Alexis.

— Sale garce !

Il tenta de donner un coup de pied dans la lampe, mais sa jambe gauche ne lui obéissait plus très bien. La lampe tangua de plus belle, balayant son visage d'ombre et de lumière.

— Tu as fait une terrible erreur, dit Fleur. Jake et moi éprouvons l'un pour l'autre un amour dont tu ne peux même pas imaginer l'intensité. Tu n'as pas de cœur, Alexis. Tout ce que tu peux ressentir, c'est le désir de tout contrôler. Si tu savais ce que sont l'amour et la confiance, alors tu comprendrais que toutes tes manœuvres n'aboutiront pas. Jake a en moi une confiance sans bornes, et jamais il ne croira que j'ai pu le trahir.

— Non ! hurla Alexis. J'ai gagné la partie !

Mais Fleur sentit dans sa voix l'ombre d'un doute.

— Tu as perdu.

Puis elle lui tourna le dos, sortit de la bibliothèque, puis de la maison. Elle pleurait. Alexis, l'ignoble Alexis, avait raison. Jamais Jake ne lui pardonnerait. Elle aurait beau lui jurer que son père avait tout manigancé, il ne l'en blâmerait pas moins.

Alexis, debout à la fenêtre de la bibliothèque, suivait Fleur des yeux. La haute silhouette très droite de la jeune femme progressait dans la nuit d'hiver. Bien qu'elle ne portât pas de manteau, pas une seconde Fleur ne parut frissonner. Quelle dignité, quelle beauté, se dit Alexis, le cœur brisé.

Il se sentit envahi par un profond sentiment de désolation. Depuis sept ans, Fleur occupait toutes ses pensées. A présent, tout était terminé. Il se demanda ce qu'il allait faire de sa vie, de son temps. Ses assistants pouvaient le remplacer dans ses affaires. En outre, depuis que cette odieuse raideur affectait la partie gauche de son visage, il ne se montrait plus en public.

Bien après qu'elle eut disparu, Alexis garda les yeux braqués dans la direction par où Fleur s'en était allée.

Belinda, folle d'inquiétude pour sa fille, trouva Alexis recroquevillé sur le sol, immobile.

— Alexis ? dit-elle en s'agenouillant auprès de lui.

— Belinda ? répondit-il d'une voix caverneuse.

Elle souleva la tête d'Alexis et la posa sur ses cuisses. Alors seulement elle vit que la moitié droite de son visage était déformée, affreusement crispée.

— Oh, Alexis, murmura-t-elle, mon pauvre Alexis !

— Aide-moi. Aide...

Il parlait comme un mourant. Belinda prit peur. Elle sentit soudain quelque chose de mouillé sur son peignoir de soie. Elle se pencha et vit qu'un filet de salive coulait du coin de la bouche de son mari. C'en était trop ! Que n'aurait-elle pas donné pour se trouver dans sa chambre à cet instant, avec ses cigarettes, ses magazines et ses cassettes. Pensant à sa fille, elle résista à l'envie de fuir.

— Va chercher de l'aide... J'ai besoin...

— Chut, mon chéri, ménage tes forces, ne parle pas.

— S'il te plaît...

— Calme-toi, mon chéri. N'essaie pas de parler. Je resterai ici avec toi jusqu'à ce que tu n'aies plus besoin de moi.

Elle vit la peur envahir son regard au fur et à mesure qu'il comprenait. Il jetait à présent des regards affolés de tous côtés. Belinda lui caressa le front du bout des doigts.

— Mon pauvre chéri, je t'aimais, tu sais. Tu n'aurais jamais dû m'enlever mon bébé.

— Ne fais pas ça... Non...

Il essaya de lever le bras, sans y parvenir. Ses lèvres bleuirent, sa respiration se fit difficile. Il souffrait visiblement, et elle se demanda ce qu'elle pouvait faire pour le soulager. Finalement, elle ouvrit son peignoir et appuya sa tête contre ses seins nus.

Bientôt il ne bougea plus. Et tandis qu'elle contemplait le visage de cet homme qui avait modelé sa vie, quelques larmes brillèrent à ses yeux d'un bleu incomparable.

Jake eut la sensation d'avoir reçu un coup de poing dans le plexus. Il ne remarqua même pas qu'un joueur de l'équipe adverse venait de marquer un point. Le ballon aurait pu siffler à ses oreilles qu'il n'aurait pas bougé. Il demeurait rivé au sol, sans réaction, le souffle court. Il frissonnait sous le soleil californien.

— Jake, je suis désolée.

Sa secrétaire se tenait à côté de lui au bord du terrain de basket, pâle et visiblement gênée.

— Je... je savais que vous voudriez le lire tout de suite, dit-elle. Alors je vous l'ai apporté. Le téléphone n'arrête pas de sonner. Il va falloir que nous rédigions un communiqué.

Jake froissa le journal dans son poing et le jeta rageusement par terre. Il s'éloigna sans un mot en direction du vestiaire. Il enfila sa chemise et son jean comme un automate, puis il sortit en courant de ce vieux gymnase en brique rouge où il jouait au basket depuis dix ans, sachant qu'il n'y reviendrait jamais plus.

Les freins de la Jaguar gémirent et les pneus crissèrent sur le bitume tandis qu'il sortait du parking à toute allure. Il eut soudain l'idée stupide d'acheter tous les journaux, tous les exemplaires de ce numéro. Il enverrait des hommes en avion dans tout le pays. Dans le monde entier. Chaque kiosque serait visité, chaque marchand ambulant dépouillé... Oui, les acheter tous, et les brûler.

Il se souvint du jour où il était rentré à la maison et où il avait trouvé Liz avec ce type. Il l'avait démoli à coups de poing. Il revit Liz à ses pieds, le suppliant de lui pardonner, et ce pauvre bougre gisant sur le sol, le nez cassé. Au moins il avait pu se défouler, ce jour-là.

Des gouttes de sueur perlaient à son front, et il les épongea d'un revers de manche. Bon Dieu ! Combien de fois encore se ferait-il avoir ? Quel imbécile ! Dire qu'il avait écrit ce livre pour elle... Elle avait failli briser sa vie sept ans plus tôt. N'avait-il donc aucun bon sens ? Pourquoi avait-il renoué avec elle ? Pourquoi s'était-il laissé aller à l'aimer ?

Jake enfonça l'accélérateur. Ses mains se crispèrent sur le volant. Il imagina Fleur à ses pieds, les joues ruisselantes de larmes, le suppliant de lui pardonner. Il se vit la prendre par les cheveux, la gifler, la frapper de ses poings. La tuer.

Puis il sentit la douleur et la peur l'envahir. Peur de vivre. Sans elle. Il était complètement désespéré.

33

Belinda regardait la valise ouverte sur le lit de Fleur, comme si elle n'avait jamais vu de valise de sa vie.

— Mais tu ne peux pas partir maintenant, chérie. Tu ne peux pas me laisser seule. J'ai besoin de toi.

Fleur vérifia que son billet d'avion se trouvait bien dans son sac. Sa mère ignorait qu'elle allait à Mykonos, et c'était mieux ainsi.

— Belinda, je suis restée deux semaines avec toi depuis l'enterrement. Je suis obligée de partir, maintenant. Et puis, tu t'en sors très bien. Tu n'as pas vraiment besoin de moi.

— Ce n'est pas vrai. Sans toi, je n'aurais pas tenu le coup. Toutes ces formalités... Jamais je n'aurais été capable de régler tout cela.

Fleur s'efforça de conserver son calme.

— C'est pourquoi je m'en suis occupée à ta place. Les employés d'Alexis sont désormais les tiens, et ils obéiront à tes ordres. Tu dois avoir confiance en toi, Belinda.

Belinda fit la moue, comme une petite fille capricieuse.

— Ce n'est pas bien de ta part. Et puis je déteste cette maison. Je ne veux pas dormir seule ici, sans toi.

— Alors installe-toi à l'hôtel.

— Tu es dure, Fleur. Tu es vraiment dure avec moi.

— Belinda, tu es une adulte, une femme libre, désormais. Et riche. Si tu ne veux pas rester ici, déménage. Je t'ai proposé plusieurs fois de t'aider à chercher un appartement. Tu n'as jamais voulu.

— Eh bien, j'ai changé d'avis. Allons-y demain.

— Désolée, mais demain je serai partie.

— Mais, ma chérie, s'écria-t-elle, je n'ai pas l'habitude d'être seule.

Connaissant le penchant de sa mère pour les hommes célèbres, Fleur doutait que Belinda reste seule bien longtemps, mais elle garda cette pensée pour elle.

— Tout ira bien, tu verras, dit-elle, rassurante. Et souviens-toi de ce que je t'ai dit : je vais être occupée pendant quelque temps, et je ne pourrai donc pas t'appeler tous les jours. David Bennis restera en contact avec toi. Il t'aidera si tu as besoin de quoi que ce soit.

Les yeux de Belinda se remplirent de larmes.

— Je n'arrive pas à croire que tu m'abandonnes, sanglota-t-elle. Après tout ce que j'ai fait pour toi.

Fleur serra une dernière fois sa mère dans ses bras.

— Ne t'inquiète pas, tout ira bien.

Tandis qu'elle roulait en direction de l'aéroport, Fleur essaya de se détendre mais n'y parvint pas. L'organisation des funérailles d'Alexis avait entièrement reposé sur ses épaules. Les médecins avaient diagnostiqué une congestion cérébrale après qu'un de ses assistants l'eut retrouvé, gisant sur le sol de la bibliothèque, juste sous la fenêtre. Était-il tombé en la regardant s'éloigner ?

Michel avait refusé de venir à l'enterrement.

— Je ne pourrais pas supporter que Belinda me regarde avec ses yeux sottement adorateurs, sous prétexte que maintenant je suis célèbre. Elle m'a rejeté toute sa vie. Je n'ai aucune envie de la voir.

Fleur avait compris. Néanmoins, il lui avait été difficile d'affronter seule la situation. Elle avait dû se montrer ferme avec les assistants d'Alexis pour qu'ils acceptent de se soumettre à la volonté de Belinda. Ces deux semaines passées auprès de sa mère l'avaient laissée sans force, sans énergie. Aussi Fleur avait-elle décidé d'aller se reposer à Mykonos avant de rentrer à New York. Et puis, elle en avait assez de sursauter à chaque sonnerie de téléphone, dans l'attente d'un coup de fil de Jake.

Elle se souvenait encore de l'humiliation que lui avait fait subir la secrétaire de Jake, dix jours plus tôt. Après avoir vainement tenté de le joindre chez lui, en Californie — elle était tombée sur un répondeur —, Fleur avait appelé son appartement de New York, puis son bureau. Pendant trois jours, la secrétaire lui avait répondu que Jake ne prenait aucune communication et qu'il n'avait laissé aucun message pour elle. Finalement, Fleur avait accusé la jeune femme de l'empêcher de lui parler. Alors celle-ci s'était fâchée.

— Oui, Jake m'a interdit de lui passer toute communication émanant de vous ! Et il a bien raison ! Vous lui avez fait suffisamment de tort comme ça ! Vous l'avez humilié. Les journalistes le harcèlent en permanence. Alors, pourquoi ne le laissez-vous pas tranquille ? Il n'a aucune envie de vous parler !

Depuis, Fleur n'avait pas rappelé.

Tandis que le taxi se frayait un passage dans les embouteillages des Champs-Élysées, Fleur vit soudain l'affiche d'un film de Jake à l'entrée d'un cinéma. Il était immense, habillé en cow-boy, un chapeau masquant son large front, un revolver à la main, mal rasé et la chemise déchirée. Le Dog, l'homme sans faiblesse, l'homme qui n'a besoin de personne. Pourquoi avait-elle cru qu'elle saurait le faire changer, quand aucune femme, avant elle, n'y était parvenue ?

La maison qu'elle avait louée à Mykonos était située à l'extrémité de l'île, et Fleur n'y voyait jamais personne. Elle passait ses journées à bronzer, et le soir elle faisait de longues marches le long de la plage, s'attendant chaque matin à se sentir mieux, mais en vain. Elle était comme vide et anesthésiée, insensible même aux couleurs qui l'entouraient — un comble à Mykonos, où le blanc lumineux des maisons contrastait si fort avec le bleu intense de la mer Égée. Fleur ne sentait plus rien, ni la brise qui soufflait sur sa peau ni le soleil qui la brûlait à midi, et elle se demandait si cette sensation de vide allait jamais disparaître.

La nuit ramenait le souvenir de Jake, et elle s'imaginait parfois qu'il venait à elle, la prenait dans ses bras et l'emmenait avec lui. Elle pouvait toujours rêver — comme elle rêvait, petite, qu'Alexis viendrait un jour la chercher au couvent.

Jake aurait dû se douter qu'elle n'était pas responsable de ce qui s'était passé. Mais il manquait trop de confiance en lui, et il se sentait trop facilement menacé pour ne pas penser qu'elle l'avait trahi. Jake était faible, vulnérable. Et ils ne s'étaient pas aimés assez longtemps pour qu'il ait toute confiance en elle.

Finalement, elle dut s'avouer que le charme de Mykonos n'agissait pas sur elle, et elle décida de rentrer aux États-Unis. Elle avait abandonné l'entière responsabilité de ses affaires à Will et David depuis dix jours et ne pouvait décemment différer plus longtemps son retour.

Le voyage fut long et pénible — trois heures de turbulences au-dessus de l'Atlantique, neige à l'arrivée. Fleur chercha un taxi pendant une demi-heure et, quand finalement elle en trouva un, celui-ci n'avait pas de chauffage. Quand elle arriva enfin chez elle, il était plus de minuit.

A l'intérieur de la maison, il faisait presque aussi froid que dans le taxi. Fleur posa sa valise dans l'entrée, puis elle alla allumer le chauffage. Après quoi, elle se dirigea vers la cuisine et se servit un verre d'eau, dans lequel elle fit dissoudre deux Alka Seltzer. Tandis que les comprimés fondaient, elle sentit le froid l'envahir. Elle eut envie de se mettre au lit au plus vite sous sa couverture électrique et de ne plus bouger jusqu'au matin. Puis elle se ravisa. Elle prendrait d'abord une douche brûlante et se frictionnerait au gant de crin pour se réchauffer.

Tandis qu'un puissant jet d'eau chaude ruisselait sur son corps, Fleur se dit que dans moins de six heures elle serait dans le parc, en train de courir, qu'elle se sente en forme ou non. Pas question cette fois de s'apitoyer sur elle-même. Les choses s'arrangeraient avec le temps, à condition de ne pas se laisser aller.

Fleur se sécha, puis elle enfila une chemise de nuit en soie. Se rappelant qu'elle avait oublié d'allumer la couverture électrique, elle passa un peignoir, puis elle ouvrit la porte de la salle de bains. La chambre était glaciale. Elle entendait le vent souffler au-dehors, et la pluie s'abattait sur les fenêtres en violentes rafales. Après la Grèce, la tempête ! Son lit allait être gelé !

Fleur tendit la main vers l'interrupteur... et poussa un cri.

— Reste où tu es. Surtout, ne bouge pas !

Le cri s'étrangla dans sa gorge.

Il était assis dans un fauteuil, à l'autre bout de la pièce. Seul son visage était visible, éclairé par la pâle clarté d'un réverbère.

— Fais ce que je te dis, et tout se passera bien.

Fleur recula vers la salle de bains, un pas... puis un autre... Il se leva soudain et bondit sur elle. Fleur se retrouva nez à nez avec le canon d'un revolver.

— Ne bouge plus, lui ordonna-t-il.

Fleur sentit son cœur battre plus vite.

— Dépêche-toi. J'attends.

Elle se demanda tout d'abord ce qu'il voulait, puis elle comprit et, lentement, elle dénoua son peignoir.

— Enlève-le.

Elle ne fit pas un geste.

Il leva son arme et la pointa sur la poitrine de Fleur.

— Tu es fou, siffla-t-elle. Tu...

Il arma son revolver.

— Enlève-le !

Les mains tremblantes, Fleur fit glisser le léger vêtement de soie qui tomba sur le sol sans bruit.

Il fit un pas en avant, l'arme au poing.

— Détache tes cheveux.

Elle leva les bras et ôta les épingles à cheveux une à

une. Sa chevelure blonde retomba sur ses épaules, dans son dos.

— Très joli, commenta-t-il. La chemise de nuit, maintenant.

— S'il te plaît..., supplia-t-elle.

— Baisse les bretelles. L'une après l'autre.

Fleur baissa la bretelle droite. Puis elle s'arrêta.

— Continue, ordonna-t-il, en bougeant son revolver d'un geste vif, comme s'il allait la frapper. Fais ce que je te dis.

— Non, répondit-elle en secouant la tête.

— Qu'est-ce que tu as dit ? demanda-t-il sur un ton menaçant.

— Tu as très bien entendu.

— Ne m'énerve pas, jolie institutrice.

Fleur se cacha alors la poitrine avec ses bras.

Mince alors, se dit Jake. Qu'est-ce que je fais, maintenant ?

34

— Prends-moi dans tes bras, dit-elle.

Il alla poser son colt sur la table de chevet et revint vers elle à grands pas. Fleur tremblait de froid. Jake ouvrit son parka et l'entoura, la serrant contre sa chemise de laine.

— Tu n'es pas drôle, tu sais, murmura-t-elle.

Jake entendit le bruit d'un sanglot.

— Hé, tu pleures ?

Il sentit qu'elle hochait la tête contre sa joue.

— Je suis désolé, ma chérie. Je ne voulais pas te faire pleurer. Je pense que le moment était mal choisi.

Fleur acquiesça d'un hochement de tête, sans même se demander comment il pouvait connaître son fantasme favori.

— Ça m'a semblé une bonne idée, expliqua-t-il. Ça m'évitait de réfléchir à ce que je te dirais quand je te retrouverais.

Fleur avait toujours le visage enfoui dans la chemise de Jake.

— Le Dog ne peut pas résoudre ce problème à notre place, Jake. Nous devons nous en sortir sans son aide.

Il lui prit délicatement le menton entre le pouce et l'index et lui releva la tête.

— Tu dois apprendre à faire la différence entre fantasmes et réalité, mon petit. Le Dog est un personnage de films. J'aime jouer ce rôle, car il me donne l'occasion d'exprimer toute mon agressivité. Mais je ne suis pas le Dog. Moi, je suis celui qui a peur des chevaux, tu te souviens ?

Fleur le regardait sans mot dire.

— Viens, tu trembles de froid, dit-il.

Il la conduisit jusqu'au lit, qu'il ouvrit. Tandis qu'elle s'allongeait, il ôta son parka et ses bottes, puis il vint se glisser à côté d'elle. Il portait toujours son jean et sa chemise.

— Brrr... il fait un froid de canard dans ce lit, remarqua-t-il.

Fleur tendit la main vers la lampe de chevet et alluma la lumière.

— Pourquoi refusais-tu de me parler au téléphone ? Je devenais folle...

— Je suis désolé, Fleur. Il y avait des journalistes partout. J'étais assailli de toutes parts. J'avais l'impression de suffoquer. Et cette histoire a fait resurgir en moi une foule de souvenirs. Franchement, j'étais dans un état bizarre.

— Mais tu avais deviné qu'Alexis avait tout manigancé, n'est-ce pas ?

— J'aimerais pouvoir te dire oui. Mais il m'a fallu plusieurs jours avant de le comprendre. Et je me demande toujours comment il s'est débrouillé pour monter son coup.

— Quelqu'un a photographié le manuscrit pendant que nous marchions sur la plage, à Santa Barbara. J'ai retrouvé les négatifs dans le bureau d'Alexis après sa mort.

Jake tourna vivement la tête vers elle.

— Et qu'en as-tu fait ?

— Je les ai brûlés, évidemment.

— Oh non !

Fleur le regarda, stupéfaite.

— J'aurais aimé que tu me demandes d'abord mon avis, soupira-t-il.

— Mais je...

— Je vais devoir tout réécrire, expliqua-t-il. Et je m'en serais bien passé, tu comprends ?

Il se rapprocha d'elle et lui caressa les cheveux. Fleur s'aperçut soudain qu'il avait changé de sujet de conversation.

— Si tu savais qu'Alexis était responsable de tout cela, alors pourquoi...

Jake l'embrassa sur la tempe.

— Tu me connais. Chaque fois que je me retrouve dans une situation que je n'arrive pas à assumer, je reporte la faute sur toi.

— Et qu'est-ce qui t'a fait changer d'avis ?

— Kissy te dira que c'est elle. Elle est rentrée tout spécialement de sa lune de miel... Après quoi Simon m'a menacé d'aller raconter à la presse que j'étais homosexuel. Et Michel m'a frappé.

Fleur leva les yeux vers lui en fronçant les sourcils.

— Je te jure que je ne l'ai pas touché, précisa Jake. Il y a même un crétin du nom de Barry Noy qui est venu m'injurier.

— Tu plaisantes ?

— Pas du tout, dit-il en lui caressant les cheveux. Tu n'as pas idée du nombre de gens qui t'aiment, Fleur.

Elle se remit à sangloter.

— Et Belinda ! poursuivit-il. Je l'entends encore me dire : « Tu ne vas tout de même pas croire que Fleur ait pu faire une chose pareille ! Ressaisis-toi, Jake, sinon tu vas perdre la seule femme au monde digne de toi. » Mais pas un seul de tous ces abrutis n'a été capable de me dire où tu te cachais. Et jusqu'à ce que David Bennis m'appelle hier, je croyais t'avoir perdue pour toujours. Mykonos, bon Dieu ! Mais qui va encore à Mykonos ? Je te promets que si jamais tu fais encore une fugue dans ce genre, je te...

— Jake !

Il la serra si fort contre sa poitrine qu'elle en perdit le souffle.

— Je suis désolé, vraiment désolé, ma chérie. Quand cet article est sorti, j'ai cru devenir fou. Un véritable cauchemar. J'avais l'impression d'avoir été violé. Tous ces journalistes pendus à mes basques. De vrais vautours ! Et je te rendais responsable de tout cela. Mais, en même temps, tu me manquais terriblement. J'avais tellement besoin de toi que j'aurais fait n'importe quoi pour te retrouver.

Fleur essuya ses larmes sur la chemise de Jake.

— Et puis les lettres ont commencé à arriver, dit-il. Des quatre coins du pays. Des types qui avaient fait le Viêtnam et qui ne pouvaient l'oublier. Des types qui m'ont ouvert leur âme — des professeurs, des éboueurs, des banquiers, des chauffeurs de taxi. Certains d'entre eux continuent à faire des cauchemars. D'autres prétendent que cette guerre fut le meilleur moment de leur vie. Ils m'ont parlé de mariages heureux, et de mariages ratés. Fleur, quand j'ai lu ces lettres, j'ai compris que je tenais une histoire que tout le pays devait connaître. Je vais réécrire mon livre, chérie. Et je vais y inclure ces lettres.

— Tu es vraiment sûr de le vouloir ?

— Oui, il faut que j'exorcise ces souvenirs pénibles. Mais j'aurai besoin de ton aide.

Fleur mit ses bras autour des épaules de Jake et enfouit sa tête dans son cou.

— Tu ne peux pas imaginer à quel point je t'aime !

— Est-ce le moment de reparler mariage ? s'enquit-il.

Fleur hocha la tête en signe d'acquiescement.

— De mariage et d'enfants, Jake. Je veux des enfants. Des tas de petits Koranda qui courront partout.

Jake sourit et glissa sa main le long du ventre de Fleur.

— Tu veux qu'on commence tout de suite ?

ÉPILOGUE

Belinda était allongée sur une chaise longue, au bord de la piscine de sa maison de Bel Air, observant le jeune homme qui s'apprêtait à plonger dans l'eau turquoise. Il s'appelait Darian Boothe, et il avait un corps parfait. Lorsqu'il réapparut à la surface de l'eau, Belinda lui envoya un baiser.

— Magnifique, mon chéri ! cria-t-elle. J'adore te regarder !

Il lui fit un sourire — qui n'était peut-être pas tout à fait sincère —, puis il se hissa hors de la piscine. Ses biceps se durcirent pendant quelques secondes. Son léger maillot de nylon rouge mouillé adhérait à ses fesses rondes et musclées. Belinda espérait bien qu'il allait décrocher le rôle pour lequel il venait d'auditionner, sinon il serait déçu, et elle devrait le consoler. D'autre part, s'il l'obtenait, il la laisserait tomber. Bah, aucune importance ! Elle lui trouverait rapidement un remplaçant.

Belinda écarta les jambes, afin de bronzer à l'intérieur des cuisses, et remit ses lunettes de soleil sur son nez. Elle était fatiguée. Elle avait éprouvé quelque difficulté à trouver le sommeil, la nuit précédente, après le coup de téléphone de Jake. Ce n'est pas tous les jours que votre fille donne naissance à des jumeaux. Ils savaient qu'elle attendait des jumeaux depuis le quatrième mois, aussi n'était-ce pas une surprise. Néanmoins, Belinda avait du mal à admettre qu'à présent elle était la grand-mère de trois petits-enfants. Fleur et Jake n'étaient mariés que depuis trois ans, et ils avaient déjà trois enfants. Et ils en voulaient d'autres... Sa fille, sa beauté, s'était transformée en mère de famille.

Belinda devait bien admettre que Fleur l'avait déçue. Certes, cela n'avait rien à voir avec le désespoir qu'elle avait éprouvé pendant toutes ces années où sa fille l'avait laissée sans nouvelles. A présent, au moins, elle ne doutait plus de l'amour de Fleur. Celle-ci lui envoyait régulièrement des cadeaux et lui téléphonait plusieurs fois par semaine. Mais elle n'écoutait plus ses conseils. Belinda essayait bien de voir les choses du bon côté. Lorsque Fleur avait ouvert une nouvelle agence sur la côte Ouest, l'année précédente, tout le monde avait vu dans cet événement la consécration de son succès. Avec raison, se disait Belinda. Fleur avait même fait la couverture de *Vogue* à cette occasion, vêtue d'une robe de grossesse créée par Michel. Elle était rayonnante, soit. Mais quoi qu'il en soit, elle ne vivait pas au maximum de ses possibilités. Toute cette beauté inemployée... Et puis, pourquoi s'être installée dans cette ferme du Connecticut ? Lorsque Fleur ne travaillait pas, elle vivait cachée à la campagne, au lieu de rester à Manhattan où elle aurait formé avec Jake le couple le plus célèbre et le plus recherché de la ville.

Belinda se souvenait de sa dernière visite à la ferme, deux mois plus tôt. C'était au début du mois de juillet. Lorsqu'elle était sortie de sa limousine, garée dans le chemin de terre, elle avait marché dans une flaque d'eau — et irrémédiablement abîmé ses chaussures Maud Frizon. Elle avait sonné plusieurs fois à la porte. Personne n'avait répondu, alors elle était entrée.

La maison était fraîche et sentait la tarte aux pommes. Un ballon de basket traînait par terre, près de la cheminée. Une brassée de fleurs des champs dans un pot d'étain était posée sur la cheminée, à côté d'un livre et d'une bombe de cavalière. Belinda n'en crut pas ses yeux. Jake autorisait-il Fleur à monter à cheval alors qu'elle était enceinte de sept mois ?

Quittant le salon, Belinda était entrée dans la salle à manger. Un manuscrit était posé sur la table, mais elle n'avait pas été tentée d'y jeter un coup d'œil. Elle connaissait des dizaines de personnes qui auraient donné n'importe quoi pour avoir un aperçu sur la nouvelle pièce de Jake Koranda. Mais en dépit de tous les prix et honneurs qu'il recevait, Belinda s'intéressait peu à ses écrits. Quant à ce livre sur le Viêt-nam qui lui avait valu un second prix Pulitzer, c'était bien l'histoire la plus déprimante qu'elle ait jamais lue. A dire vrai, elle n'avait pas dépassé le deuxième chapitre.

En revanche, Belinda aimait toujours beaucoup ses films, bien qu'il n'en ait tourné qu'un seul depuis trois ans. Il s'était d'ailleurs disputé avec Fleur à ce sujet. Mais il avait tenu bon. Il aimait jouer le Dog, et elle pouvait accepter qu'il tourne un western de temps en temps. Finalement, elle l'avait suivi sur le tournage et avait passé la majeure partie de son temps avec les chevaux.

Belinda avait soudain entendu le rire de Fleur et s'était approchée de la fenêtre entrouverte, écartant les rideaux.

Sa fille était étendue dans l'herbe, la tête posée sur les cuisses de son mari, lequel avait le dos appuyé contre le tronc d'un cerisier. Fleur portait un short bleu délavé et une large chemise qu'elle avait déboutonnée sur son ventre rebondi. Belinda en aurait pleuré. Les beaux cheveux blonds de sa fille étaient remontés en queue de cheval — retenue par un vulgaire élastique. Elle avait une éraflure le long du mollet droit, et une horrible piqûre de moustique à la cheville gauche. Le pire de tout, c'était que Jake lui fourrait des cerises dans la bouche d'une main, tandis que de l'autre il lui caressait le ventre.

Fleur avait légèrement tourné la tête, et du jus de cerise

avait coulé au coin de sa bouche. Jake avait alors glissé une main sous sa chemise jusqu'à sa poitrine, qu'il avait caressée doucement. Il s'était alors penché vers elle et l'avait embrassée longuement. Un peu gênée, Belinda avait détourné la tête, puis elle avait brusquement entendu claquer une portière de voiture. Un cri d'enfant avait soudain troublé la quiétude de cette fin d'après-midi. Et Belinda avait vu accourir Meg, sa petite-fille adorée.

Fleur et Jake avaient levé les yeux. La petite courait dans l'herbe en riant. Elle s'était jetée dans les bras de son père, qui l'avait embrassée dans le cou. Puis elle avait tendu ses petits bras potelés vers sa mère, qui l'avait assise sur ses genoux. Fleur avait légèrement froncé les sourcils en tâtant le maillot de bain de l'enfant.

— On dirait que tu es mouillée. Tu as oublié de demander le pot à Nanny ?

Meg avait entrepris de sucer son pouce, tout en souriant à son père. Jake avait éclaté de rire et attiré sa fille vers lui pour l'embrasser sur la joue.

— Ah, ces enfants d'artistes ! s'était exclamée Fleur.

Darian Boothe piqua une tête dans l'eau, et le plongeoir vibra. Belinda sursauta, brusquement troublée dans sa rêverie. Il fallait qu'elle s'habitue à l'idée que sa fille avait désormais trois enfants. Étendue dans sa chaise longue, respirant des odeurs de chlore, Belinda songea tout à coup à Alexis. Comme il aurait méprisé ces grossesses successives... Belinda chassa cette idée de son esprit. Mieux valait penser à Darian, à Fleur, qui était toujours belle à vous couper le souffle... et à Meg. Un drôle de prénom, tout de même, pour cette ravissante petite fille qui avait la bouche de son père, les yeux de sa mère et les cheveux châtains bouclés d'Errol Flynn. Mais peu importait. Elle s'appelait Koranda, ce qui était un gage de succès.

Plus de trente ans s'étaient écoulés depuis le jour où James Dean s'était tué sur la route de Salinas. Belinda s'étira dans sa chaise longue. Après tout, elle ne s'en était pas si mal sortie.

FICHE D'IDENTITÉ

Susan Elizabeth Phillips est diplômée de l'université de l'Ohio où elle a obtenu une licence de théâtre. Puis elle a travaillé à l'université de l'Iowa et a joué et dirigé des pièces de théâtre en amateur. Elle a, pendant deux saisons, fait partie de la troupe du « Monomoy Theater de Chatham », dans le Massachussetts, puis a enseigné pendant six ans à Colombus, dans l'Ohio.

En 1983, elle a publié son premier ouvrage, *The Copeland Bride,* écrit en collaboration avec Claire Kiehl Lefkowitz sous le pseudonyme de Justine Cole. *Risen Glory,* son deuxième roman historique et premier ouvrage écrit toute seule, a été publié en décembre 1984.

En 1985, Susan Elizabeth Phillips a été sélectionnée par *Romantic Times* comme le meilleur auteur de roman féminin historique. *Risen Glory* a également reçu la médaille d'argent des Romance Writers of America en 1984.

Trois mois avant sa parution, *La Fille lumière,* son premier roman contemporain, s'est vu attribuer le Fiction Writher's Monthly Award. L'ouvrage est sorti en février 1987.

S.E. Phillips vit actuellement avec son mari et ses deux fils à Belle Mead, dans le New Jersey.

RENCONTRE AVEC SUSAN ELIZABETH PHILLIPS

Faisant sienne la devise de son héroïne (« Pas de cran, pas de succès »), Susan Elizabeth Phillips, qui s'est fait un nom dans le domaine de la fiction féminine a courageusement changé de genre lorsqu'elle en éprouva le besoin, et la décision s'avéra bonne. Mais cette femme de trente-neuf ans, mère de deux fils adolescents, travaille très sérieusement ; assise cinq jours par semaine devant sa machine à traitement de texte, elle prépare sa prochaine histoire.

« Mon pire défaut », dit-elle, « est de toujours vouloir caser trente heures de travail en vingt ! »

Elle a commencé à écrire lorsque, après avoir déménagé dans le New-Jersey, il y a dix ans, elle a rencontré une voisine qui partageait sa passion pour les livres. Après avoir échangé des romans pendant quelque temps, elles décrétèrent qu'elles pouvaient faire beaucoup mieux que certains des auteurs qu'elles lisaient et travaillèrent ensemble à un premier roman d'amour qui fut publié. Lorsque son amie déménagea, Phillips continua à écrire toute seule.

Fleur Savagar, la superbe héroïne de *La Fille lumière* devient une célébrité en étant mannequin : elle gagne des sommes d'argent incroyables à l'âge de dix-sept ans, fait l'envie de la plupart des femmes et est désirée par tous les hommes. Et pourtant, elle ne se trouve pas belle. Comment Phillips a-t-elle eu l'idée de créer cette héroïne ?

« J'ai toujours été fascinée par les belles femmes. Je me suis toujours demandé ce qui les rendait différentes de nous toutes et comment ce lien qui unit toutes les femmes pouvait les unir à nous... L'une des découvertes les plus intéressantes que j'ai faites sur ces femmes d'une très grande beauté est qu'en général, pendant leur adolescence, elles ne se sont jamais trouvées belles et se sentaient toujours très mal à l'aise. Fleur mesure plus d'un mètre quatre-vingts, a des pieds comme des bateaux et des traits très accusés qui s'affinent à l'âge où elle devient mannequin mais lui ont gâché toute son adolescence. Mon livre raconte donc l'histoire d'une belle femme qui ne se voit pas comme telle et continue à se chercher. »

Bien qu'il soit tentant de penser que Fleur et sa mère Belinda ont été inspirées par Brooke Shields et sa mère, cette ressemblance est niée par Phillips.

« En fait, c'est le contraire de ce que sont Brooke Shields et sa mère car, dans la vie réelle, elles s'entendent très bien. Je ne pense pas qu'elle aurait fait des études à Princeton si sa mère ne s'était pas préoccupée de son avenir ! La mère de Fleur est plus égoïste et vit à travers sa fille. Lorsque Fleur se découvre d'autres centres d'intérêt, elle est très surprise et ne comprend pas que sa fille puisse bien vouloir autre chose. »

Phillips a étudié le monde de la mode et du cinéma avec passion.

« Je me suis plongée dans *Vogue, Women's Wear Daily,* les biographies des femmes célèbres. J'ai lu toutes les rubriques mondaines des magazines. »

« Lorsque j'étais en train d'écrire *La Fille lumière* j'ai passé une journée avec un mannequin de *Vogue,* une autre journée sur un tournage de film et me suis fait jeter de l'Agence de Mannequins Ford par Eileen Ford elle-même ! J'ai essayé de dépeindre ce monde avec précision et suis toujours ravie lorsqu'une personne qui travaille dans le cinéma me complimente sur la façon dont j'ai mis en scène ce milieu. »

Qu'en est-il des vrais acteurs qui sont dans le livre, Errol Flynn et James Dean ? Comment a-t-elle fait pour les intégrer au roman ?

« J'ai fait beaucoup de recherches. De nombreux détails sont tirés de l'autobiographie d'Errol Flynn, *My Wicked Wicked Ways.* Puisque j'en faisais des personnages, je me suis sentie obligée de les faire parler de façon aussi vraie que possible. J'ai fait beaucoup de découvertes intéressantes sur les deux hommes au cours de mes recherches.

« Flynn était extrêmement intelligent mais c'était un homme perturbé, autodestructeur et qui n'utilisait pas toutes ses possibilités. James Dean avait lui aussi un talent extraordinaire mais qui n'eut pas l'occasion de se développer. Le culte qui est né après sa mort est presque aussi, sinon plus intéressant que sa vie. »

Maintenant qu'elle a obtenu un tel succès en peignant ce monde de paillettes, Phillips poursuivra-t-elle dans le même milieu ?

« Je suis en train d'écrire un autre roman contemporain qui n'a pas encore de titre. Je suis pour le moment " en gestation " car ce livre réveille bien des choses en moi. Je veux le laisser grandir en moi ! Mais je peux d'ores et déjà vous dire que ce sera aussi un ouvrage sur les effets de la grande beauté chez les femmes. Il traitera également des normes physiques que l'on impose aux femmes. »

Pourquoi Phillips est-elle donc autant préoccupée par l'apparence physique ?

« Je pense que c'est le cas de la plupart des femmes. Qui n'aime pas ces photos de magazines qui présentent des femmes " avant " et " après " et ces histoires de Cendrillon ? Mais il y a certaines tendances actuelles qui me préoccupent. Je considère par exemple la norme de minceur en vigueur actuellement comme une automutilation qui déféminise les femmes ; malgré une légère tendance vers une silhouette plus étoffée, cela me semble être une norme très artificielle. Et pourtant, la plupart des femmes font tout ce qu'elles peuvent pour s'y conformer. »

Le comportement terre à terre de Phillips à propos de son écriture est tout à fait étonnant. Elle ne souffre certainement pas de « l'angoisse de la page blanche » et réussit ainsi dans tous les genres. Quel conseil pourrait-elle donner à un débutant ?

« Je dirais qu'il faut écrire ! Trop de gens parlent d'écrire au lieu de le faire vraiment. Je pense également qu'un écrivain devrait tout lire. Je suis une lectrice avide depuis l'âge de sept ans. J'aime les romans féminins mais je passe d'un genre à l'autre. Le travail en groupe peut être d'une grande aide pour les écrivains, notamment au début. Les bons écrivains sont ceux qui se comportent de façon positive.

« Je pense que si vous désirez avoir du succès, vous pouvez vous contraindre à tous les efforts pour y parvenir. J'ai toujours été quelqu'un de très positif : ce sont les parents qui donnent ce type de comportement à leurs enfants. Mon mari et moi entendons bien transmettre cela à nos fils. »

Quel est le plus grand plaisir lorsqu'on écrit ?

« Cette impression merveilleuse, unique, que je ressens lorsque je sais que j'ai écrit quelque chose de bien. J'ai alors le " vertige de l'écrivain ! " »

Propos recueillis par Grazielle HEINS

TABLE

Aubin Imprimeur
LIGUGÉ, POITIERS

Achevé d'imprimer en mars 1989
pour le compte de France Loisirs
123, bd de Grenelle, 75015 Paris
N° d'édition 14817 / N° d'impression L 30827
Dépôt légal, mars 1989
Imprimé en France

nung der Demokratie für das Gesetz Allahs, auch »Scharia« (arab.: Weg) genannt, hinwirkt. Eine dritte Regel bestätigt die obligatorische Tendenz: »Der Islam ist nicht das Problem« ist zu hören, wann und wo immer ein Problem – Attentat, »Ehrenmord«, Hasspredigt etc. – auftritt. Auch hier nimmt man keine Kenntnis von den Begründungen der jeweiligen Täter, die sich samt und sonders auf ihren »Glauben« und das Gesetz Allahs beziehen.

Dem wiederum unterwirft sich das ungeschriebene Gesetz des islamischen Imperativs, das die Zuwanderung mit einem weiteren Leitsatz schützt. Wie es heißt, sind die Migranten »auf dem Weg in die Demokratie«, obwohl keine Integration stattfindet. Da sie ohnehin kein Wahlkampfthema sein sollen, wandern sie daher auf dem »Weg der Scharia«, des islamischen Rechts, und siedeln sich seit vielen Jahren unter ihren Bedingungen in wachsenden Kulturkolonien an.

Deren wichtigste ist das Grundgesetz Allahs – Unfreiheit der Religion und der Frau. Weder können Muslime ihren »Glauben« verlassen, noch Frauen ihre Grundrechte – Freiheit in der Wahl des Ehepartners, Berufs, Wohnorts – in Anspruch nehmen, geschweige denn sich sexuell selbst bestimmen. Die »Ehrenmörder« einer Türkin, die sie Anfang 2005 in Berlin erschossen, brachten es auf den Punkt: »Die Hure lebte wie eine Deutsche« (s. u. S. 178).

Wie sich zeigt, muss sich der Muslim gegen die Frau und jedes nichtislamische Gegenüber offenbar härter abgrenzen als umgekehrt der westliche Mann. Dem bietet das plurale Weltbild zwischen Religion, Arbeit und Konsum eine Existenzpalette, in der er frei *differenzieren* könnte, wenn ihm die Dogmen des »Dialogs« nicht den islamischen Imperativ diktieren würden.

Bei intakter Integration in die Demokratie würde auch den Muslimen die Pluralität, der offene Konsens der Gesellschaft, ein Verhalten ermöglichen, das sich nicht gegen ihr jeweiliges Gegenüber abgrenzt, allein weil es anders ist. Der moderne Mensch bezieht seine Identität idealerweise aus der Vielfalt sozialer Rollen, aus denen sich sein Dasein und seine Toleranz zusammensetzen.

Die Muslime sind gehalten, ihre gesamte Existenz aus ihrem Recht, der Scharia, zu definieren, die es ihnen allerdings verwehrt, den sie umgebenden Rechtsstaat als für sie verbindlich anzuerkennen. Sie können ihre Identität somit nicht modern differenzieren und – nach dem Sozialverständnis der pluralistischen Gesellschaft – alle anderen als Gleichwertige akzeptieren. Zusätzlich bestärkt durch ihre proislamischen Helfer, schotten sie sich also ab und entwickeln innerhalb einer labilen »Demokratie« die authentische Gemeinschaft Allahs.

Soziale Veränderungen – oder auch der »Strukturwandel« – haben immer mit Schwankungen im Ordnungssystem zu tun, für die die westliche Pluralität und ihre offene Gesellschaft besonders anfällig sind. Die historische Erfahrung zeigt, dass bei geeignetem »Zeitgeist« ein dominanter – auch totalitärer – Aspekt die Vielheit durchdringen kann. Nach den Heilsideen der arischen Rasse und proletarischen Klasse könnte es nun zum Beispiel die Vision vom »islamischen Frieden« sein. Inwieweit dies der Fall ist und welche Rolle dabei die muslimische Frau spielt, ist das Thema dieses Buches.

Der deutsch-islamische Imperativ erscheint in zwei Stufen der Abgrenzung gegen das Andere, insbesondere die eigene Gesellschaft. Stufe 1 sieht »den Islam« als »Unproblem«, die härtere Stufe 2 richtet sich aggressiv gegen »Andersgläubige«. Zweifel werden als »Feindbilder« abgewehrt und deren demokratische Vertreter als »Friedensstörer«, »Rechtsradikale«, »Volksverhetzer«, »Rassisten« etc. diffamiert.

Die Führungsebenen der deutsch-proislamischen Leitkultur agieren also wie Quasi-Muslime, deren Sprache sich indessen aus den Arsenalen beider europäischer Ideologien bedient: Marxismus und Faschismus. Indem sich ihre Bewegung durch Propaganda, Ämter und »islamische Korrektheit« immer mehr Menschen einverleibt, ist aus einem einst toleranten Konsens eine proislamische Strömung entstanden. Mit erzwungener »Toleranz« führt sie einen kontrollierten Quasi-Djihad gegen das bestehende System, die Demokratie.

Ihr Spektrum spannt sich – je nach persönlicher Befindlichkeit – vom bewussten Opportunisten über die Masse der Mitläufer und »Gutmenschen« bis hin zum reflexhaften Gläubigen, der im Islam ein Heilsobjekt von fleckenloser Reinheit erkennt. Ihre gemeinsame Aktivität nimmt inzwischen sehr konkrete Konturen an, die sich zur »Systemüberwindung« durchaus eignen.

Der Moscheebau vollzieht sich in beliebiger Dimension, weil es keine gesetzliche Regelung gibt und die Bevölkerung seit langer Zeit systematisch desinformiert wird. Es gelten die gängigen Rechtsvorschriften, nach denen nur Anwohner Einwände gegen das jeweilige Vorhaben erheben können. Die Einrichtung der Islamlehre an Schulen und Universitäten erfolgt unter Wahrung des islamischen Rechts, das die Freiheit der Religion ablehnt und zur Überwindung der abgelehnten Ordnung auffordert.

Die Diskussion über Kopftuch und Verhüllung der Frau kann seit Jahren in einer komfortablen Endlosschleife kreisen, weil man ihre islamrechtliche, d. h. minderwertige Position ausblendet. So gilt für sie das Grundrecht auf Unantastbarkeit der Person eindeutig nicht und wird ohnehin auch durch die zunehmende Wirkung des islamischen Eigenrechts abgedrängt. Bei gleichen Bedingungen stehen die Weichen also auf Einrichtung einer autonomen Enklave unter dem Gesetz Allahs.

Aus deutscher Vergangenheit wissen wir, dass undemokratische Ideologien Nebenstrukturen bilden, die sich der Verwaltung überstülpen. Auch das islamische Weltbild wirkt überstaatlich und durchdringt mit wachsender Meinungsmacht alle wichtigen Bereiche. Zu ihrer Durchsetzung bildet sich ein »Staat im Staate«, ein umfassender Apparat von Ämtern, Abteilungen und Referaten. Deren Beauftragte bearbeiten Islamfragen, multikulturelle Angelegenheiten, Ausländeraufgaben etc. so »tolerant«, dass sie zum Staatsziel zu werden versprechen.

Gewalt an muslimischen Frauen und sexuelle Unterdrückung werden nicht auf die islamische Religion, sondern auf den »nichtislamischen Brauch« zurückgeführt, als wenn damit das Problem erledigt wäre. Was immer auch geschieht – die proislamische Deutung sieht »den Islam« als irrtumsfreie Alternative. Da die Deutungseliten selbst den Staat führen und ihre Heilsvision priesterhaft gegen negative Kennzeichnungen immunisieren, befinden wir uns offenbar in einem Geschehen von staatsverändernder Tragkraft – möglicherweise in einer Bewegung von mythischer Dimension.

Macht wurde und wird immer und überall ergriffen und war von Anbeginn männlich dominiert. Mythen, Gottes- und Weltbilder entstehen einerseits aus sich selbst heraus und werden andererseits von Eliten beeinflusst, um die jeweilige Position langfristig zu sichern. Zum einen kommen dabei gewaltfreie Mittel wie persönliches Charisma und Dogmen, zum anderen Bedrohung und die Gewalt selbst zum Einsatz.

In der historischen Praxis durchdringen sich beide Ebenen in diversen Verbindungen, um Interessen, Zwecke und »Werte« durchzusetzen. Über Religionen, Ideologien und sonstige Vorstellungen entstehen geistige Hebel, die seit Urzeiten der Herrschaft von Eliten – Priestern, Königen, Politikern etc. – zur Steuerung bzw. Besteuerung der Masse dienen.

Angestoßen vom jeweiligen »Zeitgeist«, wandelten sich diese Zwecke, die den Menschen als Werte erscheinen, von der Antike über das Mittelalter bis in den Pluralismus unserer Zeit, dem der »islamische Imperativ« attraktiv erscheint. Eine Bedingung bleibt als »höherer Wert« konstant erhalten: das Ungleichgewicht zwischen Elite und Volk sowie Mann und Frau, denn Macht ist und hat eine geschlechtsspezifische Qualität.

Aus dieser Perspektive untersuchen wir die Position der Frau im Islam und ihre Rolle im westlich-pluralen »Strukturwandel«. Das Buch entwickelt die These, dass sich in der Gesellschaft Europas, besonders Deutschlands, der Islam zu einer neuen Deutungsmacht entwickelt, die mehr als eine Zeitgeistlaune ist, denn sie geht zu Lasten der Frauen auf beiden Seiten.

Wie sich zeigen lässt, schreitet der islamische Imperativ, historisch verankert, auf breiter Front voran, wobei er Formen eines voll-»wertigen« Weltbildes zu entwickeln beginnt. So sehen seine Vertreter in der Mehrheitsgesellschaft bereits ein »populistisches« Feindbild, zumindest den »Stammtisch«, der sich dem islamischen Führungsanpruch »intolerant« verweigert.

Die tendenziell eindeutige Richtung ihrer Ideologie zwingt die westlichen Akteure, den demokratiebereiten Teil der Muslime auszugrenzen und ihre radikalen Glaubensbrüder einzuspannen. Denn nur mit ihnen lassen sich die Spielregeln der Demokratie unterlaufen und die Heilsvision des islamischen »Friedens« verwirklichen. Um sie öffentlich schmackhaft zu machen, hängt man ihnen mithin eine Art Umweltplakette um, indem man sie fortan »gemäßigt« nennt.

Immer entschlossener schwenkt die proislamische Strategie in einen methodischen Loyalitätswechsel ein. Inzwischen steht man fest auf dem Boden des islamischen Originals und beginnt mit ihm gemeinsam, den Rechtsstaat in Frage zu stellen. So erstaunt nicht, dass manche Vertreter der türkischen und arabischen Muslime in Deutschland als schillernde Personen erscheinen, die Kontakte zu terroristischen Kreisen pflegen.

Obwohl die Sicherheitsbehörden sie seit Jahren teilweise als staatsfeindlich einstufen, blieb der Gesetzgeber tatenlos. Stattdessen setzten Politiker und Richter Zeichen, die den Abbau altstaatlicher Einrichtungen als den neuen politischen Willen erscheinen ließen. Jahrelang erteilte das Außenministerium ungeprüfte Visa, mit denen man die Einreise von Mafia- und Terrorkräften in Kauf nahm. Es wuchs eine Islamlobby heran, die unter Führung des Außenministers immer ungenierter die Demontage der alten Ordnung betrieb. Er selbst hatte kein Blatt vor den Mund genommen, als er noch 1999 die »Heiligkeit« der iranischen Revolution pries[2], deren Opfermassen bekanntlich keinen Vergleich zu scheuen brauchen.

Da die Bevölkerung keine Vorstellung von der Dimension dieser Illoyalität hat, gewährt sie weiterhin das Generalvertrauen, das die herrschende Politik verlangt. Dabei lässt sie sich von der Mitsprache über die eigene Zukunft und eine Zuwanderung ausschließen, deren Hauptfaktor die türkischen Muslime und ihre wachsenden Rechtsansprüche sind. Es ist also wichtig, zu wissen, ob »die Gesellschaft« beliebig bestimmbar und als die plurale »Generation X« unfähig ist, die Realitäten zu erkennen.[3]

Denn die größte Angstvorstellung des Islam überhaupt, der Verlust der männlichen Kontrolle über die Frau, wurde nicht dem »Dialog« ausgesetzt, sondern im schützenden Kokon einer Allparteienkoalition »verhüllt«. Zu keiner Zeit ließ die deutsche Politik Absichten erkennen, den muslimischen Migrantinnen zu ihren verbrieften Grundrechten zu verhelfen.

Mit wachsender Stärke des islamischen Imperativs beginnt man sich ebenso wieder von den Juden zu distanzieren, die der Hauptfeind des Islam sind. Was immer geschieht – Massaker an Ungläubigen, Attentate von Selbstmördern, Gewalt an Frauen – die Parolen der Islamlobby hämmern der »ungläubigen« Masse die neue Ordnung ein: »Der Islam ist nicht das Problem«.

Auf die Frage, was eigentlich das Problem sein könnte, folgen Antworten, die für dieses Buch wichtig sind, weil sie auf den mythischen Charakter der Bewegung verweisen. Aus ihrer Sicht liegt das einzige »Problem« im Widerstand der westlichen Gesellschaft. Wenn »der Islam« in der eigenen Region nicht »missbraucht« und im Westen nicht »stigmatisiert« würde, könnte er sich heilsbringend entfalten. Dann würden die Muslime große Kulturleistungen hervorbringen, wie es das Kalifat von Cordoba mit der Toleranz gegenüber Juden und Christen belegt habe.

Da Terror und Frauenmord missbräuchliche Ausnahmen seien und mit »dem Islam« nichts zu tun hätten, müsse man die deutschen Islamisten als die richtigen Partner sehen. Wenn man sie gewähren ließe, würden sie ihre Gemeinschaft auf einen guten Weg bringen, der schon jetzt »in die Demokratie« führe[4] und an die Tradition des Friedens anschlösse.

Wir stehen vor einer messianischen Doktrin, die sich das Ziel der »Systemüberwindung« und dabei sowohl marxistische als auch faschistische Praktiken zu Eigen macht (s. das Kapitel »Europa + Orient = Frieden?«). Man unterläuft die rechtsstaatlichen Einrichtungen, indem man der »bürgerlichen Gesellschaft« die repressiven Rechtsregeln einer vormodernen Politreligion aufzwingt. Mit Blick auf den real existierenden Islam scheint es daher kaum übertrieben, hier ein staatsveränderndes Potenzial zu vermuten, zumal die gelobten Islamisten den orthodoxen Gesetzesislam vertreten, der selbst keinerlei Möglichkeit hat, sich demokratisch zu arrangieren.

Hinzu kommt, dass »der Islam« der Frau eine minderwertige Existenz zuweist, in der ihr Körper als Besitz des Mannes gilt, und seiner rigorosen Weisung unterliegt. Allerdings verweist die Machtform der mannzentrierten Despotie nicht nur auf vormoderne, sondern auch auf vorzeitliche Kulturphasen.

Muslimische Kämpfer, die ihren Feinden die Kehlen durch- oder die Köpfe abschneiden, berufen sich nicht nur auf den gleichen Allah wie jeder gläubige Muslim. In prähistorischer Denkweise glauben sie zudem, auch die Gedanken ihrer Opfer vernichten zu können. So erstaunt nicht, dass Menschsein eher physisch und männlich verstanden wird, wenn es als »Ehre« gilt, eine sich sexuell selbst bestimmende Frau zu töten. Die Kulturevolution ist ein Produkt der Geschlechterdifferenz, deren islamische Variante, wie wir sehen werden, sich noch eng am biologischen Programm orientiert.

Hier erfährt unsere These ihre eigentliche Unterstützung. Der aktuelle Proislamismus ist keine reine Laune der Multikultur, sondern speist sich aus soliden ideologischen Wurzeln und lässt zudem Zwangsmuster aus einer gewachsenen Orientphilie erkennen. Qualitätsverluste in Bildung und Wissenschaft sowie die »Quatsch-Explosion« (G. Wersig) in der Spaßgesellschaft erweisen sich als kräftige Hilfsmotoren in einer Tendenz, die sich rigoros in den Dienst der islamischen Zuwanderung stellt.

Daraus wird deutlich, dass in der Tat nicht der Islam, sondern zunächst der Westen selbst das »Problem« mit der Frage ist: Warum dulden, verschweigen und beschönigen wir islamische Gewalt? Das Buch bleibt daher nicht beim Islam stehen, sondern schließt mit einer Betrachtung, die auch uns selbst einbezieht: Europa + Orient = Frieden? Wenn verständlich werden soll, warum wir aus der eigenen Gewaltgeschichte offenbar nicht lernen wollen oder können, müssen wir umso konsequenter die Gründe aufzeigen – auch und gerade, wenn sie nicht »islamisch korrekt« sind.

Unsere Betrachtung ergibt eine vielleicht neuartige, nicht minder schlüssige Mischung aus einem esoterischen »Orient-Mythos«, dem Faschismus/Marxismus entlehnten Elementen und der aktuellen Info-Kultur. In ihrer Verbindung bestätigt sich das »Leitkartell« des Islamdialogs als eine ideologische Kraft mit latent radikalem Potenzial. Nach europäischer Erfahrung müsste es auch akut werden können, wenn es ihm gelingt, eine offene, mündige Diskussion dauerhaft zu verhindern.

Wir widmen uns der Geschichte der Frauen im Islam relativ ausführlich (Teil I), um in der aktuellen Darstellung zu zeigen, dass männliche Gewalt unverzichtbare Basis der islamischen Gesellschaft ist (Teil II). Ein Blick auf die Frauen in der Türkei bestätigt den Befund und legt für ihre weitere Entwicklung in Deutschland und Europa (Teil III) einen klare Konsequenz nahe: Durchsetzung der Grundrechte, wenn die Demokratie intakt bleiben soll.

Der sicherste Indikator für die Islamexpansion ist die Position der muslimischen Frau. Sie wird die Zukunft der Europäer, die selbst demografisch schrumpfen, entscheidend beeinflussen. Auch Ayaan Hirsi Ali, der von Radikalen bedrohten Ex-Muslimin in Holland zufolge, wird es entscheidend von der Entwicklung der Frauenfrage abhängen, ob die in Europa lebenden Muslime zu Piloten einer islamischen »Kulturwende« werden können.[5]

Je mehr man jedoch für ihre Verhüllung und Kontrolle eintritt, desto rascher wird sich die Islamgemeinschaft unter ihren Bedingungen biologisch und politisch ausbreiten – mit allen Folgen für Arbeitsmarkt und Rechtsstaat. Für das kommende Jahrzehnt gibt es – mehr noch als die EU-Spaltung – keine Konstellation, die zuverlässiger vorhersagbar wäre.

Teil I

Schnellmythos Islam

A

Allah und die Frauen

1. Das alte Arabien

Der Gründungsmythos der historischen Menschheit lässt sich als groß angelegter Übergang auffassen: vom weiblichen Ursprungsdenken einer geistigen Einheit zum männlichen Prozessdenken der politischen Spaltung. Über die frühen Kulturen, die Mysterienkulte und monotheistischen Religionen installiert sich eine Über-Institution der männlichen Weltordnung: die Homokratie.

Sie manipuliert Schöpfung und Sündenfall, eignet sich die Gesetzgebung über Recht, Religion und Besitz an und macht sich zum Richter über Schuld und Sühne des Weiblichen, d. h. des Menschengeschlechts an sich. Auch seine Erneuerung durch den Juden Jesus kann dies nicht verhindern. Fortan wird sich männliche Herrschaft ihre universalen *Instrumente* nicht mehr nehmen lassen.

Im Gegenteil: Der Islam stellt eine Intensivform dieses Machtprinzips dar. Die »göttlich« legitimierte, männliche Machtausübung beruht auf einfachen Gesetzen, die umso konsequenter den menschlichen Geist, insbesondere den weiblichen, regulieren, kontrollieren und bei Abweichungen gewaltsam in die »Ordnung« zurückzwingen. Der Grund für die anhaltende Wirkung des Allah-Gesetzes liegt im überaus einfachen Gründungsmythos des Islam, der nur kurze Zeit brauchte, um zustande zu kommen.

In Arabien stieß er auf ideale Bedingungen, weil er dort keine wesentlichen Mythen vorfand, die er zunächst hätte umformen und neu formulieren müssen. Die Vergangenheit war zu schwach und die herrschende Elite Mekkas zu korrupt, um sich einer neuen Ordnung wirksam entgegen stellen zu können bzw. zu wollen.[6]

Denn von einer »arabischen Kultur« im Sinne der orientalischen Hochkulturen konnte an der Wende zum 7. Jahrhundert keine Rede sein. Wechselnde Konstellationen von Nomaden, Sesshaften und Semi-Nomaden schwankten klima- und saisonbedingt zwischen Viehzucht und Ackerbau. Sie standen in ständigem Konkurrenzkampf um die knappen Ressourcen, der je nach Kräfteverhältnis den Erfolg der Stämme bestimmte. Da diese Gesellschaft weder eine zentrale Macht noch ein formales Gesetz hatte, war sie auf eine strenge Ordnung der Stammessolidarität verwiesen, die sich auf Kampf und Beute richtete:

> *Wenn die Tapferkeit genügte, ein Volk unüberwindlich zu machen, so wären die Araber es gewesen. Ohne Krieg keine Beute, und es ist doch die Beute, von der die Beduinen haupsächlich leben.*[7]

Nomaden, Bauern und Städter gehorchten gleichermaßen dieser Ordnung, die Abweichungen streng ahndete und über Schutzverträge das jeweilige Kräfteverhältnis zwischen den Stämmen und Klanen bestimmte. Dort, wo solche Regelungen nicht bestanden, herrschte das ungeregelte Recht des Stärkeren. Die schwächeren Gruppen zu überfallen, zu berauben, ihre Frauen und Kinder zu verschleppen und zu versklaven, gehörte nicht nur zum akzeptierten Alltag, sondern war angesichts der Armut eine wirtschaftliche Notwendigkeit.

So gewaltbesetzt dieses System war, so konnte man ihm eine gewisse, wenngleich unethische Ausgleichsfunktion nicht absprechen. Denn je reicher ein Stamm wurde, desto eher konnten sich die Ärmeren verabreden, ihm den zum eigenen Überleben nötigen Überschuss abzunehmen. Die Existenz der vorislamischen Araber beruhte auf dem Kampf, weil er die unmittelbare Lebensbasis und die Umverteilung des kollektiven Vermögens sicherte. Dabei hielt sich die immer wieder ausbrechende Blutrache durch attraktives Wergeld in Grenzen.

Die dauernde Todesnähe erzeugte einen ausgeprägten Ehrbegriff, der den äußersten Einsatz für Familie, Klan und Stamm zur Pflicht machte. In Literatur und Dichtung kreisten die Gedanken um Mut und Ehre, aber auch um profanere Motive, welche die Frauen ins Spiel bzw. in den Kampf brachten. Denn sie bevorzugten die Mutigen, die sich dem Feind stellten: »… den Feigen entfliehen wir. Wir verlassen sie und entziehen ihnen unsere Liebe«.[8]

Dabei brauchte es nicht unbedingt bei Andeutungen zu bleiben. Da sich die Frauen nicht anders als Besitz des Stammes verstehen konnten, entblößten sie ihre Geschlechtsteile, um die Männer zum optimalen Einsatz für die Gemeinschaft anzuspornen.[9] Kaum etwas lag dabei den mutigen und zugleich sinnenfrohen Arabern ferner, als sich vor dem Kampf zu drücken. Denn mit der männlichen Stammesehre ging auch die sexuelle Potenz verloren. Die Frauen des unterlegenen Stammes gingen in den Besitz der Sieger über:

> *Wer verlangt nach meiner Liebe, muss vordringen, wenn sich der Feige fürchtet. Er kann dann meine Lippen saugen, bis sie trocken werden, ohne sich um die Nase meines Mannes zu kümmern.*[10]

Das Motiv des Saugens am Weiblichen mag an die magische Verbindung mit der Vulva erinnern, aus der die prähistorischen Jäger, wie ihre Höhlenbilder zeigen, die Kraft zum Töten bezogen.[11] Überdeutlich kommt sie in altarabischen Weisheiten zum Ausdruck, die den Kampf mit dem Kult verbinden. »Sauge am Kitzler der Al-Lat«[12] lautet eine drastische Aufforderung mit Fluchcharakter, in der sich über die direkte männliche Vereinnahmung auch eine tiefere Abwehr ausdrückt. Im Vorislam war Al-Lat das weibliche Gegenstück Allahs, in dem sogar Spuren der antiken Venus weiterlebten.[13] Allerdings konnte der neue, vermännlichte Gott derlei heidnische Relikte nicht lange dulden.

In der arabischen Mythenarmut bildet Al-Lat mit den Göttinen Al-'Uzza und Manat eine sakrale Dreiheit, die in Mekka, Ta'if und Medina an magischen Steinen und Bäumen verehrt wurde. Sie lassen zwar schwache Verbindungen zur syrischen Astarte bzw. der mesopotamischen Innana und Ishtar erkennen; es fehlt jedoch jede nachhaltige Parallele zu den geistigen Strukturen der Mysterienreligionen.

Umso ungehinderter konnte sich gerade an den Plätzen der Heiligtümer, Knotenpunkten der Wallfahrt und des Handels, eine schwunghafte, bordellartige Promiskuität entfalten. Sie entsprach der ohnehin freien Wahl männlicher Partner durch die Frauen sowie dem einschlägigen Bedarf der Pilger und Händler. Darüber hinaus vermittelte die Verwaltung der Kultstätten enormen Einfluss und Profit. Wer sie kontrollierte, gehörte zu den Spitzen des arabischen Stammessystems.

Die Dreiheit der weiblichen Göttinen wäre Muhammad, dem Gründer des Islam, fast zum Verhängnis geworden. Als Angehöriger einer polytheistischen Gesellschaft hatte er selbst noch der Al-'Uzza geopfert, an deren Heiligtum eine »Abessinierin mit wirren Haaren« orakelte.[14] Dabei gehörte er sogar den Hashim an, einer Sippe der Quraysh, die das Heiligtum in Mekka verwalteten. Im Zuge seiner Entwicklung zum Verkünder einer neuen, monotheistischen Religion musste er also in Konflikte mit den ihm verwandten Kultverwaltern geraten. Um sie zu besänftigen, ließ er Allah die berühmten »satanischen Verse« herabsenden:

> *Was denkt ihr denn wohl von Al-Lat und Al-'Uzza und von Manat, der anderen dritten Göttin? … diese sind die erhabenen gharaniq« (arab.: große Vögel, evtl. Kraniche), deren Fürbitte bei Allah angenehm ist. (Koran 53/20f.)*

Während die Quraysh diese Entwicklung mit Genugtuung zur Kenntnis nahmen, witterten Muhammads Anhänger die Möglichkeit der Vielgötterei und vor allem des weiblichen Einflusses. Es bestand die Gefahr der gefürchteten »Beigesellung«, indem Allah nicht nur die Al-'Uzza, sondern zusammen mit ihr auch Al-Lat und Manat gezeugt haben konnte.[15] Voller Sorge wirkten sie auf den Verkünder ein, den bereits auch selbst der Zweifel beschlichen hatte. So soll noch am gleichen Abend Gabriel, der Bote Allahs, erschienen sein, um die männlichen Interessen zu wahren:

> *Beinahe hätte sie dich in Versuchung gebracht aufzugeben, was wir dir offenbarten, damit du gegen uns etwas anderes erfinden würdest. Dann hätten sie dich zu ihrem Freund gewählt (17/73) … Sollen euch die männlichen Wesen zukommen und Gott die weiblichen? Das wäre eine ungerechte Verteilung. Das sind bloße Namen, die ihr und eure Väter aufgebracht habt, und wozu Allah keine Vollmacht erteilt hat … Diejenigen, die nicht an das Jenseits glauben, bezeichnen die Engel als weibliche Wesen. Aber sie haben kein Wissen darüber. Sie gehen nur Vermutungen nach. Und Vermutungen helfen hinsichtlich der Wahrheit nichts (53/21ff.) … Oder hat Allah sich etwa aus seinen Töchter erwählt und euch die Söhne allein überlassen? (43/16)*

Dabei hätte ein Einlenken dem Gesandten Allahs eine führende Position im alten System verschaffen können. Die Quraysh unterbreiteten ihm ein lukratives Angebot und ließen dabei die Rolle erkennen, die eine gefährdete Ordnung im Mythos übernimmt:

> *Du hast deinen Stamm vor ein schwieriges Problem gestellt, du hast die Gemeinschaft entzweit … du hast ihre Götter verleumdet … du hast ihre Vorfahren zu Ungläubigen erklärt … Wenn du nach dem Prestige verlangst, wollen wir dich zu unserem Häuptling machen … Wenn du die Herrschaft begehrst, erheben wir dich zu unserem König …*[16]

Der Text verdeutlicht eine konkrete Stufe auf dem Wege zu einem Gründungsmythos. Um die alte Ordnung zu retten, hätte der monotheistische Allah verhindert werden müssen. So aber vernichtete Muhammad die Reste der weiblichen Urreligion, mochten sie auch noch so defekt sein.

2. Muhammad und Maria

Der mekkanische Teil des Koran vermittelt zunächst noch nicht den Eindruck, dass die alten Götter überwunden werden sollen. Sie werden weder abgestritten noch geschmäht. Allah erscheint noch nicht als der Einzigartige, sondern als eine mit Abstand oberste Gottheit, die andere Wesenheiten duldet, weil sie – wie z. B. die Geister und Dämonen (djinn) – als zweitrangig und ohnehin von Allah selbst geschaffen gelten.

Erst mit der Auswanderung (*hidjra*) nach Medina, mit der Abnabelung vom alten System, kann Muhammads Konzept ein Eigenleben beginnen. Mit der *hidjra* erfolgt im Jahre 622 der grundlegende Impuls in den Zustand zunehmender Stärke, in die Perspektive der Expansion. Sie begründet auch den *djihad*, den Kampf für den Glauben, seinen Propheten und das »Haus des Islam«, das Gebiet des Gesetzes. Von nun an entwickelt sich der Einsatz »auf dem Weg Allahs« von einer schwachen Erlaubnis zu einem immer stärkeren Gebot.

Diesen Kampf greift Muhammad mit den »Offenbarungen« in Medina, mit dem koranischen Wort auf. Immer aggressiver werden die Anweisungen Allahs gegen die Ungläubigen und die Frauen, begleitet vom Schwert, das der Verkünder nun gegen die arabischen Stämme erhebt. Einer nach dem anderen wird unterworfen, bis sich ihm das Kultzentrum Mekka kampflos ausliefert und den Islam annimmt. Die Kaaba, das ehemals heidnische Heiligtum, ist nun – konkret im Jahre 630 – in den Besitz Allahs übergegangen. »Tötet sie, wo ihr sie trefft« (2/192), heißt es, wenn es um die Ungläubigen, insbesondere die Juden und Christen geht.

Wenngleich dieser Vorgang nur etwa 20 Jahre in Anspruch nimmt, erfüllt er alle wesentlichen Kriterien eines Mythos, der unter normalen Umständen Jahrhunderte braucht. Das Muhammad-Prinzip findet allerdings keine »normalen« Umstände vor. Es fußt auf dem Koran, der keine Entstehungsgeschichte im eigentlichen Sinne hat.

Der mekkanische Teil des »Buches der Araber« besteht im Wesentlichen aus jüdisch-christlichen Entlehnungen, die ihrerseits mythischen bzw. legendenhaften Ursprungs, also sozusagen »Fertigware« sind. Der medinensische Teil setzt sich aus politsozialen Anweisungen zusammen, die sich aus der konkreten Entwicklung der Gemeinde, dem »Modell von Medina«, ergaben.

Den Muslimen gilt dieses historische Buch natürlich als vor aller Zeit von Allah geschaffen. Die Gottheit wurde durch Muhammad sichtbar gemacht und hat sich daher, besonders in den Fragen der Gewalt und der Frauen – während der gut zwei Jahrzehnte seines Wirkens nach seinen Erfordernissen gewandelt – eine wichtige Bedingung für die Beschleunigung des islamischen Mythos.

Muhammad praktizierte klassische Priestertechnik, indem er die Zeit vor dem Islam zur »Unwissenheit« (*djahiliya*) und die Schriften der Juden und Christen zu »Verfälschungen« erklärte. Dabei gehört es zur Logik seines Intensiv-Monotheismus, dass die weiblichen Mysterienelemente Jesu gelöscht sind. Dieser ist weder gekreuzigt noch auferstanden, d. h. als Erlöser aus der Religionsgeschichte des Orients entfernt. Folgerichtig kann er in der islamischen Endzeitlehre als derjenige auftauchen, der am Jüngsten Tag den Islam vollendet, indem er sich selbst beendet. Denn er wird Muslim werden, alle verbliebenen Christen töten und das Konkurrenzsymbol des Kreuzes zerbrechen.[17]

Da ihm das weibliche Mysterium nicht mehr anhaftet, kann Muhammad ihn im Koran unter dem Namen »Ahmad« zu seinem eigenen Vorläufer (61/5) machen. Die islamische Mystik, ständig schwankend zwischen weiblich inspirierter Erkenntnis und männlichem Herrschaftsglauben, folgt dieser Sicht. Sie lässt Jesus die christliche »Verfälschung« selbst korrigieren, indem er das Evangelium nun mit dem islamischen Glaubensbekenntnis abschließt.[18]

Bei einem der größten Mystiker des Islam überhaupt, dem spanischen Theosophen Ibn al-'Arabi (gest. 1240), tritt diese Zerrissenheit besonders klar hervor. Für ihn ist Jesus der Logos, der reine Geist, der über die »Geschichte der Frauen« erzählt, und zugleich eine Vorform der »Muhammad-Heiligkeit«, also der Sakralisierung des Männlichen bildet.[19]

Als wichtiges Element bleibt Maria, die einzige Frau, die im Koran als »Auserwählte aller Frauen der Welt« mit Namen erwähnt ist (3/42). Sie ist die Mutter des menschlichen Propheten und Muhammad-Vorläufers Jesus, der »mit Erlaubnis Allahs« Wunder wirkte. Den gnostischen Muslimen gilt sie als Symbol der menschlichen Seele, die durch die *Gnade Allahs* die höchste Weisheit gebären konnte.[20] Sie wissen, dass sie damit im Grunde das mythische Prinzip der Mysterienreligion bestätigen und schützen sich vor der Gefahr orthodoxer Repression. Sie ersetzen das Eine durch Allah, das Metaphysische durch den islamischen Gott, der vor allem ein physischer Gott ist – zu jeder Zeit in allen Vorgängen der Welt präsent.

Umso wichtiger ist die Präsenz Mariens im Koran, in dessen mekkanischem Teil ihre Jungfräulichkeit so gepriesen wird, wie man im medinensischen die Göttlichkeit Jesu bestreitet.[21] Ein interessanter Grund liegt in der pseudo-christlichen Trinitätslehre arabischer Frauensekten jener Zeit, die Jesus durch Maria als Spenderin der Eucharistie ersetzten.[22]

Nach Maria wird die 19. Sure »Miryam« benannt, während man nach einer Überschrift »Hagar« vergeblich sucht, Sie war eine Nebenfrau Abrahams, der die Ehrung der Hauptfrau Sara – eine eigene Grabstätte – und die Ehrung des Koran – eine eigene Sure – versagt blieb. Dies muss erstaunen, weil sie nicht nur die Mutter des arabischen Erzvaters Ismael war, der mit seinem Vater Abraham die Kaaba, das spätere Heiligtum des Islam, erbaut haben soll. An der Erhöhung Ismaels änderte auch die versöhnliche Aussage Abrahams nichts – »Lob und Preis sei Allah, der mir in meinem hohen Alter noch den Ismael und Isaak gegeben hat« (14/40). Die islamische Gegenethik erklärte dies wie alles andere, das im Koran positiv für die jüdisch-christlichen »Schriftverfälscher« spricht, später für ungültig (s. u. S. 68ff.).

Umso mehr hätten die koranischen Parallelen und Ähnlichkeiten mit Maria einen prominenteren Platz Hagars gerechtfertigt.[23] Denn schließlich bildet Maria nicht weniger als das Band zwischen Jesus und der Geschichte Israels selbst.[24] Auf der Suche nach Gemeinsamkeiten im »Dialog« mit dem Islam erscheint es also weitaus ergiebiger, statt von »abrahamitischen« von »marianischen« Religionen zu sprechen.[25]

Dennoch ist letztlich auch Maria Opfer der nichtislamischen »Verfälschung« geworden. Mit der Ablehnung der jüdisch-christlichen Inhalte, zusammen mit dem generellen Prinzip der vorislamischen »Unwissenheit«, erhebt die neue Lehre einen uneingeschränkten Geltungsanspruch, der trotz Maria die Frau umfassend ausgrenzt. Wer dieser Lehre folgt, vertritt die »Wahrheit« selbst. Sie ist extrem männlich, weil sie die bestmögliche Existenz nicht nur im Islam, sondern – von Allah inspiriert – im muslimischen Mann sieht: »Die Männer sind den Frauen überlegen wegen dessen, was Allah den einen vor den anderen gegeben hat« (4/34).

Der Mannesextremismus muss sich folgerichtig mit der Lizenz zum Töten verbinden,[26] die der Islamverkünder sich in der medinensischen Gesetzgebung selbst erteilt. Als einzig mögliches, »wahres Wissen« besetzt das Gesetz das Bewusstsein total. Wer das »wahre Wissen« gegen ein anderes eintauschen, also den »Glauben« verlassen will, ist ebenso des Todes wie derjenige, der ihn behindert.

Allerdings muss Allah später erleben, dass seine Offenbarungen in diesem Punkt – wie bei den Frauen und Minderheiten – »offenbar« fehlerhaft waren. Während der Koran jenseitige Strafen androht, sind es die Juristen, die vermeintlichen »Mundstücke Allahs«, die das Gesetz eigenmächtig verschärfen und das Jüngste Gericht ins Diesseits verlegen werden.[27]

Daraus folgt die universale Dreiheit der Rechtfertigung von Gewalt, die den Muslimen zur Bewahrung und Ausbreitung des Islam offensteht: »Unglaube (*fitna*) ist schlimmer als Töten« (2/218) – »Tötet sie, wo ihr sie trefft« (2/192) – »Bekämpft sie, bis alle Versuchung (*fitna*) aufhört und die Religion Allahs allgemein verbreitet ist« (8/40).

3. Kampf gegen Frauen und Unglaube

Dieser physische Beschleuniger war für Muhammad unverzichtbar, da sein Gründungsmythos keine Zeit zur metaphysischen Reife hatte. Er wurde zu einer Schnellversion, die den Islam zu einer auf seine Weise einzigartig *instrumentellen* Religion machte. Um zustande zu kommen, nutzte er die Bedingungen seiner Zeit, die eine günstige, d. h. einem gesellschaftlichen Wandel offene Kombination bildeten.

Besondere Impulskraft hatten dabei Gewalt und Raub, die Traditionen dieser Gesellschaft, die man in der Anthropologie daher auch »kleptokratisch« nennt. So hieß es denn nach koranischer Anweisung, »nicht säumig in der Suche und Verfolgung eines ungläubigen Volkes« (4/105) zu sein. Eines der eindrucksvollsten Exempel statuierte Muhammad mit dem Massaker an den Juden Medinas (627), das bis in unsere Tage nachwirkt:

> *Bekämpft diejenigen der Schriftbesitzer, welche nicht an Allah und den Jüngsten Tag glauben und die das nicht verbieten, was Allah und seine Gesandter verboten haben, und sich nicht zur wahren Religion bekennen, so lange, bis sie ihren Tribut in Demut entrichten (und sich unterwerfen). (9/29)*
> *Wenn ihr im Kriege mit den Ungläubigen zusammentrefft, dann schlagt ihnen die Köpfe ab, bis ihr eine große Niederlage unter ihnen angerichtet habt. Die übrigen legt in Ketten und gebt sie, wenn des Krieges Lasten zu Ende gegangen sind, entweder aus Gnade umsonst oder gegen Lösegeld frei. (47/5)*
> *Tötet sie, wo ihr sie trefft, verjagt sie, von wo sie euch vertrieben; vertreiben ist schlimmer als töten ... Jene aber, die ausziehen, um für die Religion Allahs zu kämpfen, die dürfen Allahs Barmherzigkeit gewärtig sein. (2/218f.)*

Muhammad exerzierte ein Erfolgsrezept vor, das von Anbeginn die politische Priorität des Islam vor der religiösen festlegte. Indem er sich den alten Kult und dessen Einnahmequellen aneignete, zum Kampf und Tribut für Allah aufrief und persönliche Widersacher durch Auftragsmörder beseitigen ließ, trat er eher als Usurpator denn als »Prophet« auf.

Das Tempo seines Machtgewinns und die vertraute Nähe zu den Quraysh, welche zu keiner Zeit die Kontrolle über die Entwicklung wirklich verloren, lässt dabei durchaus die Vermutung zu, dass der Verkünder des Islam nicht nur in eigener Sache agierte. In jedem Falle wurde sein Vorbild zum Muster der anschließenden Eroberungen.

Dabei hatte er natürlich auch das Prinzip des verzögerten Paradieses begriffen, denn »der Gewinn des Lebens hienieden ist nur klein, der im zukünftigen ist besser für den, welcher Allah fürchtet« (4/78). Seine Vergangenheit als Kaufmann und sein Sinn für die ins Diesseits vorverlegten Früchte des Jenseits ließen ihn das Angenehme mit dem Nützlichen verbinden:

> *Wahrlich, Allah hat das Leben und das Vermögen der Gläubigen dafür erkauft, dass sie das Paradies erlangen, indem sie für die Religion Allahs kämpfen. Mögen sie nun töten oder getötet werden, so wird doch die Verheißung, welche in der Thora, im Evangelium und im Koran enthalten ist, ihm in Erfüllung gehen. Und wer ist wohl in seinen Verheißungen gewissenhafter als Allah? Freut euch daher eures Handels, denn er bringt große Glückseligkeit. (9/111)*

Ein ähnliches Schicksal wie das vorislamische Wissen ereilte die arabische Dichtung, die in den Liebes- und Stammesoden ein hohes Niveau erreicht hatte. In diesen Gedichten hob man die Vorzüge der Frauen und in den Stammesoden diejenigen des eigenen Klans hervor. Der Hang der Araber zur kreativen Spitzfindigkeit brachte dabei eine sozial nützliche Literaturform hervor, die die Gewalt der spätantiken Beduinengesellschaft dämpfte. In den Qasiden (arab.: qasida = das Wesentliche, der »Clou«), der Versform dieser Dichtung, werden die Überlegenheit des Mannes und des gegnerischen Stammes mit zum Teil unnachahmlicher Ironie ins Lächerliche gezogen.

Weder der Mann Muhammad noch der neue »Superstamm« des Islam können solche Individualität dulden. Sie bildet für jede Ideologie eine ernste Gefahr. So steht der Verkünder des Islam auch für die tödliche Humorlosigkeit, die jeden homokratischen – und kleptokratischen – Herrscher daran hindert, Gnade vor dem selbsterrichteten Gesetz ergehen zu lassen.

Nicht nur die mekkanischen Kultwächter beobachteten Muhammads Machenschaften mit Argwohn. Auch die arabischen DichterInnen hatten sich an ihre Tradition der geistigen Unabhängigkeit gehalten. Sie zeigten sich vom wachsenden Einfluss des Emporkömmlings unbeeindruckt und machten ihm von Anbeginn mit ironischen Versen zu schaffen. Viele von ihnen kannten sich in der Götterwelt des mekkanischen Heiligtums gut aus und nahmen den aus ihrer Sicht kuriosen Allah aufs Korn.

Das bekannteste Beispiel ist die Mekkanerin Asma' bint Marwan (gest. 624). Sie kritisierte die Rechtsunsicherheit und Verarmung, die Muhammads stammesfremde Kontrolle über die Araber gebracht hatte. Mit dem sicheren Auge weiblicher Weisheit hatte sie den Verkünder am neuralgischen Punkt getroffen:

> *Ihr Malik und Nabit, ihr Auf und Khazradj (Medinenser), ihr werdet vergewaltigt und gehorcht (dennoch) einem Ausländer, der nicht aus eurer Gegend stammt ... Was erhofft ihr von ihm, nachdem er eure Führer ermordet hat? ... Ist (unter euch) kein Mann von Ehre, der einen Moment des Nachlassens nutzt, und die Hoffnungen der Gimpelfänger beendet?*[28]

Ihre Analyse ist nicht nur von bemerkenswerter Klarheit, sondern hat, wie wir sehen werden, ihre Gültigkeit bis in unsere Zeit erhalten. So wie heute die »Ehrenmorde« des Islam wieder zunehmen, so fiel Asma' Muhammads Auftragsmördern beim Stillen ihres sechsten Kindes zum Opfer. In wenigen Jahren hatte der neue Zwangsglaube das Rechts- und Ehrgefüge des Stammeswesens bereits so weit ausgehöhlt, dass die Stammesgenossen gegen geringe Bezahlung oder auch Allahs »Gotteslohn« die Tötungen durchführten, ohne die Blutrache auszulösen.

Auch die »Prostituierten« von Hadramaut gingen in die Geschichte ein. Südarabische Frauen hatten sich über den Tod Muhammads gefreut und waren musizierend durch ihr Dorf gezogen. Abu Bakr, erster Kalif, ließ ihnen die Hände abschlagen und schloss an die islamisch erneuerte Tradition des Auftragsmords an. Bei weiterer Unbotmäßigkeit waren »diese Frauen aus der Gemeinschaft Muhammdas herauszureißen, wie man auch einer Mücke die Flügel ausreißen würde«.[29]

»Wer befreit mich von meinen Gegnern?«, lautete in solchen Fällen des Verkünders rhetorische Frage, die unter den Anhängern einen völlig unrhetorischen Wettbewerb um die »Ehre« auslöste, den Auftragsmord ausführen zu dürfen. Hier entwickelte sich ein charismatisches Muster, das in allen totalitären Systemen wirksam ist. Bei dieser Art »Charisma« handelt es sich um jene vermeintliche Heilswirkung, welche die Anhänger einer Heilslehre auf sich zu ziehen glauben, wenn sie sich in besonderer Weise für sie einsetzen.

Alle Gewaltformen der Geschichte verdanken sich einer Heilsvision, die Menschen zu »besseren Menschen« machte – bis hin zu den NS-Organen der »Norm-Nazis«, aus denen sich die Mord-Nazis der SS-Orden entwickelten. Nach gleichem Muster konnte sich durch die gesamte islamische Geschichte aus dem Norm-Islam immer wieder auch ein Mord-

Islam entfalten. Die Namensliste der selbst ernannten Ehrenmörder ist lang, die für den Islam und seinen Gesandten getötet und den begehrten Platz im Paradies errungen haben. Der Mordorden der Assassinen wurde zu ihrer berüchtigten Institution, die sowohl unter Kreuzfahrern als auch islamischen Machthabern Angst und Schrecken verbreitete.[30]

Den Islamismus der Gegenwart vom Islam der Vergangenheit zu trennen, ist daher historisch und logisch unmöglich. Das bedeutet natürlich nicht, dass man einer solchen Fiktion – als Teil des Mythos vom »friedlichen Islam« – mit Korruption und Propaganda nicht zum Durchbruch verhelfen könnte. »Wahrheit ist, was sich durchsetzt« (Foucault), ein universales Prinzip, dem alle Mythen, Gottesbilder und Ideologien – mehr oder minder nachdrücklich – folgen.

4. Muhammad und die Verhüllung

Das Leben und Wirken des sich selbst inszenierenden Verkünders ist denn auch ein Spiegel der politreligiösen Ideologie, der Inkarnation des Manngottes Allah auf Erden. Als er 610 in die Geschichte trat, war er um die 40 Jahre alt und mit der Kauffrau Khadidja verheiratet. Bis zu ihrem Tod im Jahre 619 blieb sie seine einzige Frau. Sie verkörpert die Einehe als Ergebnis der religiösen, mekkanischen Phase, die mehrheitlich unter dem Einfluss jüdisch-christlicher Elemente stand.

Mit der Auswanderung (*hidjra*) nach Medina tritt er nicht nur in die politische Phase ein, die durch selbst gesetzte, von Allah legitimierte Gesetze den Kampf gegen den Nichtislam einleitet. Mit einer wahren Flut weiterer Frauen – die Angaben schwanken zwischen 13 und 18 – bewirkt Muhammad den soziologischen Umschwung zur Vielehe. Mit dem Übergang vom altarabischen, eher matrilinearen zum islamischen, klar patrilinearen Heiratssystem begründet er die Institution des Harems.

Indem er den eigenen Mythos somit erneut beschleunigt, tritt er allein, als Prophet seiner selbst, an die Stelle der ansonsten üblichen Priesterkaste. Wiederum bringt er Allah dazu, die geeignete Lizenz zu erteilen. Diese verbindet die Verfügungsmacht über verhüllte Frauen – nicht ganz zufällig – mit dem Charisma der sich selbst legitimierenden Gewalt, die sich als »Frieden« ausgibt:

Wir erlauben dir deine Gattinnen, denen du ihren Lohn gegeben hast, die Sklavinnen aus der Kriegsbeute, die Allah dir zufallen ließ, die Töchter deines Onkels und deiner Tanten väterlicherseits und … mütterlicherseits, die mit dir die hidjra vollzogen haben, ferner eine jede gläubige Frau, wenn sie sich dem Propheten schenkt und der Prophet mit ihr eine Ehe eingehen will – dies alles als ein dir vor allen übrigen Gläubigen zustehendes Vorrecht. (33/50ff.)
Wenn ihr etwas Notwendiges von den Frauen des Propheten zu fordern (sie um etwas zu bitten) habt, so fordert es hinter einem Vorhang; dies trägt zur Reinheit eurer und ihrer Herzen wesentlich bei. Es ziemt sich nicht, dass ihr den Gesandten Allahs kränkt und je seine Frauen nach ihm heiratet, denn dies wäre ein schweres Vergehen vor Allah … Fürchtet aber Allah, ihr Frauen des Propheten, denn Allah ist der Zeuge aller Dinge. Allah und seine Engel segnen den Propheten, darum ihr Gläubigen, segnet ihn auch und grüßt ihn ehrerbietig mit »Friede«. (33/55ff).

So fiel auch im Islam – wie in den antiken Hochkulturen – der Vorhang der männlichen Macht, der das Weibliche vom Raum des Geistes und der Politik trennte und sie auf kontrollierte Sexualität und maximierte Nachkommenschaft festlegte. Wer islamische Macht vertrat, musste die Frau verhüllen, von der Gestaltung des öffentlichen Raums fernhalten und – er musste Mann sein.

Wer dagegen diese wichtigsten aller Regeln missachtete, würde die gefürchtete *fitna* riskieren, jene Gefahr des urislamischen Teufels, des Machtverlusts und Aufruhrs. Mehr noch als der Djihad für die Ausbreitung des Islam gilt daher der Kampf gegen seine inneren Feinde, die Dissidenten und die geistesbegabte, öffentlich sprechende Frau, als oberste Pflicht des gläubigen Muslim. Dieser Kampf steht im Zentrum islamischer Existenz, weil er das Gesetz Allahs (Scharia) und dessen genialen Politpriester ursächlich schützt. Um dem islamischen Schnellmythos eigendynamischen Schwung zu geben, musste allerdings das Bewusstsein der Menschen besetzt werden. Das Wechselspiel zwischen Ich und Selbst (s. u. S. 220f.)wurde mit einer umfassenden Blockade für alle Zeit stillgelegt:

Es ziemt den gläubigen Männern und Frauen nicht, wenn Allah und sein Gesandter irgendeine Sache beschlossen haben, sich die Freiheit herauszunehmen, anders zu wählen; denn wer Allah und seinem Gesandten ungehorsam ist, der befindet sich in offenbarem Irrtum. (33/37)

Unter diesem Regime muss die Sublimierung des Physischen, die geistige Verarbeitung von Gewalt und mechanischer Sexualität, scheitern. Je weiter sich männliche Macht vom weiblichen Pol entfernt, je mehr sie die geistvolle, lebenskluge Frau ablehnt, desto stärker wird der Trend zur biologischen Promiskuität, aber auch zur metaphysischen Isolierung – Homosexualität und Pädophilie.

Wie das Brennglas die Sonnenenergie bündelt, so konzentriert sich dieses Geschehen im Werdegang des Machtmannes Muhammad. Wie in ganzen Zeitaltern der Geschichte Priesterkönige entstehen, die in Tempelkulten die weibliche Sexualität bändigen und sich in Dynastien fortpflanzen, so kristallisiert sich in der kurzen Wirkphase des abstrakten Priesterkönigs Muhammad der Gesetzeskern des islamischen Zeitalters heraus.

Der Islam hat daher nur Bestand, wenn diese Form politisch-sexueller Heiligkeit im Manne fortlebt. Im Namen Allahs beherrscht er die Frau, indem er ihr den Geist nimmt, sie biologisch befruchtet und damit die Gemeinschaft sichert, die sich sozusagen als ewige »Muhammad-Dynastie« fortpflanzt: Der Koitus wird zum Gottesdienst.

Mit der Machtachse Allah-Muhammad-Mann besetzt die Herrschaftsideologie das Weibliche im Heiligen und muss somit politisch sein, bevor sie die Religion zulässt.[31] Dies wird sich besonders augenfällig in der Funktion der Moschee niederschlagen: Sie ist nur in zweiter Linie Stätte der Anbetung, in der die Frauen ihr Gebet separat verrichten müssen; primär dient sie als Ort der politischen Propaganda, der Kriegsplanung und – als Waffenlager.[32]

Auch Muhammads Frauen spiegeln den Gründungsmythos wider. Neben den Töchtern von Genossen sind es vornehmlich Kriegswitwen und Sklavinnen als Kriegsbeute, die seinen Harem aufstocken. Dabei spielen weibliche Schönheit und prophetische Manneskraft eine wesentliche Rolle. Die schöne Christin Maria verführte den Verkünder auf dem Bett der dritten Frau Hafsa (s. u. S. 34) und schenkte ihm den einzigen, früh verstorbenen Sohn Ibrahim. Die Jüdinnen Rayhana und Safiya waren so attraktiv, dass sie die Massaker von Medina und Khaybar überlebten.

Und schließlich war Zaynab von so überwältigender Schönheit, dass Muhammad sie seinem Adoptivsohn abspenstig machte.

Diese Affäre heizte das unbotmäßige Gerede derart an, dass Allah sich gezwungen sah, die Menschen vor jeder weiteren Kritik an seinem Gesandten zu warnen und die Frauen hinter dem erwähnten Vorhang der Macht, d. h. insgesamt im Haus, zu verbergen. Davor war bereits das Gebot an jede einzelne Frau ergangen, sich angemessen zu verhüllen, weil es Respektlosigkeiten gegenüber den Frauen des Verkünders gegeben hatte:

> *Sage auch den Gläubigen, dass sie ihre Augen niederschlagen und sich vor Unkeuschem bewahren sollen und dass sie nicht ihre Zierde, außer nur was notwendig sichtbar sein muss, entblößen und dass sie ihren Busen mit dem Schleier verhüllen sollen. Sie sollen ihre Reize nur vor den Ehemännern zeigen … (24/31f.) – Sage, Prophet, deinen Frauen und Töchtern und den Frauen der Gläubigen, dass sie ihr Übergewand (nicht im Text: »über ihr Antlitz«) ziehen sollen, wenn sie ausgehen; so ist es schicklich, damit man sie als ehrbare Frauen erkenne und sie nicht belästige. (33/60)*

Seither müssen die »offiziellen« Frauen des Islam verhüllt sein, während die inoffiziellen, Sklavinnen und Ungläubige, sich nicht verhüllen dürfen. Indem weibliche Kämpfer verboten sind, erhalten die männlichen Zugang zur Beute und zum Paradies. Beide machen das Weibliche verfügbar: Die Beute enthält Sklavinnen, und das Paradies enthält Jungfrauen, die sich nach jeder Defloration »unbeschmutzt« erneuern.

Hier wird festgeschrieben, dass das Männliche als rein gilt und qualitativ über dem unreinen Weiblichen steht. Diese Hierarchie der Geschlechter ergänzt der Kastrat, der die weibliche Sexualität bewachen darf, weil er entmannt ist. Im Harem, der im Arabischen das »Heilige« bzw. das »Verbotene« bedeutet, versammelt sich die biologische Grundlage, die den Bestand des – heiligen – islamischen Superstammes sichert.

Auch sprachlich ist diese Konstellation klar geregelt. Die verheirateten Frauen, die sich als Begünstigte männlicher Größe und Kontrolle betrachten können, gelten als »Freie« (*hurra*) bzw. »Bewachte« (*muhsana*), während die Konkubinen zwangsweise unverhüllt und damit »unfrei« sind. Sie begründen auch die Prostitution und Ehe auf Zeit (*mut'a*), denen der Verkünder zögernd zustimmt.[33] Die Frau ohne Mann ist bis heute eine minderwertige Existenz geblieben, die nicht selten auch »Prostituierte« genannt wird, wenn sie sowohl Heirat als auch Verhüllung ablehnt.

Die *hidjra*, die den fundamentalen Übergang von Schwäche zu Stärke markiert, spiegelt sich auch im Wandel zur Polygamie: Aus der Muhammad-Einehe in Mekka entsteht der Muhammad-Harem in Medina. So wie Jesus die geistige Potenz des Weiblichen erneuert, aktiviert Muhammad die biologische Potenz des Männlichen. Dessen geistig-sexuelle Polung bildet sich u. a. in den Gestalten der Kindfrau A'isha, Tochter des ersten Kalifen Abu Bakr, und der selbstbewussten Umm Salama heraus, die er nach der *hidjra* 623 bzw. 626 ehelichte.

Letztere hatte nicht nur ihren Mann wegen dessen Untreue verlassen, sondern sich auch erdreistet, Anträge des Abu Bakr und des 'Umar (gest. 644), später immerhin zweiter Kalif des Islam, abzulehnen. Beider Töchter, A'isha und Hafsa, die in jener Zeit ebenfalls zum Harem gestoßen war, sollen zusammen mit Fatima, der Tochter des vierten Kalifen Ali, gegen Umm Salama intrigiert haben.[34]

Deren geistige Unabhängigkeit steht damit symbolisch gegen die ersten vier Kalifen, das Genossenquartett der so genannten »Rechtleitung« (632 bis 661). Denn der dritte Kalif 'Uthman (gest. 656) gilt als der Herausgeber des Koran, gegen den Umm Salama vehement opponierte: »Weshalb werden die Männer im Koran zitiert und warum wir nicht?«[35]

5. Machtzwecke – Koran und Tradition

Der Kalif Uthman kann allerdings auch als derjenige gesehen werden, der die Rückübertragung der Macht von Muhammads Linie auf die mekkanischen Kultwächter bewerkstelligte. Nach Ehen mit den Prophetentöchtern Ruqayya und Umm Kulthum betrieb er eine extreme Vetternwirtschaft, die wieder die alte qurayshitische Machtriege in den Sattel hob.

Zunächst wird A'isha, die Kind- und spätere Hauptfrau des Verkünders, auch »Mutter der Gläubigen« genannt, in eine zweideutige Situation, die so genannte »Halsbandaffäre« verwickelt, die ein schiefes Licht auf ihre Treue und die Potenz des Islamgründers wirft. Allah muss hier ebenso wie in der Zaynab-Sache eingreifen, um die politische Führung in der Anhängerschaft und die männliche Autorität in der prophetischen Frauenschar zu stabilisieren (24/11ff.).

Die »Mutter der Gläubigen«, die in vielen Überlieferungen des Islam als »Gewährsmann« erscheint, provoziert die *fitna*, die Zwietracht in der Gemeinschaft, indem sie zum Aufstand gegen Kalif Ali aufruft. Dieser hatte den Mord an seinem qurayshitischen Vorgänger Uthman nicht gerächt, weil er seiner eigenen Linie die Macht sichern wollte. Da sich hieraus die Schi'a, die wichtigste Abspaltung des Islam, ergab, kann A'isha rückwirkend zur Kämpferin für den wahren Glauben, die Sunna des Propheten, werden.

Mit diesen Geschichten befinden wir uns allerdings bereits im Graubereich zwischen Dichtung und Wahrheit, zwischen Prophetentradition und Historie. Das enorme mythische Tempo, mit dem der Islam unter seinem charismatischen Führer entstand, und die Dynamik, mit der er sich nach seinem Tod 632 auszubreiten begann, erklärt auch das Phänomen dieser dem Islam eigenen Traditionsform, des so genannten *hadith* (arab.: Nachricht). Es handelt sich um zahllose Berichte über Persönlichkeit, Aussagen und Handlungen des Verkünders, die über Ketten von vermeintlich verlässlichen Überlieferern weitergegeben und in Sammelwerken zusammengestellt wurden.

Da der Mythos des Islam in weniger als einer Lebenszeit ein Konzentrat dessen lieferte, wozu die Priesterkasten anderer Mythen viele Generationen brauchten – das Gesetz der neuen Ordnung – mussten die Generationen der Überlieferer und Theologen die endgültige Ausarbeitung nachholen. Muhammad – sozusagen als Priesterkaste in einer Person – konnte nicht in der Lage gewesen sein, ein Generationenwerk zu leisten, das die epochale Eroberung des nachfolgenden Jahrhunderts und die Absorption vieler, meist höher stehender Kulturen verarbeitete.

Allerdings nahmen der Eifer der Tradenten und der Umfang ihrer Nachrichten bald absurde Ausmaße an. Die schiere Zahl ihrer Nachrichten wuchs rasch ins Astronomische, sodass der Verkünder tatsächlich viele Generationen hätte leben müssen, um die ihm zugeschriebenen Traditionen erzeugt haben zu können. Ignaz Goldziher (gest. 1921), Mitbegründer der modernen Orientalistik und Autorität der Hadith-Kritik, hielt einen großen Teil der Überlieferungen im 8./9. Jahrhundert für gefälscht, weil sie für allerlei politische Manipulationen herhalten mussten.

Er stützte sich u. a. auf Al-Bukhari (gest. 870), den wichtigsten der Traditionssammler. Dieser war sich offenbar des Missbrauchs bewusst gewesen, als er dem zu seiner Zeit umlaufenden Bestand von etwa 600 000 Nachrichten gerade einmal 7000 entnahm und unter dem Titel »Das Echte« (*as-sahih*) zusammenfasste. Mit den Sammelwerken von fünf weiteren Autoren bildet es den Kodex der Sunna, der von Muhammad und seinen Zeitgenossen vorgelebten Glaubenspraxis. Zusammen mit dem Koran wird sie zur Basis für das Gesetz Allahs (Scharia) und die neue Staatsordnung. Mit der Entstehung des Hadith beschreibt Goldziher unfreiwillig die Merkmale, die auch im Werden eines Mythos wirksam sind:

> *Das Hadith ...bietet uns unschätzbares Material für den Entwickelungsvorgang den der Islam während jener Zeiten durchmacht, in welchen er sich aus einander widerstreitenden Kräften, aus mächtigen Gegensätzen zu systematischer Abrundung ausformt. Und in dieser Bedeutung des Hadith liegt die Wichtigkeit der gehörigen Würdigung und Kenntnis derselben für die Erfassung des Islam, dessen merkwürdigste Entwickelungsphasen von der successiven Entstehung des Hadith begleitet sind.*[36]

Nach allem, was wir bis hierher wissen, kann es nicht erstaunen, dass sich bei dem Vorgang der »Entwickelung« auch die Frauenfeindschaft weiterentwickelt hat. Die rund 40 000 Nachrichten, die in den kanonischen Sammlungen die rigorose Aussiebung überstanden haben, enthalten eine große Anzahl von Traditionen, die sich mit der niederen, unreinen Existenz der Frau, vor allem der »Verschmutzung des Weiblichen« beschäftigen.[37] Dabei spielt immer wieder auch die Verbindung zum Tierhaften eine große Rolle:

> *Der Prophet hat gesagt, dass der Hund, der Esel und die Frau das Gebet unterbrechen, wenn sie vor dem Gläubigen vorbeigehen, denn sie stellen sich zwischen ihn und die* qibla. *(arab.: Gebetsrichtung)*[38]

Auch der Koran kann in seiner jetzigen Form – wie erwähnt, wird sie dem dritten Kalifen 'Uthman zugeschrieben – nicht so früh vorgelegen haben, wie uns die islamische Orthodoxie und Teile der zeitgenössischen Orientalistik glauben machen wollen. Denn wie konnten der Verkünder und seine Genossen weit über 6000 Verse so perfekt auswendig lernen und weitergeben, ohne dass Allahs Worte sich auch nur um ein Wort veränderten?

Hinzu kommt, dass die arabische Schrift zu jener Zeit nur über Konsonanten verfügte, die je nach Bedeutung des Zusammenhangs zwischen den Worten und Sätzen mit Vokalen – verbal, nicht schriftlich – versehen wurden. Im Grunde mussten die Betroffenen, und zwar einzeln und gemeinsam, den gesamten Text auswendig gewusst haben, um ihn in der jetzigen Form fehlerfrei weiterzugeben – eine schlichte Unmöglichkeit.

Wesentlich wahrscheinlicher ist, dass sich das »Buch der Araber« zunächst in lokalen Zentren wie Hidjaz (Mekka und Medina), Irak (Basra und Kufa) sowie Syrien und Persien entwickelte, in denen zugleich auch Rechtssystematik und Tradiertechnik betrieben wurden. Viele Religionsgelehrte beschäftigten sich sowohl mit dem Koran als auch der Sunna und reisten in die Hochburgen der Gelehrsamkeit, um bei den dortigen Meistern zu hören bzw. selbst Vorlesungen abzuhalten. Diese Aktivität kennzeichnet eine wichtige Aussage, die Muhammad in den Mund gelegt wird:

> *Nach meinem Hingange werden die mir beigelegten Aussprüche sich vermehren … Was man euch als meinen Spruch mittheilt, das müsst ihr mit dem Gottesbuch (Koran) vergleichen; was mit diesem in Einklang ist, das ist von mir, ob ich es nun wirklich selbst gesagt habe oder nicht.*[39]

Gerade auch die diffuse Entstehungsgeschichte des Koran lässt – ganz ähnlich der des Hadith – eine historisch wachsende Aktivität vermuten, die das islamische System juristisch und theologisch auf- und ausarbeitete. Was im Mythos langfristig und eigendynamisch entsteht, musste im Schnellmythos des Islamverkünders nachträglich kodifiziert und teilweise konstruiert werden.

Im graduellen Werden eines herkömmlichen Mythos steht die neue Ordnung an seinem Ende, in der Turboversion des Islam am Anfang, was das gewohnheitsmäßige Gewaltdenken erklärbar macht. Wann und wo immer das Gesetz Allahs und seine Installation aktuell werden, steht die Anwendung von Gewalt im Raum, weil das Gesetz Unterwerfung und »neue Ordnung« identisch »setzt«. Dem *hidjra*-Muster entsprechend wurden und werden Gewalt und Täuschung je nach Kräftelage dosiert. In ihrer Mischung steigt und sinkt der Gewaltpegel mit der Schwäche bzw. Stärke dessen, was zu überwinden ist. In der Regel sind die Vertreter Allahs mit »Unglauben« und/oder auch dem Ungehorsam der Frauen konfrontiert.

Ihnen scheint Muhammad vereinzelte, begrenzte Zugeständnisse gemacht zu haben. Immer wieder wird erwähnt, dass ihm an der ausdrücklichen Zustimmung der Frau zur Heirat lag, die sich wie viele andere Aspekte des »ethischen Islam« (s. u. S. 58, 102f.) nicht durchsetzte. Die ebenfalls oft ins Feld geführte Neuerung ihrer Erbfähigkeit, die es vor dem Islam nicht gab, ist eher zweischneidig. Vor dem Hintergrund ihrer koranischen Abwertung bedeutet die Begrenzung des Erbteils auf die Hälfte des Mannes eine spezielle Bestätigung ihrer generellen Minderwertigkeit. Daraus lässt sich z. B. auch erklären, dass ihr Verfügungsrecht über die Brautgabe (*mahr*) in der Praxis eher die Ausnahme als die Regel ist (s. u. S. 91, 95).

Auch durch die Regelungen des Djihad waren die Weichen im Bereich des Vermögens grundlegend gestellt. Wie erwähnt, führt der Mann den Krieg für den Islam. Dabei steht er zweifach über den Frauen. Nach Allahs Ratschluß ist er Herr und Besitzer der islamischen Frau und umso mehr der nichtislamischen, die ihm als Kriegsbeute zufällt. Da der Kampf für den Islam zu den obersten Pflichten gehört, ist auch die Aneignung des fremden Vermögens eines der obersten Rechte. Raub und Bereicherung müssen also die primäre Wirtschaftsform, die *Kleptokratie* des Islam bilden, wenn die wichtigsten Gebote des Gesetzes, Sicherung und Ausbreitung des »Glaubens«, eingehalten werden sollen.

Dies lässt erneut Rückschlüsse auf die Gewalt zu. Aus den Pflichten zum Erhalt des Islam und zur Kontrolle der Frau folgt, dass jeder »Gläubige« unmittelbaren Anteil am Bestand der Gemeinschaft hat. Das Gesetz Allahs garantiert seine Unschuld im Falle von Gewalt an Dissidenten, Frauen und Andersgläubigen. Ebenso bedingt seine Pflicht die Schuld gegenüber der Gemeinschaft, d. h. Allah selbst, wenn dieses Recht nicht seinen Möglichkeiten entsprechend ausgeübt wurde. Die Vergewaltigung ist beispielsweise eine Pflicht, die, bei Unbotmäßigkeit der Frau nicht hinreichend wahrgenommen, die Schuld nach sich zieht, die Gefahr des inneren Zerfalls der Gemeinschaft (*umma*) in Kauf zu nehmen.

Mit anderen Worten: Wer die Abweichler, Frauen und Ungläubigen nicht im Zaum hält, handelt gegen Allah und schwächt die Gemeinschaft. Denn Eintracht in der *umma*, Botmäßigkeit der Frau und – wo und wann immer möglich – der Einsatz gegen den Nichtislam sind die Pfeiler der Scharia. Das Fundament dieser Pfeiler ist die biologische Grundlage, die Nachkommenschaft des islamischen Superstammes. Daraus ergibt sich unter anderem, dass Abtrünnige erst bestraft werden, wenn sie *geschlechtsreif* sind.[40]

Um den biologischen Bestand zu gewährleisten, besteht die Grundpflicht im Koitus, der bis heute zu den vornehmsten Aufgaben des gläubigen Muslim gehört. Um ihn zuverlässig abzusichern, muss die Frau für ihre natürliche Funktion abgerichtet und ihr jeder selbstständige Geist – die größte Gefahr für eine optimale Reproduktion – aberkannt werden. »Frauen haben weder Glaube noch Verstand«, heißt es in der späteren Tradition, »es sei denn, sie gehorchen ihren Männern«.

B
Der arabische Harem

1. Die Sängerin der Umayyaden

Nach dem Quartett der »rechtgeleiteten Kalifen« und der Ermordung des vierten Kalifen Ali (661) übernahmen die Umayyaden (661–750) als erste Dynastie des Islam die Macht. Mit ihnen kehrte die mekkanische Herrscherclique zurück, die mit Muhammads Medinenser Modell wenig im Sinn hatte. Man verlegte das Zentrum nach Damaskus und stützte sich eher auf ein antikes Königtum syrischer Tradition.

Der erste Kalif, Mu'awiya Ibn Abi Sufyan (gest. 680), hatte sich die vorangegangenen Wirren zunutze gemacht und bewies sich auch in den folgenden zwei Jahrzehnten als fähiger Politiker, Eroberer und Diplomat. Wenn es je säkulare Ansätze im Islam gegeben haben sollte, dann unter diesem Herrscher, der selten auf die Ermächtigung durch Allah zurückgriff.

Mu'awiya erscheint als pragmatischer Machtvirtuose, der die vorhandenen Kräfte gelassen zu optimieren verstand. Er war der erste und blieb einer der wenigen, die auch die Vorzüge der christlichen Staats- und Verwaltungsstrukturen erkannten. Ebenso ließ er Frauen wie die Christin Maysun zu, die sich mit elitärer Bildung beschäftigte. Sein Sohn und Nachfolger Yazid (gest. 683) unterhielt erlesene Zirkel, in denen muslimische Literaten wie der Dichter Akhtal (gest. 710) und christliche Theologen wie der Kirchenlehrer Johannes von Damaskus (gest. um 675) sich öfter getroffen haben sollen.[41]

Nach außen breitete sich der Djihad dagegen mit Drohung und Gewalt aus. Während er sich riesige Landstriche – vom Atlantik bis zum Hindukusch – unterwarf, befand sich seine Parallelform, der sexuelle Djihad gegen die Frau, noch in den Anfängen. Allerdings erhielt dafür eine wichtige Einrichtung des Islam klarere Konturen: Es entstand die Figur der *djaria* (arab.: Dienerin), der gebildeten Sklavin.

Aus den eroberten Gebieten strömten nicht nur gewaltige Vermögen in die kalifischen Kassen, sondern auch Millionen von Menschen in die

Städte, wo sie als Soldaten und Arbeitskräfte Anstellung fanden. Weibliche Schönheit und Intelligenz unter den Dienstboten konnten dabei profitfördernd zum Einsatz kommen.

Nicht nur in der Umayyaden-Metropole Damaskus hatten sich Extremformen des Luxus entfaltet; auch die »Heiligen Stätten« Mekka und Medina waren inzwischen wesentlich weniger heilig geworden. Der rasant wachsende Reichtum trieb einen florierenden Komplex von Amüsement, Kasino und Bordell an, der auch die Wallfahrt erfasste.

»Koitiert mit den Frauen«,[42] hatte einst der in dieser Hinsicht liberale Verkünder die Pilger ermuntert, die zwischen Ehrfurcht vor dem Heiligtum und bezahltem Geschlechtsverkehr schwankten. In keiner Weise störte ihn das obszöne Bild von den »tropfenden Penissen in Mekka«, das in die Geschichte des Islam eingehen sollte. Im Gegenteil: Er hatte die Zeitehe (*mut'a*) abgesegnet, die in der Schi'a[43] generell erlaubt ist und dort bis zum Extrem getrieben wurde, nämlich »für eine Erektion«.[44]

Überall stützte man sich dabei auf die zentrale Gestalt der *Djaria*, der in Dichtung, Gesang und sexueller Finesse kultivierten Kurtisane, deren Ausbilder Schwindel erregende Preise erzielten. Hier wurde besonders augenfällig, dass die offiziellen und inoffiziellen Eliten, modern ausgedrückt: Politik und Verwaltung, Menschenhandel und Rotlichtmafia, umso austauschbarer wurden, je mehr Geld im Spiel war.

Sayyida Sukayna (gest. 735) war in Personalunion Enkelin der Schi'a-Ikone Ali und Chefin eines Spitzenbetriebs der Amourbranche. Als kultivierteres Gegenstück der Zeit kann A'isha bint Talha (gest. 728) gelten, die sowohl Nichte der gleichnamigen Prophetengattin als auch eine die Männer faszinierende Dichterin und Astronomin war.

Der reiche Mus'ab Ibn Zubayr (gest. 691), Gegner der Umayyaden im Irak, hatte beide geheiratet und mit immensen Apanagen in Millionenhöhe ausgestattet. Auf den Gehorsam der A'isha blieb dies jedoch ohne Wirkung. Vergeblich forderte Mus'ab sie zum Tragen des Schleiers auf – ihre Antwort ging in die Geschichte des Islam ein und sollte den kopftuchfixierten Islamistinnen von heute zu denken geben:

> *Da Allah, der Gesegnete und Verehrte, mich mit dem Siegel der Schönheit versehen hat, ist es mein Wunsch, dass die Menschen seine Gnade in dieser Schönheit erkennen sollen. Ich werde mich daher unter keinen Umständen verschleiern.*[45]

Dieser Aussage entsprach eine in ihrer Art ebenso ungewöhnliche Empfehlung des Umayyaden Umar II. (gest. 720). Er folgte seinem Propheten als unerbittlicher Djihad-Missionar, war jedoch weitsichtiger hinsichtlich der wirtschaftlichen Folgen. Während Muhammad den Landbau ablehnte und die kriegerische Ausbeutung lehrte,[46] war Umar bereit, die Landwirtschaft zu fördern und damit den männlichen Eckpfeiler des islamischen Raubsystems in Frage zu stellen:

> *Ich würde mich, bei Allah, freuen, einen jeden (Menschen) Muslim werden zu sehen, sodass du und ich mit unseren eigenen Händen das Land zu bestellen haben würden, um den Lebensunterhalt zu verdienen.*[47]

Wenngleich auch diese Stimme den modernen Islamisten zu denken geben sollte, blieb sie damals wie heute ungehört. Durch die weitere Verschärfung der Macht und den phantastischen Reichtum war der Abstand der Herrschaft vom Volk enorm gewachsen. Mu'awiya und seine Nachfolger stellten Wachen auf und führten später den hidjab (arab.: Hülle, Schirm) ein, jenen Vorhang, mit dem schon Muhammad die Macht gegen profane Blicke schützte. Der Kalif zog sich in einen anonymen Machtraum zurück, der künftig die Despotie als islamische Staatsform festschrieb.[48]

Für die Frauen hatte diese Entwicklung entsprechende Folgen: Ihre Verhüllung wurde verstärkt, ihr Platz in der Moschee abgetrennt, und der Harem begann sich von der Spitze auch in die wohlhabenden Schichten auszubreiten. Die ansteigende Masse der Sklavinnen, das Potenzial ihrer Talente, aber auch ihr niederer Status engten die »freie Frau« in der Gesellschaft immer weiter ein.

Schon die letzten drei Umayyadenkalifen waren Söhne von Sklavinnen gewesen, eine Tendenz, die sich in der nachfolgenden Dynastie der Abbasiden (750–1258) konsequent fortsetzte. Es waren ebenfalls drei Abbasidenkalifen – von insgesamt 36 – die nun allerdings die Ausnahme bildeten, indem sie nicht von Sklavinnen abstammten. Die rassistische Dichtung der Araber klagte: »Allah, führe uns in ein Land, wo wir keine Bastarde mehr sehen müssen«.[49]

Der Machtwechsel fand in einem Blutbad ohnegleichen statt, in dem sich die syrische Monarchie und persische Theokratie, Sunniten und Schiiten, unerbittlich bekämpften. Der Hass kannte keine Grenzen: Fast alle umayyadischen Kalifen wurden exhumiert, ihre balsamierten Leichname zerstückelt und verbrannt. Abd ar-Rahman, der letzte Abkömmling, entkam mit knapper Not und floh über Nordafrika nach Spanien, wo er ein Emirat begründete, das als späteres Kalifat zu Weltgeltung kommen sollte.

2. Die Kurtisane der Abbasiden

Die arabische Dominanz war durch eine iranische ersetzt. Die Verwaltung des Staates besorgten statt syrischer Christen und Zoroastrier nun persische Zoroastrier und Neumuslime. Al-Mansur (gest. 775), der zweite Abbaside, ließ Bagdad als Zentrum der neuen Dynastie errichten. Alle Gegner wurden rigoros liquidiert. Was sie den Umayyaden vorgeworfen hatten, praktizierten die Abbasiden nun selbst in radikalisierter Form. Mit Berufung auf Allah hatte sich die Macht des Islam in Richtung eines darwinistischen Prinzips verschärft, das mit dem Anspruch des Stärksten auch die Rechtsgelehrten zu Wohlverhalten und Lohngutachten zwang.

Der herausragende und im Westen bekannteste Vertreter der abbasidischen Herrscherkaste war Harun ar-Rashid (gest. 809), der Märchenkalif aus 1001 Nacht. Wichtiger Ausdruck des iranischen Einflusses war das Wesirsamt, das von den persischen Barmakiden verwaltet wurde. Sie bildeten eine Art Nebendynastie mit freigeistigen, zumeist schiitischen Zirkeln, die sich mit der *mu'tazila* (arab.: isoliert), einer rationalen Denkrichtung im Islam, befassten. Ihr Einfluss auf die Bildung war so stark, dass ihnen eine neue akademische Klasse, die »Leute der Feder« (*ahl al-qalam*) zugeschrieben wird.[50]

An Dja'far Barmaki (gest. 805), dem Kopf der Familie, statuierte Harun ein Exempel, das den mannzentrierten Trend bestätigte. Die offizielle Begründung, der zufolge die barmakidische Unmoral dem Staat schade, bemäntelte die Moral der Herrschenden. Dja'far war der männlichen Macht schlicht zu nahe gekommen – allerdings weniger durch sein glaubensfernes Wissen, als durch eine Affäre mit Haruns Schwester Abbasa. Der Kopf und die zwei Körperhälften des Wesirs wurden auf den drei Brücken Bagdads zur Schau gestellt, die ganze Familie eingekerkert, ihr riesiges Vermögen eingezogen.

Ebenso tauchten deutliche Formen der Homosexualität und Pädophilie auf – regelhafte Zeichen des männlichen Machtextremismus. Exponenten dieser Phase waren Haruns Sohn Amin und vor allem der Dichter Abu Nuwas (gest. um 810), ebenfalls eine Gestalt aus 1001 Nacht. Gänzlich unmoralisch und völlig furchtlos gegenüber den Herrschern, ging er mit seiner Weindichtung in die Weltliteratur ein. In den frivolen, zwei- bis eindeutigen Versen machte sich zuweilen nicht nur die islamische, sondern auch eine homosexuelle Ablehnung der Frau als des »Nichtigen« erkennbar:

> *Ich bin krank vor Liebe zu den Mädchenknaben mit den eingeschnürten Taillen und den edelsteingeschmückten Hemden, die zweifacher Liebe dienen … Sprich daher, auch bei Schmach, den Namen des Geliebten aus und lass allein das Nichtige sich verhüllen: Es liegt nichts Gutes im Genuß, über den ein Schleier geworfen wird.*[51]

Natürlich erzeugte der Machttrend nicht nur die unzähligen Arbeitsfrauen zur Reproduktion sowie die Luxusfrauen und Epheben, die seine beginnende Dekadenz anzeigten, sondern auch die Hierodulen, die als »Mannfrauen« das maskulistische, d. h. mannzentrierte System gegen das weibliche Geschlecht verteidigten.

Haruns Mutter Khayzuran war ein besonderes Exemplar dieser Spezies. Ihr gelang es als erster, vom Status der Sklavin zur Frau eines Kalifen (Al-Mahdi, gest. 785) aufzusteigen. Dass sie ihren Lieblingssohn Harun auf den Thron manipulierte und dabei wahrscheinlich dessen Bruder Al-Hadi beseitigen ließ, hatte den Nebeneffekt, sie zur reichsten Frau der damaligen Welt zu machen.

Im Alter schien sie so etwas wie Reue ergriffen zu haben. Sie kaufte das Geburtshaus des Propheten in Mekka und wandelte es in eine Moschee um. Und sie nahm Utba, die Lieblingssklavin Al-Mahdis, zu sich, deren Vorzüge einst der Ketzerdichter und Freigeist Abu Atahiya (gest. 828) vergeblich besungen hatte.[52] Ihn warf Harun ins Gefängnis, weil er die dekadente Kluft zwischen Arm und Reich anprangerte: »Der vornehmste Mensch ist der Herrscher im Bettlergewand«.

Dieses typische Muster der Mystik fand auch sein feminines Gegenstück: Rabi'a al-Adawiya (gest. 801) – erste Mystikerin des Islam überhaupt – zeigte sich als echte Vertreterin des weiblich-weisen Ausgleichs, der die Extreme männlicher Macht dämpfte. Sie wollte »etwas Feuer ins

Paradies und etwas Wasser in die Hölle werfen«, um ohne Angst und Unterwerfung über Allah nachdenken zu können.[53] Obgleich selbst Männer, priesen ihre Biografen sie als »Krone der Männer«[54] und ließen die Verunsicherung erkennen, wie sie geistvolle Frauen – nicht nur im Islam – oft auslösen.

Die männlichen Zweifel verstärken sich in einer weiteren Figur aus 1001 Nacht, Tawaddud, einer Frau von ungewöhnlicher Intelligenz und Schönheit. Sie erweist sich in zehn Wissenschaften den jeweiligen – männlichen – Experten als überlegen und lässt den Geistesbegriff der weiblichen Weisheit erkennen. Er ist Zweiheit in Einheit, wobei das Weibliche als angeboren und das Männliche als erworben betrachtet wird.[55]

In der Zeit des Harun-Sohns Mu'tasim (gest. 842) werden in der berühmten Ubayda al-Tunburiya (arab.: *tunbur*, orientalisches Saiteninstrument) Anklänge an mythische Urgründe erkennbar. Ihr Instrument wird auch Pandora genannt, das Gefäß der Klänge, das in einstigen Vorzeiten die Hoffnungsklänge der Weisheitsgöttin enthielt.[56] Mit Musik und Gesang ist es in der Tradition des orthodoxen Islam dagegen zum »Mundstück des Heidentums«, wenn nicht gar zum »Muezzin des Teufels« geworden.[57]

Die Kalifen, die für Frauen wie Ubayda und Tawaddud 100 000 Dinar und mehr bezahlen, dokumentieren erneut das erwähnte, islamische Paradox: Nur unfreie Sklavinnen erlangen die Bildung, die den Männern überlegen ist und den anderen Frauen nicht zusteht. Die Männer können die Bildung – und Sexualität – der »unfreien«, unverheirateten Frauen kaufen, während sie mit den »freien« Frauen in einer Weise verheiratet sind, die keine Bildung und nur kontrollierte, auf Nachkommenschaft gerichtete Sexualität zulässt. Damals wie heute gilt die ungebildete Frau als ehrbar, die gebildete als »Prostituierte«.

Was Männer mit den kultivierten Kurtisanen kaufen, ist die sexuelle Beherrschung des weiblichen Geistes, die sich sowohl in der Wallfahrtsprostitution, in den islamischen Tempelhuren, als auch in der Vielehe abbildet (s. u. S. 92f.). Die soziologische Geschlechtertrennung und die Herausbildung des Harem können um die Wende zum 11. Jahrhundert als abgeschlossen gelten. In den gut 100 Jahren zwischen den Kalifen Harun und Muqtadir (gest. 932) explodieren die Harems von 1000 auf weit über 12 000 Insassen, die von tausenden Eunuchen bewacht werden.

So spektakulär sich das Reich Allahs ausgedehnt hatte, so unspektakulär verspielten die Machthaber ihre politischen Chancen. Mit ungeheurem Aufwand konzentrierten sie das geraubte Vermögen in den Zentren der Macht, die mit dem Wachstum des Reiches in ansteigender Pracht von Medina über Damaskus nach Bagdad gewandert waren.

Mit dieser Verlagerung geht die totalitäre Vereinnahmung des Menschen, des Denkens, Glaubens und der Frau einher. Sie verschmelzen in der Homokratie des Islam, in der Herrschaft des Mannes, der das Gesetz Allahs vertritt. In einer nahezu perfekten Version kontrolliert die elitäre Zweckvernunft Volk, Politik und Religion. Nach innen führt sie den Kampf gegen Abweichler und Frauen, nach außen gegen den »Unglauben«, um den Besitz auszuweiten.

Durch die Verbindung von Kriegsbeute und Sklavin stieg der Finanzbedarf allerdings in Größenordnungen, die das *Unverfügbare* (s. u. S. 215) sprengten und somit nicht mehr mit der politischen Machbarkeit zu vereinbaren waren. Das Reich der Abbasiden war in einen Zerfallsprozeß eingetreten, der trotz – oder auch gerade wegen – härtester Repression zu zwei für das Kalifat fatalen Ergebnissen führte: zu enormem Finanzschwund und die Bewachung der Macht durch fremdes, vorliegend türkisches Militär. Die Kalifen sanken zu Marionetten von immer stärker werdenden Teilfürsten herab.

Zu Beginn des 10. Jahrhunderts sind es zunächst die schiitischen Fatimiden in Nordafrika und Ägypten, um 950 kommen die Buyiden im Irak und in Westpersien sowie die spanischen Umayyaden hinzu, die sich selbst zum Kalifat ausrufen. Gegen Mitte des 11. Jahrhunderts entstehen nach den Ghaznawiden im indischen Grenzgebiet (um 1000) machtvolle Bewegungen – im Osten die türkischen Seldjuken und im Westen die berberischen Almohaden. Die Seldjuken entwickeln sich von nomadischen Söldnern, die den Kalifen bewachen, zu islamischen Machthabern, die in der Zeit zwischen 1071 und 1075 Byzanz besiegen, Jerusalem erobern und die Kreuzzüge auslösen.

Der Aufstieg der berberischen Almohaden beendet das Kalifat in Cordoba und beschleunigt den Verfall der Fatimiden im Westen, während er in Kairo und Syrien den Zweig der Ayyubiden stärkt. Diese bekämpfen unter Saladin die Kreuzfahrer und werden ab 1250 ihrerseits durch die neue Söldnerkaste der Mamluken in Ägypten verdrängt. Eine seldjukische Abspaltung weitet sich als Rum-Seldjuken nordwestlich aus und bildet ab etwa 1300 den Beginn des neuen Osmanenreichs. Zuvor haben die Mongolen 1258 die Reste des Abbasidenreichs ausgelöscht und die Basis für neue Abspaltungen in Persien und Indien geschaffen.

C
Der osmanische Harem

1. »Frauenherrschaft« und Eunuchen

Die im wahren Wortsinne gewaltige Spannweite dieser historischen Machtwechsel unterstreicht den zweckhaften Einsatz von Religion, Ethnie und Kultur im Wettbewerb um die Vertretung Allahs. Ob naturgläubige Berber und Seldjuken, ob zoroastrische Perser oder buddhistische Mongolen – über etliche Jahrhunderte und tausende Kilometer zeigen dabei die Aktionsmuster zwei konstante Schnittflächen: das Gesetz Allahs und die Macht des Mannes.

Die Lizenz zur Überwindung des Unglaubens, zu Raub und Gewalt im Namen Allahs, bewirkt ein weiteres, ebenfalls immer gleiches Muster: Die lokalen Eliten glauben Ämter und Einfluss retten zu können, indem sie ihre Loyalität von der eigenen Bevölkerung auf die islamischen Eindringlinge übertragen. Diese erscheinen nicht mehr als absolute Bedrohung, sondern als relativer »Frieden«, der mit Kollaboration der einheimischen Eliten das Land besetzen kann. Deren Beteiligung am Tribut ist der erhoffte, jedoch nicht immer realisierte Lohn für den Verrat.

Das klassische Beispiel dieser Art war das griechische Byzanz, das im lateinischen Rom den ärgeren Feind sah und seine Bevölkerung den anrückenden, zu »Freunden« deklarierten Osmanen auslieferte. Die Diskrepanz zwischen byzantinischem Wunsch und osmanischer Wirklichkeit konnte leicht gelöst werden: Die Kirchen-»Hirten« münzten den Kampf gegen den Islam zum Kampf gegen Gott um.[58] Der Machtanspruch des Islam war zum »christlichen« Dogma geworden, eine Wandlung, die sich in der Variante des modernen Orient-Mythos wiederholen könnte (s. u. S. 226f.).

Derart geadelt und verstärkt durch ihren ethnisch-türkisch geprägten Djihad, hatten die Osmanen keine Mühe, dem Gesetz Allahs zum beständigsten Reich der islamischen Geschichte zu verhelfen. In zwei Jahrhunderten breitete es sich bis vor Wien aus (1529), bevor es dort im zweiten Anlauf 1683 historisch scheiterte. Mit dem Vertrag von Karlowitz leiteten die Westmächte 1699 den Niedergang des Osmanenreichs ein, der mit der Gründung der türkischen Republik 1923 durch Kemal Atatürk sowie der Beendigung des Kalifats 1924 besiegelt wurde.

Ähnlich wie in der arabischen Phase wiederholte sich auch in der türkischen der expansive Prozess der Gewalt, der erst Anatolien und dann den Balkan mit der üblichen Mischung aus Drohung, Plünderung, Vergewaltigung, Versklavung und Massaker überzog. Die neue Variante erhielt mit den Janitscharen einen zusätzlichen darwinistischen Impuls. Indem man Christenkinder »erntete«, d. h. sie ihren Familien wegnahm, zwangskonvertierte und hartem Militärdrill unterzog, entstand eine massive Kampfmaschine, die alles Überflüssige beiseite räumte, insbesondere die Menschen der eigenen Herkunft.

Nach dem Fall von Konstantinopel 1453 unter Mehmed dem Eroberer (gest. 1481) erreichte das Reich unter Süleyman dem Prächtigen (gest. 1566) den Höhepunkt seiner Macht. Erneut hatte sich dabei eine Ausweitung des Harems vollzogen, der nun ein in der Geschichte bislang unübertroffenes Ausmaß annahm. Um 1500, unter Bayezid II., gab es um 18 000 Haremsdiener, etwa das Doppelte des Abbasidenhofes um 900. Nur ein halbes Jahrhundert später hatte sich diese Zahl mit 35 000 noch einmal knapp verdoppelt – ein Indiz rasanter Dekadenz.

Hier war eine Kleinstadt entmannter, dienstbarer Geister entstanden, deren alleinige Aufgabe darin bestand, der Sexualität des Herrschers zuzuarbeiten und die Nachkommenschaft zu sichern. Dabei herrschte harte innere und äußere Konkurrenz, besonders auch gegen die Janitscharen, welche mit ständigen Intrigen und Komplotten aus den Eunuchen eine eigene Klasse von zuweilen gefährlichen Geheimpolitikern machte.

Die Türken leiten sich aus zentralasiatischen Nomaden ab, die matrilineare, schamanisch geprägte Gesellschaften entwickelten. Der islamische Männerglaube hat diese Traditionen nicht gänzlich auflösen können. So übte im türkischen Harem nicht nur der Eunuch, sondern auch die Sultansgattin Kontrollfunktionen aus. Die Islamherrscher Zentralasiens verzichteten häufig ganz auf die entmannten Wächter.[59] Auch der Schleier war weitgehend unbekannt, bis man im Zuge der Eroberungen zu immer dichterer Verhüllung, der Grundlage islamischer Identität, überging.

Wie die jemenitische Sklavin Rukhayna im arabischen, so wurde die russische Sklavin Roxelana (gest. 1558) zur Ausnahmegestalt im türkischen Harem. Sie erreichte, dass Süleyman sie zur Hauptfrau und ihren Sohn Selim (gest. 1574) zum Thronfolger machte. Insgesamt gebar sie ihm fünf Kinder, davon drei, die auch Sultane wurden.

Dieser »Erfolg« ist nicht nur zahlenmäßig, sondern auch qualitativ höher als der Rukhaynas einzuschätzen, weil er unter wesentlich schwierigeren Umständen zustande kam. Man brauchte überirdische Sexualkünste und Nerven wie Drahtseile, wenn man die Intrigen der weiblichen Konkurrenz und der eunuchischen Ränkeschmiede im osmanischen Mammutharem überwinden und als *Valide Sultan* an die Spitze gelangen wollte.

Zeitzeugen stellen sie als »machtgierig, kaltblütig und skrupellos« dar, als wenn diese Eigenschaften in den bisherigen Machtkämpfen des Islam unbekannt gewesen wären. Dessen Spielregeln beherrschte sie offenbar so virtuos, dass sie männliche Ängste auslöste. So sah man denn Roxelanas Wirken als »Frauenherrschaft«, als Signal des Niedergangs und Menetekel für die Reichsmacht.

Später vollbrachte sie ihr Meisterstück, als es ihr gelang, mit einem Netz raffinierter Machenschaften den Thronfolger durch den Sultan selbst aus dem Weg räumen zu lassen. Nach ihrem Tod bewies zumindest einer der verbliebenen Söhne, das Talent der Mutter zur Beseitigung von Hindernissen auf dem Weg zur Spitze geerbt zu haben: Selim II. (gest. 1574) brachte seinen Bruder Bayezid um.

Der Brudermord war ohnehin gängige Praxis im Kampf um die osmanische Macht. Da nach islamischer Devise Despotie besser als Anarchie ist, verwendeten die Thronfolger große Sorgfalt bei der Beseitigung ihrer Konkurrenten. Mit wachsendem Harem nahm auch die Zahl der Mitbewerber zu, sodass zuweilen größere Tötungsaktionen erforderlich wurden, um die Thronfolge zu klären. Im Jahre 1595 ließ Mehmed III. (gest. 1603) 19 Brüder und sieben schwangere Konkubinen umbringen, um sich den drohenden Wettbewerb vom Hals zu schaffen.

2. *Der Niedergang des »Bienenkönigs«*

Da Allahs Weisheit jedes Mittel heiligte, war auch in jedem Falle für maximierte Nachkommenschaft gesorgt. Wie auch immer die politischen und sexuellen Potenzen verteilt waren – die Herrschaft war gesichert. Sobald der Sultan in der einen oder anderen Richtung Schwächen zeigte, griffen Chef-Eunuch und Valide – in wichtigen Fällen der Wesir – korrigierend ein. Auch in jeder anderen Konstellation war das Recht des Stärksten auf die kollektive weibliche Sexualität gewährleistet.

In diesem Kontext erscheint Allahs Recht als eine Art biologisches Naturgesetz, dem die islamischen Machthaber wie Kopisten der Bienenkönigin folgen. Im Kreislauf von Zeugung und Gewalt werden sie zur Umkehrung, zur männlichen Form eines Bienenkönigs in Menschengestalt. Um seine Zeugungskraft zu bedienen, arbeiten ihm alle ausbeutbaren Kräfte des Reiches zu. Unter wesentlichem Einfluss der Valide steuern Großwesir und Chef-Eunuch die Verteilung der Beutefinanzen und des Herrschersamens.

Wie alle anderen Eigenschaften des Islam, so sieht der westliche Orientalismus auch den extremen Haremsbetrieb als Errungenschaft. Lobend hebt man die »Pflege der Sinne und Sinnlichkeit des Herrschers« hervor, und die sultanischen Begattungsrituale werden zum Vorbild für »gezügelte Sexualität«.[60] So lassen sich auch die genagelten Schuhe des Sultans als kultivierte Einrichtung werten. Während sich der »Bienenkönig« weithin hörbar näherte, richteten sich die Frauen in ihren engen Kabinen dressurgerecht auf die etwaige Begattung ein.

Wenn es schließlich dazu kam, zeigten die Erlebniswelten, wie weit sich männliche Macht vom Weiblichen entfernt hatte. Was den Haremsfrauen als Höhepunkt ihrer Existenz erschien, war für den Sultan eine Routinehandlung; das, worauf man sie jahrelang trainiert hatte, nahm er im Vorbeigehen. Vom Fußende des Bettes emporkriechend, boten sie ihr »Saatfeld« (s. u. S. 81) an, wurden mehr oder minder erfolgreich bestellt und verließen das Sultansgemach. Sie waren die Besten eines Systems, das sexuelle Konzentrat von Krieg und Ausbeutung, dessen alleiniger Zweck der Erhalt der Herrscherelite war. Ihre momenthafte, anonyme Sexualität bildete die Basis sultanischer Macht, die sie in endloser Kette »auf den Punkt« brachte.

In ihrer weiblichen Version klang die westliche Orient-Euphorie bei Lady Mary Montagu (gest. 1762) an, einer britischen Diplomatengattin, die im frühen 18. Jahrhundert vielfältige Kontakte zu Damen der Istanbuler Gesellschaft unterhielt. Sie zeigte sich von der feinen Haremstechnik beeindruckt, die den Frauen der Machthaber eine Mischung aus weiblicher Demut und verborgener Erotik antrainierte. Das Ausbildungsziel war die laszive Jungfrau, die Quasi-Huri als irdische Vorstufe zum islamischen Paradiesideal.

Wie die arabische Djaria des Mittelalters, so brachten auch solche elitären Zuchtfrauen, die Odalisken (türk.: *oda* = Zimmer) der osmanischen Neuzeit, Höchstpreise auf dem Exklusivmarkt der Reichen. Lady Mary zeigte sich dabei als echte Hierodule des Männersystems. Sie wagte nicht, Kritik an der zynischen Ästhetik des Sexualtrainings zu üben, geschweige denn ihre Erkenntnisse zu ihren Lebzeiten zu veröffentlichen. Stattdessen versteckte sie sich hinter vermeintlichen Ähnlichkeiten des Elitenislam mit dem Vernunftglauben der Aufklärer:

> *Sie (die muslimischen Gebildeten) bekennen sich untereinander oder gegenüber jenen, denen sie trauen können, zum Deismus und sprechen von ihrem Gesetz (Scharia) nicht anders als von einer politischen Institution, die heute geeignet sei, von klugen Männern beachtet zu werden.*[61]

Dabei hätte sie durchaus auf männliche Schützenhilfe, nämlich auf einen der größten Philosophen ihrer Zeit, C. L. de Montesquieu (gest. 1755), zurückgreifen können. In den »Perserbriefen« beschrieb er seine Gemütslage zwischen Faszination und Entsetzen angesichts der Gewalt, welche die erwähnte Roxelana einsetzen musste, um sich die Macht der männlichen Orient-Despotie anzueignen.[62]

Deren Unfreiheit verglich er mit dem Freiheitsideal der französischen Staatsidee. Die »Ethik der Wüste« bringe mit Sklaven, Eunuchen, Wesiren und Frauen einen Grenzfall des Staatsbildung, eine kollektive Sklavengesellschaft hervor, die sich den maßlosen Wünschen des Sultans – also unseres »Bienenkönigs« – unterwerfe. Die Angst des Herrschers vor der Freiheit müsse Hierarchien der Unfreiheit erzeugen, die sich im Luxus der Hof- und Haremshaltung besonders klar abzeichneten.

Der anschließende Verfall verdankte sich allerdings nicht humanistischer Ethik, sondern dem ökonomischen Kalkül der Westmächte. Mit ihrem Vorrücken nahmen die Faktoren der maximierten Sexualität ab: Beute und Harem. Den letzten regierenden Sultan, Abd ül-Hamid II., zwangen die Jungtürken 1909 ins griechische Exil. Wenig später wurde der Ort der organisierten Befruchtung geschlossen.

Mit der Gründung der Republik machten sich die Türken auf den Weg nach Europa. Die Revolution des türkischen Laizismus weckte jedoch nur scheinbar den Eindruck, als habe man sich vom Islam als primärem Ordnungssystem getrennt. Als islamistische Partei verkleidet, kehrten die Vertreter des Islam knapp ein Jahrhundert später zurück, um wieder das einzurichten, was seit Anbeginn auch Pflicht ihrer Vorgänger war: die Herrschaft unter dem Gesetz Allahs.

Dem islamischen Staat, der sich demokratisch gibt, bietet die Europäische Gemeinschaft Verhandlungen zum Beitritt an. Mit der Zuwanderung nach Europa hat bereits ein neuer Zyklus des islamischen Mythos begonnen. Überall, besonders in Deutschland, formieren sich proislamische Kräfte, die den radikalen Einfluss auf die muslimische Zuwanderung stärken. Hier ist eine regelrechte »Herde trojanischer Pferde« entstanden, die als staatsverändernde Islam-Lobby auftritt. Sie und ihre Auswirkungen für die Frauen beschäftigen uns in den späteren Kapiteln. Zunächst müssen wir uns mit den Bedingungen des Islam selbst befassen.

Teil II

Islam und Frauenethik

A

Der islamische Imperativ

1. Der orientalische »Humanismus«

Die Westmächte hatten nicht nur die Osmanen ihre technisch-militärische Überlegenheit spüren lassen. Auch die Araber erlebten diese Entwicklung mit eher noch größerer Frustration, weil sie selbst zuvor Teil des osmanischen Reiches gewesen waren. Von Beginn des 19. bis weit ins 20. Jahrhundert hatten sie sich gemeinsam eine Okkupation und Neuaufteilung ihrer Gebiete gefallen lassen müssen, die der islamischen Ehre hart zusetzten.

Dabei hatten sich die europäischen Eliten durchaus zweideutig gegeben. Schon während der Kolonisierung des osmanischen Reiches pflegten die westlichen Invasoren ein ambivalentes Orient-Bild: Einerseits schlugen sie aus der Schwäche des »Kranken Mannes am Bosporus« Kapital, andererseits pflegten sie idealistische Vorstellungen, die noch aus der Aufklärung stammten. Des Rätsels Lösung lag natürlich im elitären Privileg, für das die Orient-Euphorie reserviert war, während die Masse in den profanen Kampf zog.

Dichter und Literaten wie Lessing, Goethe, Lord Byron (gest. 1824) und andere gaben ihrer Bewunderung für die Glanzseite der islamischen Kultur Ausdruck. Der höfische Prunk- und Haremsbetrieb erschien ihnen als Beweis unüberbietbarer Kultiviertheit und Toleranz, die das zynische Regime der islamischen Despoten ausblendete. Die märchenhafte Hofhaltung war indessen nur dadurch finanzierbar gewesen, dass man sich im Namen Allahs riesige Gebiete und deren Steuer- und Sklavenpotenziale angeeignet hatte. Insofern schwenkten die großen Köpfe Europas in die Routine der islamischen Hofschreiber ein und kopierten sie als westliche Varianten der »Mundstücke Allahs«.

Denn wie erwähnt, ist die Geschichte des Islam nicht nur eine Geschichte der Eroberungen; sie ist auch eine Geschichte der durch Bedrohung erzwungenen oder opportunistischen Kollaboration seitens der überwundenen Länder und Kulturen. Die nichtislamischen Statthalter und ihre Kamarilla konnten in der Regel ihre Haut und Pfründe retten, solange sie nicht mit dem Gesetz Allahs in Konflikt gerieten, d. h. den neuen Herrschern gegenüber zu selbstbewusst auftraten. Den europäischen Orient-Idealisten geriet diese pragmatische Demonstration der Macht, die lediglich die lokalen Eliten, einmal mehr die »trojanischen Pferde«, vor den eigenen Karren spannte, zum untrüglichen Beweis von Friedensbereitschaft und »Toleranz«.

Aus dieser Sicht avancierten profane Machthaber wie Lessings Sultan Saladin (in »Nathan der Weise«) zu kultivierten Mäzenen der schönen Künste und friedfertigen Integration. Der zog es jedoch vor, seine Scharia-Kenntnisse in zahlreichen Massakern auf die Kreuzfahrer anzuwenden,[63] was ihm die rühmende Grabinschrift eintrug, »Jerusalem vom Schmutz der Ungläubigen befreit« zu haben.

Hier entstand die romantische Vorform des Mythos vom friedvollen Islam, der sich, verstärkt durch die Legende vom toleranten Cordoba-Islam, zu einer obsessiven Idee mit Paradiespotenzial auflud (s. u. S. 234f.). Bis heute hat er sich unverändert erhalten und ist zu einem wichtigen Teil des proislamischen Projekts geworden, das sich nun offenbar anschickt, graduell die alte Ordnung zu überwinden.

Dass es sich um einen Vorgang mit mythenhafter Wirkmacht handelt, zeigt seine Resistenz gegen die Tatsachen der Geschichte. Ebenso verhallten die Argumente moderner Philosophen wie Montesquieu ungehört, ganz zu schweigen von den Denkern Andalusiens, deren unislamische Gedanken aus indo-iranischen, also letztlich europäischen Wurzeln kamen.[64] Wenn die heutigen – geschichtslosen – Proislamisten vom »toleranten« Cordoba schwärmen, bewundern sie nichts anderes als ihre eigene Kultur, die denn auch den Orthodoxen des Islam zufolge ein »satanisches Kalifat« und mit den Philosophen die »Rache der Perser« beherbergte.[65]

Aber auch hinsichtlich der Frauen zeigte man sich im Westen eher islam- als aufklärungsbereit, indem man die Überlegungen des feinsinnigen Aristokraten A. N. Condorcet (gest. 1794) ins Archiv verbannte. Er gehört zu den wenigen Aufklärern, die überhaupt konsequent für die Frauen- und Minderheitenrechte eingetreten sind. Ihm zufolge hat seit jeher die männliche Hälfte der Menschheit der weiblichen genau die Rechte streitig gemacht, die sie selbst für sich beansprucht. Er verhöhnt die Ignoranz der Philosophen und spricht ihnen jegliche Vernunft ab, weil ihre Form der Republik den Frauen die Bürgerrechte vorenthalte und sich dabei auf Vorurteile aus grauer Vorzeit berufe.

Wie prähistorische Menschen hielten die »Denker« an magischen Auffassungen fest, die sich Bürgerrechte für Frauen nur vorstellen könnten, wenn sie durch Heirat von Männern auf sie übergingen. Eindringlich warnt Condorcet davor, die Wahrheit zu teilen und das Recht geschlechtsspezifische Formen annehmen zu lassen.

Denn die Ungleichheit zwischen Mann und Frau schreibe Ungleichheit und damit den Kampf auch zwischen den Männern fest. Durch die vermeintliche Dominanz über die Frauen würden sie selbst auf einen Zweck festgelegt, der seinerseits die Wurzeln der Unfreiheit enthalte. Wenn der Starke glaube, dass der Schwache für ihn geschaffen sei, entstünden im Raum der Starken laufend Aggression und tyrannische Macht auf Kosten der Frauen, also Praktiken, die dem Mittelalter angehören sollten. Die Freiheit der Männer habe ihre Grenze dort, wo die Freiheit der Frauen beginne.

All dies waren Gedanken auf einsamer Höhe, die auch im Zeitalter der »Vernunft« nicht zur Norm werden konnten und Condorcet das Leben kosteten. Sie behinderten die männliche Macht – dies umso mehr im Islam, wo die »Aggression im Raum der Starken« sich zu Formen der biologischen Disziplinierung, Vergewaltigung und Inzest, steigerte (s. u. S. 83f.). Eindrucksvoll bestätigten sie die Regel Condorcets, nach der die Freiheit des Mannes auf der Unfreiheit der Frau beruht.

Dennoch fielen seine Gedanken auch im Orient auf teilweise fruchtbaren Boden. In der zweiten Hälfte des 19. Jahrhunderts hatten sich vereinzelte »feministische« Männer wie die Literaten Nazim Kemal (gest. 1888) und Shemseddin Sami (gest. 1904) zu Wort gemeldet, die die weibliche Bildung fördern wollten. In der Endzeit der Osmanen beschäftigten die türkischen Eliten Lehrkräfte aus Europa, deren humanistische Gedanken allerdings auch Unruhe unter den Frauen auslösten.

Eine von ihnen war zu Beginn des 20. Jahrhunderts die Diplomatentochter Zeyneb Hanum, die man nicht nach den Tradition des Islam erzogen hatte. Sie dachte nicht daran, »den Schleier zu nehmen«, und vertrat die Auffassung, dass Frauen gesellschaftlichen Kontakt zu Männern pflegen können sollten, ohne dass – wie im Islam üblich – sogleich sexuelle Noten ins Spiel kommen müssten.

Ihr erschien es daher als Verlust, dass eine tief gehende geistige Verbindung – außer- und innerehelich – kaum möglich würde, weil auch die Gebildeten als Vorbilder der Gesellschaft mehrheitlich der Tradition verhaftet seien. Die europäischen Eliten könne man kaum von dieser Verhaltensweise freisprechen, da auch ihre Frauen von ihren Männern abhängig und darauf fixiert seien, ihre Töchter meistbietend zu verheiraten.

Zeynebs Erkenntnisse deckten sich auffallend mit der islamisch-westlichen Lage insgesamt. So wie sich die Herrschenden im Wirtschafts- und Militärbereich auf Kosten ihrer Gesellschaften einigten, so schienen die privaten Verhältnisse auf beiden Seiten auf Kosten der Frauen geregelt zu sein. Zwar hatten die Aufklärer die Unterdrückung der Frau in Europa eindeutig entspannt, doch genügte offenbar eine einfache Kopie ihres Modells nicht, die Probleme der islamischen Frau zu lösen.

Die despotische Macht des islamischen Mannes fand zwar keinen Vergleich in Europa, doch verfügte auch sein dortiges Gegenstück über eine Patriarchenstellung, die im 19. Jahrhundert über ein Netz konventioneller und juristischer Regeln die Frau zuverlässig kontrollierte. Kulturell bedingt blieben die Ähnlichkeiten jedoch begrenzt: Zu stark waren die Nachklänge des christlichen Gedankens und auch des indogermanischen Brauchs, als dass die Frau in Europa den minderwertigen Status hätte erreichen können, wie er im Islam möglich ist.

Im Gegenteil: Der Umgang mit dem humanistischen Bildungsideal brachte gegen Ende des Jahrhunderts erstmals die Idee vom »ethischen Islam« hervor. Darunter stellte man sich eine Art latente Islamform vor, die vom realen Islam ständig »missbraucht« und zum Nachteil der Frauen daran gehindert worden war, ihre ethischen Vorzüge zu entfalten. Es blieb allerdings unerklärt, wieso die Muslime dabei über ein Jahrtausend lang Muhammad »missbrauchen« konnten, der angeblich einen ganz anderen Islam angestrebt und seine vielen Frauen angeblich rücksichtsvoll behandelt hatte.

Der aus islamischer Sicht revolutionäre Einfluss des europäischen Denkens auf die islamischen Frauen war zunächst weiter auf dem Vormarsch. Fatma Aliye, Frau eines Sultanberaters, brachte ein Buch über die ethischen Seiten des Islam heraus und gründete 1909 in Istanbul das erste Frauenmagazin der Türkei. Fünf Jahrhunderte nach Christine de Pisan (gest. um 1430), der ersten Feministin Europas, griffen nun auch die Musliminnen zur Feder, um ihre Gedanken eigenständig auszudrücken.

Erheblichen Einfluss übte gleichzeitig Ulviye Mevlan aus, die sich für die Rechte der osmanischen Frauen einsetzte und gegen die Verankerung der weiblichen Schieflage in der Ungleichheit der Geschlechter anschrieb:

> *Die Frauen sollten sich nicht mehr auf die trügerischen Floskeln männlicher Autoren einlassen, die sie als lebenslange Kameradinnen und Gefährtinnen bezeichnen. Das sind alles Lügen. Obwohl wir sie als Lügen erkennen, ködern sie unsere Gefühle. Darum sind wir nicht in der Lage, unsere Rechte zu verteidigen.*[66]

In begrenztem Umfang ermunterte Kemal Atatürk, der Gründer der türkischen Republik, solche Aktivitäten, denn »die Schwäche unserer Gesellschaft liegt in unserer Gleichgültigkeit gegenüber unseren Frauen«. Damit nicht genug, brach er scheinbar gänzlich mit dem koranischen Grundgesetz der Männerherrschaft: »Nichts in unserer Religion verlangt, dass Frauen den Männern unterlegen sein müssten«.[67] So wurden zunächst – neben der Polygamie – die Gesetze gestrichen, die im Scheidungs-, Sorge-, Erb- und Vormundschaftsrecht die männlichen Privilegien gesichert hatten.

Wiederholt ironisierte der »Vater der Türken« die Männer, die sich von solchen Maßnahmen beleidigt fühlten. Er verspottete ihre »Haremsmentalität«, mit der sie die Frauen der türkischen Nation demütigen und unter bürokratischem Verschluss halten wollten, nachdem sie sich als Heldinnen des Freiheitskampfes bewährt hätten. So sei auch der Schleier aus dem öffentlichen Leben zu verbannen und durch einen »zeitgemäßen Aufzug« zu ersetzen. Denn als Beweis der Ehrbarkeit tauge die Verhüllung nicht, sondern verblasse neben dem Stolz der türkischen Frau. Das alles ändere jedoch nichts an ihrer Hauptrolle, der Mutterschaft, ihrer »*angemessenen Funktion in der türkischen Nation*«.[68]

Als wichtige Propagandistin der nationalen Bewegung trat Halide Edip auf, Tochter eines hohen Beamten und bekannte Autorin. Sie war in Abwesenheit vom Sultan zum Tode verurteilt worden, weil sie die Türken zum Widerstand gegen die westlichen Allierten aufgerufen hatte. In den Dienst für Atatürks Revolution gestellt, animierte sie viele Frauen, sich als Armeehelferinnen gegen das Sultanat und die Westmächte anwerben zu lassen.

Obwohl sie damit dem Kampf der Türken und dem männlichen System des Islam ganz wesentlich genützt hatte, dankte es ihr Atatürk nicht. Um sich ihrer zu entledigen, warf er ihr später sogar die Beteiligung an einem angeblichen Komplott vor und ließ sie nur nach heftigen Protesten des In- und Auslands nicht hinrichten, sondern ins Londoner Exil ausreisen. Erst nach seinem Tod konnte sie in die Heimat zurückkehren.

2. Commonwealth und Scharia

So wie sich die Frauen am Freiheitskampf der Türkei beteiligten, so sabotierten sie in Ägypten die Fernmelde- und Nachschubwege der Engländer. Sie waren Teil einer Reformbewegung, die sich vom Druck der Kolonisierung befreien und dabei auch die Frauen nutzbar machen wollte.

Ihre wesentlichen Gedankengeber waren der iranstämmige Al-Afghani (gest. 1897) und der Ägypter Muhammad Abdou (gest. 1905). Beide vertraten einen Islam, der aus ihrer Sicht seine rationalen und ethischen Potenziale durch eigenes Verschulden verschüttet hatte. Als Hauptgrund sahen sie die historisch verankerte Korruption der islamischen Eliten, die sich nun auch wieder mit den westlichen Okkupanten in der Türkei, Iran, Ägypten und anderswo verbrüderten.

Im Zentrum dieser Politik stand die Renaissance des Djihad, des islamischen Krieges. Allein im gerechten Glaubenskampf konnte die Lösung des Problems liegen, weil er – so auch der Abdou-Schüler Rashid Rida (gest. 1935) – das »einigende Band der Scharia« wiederherstelle. Dabei galt die Beherrschung der Frauen als ganz natürliche Bedingung in einer Religion, für die – so Afghani – die männliche Dominanz »wie die Nahrung für das menschliche Leben« war.[69]

Das »einigende Band der Scharia« wurde nicht nur in der Rückkehr des Schleiers sichtbar, der sich unter westlichem Einfluss merklich verflüchtigt hatte. Auch der ägyptische Richter Ali Abdarraziq (gest. 1966) bekam es schon 1925 zu spüren. Er wurde seines Amtes enthoben, weil er behauptet hatte, dass Muhammad bereits bei der Gründung des Islam das Recht von der Religion getrennt und so die Grundlage für einen säkularen Islam geschaffen habe.

Zuvor hatte Abdou eingewandt, dass Frau und Mann vor Allah gleich seien, den Frauen daher »im Prinzip« auch gleiche Rechte zustünden und die Polygamie als »Missbrauch« des Islam gelten müsse.[70] Darin folgte er Qasim Amin (gest. 1908), einem literarisch begabten Rechtsanwalt, der sich insbesondere als Anwalt der Frauen verstand: »Es ist unmöglich, erfolgreiche Männer hervorzubringen, wenn sie keine Mütter haben, die fähig sind, sie zum Erfolg zu erziehen«.

Deren Gleichberechtigung versuchte er durch eine aussichtslose Konstruktion zu erreichen: die Vermittlung zwischen der angeblichen »Ethik« des frühen Islam und der islamischen Orthodoxie. Sie zeichnete sich bald als Quadratur des Kreises ab, weil durch die gesamte Geschichte des Islam nur diejenigen die Macht besetzen konnten, die sich auf das Gesetz Allahs beriefen, also das »einigende Band der Scharia«. Wenn Amin ihnen vorwarf, sich als habgierige, stumpfsinnige Tagediebe aufzuführen, die die Frauen unterdrückten, traf das zwar oft zu, konnte ihm jedoch kaum die Sympathie der Machthaber eintragen.

Die islamischen Eliten wussten sich ohnehin einig mit den englischen Besatzern, die in der Frauenfrage kaum anders dachten. Angeregt durch Darwins Evolutionstheorie, hatten sie eine pathologische Kulturideologie entwickelt, die in der selbstbestimmten Frau eine Gefahr für das britische Weltreich sah. Danach war die Frau, die ihre Sexualität auslebte, mit einem Raubtier vergleichbar, das dem Mann wertvollen Samen abjagte und zugleich seine Kapitalkräfte schwächte.[71] Zeugen und Denken lagen für die wirtschaftsliberale Elite Englands ähnlich nah beieinander wie für den orthodoxen Islam. Denn nach dessen Lehre ist die gehorsame Frau die beste Frau und die Gemeinschaft Allahs »das beste Volk, das die Welt je hervorgebracht hat« (3/111).

Auch das englisch geführte Commonwealth galt als Spitzenform aller Politik und Kultur. Dem britischen Reich oblag nicht nur die Zivilisierung, d. h. Ausbeutung des Orients, sondern die »natürliche« Führung der ganzen Welt.[72] In diesem Rahmen übernahm der Mann eine darwinistisch überhöhte Führungsrolle. Dem Vorbild der Königin Viktoria folgend, war die gehorsame, viktorianische Frau der fruchtbare Boden für den kostbaren Samen der britischen Herrenklasse.[73] In Gestalt der elitären Kolonialistin war sie es nun, die den Frauen des Islam bestätigte, dass auch aus westlicher Sicht der Koran die Wahrheit sagte: Die weibliche Natur stand unter der Kultur der Männer.

Den Kolonialmächten und den Führungskräften des Islam ging es primär um die Sicherung der eigenen Interessen, an der die Frauen beider Seiten mitwirkten. Insofern verharrten gerade auch elitäre Musliminnen wie Safiyya Zaghlul oder Huda Sha'rawi in Grenzen, die ihnen das Männersystem setzte. Erstere rief 1919 die Frauen zu nationaler Solidarität durch »Ruhe in den Familien« auf, als ihr Mann, Führer der nationalistischen Wafd-Partei, von den Briten deportiert worden war.[74]

Auch Huda Sha'rawi, die erste Feministin Ägyptens, konnte solchen Zwängen nicht entgehen. Indem sie bei der Rückkehr von einer Schiffsreise 1923 ihren Schleier in den Hafen von Alexandria warf, setzte sie ein spektakuläres, aber folgenloses Zeichen. Denn als Haremsfrau und Angehörige der Oberschicht hatte sie die Grenzen der elitären Männerdominanz einzuhalten. So trug sie eher dazu bei, die islamische Tradition zu reaktivieren, die dem Mann der Masse seit jeher die Herrschaft über die Frau gesichert hatte.

Hudas Schleierwurf geriet zum Versuchsballon, zum Stimmungstest mit erneut negativem Ausgang. Unter Führung von Hasan al-Banna' (gest. 1949) wurde 1928 die islamistische Muslimbruderschaft gegründet, die sich dem Kampf gegen Kolonialherrschaft, der Erneuerung des Islam und der Wiederverschleierung der Frauen verschrieben hatte. Zwar war man sich nicht zu schade, britische Finanzhilfe in Anspruch zu nehmen,[75] doch wuchs die Bruderschaft auch aus sich heraus zu einer islamweiten Organisation.

Mit einer Schaukelstrategie zwischen Sozialengagement und Terrordrohung übernahm sie die Führerschaft im Djihad gegen die Verwestlichung des Islam, seiner Eliten und vor allem seiner Frauen. Von Anbeginn mit den orthodoxen Wahhabiten in Saudi-Arabien verbunden, bauten die Brüder nach dem Zweiten Weltkrieg deren Königreich zur einer Basis aus, die zu Weltgeltung im organisierten Verbrechen und Terror gelangte. So konnten sie auch in der europäischen Expansion des Islam eine privilegierte Rolle übernehmen, von der noch die Rede sein wird.

Im Umgang mit den britischen und später amerikanischen Führungsebenen lernten die Muslimbrüder schnell. Als für sie besonders günstig erwiesen sich die Schablonen von Freiheit und Säkularisierung, die den westlichen Frauen nur bedingt zugute gekommen waren. Islamische Macht war schon immer aus der Stellvertretung Allahs durch den Mann entstanden, dem aus der Instrumentalisierung der Frau besondere »Verantwortung« erwuchs.

Zunehmend setzte sich die Erkenntnis d[…]kung
[…]ch im
[…]nzte,
[…]r Po-

[…] bio-
[…]erte.
[…]auch
[…]ieses
[…]b al-
[…]dem
s[…] er-
k[…]

A-1199 Wien · Gunoldstraße 14 · Tel. +43-1-36060-3333 · Fax +43-1-36060-3099 · E-Mail marketing@apa.at · www.apa.at
AUSTRIAPRESSEAGENTUR APA

> *Wir Muslime tragen Waffen nur, um Frieden zu verbreiten. Wir wollen die Welt reinigen vom Unglauben und Atheismus, von der Unterdrückung und Verfolgung.*[76]

Der Welt das Paradies zu bringen und davon selbst am meisten zu profitieren, ist das Programm jeder radikalen Herrschaftsform, das sich im islamistischen Expansionsideal besonders klar ausprägt. Als Kampf gegen die säkularisierte Moderne getarnt, kann der zeitgenössische Islam seine rassistische Verwandtschaft mit den Ideologien des Westens kaum verleugnen.

Offenbar stand die »Weltreinigung« im Sinne Hitlers Pate, wenn es zur Planung der Muslimbrüder gehört, »die jüdische Rasse durch den Islam auszurotten«.[77] Sie konnten sich dabei auf Amin al-Husainy, den Mufti von Jerusalem, berufen, der seinerseits einst dem deutschen Diktator zu gefallen suchte. Er brauchte sich dabei keine besondere Mühe zu geben, weil sich islamische und nazistische Hasspropaganda decken:

> *Zu den erbittertsten Feinden der Muslime … gehören die Juden und ihre Helfershelfer … Der heilige Koran und die Lebensgeschichte des Propheten sind voll von Belegen jüdischer Charakterlosigkeit und für ihr tückisches, lügnerisches und betrügerisches Verhalten … Sie (die Juden) werden stets ein zersetzendes Element auf Erden bleiben, denen daran gelegen ist, Ränke zu schmieden, Kriege anzuzetteln und die Völker gegeneinander auszuspielen.*[78]

Wenngleich man gegen Kriegsende bedauerte, die »arabische Karte« im östlichen Mittelmeer nicht deutlicher gespielt zu haben, so war für die Deutschen eine feste Allianz mit den Arabern zu keiner Zeit in Frage gekommen.[79] Allerdings ist nicht auszuschließen, dass über Amins Judenhass und seinen Schüler Arafat der Nazi-Rassismus noch lange im Palästina-Konflikt fortlebte. Vor diesem Hintergrund erscheinen die EU-Zahlungen an die PLO, die Arafat zum mehrhundertfachen Dollar-Millionär machten, doppelt dubios.[80]

Für die Araber allgemein steht höchstrichterlich fest, dass Israel ausradiert werden muss. Azhar-Scheich und Mufti von Ägypten M. Tantawi betonte, »dass man zu den Lehren des Islam zurückkehren müsse, um den Feind Allahs zu bekämpfen und die heilige Erde von den Juden zu reinigen«. Er bezieht sich seinerseits auf Hitlers »Mein Kampf« – »indem ich mich der Juden erwehre, kämpfe ich für das Werk des Herrn« – und setzt nicht nur die islamo-faschistische Tradition nahtlos fort;[81] er schließt ebenso den Kreis zum gemeinsamen Feind, dem Christentum, das Hitler als »satanischen Aberglauben« und »Religion der Minderrassigen« sah.[82]

Im Verein mit Europa und mit den Briten im Schlepptau setzten die USA das Doppelspiel auf ihre Weise fort. Im islamischen Raum kooperieren die Amerikaner bis heute sowohl mit den herrschenden Eliten als auch mit den Islamisten, die vorgeben, deren Gegner zu sein. Während dabei auch Israel amerikanische Hilfszahlungen erhält, tritt die EU weiterhin als Ko-Finanzier des anti-israelischen Terrors auf, vornehmlich der PLO und Hamas. Auch die Hizbollah, die iranische Gewaltorganisation, erfreut sich einer seit Jahren stetig zunehmenden Sympathie in Europa.

Mit solchen Verbesserungen konnten sich die Muslime kaum noch auf die kolonialistische Ausbeutung berufen. Dort hatten natürlich immer schon die Ölfelder im Kernland des Islam die wichtigste Rolle gespielt. So sah sich auch der Iran zunehmend in die westliche Rohstoffpolitik einbezogen. Deren Federführung lag zunächst bei den Engländern und Franzosen und ging nach dem Zweiten Weltkrieg auf die Amerikaner über.

Im Großrahmen westlich-islamischer Interessenpolitik spielten die Muslimbrüder schon früh eine zentrale Rolle. Kaderschwester Zaynab hatte zunächst für die Urfeministin Huda Sha'rawi gearbeitet, bevor sie 1936 ihre eigene Organisation »Muslim Women's Association« gründete. Rasch geriet sie unter den Einfluss der Führer Al-Banna und, vor allem, Sayyed Qutb. Letzterer war Schüler Rashid Ridas, bevor er die Bruder-Ideologie radikal fortentwickelte.

Aus einer Ablehnung des ägyptischen Nationalismus und Sozialimus der Nachkriegszeit wurde der offene Aufruf zum islamischen Gottesstaat und zur Vernichtung aller Staaten und Organisationen, welche diesem Ziel im Wege stehen.[83] Hierzu gehören alle heidnischen Regime – als »naher Feind« die islamischen Regierungen, die nicht der Scharia folgen, und als »ferner Feind« die nichtslamische Welt. Wenige wunderten sich, als der ägyptische Präsident Nasser ihn 1966 hängen und Tausende seiner Anhänger verhaften ließ.

Die »Wegzeichen«, Hauptwerk des Sayyed Qutb, sind bis heute das Manifest der Muslimbrüder und markieren im Grunde den Weg aller radikaler Gruppierungen des aktuellen Islam. Der unveränderten Frauensicht in Qutbs Buch konnten bzw. mussten auch die Kaderschwestern unter Zaynab al-Ghazalis Führung zustimmen.

Nach dieser Lehre bilden Mann und Frau die »Pfeiler« (arab.: *qawama*) der islamischen Gemeinschaft. Sie sind für Staat und Kampf bzw. Haus und Herd zuständig. Über ihren jeweiligen Stamm bzw. das Land insgesamt sind beide miteinander verknüpft, sodass die Frau auch politische Aufgaben übernehmen kann. Dies umso mehr, als ihr nun angeblich größere Freiräume gestattet sind. Hier greift der psychologische Effekt der Rationalisierung, der ihnen die koranische Unterlegenheit als Vorrecht erscheinen lässt.

Tatsächlich geschieht das Gegenteil: Gerade durch die Ausweitung auf den öffentlichen Raum – vom Herd auf den Staat – muss sich die männliche Kontrolle verschärfen. So verfügt Sayyed Qutb:

> *Der natürliche Platz der Frau ist das Haus. Wenn ihr allerdings nach Erledigung ihrer häuslichen Pflichten Zeit bleibt, kann sie diese für den Dienst an der Gesellschaft nutzen, vorausgesetzt, dies geschieht* innerhalb der vom Gesetz gezogenen Grenzen *der Würde und Moralität.*[84]

Die Grenzen weiblicher »Würde und Moralität« werden vom Mann gezogen, weil er Allahs Gesetz vertritt. Das qawama-Prinzip hat sich als Mittel der Frauen-Indoktrination bestens bewährt und ist zum festen Bestandteil der islamistischen Propaganda geworden. Je uniformierter sie auftreten, je sackartiger der Mantelumhang ihre Figur verbirgt, und je zuverlässiger auch das letzte Haar unter Kopftuch und Sicherheitsbändern verschwindet, desto fester sind die solcherart Verhüllten davon überzeugt, höchstmögliche Freiheitsgrade erreicht zu haben.

Innerhalb des islamischen Systems haben sie damit nicht einmal unrecht. Denn der hermetische Schleier schützt vor sexuellen Übergriffen und Beleidigungen, wie sie bei den Muslimen üblich sind, sobald eine unbegleitete, noch dazu lückenhaft verhüllte Frau des Weges kommt. Mit anderen Worten: Der Schleier erspart den Männern ethisches Verhalten gegenüber Frauen.

Mithin schafft die perfekte Uniform, die »natürlich« nur bei erfolgreicher Mutterschaft den politischen Raum öffnet, eine paradoxe Situation: Die Frau wird zur Rebellin, wenn sie den Herd nicht verlässt! Sie würde sich gegen Allah versündigen, wenn sie die Chance ungenutzt ließe, den Mann im Einsatz für den Islam zu unterstützen. Frauen, welche die Mehrfachlast durch Haus, Schwangerschaft, Erziehung und politreligiöse Propaganda (*da'wa*) scheuen, verhalten sich »islamisch unkorrekt«. Sie legen sogar den Verdacht der geistigen Störung nahe, weil sie »das größte Glück aller Frauen in der Welt« ablehnen.[85]

Das Gegenstück zu Zaynab bildete die Kairoer Beamtentochter Doria Shafik, die ebenfall dem fruchtbaren Kreis um Huda Sha'rawi angehört hatte. Obwohl ab 1927 die ägyptischen Universitäten auch für Frauen zugänglich waren, promovierte sie 1940 an der Pariser Sorbonne. Fünf Jahre später gründete sie das renommierte Frauenmagazin »Die Niltochter«, das Nasser, wie alle Despoten gegen Kritik hoch empfindlich, 1957 schließen ließ.

Denn in dem von ihr gebildeten »Nationalrat ägyptischer Frauen« hatte Doria die volle politische Gleichberechtigung gefordert: »Ein Parlament ohne Frauen wird auch eine Verfassung ohne Frauenrechte beschließen«. Da das männliche Establishment ihren Vorstellungen nicht folgte, verschärfte sie ihre Kritik am despotischen Nasserismus.

Die Antwort ließ nicht lange auf sich warten: Ab 1957 war nicht nur ihr Magazin verboten, sondern sie selbst unter Hausarrest gestellt. Es folgten zwei Jahrzehnte ständiger Konflikte mit dem System der etablierten Macht, denen die idealistische Doria nicht gewachsen war. Sie hatte sich schließlich seelisch aufgezehrt, zumal der Westen mit den Kairoer Gegnern kollaborierte, statt ihr liberales Konzept eines säkularen Islam und ihre Sympathisanten in Europa zu stützen. 1976 setzte sie ihrem Leben ein Ende.

Zaynab und Doria stehen beispielhaft für zwei völlig unterschiedliche Interpretationen des Islam: radikaler Islamismus gegen säkularen Liberal-Islam. Die beiden Persönlichkeiten entsprechen diesem Gegensatz: Die selbstbewusste Zaynab überwindet unbeirrt härteste Widerstände – Gefängnis und Folter zwischen 1965 und 1971; die sensible Doria zerbricht an ihren Selbstzweifeln. In gewisser Weise konnten sie einen Vorgeschmack auf die kommende Begegnung Islam-Westen geben: Zaynab stand für die klare Zielansprache des radikalen Islam, Doria für die schwankende Beliebigkeit des westlichen Kultur-Relativismus.

Die marokkanische Soziologin Fatima Mernissi vertritt die These von einer goldenen Frühzeit und lehnt den Islamismus als generellen »Missbrauch« des Ethik-Islam ab. Wie Doria kritisiert sie den Westen, weil er die Bemühungen islamischer Menschenrechtler nicht zur Kenntnis nimmt. Dabei handelt es sich jedoch nicht um »Missbrauch«, sondern das ganz alltägliche Prinzip der elitären Macht, die im Westen und Islam identisch ist:

> *Es ist interessant, zu konstatieren, dass die Führer der fanatischen Bewegungen oft vom europäischen Fernsehen eingeladen werden, unsere Philosophen und Denker hingegen selten. Die ganze progressive Bewegung bei uns wird von den westlichen Medien ignoriert, wodurch auf internationaler Ebene die Medienstrategien der Despoten verstärkt werden.*[86]

Die »Medienstrategien der Despoten« profitieren ganz entscheidend von der vornehmen Zurückhaltung der Westmedien, die gegenüber den islamischen Eliten das Frauenthema kaum anschneiden. Sie bestätigen die enorme Wirkung der elitären Machtzwecke, einer offenbar naturgesetzlichen Verhaltensnorm, die auf Kosten der Frau den Islam zu einer auch ökonomisch fruchtbaren Angelegenheit macht.

Um solche Zwecke zu realisieren und in der Gesellschaft zu verankern, bedarf es eines Rechtssystems, das die elitäre Machtausübung gesetzmäßig legitimiert. Im Islam wird dies durch die Verbindung von Koran und Prophetentradition (Scharia) erreicht, die dem Mann umfassende Vollmachten über die Frau erteilt. Da man die weibliche Rationalität und Intuition als für die Gesellschaft, d. h. die Mannesherrschaft bedrohlich ansieht, müssen sie durch das Recht gebändigt und in häusliche Bahnen gelenkt werden.

4. Die Gegenethik des Islam

Dennoch hat es auch die »Montesquieus« und »Condorcets« des Islam gegeben. Gestalten wie der große Philosoph Averroes (gest. 1198) prangerten die systematische Unterdrückung der Frauen an und erkannten den enormen Schaden, den Allah seiner Gemeinschaft zufügt. Indem er die Männer erhöhte und ihre politische Aggression förderte, blockierte er das geistig-soziale Potenzial der Frauen.

Er gab ihnen sogar die implizite Vollmacht, ihren extrem benachteiligten Status für alle Zeit festzuschreiben und auszubauen. Die Rechtsgeschichte des Islam ist eine Geschichte der maskulistischen Textauslegung, die immer auch ihren politischen Hintergrund hatte.[87] So wie man Koranstellen außer Kraft setzte, die sich positiv für Juden und Christen äußerten (s. u. S. 70), so negierte man Traditionen, die zur Gleichbehandlung der Frauen aufforderten.

Danach ließe sich eine übergeordnete »Ethik« des Islam feststellen, welche die ethischen Elemente des ursprünglichen Islam systematisch verdrängt. Eine solche *Gegenethik* bestünde also in einem chronischen Männerzentrismus, der sich als eigendynamischer *islamischer Imperativ* über das Gesetz hinaus verstärkte und verselbstständigte, »weil sich das gesamte, extrem technisch-legalistische Rechtssystem des Islam von der Realität der Frauen abkoppelt«.[88]

Durch die wichtige Rolle der Frauen in der Frühzeit des Islam gewinnt dies zusätzliche Bedeutung. In der formativen Zeit entstand eine rege biographische Literatur, die über das Leben und Wirken von Persönlichkeiten in wichtigen Wissensbereichen – Koran, Tradition, Recht, Mystik etc. – berichtet.

Die Autoren dieser so genannten »Tabaqat«-Werke (arab.: *tabaqa* = Schicht, Klasse), die voneinander abschrieben und dabei die neuen »Schichten« ihrer Zeit hinzufügten, erzeugten über die Jahrhunderte Sammelwerke von teilweise riesigen Ausmaßen. Für die westliche Forschung wären sie Fundgruben, die noch weitgehend unerschlossen sind, weil man – aus Ignoranz, »islamischer Korrektheit« oder beidem – das Quellenstudium meidet. Denn nahezu jedes dieser Werke enthält Kapitel über Frauen, deren genauere Untersuchung indessen die islamisch unkorrekte Vermutung der frauenfeindlichen Gegenethik bestätigen könnte.

Während die Biografien für die Frühzeit des Islam – die ersten beiden »Schichten« der Prophetengenossen und ihre Nachkommen – noch einen Frauenanteil bis zu 15 Prozent aufweisen, geht er in den folgenden Generationen deutlich zurück.[89] Im 14. und 15. Jahrhundert gehören Einträge über Frauen zu den ganz seltenen Ausnahmen.

Als wesentlicher Grund erscheint die relative Unabhängigkeit der frühislamischen Frau, die noch nicht von einer fertigen Orthodoxie eingeengt war. So soll Muhammad unsicher auf die Frage reagiert haben, ob man Frauen, die sich dem Brauch der Zeit gemäß ungeniert an den Kämpfen der ersten Muslime beteiligten, nunmehr davon ausschließen sollte, weil sie die Beute der Männer schmälerten. Mit der Einnahme von Mekka im Jahre 630 war diese Frage ohnehin erledigt, weil sich die neue Herrschaft etabliert hatte, ohne auf die Frauen – zumindest als Kämpferinnen – angewiesen zu sein.

Viel wichtiger schien die Befürchtung, dass die weibliche Mitwirkung die männliche Autorität und vielleicht sogar die Potenz insgesamt in Frage stellen konnte. In diesem Kontext ist der Fall der Umm Umara berühmt geworden. Sie nahm an etlichen Gefechten – Uhud, Khaybar, Yamama etc. – teil und beschützte den Verkünder höchstpersönlich, wobei ihr sogar eine Hand »abhanden« kam.[90] Irgendwann beschlichen ihn allerdings Bedenken. Er forderte sie und eine weitere Mitstreiterin auf, in der Etappe zu bleiben, »damit die Menschen nicht sagen können, dass ich mit Frauen kämpfe«.[91]

Solche und andere Beschreibungen von Frauen, die auf dem Schlachtfeld die Verwundeten versorgten oder sogar den Gottesdienst leiteten, stammen von Biografen des 9. und 10. Jahrhunderts, die als halbwegs zuverlässig gelten können. Wenn sie noch respektvoll über mutige Kämpferinnen berichteten, so konnten ihre Kollegen 600 Jahre später solches nur noch als problematische Angelegenheit sehen, die man nachhaltig beseitigen musste.

Es war eine manngläubige Bürokraten-Theologie entstanden, die davon lebte, die Hinweise auf den weiblichen Einfluss sowie die selbstständigen Frauengestalten der Frühzeit zu tilgen. Ibn Hadjar al-Asqalani (gest. 1449), der wichtigste Biograph des ausgehenden Mittelalters, erklärte schließlich alle Traditionen für ungültig, welche noch die weibliche Teilnahme am Djihad enthielten. Er benutzte die gleiche Methode, mit der ein halbes Jahrhundert später Al-Suyuti, der wichtigste Koranexeget der Epoche, die für Juden und Christen günstigen Koranverse entkräftete.[92]

Damit war nicht nur der »Schutzvertrag« (*dhimma*) außer Kraft gesetzt, der – zumindest formal – die Tötung der »Schriftleute« ausschloss. Die Gegenethik der islamischen Praxis rückte zu rabiateren Methoden vor, die weitere Hemmschwellen abbaute. So mutierten die Juden von den früheren »Leuten des Buches« zu »Affen«, die von der menschlichen Gesellschaft auszuschließen waren (2/66). Ein ähnlicher Vorgang vollzog sich an den Christen, mit dem unwesentlichen Unterschied, dass man ihnen die Eigenschaften von »Schweinen« zuerkannte. Primär ging es um Einschüchterung, um den mafiosen Fluss der Kopfsteuern auf die »Schutzbefohlenen« in Gang zu halten.

Dieser Methodik entspricht, dass die selbstbewusste Kämpferin des Frühislam, die mit Muhammad den Führer des neuen Glaubens geschützt hatte, zur domestizierten Gefangenen wurde. Die männlichen Mythenschmiede hatten sie nun eingesperrt, um sich vor ihrem Verstand zu schützen und in Vertretung Allahs den »Glauben« selbst zu gestalten. Wie erwähnt, gehört auch der Dissident hierher, dessen koranische, jenseitige Strafe in eine sehr konkrete, diesseitige Todesstrafe umgewandelt wurde.

In diesem Verfahren wurde auch das weibliche Seelenheil auf Mutterschaft und sexuelle Verfügbarkeit reduziert.[93] Während Muhammads Haltung in den früheren Berichten weniger strikt erscheint, sind sich die späteren Tradenten der weiblichen Minderwertigkeit sicher. Der in Geschlechtsangelegenheiten überaus bewanderte Theologe Al-Ghazali (gest. 1111) war der Auffassung, dass der Frau zugemutet werden könne, vor dem Mann anbetend in die Knie zu fallen. Wenn es darum ging, sie in die Schranken zu weisen, schienen Al-Ghazalis Phantasie generell keine wesentlichen Schranken gesetzt zu sein:

Wenn der Körper eines Mannes vom Scheitel bis zur Sohle mit eiternden Schwären bedeckt wäre, so hätte sie doch ihre Pflicht ihm gegenüber noch nicht erfüllt, wenn sie den Eiter mit ihrer Zunge beseitigte.[94]

Was frauenverachtende Aussagen betraf, so wurden die christlichen »Schriftverfälscher« einerseits ihrer islamischen Bezeichnung gerecht. Weil sie andererseits ihren Stifter selbst verfälscht hatten, lag man nicht ganz falsch, sie als eine Art »rückwirkende Pioniere« der islamischen Frauenabwehr zu sehen. Aus dem Sprechen und Handeln Jesu war jedenfalls die Flut von Häme und Hass nicht abzuleiten, welche viele Theologen über die Jahrhunderte über das andere Geschlecht ausschütteten.[95]

Vom Ekelniveau her konnte Abt Odo von Cluny (gest. 942) für Al-Ghazali ein kongenialer Impulsgeber sein: Er glaubte, in der Frau ein »Gefäß von Kot und Schleim« zu erkennen, eine pathologische Metapher, die sich offenbar unzerstörbar durch die Geschichte zieht und in der Moderne ähnlich wieder bei S. Freud auftaucht.[96]

Beide Formen des »Missbrauchs« – islamische und klerikale Gegenethik – bestätigen lediglich die Religion als Machtzweck, der für ihre elitären Vertreter wenig oder keine Verbindlichkeit hat. So wird auch eher verständlich, warum im heutigen »Dialog« die historische Vernichtung der Christen unter dem Dhimma- »Schutzvertrag« als »Toleranz« des Islam erscheint. Aus dieser Sicht ist Toleranz allein schon dadurch gegeben, dass »nicht alle« gewalttätig sind und »nicht immer« zu diesem Mittel greifen.[97]

Ihre »Familienähnlichkeit« hatte es den Eliten seit jeher erleichtert, sich über Ethik allgemein sowie Minderheiten und Frauen im Besonderen hinwegzusetzen. Entscheidend kam es auf die Fähigkeit der Heilsschmiede an, ihre Ordnung als »glaubwürdig« abzusichern. Um gegen den Einfluss der Zeit immun zu bleiben, mussten und müssen sie allerdings eine eherne Grundregel einhalten: Sie müssen die Herren der Religion und des Besitzes sein, ohne sich von ethischen Bindungen erfassen zu lassen.

Obwohl sein Wirken inzwischen sieben Jahrhunderte zurückliegt, ist der Theologe Ibn Taymiya (gest. 1328) für den Islam als ein solcher Heilsschmied zu nennen. Wenngleich er seine Aufgabe ein wenig zu genau nahm, ist sein Werk bis heute aktuell geblieben. Er erklärte die sunnitische Orthodoxie, Koran und Tradition, zur »Einheit des Seins«, womit er den Verstand des Menschen von der rationalen Theologie und der spirituellen Mystik abschnitt. Dabei bekämpfte er jede Abweichung innerhalb dieser Einheit, insbesondere die weltlich agierenden Machthaber, die ihn allerdings beim Wort nahmen und nach gängiger Praxis ins Gefängnis warfen.

Wegen ihrer Kompromisslosigkeit hatte Ibn Taymiyas Lehre eine ungeheure Wirkung auf das Volk, die sich bis in den heutigen Islamismus fortsetzt. Um den extremen Konformismus seiner Ideologie durchzusetzen, wandte auch er die seit Urzeiten bewährte Zweideutigkeit und in vielen Fragen zweierlei Maß an. Die körperliche Verstümmelung von Frauen ist hierfür ein klassisches Beispiel.

Während er die Verletzung der Ohren zum Tragen von Schmuck verbot, erlaubte er die Verletzung der Klitoris, um »exzessives sexuelles Verlangen« einzudämmen.[98] Mit diesem Muster selektiver Frauenkontrolle bestätigte Ibn Taymiya die Gegenethik des »islamischen Imperativs«. Zusammen mit Al-Ghazali bildet er auch im »modernen« Islam eine nach wie vor unverzichtbare Grundlage, wenngleich beiden nachgesagt wird, »die Grenzen des Islam bis zum Äußersten strapaziert« zu haben:

> *Die Verhüllung mit Kleidern und Häusern muss ihnen (den Frauen) auferlegt werden, denn ihr öffentliches Erscheinen bedeutet fitna (Aufruhr), und die Männer stehen über ihnen.*[99]

5. Der sexuelle Imperativ

In der Tat bedeuteten diese Auffassungen sogar innerhalb des Islam einen intellektuellen Stillstand, wenn nicht gar Rückschritt. Zwei Jahrhunderte zuvor hatte sich Al-Ghazali nicht nur mit abwertenden Parolen, sondern auch mit islamisch brauchbaren Theorien hervorgetan. Er verknüpfte die unterschiedlichen Sphären der Rationalität und Spiritualität mit der Dimension der menschlichen Erfahrung. Letztere habe, so meinte er, im Vorbild der prophetischen Urgemeinde ihre für alle Zeiten maßgebliche Form gefunden.[100]

Dass Al-Ghazalis Überzeugungen lange Zeit unsicher schwankten und seine Bücher in Nordafrika sogar verbrannt wurden, geriet ihm nicht zum Nachteil. Er verfügte letztlich über die geistige Flexibilität, die man als Vordenker der Elite braucht. Gerade weil die große Masse nur wenig über die Religion wisse, so seine Argumentation, diese aber von universaler Bedeutung sei, müsse sie vom weltlichen Arm Allahs geschützt werden. Glaube entstünde nicht durch bloßen Ritenvollzug, sondern durch die Einheit mit dem Geist des islamischen Gesetzes, das vom Staat durchzusetzen sei. Es verstehe sich von selbst, dass ein solcher Glaube die Ratio der Dogmatiker sowie die Liebe der Mystiker einschließe und auf den Buchstabenglauben der Juristen nicht angewiesen sei.

Ganz im Sinne der elitären Zweckvernunft siedelte dieses Denken die Herrschaft über der Religion und deren Auslegung an. Wenngleich auch schon Machttheoretiker vor Al-Ghazali die Politisierung der Religion vorbereitet hatten,[101] so war Ibn Taymiya die Weichenstellung offenbar nicht wirklich klar. Mit Dogmatik und Mystik bekämpfte er Denkformen, die im Grunde bereits von der Orthodoxie vereinnahmt waren. Dennoch gebührt ihm das Verdienst, die Schari'a, die man auch das »Gesetz ohne Denken« nennen kann, als umfassende Basis des Islam auf den »Weg« (arab.: *shari'a* = Weg) gebracht zu haben.

Wie auf theologischem, so setzte Ghazali auch auf ideologischem Gebiet wichtige Zeichen. Dabei befand er sich auf sicherem Terrain: Je universaler das Gesetz Allahs die Menschen erfasse, desto »natürlicher« erstrecke es sich auch auf die Frauen. Der geniale Denker machte deutlich, dass die Betonung der menschlichen Erfahrung kein leeres Gerede, sondern individueller Teil dieser Universalität sein sollte. Er wandte sich gegen die »Beschneidung« der weiblichen Sexualität – ob im physischen oder psychischen Sinne – und schloss an den berühmten Philosophen und Arzt Avicenna (gest. 1037) an.

Dieser hatte die Harmonie zwischen Körper und Seele als unverzichtbar für die Gesundheit des Menschen gesehen. Danach waren sexuelle Bedürfnisse keine »Schwächen des Fleisches«, geschweige denn »Exzesse« wie später bei Ibn Taymiya, sondern natürliche Triebe, deren Befriedigung zur seelischen und körperlichen Gesundheit beitragen konnte.

Dementsprechend versuchte Ghazali, den Männern klar zu machen, dass sie nicht nur der Gesundheit ihrer Frauen, sondern sich selbst nutzten, wenn sie auf die weiblichen Bedürfnisse eingingen. In deren Befriedigung liege letztlich ein irdischer Vorgeschmack auf das Paradies, womit sich der Kreis zur Scharia schließt. Denn von besonderem Wert ist die geschlechtliche Vereinigung dann, wenn sie nicht blind, sondern mit Blick auf das göttliche Gesetz, d. h. zur Ausstreuung des Samens zugunsten der Gemeinschaft, angestrebt und vollzogen wird. Also ist nicht vorgesehen,

> *... dass die Kräfte vollständig brachgelegt werden, aus denen sie erwachsen – nein, seine (des Koran) Absicht ist lediglich, dass man sie für Ziele der göttlichen Wahrheit einsetzen soll, so weit wie möglich, bis die Ziele allesamt wahr und recht sind und die Richtung einheitlich wird ... Die geschlechtliche Vereinigung dient dabei für beide Teile als Anlockungsmittel mit dem Zweck, ein Kind zu »erbeuten«.*[102]

Ghazali setzte das koranische Grundgesetz der sexuell begründeten Männerherrschaft in eine pragmatische Naturphilosophie der ungleichen Geschlechter um. Mann und Frau ordnen sich in einem mechanischen Raster aufeinander zu, in dem sich ihre Funktionen – ähnlich einem von jeglichem Denken ungestörten, biologischen Programm (s. u. S. 87) – optimal ergänzen:

> *Denn der Geschlechtstrieb ist nur geschaffen als wirkender Anreiz, welcher gewissermaßen die Aufgabe hat, beim männlichen Teil die Ausstreuung des Samens und beim weiblichen dessen Aufnahme ins Erdreich zu veranlassen ... Wenn also Gott (Allah) den ausdrücklichen Befehl gegeben und ohne Rückhalt gesprochen hat, so gilt von jedem, der das Heiraten unterlässt, dass er die Bestellung vernachlässigt, das Saatkorn verderben und den von Gott (Allah) geschaffenen Apparat unbenützt lässt.*[103]

Um ihm seine wichtigste Aufgabe, die Vermehrung der Gemeinschaft, komfortabel zu gestalten, räumt der islamische Gott dem Mann also ein Höchstmaß an Verfügungsgewalt über die Frau ein. Da er als göttlicher Sachwalter agiert, lässt sich im Geschlechtsverkehr das Angenehme mit dem Nützlichen verbinden. In dem Maße, in dem er den sexuellen Bedürfnissen nachgeht und seinen »Apparat« zum Einsatz bringt, befriedigt er zugleich auch Allahs politische Bedürfnisse.

Als Voraussetzung dafür wird der Frau die absolute Unterwerfung auferlegt. Die Verfügbarkeit im Bett wird zur Staatspflicht, die sie wiederum als Recht auf Gehorsam zu verstehen hat. Erneut ist es Ghazali, der im Sinne der islamischen Geschlechtstechnik den Sexualtrieb als Motor der Masse erkennt. Der Koitus wird zur politreligiös überhöhten Handlung, zu einer Art paradiesischer Vorstufe. Sie leitet sich aus den »heiligen« Vollmachten des Koran ab und kann unter geeigneten Umständen ihre Intensiv-Variante im Selbstmordattentäter des »modernen« Islam finden:

> *Freilich soll der Geschlechtstrieb nicht lediglich die Kindererzeugung erzwingen, sondern er ist auch in einer anderen Hinsicht eine weise Einrichtung. Die mit seiner Befriedigung verbundene Lust … soll nämlich auf die im Paradies verheißenen Wonnen hindeuten … Die irdischen Vergnügungen sind daher auch insofern von Bedeutung, als sie das Verlangen nach dem dauernden Genuß derselben im Paradiese wecken und so einen Ansporn für den Dienst Gottes (Allahs) bilden.*[104]

Seit der Zeit, in der Ghazali diesen »sexuellen Imperativ« formulierte – immerhin vor neun Jahrhunderten – hat sich in Bezug auf die Konstellation der Geschlechter im Islam wenig von Belang ereignet. Nach wie vor kommt es den Orthodoxen auf eine strikte Verhüllung an, welche die »Frau als Pflanze« (Averroes), also in einem unverändert biologischen Status mit primär sexuellen Funktionen, einbindet. Die Troja-Pferde des westlich-islamischen Imperativs scheinen dieser faschistoiden Ideologie unbefangen näher rücken zu können. Denn immer häufiger fällt das Wort vom »Rassisten« für denjenigen, der ihrer Sicht nicht folgt oder gar ihre islamische Heilsvision in Frage stellt.

Bevor wir jedoch diesen bemerkenswerten Trend beleuchten, müssen wir noch etwas mehr über die näheren Umstände wissen, unter denen die muslimische Frau eigentlich lebt. Wir kennen zwar jetzt die Gründe, dass und warum das islamische System sie kontrollieren und unterdrücken muss und auch der Westen sich zunehmend dem Gesetz Allahs unterwirft. Wir sollten jedoch die wesentlichen Bedingungen vorstellen, auf denen die Repression der Frau, ihres Geistes, ihrer sozialen Stellung und ihrer Sexualität, letztlich beruht. Sie müssen von besonderer Qualität sein, wenn sie die neun Jahrhunderte seit Al-Ghazalis sexuellem Imperativ offenbar unbeschadet überdauern konnten.

B

Anstrengungen im Glauben

1. Die Vergewaltigung

Im Beisein einer großen Menschenmenge wurde im Jahre 1992 eine junge Frau an einer Kairoer Bushaltestelle vergewaltigt. Das angerufene Gericht legte den Fall wegen »Mangels an Beweisen« zu den Akten. Die Medien stimmten zu: Die Frau habe die Vergewaltigung verdient, weil sie das Haus ohne männliche Begleitung verließ. Später brachte das Parlament eine – dann vorläufig abgelehnte – Gesetzesvorlage ein, die ganze Familien unter Strafe stellen wollte, wenn sie ihre Töchter unbegleitet, wie »Prostituierte«, auf den Straßen flanieren ließen.

All das spielte sich immerhin in Ägypten ab, in dem Land, das innerhalb der islamischen Region eine der höchsten Raten berufstätiger Frauen aufweist. Ägypten gehört allerdings auch zu den Ländern des Islam, in dem die orthodoxen Muslimbrüder einen besonders starken Einfluss erlangt haben. Wie hier, so spielen sie eine vergleichbare Rolle in Algerien, im Sudan, in Pakistan, Jordanien und – vor allem – in Saudi-Arabien. Selbst die Islamisten der Türkei und nicht zuletzt die Eliten Europas, die man daher auch »Dressureliten« nennt, arbeiten mit ihnen auf diversen Ebenen zusammen (s. u. S. 204, 209).

Sie alle berufen sich auf die Ideologie des Ibn Taymiya, der bekanntlich vor 700 Jahren die Theologie des Al-Ghazali auf zwei einfache, miteinander verbundene Punkte zurückgeführt hatte: Da der Mann über der Frau steht, obliegt ihm auch die Kontrolle über ihre Verhüllung und Einsperrung, und da die Frau keine vollwertige Person ist, ist sie eine Sache, die zum Besitz des Mannes gehört.

Eine Vergewaltigung, stärkstmögliche Herabwürdigung der Frau, tangiert somit noch nicht einmal sie selbst, sondern ihren Besitzer. Nicht ihre Ehre ist verletzt, sondern die des Mannes als ihres Kontrolleurs. Das öffentliche Erscheinen einer unverheirateten Frau ohne männliche Begleitung ist ein gravierender Angriff auf Allahs Gemeinschaft. Obwohl in diesem Fall der Mann seiner Verantwortung zur Kontrolle nicht genügt hat, ist er dennoch auch sein eigener Richter. Er muss dafür sorgen, dass seine eigene Verantwortungslosigkeit bestraft wird, wobei in jedem Falle die Frau die Folgen zu tragen hat.

Wenn der Mann mit dem so genannten »Ehrenmord« den weiblichen Gefahrenherd beseitigt, verübt er keine eigentliche Straftat, sondern einen Akt der Verteidigung gegen die gefürchtete *fitna*, den möglichen Aufruhr, der besonders in einer eigenständigen Frau lauert. Die wahre Frau ist demnach diejenige, welche sich als Verfügungsmasse nach dem Willen des Mannes, d. h. nach dem islamischen Recht formen lässt.

Die Tradition drückt es unmissverständlich aus: »Die Frau, die den Weg Allahs beschreitet, ist eigentlich ein Mann«.[105] Nahezu deckungsgleich hatte es auch der Kirchenlehrer Origenes (gest. um 254) gesehen, der den Frauen empfahl, ihr eigenes, »zügelloses« Geschlecht zu leugnen und »männlich zu sein«.[106]

Zwar gibt es bei weit über einer Milliarde Muslime ein riesiges Spektrum unterschiedlicher Verhaltensweisen, doch folgt die Mehrheit den universalen Vorschriften des islamischen Gesetzes. Auf ihm beruhen alle islamischen Staaten – mit Ausnahme Tunesiens und der Türkei. Seine Geltung prägt sich verschieden stark aus, was im Westen den Eindruck fördert, dass es sich hier um diffus plurale Gesellschaften handelt, in denen es die Scharia »eigentlich gar nicht gibt« (s. u. S. 187f.). Von Individualität, geschweige denn Willensfreiheit, kann indessen weder bei der Frau noch beim Mann die Rede sein.

Im Gegenteil: Die Kulturevolution folgt einem *Genom* der mannlastigen Herrschaftssysteme, das seit Urzeiten als *anthropologische Konstante* wirkt (s. u. S. 214). Während die Aufklärer diese Konstante im Westen milderten, schrieben bekanntlich schon vor einem halben Jahrtausend die mittelalterlichen Islam-Theologen die Frau als frei verfügbaren Besitz des Mannes fest. Dies schlägt sich auch sprachlich nieder. In neuerer Zeit ist neben den älteren Ausdruck der »erzwungenen Unzucht« (*zina' bidjabr*) der Begriff der »widerrechtlichen Aneignung« (*ightisab*) getreten, der eindeutig aus dem Eigentumsrecht kommt.[107]

Hier wirkt eine autonome Kraft, die wir die islamische *Gegenethik* nennen, jene männlich diktierte Norm, die zur Abwertung der Frauen und der Minderheiten über das von Allah gesetzte Maß hinaus geführt hat. Über die gesamte Geschichte hinweg wurde die Macht Allahs als Gewalt des Mannes verstanden, die nichts und niemandem, teilweise auch nicht dem Koran, verantwortlich war. Wer sich bislang auf ihn und die Tradition berief, landete regelmäßig bei ihrer Übererfüllung – oder auch »Missbrauch« – und zementierte politisch die Despotie bzw. soziologisch die vollständige Repression der Frau.

Die Vergewaltigung und ihre gesellschaftliche Einordnung ist einer der wichtigsten Hinweise nicht nur auf die Stellung der Frau, sondern die gegenethische Verfassung der Gesellschaft. Die Frau auf einem Niveau niederer Existenz festzuschreiben, einem Status, den der Philosoph Averroes mit »Pflanzen« verglich und die Tradition in die Nähe des »Hundes« rückte (s. o. S. 36), bildet eine der Grundlagen des Islam »an sich«, unabhängig von seiner kulturellen Erscheinungsform.

Häusliche Gewalt gehört denn auch zu den größten Problemen aller islamischen Gesellschaften. Soweit vorhanden, zeigen die Statistiken hohe Verbreitungsraten von Vergewaltigung, Prügel und psychischer Demütigung. Wenngleich man in den Regionen die schariatischen Vorschriften keineswegs überall gleichmäßig anwendet, so fällt umso mehr die Gleichmäßigkeit auf, mit der Gewalt an Frauen ausgeübt wird. Die in Kauf genommene Todesfolge ist keineswegs eine Seltenheit und hat im arabischen Raum zum Begriff des »Femizids« (Frauenmords) geführt.[108]

In Staaten wie Pakistan, die sich westlich modifizierte Verfassungen gegeben haben, wirkt die Scharia in Bezug auf die Frauen unvermindert fort. Auf politischem und rechtlichem Gebiet ist die Dominanz des Mannes nach wie vor ungebrochen. Teilweise hat sie sich sogar verschärft.[109] Pakistan ist inzwischen dasjenige islamische Land, in dem die Vergewaltigung ihre »freieste« Form gefunden hat. Schon vor Jahren wurden Frauen, die man unbegleitet in der Öffentlichkeit antraf, für die islamische Männergewalt »freigegeben«.[110]

Hier kommen die praktischen Probleme der islamischen Sexualethik zum Ausdruck. Da Geschlechtsverkehr nur in der Ehe erlaubt, die Kontrolle der Mädchen streng und die Armut groß ist, befinden sich die jungen Muslime in permanenter Sexualnot. Die wichtigsten Ventile sind Homosexualität, Missbrauch von Kindern und Tieren sowie eben die Vergewaltigung. Letztere wird oft von Banden begangen, deren Mitglieder sich gegenseitig bestätigen, nicht beteiligt gewesen zu sein. Da die Aussage der weiblichen Opfer ohnehin nur die Hälfte derjenigen der männlichen Täter wert ist, haben sie geringe Aussichten, zu irgendeiner Art von Recht zu kommen,

Einmal Opfer geworden, werden sie zu »Unzüchtigen« oder »Prostituierten«, an denen sich jeder, auch der Polizist, vergehen kann, der ihr Unheil zu Protokoll nehmen soll.[111] Niemand läuft irgendein Risiko, denn nach hochrichterlicher Ansicht wäre »kein Mann sicher, wenn Frauen das Zeugenrecht hätten«.[112] Trotz – bzw. wegen – solcher Bedingungen leuchtet der angeblich »hohe soziale Rang« der Muslimin denjenigen im Westen besonders ein, die den islamischen Imperativ zum Leitmotiv machen wollen.

Wie der Fortgang unserer Betrachtung zeigt, lässt sich hinsichtlich der Gewalt an Frauen zwischen Tradition und Moderne des Islam kein wesentlicher Unterschied feststellen. Als nahezu durchgängig »gerecht« akzeptieren die Muslime die diziplinierende Maßnahme des Vergewaltigers, »dessen Aufreiten«, wie der Verhaltensforscher I. Eibl-Eibesfeldt vermutet, »bei vielen Primaten, den Menschen möglicherweise eingeschlossen, eine Rangdemonstration aggressiven Charakters darstellt«.[113] Dabei richtet sich die Gewalt nicht nur auf die Frau selbst. Oft zielt ihre Entwürdigung darauf ab, ihre Familie oder den politischen Gegner zu demütigen.[114]

Sie folgen einer alten arabischen wie auch türkischen Tradition (s. u. S. 158f.), die allerdings nicht nur an Frauen, sondern auch – als Relikt einer früher verbreiteten Kriegspraxis – am zweiten Systemgegner, den Ungläubigen, verübt wurde. Die Türken vergriffen sich zuweilen an byzantinischen Bischöfen und noch 1962 analkoitierten algerische Nationalisten öffentlich einen französischen Diplomaten.[115]

Auch im Westen waren und sind solche Praktiken keineswegs unbekannt, wie man auf dem Balkan sehen konnte. Dennoch besteht der Wille, dieses »Naturrecht« als Erbe der Vorzeit zu betrachten, das man durch Entwicklung von Kultur sublimieren kann, einer Kultur indessen, die als alte Ordnung nun zur islamischen Disposition stehen könnte. Wenn »moderne« Gerichte in Europa inzwischen dazu übergehen, islamische Gewalt an Frauen ungewöhnlich milde zu ahnden, bringen sie zum Ausdruck, dass zur männlichen Dominanz in Zukunft vielleicht auch das »Aufreiten« zählen soll.

Unsere bisherigen Betrachtungen zeigen, dass beide Kulturen – aus unterschiedlichen Gründen – eine solche Regression, d. h. Biologisierung des Weltbilds, ermöglichen. Während man sich im pluralistischen Westen ein sexuell geprägtes Reflexdenken ohne Nachkommenschaft aneignet (s. u. S. 195), hat die biologistische Komponente im Islam die Verpflichtung zum Geschlechtsverkehr mit dem Ziel maximierter Nachkommenschaft zu keiner Zeit wirklich gelockert.

2. Koitus und Paradies

Da die Frau grundsätzlich aller Laster und der Mann aller Tugend Anfang ist, werden Verführung, Täuschung und Aufruhr, schlicht das Böse an sich, auf die Frau projiziert. Wenn der Mann sie nicht im Zaum hält und den inneren Djihad gegen sie führt, kann sie ein brisantes Potenzial entfalten, das die gesamte Gemeinschaft von innen zersetzt.

Daher darf der gläubige Muslim bei keinem Koitus – als wichtiger ritueller Handlung – vergessen, dass zwischen ihm und der Frau der Teufel sein Unwesen treibt.[116] Um dem entgegenzuwirken, ist die eheliche Vereinigung durch eine Schutzformel einzuleiten: »Im Namen Allahs, oh Allah, halte den Satan fern von uns und halte ihn von dem fern, was du uns (an Kindern) schenkst«.[117] Es entsteht ein Drang des Bösen, der aus der animalischen Kraft der Frau kommt. Die gläubigen Muslime – natürlich »nicht alle« – ziehen es vor, den gefährlichen Vorgang so schnell wie möglich zu absolvieren:

> *Der Geschlechtsakt, der als unrein gilt, wird von Riten und Beschwörungen begleitet, die eine gefühlsmäßige Distanz schaffen und die geschlechtliche Befriedigung auf seine elementarsten Funktionen reduziert: Orgasmus und Fortpflanzung. Die Botschaft des Islam, so schön sie auch sein mag, geht davon aus, dass die Welt nur aus Männern besteht. Die Frauen stehen außerhalb der Menschheit und sind sogar eine Bedrohung für sie …*[118]

Aber auch schon in der sexuellen Attraktion, welche die Frau während der Vorbereitung auf den Akt auf den Mann ausübt, lauert die teuflische Gefahr, denn immerhin ist »sein Organ das machtvollste Werkzeug der Herrschaft Satans über den Mann«. Es ist so übermächtig, dass sich die islamischen Tradenten über seine Ausmaße uneins sind. Die Meinungen gehen auseinander, ob ein oder zwei Drittel des Glaubens verschwinden, »wenn sich das Glied erhebt«.[119]

Al-Ghazali sieht die Angelegenheit einmal mehr von der grundsätzlichen Seite, denn das letztliche Ziel ist die erfolgreiche Begattung. Nach seiner Vorstellung schienen Hirn und Penis gemeinsam auf die Denkfähigkeit des Mannes einzuwirken, denn »sein Verstand wurde geschaffen, Befehle zu erteilen, denen das Verlangen sich zu beugen hat«.[120]

Da nun aber die defekte sexuelle Befriedigung den Staat gefährdet,[121] liegt das muslimische Gewissen eher im Organischen als im Geistigen. Der gewissenhafte Koitus ist zwar Gottesdienst und staatsbürgerliche Handlung zugleich, verlangt jedoch eher nach einem funktionierenden Organ als einem leistungsstarken Hirn.

Bei der geistigen und biologischen Unreinheit der Frau wirkt die Übermacht ihrer Sexualität überaus verunsichernd. Sie flößt den Männern magische Furcht und diffuse Aggression ein, die aus dem Konflikt zwischen physischer Leistungsstärke, natürlicher Zuneigung und psycho-religiösem Zwang kommen. Diese fatale Mischung erzeugt das Dilemma der islamischen Ideologie, das sie durch rigorose Regeln zu bewältigen sucht. Zu den zahlreichen Maßnahmen gehört die Grundregel, während des Verkehrs mit keinem Teil des Körpers in die Gebetsrichtung nach Mekka (arab.: *qibla*) zu geraten, die für Allah reserviert ist.[122]

Die den Männern eingeräumte, koranische Vollmacht lässt ansonsten keine wirkliche Grenze erkennen und kam gerade deshalb den nachdenklichen Muslimen eher abwegig vor. Denn Allahs Sensibilität lässt Schwächen erkennen, wenn er die Frauen zu »Saatfeldern« erklärt, die durch seine männlichen Stellvertreter nach Belieben sexuell zu befruchten und physisch zu disziplinieren sind:

> *Eure Frauen sind ein Saatfeld für euch, also nähert euch eurem Saatfeld, wann und wie ihr wollt … (2/223) – Und wenn ihr fürchtet, dass sich (irgendwelche) Frauen auflehnen, dann ermahnt sie, meidet sie im Ehebett und züchtigt sie. (4/34)*

Weibliche Existenz beruht zunächst also auf uneingeschränkter Unterwerfung. Das Menschenrecht der sexuellen Selbstbestimmung ist gänzlich unbekannt. Die Verfügbarkeit im Bett wird zur Staatspflicht, die sie in der Projektion auf den Mann als »Recht auf Gehorsam« versteht. »Geschlechtstheologe« Ghazali spricht erneut den Sexualtrieb als Herrschaftsmittel Allahs an. So wie der »sexuelle Imperativ« der Gesellschaft (s. o. S. 75), so wird auch jeder individuelle Koitus zur politreligiös überhöhten Handlung mit Gottesdienstfunktion. Wie in allen repressiven Systemen stehen auch hier Belohnung und Strafe bereit, die einmal mehr die Frau unter paradiesischen, d. h. besonders großen Druck setzen:

> *Der Geschlechtstrieb … ist auch in einer anderen Hinsicht eine weise Einrichtung. Die mit seiner Befriedigung verbundene Lust … soll nämlich auf die im Paradies verheißenen Wonnen hindeuten … Die irdischen Vergnügungen sind daher auch insofern von Bedeutung, als sie das Verlangen nach dem dauernden Genuss derselben im Paradiese wecken und so einen Ansporn für den Dienst Gottes (Allahs) bilden.*[123]

Da die Frau in Konkurrenz mit dem Paradies tritt, übersteigt ihr irdischer Dienst am Penis des Allah-Stellvertreters den an Allah selbst. In der Moschee wird ihre Anwesenheit begrenzt, weil sie das männliche Gebet beschädigt; im Haus wird sie jedoch befohlen, weil sie dort Triebabfuhr und Reproduktion sichert. Sie darf sich dabei dem Samenfluss des Mannes, mit dem sie verheiratet ist, nicht verweigern, »und sei es auf dem Rücken eines Kamels«.[124]

Allah beugt sich der Potenz des Mannes, indem er eine Frau, die lieber beten als koitieren möchte, zur Sünderin erklärt.[125] Dieser Logik entspricht, dass ihr – nach von Männern entwickelter Lehrmeinung – weit öfter als dem Mann der unkomfortable Platz in der Hölle zugewiesen wird.[126] Wenn sie denn seltenerweise im Paradies landet, kann sie dort allenfalls die Eheroutine mit ihrem Mann fortsetzen.

Dieser sieht jedoch ganz anderen Genüssen entgegen: Ihm verschaffen Jungfrauen (Huris), die sich nach jedem Akt erneuern, ständige Erektionen, die zu einem endlosen Sinnentaumel verschmelzen.[127] Solcherart »gläubige«, d. h. sexuell aufgeladene Muslime brauchen den Tod nicht zu fürchten, sondern bomben ihn zuweilen herbei. Ihre westlichen Sympathisanten wissen dabei buchstäblich nicht, was sie tun, nämlich welchen Schmerz sie den Märtyrern Allahs posthum zufügen, wenn sie leugnerisch sagen: »Das ist nicht der Islam«.[128]

Im Diesseits bleibt der Frau, sich statt vor Allah vor dem Mann niederzuwerfen, »weil sie ihre religiösen Pflichten nur erfüllen kann, wenn sie zuvor ihre Pflichten gegenüber ihrem Mann erledigt hat«.[129] Ihr Jenseits soll sich bereits im Diesseits der ewigen Bereitschaft verwirklichen, die jedoch zeitlebens vor der »ewigen Erektion« im Paradies versagen muss.[130] Gegen solchen Wettbewerb ist die biedere Hausfrau chancenlos.

Wie Fatima Mernissi berichtet, ist in der islamischen Ehepraxis – zumal bei der beschnittenen Frau – »der vorgetäuschte Orgasmus allgemein üblich und bedarf keiner weiteren Erläuterung«.[131]

Die Potenz – sexuell, finanziell, sozial – ist der Altar eines Glaubens, an dem der Mann die Vollmacht Allahs zelebrieren und die Würde der Frau opfern muss. Wer den Teufel des Ungehorsams, der unentwegt in ihr lauert, nicht zähmt, erscheint sexuell kastriert und ideologisch defekt. Seit Jahrhunderten lassen die islamischen Theologen keinen Zweifel daran, dass ein Abfall vom Glauben und Gefahr für den Staat zu befürchten stehen, wenn der Mann seine Frau als geistiges Individuum lieben und als treue Gefährtin respektieren möchte. Mit der Pflicht zu ihrer sexuellen Unterwerfung und Kontrolle verbindet sich zugleich das Recht auf Gewalt und Vergewaltigung.

3. Abweichung und Inzest

Ihr niederer Status, dem Pflanzen- und Tierreich nahe, verleiht der Frau einen Grad von Unreinheit, der sogar noch innerhalb der animalischen Skala einen der untersten Ränge einnimmt. Die Tradition erwähnt drei Sexualformen, die hygienisch oberhalb des Verkehrs mit einer (lebenden) Frau eingeordnet sind: Pädophilie, Sodomie und Nekrophilie. Mit anderen Worten: Nach dem Verkehr mit einer Frau muss sich der Muslim reinigen, nicht jedoch nach einem solchen mit einem Kind, einem Tier oder einer Leiche. Als wichtiges Kriterium wird dabei betont, dass es in diesen Fällen – im Gegensatz zum Normalverkehr – beim jeweiligen »Partner« nicht zu sexueller Erregung kommt.[132] Was im Westen – noch – als Abweichung angesehen wird, die der Therapie bedarf, gilt im Islam als akzeptierte Praxis.

So verbreitet diese Praktiken sind, so sind die Tabus, mit denen man sie belegt, dennoch überaus strikt. Sie machen den Konflikt zwischen Inzest und »Ehre« der Familie besonders deutlich. Bei ähnlichen Zahlen im arabischen Raum setzen sich im Iran jeweils vier missbrauchte Kinder aus drei weiblichen und einem männlichen Geschlechts zusammen, die wiederum in etwa gleichem Verhältnis zwei Altersgruppen bilden. Drei Viertel der Opfer sind zwischen 10 und 14 Jahren alt, ein Viertel liegt darunter, bis zu nahe 0 Jahren – in Worten: Null.[133]

Letzteres kann nicht wirklich erstaunen. Denn kein Geringerer als der iranische Revolutionsführer Khomeini (gest. 1979) galt als Experte für sexuelle Angelegenheiten, der den Frauen jede Aberration abverlangte.[134] Besonders bekannt wurde ein »Rechtsgutachten« (*fatwa*) der extremen Pädophilie, das nicht nur für Schiiten gilt, sondern auch vielen Sunniten akzeptabel erscheint:

> *Es ist dem Mann erlaubt, sich mit einem Baby sexuell zu vergnügen. Er sollte es jedoch nicht penetrieren. Falls er es dennoch tut und das Kind einen Schaden erleidet, soll er für seinen lebenslangen Unterhalt aufkommen. Allerdings wird das Mädchen nicht unter seine vier (möglichen) Frauen fallen.*[135]

Dass auch die Sodomie zu den gängigen Praktiken gehört, zeigen viele Rechtsmeinungen, die sich mit Fragen der Reinheit beschäftigen. Auch hier gilt Khomeini als Spezialist. Zwar wird der Geschlechtsakt mit dem Tier nicht unbedingt empfohlen, aber wenn er denn aus Sicht des Betroffenen unvermeidbar ist, beginnen bestimmte, aus westlicher Sicht ungewöhnliche Aspekte eine wichtige Rolle zu spielen.

Zum einen ist die Erlaubnis zu beachten, kleine Portionen Tierkot als Nahrung zu sich zu nehmen, zum anderen das Verbot, die Produkte und Exkremente begatteter Tiere zu verwenden. Daraus ergibt sich die indirekte Konsequenz, dass die Begattung eines toten Tieres die unverfänglichste Variante darstellt:

> *Wenn jemand – Allah bewahre ihn davor – mit einem Tier Unzucht treibt und ejakuliert, wird eine Waschung erforderlich … Der Genuss ist streng verboten, wenn das Tier lebend begattet wurde … Sobald jemand eine Kuh, ein Mutterschaf oder Kamel bestiegen hat, werden deren Urin, Exremente und sogar Milch unbrauchbar …*[136]

M. Foucault (gest. 1984), neben Spinoza und Marx wichtigste Säule des US-Konzepts der »biopolitischen Maschine« (s. u. S. 198), war ein glühender Bewunderer Khomeinis und seines radikalen, »schöpferischen Islam«. Ihm schwebte als »Revolution« die vollständige Vernichtung der griechisch-abendländischen Kultur unter den »Dispositiven« (Regelungen) der Gewalt und Sexualität vor:

Gott ist nichts, wenn er nicht die Überschreitung Gottes auf jede nur mögliche Weise ist, auch im Sinne des Greuels und der Unzucht und schließlich im Sinne von nichts.[137]

Hier sprach ein nietzscheanischer Gnostiker (s. u. S. 228), der Frauen und Kinder von jeder – westlichen – »Psychiatrisierung« befreien wollte, eine Zielvorstellung, welcher die Aberrationen im Islam offenbar bereits sehr nahe kommen.[138] Daher durfte man etwas erstaunt sein, als Foucault die Radikalität nicht genügte. Zumindest erschienen ihm Khomeinis Massenmorde letztlich als »bürgerliche Diktatur« und für die ersehnte »Systemüberwindung« ungeeignet.[139]

Im Islam geht derweil die »bürgerliche« Repression der Frau weiter. Es entspricht ihrem niederen Rang innerhalb der Naturwelt, dass ihr weit weniger sorgfältige Überlegungen als den höheren Tieren gewidmet werden. Sie ist schlicht unrein und zieht die Waschung in jedem Falle nach sich, auch wenn kein Verkehr stattgefunden hat. Schon ihre Berührung beschmutzt den Mann und löst die sofortige Reinigung aus (Koran 4/43). Ebenso wird, wie erwähnt, das Gebet des Mannes ungültig, wenn ein Esel, ein Hund oder eine Frau in seine Nähe geraten.[140]

Auf höchst ungewöhnliche Weise ist damit jene Auffassung bestätigt, nach der es zwischen einem Menschen und einem Hund niemals zu einem Kampf um Anerkennung kommen kann (s. u. S. 222). Da dies auch die Muslime wissen, verweisen sie ihre Frauen auf die Hundestufe, um vor ihren Statusansprüchen sicher zu sein.

Damit noch nicht genug, lauert – so der Verkünder des Islam höchstpersönlich – allein im bloßen Anblick einer Frau kein Geringerer als der Teufel (arab: *iblis*) selbst. Einer bekannten Tradition zufolge geriet er durch eine gut aussehende Passantin in sexuelle Erregung, die er umgehend bei einer seiner Frauen entspannte.

Auch seinen Genossen riet er, ihm in ähnlichen Situationen nachzueifern, weil in jedem Weib ein Teufel stecke, den man durch die Begattung bannen könne.[141] Als Begründer des ersten Harem im Islam wusste er, wovon er sprach. So legt ihm die Tradition ebenso in den Mund, »dass er sich keine Versuchung vorstellen könne, die für Männer verhängnisvoller sein könne als Frauen«.[142] Schwiegersohn Ali stimmte vehement zu:

Wenn sie (die Frauen) sich selbst überlassen sind, so kennen sie keine Religion. Sie sind ohne Tugend und ohne Erbarmen, wenn es um ihre fleischlichen Begierden geht. – Sie beklagen sich unterdrückt zu sein, obwohl sie es sind, die unterdrücken ... Erflehen wir Gottes (Allahs) Hilfe, um siegreich aus ihren teuflischen Verführungskünsten hervorzugehen.[143]

Somit erscheinen Inzest und Sodomie weit problemloser als heterosexueller Verkehr und gehören in der Tat zur islamischen Normalität.[144] Nichtsdestoweniger richten sie sich gegen Allahs koranische Anweisungen. Väter, die ihre Töchter bzw. Brüder, die ihre Schwestern entjungfern, begatten, vergewaltigen, befinden sich im metaphysischen Zwiespalt des Islam: Sie verhöhnen die Anweisungen Allahs, der den Verkehr mit den nächsten Verwandten verbietet (4/22).

Dabei sollte die niedrige Inzest-Hemmschwelle beachtet werden, die durch die koranische Endogamie entsteht. Die innerfamiliären Heiratsregeln empfehlen Verbindungen zwischen Cousinen und Vettern, die in anderen Gesellschaften zwar nicht verboten, aber eher tabuisiert sind. Die indirekte »Verpflichtung zum Inzest«[145] schließt das Fremde radikal aus und bildet sich aktuell in einer hohen innerfamiliären Heiratsrate der türkischen Migranten in Deutschland ab (s. u. S. 174, 197).

Das Dilemma beinhaltet auch eine materielle Seite: Der voreheliche Keuschheitsbruch mindert den Marktwert der Frauen, was wiederum die Spirale weiterer Ausgrenzung und Repression in Gang hält. Umso abwegiger sind Zuneigung und Liebe, weil sie die Rolle des Mannes als des physischen Kontrolleurs aufheben. Die Frau würde als eigenständige Person wahrgenommen, was dem islamischen System gänzlich zuwiderläuft. Dessen Moral kommt aus dem Dogma, d. h. aus dem schariatischen Recht,[146] das eine geistige Überschreitung des physischen Koitus, die Zuneigung zur Frau, als animalische Geistesstörung sehen muss. Auch hierzu hält der Geschlechtstheologe Al-Ghazali einen einschlägigen Kommentar bereit:

Mitunter lassen sich einige Menschen vollkommen von einer leidenschaftlichen Liebe hinreißen. Sie sind wahnsinnig, im reinsten Sinne. Sie verneinen völlig den ursprünglichen Sinn und Zweck des Beischlafs; sie geben sich hinsichtlich der Selbstbeherrschung auf das Niveau eines Tieres herab.[147]

Während die Theologie die geistige Komponente ablehnt, wird die Tierstufe umso verbindlicher. Unter Führung Al-Ghazalis sind sich die orthodoxen Experten einig, dass sie den Maßstab für die Sexualität des Islam bildet. Seit einem Jahrtausend vertreten sie ein bio-religiöses Netzwerk, das mit einem fest verdrahteten Begattungsprogramm die männliche Kontrolle über den Bestand und Besitz sichert. Denn die Rolle der Frau reduziert sich weitgehend auf ihre biologische Funktion, ohne wesentliche Bindung an das vorhandene Eigentum: »Die Frauen zirkulierten allein, die Güter folgten ihr nicht nach«.[148]

Umso konsequenter ist die animalische Begierde in der Frau zu bändigen, im Mann hingegen gezielt zu entfesseln. Denn während Allahs Weisheit ihn von der niederen Festlegung auf Brunftzeiten befreit hat, soll er der höheren Triebordnung folgen, die wie im Tierreich Befriedigung mit Fortpflanzung verbindet, »wo immer sich ihm die Möglichkeit bietet«.[149]

Mann und Frau werden mit molekülartigen Teilen verglichen, deren »Glaube« eine technisch-sexuelle Zuordnung garantiert und Muster eines biologischen Netzwerks verstärkt hervortreten lässt. Diese ähneln wiederum dem Ideal der »Körpermaschine«, die auf die Produktion »nützlicher Körper« für die Produktion abzielt. Dem erwähnten Foucault zufolge nahm sie im Frühkapitalismus ihren Anfang[150] und bildet heute eine wichtige Vorlage für die besagte US-Vision einer »Biomaschine« für die globale Produktivität.

4. Keuschheit und Beschneidung

Da sich die männliche Potenz untrennbar mit der Ideologie des Islam verknüpft, verbinden sich auch die zwei Djihad-Versionen – gegen den Nichtislam und die Frau – zur zentralen »Anstrengung im Glauben«. Früher oder später erzwingt diese die Disziplinierung der Andersgläubigen – durch Täuschung, Drohung, Gewalt – und der Frau – durch Demütigung, Prügel, Vergewaltigung.

Wie schon das Phänomen des »Aufreitens« erkennbar machte, wird allerdings der islamische Mann nicht nur zum Täter, sondern auch zum Opfer der weiblichen Abwertung. Er agiert als Alphamännchen eines biologistischen Systems, das ihn mit Allahs Vollmacht zur Sexualmarionette herabwürdigt. Denn die »heilige« Verfügungsgewalt über die Frau zwingt ihm eine Rolle auf, die er nur physisch ausüben kann. Allah hat ihm in dieser Hinsicht keinen freien Willen mitgegeben, der ihn befähigen könnte, den Sexualglauben geistig zu überschreiten.

Entsprechend zwanghaft gestaltet sich der »Schutz« der Frauen – Kontrolle und Verhüllung – als notwendige Voraussetzung für männliche Dominanz. Deren Wirkung setzt bereits nach der Geburt ein. Die Ablehnung von Töchtern führt zu einer um 10 Prozent höheren Sterblichkeit von Mädchen im ersten Lebensjahr, wo sie ansonsten – quasi naturgesetzlich – genau umgekehrt liegt.[151]

Die weibliche Keuschheit wird von der Wiege bis zur Bahre vom Mann – Vater, Bruder, Ehemann, Sohn, Onkel oder sonstigem Vormund – verwaltet. Indem sie eine Sache der »Ehre« ist, unterstützt sie auch die Biopolitik. Schon der Verkünder empfahl, nicht nur Jungfrauen, sondern möglichst fruchtbare Jungfrauen zu heiraten: »Ich will die anderen Religionen durch eure große Zahl übertreffen«.[152]

Bevor sie ihrer sexuellen Bestimmung – nicht Selbstbestimmung – zugeführt werden, dürfen die Mädchen sich vorab bereits in der Kinderarbeit nützlich machen, in der sie weit überwiegen. Dabei beginnt die steigende Lebenserwartung immerhin, den Zwang zu Kindern als Altersversorgung zu entspannen, d. h., die Rate der Reproduktion sinkt, wie auch das Heiratsalter steigt (s. u. S. 94f.).

Da dies zunächst auf die städtischen Eliten beschränkt bleibt,[153] hat sich am allgemeinen Status der Frau als Sexualobjekt wenig geändert. Es leuchtet ein, dass sich ein solches Instrument, das als Besitz des Mannes Allahs Willen zu folgen hat, nicht ohne weiteres als freier Mensch artikulieren kann. Wenn der Mann die Frau liebt und sie als Person achtet, riskiert er immerhin selbst die Gefahren des Unglaubens und der antiislamischen Tierstufe, die allerdings nur in ihrer weiblichen Variante negativ bewertet wird.

Für den »gläubigen« Muslim hört daher der Spaß gänzlich auf, wenn das weibliche Objekt Anstalten macht, ein Subjekt mit eigenem Willen und Verstand zu sein. So wie die Keuschheit des Mädchens »Ehrensache« der Familie ist, so ist die problemlose Sexualfunktion der Frau »Ehrensache« des Mannes. Dem erwähnten Sayyed Qutb, dem Chefideologen des modernen Islamismus, ist dabei bewusst, dass Djihad und islamische Expansion nicht ohne die Gegenethik der »ehrenhaften« Kontrolle zu haben sind:

Das Mädchen, das lediglich Wächterin seiner Ehre (seines Organs) ist, hat … nicht das Recht, Gebrauch von ihm (dem Geschlechtsorgan) zu machen, noch jemanden zu seiner Schändung einzuladen. Denn es ist nicht eine einfache Angelegenheit ihrer eigenen Ehre, sondern der Ehre der Eltern, der Familie, der Gesellschaft und der Menschheit.[154]

Wenn westliche Islaminterpreten vom »hoch entwickelten Werteverständnis« sprechen, das die muslimischen Frauen vor unsittlichem Zugriff schützt, folgen sie der gleichen Mechanik, mit der jede Ideologie ihre Zwänge als Wohltaten vermarktet. Sie loben eine Lebenswelt, in der die Frauen Instrumente der Männer sind und weder über ihren Körper noch ihre Person verfügen können. Frei von jeder Selbstbestimmung, sind sie – besser: ihre Geschlechts- und Arbeitskraft – offizieller Besitz des Mannes, der in der Regel sexuelle und/oder finanzielle Interessen im Auge hat. Eine wichtige Phase ist die Aufzucht und Bewachung weiblicher Kinder, um sie im heiratsreifen Alter – oft schon davor – an zahlungskräftige Eheinteressenten zu verkaufen.

Wie in anderen Geschäftsbereichen auch, versteht es sich, dass dieses »Instrument« in einwandfreiem Zustand sein muss. Aus Sicht der islamischen Sexualideologie muss es zwei Kriterien erfüllen: Es muss erstens jung und zweitens jungfräulich sein. Letzeres zu erfüllen, wird mit dem Problem des Inzests schwieriger, das islamweit wächst (s. u. S. 102f.).

Tragischerweise mutieren immer mehr Keuschheitswächter zu eben jenen Vergewaltigern und Ehrenräubern, gegen die sie ihre Töchter und Schwestern eigentlich schützen sollen. In einem Umfang, der nur noch Islamunkundige erschreckt, nehmen die Fälle zu, in denen es in den Familien zur voreheliche und zudem inzestuösen Penetration der »nützlichen Organe« kommt.

Sie verstärkt die Spirale der islamischen Misere, indem der Marktwert der Frauen und damit auch ihr Schutz gegen weitere Repression sinkt, wobei in manchen Gegenden das Sexualobjekt auch noch eine dritte Anforderung erfüllen muss: Es soll gegen Satan gefeit, d. h. beschnitten sein, um seine sexuellen Empfindungen zu dämpfen.

Die Beschneidung geht auf vorislamische Bräuche zurück, die man im afrikanischen Raum und im Kernland des Islam weiterhin pflegt. Insofern handelt es sich – wie bei Gewalt und Vergewaltigung auch – nicht um »Missbrauch«, sondern Brauch, der einen wichtigen Zweck erfüllt. Er gewährleistet eine kontrollierte weibliche Existenz, die sich wollustfrei auf Haus- und Sexualarbeit konzentrieren kann.

Die Extremform dieser Maßnahme ist die so genannte Infibulation (lat.: *fibula* = Klammer), bei der Klitoris und innere Schamlippen vollständig entfernt und die Vulva bis auf eine kleine Urinieröffnung verschlossen werden. Man nennt sie auch »pharaonische« Beschneidung, weil sie auf altägyptische Vorstellungen zurückgeht.

Danach sind die Menschen als Abbilder einer Urgottheit zu sehen, deren Zweigeschlechtlichkeit im Kindesalter zunächst noch fortbesteht. Wechselseitig wohnt eine feminine »Seele« in der Vorhaut bzw. eine maskuline in der Klitoris. Mit der Beschneidung legen Mädchen und Junge den jeweils anderen Geschlechtsaspekt ab und können vollwertige Mit-»Glieder« der Gemeinschaft werden.[155] Letzteres in durchaus wörtlichem Sinne, denn die Tradition des Islam sagt bekanntlich: »Die Frau, die Allahs Weg beschreitet, ist eigentlich ein Mann«.[156]

Hier schließt sich der Kreis zur Mythenpraxis, die dem Mann die Verwaltung des Göttlichen überträgt. Wie wir wissen, entstand der Mythos des Islam in einer willkürlichen Schnellversion. Koran und Sunna unterlagen einem längeren statistischen und kulturellen Ausleseprozess, der – unter ganz unterschiedlichen methodischen Bedingungen – schließlich das »Gesetz« hervorbrachte. Dazu gehört auch das Spektrum der Beschneidung, das sich von extremer Verstümmelung bis zur Nichtbeschneidung spannt.

Wenn es um die Einschränkung der Frauen, insbesondere ihrer Orgasmusfähigkeit ging, machte man gern einmal Anleihen bei Praktiken der verachteten »Ungläubigen«, z. B. beim afrikanischen Stammesglauben oder sogar den koptischen Christen in Oberägypten, die ihre Frauen ebenfalls beschneiden. Auf der elitären Ebene der maskulistischen Herrschaft können Religionen und Weltbilder keine Rolle spielen, weil sie für die Steuerung der Masse reserviert sind.

Das Arrangement zwischen Commonwealth und Scharia ist ein Beispiel für eine solche Zweckvernunft, deren Ähnlichkeit in der darwinistischen Frauenabwehr angesprochen wurde (s. o. S. 61). So erstaunt kaum, dass es Engländer und Amerikaner waren – als Einzige in der westlichen Kultur –, die bis ins 20. Jahrhundert mit großem Eifer die Klitorisbeschneidung verfochten haben.[157] Vor diesem Hintergrund könnte das »englische Laster«, die sakral-erotische Überhöhung des Peitschens und Prügelns, eine besondere Bedeutung erlangen.[158]

Dabei ist auch die Beschneidung der Vorhaut eine Domäne der Angelsachsen. Mit der Wende zum 19. Jahrhundert begann man sie den Jungen mit der gleichen Begründung wie im Islam zu entfernen: Stärkung der Manneskraft durch Schwächung der Masturbation. Noch heute wird in den USA die männliche Mehrheit aus »gesundheitlichen« Gründen beschnitten.[159]

Das alles verbindende »Glied« ist indessen das männliche Diktat. Je weniger es die Frau physisch verstümmelt, desto mehr muss die metaphysische Verstümmelung durch den Teufel in Kraft treten. Und dort, wo die weibliche »Begierde« schließlich weggeschnitten und vernäht ist, braucht sie weder durch Satan dämonisiert, noch durch den Mann bewacht zu werden.

5. Ehe, Mehrehe, Außerehe

Solange die Frauen als verstandlose Wesen gesehen werden, deren Körper man instrumentell verwenden kann, bleibt der orthodoxe Islam weiterhin seinen vorkulturellen, beduinischen Wurzeln verhaftet.[160] Je härter der weibliche Geist dabei »ausgegrenzt« wird, desto schärfer müssen die Grenzen greifen, die den Gehorsam umzäunen. Es sind daher die »Grenzstrafen« (arab.: hadd = Grenze), welche im Auftrag Allahs die Garanten der Männermacht schützen: Ehe und Keuschheit.

Die »heilige«, weil von Allah gewollte Abwertung der Frau findet ihre perfekte Form in der Ehe, »deren nobelstes Ziel die Befriedigung des sexuellen Verlangens ist«.[161] Mit der Zahlung der Mitgift (arab.: *mahr*) und dem Ehekontrakt beginnt »ein Vertrag zum Erwerb des regenerativen Instruments der Frau mit dem Ziel, es zu genießen«.[162]

Die Qualitätsfrage des weiblichen »Instruments« verbindet sich mit endlosen Debatten zwischen orthodoxen und scheinliberalen Juristen. Mit der Brautgabe hinterlegt der Mann eine Sicherheit für die Nutzung der Geschlechtsorgane und muss zugleich für den Unterhalt des Sexualobjekts – Kleidung, Ernährung, Unterkunft – sorgen.[163] Über den Status der Frau als austauschbarer Ware bestehen allerdings keinerlei Meinungsverschiedenheiten.[164]

Aus dem Unterhalt erwächst den Rechtsgelehrten eine – wenngleich nur theoretische – Quelle von Streitigkeiten. Denn der kommerzielle Charakter des Verhältnisses könnte Probleme um die Qualität der jeweiligen Verpflichtung hervorrufen. Mit anderen Worten: Die »Partner« könnten sich gegenseitig vorwerfen, unzureichende Beischlafs- bzw. Unterhaltsleistungen erbracht zu haben.

In der Praxis liegen die Dinge natürlich anders. Das turmhohe Missverhältnis zwischen den Parteien gibt dem Mann das Recht, über beide Qualitäten – Beischlaf und Unterhalt – zu entscheiden. Es liegt in seinem Wohlwollen, das Sexualverhalten der Frau als angemessene Gegenleistung für den Unterhalt zu betrachten oder nicht. Zwar besteht für die Frau die Möglichkeit, gegen geizige oder säumige Ehemänner zu klagen, doch gehen die Verfahren höchst selten zu ihren Gunsten aus.

In diesem Aspekt überschneidet sich die Ehe mit dem Konkubinat und der Prostitution. In aller Regel stellt der Gehorsam der Frau die Balance zwischen Sexualdienst und Unterhalt her. Allerdings kann der Mann, der seine Rechte wörtlich nimmt, zum Zuhälter in eigener Sache werden. Wenn er Koran und Prophetentradition genau befolgt, kann er der Frau Ängste einer sklavenhaften Abhängigkeit vermitteln, die sie auf Dauer in einen Teufelskreis der islamischen Machart treiben.

So willig und lasziv sie ihren Körper dem irdischen Vertreter Allahs auch darbietet – sie wird dessen paradiesischen Ansprüchen nicht genügen können. Nicht selten bauen sich Neurosen und Psychosen auf, die sie immer unfähiger machen, auch einfacheren Pflichten des Hauses, geschweige denn des Bettes nachzukommen.[165] So ergibt sich auf tragische Weise, als sich selbst erfüllende Prophezeiung, jene »teuflische Macht«, von der sich die Herren der islamischen Schöpfung zwanghaft bedroht sehen, deren Schöpfer sie jedoch selbst sind.

Die Gegenethik des Islam baut auf dieser Versagensangst auf. Indem es nicht nur um die sexuellen, sondern auch um die reproduktiven Fähigkeiten der Frau geht, verdoppeln sich deren Ängste. »Möge dein Schoß versiegen!« ist der schlimmste Fluch, den man über sie aussprechen kann, denn nur in der Mutterschaft kann ihre Erfüllung liegen. So streben die gläubigen Musliminnen unablässig das Ideal des gefüllten Schoßes an.

Sie sehen sich in perfekter Harmonie mit der ewigen Erektion des Islam, deren fruchtbare Entspannung die Gemeinschaft sichert. Ständig flehen sie Allah an, dass er ihren Leib von den Kräften Satans befreien und mit der Erlösung durch – männliche – Nachkommenschaft segnen möge. Einen vollwertigen Namen können sie ohnehin erst als »Mutter des Sowieso« (*umm filan*) erhalten, d. h. wenn sie einen Sohn geboren haben.

Die doppelte Angst, weder sexuell noch biologisch den Ansprüchen zu genügen, erzeugt existenzielle Verunsicherung. Frauen, die im Bett langweilig werden und/oder sich der Gnade der Besamung unwürdig erweisen und unfruchtbar bleiben, laden doppelte und zudem untilgbare Schuld auf sich.

Denn Allah lässt seine irdischen Stellvertreter nicht im Stich und hat mit doppelter Weisheit vorgesorgt: zum einen mit den Drohfiguren der Mätresse und/oder Zusatzfrau, zum anderen mit der Verstoßung. Dass die Ehe für die Frauen Knechtschaft bedeutet, zu Missbrauch einlädt und dem Islam schadet, geht aus der Tradition durchaus hervor. So mahnt sie die Klügeren unter den Männern, ihre Frauen nicht wie »Gefangene« zu behandeln.[166]

In der Tat scheint es einen positiven Zusammenhang zwischen Bildung und Mitsprache der Frau in der Familie zu geben, der in den großen Städten jedoch nicht unbedingt greift. In wuchernden Megastädten wie Kairo ist der Abstand zu den ländlichen Analphabetinnen geringer als in etablierten Kommunen wie Alexandria mit relativ geringer Zuwanderung.[167] Die Urbanisierung bedeutet also nur bedingte Modernisierung, womit auch eine beharrliche Abwertung der Frauenarbeit einhergeht – ein Faktor wiederum, der sowohl in der Türkei als auch in ihren deutschen Kulturkolonien eine große Rolle spielt (s. u. S. 196f.).

Somit liegt die eigentliche Gnade Allahs zunächst weiterhin in den Rechten des Mannes auf Mehrehe (Polygamie), Außerehe (Konkubinat) und Verstoßung. Sie sorgen dafür, dass die individuelle männliche Sexualität sich über die Einzelfrau hinaus ausdehnt und das gesamte, kollektive Samenpotenzial optimal einsetzt. Der gläubige Muslim kann Allah und sich selbst am besten dienen, indem er diese Einrichtungen in Anspruch nimmt, wann und wo immer es die Kultur seiner Natur erfordert und seine Finanzen erlauben.

Wie die Tradition sagt, ist derjenige »der beste Muslim, der die meisten Frauen heiratet«.[168] Der am häufigsten genannte Grund für die Mehrehe ist denn auch der männliche Trieb, dem die lückenlose Befriedigung koranisch zustehe und in der Einehe auf Engpässe stoße.[169]

Mit der gewundensten Erklärung wartet der uns bekannte »Reformer« Rashid Rida auf: Die Mehrehe sichere der Frau Würde und Freiheit, denn sie zwinge sie nicht, jemanden gegen ihren Willen zu heiraten. Das Verbot der Polygamie erhöhe hingegen die Gefahr des Ledigseins mit allen Folgen der Erniedrigung und Entwürdigung.[170] Unfreiwillig hatte der originelle Reformer den im Westen so gelobten »hohen sozialen Status« der Frau enthüllt: Wenn es um »Würde« geht, gibt es keine Alternative zum Sexualdienst am Mann!

Indem das islamische System den männlichen Trieb freisetzt und den weiblichen kontrolliert, kann es zuverlässig das Fruchtbare finden und das Unfruchtbare, das ideologisch und biologisch »Minderwertige« ausstoßen – Erbe der Beduinen und zugleich Grundlage des Heiratsmarkts.[171] Den Gläubigen erscheint die technisch-sexuelle Effizienz ihrer Bio-Mechanik als »Allahs weiser Ratschluss«, aus dem sich die große Bedeutung des Koitus für die »Religion« des Islam unmittelbar herleitet.

Der wichtigste Grund liegt zugleich im Ziel des Systems, in der Schwangerschaft selbst. Da sie jedoch die sexuelle Aktivität unangemessen behindert, ist der Mann nicht nur berechtigt, sondern verpflichtet, bereits während das Kind ausgetragen wird, nach weiteren Frauen Ausschau zu halten. Um die koranisch verbotene Unterbrechung des Samenflusses zu vermeiden, darf er sich nicht »zu der Annahme hinreißen lassen, dass sein Verlangen nur durch ein bestimmtes Objekt (eine spezielle Frau) gestillt werden kann«.[172]

Da die Mehrehe eine kostspielige Angelegenheit ist, war sie immer schon auf die besitzende Klasse beschränkt, aber als legitime Form nie in Frage gestellt. Den weniger Wohlhabenden steht die serielle Variante offen, die im Wechsel von Heirat und Verstoßung die Frauen jung hält, die sexuelle Attraktivität auffrischt und somit auch die Kinderzahl optimiert.

Dabei entsteht oft ein beträchtlicher Altersunterschied, der seine europäische Parallele in der – allerdings zumeist kinderlosen – Figur des »Sugar Daddy« hat. Für die Muslime ist die Machtlizenz Allahs mit dem Vorbild des Verkünders maßgebend, der bekanntlich an der Kindfrau A'isha großen Gefallen fand (s. o. S. 34f.). Aus der einschlägigen Literatur lässt sich jedoch der Eindruck gewinnen, dass die Kindfrauen des »modernen« Islam ihre Zwangsehen mit Männern, die nicht selten das Pensionsalter erreicht haben, größtenteils als Qual empfinden (vgl. u. S. 121).

Die Altersdifferenz erzeugt ihre eigene Dynamik. Sie variiert nach dem Härtegrad der Orthodoxie und beträgt im Schnitt etwa zehn Jahre, indem etwa 18-jährige Frauen von Männern geehelicht werden, die um 28 Jahre alt sind. Deren relativ hohes Alter erklärt sich auch aus dem Brautpreis, hat aber den entscheidenden Vorteil der physischen Überlegenheit. Da es weniger Männer über 28 als Frauen über 18 gibt, entsteht ein Ungleichgewicht in der heiratsfähigen arabischen Bevölkerung: Auf sieben Männer kommen zehn Frauen.

Was Allahs Weisheit geschaffen hat, gleicht sie –im letzten Viertel des 20. Jahrhunderts – auch wieder aus: eben durch Polygamie und Verstoßung. Da Ehelosigkeit verboten ist und gegen Null tendiert (effektiv um 3 Prozent), erzeugt die Altersdifferenz einen weiblichen Altersüberhang von drei Frauen aus den zehn, die nicht mehr verheiratet sind. Von ihnen sind zwei verwitwet und eine verstoßen bzw. geschieden.

Dem entspricht, dass Witwen die Witwer um das Siebenfache und geschiedene Frauen die geschiedenen Männer um das Dreifache übersteigen.[173] Mit etwa 3 Prozent ist die Polygamie ebenso selten wie Ehelosigkeit und konzentriert sich auf die älteren Männer, die sie sich eher leisten können. Umso häufiger und konsequenter ist die Scheidung. Drei Viertel der Ehen werden innerhalb der ersten fünf Jahre geschieden. Fast immer ist der Grund Unfruchtbarkeit bzw. Kinderlosigkeit – die Hauptquelle der weiblichen Angst.

Als Quelle männlichen Unbehagens steht neben dem Ungehorsam die Abfindung, deren Zahlung im Falle der Scheidung (arab.: *talaq*) unter – ungünstigen – Umständen zur Debatte stehen kann. Aber auch die Prozedur der Verstoßung hat unter der mannzentrierten Gegenethik des Islam gelitten. In der Praxis verkürzt sie sich oft vom alten »du bist mir wie der Rücken meiner Mutter« (58/2) auf das moderne »verschwinde«, das nach dreimonatiger Wartefrist in Kraft tritt.

Wenn seltenerweise die Frau die Scheidung anstrebt, setzt sich ein langwieriges Verfahren in Gang, das dem Mann nicht nur aus Gründen der Ehre, sondern auch der Finanzen viel Zeit lässt. Denn ihm steht offen, die von der Frau genannten Gründe zu torpedieren – z. B. durch angeblichen Ungehorsam – und den Entscheid des Richters erheblich zu verzögern. Nur in einem, nicht gerade seltenen Fall wird er in der Regel daran interessiert sein, die Akten rasch zu schließen: erwiesene Impotenz.

Nicht selten stemmen sich die Delinquenten allerdings gegen ihr Unheil. Es gibt überraschend viele Geschichten über Frauen, die ihren Männern den entehrenden Energieausfall vorwerfen und den grotesken Einfallsreichtum, mit dem diese dem drohenden Desaster zu entkommen suchen. In diesem singulären Ausnahmefall kann es vorkommen, dass sich der Mann an die Frau klammert, weil er über die Fähigkeit, wegen derer sich die Frau an ihn klammern soll, nicht verfügt. Sie ist das Feigenblatt vor dem Glied, das sich nicht islamgerecht erhebt, und verschafft ihm die Fassade, die ihn halbwegs als »Glied« der Gesellschaft erscheinen lässt.

Insgesamt bleiben solche Fälle kuriose Randnotizen, denn noch 1980 bekamen die arabischen Mütter durchschnittlich sieben (!) Kinder. Inzwischen ist diese Zahl auf etwas über fünf gesunken, womit der Stand der europäischen Geburtsrate um die Mitte des 19. Jahrhunderts erreicht ist.[174] Es bleibt abzuwarten, ob sich dieser Trend fortsetzen kann. Denn die biologische Produktivität müsste durch die ökonomische ersetzt werden, die allerdings unislamische Kreativität verlangt, wenn die Altersversorgung stabil sein soll (s. u. S. 196).

6. Gehorsam und Verhüllung

Jungfräuliche Keuschheit, die weibliche Konkurrenz um Fruchtbarkeit und die Mutter, die als Stütze des Mannes das System bewahrt und der nächsten Generation weitergibt, stehen in einem umfassenden Dienst an der männlichen Sexualität. Sie garantieren den urislamischen Biorhythmus aus Koitus, Empfängnis, Schwangerschaft, Geburt und der unentwegten Suche nach sexuellen Alternativen.

In diesem Geschehen erscheint – neben dem Unglauben – als schlimmstes Feindbild diejenige Frau, die sich der Verfügung des Mannes nicht unterwirft. Beweist sie geistige Unabhängigkeit, indem sie selbstständige Entscheidungen für ihre Person trifft und damit auch ihre Sexualität selbst bestimmt, müssen die Grenzstrafen einsetzen.

Viele Muslime wissen nicht viel von ihrem Glauben, dafür umso mehr von ihrer Vollmacht über die Frauen. Deren Grenzen sind so weit gezogen, dass man sie nicht im Einzelnen zu kennen braucht. Die ultimative Bedrohung der Männerdominanz ist der Ehebruch, dessen Grenzstrafen die Frau mit archaischer Wucht treffen: Auspeitschung, »Ehrenmord« oder Steinigung. Das Gewaltmonopol liegt beim Mann – er entscheidet, ob nur ihr Blut die Schande abwaschen kann.

Es versteht sich, dass in diesem Falle kein Blutgeld (arab.: *diya*) in Frage kommt, weil beide Familien daran interessiert sind, den Grund der Ehrverletzung zu beseitigen. Bei »normaler« Tötung macht es – wie Erbschaft und Zeugenaussage – die Hälfte des Mannes aus.[175]

Die fest verankerte Ungleichheit der Geschlechter und die Abwertung der weiblichen Person machen es dem Mann unmöglich, seine Frauen gerecht zu behandeln. Denn wie auch der Koran den Muslimen sagt, »kann es nicht sein, dass ihr alle eure Weiber gleich liebt, wenn ihr es auch wolltet« (4/130).

Deren Lebenszweck zielt indessen auf seine permanente Zufriedenheit. Das paradiesische Wunschbild soll sich im irdischen Ideal der Frau verkörpern, »die dich im Haus umsorgt wie eine Mutter ... und im Bett liebt wie eine Kurtisane«.[176] Je weiter sie von diesem Muster abweicht und den Unwillen des Mannes erregt, desto näher rückt sie dem Status der *nashiza*, der ungehorsamen Rebellin.

Wenn die westlichen Proislamisten den »Respekt« der Muslime vor ihren Frauen loben, dann könnte die Wahrnehmung auf die älteren Mütter generell zutreffen. Denn sie waren verfügbar gewesen, wann und wo immer die Männer den Ruf Allahs zur Bestellung ihrer »Saatfelder« verspürten. Sie hatten ihr Recht auf Gehorsam begriffen, das sie allein durch den Dienst am Mann, über Koitus und Mutterschaft, rechtfertigen konnte.

Und sie wussten, was ihre Pflicht darüber hinaus war. Mit festem Blick auf die Vorbilder des Koran konditionierten sie auch ihre Söhne und Töchter auf die Rechte und Pflichten, die Allahs Kreislauf der männlichen Dominanz in reproduktivem Schwung halten.

> *O ihr Frauen des Propheten, wer von euch offenbar Unziemliches begeht, deren Strafe soll zwiefach verdoppelt werden, was für Allah ein Leichtes ist. Wer aber von euch Allah und seinem Gesandten gehorsam ist und rechtschaffen handelt, die belohnen wir zwiefach und bereiten ihr ehrenhafte Versorgung. (33/31f.)*

Aber damit nicht genug: Indem der Mann als Stellvertreter Allahs die Frau beherrscht, ist er von jeder Verantwortung befreit, die ihn auf irgendeine andere Loyalität als die zu sich selbst festlegen könnte. Hier entsteht der Graubereich, in dem die Gegenethik des Islam das »Unziemliche« regelt. Denn wo immer möglich, wird die Kontrolle der Frau optimiert, um den umfassendem Gehorsam – oberstes Menschenrecht im Islam – zu gewährleisten.

Da das Gehorsamsgebot absolut ist, können schon kleinste »Fehler« das Strafgericht des Partriarchen auslösen. Wie wir wissen, riskieren Männer, die »ungehorsame« Frauen dulden, die allgegenwärtige Gefahr der *fitna*, des anti-islamischen Aufruhrs. Mit der Verstoßung einer solchen Rebellin beweisen sie ihre Treue gegenüber Allah und schützen die Integrität der Gemeinschaft.

Wie wohlwollend auch immer man die Situation beleuchtet – die wahre, systemgerechte Frau bleibt diejenige, die unter sexueller Herrschaft des Mannes das Gesetz Allahs erfüllt und die Reproduktion seiner Gemeinschaft vorantreibt. Daher kann im Islam niemand seine geistige Verwirrung klarer unter Beweis stellen als eine Frau, die ihre Ehe von sich aus beenden möchte. Sie ist dem Unglauben nahe, denn offenbar scheint sie auf die Art von Würde, die ihr Allah durch die männliche Kontrolle verleiht, keinen gesteigerten Wert zu legen.

Ihre Abweichung ist so absurd, dass man im Grunde nicht mehr nur von einfachem Ungehorsam sprechen kann, sondern von einer geistigen Erkrankung, die behandelt werden muss. Ähnlich den totalitären Systemen, die ihre Dissidenten in die Psychiatrie steckten, empfehlen die islamischen Theologen, störrischen Frauen den richtigen Weg unmissverständlich zu zeigen, oder aber sie aus der menschlichen Gemeinschaft auszusondern, wenn die Therapie versagt: »Bezüglich der Strafe steht der Ehemann zur Frau als Herr wie das Recht gegenüber dem Sklaven.«[177]

Da Gewalt zur »göttlichen Weisheit« gehört, muss der Mann sicherstellen, dass die Frau die Heilsfunktion seiner Herrschaft begreift. Er soll Schilfrohr, Stock, Hand oder Peitsche zum Einsatz bringen und dabei seine Schläge so geschickt platzieren, dass sie sowohl sichtbare Spuren vermeiden als auch maximale Demütigung erzielen.[178]

Die Mehrheit der Muslime folgt diesen Anweisungen, die auch Praxis der Geheimdienste in totalitären Staaten sind, konsequent, sodass der vorzeitige Tod zum Leben ihrer Frauen gehört. »Niemand soll einen Mann fragen, warum er seine Frau schlägt«, heißt es in der Überlieferung, deren Gegenethik die zur Mäßigung mahnenden Traditionen überwunden hat.[179] Die Peitsche an der Tür gehört zum Inventar und mahnt die »Hausherrin«, wer Herr im Hause ist.

Eine Rechtfertigung erübrigt sich: Weil die Frau im Dienst am Mann ihre höchste Erfüllung sieht, hält Allah für sie Belohnung und Strafe, Erlösung und Verdammung bereit. Mit anderen Worten: Der Mann als Geber des Gesetzes wird zur freudig akzeptierten Quelle des Heils und Leids. So wie die Frau die Strafe als notwendiges Mittel, als »Medikament« des Männerglaubens entgegennimmt, teilt es der Mann als Mittler des Gesetzes, sozusagen auch als »Ehearzt« aus. Die »Medizinbücher« sind Koran und Tradition.

Solcherart therapiert, kann sich die Frau psychisch erleichtert ihren Ehepflichten widmen, weil auch die Gefahr der Verstoßung gebannt scheint. Beide ergänzen sich als Aktionspaar, dessen Sadomasochismus mit der Tiefe des »Glaubens« zunimmt. Sayyed Qutb diagnostiziert eine eindeutige »Neurose« bei der Frau, welche nicht um die Strafe bettelt, wenn sie den Wünschen des Mannes nicht gerecht geworden ist.

Die Prügelung wird zum Gnadenakt, der sie von den Sünden des Versagens erlöst.[180] In der Spirale der Selbstaufgabe, die den Mann sündenfrei macht, sucht sie endlos nach perfekter Anpassung. So wie sie der Koitus biologisch befruchtet, so befruchtet die Strafe sie psychisch und religiös.

Wie erwähnt, muss oft die Mitgift als »Beweis« für die Selbstständigkeit der Frau in Vermögensdingen herhalten, wenn Scheidung bzw. Verstoßung zur Debatte stehen. Hier wird ebenso verschwiegen, dass die Gerichte alle Möglichkeiten zu Gunsten des Mannes ausschöpfen, sollten denn die – oft sehr bescheidenen Mittel – überhaupt noch vorhanden sein. Das ultimative Zeichen dieser Form von »Freiheit« ist jedoch die Verhüllung, welche die Frau – aus Islamsicht keineswegs falsch – erst zur wirklichen Frau macht.

Wie wir inzwischen wissen, gilt die unverheiratete, unverhüllte Frau als »Prostituierte« und ist nur insofern »frei«, als sie sich in einem nahezu rechts-freien Raum befindet und als Objekt virtueller Gewalt frei-gegeben ist (s. o. S. 45, 79). Selbst wenn man sie unbehelligt lässt, bedeutet sie doppelten Verlust. Weder auf dem Ehr- noch auf dem Bankkonto der Familie hat sie eine Plusbuchung verursacht. Somit muss ihr Vormund eine peinliche Existenz verwalten, die nur widerwillig von der Familie geduldet und finanziert wird, auch wenn sie sich als Hauskraft noch so nützlich macht.

Erst wenn die Frauen des Islam – ob Hausfrau, Angestellte, Akademikerin oder Kaderschwester – ihre Verhüllung als »Schutz« ihrer Würde und Identität sehen, beweisen sie perfekte Anpassung. Wenn sie sich nach eigener Aussage »freiwillig« verhüllen, bestätigen sie den Erfolg lebenslanger Indoktrination, die den weiblichen Willen in Unterwerfung unter den männlichen Willen umwandelt. Nur die Ordnung Allahs, die vom Mann durchgesetzt wird, kann sie zu perfekten Instrumenten des »Glaubens« prägen.

Kasernierung im Haus, Verhüllung außer Haus, Bestrafung bei Abweichung und Austausch bei Ungehorsam sind die Bedingungen, die ihre biologische Befruchtung und vielleicht auch religiöse Erlösung ermöglichen. Sie beweist dann einen »freien« Willen, wenn er dem Willen und der Potenz des Mannes entspricht. Umgekehrt wird sie sexuell zur »Prostituierten« und ideologisch zur »Rebellin«. In den Begriffen zeigt sich der Stillstand des Islam: Wie gesehen, war seit der Spätantike die ungebildete Ehefrau die »Freie« und die gebildete Sklavin die »Unfreie«.

Auch dieser Tradition liegen die klaninternen Heiratsregeln zu Grunde, die ihre Spuren bis in die Moderne ziehen. In der ursprünglichen Lebensform brauchten sich die arabischen Frauen nicht zu verschleiern, weil allein schon die Wüste für die ehrensichernde Abgeschiedenheit des Klans sorgte. In der Stadt liegen die Dinge anders. Um Vermischung zu vermeiden, bauten sich zwei Schranken auf, die sich gegenseitig ergänzen: eine abweisende Architektur und die Verhüllung der Frau.

Indem die Häuser durch Mauern und Fensteranordnung die Familie schützen und keinen wesentlichen Einblick zulassen, kann die Frau hier den Schleier ablegen und sprechen. Umgekehrt hat sie sich im äußeren Raum zu verhüllen und zu schweigen. Optik und Akustik der islamischen Stadt sind auf Schutz und Ruhe des privaten weiblichen Raums zugeordnet, der auch mit dem Begriff »Haus als Festung« umschrieben wird.[181]

Diese Ordnung ist kaum denkbar ohne die Vetternheirat, die zu einer »regelrechten sozialen Ausgrenzung der Frau« führt, sie noch schärfer abtrennt und schließlich »entwirklicht«.[182] Was hier moderne (französische) Soziologen formulieren, hatte ganz ähnlich Ibn Taymiya schon vor sieben Jahrhunderten mit einer uns bekannten Aussage auf den Punkt gebracht:

Die Verhüllung mit Kleidern und Häusern muss ihnen (den Frauen) auferlegt werden, denn ihr öffentliches Erscheinen bedeutet fitna (Aufruhr), und die Männer stehen über ihnen.[183]

Daran hat sich bis heute nicht viel geändert. Nach wie vor ist die Masse der Frauen auf das Haus beschränkt. Wenn sie es seltenerweise – in männlicher Begleitung – verlassen, müssen sie es verhüllt und schweigend tun. Nicht nur ihre Stimme gilt als gefährliche »Blöße«, sondern ihre gesamte Erscheinung, denn »es ist die Frau selbst die Blöße, die der Teufel begleitet, wenn sie das Haus verlässt«.[184] Mit allerlei Zusatzauflagen wie Verzicht auf Schmuck und Make-up ergibt sich insgesamt eine maskenhafte Uniformität, die auch gedankliche Verbindungen zu einer »Armee des Islam« herstellt.[185]

Die Islamisten haben die Idee längst in die Tat umgesetzt. Als ihre Soldatinnen schicken sie die Frauen in die Öffenlichkeit, die dort unbegleitet und streng verhüllt sprechen dürfen. Sie bringen die islamische Orthodoxie, die alte und neue Botschaft Allahs (*da'wa*), an die unwissenden Muslime und die gutgläubigen Ungläubigen. Bei den Frauen der unwissenden Muslime finden sie wiederum besonders »freiwillige« Mitstreiterinnen. Denn nun erklären deren Männer – unter dem Druck der Islamisten – die alte Sünde, das Verlassen des Hauses, zum neuen Heil – unter der Bedingung natürlich, dass die Pflicht der Mutterschaft erledigt ist.

Die männliche Dominanz bleibt erkennbar unbeschädigt. Sie wird im Sinne der Gegenethik eher weiter verstärkt. Es ist der Mann, der die Vollmacht Allahs nutzt und den Raum der Frau über das Haus hinaus weitet, um das »Haus des Islam« auszuweiten. Dieser ideologische Begriff bezeichnet den Geltungsbereich des Islam, der dem »Haus des Krieges« als dem Land des Unglaubens gegenübersteht. Für die Islamisten in Europa, die mitten im Kriegsland leben, ist es also besonders wichtig, sowohl »Kulturzentren« mit Ruheräumen für Terroristen zu bauen, als auch die Armee der Frauen zu mobilisieren.

7. Expansion der Gegenethik

Da ihn Allah direkt ermächtigt, ist das Ideal des »omnipotenten« Mannes entstanden, der seine Vollmacht allerdings faktisch noch übersteigt. Die Verletzung des Inzestverbots bedeutet einen anti-koranischen Systembruch, der von den meisten Müttern verschwiegen und von den Imamen wortreich umwunden wird, weil die Rechtsgrundlage fehlt.

Mit anderen Worten: Obwohl es einige, sogar koranische Bestimmungen gibt, welche die totale Freiheit des Mannes einschränken, hat das Charisma der göttlichen Vollmacht eine fatale Wirkung. Allahs Gnade hat die Macht des Mannes so stark ausgeweitet, dass sie sich gegen ihn, den Vollmachtgeber selbst wendet.

Es ist vor allem die männliche Sexualität, die der Frau absurdeste Zügel anlegt, sich selbst allerdings eine Freiheit einräumt, die auch die Schranken Allahs durchbricht. Die Frage der häuslichen Gewalt erscheint, wenngleich problematisch genug, bewältigbar im Vergleich zu dem weit größeren Problem, das er mit der Verhöhnung Allahs hat.

Der hatte nämlich schon vor 1400 Jahren seinem Verkünder mitgeteilt, dass die geschlechtliche Vereinigung mit den nächsten Verwandten streng verboten ist (4/22). Heute muss er feststellen, dass seine männlichen Günstlinge ihre Lizenz zu sexueller Gewalt nun auch auf die nächsten, ihnen verbotenen Verwandten ausgeweitet haben. Die Berichte der UNO über das Ausmaß von Inzest innerhalb der häuslichen Gewalt sind alarmierend.

Väter, die ihre Töchter und Brüder, die ihre Schwestern missbrauchen, Männer, die allein stehende Verwandte vergewaltigen, und auch die bekannten »guten Onkel« von nebenan, die sich mal eben an ihren leiblichen Nichten vergehen, treten Allahs Gesetz mit Füßen. Sie machen etwa ein Drittel der häuslichen Gewalt aus, eine Zahl, die zwischen Ausnahme und Regel steht. Denn die Dunkelziffer ist hoch, nicht nur weil die Angst der Opfer die Täter vor Anklage schützt, sondern auch, weil die Mütter ihrer Schweigepflicht nachkommen.[186]

Oft hören wir von einer »Ethik« des frühen Islam, die im weiteren Verlauf »verschüttet« wurde, wobei offen bleibt, von wem und weshalb. Der Grund liegt natürlich in der Hauptrichtung der islamischen Ethik, die wir Gegenethik nennen. Sie hat Allahs Gewaltlizenz in den historischen

Djihad gegen Frauen, Minderheiten und Abtrünnige ausgeweitet und ist nun dabei, massiv die Grenzen zum Inzest zu durchbrechen.

Es ist gerade dieser Zivilisationsbruch, der die Aporie, die Ausweglosigkeit der blinden Männerherrschaft aufdeckt. Indem sie ihre eigenen Kinder und Geschwister vergewaltigen, treten die männlichen Ehrenwächter als Schänder der Ehre auf, die zu bewachen ihnen Allah aufgegeben hat. Zynischer könnte die Blasphemie, die Verachtung des muslimischen Gottes kaum sein.

Für die proislamischen Euro-Eliten ist sie Teil ihres Heilsobjekts, zu dessen differenzierter Betrachtung sie unfähig oder unwillig sind. Durch ihre proislamische Brille erscheint ihnen die radikale Gegenethik mit Frauenrepression, Homosexualität, Pädophilie, Inzest und Sodomie, wie es immer wieder heißt, als Bereicherung und »kulturelle Befruchtung«. Eine solche Sicht signalisiert, dass man selbst im Islam angekommen ist, oder ihn aber benutzt, um bislang tabuisierte Praktiken unter Religionsfreiheit zu stellen.

Die »Ertragskurve« des muslimischen »Saatfeld«-Konzepts (im Schnitt um 4 Prozent) ist in den letzten Jahren abgeflacht, schneidet aber im Vergleich mit anderen Großgruppen – z. B. Indien – immer noch gut ab. In einem System, das die Sexualität mit Religion, Politik und »Ehre« verknüpft, kann Empfängnisverhütung, geschweige denn Abtreibung, keine Rolle spielen. Mit 10 Prozent ist die bisherige »Bremsrate« denn auch bescheiden geblieben. Der Aufklärung durch UNO und lokale Organisationen steht die Bio-Propaganda der Islamisten entgegen, mit der sie nun auch die Expansion in Europa betreiben.

Indem sie zugleich den »Dialog« mit den proislamischen Eliten in Deutschland, Frankreich und anderswo führen, können sie dem Auftrag Allahs folgen und das »Haus des Krieges« graduell in das »Haus des Islam« umwandeln. Damit ist die wichtigste Bedingung erfüllt: Weil das Gesetz Allahs eingerichtet werden kann, wird die fremde Ordnung das muslimische Heil nicht beeinträchtigen.[187] Die westlichen Helfer haben die entscheidende Voraussetzung geschaffen: Indem sie den Muslimen die Anerkennung der Grundrechte ersparen – Freiheit der Religion und Gleichheit der Geschlechter – führen sie das Rechtssystem der Scharia ein.

Wesentlich ist, den Vorgang als dynamischen Zustand zu begreifen, als Interimsstatus von langfristiger Vorläufigkeit. Innerhalb des wirtschaftlichen »Strukturwandels« bewirkt die Zuwanderung einen graduellen

Austausch der zugleich schrumpfenden einheimischen Bevölkerung. Dass deren demokratische Staatsform unter solchen Umständen nicht aufrechterhalten werden kann, liegt auf der Hand. Für die europäische, zumindest deutsche Politik ist dies logischerweise »kein Problem«, weil auch der Islam »kein Problem« ist.

Um eine Einbahnstraße handelt es sich hier allerdings nicht. In der arabischen Migration lassen sich zwei Hauptströme ausmachen, die von Nordafrika nach Europa und von den Nichtförderländern in die Erdöl-Regionen Arabiens, Libyens und des Irak wandern. Allein das höhere Einkommen führt zu verändertem Verhalten, insbesondere westlichen Konsumgewohnheiten, die wiederum in die Familien hineinwirken.

Die langfristige Komplexität dieser Abläufe verhindert ihre kurzfristige Durchschaubarkeit, sodass die Parolen des »Dialogs« umso leichter greifen. Mit dem Slogan von der »kulturellen Bereicherung« durch Zuwanderung entfällt die seriöse Information, während zugleich der »Stammtisch« der Bevölkerung zu Wohlverhalten gezwungen wird. So erlangt der proislamische Blickwinkel zunehmende Verbindlichkeit. Allmählich driftet die alte, eher geistige Auffassung von Kultur in eine biologisch bestimmte Interpretation, von der historisch korrekten in die »islamisch korrekte« Sicht.

C
Die moderne »Entmannung«

1. Feminisierung der Arbeit

Durch die Förderung der islamischen Migration leistet der europäische, in Sonderheit deutsche Ordnungswechsel bereits tätige Beiträge zur Entlastung der Lage im »Haus des Islam« selbst. Allerdings hat der globale Fortschritt der Produktivität dort begonnen, die schwachen islamischen Wirtschaftsstrukturen in einem Tempo zu zerstören, das die Bildung neuer Arbeitsplätze deutlich übersteigt. Das zukünftige Maß der Migration könnte somit die Toleranz der aufnehmenden Bevölkerung – weniger kulturell, sondern finanziell – überlasten und das proislamische Projekt in Gefahr bringen.

Ein wichtiger Effekt dieses »Strukturwandels« ist der Verlust an herkömmlicher Arbeit, dem ein Gewinn an neuen Arbeitsplätzen in der Leichtindustrie und Dienstleistung gegenübersteht. Hier sind fundamentale Umwälzungen in Gang gekommen, die für die herkömmlichen Strukturen des Islam nicht unproblematisch sind.

Denn tendenziell erzwingt dieser Vorgang die Freisetzung von Männern und die Besetzung frei werdender oder neuer Arbeit mit preiswerteren Frauen. Innerhalb dieses Trends begann sich ab den 1990er Jahren der Zugang der Mädchen und Frauen zu Schule, Universität und aushäusiger Arbeitswelt zu verbessern. Dies bedeutete eine ständig zunehmende Bedrohung der männlichen Überwachungskompetenz.

Töchter entzogen sich der Keuschheitskontrolle und Frauen dem Hausdienst, weil der wirtschaftliche Druck den Zwang des religiösen Brauchs verdrängte. Der Mann muss sich eine neue, ökonomische Impotenz eingestehen, die islamische Kastrationsängste auslöst. Denn das Selbstverständnis des »Alphamännchens« sieht die wirtschaftliche und sexuelle Kontrolle als untrennbare Einheit. Immerhin begründet der Unterhalt das Recht auf die Ehegewalt mit Koitus und Züchtigung, das zentrale schariatische Recht, wenn nicht das Menschenrecht des Islam überhaupt.

Da sich Globalisierung mit westlicher Zivilisation verbindet, lastet die islamische Ideologie diese »Entehrung« einem pauschalen »Neo-Kolonialismus« – besonders der USA – an, welche demnach die Ressourcen des Islam krasser ausbeuten als je zuvor. Die modernen »Kreuzzügler« treten nun als Öldiebe auf, die den Muslimen das große Geschenk Allahs stehlen. Vor allem betätigen sie sich als »Zuhälter«, die Frauen mit Bildung und Ausbildung aus dem Haus locken und dabei das »Haus des Islam« mit sündigen Produkten, Fernsehen und Pornofilmen überschwemmen.

Die Grundlagen zu dieser Sichtweise stammen ebenfalls von den »Reformern« um Muslimbruder Rashid Rida (s. o. S. 60). Schon vor dem Zweiten Weltkrieg hatte er die westliche Moral angegriffen und zusammen mit Ur-Schwester Zaynab Ghazali weibliche Bollwerke gegen die »Sünde«, wie z. B. Lehrinstitute für Kaderschwestern, gefordert.[188] Nach wie vor haben ihre Aussagen ihre Gültigkeit und liefern auch heute den Tugendwächtern der Muslimbrüder die Basis für ihre laufende Propaganda:

> *Hier (im Islam) glaubt den Europäern niemand mehr, niemand vertraut ihnen mehr, niemand hält sie für tugendhaft und gerecht. Vielmehr sind sich die Masse und die Führer darin einig, dass die europäische Zvilisation einen rein materialistischen Charakter trägt, dass die Europäer allein auf das Ausleben ihrer Begierden und auf willkürliche Schwächung der Schwachen aus sind …, dass die ganze Propaganda für Gerechtigkeit, Gleichheit, Freiheit und Menschlichkeit Lug und Trug ist.*[189]

Nach anfänglichen Streitereien über die ideologische Führerschaft haben sich Islamisten und orthodoxe Theologen pragmatisch geeinigt. Die Frauenfrage war und ist viel zu wichtig, als dass man sich in der Konfrontation mit dem Westen spalten lassen konnte. So bewegte sich die Diskussion auf eine gemeinsame Lesart zu, die sich inzwischen auch die Vertreter des westlichen »Dialogs« zu Eigen gemacht haben.

In der Hauptsache stützte man sich auf Rechtsmeinungen der Azhar-Universität in Kairo, der obersten Autorität im Islam. Sie hatte schon in den 1960er Jahren begonnen, den Frauen die Teilnahme am Glaubenswissen zu öffnen, wenn es denn dem islamischen Recht nützen würde. Hier griff zunächst noch der alte Zirkelschluss des mannlastigen Denkzwangs: Wer auf das Haus beschränkt ist, braucht kein Wissen für den öffentlichen Bereich.

»Hütet euch vor ihrer Schriftkunde!«, hatte schon Omar, der zweite Kalif (734–744), vor der weiblichen Intelligenz gewarnt, welche die göttlich verliehenen Vorrechte bedrohte. Allmählich erkannten jedoch auch die orthodoxen Scharfmacher, welche Chancen die gebildete, öffentliche Frau bot, wenn man sie in der ideologischen Diskussion mit dem Westen einsetzte. Sie war dem Mann umso nützlicher, je frauengerechter man ihre Bildung gestaltete. Ein nun verfeinerter Islamismus schnitt ihr Wissen auf die alte Geschlechtertrennung zu.

Ab den 1960er Jahren hieß es, dass man alles daran setzen müsse, die Versäumnisse der Vergangenheit auszugleichen. In der Tat habe man die Frauen von dem Wissen ausgeschlossen, das ihnen allein schon durch Allahs Schöpfungsordnung zustehe. Denn hier habe man sie an die Seite des Mannes gestellt, um den Islam nach innen zu festigen und nach außen zu verbreiten. Dies bedinge, dass man eben die Fähigkeiten nutze, mit denen sie Allah ausgestattet habe.

Im Zentrum der unendlichen Weisheit des islamischen Schöpfers stehe die Ergänzung des Mannes durch die Frau. Gerade weil man Koran und Tradition nicht immer konsequent genug ausgelegt habe, seien in der Vergangenheit *fitna* und Aufruhr möglich gewesen. Umso besser stünde den Muslimen zu Gesicht, solche Fehler in der Zukunft zu vermeiden. Nach wie vor blieben die alleinigen Säulen des Glaubens auch die alleinigen Quellen des Wissens. Sie ließen sich jedoch nicht willkürlich zwischen Mann und Frau teilen, sondern ordneten sich Allahs Schöpfung zufolge in männlichen und weiblichen Wissensteilen in weiser Harmonie aufeinander zu.

Selbst wenn des Verkünders kluge A'isha in über 2000 Überlieferungen als Tradentin auftrete, so könne sie doch über nichts anderes als die Fähigkeiten der Frauen in sozialer Fürsorge, Erziehung, Medizin und Dichtung berichten. Denn nur sie könnten die Nachkommenschaft gewährleisten und die Kinder in ihren ersten Jahren auf den Islam zuordnen. Ebenso wie niemand an dieser Säule rüttele, könne man das Fundament dieser Säule, die Führung durch den Mann, in Zweifel ziehen. Auf keiner einzigen der Millionen Seiten islamischer Glaubenstradition stünde geschrieben, dass der Prophet die Frauen beauftragt habe, über sich selbst zu bestimmen.

Da war sie wieder, die ewige Automatik der von Allah verliehenen männlichen Weisheit, die »Versteinerung der Ideale« der prophetischen Urgemeinde.[190] Da die Frau an den Herd gehörte, konnte sie in der Geschichte nicht vorkommen, was allein schon Beweis genug für die Überlegenheit des Mannes war. Wer den optimalen Islam anstrebte, dem war nicht erlaubt, Allahs Gnadengaben an die Frauen zu missachten – Mutterschaft, Erziehung, Hausarbeit, Gehorsam und Züchtigung.

2. Bildung und »sexuelle Korrektheit«

Wer fest genug im Islam stand, der würde die langfristige Überlegenheit des Glaubens gegenüber dem Wankelmut des Westens erleben. Dessen »Strukturwandel«, die pluralistische Instabilität seiner Werte, eigne sich, wie es hieß, daher ganz besonders, allmählich durch die Stabilität des islamischen Systems ersetzt zu werden. Wichtigste Bedingung für eine solche Umformung sei das Glaubenswissen der Frauen, das sich unveränderbar in den Dienst Allahs stellte.

Somit stand das neue »Bildungsprogramm« fest, das eine verstärkte Fortsetzung des alten war und einen wichtigen Irrtum beseitigte. Der gravierendste Fehler hatte nicht darin bestanden, der Frau männliches Wissen verweigert, sondern weibliches Wissen nachlässig vermittelt zu haben. Deshalb musste man sich doppelt anstrengen, die Defizite der islamischen Frauenbildung aufzuholen: Unterricht in Koran und Tradition, Kindererziehung in Harmonie mit deren Vorschriften, Aufklärung über die Bedeutung der männlichen Führung für die Geschichte des Islam, weitere Unterweisung in Tätigkeiten des Haushalts – Nähen, Weben, Sticken etc. – und ihre tiefe Bindung an das weibliche Wesen, die auch die Einführung in die neuen Frauenberufe in Medizin, Schule und Sozialbetreuung umfasste.

Vielen erschien dieses Programm als unwiderlegbarer Beweis für die unendliche Weisheit Allahs, die immer wieder die »Ursprungsmission« der Frau sichtbar machte: ihre vom Mann gezähmte Sexualität, die in Ehe und Mehrehe den Bestand des Islam sicherte und stärkte. Es schien zwar abwegig, dass es Frauen gab, die dieser umfassenden Qualität andere Aufgaben vorzogen; den neuen Realitäten einer sich global wandelnden Welt – vor allem Arbeitswelt – musste man sich jedoch letzlich stellen.

Die islamische Sicht teilt die Welt der Arbeit in zweierlei Kategorien auf: erlaubte und erzwungene Arbeit. In der erlaubten Arbeit waren inzwischen neben die ländliche »Massenfrau« die modernen Typen der islamistischen Kaderschwester und der islamgerechten Akademikerin getreten. Die erzwungene Arbeit erfasste alle Frauen, die globaler Strukturwandel und Urbanisierung aus dem Haus trieben und in neue Arbeitsplätze, vor allem in den Bereichen Dienstleistung und Leichtindustrie, verlagerte.

In dieser Lage versprach die unmittelbare Verbindung zwischen islamischer Ideologie und weiblichem Körper nichts Gutes: Je mehr Frauen die Modernisierung der männlichen Kontrolle entzog, desto stärker stiegen die Raten der allgemeinen Aggression und der Scheidungen. Während die religiösen Männer von Glaubensabfall und die sexuellen Männer von Prostitution sprachen, kamen zwei verknüpfte Trends in Gang: rasanter Anstieg der Gewalt und starker Zulauf bei den Islamisten. Beides half, die Kastrationsangst zu lindern, zumal man die Misere auf den Westen und seine islamischen Vasallen, die korrupten Islam-Eliten, abschob. Die Kette zunehmend brachialer Attentate ab Mitte der 1990er Jahre gehört eindeutig in diesen Zusammenhang.

Eine konstruktive Minderheit versuchte das Problem pragmatisch zu lösen, indem sie aus der Arbeit eine religiöse Emanzipation machte. Die Arbeit der Frauen erscheine als ein gottgefälliges Werk, das ihren Wert in der Zeit der Bedrängnis verdeutliche. Die Modernisierung sei eine Prüfung für die Muslime, die sie nicht dadurch meistern könnten, dass sie weiterhin ihre Frauen zwängen, das Haus zu hüten und auf die Begattung zu warten. Das Problem des Islam sei nun wirklich nicht die Kinderarmut, sondern eindeutig die Armut. Wenn den Männern auf die Herausforderung der Moderne nichts anderes als der Koitus einfiele, sei man umso mehr auf die Intelligenz, Ausbildung und Einsatzfreude der Frauen angewiesen.

Solche Logik kam vor allem von dem ägyptischen Journalisten Farag Foda, der seinen Mut 1993 mit dem Leben bezahlen musste. Auch er hatte den »ethischen« Islam überschätzt, der sich regelmäßig der Gegenethik des Gewaltislam als unterlegen erwies. Seine Analyse des islamischen Problems lässt allerdings an Klarheit nichts zu wünschen übrig:

Wer nicht das Grundsätzliche, sondern das Nachgeordnete im Auge hat, ist auf Strafe, Bedrohung und das Abtrennen von Gliedmaßen angewiesen. Wer nicht das Wohl der Gemeinschaft im Auge hat, benötigt Zwang, Heuchelei und Opportunismus und erzeugt Unsicherheit, Korruption und Armut. – Der Wille zur Emanzipation wird mit Unglaube, die Forderung nach konstruktiven Programmen mit Häresie gleichgesetzt. Dementsprechend ist auch das Verhältnis zur Frau auf die Arterhaltung beschränkt.[191]

Im biologistischen Glauben an den sexuellen Gehorsam kann von frauengerechter Arbeit nur dann die Rede sein, wenn sie die »Ehre« des Mannes wahrt. Wie wir wissen, stellt der Unglaube ein ebenso generelles »Unrecht« dar wie eine selbstständige Frau. Wenn man sie dem Haus entzieht und an einen außerhäusigen Arbeitsplatz stellt, verletzt man die männliche Kontrolle, also den »Glauben«.

Wird durch Finanzmangel solches Unrecht unvermeidbar, sollten wenigstens Mindestforderungen der »Keuschheit« erfüllt sein, um den Anschein von Kontrolle zu wahren. Alle möglichen Berufe gehen durch den Filter der geschlechtsspezifischen Zulässigkeit. Dabei lassen sich zwei große Berufsgruppen ausmachen, die sich nach gesellschaftlichem Wert und »sexueller Korrektheit« abstufen.

Gruppe 1 enthält eher Elitenberufe, die das Kriterium der Kontrolle erfüllen, indem sie etwas begründen, stärken und bewahren. Frauen in der Medizin, Pflege, Schule etc. sind hoch geehrt, weil sie Dienste an der Gemeinschaft leisten und sich dabei auf das eigene Geschlecht beschränken. Letzteres trifft auch auf weniger elitäre Tätigkeiten zu. So sind Frauen am Fließband zulässig, weil sie dort unter sich sind. Sie arbeiten allenfalls unter ausgewählter, männlicher Aufsicht, die von eunuchenartiger Integrität ist und keine sexuelle Gefahr bedeutet.

Gruppe 2 umfasst Massenberufe und erscheint wesentlich problematischer. Die Verkäuferin, Hotelangestellte, Sekretärin, Journalistin etc. kann häufige Kontakte mit männlichen Kunden oder Kollegen nicht vermeiden und entfremdet sich der traditionellen Sphäre. Das Konfliktpotenzial ist hoch und die Frustrationsschwelle der Männer niedrig. Sie reagieren mit eben jener Aggression, die im Orient zum wachsenden Problem wird. Zumindest kursiert das allgegenwärtige Stereotyp der »Prostitution«, das ganz gewiss für die

Frauen der Unterhaltung, des Films und des Fernsehens reserviert ist.

Als Relikt der Frühzeit, sozusagen als die »moderne Djaria«, hat sich die Ikone des orientalischen Entertainment, die Bauchtänzerin erhalten. Während in den Niederungen dieses Metiers harte Konkurrenz zwischen Animation und Prostitution herrscht, verkehren die Top-Tänzerinnen zu Höchstgagen in den besten Kreisen. Einen Spitzenplatz in der Geschichte ihres Fachs nimmt Nagwa Fu'ad ein, die in den Kairoer Luxushotels auftrat, zu exklusiven Privatfesten am Golf eingeflogen wurde und zu den Favoritinnen Nassers gehörte.

Aus westlicher Sicht schwankt das Bauchtanz-Image zwischen romantischem Geheimnis und kolonialistischer Unterdrückung – die Realität kommt einmal mehr zu kurz. Mehrheitlich ist der Bauchtanz ein Auffangbecken für »gefallene Mädchen«, Frauen, die durch den Rost des islamischen Heiratsmarkts fallen. Verstoßene, die auch für kostenlose Hausarbeit keine Aufnahme mehr in der Familie finden, können hier gegen eine kleine Beteiligung an ihrem Honorar tätig werden, das ihre Manager, eine Sonderform des Zuhälters, einbehalten. Seit einiger Zeit tauchen auch Ausländerinnen, vornehmlich Amerikanerinnen, in diesem Geschäft auf. Sie müssen allerdings besondere Leistungen erbringen, weil die westfeindliche Islamisten-Propaganda inzwischen auch bei der weniger gläubigen Entertainment-Kundschaft angekommen ist.

3. Massenarbeit und Migration

Das allgemeine Recht der Frauen auf Arbeit richtet sich derweil nach wie vor nach dem Gesetz Allahs und dem Kontrollrecht des Mannes. Sie können umso eher mit der männlichen Erlaubnis rechnen, je »keuscher« sie tätig sind, d. h. je sicherer der Arbeitsplatz gegen Öffentlichkeit abgeschirmt werden kann. Da sie nicht nur auf dem Weg zur Arbeit, sondern auch am Arbeitsplatz selbst linientreu, d. h. verhüllt bleiben, kann sich das alte Haremsdenken auch in der neuen Arbeitswelt fortsetzen.

Ob als Muslimschwester in der islamistischen Kaderarbeit, ob als Arbeiterin am isolierten Fließband oder als Ärztin in der modernen Praxis – sic alle fußen auf Ehe und Familie unter Männeraufsicht und zementieren auf ihre Weise die traditionelle Geschlechterhierarchie. Abgesehen davon, dass sie ihren Dienst verschleiert versehen, üben sie ihn in männlich kontrollierten Räumen aus.

Zudem hat ihre Ausbildung oft Kosten verursacht, die sie zur Solidarität gegenüber der Elite verpflichten. Nach wie vor, die Türkei ausgenommen, kommen keine Berufe in Frage, die wie z. B. die Richterin oder Anwältin das Gesetz Allahs, d. h. die Domäne des Mannes, beeinflussen könnten. Damit verbindet sich die Tabuisierung von Bereichen wie der Gynäkologie, die den Ärzten im orthodoxen Islam in der Regel verschlossen ist.

In der islamischen Arbeitswelt lassen sich also insgesamt zwei Wertrichtungen feststellen: einerseits nach »sexueller Korrektheit«, andererseits nach gesellschaftlichem Prestige. Da beide untrennbar verknüpft sind, verstärkt die Modernisierung das ohnehin starke Gefälle zwischen Elite und Masse. Denn wer sich die kostspielige Ehre leisten kann, zieht akademische Tätigkeiten mit elitären Kontakten und hohem Einkommen vor. Die große Mehrheit ist dagegen auf den unterbezahlten Dienstleistungsbereich mit Massenkontakten angewiesen.

Da die »Massenfrauen« zwar weniger verdienen, dafür aber öfter schwanger werden als Elitefrauen, dreht sich die fatale Spirale der Fehlverteilung von Bildung und Besitz. Der weitere Fortschritt von Produktivität und Urbanisierung erzwingt zwei eiserne Konsequenzen: Zum einen zieht die moderne Bedrohung der islamischen Großfamilie und Wirtschaftsform eine islamistische Modernisierung des Islam mit einer radikalen Offensive im Westen nach sich. Zum anderen löst die »Entmannung« des islamischen Systems[192] eine interne Verschärfung des Sexualdiktats mit allen Folgen der Gewalt und des Inzests aus.

Die Herrschaft über Glaube, Geschlecht und Geld erzwingt die Verhüllung, weil sie im Islam die elitäre Massenkontrolle und im Westen die euro-islamistische Kollaboration im Ordnungswechsel sichert. Nur so lässt sich gewährleisten, dass auch den Frauen, die nach Europa kommen, die freie Wahl des Berufs, Ehepartners und Wohnorts zuverlässig verwehrt wird. Indem die Euro-Eliten den Rechtsstaat für islamische Forderungen öffnen und die Gesellschaft desinformieren, kann sich die islamische Rechtsordnung einrichten. Dass sich diese Einschätzung auf starke Argumente stützt, soll im Schlussteil erhellt werden.

Allerdings bleibt dabei auch in der Elite das Muster der Männerdominanz erhalten. Die wenigen Frauen, die im islamischen Raum Kabinettsränge erreichten, verharrten in der Tradition: Gesundheit, Erziehung, Sozialwesen. Die Spitze der Macht im öffentlichen Raum bleibt männlich und wird nur sehr selten und kurzfristig von Frauen besetzt. Dabei agieren auch sie – wie B. Bhutto in Pakistan und T. Ciller in der Türkei – natürlich unter männlicher Kontrolle.

Die Masse unterbezahlter Frauen, die im Bereich der neuen Dienstleistungen schneller steigt, als sie in der Landwirtschaft sinkt, trägt die Elite der hoch bezahlten Frauen in sozialpolitisch wichtigen Sektoren. Indem beide immer wieder auch von westlichen TV-Sendern als »modern« ins Bild gerückt werden, unterstützen sie gleich zwei Traditionen: das altislamische Wechselspiel zwischen Politik und Theologie sowie deren Kollaboration mit den westlichen Eliten.

Diese Bindungskraft wird entscheidend gestärkt durch die Finanzkraft der Golfregion. Vor allem Saudi-Arabien erscheint mit islamischen Banken, Hilfsorganisationen und Terrorgruppen in den übervölkerten Staaten wie Ägypten und Pakistan als scheinbares Gegengewicht zum westlichen Einfluss.

Während die soziokulturellen Strukturen des Islam in der eigenen Region unter dem Druck der Modernisierung stehen, dehnen sie sich nach Europa aus. Mit der Islamischen Weltliga und anderen einflussreichen Organisationen bildet die Muslimbruderschaft hier eine zentrale Kraft. Im Schlussteil werden wir auf die Umstände und Kooperationsformen eingehen, unter denen sie mit ihren türkischen Brüdern und deutschen Helfern tätig sind.

Zuvor wollen wir jedoch noch auf eine Anregung eingehen, die von weiblichen Lesern kommt. Wie in der Einleitung erwähnt, gibt es eine sehr umfangreiche Literaturform, in der muslimische Frauen ihre Erlebnis- und Gefühlswelt im direkten Umgang mit dem Gesetz Allahs beschreiben. Die geringe westliche Resonanz auf die z. T. erschütternden Schilderungen ist zwar aus herkömmlicher Sicht skandalös, entspricht jedoch dem proislamischen Wandel.

Nachfolgend stellen wir eine repräsentative Auswahl vor, aus der die Uniformität der islamischen Frauenrepression hervorgeht. Hinsichtlich des islamischen »Menschenrechts auf Gehorsam« zeigen die Schicksale der Autorinnen eine Ähnlichkeit, die uns nicht mehr überrascht. Obwohl sie aus kulturell und sozial unterschiedlichsten Bereichen kommen, bestätigen ihre einheitlichen Erfahrungen, dass es »den Islam« sehr konkret gibt.

D
Allah als Schicksal

1. Die Idealistin

Parvin Darabi beschreibt die Geschichte ihrer zwei Jahre älteren Schwester Homa, die zu den spektakulärsten der biografischen Frauenliteratur im Islam gehört.[193] Einer ehemals führenden iranischen Familie entstammend, hat sich der Vater der Mädchen mit Geschick und Fleiß im Teheraner Bauwesen etabliert und kann seiner Familie eine sichere Existenz bieten. Das Verständnis, das er seinen Töchtern entgegenbringt, fehlt ihm hinsichtlich seiner Frau. Ihre »Mutter« Eshrat war 13 Jahre alt, als der 33-jährige sie – etliche Monate vor der ersten Menstruation – heiratet. Mit 15 bringt sie Homa als Frühgeburt zur Welt, nachdem sie mit 13 bereits eine Fehlgeburt hatte. Erst als 17-jährige ist sie physisch in der Lage, mit Parvin ein Baby normal auszutragen.

Zuvor ist die Hochzeit islamisch verlaufen, indem der Ehemann die Braut vergewaltigt und die Kindfrau zum Arzt gebracht werden muss, um sie vor dem Verbluten zu bewahren. In der sich anschließenden Ehe spielt Gewalt eine traumatisierende Rolle, welche die Mutter zittern lässt, wenn sich ihr der Ehemann nähert. Aus Andeutungen kann sich Parvin im Lauf der Zeit zusammenreimen, dass auch ihre Verwandten – Frauen wie Männer – mit der Sexualität große Probleme haben.

Die Mädchen finden heraus, dass die Zuneigung ihres Vaters nicht umsonst zu haben ist. Sein »Verständnis« ist teuer erkauft, indem er die Mutter brutal schlägt, wenn sie sich irgendwelche auch noch so harmlosen Streiche erlauben. Eine kostbare Ausnahme bleibt Parvin im Gedächtnis: Sie erhält Unterricht vom Vater, der sich von ihrer Wissbegier rühren lässt. Tagtäglich bringt sie ihre Schwester Homa zur Schule und holt sie wieder ab, weil sie es kaum erwarten kann, selbst zur Schule gehen zu können.

Ein Schlüsselereignis beendet die familiäre Gewalt. Mutter und Töchter fliehen eines Tages vor dem tobsüchtigen Vater in einen Wandschrank, wo sie sich vor seinen erhobenen Fäusten Schutz suchend zusammenkrümmen. Da jedoch steht Homa auf und stellt sich schützend vor sie. Ihre Ruhe und Entschlossenheit bringen den Rasenden auf unerklärliche Weise zur Besinnung. Fortan wird er bei den ehelichen Zwistigkeiten auf das obligate Prügeln verzichten.

Homas Gerechtigkeitssinn und das Attentat auf den Schah (1949) verstärken das versachlichte Klima in der Familie. Dem Vater bereitet es offenbar Freude, den Kindern etwas über iranische Geschichte und Politik beibringen zu können. Er erzählt ihnen von dem magischen Feuer, das seit Urzeiten im Tempel des Zarathustra brennt und sich vom Nationalschatz des Iran nährt, dem Erdöl. Sowohl die britische Ölgesellschaft als auch die Führer des Landes hätten sich daran unmäßig bereichert, sodass die kommunistische Tudeh-Partei den Schah beseitigen wolle.

Schon als Kind beginnt Homa ungewöhnliches Interesse für Politik und das Wesen der Macht zu entwickeln. Ihr will nicht einleuchten, dass die Obrigkeit den Menschen ständig irgendwelche Leistungen abfordert, ohne sich rechtfertigen zu müssen. Schon die Kinder müssten bei jedem Wetter auf die Straße, um dem Schah zuzujubeln. Wenn es regnet, heiße es im Radio, »dass der Himmel vor Glück weine«, und wenn die Sonne schiene, »dass der Himmel vor Glück strahle«. Wer solle eigentlich diesen Unsinn glauben?

1951 wird als Ministerpräsident Mohammed Mossadegh eingesetzt, ein Mann, der das Land enorm verändert. Mit Verstaatlichung der Ölindustrie und Gründung einer nationalen Ölgesellschaft bringt er sowohl die Mehrheit der Parteien als auch das Volk hinter sich. Die Briten und die USA nehmen den Verlust nicht hin und zwingen den Schah zu Mossadeghs Absetzung, die anschließenden Massenunruhen führen allerdings zu dessen Wiedereinsetzung. Unter Beteiligung des amerikanischen Geheimdienstes CIA kommt es 1953 schließlich zu einem von der Armee geführten Staatsstreich und zur Beseitigung des populären Politikers.

Homas feines Gespür für Gerechtigkeit nimmt nicht nur diese widersprüchliche Entwicklung, sondern auch die darin eingebaute Beeinflussung der Masse wahr. Hatte man eben noch »Tod dem Schah« gebrüllt, so hieß es jetzt »Lang lebe der Schah, Tod für Mossadegh«. Obwohl noch sehr jung, entgehen ihr die Parallelen zur religiösen Manipulation nicht. An den immensen Geldbeträgen, welche die Ärmsten der Armen im schiitischen Wallfahrtsort Meshhed lassen, bereichern sich die Mullahs ebenso wie die Schahfamilie und ihre Kamarilla an den Öleinnahmen.

Homa weiß längst, dass es in einer Verbotsgesellschaft wie der des Islam sinnlos ist, Fragen zu stellen. Wenn man – insbesondere als Frau – irgendetwas durchsetzen oder zumindest bekannt machen will, muss man die Umgebung vor vollendete Tatsachen stellen und – wenn die List nicht ausreicht – auch Bestrafung in Kauf nehmen. Sie sammelt Geld in der Klasse und bringt ihre Schule dazu – als erste im Iran – ein Fahrrad für den Sportunterricht anzuschaffen.

Das hochintelligente Mädchen legt mit Auszeichnung die Reifeprüfung ab und macht einen Traum wahr: Sie erhält die sehr schwierige Zulassung zum Studium der Medizin. Ihr politisches Interesse bringt sie mit der Antischah-Bewegung zusammen, welche die nationalistische Mossadegh-Politik reaktivieren will. Rasch ist sie in die Studentenunruhen der 1960er Jahre verstrickt, die später auf Deutschland und Europa übergreifen werden.

Sogar der SAVAK (Organisation für Nachrichtendienst und innere Sicherheit), der wegen seiner Foltermethoden gefürchtete Geheimdienst des Iran, wird auf die Aktivistin aufmerksam. Bei einem der Krawalle auf dem Campus wird sie verhaftet und zwei Wochen lang im berüchtigten Ghasr-Gefängnis festgehalten. Der SAVAK-Chef selbst verhört sie und ist erstaunt darüber, dass eine so kleine Person so große Forderungen stellt, nämlich nach der Freiheit der Rede. Hinsichtlich ihrer Körpergröße klärt Homa ihn auf: »Napoleon war auch nicht besonders groß und hat trotzdem fast die ganze Welt erobert«.

Obwohl sie nicht viel mit ihm gemein hat und sogar von ihren Eltern gewarnt wird, besteht Homa auf der Heirat mit ihrem Kommilitonen Mohsen, einem verschlossenen Egoisten, der ihr langfristig zum Verhängnis werden soll. Homa schlägt die Warnungen in den Wind, »weil man sich auch scheiden lassen kann«. Als Frau wird sie die Macht der islamischen Tradition unterschätzen, und ihr politischer Kampf wird mit der islamischen Revolution Geister rufen, deren Grausamkeit das Schah-Regime in den Schatten stellt.

Als Parvin merkt, dass ihre Eltern sich für sie auf die obligate Suche nach einem Bräutigam begeben haben, zieht sie die Notbremse. Sie realisiert einen seit längerem vorbereiteten Plan und geht nach Los Angeles, wo sie Elektrotechnik studiert und einen Amerikaner heiratet, nachdem die Ehe mit einem Iraner rasch gescheitert ist. In Teheran machen unterdessen Homa und Mohsen ihre Examen, werden Eltern einer Tochter und erlangen einige Zeit später die Zulassung zu einem Gaststudium in Maryland.

Während Homa nach dem amerikanischen Examen schließlich als Kinderärztin in New York praktiziert, verschlechtern sich ihre privaten Verhältnisse rapide. Immer deutlicher wird erkennbar, dass Mohsen ihr den Erfolg missgönnt und sie beruflich scheitern lassen will. Nach Jahren in den USA benimmt er sich wie ein orthodoxer Muslim: Auch nach der Geburt einer zweiten Tochter zwingt er seine Frau, sich allein um die Kinder zu kümmern, und verweigert ihr den Zugriff auf ihr Gehaltskonto.

Wenngleich Homa immer wieder von Scheidung spricht, erweist sie sich letztlich als unfähig, Konsequenzen zu ziehen. So stark sie in der Verfolgung ihrer persönlichen Ziele ist, so schwach zeigt sie sich im Hinblick auf die Mitsprache in der Ehe. Auch das Angebot der Schwester, nach Kalifornien zu ziehen, lehnt sie dauerhaft ab, obwohl immer mehr dafür spricht, zumal auch Parvins Ehe in die Brüche geht.

Die Entscheidung für eine Trennung wird weiter erleichtert, sozusagen auf dem silbernen Tablett präsentiert, als Mohsen die unaufhaltsame Karriere seiner Frau nicht mehr länger ertragen kann und in den Iran zurückgeht. Als Arzt kann er dort als »Gott in Weiß« glänzen, während er in den USA nur einer unter vielen ist.

Homa befindet sich inzwischen in der Fachausbildung für Psychiatrie, beginnt sich immer selbstständiger in der amerikanischen Gesellschaft zu bewegen und erlangt die US-Staatsbürgerschaft. Wenig später wird sie sogar als erste/r Iraner/in überhaupt in den Psychiaterverband, den »American Board of Psychiatry and Neurology«, aufgenommen. Die endgültige Niederlassung in den USA erscheint mehr als logisch.

Dennoch kehrt sie schließlich in eine längst gescheiterte Ehe zurück, hat jedoch den angestrebten Erfolg: Man beruft sie auf einen Lehrstuhl für Medizin an die Teheraner Universität, und schnell verbreitet sich ihr landesweites Renommee als exzellente Kinderpsychiaterin. Während sie beruflich den Höhepunkt ihrer Laufbahn erreicht, setzt sich zugleich ihr Weg in die private Katastrophe fort.

Zunächst wird in Homa die politische Aktivistin wieder wach. Sie glaubt sich durch die Entwicklungen, die durch den Exil-Ayatollah Khomeini vorangetrieben werden, bestätigt: »Die Revolution hat begonnen, und in ein paar Monaten sind wir den Schah los. An Stelle der Monarchie wird es eine Demokratie geben.« Den Einwand ihrer Schwester Parvin, dass Khomeini als Mann des orthodoxen Islam nicht die Demokratie vertreten könne, wischt sie mit der alten Kritik am Regime des Schah und des SAVAK beiseite.

Im April 1979 ist es so weit. Der Ayatollah übernimmt die Macht und richtet totalitäre Zustände ein, die das keineswegs zimperliche Schah-Regime wie den Hort der Freiheit erscheinen lassen. Als man die Frauen einsperrt, mit Gewalt verhüllt und durch Religionsgarden überwacht, beschleicht Homa die Befürchtung, einer Lebenslüge aufgesessen zu sein.

In einem langen Gespräch mit Homa muss Parvin feststellen, dass ihre Schwester mehr als je zuvor einem Teufelskreis verhaftet ist, der sie zwischen Pflicht, Schuld und Angst an einen völlig skrupellosen Ehemann fesselt. Ihr drängt sich ein Bild auf: Selbst wenn man den Käfig öffnete, in dem sie wie ein gefangener Vogel sitzt, könnte Homa nicht mehr davonfliegen, weil ihre Flügel durch ihre privaten und politischen Fixierungen gebrochen sind.

Die Metapher bestätigt sich. Da die Verpflichtung gegenüber den Kindern, die nun in den USA leben, entfallen ist, bleibt Homa nach einer Vortragsreise zunächst in Kalifornien. Sie nimmt eine Wohnung in San Fernando und arbeitet sogar wieder als Ärztin am dortigen Hospital. Letztlich ist sie dem egoistischen Druck ihres Mannes jedoch nicht gewachsen und kehrt »freiwillig« in den Iran zurück, wo willkürliche Gewalt, politischer Mord, Vergewaltigung und Steinigung an der Tagesordnung sind.

Ab 1990 sind die Restriktionen gegenüber Exiliranern aufgehoben. Parvin macht mehrere Besuche in der alten Heimat, die sie zu einer traurigen Beobachtung zwingen: Ihre Schwester Homa durchläuft einen rapiden Niedergang. Immer wieder verstößt sie gegen den Schleierzwang und wird schließlich von ihrem Lehrstuhl entfernt. Eltern, die ihre Kinder ihrer Behandlung anvertrauen, werden von den Religionswachen unter Druck gesetzt, sodass die Patienten wegbleiben und sie die Praxis schließen muss. Alles, wofür sie jahrzehntelang gekämpft hat, ist vernichtet.

Da dies genau den Zielen des Ehemanns entspricht, kann sie von ihm zuallerletzt Zuspruch erwarten. Wenngleich die nun 50-Jährige vor dem Nichts steht, gibt Mohsen keine Ruhe. Nachdem ihre Karriere beendet ist, scheint er auch ihre Person zerstören zu wollen. Er probiert an ihr

Schocktherapien und Medikamente aus und unterbindet alles, was zur Heilung ihrer hervortretenden Depression beitragen könnte. Dazu passt, dass er Prozac einsetzt, ein Psychopharmakum, das Suizidneigungen verstärkt.

Die Familie mischt sich traditionsgemäß nicht ein, weil im Islam niemand des Anderen Last trägt und der Mann ohnehin immer Recht hat. Zudem bedeutet die islamisch unkorrekte Homa ein potenzielles Risiko, wenngleich sie begonnen hat, sich zunehmend in sich zurückzuziehen. Obwohl sich ihr Zustand für alle erkennbar ständig verschlechtert, behält sich ihr Mann das Recht vor, das ihm die »Religion« des Islam gibt: die Richterschaft über den Gehorsam und letztlich auch das Leben seiner Frau.

In ruhigen Momenten lässt Homa die Absurdität ihrer Lage Revue passieren. Wie ein Klotz hängt der islamischen Welt die Gewalt am Bein, ganz besonders in Gestalt des modernen Islamismus. Die große Kulturnation des Iran wurde durch die Revolution des Ayatollah Khomeini offenbar dazu verurteilt, mehr als je zuvor in einen Zustand der geistigen Verwahrlosung und physischen Gewalt zurückzufallen.

Die größte Ironie sieht sie in sich selbst. Indem sie für einen besseren Iran kämpfte, erreichte sie einen weit schlechteren. Einmal mehr zogen dabei die Frauen den Kürzeren. Sie gingen verhüllt auf die Straße, um gegen den amerikanischen Imperialimus zu protestieren und merkten zu spät, dass sie damit ins Netz der Islamisten gegangen waren. Die Verschleierung wurde zur Zwangsbasis der weiblichen Existenz.

Wer sich nicht fügt, wird geächtet, entlassen, geschlagen, verhaftet, gefoltert, getötet. Wie so oft in totalitären Systemen, so betrachtet man auch im Iran die Abweichler als »geistig Gestörte«, weil sie unfähig sind, die Vorzüge des »Gottesstaats« zu erkennen. Homa ist eindeutig depressiv und neurotisch blockiert, weil sie sich reflexhaft auf den Mann fixiert – geisteskrank ist sie nicht. Im Gegenteil, die Analyse ihrer eigenen Entwicklung in der iranischen Zeitgeschichte könnte kaum klarer sein.

So rettet sie so manches Mädchen, das sich angeblich unzureichend verhüllt oder gar aufreizend geschminkt hat, vor der lebensgefährlichen Auspeitschung. Indem sie ihr noch vorhandenes medizinisches Renommee einsetzt, führt sie den dumpfen Stumpfsinn des iranischen Systems vor: Die Wächter der »Religion« sind zufrieden, wenn die »geistesgestörte« Ärztin die »geistesgestörten« Mädchen für unzurechnungsfähig erklärt.

Da Mohsen eine kompetente Behandlung verhindert, verschlechtert sich ihr depressiver Zustand weiter. Schließlich erreicht Parvin eine alarmierende Nachricht: Homa hat mit Schlaftabletten einen Selbstmordversuch unternommen. Als sie auch ihre gesamte Bibliothek in den Müll wirft, weiß sie, dass alle Bemühungen umsonst waren und die Schwester ihren Tod nun systematisch vorbereitet. Sie appelliert per Fax an ihren Lieblingsonkel, sich mit Homa sofort, koste es was es wolle, in ein Flugzeug nach San Francisco zu setzen. Doch zwei Tage später ruft der Onkel an. Weinend berichtet er über eine Tragödie, die trotz der verzweifelten Vorgeschichte unfassbar ist.

An einer Tankstelle füllte Homa einen Reservekanister mit Benzin und fuhr zu einem belebten Platz im Teheraner Stadtteil Tayrish. Mit den Rufen »Nieder mit der Unterdrückung« und »Freiheit für den Iran« bahnte sie sich den Weg durch die Menge, setzte sich in ihre Mitte, übergoss sich ab der Taille mit dem Benzin und zündete es an. Im Nu loderten die Flammen, vor denen die Menschen entsetzt zurückwichen, ohne einzugreifen.

Schreiend brach Homa zusammen und wand sich auf dem Pflaster, während ihr Körper grauenhaft verkohlte. Ins Krankenhaus eingeliefert, hatte sie nur noch kurze Zeit zu leben, weil der akute Sauerstoffmangel die Organe rasch versagen ließ. Niemand stand ihr in der Stunde des Todes bei. Nach dieser Tat betrachtet die Familie sie als ganz besondere Belastung.

Durch die Entfremdung vom Islam empfindet Parvin allerdings ganz anders. Denn bei aller Trauer um die geliebte Schwester gibt es für sie einen Trost: Nun sind die gebrochenen Flügel des kleinen Vogels geheilt, und er hat seinen Käfig in die Freiheit verlassen.

2. Die Prinzessin

Die Traditionen des Islam verschonen auch auch die Frauen eines Herrscherhauses nicht. Unter dem Decknamen »Sultana« hat eine Angehörige der saudischen Königsfamilie ein Buch verfasst, das um die Welt gegangen ist.[194] In der Einleitung zu ihrer Biografie macht sie klar, dass die Herrschaft des Mannes grenzenlos und in der traditionellen Erziehung verankert ist:

Schon in jungen Jahren wird ihm beigebracht, dass Frauen nichts wert sind, dass sie nur für seine Bequemlichkeit und sein Wohlbefinden da sind. Er sieht, wie sein Vater die Mutter und seine Schwestern behandelt, und empfindet folglich für alle Frauen nur Verachtung; das macht eine Freundschaft zu einer Frau unmöglich. Da der Junge im Umgang mit Frauen nur gelernt hat, sie wie Sklaven zu behandeln, ist es nicht verwunderlich, dass er auch seine spätere Ehefrau nicht als Partnerin, sondern als seinen Besitz betrachtet.[195]

Im Vergleich mit ihrem Bruder Ali lernt Sultana rasch, dass sie ein Mensch niederer Klasse ist. Während er die ganze Zuneigung des Vaters erfährt und sie mit dessen Autorität im Rücken ständig schikaniert, wird sie vom Vater abgewiesen und für Nichtigkeiten bestraft. Ihr Widerstand erlahmt, als sie sieht, dass ihre Mutter und Schwestern längst gebrochen sind und nicht wagen, eigene Wünsche anzumelden, »weil Allah es so will«.

Dies kommt besonders krass am Beispiel ihrer Schwester Sara zum Ausdruck. Der schnell wachsende Reichtum der Familie bringt ebenso weitläufige Geschäftskontakte mit sich, die nach altem Brauch durch Heiraten untereinander gefestigt werden sollen. Sara verfügt über ungewöhnliche Schönheit und Intelligenz, sodass sie der väterliche Befehl umso härter trifft, als 16-Jährige mit einem 62-jährigen Geschäftspartner zwangsverheiratet zu werden.

Nachdem sie fünf Wochen lang auf die grauenhafteste Art von ihrem Zwangsgemahl missbraucht worden ist, wird sie nur knapp davor bewahrt, sich mit Gas das Leben zu nehmen. Nun steht ihre Mutter – das erste und einzige Mal – gegen den Vater auf und verlangt die Scheidung von dem Sadisten, ansonsten sie den Fall vor den König bringt. Die damit verbundenen Nachteile überwiegen sowohl die geschäftlichen Vorteile als auch die »Ehre«, also gibt der Vater – ebenso einmalig – nach.

Als Bruder Ali durch seine unerträgliche Gegenwart eine Europareise der Mädchen zu vergällen droht, platziert Sultana einen Karton mit diskriminierendem Inhalt in der Moschee. Unter dem Druck seiner ständigen Schikanen hat sie ihm nachspioniert und herausgefunden, dass er Pornobilder sammelt, z. T. mit besonders abstoßenden Darstellungen der sodomistischen Art.

Die Religionspolizei (*muttawwi'*) ahndet den Tatbestand schwer: Der Vater zahlt eine hohe Geldstrafe, Ali muss ein Jahr lang unter Kontrolle beten, der ausländische Lieferant der Bilder wird ausgepeitscht und des Landes verwiesen. Am Abend der Entdeckung nimmt der Vater seine jüngste Tochter erstmals in die Arme; über ihren Triumph kann sich Sultana jedoch nicht so recht freuen.

Trotz des Eklats darf Ali an einer Reise teilnehmen, weil ihn sein religionstreuer Freund Hadi begleitet. Nachdem Sultana in Kairo ihre erste Menstruation erlebt und den Schleier genommen hat, werden sie und Schwester Sara unfreiwillige Zeuginnen, wie der fromme Hadi unter Beihilfe ihres Bruders ein 8-jähriges Mädchen vergewaltigt.

Angesichts der blutigen Szene überkommen Sara wieder Erinnerungen an die Schrecken der eigenen Ehe. Zur Rede gestellt, lacht Ali nur und verweist auf den gemeinsamen Vater, der genauso verführe, wenn er in Kairo sei. Wer damit Probleme habe, solle sich im Übrigen an Hadi halten, der sich in der Religion des Islam besonders gut auskenne.

Erstmals dämmert Sultana die enorme Dimension der Heuchelei, mit der Allah den Männern die Herrschaft über die Frauen ermöglicht. Reichtum steigert nicht die Bildung, sondern die Anzahl der unterdrückten Frauen und den Altersunterschied zwischen den »Partnern«. Im Islam wird die Familie nur in der männlichen Linie geführt, in Saudi-Arabien sind Frauen lediglich Ware mit biologischer Funktion – Unpersonen, die man nirgends registriert (Personalausweise wurden erst 1999 eingeführt).

So anonym sie geboren werden, so sterben sie, wie auch Sultanas Mutter, immerhin Mitglied des Königshauses. Sie war nicht mit auf die Reise gegangen, dann schwer erkrankt, kurz nach Rückkehr der Kinder gestorben und in einem namenlosen Wüstengrab bestattet worden. Mit 16 Nachkommen hatte sie ihre Pflicht erfüllt.

Hier erst wird Sultana die ganze Absurdität der islamischen Zeugungskonkurrenz bewusst. Nicht genug damit, dass der Vater mit drei weiteren Frauen über 30 weitere Kinder gezeugt hat, muss er die gerade verstorbene Mutter durch eine neue »Frau« ersetzen, die jünger als sie selbst, die jüngste Tochter, ist. Diese scheint wiederum derart verjüngende Wirkungen auf ihn auszuüben, dass er sogar gegen den Koran verstößt und die drei anderen Frauen vernachlässigt.

Der saudische Mann bestimmt nicht nur über die Sexualität, sondern auch über Leben und Tod der Frauen. Sultana und Randa, ihre junge Stiefmutter, kommen in freundschaftlichen Kontakt mit zwei Mädchen namens Nadia und Wafa. Sie opponieren gegen das Zwangssystem, indem sie gefährliche Spiele mit Männern treiben, ohne dabei das wichtigste Kapital, ihre Jungfernschaft, zum Einsatz zu bringen.

Während Wafa die Tochter eines bornierten Frömmlers und Religionspolizisten ist, deutet vieles darauf hin, dass es sich bei Nadia um eine Tochter des »Patriarchen« handelt. Unter diesem Beinamen war Muhammad bin Ladin (gest. 1972) bekannt,[196] Gründer eines gleichnamigen Bau- und Finanzkonzerns sowie Vater von über 50 Kindern, u. a. des berüchtigten Superterroristen Usama.

Als die beiden Mädchen auffliegen, schnappt die islamische Falle zu. Wafas Vater ist vergleichsweise milde und verheiratet die 17-Jährige an einen 53-jährigen Beduinen. Der Patriarch, der seine »Religion« ebenfalls sehr genau nimmt, sieht sich zu weiter reichenden Maßnahmen berufen. Er stammt aus dem Jemen, ist glühender Anhänger des Mahdi-Glaubens[197] und grundsätzlich der Meinung, zur Tötung widerspenstiger Kinder berechtigt zu sein. Wahrscheinlich ist er es, zugleich einer der reichsten Männer Saudi-Arabiens, der die Entscheidung fällt, Nadia im Swimmingpool der Familie zu ertränken.[198]

Auch Sultanas Vater zieht Konsequenzen: Er verstößt seine junge Frau und verlangt von der Tochter bis zur geplanten Hochzeit bedingungslosen Gehorsam. Als Ehemann hat er Karim ausgesucht, einen königlichen Cousin, der in London Jura studiert und in Riad eine Firma gegründet hat. Gegen alle Erwartung ist die kritische und zugleich impulsive Sultana, die unwillkommene Gäste zuweilen mit makabren Auftritten vertreibt, mit der Wahl zufrieden.

Das Verhältnis zum Vater hat sich etwas entspannt, und Karim erweist sich als untypischer Muslim, der seine Frau nicht nur als Sexualwerkzeug, sondern auch als Mensch wahrnimmt und vor Freude ganz außer sich ist, als Sultana von einem Sohn entbunden wird. Auch ihre Schwester Sara findet mit einem Bruder Karims ihr Glück.

Er reagiert jedoch saudisch, indem er Hilfe in einem tragischen Fall ablehnt. Von der Religionspolizei schwer bewacht, wartet in der gleichen Frauenklinik ein Mädchen auf die Entbindung von einem Kind, das Folge einer Gruppenvergewaltigung durch Freunde ihres Bruders ist. Natürlich sind die Männer für ihre Tat nicht verantwortlich, sondern das 13-jährige Mädchen hatte sie in angeblich aufreizender Weise zu unsittlichen Handlungen verführt. So entscheidet der Vater für die verletzte

»Ehre«, die selbstredend als »Wille Allahs« nur durch die Steinigung geheilt werden kann.

Ein weiterer Fall betrifft die schöne und intelligente Samira, eine Freundin der Familie. Sie studiert in London und lernt einen Amerikaner kennen. Als ihre Eltern bei einem Unfall ums Leben kommen und ein orthodoxer Onkel die Vormundschaft übernimmt, flieht sie mit dem ungläubigen Geliebten nach Amerika. Dessen Zuneigung kühlt jedoch bald ab, und sie ist gezwungen, sich mit ihrer Familie zu arrangieren. Unter Vorwänden lockt sie der Onkel zurück. Als sie sich gegen den Vollzug einer ihr aufgezwungenen Ehe wehrt, statuiert er an ihr ein koranisches Exempel (4/16): Er mauert sie in der »Frauenkammer« lebenslang ein, wo sie wahnsinnig wird und nach Jahren schließlich stirbt.

Letztlich wird auch der moderne Karim von der Tradition des Islam eingeholt. Nachdem er Sultana mit Massen teuersten Schmucks überschüttet und ein standesgemäßes Luxusleben mit Häusern in Riad, Djidda, Kairo und London eingerichtet hat, eröffnet er ihr, eine zweite Frau nehmen zu wollen. Nach zwei weiteren Kindern, Töchtern, hat sie Brustkrebs, von dem sie zwar geheilt wird, der allerdings weitere Schwangerschaften vereitelt. Allahs Auftrag lautet jedoch auf Maximierung der Nachkommenschaft, sodass gerade Karims Reichtum ihn zur Anwerbung neuer »Kräfte der Reproduktion« verpflichtet.

Trotz achtjähriger Ehe schätzt er das Selbstbewusstsein seiner Frau falsch ein und wiegt sich in trügerischer Sicherheit. Denn zuvor hatte sie bereits die Zumutung einer Geschlechtskrankheit hingenommen, die er sich bei den in gehobenen Saudi-Kreisen üblichen Sex-Orgien zugezogen hatte. Nun packt sie ihren Schmuck ein, leert den privaten Geldsafe, holt die Kinder aus dem Sommerlager in Dubai und fliegt mit ihnen über Umwegen nach Zürich, wo sie von einem Nummernkonto sechs Millionen US-Dollar abhebt. Indem sie ihre Spuren vollends verwischt, lässt sie sich schließlich in Frankreich, am Stadtrand von Paris, nieder.

Über den Kontakt mit ihrer Schwester Sara stimmt sie erst nach fast einem halben Jahr – in Begleitung von vier Leibwächtern – einer Begegnung mit Karim zu. Gegen die notarielle Garantie, alleinige Frau zu bleiben, bei einer Zweitehe geschieden zu werden und dabei die Hälfte des Vermögens und das Sorgerecht für die Kinder zu erhalten, kehrt sie nach Riad zurück.

Das unislamische, weil innige Verhältnis zwischen den Eheleuten ist durch das – islamisch korrekte – Ansinnen einer zweiten Frau jedoch unrettbar dahin. In ihrer Skepsis sieht sich Sultana gerade auch im wenig später folgenden Golfkrieg bestätigt. Karim bleibt der Tradition verhaftet. Er stellt sich eindeutig gegen die Hoffnungen der Frauen, die durch die US-Präsenz kurz, aber vergeblich aufkeimen. Die saudischen Männer laufen zwar vor den irakischen Eindringlingen davon, können aber »Bewahrer des Glaubens« bleiben, indem sie ihre Frustration an den schwächeren Frauen auslassen.

Mit Hilfe einer amerikanischen Journalistin bringt die Saudi-Prinzessin ihre Gedanken und Erinnerungen zu Papier. Auf dem Frankfurter Flughafen gerät das Buch in die Hände des Bruders, der seine Schandtaten rasch wiedererkennt. Wutentbrannt beraumt er mit dem Vater ein Familientreffen an, in dem er die lebenslang gehasste, selbstbewusste Schwester endlich zur Strecke bringen will.

Einmal mehr kommt es anders: Sultana macht klar, dass man sie töten muss, wenn sie schweigen soll. Ihre Sache kann daher nur vom höchsten Richter, vom König selbst, entschieden werden. Sie zwingt die mächtigsten Männer des Landes zum Kompromiss, weil sie alle voneinander abhängen. Sie müssen einlenken, um nicht erkennbar werden zu lassen, dass sie dieser ungewöhnlichen Frau nicht gewachsen sind. Ein saudisches Sprichwort ehrt die Heuchelei, denn ihm zufolge muss man zwar ehrenhaft sein, aber nicht zu ehrenhaft, wenn es der Ehre schadet!

So deckt das Schweigen der Familie die Enthüllungen der Abtrünnigen. Derweil wird die Autorin immer überzeugter von der Richtigkeit ihres Handelns. Trotz aller Modernität verschwendet Ehemann Karim nicht einen Gedanken an die Gründe, die seine Frau zur Flucht nach vorn bewogen haben könnten. Einzig und allein ist er um seine Rolle im Buch, seine »Ehre« in der dort beschriebenen Handlung besorgt. Ganz besonders stört es ihn, dass sie über seine Geschlechtskrankheit berichtet hat: »Ist dir denn gar nichts heilig, Sultana?«[199]

3. Die Islamistenfrau

Als ältestes von sieben Kindern wächst Nadia Chabani in einer wenig begüterten Familie in der Nähe von Algier auf.[200] Wie viele andere Mädchen bricht sie ihre Schulausbildung ab, um der Mutter im Haushalt zu helfen. Gegen den Widerstand der Eltern beginnt sie ein Verhältnis mit dem Nachbarssohn Ahmad, der als Hallodri bekannt ist. Dieser betreibt bald undurchsichtige Geschäfte, die ihn auf weite Reisen führen und mit der algerischen Terrorgruppe GIA (Groupe Islamique Armée) in Verbindung bringen.

Aus Angst vor Repressalien stimmt der Vater der Heirat zu, die Nadia mit einem inzwischen veränderten Ehemann konfrontiert. Aus einem ehemals westlich orientierten Schmuggler ist ein religiöser Eiferer geworden, der die Hochzeitsnacht mit Koranlesen verbringt. Die junge Ehefrau ist zunächst von den Zielen der Revolution – Beseitigung von Unglauben und Korruption und Aufrichtung des Kalifats – angezogen, wird allerdings angesichts der stupiden internen Regeln und enormen Gewaltbereitschaft rasch ernüchtert.

Denn nicht nur die westlich bestochenen Tyrannen sollen des Todes sein, sondern auch alle Journalisten und Intellektuellen, weil sie »falsches Wissen« verbreiten. Nicht zuletzt sollen alle Frauen liquidiert werden, die den Schleier ablehnen. Wenn alle Systemgegner beseitigt sind, so das nicht ganz islamische Credo der Islamisten, werden die Muslime so reich sein wie die Abgesandten des westlichen »Satans« in ihren Fernsehserien.

Nadia arbeitet im Wesentlichen als Köchin für die »Brüder« der Gruppe, woran auch ihre baldige Schwangerschaft nichts ändert. »Wenn eine Frau die angenehmen Seiten der Ehe genießt, muss sie auch die schlechten akzeptieren«, heißt das bequeme Motto ihres Ehemanns, der sich ihr immer mehr entfremdet. Mit den »Brüdern« erzwingt er in der gesamten Umgebung eine neue »Ordnung«, in der alle Schutzgeld zahlen und Mädchen – in Anlehnung an die »Mutter der Gläubigen« A'isha – mit neun Jahren die Schule verlassen und verschleiert sein müssen.

So wie Ahmeds strikte Loyalität ihm den weiteren Aufstieg in der Gruppe öffnet, so schränkt sie Nadia im Haus ein, wo sie inzwischen den Schleier nicht mehr ablegen darf. Dafür erhöht sich mit der Karriere ihres Mannes ihr Status in der Nachbarschaft. Die allgegenwärtige Angst vor den Islamisten verschafft ihr einen zweifelhaften Respekt, der sich noch steigert, als die »Brüder« vor dem Druck von Polizei und Militär in den Untergrund gehen.

Nadias Haushalt wandelt sich von einem regelmäßigen Küchenbetrieb zu einer Herberge, die in unregelmäßigen Abständen die ständig flüchtigen »Brüder« aufnehmen muss. Dabei setzen die »Brüder« Zwangsregeln durch, die sie auf sich selbst zumeist nicht anwenden. Während Ahmed und seine Kumpane sich opulent bewirten lassen, verordnet Ahmed seiner Frau Bescheidenheit beim Essen und verbietet ihr Süßigkeiten, weil sie sonst »Allah vergisst«.

Auch im Bett gerät das Zusammensein zu gefühlloser Mechanik, nun sogar noch von den Traditionsformeln gegen den Teufel begleitet. Als Nadia ihm die Zumutungen ihres Daseins vorhält und mit Flucht droht, lenkt der Führer ein. Denn er braucht nicht nur ihre Hilfe im temporären Unterschlupf, er fürchtet sich auch vor dem Ehrverlust.

Dennoch verschärfen sich ihre Lebensumstände. Die Islamisten führen den Djihad nicht nur gegen die Tyrannen, d. h. die algerische Regierung, sondern auch gegen die bösen Geister (*djinn*) in den Frauen. Also müssen sie deren Zeichen bekämpfen, wann und wo immer sie erkennbar werden. So peitscht der Führer seine Nadia aus, wenn sie ihre Pflichten vermeintlich nachlässig erfüllt oder sogar die Sünde des Radiohörens begeht. Andere Frauen, vor allem solche, die keine Verbindung zu den »Brüdern« haben, werden weniger zuvorkommend behandelt. Man foltert, verstümmelt oder tötet sie, weil man nur so die bösen Geister, die sie beherrschen, glaubt austreiben zu können.

Männern, die aus Sicht der »Brüder« vom geraden Pfad Allahs abgewichen sind, ergeht es keineswegs besser. Ihnen wird in aller Regel die Kehle durchgeschnitten; in besonders gravierenden Fällen zerhackt man ihre Körper und verstreut die Teile vor den Häusern ihrer Familien, um die Macht Allahs gebührend zur Schau zu stellen. Ahmed lässt keinen Zweifel daran, dass er bei Bedarf mit den eigenen Händen jeden Abweichler, im Zweifel auch seine Familie, Nadia inklusive, hinrichten würde.

Denn letztlich ist es nicht er selbst, der die Waffen führt und die Bomben zündet; es ist Allah, der sein Denken und Handeln bestimmt. Wenn bei den Explosionen Unschuldige sterben, wird ihnen sogar besonderes Glück zuteil: Da sie am Djihad mitwirken, gehen sie unmittelbar ins Paradies ein. Nach anfänglichen Sympathien traut die Bevölkerung diesem Heilsversprechen nicht so recht und nimmt eine zunehmend skeptische Haltung ein. Schließlich werden die Verhältnisse so unerträglich, dass sie sich selbst bewaffnet und gegen die radikalen Unterdrücker zur Wehr setzt – der endlose Kreislauf islamischer Anarchie.

Als die Gewaltspirale Ahmeds Familie erfasst und seine eigenen Brüder auslöscht, muss auch Nadia untertauchen. Während das Militär die Terroristen jagt und ihre Nester ausräuchert, rettet sich jeder auf seine Weise. Niemand nimmt Nadia auf, die tagelang ziellos umherirrt. Führer Ahmed taucht auf und verschafft ihr eine Unterkunft, deren betagte Besitzerin die »Brüder« zunächst verjagt haben und dann zwingen, die beiden Frauen zu betreuen.

Die alte Frau nutzt einen günstigen Moment und zeigt ihre ungebetenen Gäste an. Als die Polizei Nadia verhaftet, überkommt sie ein seltsames Gefühl der Erleichterung. Sie ist der Denunziantin dankbar, denn gegenüber der Gewalt der Terroristen erscheint die Kontrolle des Staates wie eine Befreiung.

Dennoch nimmt das Leben im Untergrund noch kein Ende. Als die Behörden sie schließlich freilassen, hat Führer Ahmed ihre Familie als Geisel genommen, um sie zur Rückkehr zu zwingen. Seine Brutalität verstärkt Nadias Gefühl der Fremdheit. Zudem interessiert den Ehemann weniger ihre schwierige Schwangerschaft, sondern weit mehr seine »Ehre«, die während ihrer Haft in Mitleidenschaft gezogen worden sein könnte.

Als er in einem Feuergefecht verwundet wird und monatelang verschwindet, stellt sich Nadia endgültig der Polizei und gibt ihr Wissen über die Interna der Gruppe zu Protokoll. Ihre Dauerflucht setzt sich fort, nun vor den eigenen Leuten, nachdem sie die Seiten gewechselt hat. Die Gefahr wird überdeutlich, als sie ihr erstes Kind, einen Sohn, zur Welt gebracht hat. Eine Frau, die orakelt, dass er »hoffentlich nicht auch Leute erwürgt wie sein Vater«, wird kurze Zeit später vom Vater des Kindes erwürgt.

In einem letzten Gespräch zwischen den Eheleuten erkennen beide, dass Ahmad als Führer und Ehemann versagt hat. Das persönliche Schicksal wird zum Beispiel für die fundamentalen Gegensätze der Geschlechter im Islam: Was Ahmed als »Weg zu Allah« erscheint, sieht Nadia als Weg ins Nichts.[201] Nichts könnte sie mehr bestätigen als ihre innere Kälte bei Ahmads nächtlichen Versuchen, »zehn bis zwölf kleine

Terroristen« zu zeugen, während er kindische Eifersuchtsanfälle bekommt, wenn sie das gemeinsame Kind versorgt. Als er geht, wird es das letzte Mal sein. Sie wird ihn nicht wieder sehen.

Inzwischen beginnt das Land die Agonie und Erstarrung vor der Gewalt der GIA zu überwinden. Zu sehr hat ihr blutiger Würgegriff die »Sache des Islam« diffamiert. Immer seltener gelingen die Terroraktionen, bei denen ganze Schubkarren mit abgeschnittenen Köpfen auf Dorfplätzen ausgestellt werden, um jede Gegenwehr zu lähmen. Als in Nadias Dorf fünf Mädchen enthauptet werden, weil sie arbeiten und den Schleier verweigern, geben auch hier die Bewohner Kollaboration und Heuchelei vorläufig auf. Gegenüber dem endlosen Terror erscheint die Gewalt des Staates als das geringere Übel.

Nadia selbst wird das Stigma der »Terroristenhure« nicht los. Auch als Ahmed schließlich seine Art von »Paradies« gefunden und sie zur Witwe gemacht hat, stößt die Verwandtschaft sie und ihr Kind aus. Eine Organisation zum Schutz von Frauen nimmt sie auf und gibt ihr die Ruhe, mit sich selbst ins Reine zu kommen. Immer größer sind ihre Zweifel an Allah geworden, der in seinem Namen der eigenen Gemeinschaft namenloses Entsetzen und Leid zugefügt hat. Daraus erwachsen ihr kleine Freiheiten, die ihr einen ganz persönlichen Frieden mit der Vergangenheit erleichtern. Wenn es so weit ist, möchte sie diese einmal ihrem Sohn mitgeben, damit ihm der Denkkäfig seines Vaters erspart bleibt.

4. Die Sklavin

Sie heißt Mende und gehört zum Stamm der Karko-Nuba im Südsudan.[202] Mit vier Geschwistern wächst sie in einer fröhlichen Familie auf. Der Vater geht mit seinen Töchtern verständnisvoll um, obwohl man dem Glauben an Allah angehört. Hier scheinen sich alte Bräuche auszuwirken, die allerdings auch ihre Schattenseiten haben. So erleidet Mende die Schmerzen der pharaonischen Beschneidung und bekommt am Beispiel ihrer älteren Schwester mit, welche Qualen diese Maßnahme beim Vollzug der Ehe zur Folge hat.

In der Schule erhält sie einen ersten Vorgeschmack vom Rassismus des arabischen Islam. Die Lehrer verbieten den Kindern, die Nubasprache zu sprechen und geben ihnen neue, arabische Namen. Die Einhaltung der

Anweisungen wird durch Spitzel abgesichert. Zudem scheint es, dass sie sich an der Situation bereichern. Fortwährend verlangen sie Geld für Lehrmaterial, das nicht angeschafft und auch kaum benötigt wird, weil sich der Unterricht zunächst im Auswendiglernen von Koransuren erschöpft.

Mende lernt allmählich, dass die Araber die Nuba verachten und ihre Kultur brutal unterdrücken. Ihre Milizen überfallen Dörfer, schlachten die Bewohner ab, vergewaltigen die Frauen und verschleppen Mädchen, um sie in die Sklaverei zu verkaufen. Eines Nachts brechen sie urplötzlich in den Frieden auch ihres Dorfes. Sie wird entsetzte Zeugin eines Blutrauschs, sieht, wie Mädchen vergewaltigt, zahllose Kehlen durchschnitten, Föten aus Schwangeren gerissen werden.

Während sie nicht weiß, was aus ihrer Familie geworden ist, geht sie selbst einem ungewissen Schicksal entgegen, indem man sie mit anderen Mädchen auf einem Lastwagen abtransportiert. Zuvor versucht einer der »Gotteskrieger«, sie zu vergewaltigen. Wenngleich er sie dabei verletzt, bewahrt sie eine *Ejaculatio praecox* letztlich vor dem Schlimmsten.

Im Westen macht man sich zum passiven Anwalt des seit Jahren laufenden Massenmords im Sudan mit der Floskel, dass es ein »missbrauchter Islam« sei, in dessen Namen er verübt wird. Die Täter sehen es offenbar anders. Denn Mende fragt sich, warum sie während des Mordens fortwährend *Allahu akbar* (Allah ist groß) gebrüllt haben, wo doch ihr Stamm im Glauben an Allah lebte, an jenen Gott, der als der große Erbarmer gilt.

Zusammen mit vier anderen Mädchen wird sie zu einem Sklavenhändler in Khartoum gebracht, der sie an einen arabischen Haushalt verkauft. Eine nubische Dienerin gibt ihr die zentrale Regel mit auf den schweren Gang: »Tu alles, was sie dir befehlen, wenn du nicht gehorchst, schlagen sie dich«.

Ihr bisheriges Leben lang war Mende kein einziges Mal ernsthaft geschlagen worden. Von nun an besteht ihr Leben aus Arbeit und Prügel, ob sie langsam oder zügig arbeitet. Bei jeder Gelegenheit lässt man sie spüren, dass ihre Existenz dem Tier näher steht als dem Menschen. Dem entsprechen auch die Essensreste, die ihre Nahrung bilden, sowie der stallartige Verschlag, in dem sie die Nächte verbringt.

Im Rahmen totaler Kontrolle hat jeder externe Kontakt zu unterbleiben. Die Kinder der Familie müssen sich von ihr fern halten, und ein

Gärtner wird entlassen, weil er ein paar freundliche Worte an sie gerichtet hat. Der Kontakt mit der Herrin besteht aus Prügel und Beschimpfungen: Nicht Mende heißt sie, sondern *Abda*, Sklavin. Besucherinnen eröffnet sie stolz: »Sie ist immer hier, sie hat weder Pausen noch Urlaub, sie gehört mir«.

Es gibt zwar auch einen Herrn des Hauses, der sich jedoch vor seiner cholerischen Gattin zurückzieht. Sie prügelt mit und ohne konkreten Anlass, »weil man nur so weiß, wie man sich benimmt«. Bei besonders gereizter Stimmung droht sie immer wieder auch mit Mord, um an die Grenzenlosigkeit ihrer Macht zu erinnern. Zuweilen inszeniert sie ihre Omnipotenz vor Freundinnen, die zum Nachmittagskaffee kommen. Diese amüsieren sich königlich, wenn Mende vor ihren Augen halb zu Tode geprügelt wird.

Während ihre Herrin sich für eine gläubige Muslimin hält, bezeichnet sie die Gebete der Sklavin zu Allah als nutzlos, weil sie schwarz ist. Ständig muss Mende über Widersinn und Heuchelei des Islam nachdenken. Allah räumt seinen Anhängern Gewalt gegen Menschen ein, die ebenfalls an ihn glauben. Obwohl es immer wieder heißt, dass im Islam alle Menschen gleich seien, hat sie in der Schule und nun auf weit härtere Art in der Sklaverei lernen müssen, dass die Araber die Schwarzen und damit auch den Koran mit Füßen treten.

Im Lauf der Jahre eignet sich Mende ein System der vollständigen Unterwerfung an, das Streit und Prügel zwar nicht vermeidet, aber vermindert. Geringfügig beginnt sich das Verhältnis zur Familie zu entspannen. Die Kinder bauen zu ihr Vertrauen auf, und die Herrin nimmt sie auf Ausflüge mit. Dies eher aus Eigennutz, weil sie Zeit für den Picknickplausch gewinnt, während die Sklavin auf die Kinder aufpasst.

Die Herrin lässt keinen Zweifel aufkommen, dass diese Entwicklung nichts mit Menschlichkeit zu tun hat. Als sich eines der Kinder verletzt, macht sie Mende verantwortlich und bringt ihr in rasender Wut eine lebensgefährliche Wunde bei. Ob sie will oder nicht – sie muss die Sklavin in die Klinik schaffen, weil selbst im Sudan die Sklaverei offiziell illegal ist. Mendes Tod würde sie in größte Probleme bringen. Diese lernt während der Genesung eine hilfsbereite Schwester kennen, bringt jedoch nicht die Energie auf, sich und ihre verzweifelte Lage zu offenbaren. Ihre psychische Anpassung scheint bereits zu weit fortgeschritten.

Nach sieben Jahren hat die Herrin eine überraschende Information: Die Sklaverei soll sich bei ihrer Schwester in London fortsetzen, die mit einem Attaché an der dortigen Botschaft des Sudan verheiratet ist. Bevor es dazu kommt, führt sie der Zufall mit Kumal zusammen, einem der Mädchen, die mit ihr aus dem Heimatdorf verschleppt wurden. Kumal bringt ihr die schönste aller Nachrichten: Ihre Familie hat das Massaker überlebt! Und sie hat eine Londoner Telefonnummer, die vielleicht Hilfe bedeutet.

Bevor sie abreist, hat die Herrin vom gleichen Händler eine Ersatzsklavin besorgt, die von Mende eingearbeitet wird. Die Muster wiederholen sich: Auch dieses Mädchen hat das Standardschicksal der Nubierinnen, die arabische Vergewaltigung, ereilt. Ihrer schwangeren Mutter hatte man die Kehle durch- und das Baby aus dem Bauch herausgeschnitten. Trotz der Tragödie bleibt Mende keine Wahl. Sie muss die eiserne Sklavenregel an das verschüchterte Kind weitergeben: Gehorche, wenn du nicht geschlagen oder vielleicht sogar getötet werden willst.

Mit der Ankunft in London überbrückt sie ein Jahrtausend und taucht in den so gänzlich andersartigen Westen, in die Welt der *khawadjat*, der weißen Fremden, ein. Da das Haus der neuen Herren größer als das in Khartoum ist, muss sie noch härter arbeiten, noch mehr putzen, waschen und kochen. Allerdings steht ein Maschinenpark zur Verfügung, dessen Bedienung sie allmählich lernt und der ihr die Hausarbeit etwas erleichtert.

Da auch die neuen Herren sich für fromme Muslime halten, beginnt Mende eine wichtige Erkenntnis zu dämmern: Die Sklaverei gehört zum Glauben an Allah – zumindest wenn es sich um reiche Muslime handelt. Mit dem Reichtum verbindet sich die Gnade dieses Gottes, Macht und Gewalt über andere, ob gläubig oder ungläubig, auszuüben. Den Gegensatz erlebt sie unmittelbar: Während sie ständig schuftet, liegt die neue Herrin im Designerkleid und mit teurem Schmuck behängt vor dem Fernseher.

Deren im Vergleich zur Schwester in Khartoum relatives Wohlwollen ändert sich schlagartig, als Mende einen horrenden Fehler macht: Sie bittet die Herrin, die Nummer anrufen zu dürfen, die ihr Kumal in Khartoum gegeben hat. Die harte Reaktion entspricht der Härte, mit der Sklaverei in England bestraft wird. Man nimmt ihr nicht nur die Telefonnummer, sondern auch den Pass ab und kontrolliert sie fortan weitaus enger als im Sudan.

Kurzzeitig aufkommende Selbstmordgedanken werden verdrängt, als die Herrin Pläne bekannt gibt, zum Urlaub in den Sudan zu reisen. Wenngleich immer wieder praktiziert, ist es offiziell unschicklich, weibliche, zumal unverheiratete Dienstboten mit dem Ehemann im Haus zurückzulassen. So bringt man Mende bei einer befreundeten Familie unter. Deren Zuneigung löst nun endlich das seit vielen Jahren aufgestaute Geständnis ihrer Not und Bedrängnis aus. Sie erfährt dabei, wie illegal ihre Lage ist, und wie bedroht ihre Herren vom englischen Gesetz sind.

Wenn diese von ihrem neuen Wissen Kenntnis erlangten, könnten sie allerdings leicht auf den Gedanken kommen, sie verschwinden zu lassen. Als unweigerliche Konsequenz ergibt sich daraus die Flucht. Auf gut Glück knüpft sie Kontakte zu nubischen Landsleuten, die sie schließlich unter erschwerten Umständen aus der Gefangenschaft befreien. Denn inzwischen ist die Herrin aus dem Urlaub zurückgekehrt, sodass sie aus dem streng überwachten Haus statt aus der temporären Unterkunft fliehen muss.

Für die Frau im Islam ist Freiheit ein Fremdwort, ganz zu schweigen von der ehemaligen Sklavin im Islam, die nun jede eigene Entscheidung, noch dazu in der fremden Welt des Westens, vorsichtig lernen muss. Schritt für Schritt überwindet Mende die anfängliche Angst und beginnt das kostbare Geschenk der Freiheit zu genießen.

Ihr Asylantrag wird nach über zwei Jahren von den englischen Behörden mit einem »Argument« abgelehnt, das typisch für den »Dialog mit dem Islam« ist. Es heißt, dass es zwar Sklaverei im Sudan gibt, die Regierung aber dafür nicht verantwortlich ist. Dies entspricht dem alten Muster, dem zufolge es zwar Gewalt im Islam gibt, der »eigentliche« Islam aber »missbraucht« wird. Die Beamten sind der Ansicht, dass die angebliche Sklavin gefahrlos in die Nubaberge zurückkehren könne, zumal es dort inzwischen zu einem Waffenstillstand gekommen sei.

Diese Art von Realitätsferne ist üblich für den ängstlichen Umgang mit der Gewalt des Islam und verfehlt ihre Wirkung ansonsten nicht. Mendes Fall hat allerdings das Interesse der Medien gefunden, das erheblichen Protest in ganz Europa entfacht. Dabei kommen Anwälte und Menschenrechtler zu dem Ergebnis, dass sie aufgrund juristischer Form- und Auslegungsfehler gute Aussichten hat, im Einspruchsverfahren zu obsiegen.

In zahllosen Briefen sprechen ihr Menschen, die sich mit ihrem Schicksal solidarisieren, immer wieder Mut zu. Gerade deshalb steht für sie fest, sich das Leben zu nehmen, sollten die Briten entscheiden, sie in das Land ihrer Folterer abzuschieben. Glücklicherweise kommt es dazu nicht: Am 5. Januar 2003, drei Jahre nach ihrer Ankunft in London, stimmt das Innenministerium ihrem Neuantrag auf Asyl in Großbritannien zu.

5. Die Ghettohure

Das *banlieu*, das Vorortgebiet der französischen Großstadt, ist zum Inbegriff der misslungenen muslimischen Integration geworden. Bandenunwesen und massive Verwahrlosung verbinden sich zu rechtsfreien Räumen, in denen Allahs Gewaltlizenz eine steigende Rolle spielt.

Die männliche Jugend definiert sich unmittelbar aus der Anzahl gemeinschaftlicher Vergewaltigungen, aus den so genannten *gang rapes*. Mädchen gelten traditionsgemäß als warenähnliche Sexobjekte, deren illegale Benutzung für den Mann – wenn überhaupt – nur ein geringes Risiko enthält. Die Anzeigenquote solcher Verbrechen ist mit 5 Prozent extrem niedrig, weil die Mädchen mit lebensgefährlichen Repressalien rechnen müssen. Um die Jahrtausendwende wurden jährlich etwa 1000 einschlägige Vergewaltiger verhaftet, wobei zu berücksichtigen ist, dass die Behörden den Anzeigen nur zögerlich nachgehen.

In ein solches Umfeld, in das *banlieu* von Paris, kommt Samira, Tochter algerischer Eltern, nachdem sie in der Obhut belgischer Pflegeeltern aufgewachsen ist.[203] In Paris erlebt sie zunächst einen Anflug von Kultur, indem sie Unterricht in Klavier, Ballett und Malerei erhält, gerät aber rasch unter den Einfluss der Straße. Bis tief in die Nacht treibt sie sich mit kleinkriminellen Jugendlichen herum und sucht mit Betrug und Scheckfälschung an die begehrten Modeartikel und »Designerklamotten« zu kommen, die vermeintliche Anerkennung und Identität geben.

Regelmäßige Prügel zu Hause können sie nicht mehr zu einem geregelten Leben bringen, das eines Nachts ins endgültige Chaos gestürzt wird. Jaid, der 19-jährige Führer der lokalen Jugendbande, hat die 13-jährige Samira längst zur Geliebten gemacht. Ihr »geiler Arsch« bringt sie in die Gunst des Alphamännchens, lässt sie in der Hackordnung der Straße rasch aufsteigen und suggeriert ihr trügerische Sicherheit und Statusqualität.

Auch ständige Demütigungen vor den Gefolgsleuten können ihrer Illusion zunächst wenig anhaben. Als er ihrer schließlich überdrüssig geworden ist, sondert der Führer sie allerdings aus und gibt sie zum »Abschuss« frei. Seine Clique lauert ihr auf und verprügelt sie. Jaids Vize schlägt besonders hart zu, um ihren Willen endgültig zu brechen.

Zu dritt vergewaltigen, quälen und entwürdigen sie Samira die ganze Nacht hindurch mit brutalsten und perversesten Sexpraktiken. Gegen sechs Uhr morgens wirft man sie auf die Straße, schwer verletzt, halb betäubt und in zerrissener Kleidung. Irgendein Nachdenken über Alternativen erstickt der Vize im Keim: »Wenn du den Mund aufmachst, rotte ich deine ganze Familie aus«.

Der Ghetto-Code erstreckt sich allerdings nicht nur auf die nächsten Verwandten. Jeder, der ihr offenen Schutz gibt, hat mit härtesten Repressalien zu rechnen. Zu Hause schlagen ihr Hass und Gebrüll des Vaters entgegen, in dessen stupidem Prügeln sich nackte Hilflosigkeit abzeichnet. Freundinnen, bei denen sie Zuflucht und Zuspruch sucht, können nicht wirklich helfen, weil wiederum ihre Verwandten den Kontakt unterbinden.

Die *gang rape* durch die lokale Horde hat Samira zu Freiwild gemacht, zur öffentlichen Ghettohure, an der sich jederzeit und völlig gefahrlos auch andere bedienen können. Für einige Wochen flüchtet sie sich nach Belgien, in die ruhige, behütete Umgebung der Pflegeeltern.

Nach Rückkehr begegnet sie dem Vize in der S-Bahn. In aller Öffentlichkeit schlägt er sie erneut brutal zusammen. Niemand greift ein. Er schleppt sie in eine verkommene Kellerwohnung und vergewaltigt sie mehrfach. Als sie nun Hilfe bei den »Freundinnen« sucht, begegnet man ihr noch kühler und abweisender. Sie muss akzeptieren, dass sie gänzlich auf sich allein gestellt ist, wenn sie ihr Dilemma von Schuld, Scham und Angst bewältigen will.

Das Nachdenken über ihre katastrophale Lage gibt ihr eine erste Distanz zu ihren Lebensumständen. Sie beginnt die platte Brutalität der Ghetto-Horden zu erkennen, in denen die Vergewaltiger immer jünger werden. Mädchen sind Sexware, die man wie Wildpferde zureitet und, zuweilen mit Tieren kombiniert und fotografiert, zum Anheizen der *gang rapes* herumreicht. Sie sind Dreck, ein »Stück Scheiße«, das auf keinerlei Recht pochen kann.

Dem Status des Ghetto-Codes kann nur entgehen, wer dem Haus-Code folgt: strikte Beschränkung auf Haus und Familie, bewacht durch den Vater und einen möglichst starken Bruder. Die Gewalt bleibt islamisch: In ihrer Hausform traditionell verhüllt, tritt sie in Ghettoform – ohne Schutz durch das westliche Recht – ungeschminkt hervor. So können sich die wenigen inhaftierten Vergewaltiger als Opfer fühlen, als Helden des islamischen Systems, die sich für die Bestrafung der »Huren« hergegeben haben.

In ihrer Kindheit hatten Samiras Eltern extreme Brutalität erfahren. Weder in der algerischen Heimat noch in der Pariser Ghetto-Existenz konnten sie irgendeine Erkenntnis gewinnen, die sie zu geistiger Überwindung physischer Gewalt befähigt hätte. Befehl und Verbot ist die Sprache der islamischen Tradition, die wenig Raum für das individuelle Gespräch und die Förderung von Talenten gibt. Tritte und Prügel erstickten Samiras Neigung zu Musik und Theater und trieben sie auf die Straße. Diese wird dem Mädchen, das keinen großen Bruder hat, zum Verhängnis.

Je länger Samira über ihr Schicksal nachdenkt, desto lauter meldet sich eine innere Stimme zu Wort, die ihr sagt, dass nicht sie allein die Schuld an ihrer Lage trägt. Es ist eher wie das Problem von Henne und Ei: Wenn die Jungfernschaft eine so verehrte Eigenschaft sein soll, wieso liegt es dann in der Ehre der Männer, sie zahllosen Mädchen zu nehmen und diese anschließend als rechtlose, vogelfreie »Ghettohuren« den Gangs anzubieten?

Ein Zufall kommt ihr zu Hilfe. Über eine Freundin erfahren zwei Frauen von Samiras Vergewaltigung, die ebenfalls von Jaids Vize angefallen und nahezu vergewaltigt worden sind. Sie bringen ihren Vater dazu, Anzeige zu erstatten. Ohne Hilfe der Eltern muss sie durch die ganze Prozedur entwürdigender Befragungen gehen, die auch die letzten Winkel der an ihr vollzogenen Perversionen ausleuchten. Die Polizisten erscheinen ihr wie Komplizen der Täter: »Warum hast du dich nicht heftiger gewehrt, hast du es vielleicht so gewollt?«.[204] Dabei greift das Gesetz des islamischen Ghettos hart zu: Keine ihrer »Freundinnen« wagt gegen den Vize auszusagen.

Trotz aller Angst und Ablehnung spürt Samira eine merkwürdige Stärke, die ihr das Nachdenken über ihre Person und Rolle in einer Umgebung der Gewalt und Gefühllosigkeit zuwachsen lässt. Sie weiß, dass sie wertvolle Talente hat, die sie sich nicht herausprügeln lassen will. Sie beschließt, sich bis zum letzten Atemzug von einem eigenartigen, unerklärlichen Mut leiten zu lassen. Diese Kraft sagt ihr, dass sie der

Primitivität des Ghettos entkommen wird, wenn sie denn am Leben bleibt.

Es verdichtet sich eine Ahnung, dass sie eher das Opfer einer Notlage ist, die nicht sie zu verantworten hat, sondern die durch wenig beeinflussbare Verhältnisse entstanden ist. Ganz allmählich wächst so etwas wie Selbstbewusstsein, das ihr zuflüstert, etwas Besseres als Gewalt und Vergewaltigung verdient zu haben. Als sie der Vater zum x-ten Mal aus dem Haus wirft, beschließt sie, nicht mehr, unter keinen Umständen, zurückzukehren: »Ich kann nicht mehr unter einem Dach leben mit diesem Kerl, der nur schreien und schlagen kann«.[205]

Die Behörden haben endlich den Gewaltmechanismus des Ghettos begriffen und wissen, dass Samira besondere Gefahr droht, wenn sie nicht einmal mehr den zweifelhaften »Schutz« des Elternhauses hat. Man weist sie in ein Heim ein, wo sie sich dank ihrer Ghetto-Erfahrung rasch Respekt verschafft, aber auch an Drogen gerät.

Dabei weiß sie durchaus, dass sie sich selbst einen weit größeren Gefallen täte, wenn sie statt äußerer Aggression den Weg der inneren Verarbeitung fortsetzte. Nach jahrelangem quälerischem Zwiespalt gibt ihr Körper schließlich die psychosomatische Antwort: Sie bekommt epileptische Anfälle. Die Ärzte sind ähnlich männlich borniert wie die Polizisten: »Um solche heftigen und häufigen Anfälle zu bekommen, musst du wirklich eine große Schauspielerin sein!«[206]

Ein Urlaub, den sie mit der Familie in Algerien verbringen soll, um Ruhe und Versöhnung zu finden, gerät zur ultimativen Katastrophe, obwohl der Vater nicht mitfährt. Dessen Abwesenheit hat sie sich wegen vorheriger schlechter Erfahrungen ausbedungen. Jahre zuvor wollte sie sich im Badeanzug mit anderen Mädchen am Strand sonnen, was die väterliche Standardwut auslöste: Er beschimpfte sie als »Hündin« und »Hure« und bearbeitete sie mit brutalen Fußtritten.

Nun will sie sich einfach von der Gewalt des Vaters und des Ghettos erholen. Als sie abends am Strand sitzt und mit einem französischen Touristen einen Joint raucht, tauchen mehrere Einheimische auf, die sich als Polizisten ausgeben und Ausweise verlangen. Schnell entpuppen sie sich als Gewalttäter, die wieder die vergangenen Albträume aufsteigen lassen. Nachdem sie den Franzosen beiseite genommen haben, fallen sie urplötzlich über Samira her, schlagen sie blutig, reißen ihr die Kleidung vom Leib, vergehen sich an ihr in endlosem Turnus.

Obwohl Samira eindeutig sichtbares Opfer einer Gewalttat geworden ist und unter Schock steht, glauben alle, die Mutter inklusive, dasselbe: Jemand, der zum dritten Mal vergewaltigt worden ist, will sich offenbar nicht nur nicht hinreichend wehren, sie scheint regelrecht nach der Vergewaltigung zu verlangen – »die braucht es ja wirklich!«.[207] Vielleicht sind die Täter sogar die eigentlichen Opfer, die durch weibliche Reize perfide verführt wurden. So jedenfalls stellt es sich der algerischen Polizei dar, die natürlich nichts unternimmt.

Wieder in Frankreich, weigert sich Samira, zur Familie zurückzukehren, als ihr Heim geschlossen wird. Über drei Monate verbringt sie in Autos, Hauseingängen und Treppenhäusern. Schnell holt sie der Stress der Straße wieder ein und frisst den letzten Rest der Selbstachtung, die nach der algerischen Katastrophe ohnehin weitgehend zerstört war.

Stattdessen baut sich Selbsthass auf, wenn sie »es« mit immer verkommeneren Typen für etwas zu essen oder auch nur einen Joint tut. Dennoch bleibt irgendwo noch der innere Kern, der bessere Zeiten verheißt. Noch gesteht sie sich nicht ein, das »Stück Scheiße« zu sein, für das sie alle anderen zu halten scheinen. Noch glaubt sie daran, Männern begegnen zu können, die »nicht mit dem Schwanz denken«.[208]

Dass den beiden Führern der lokalen Horde, Jaid und seinem Vize, inzwischen die Beteiligung an über einem Dutzend *gang rapes* nachgewiesen wird, nützt ihr wenig. Denn männliches Fehlverhalten im islamischen Kontext muss mehr als extrem sein, um zu Nachteilen gegenüber den Frauen zu führen. So lebt auch wieder das Gerede über sie, die »Ghettohure«, vermehrt auf.

Müde vom Rufmord und erschöpft vom Stress der Straße bricht sie ihren Schwur und kehrt nach Hause zurück. Nach einem missglückten Selbstmordversuch befindet sie sich kurzzeitig in klinischer Behandlung, die man jedoch medikamentös angeht, während Samira spürt, dass sie eine psychiatrische Therapie braucht. Als kurioses Resultat bessert sich vorübergehend das Verhältnis zum Vater, der mit einer »Verrückten« entspannter umgehen kann als mit einer »Hure«.

Als sie per Zufall zu einer Theatergruppe stößt und die Gelegenheit hat, ihr künstlerisches Talent einzusetzen, spürt sie neuen Halt, der aus ihr selbst kommt. Samira nutzt das Theatertraining als Basis für Tätigkeiten als Animateuse in Touristenhotels. Sie arbeitet zunächst in der Nähe von Athen, dann auf Zypern und sieht eine erste, wirkliche Chance, der »Ghetto-Scheiße« zu entfliehen. Da sie allerdings extrem ehrgeizig ist und alles perfekt machen will, erlebt sie wieder epileptische Rückfälle.

Diese verstärken sich, als sie in polizeiliche Ermittlungen verwickelt wird. Ein Animateur hat mit gestohlenen Kreditkarten eingekauft und hohe Beträge erschwindelt. Obwohl die Polizei sie schließlich laufen lässt, verliert sie ihre Anstellung und damit ihre Hoffnung. Der griechische Hotelbesitzer nimmt sie sozusagen in Sippenhaft, denn seine Sicht vom Maghrib ist mehr als einfach: »Die Araber wollen doch nur unsere Frauen ficken und uns die Arbeit wegnehmen«.[209]

Wieder in Paris, wähnt sich Samira – nach neun Jahren der psychischen und physischen Extreme – am Ende. Selbst jene innere Kraft, die sie daran gehindert hatte, endgültig zu resignieren, scheint ausgebrannt. In diesem Moment tritt Insaf in ihr Leben. Sie ist die Schwester eines der zahlreichen Nachfolger Jaids und bildet mit ihrer akademischen Bildung einen ungewöhnlichen Kontrast zu den vielen Männern, die nach Samiras Erfahrung unter Denken den Einsatz ihres Geschlechtsorgans verstehen.[210]

Insaf gibt ihr die Kraft zu einem letzten Anfang. Ihr gelingt es, Anschluss an eine neue Tanzgruppe zu gewinnen. Der choreografische Leiter erkennt ihre Begabung, verlangt aber von ihr, ihre Epilepsie und deren psychische Gründe behandeln zu lassen, gerade weil er ihr Talent dauerhaft erhalten und fördern will. Und sie hat noch einmal Glück: Sie gerät an eine Therapeutin für schwer traumatisierte Patienten, die ihre Problemlage kongenial versteht.

Sie macht Samira klar, dass fast ein Jahrzehnt brutalster Schädigungen eine lange, behutsame Behandlung sowohl des Geistes als auch des Körpers erfordert, die auch von ihr, der Patientin, viel Kraft und Geduld verlangt. Schon nach kurzer Zeit spürt Samira, dass sie endlich auf dem richtigen Weg ist. Sie lernt loszulassen. Sie lässt Körper und Geist sich von der immensen Erniedrigung durch Alkohol, Drogen, sexuelle Misshandlung und ekelhafte Berührungen »auskotzen«. Allmählich beginnt sie sich von der ganzen »Scheiße«, der Erinnerung an die permanente Gewalt, Angst und Entwürdigung zu lösen. Nach drei Jahren intensiver Therapiearbeit haben die Anfälle aufgehört.

Sie entdeckt in sich eine analytische Kraft, eine neue Klarheit, mit der sie ihr Leben selbst zu beurteilen und einzuordnen lernt. Dabei macht sie neben der eigenen schmerzhaften Metamorphose eine vielleicht noch schwierigere Wandlung gegenüber den Eltern durch. Sie schrumpfen zu geistigen Schatten, zu Zombies, mit denen man die Probleme der Vergangenheit nicht gemeinsam bewältigen kann.

Um dies zu erreichen, um die Reste der »Scheiße« zu beseitigen, ist sie fest davon überzeugt, noch zwei Dinge erledigen zu müssen: Schadensersatz für die erlittenen Verletzungen und ein Buch, das ihre Erfahrungen als Warnung für ihre Schwestern im Ghetto zusammenfasst. Beides führt sie mit großer Energie durch.

Obwohl ihr Fall längst verjährt ist, gelingt es ihrem Anwalt, ihn wieder aufzurollen und die Jury zu einer Zahlung von 100 000 Franc aus dem Opferfonds zu bewegen. Und es gelingt ein ungewöhnliches Buch. Eindringlich schildert Samira, die erst in der Therapie strukturiertes Denken erlernt, wie gegen alle islamische Wahrscheinlichkeit aus einem geschundenen Kind eine selbstbewusste Frau wird.

6. Die Integrierte

Fatma verdankt ihre Existenz einer Vergewaltigung. Sie kommt aus einem kurdischen Dorf in Ostanatolien.[211] Während der Vater sich nach Istanbul absetzt, erlebt sie sich und die Mutter doppelt unterdrückt: innerhalb ihrer Kultur, und die kurdische Kultur innerhalb der Türkei. Die Regierung schneidet die kurdischen Siedlungen von jeglicher Entwicklung – Bildung, Medien, Infrastruktur – systematisch ab. Die Lebensumstände sind entsprechend hart. Schon mit sechs Jahren hilft sie im Haushalt und versorgt die drei Geschwister. Das islamische System erlebt sie als »roten Faden«, der das dörfliche Geschehen mit »Ehre« und das Frauenleben mit Arbeit durchzieht.

Ständig mahnt sie die Mutter, sich dieser »Ehre«, deren Opfer sie selbst ist, bewusst zu sein. Denn Abweichungen können schnell zu unangenehmen Konsequenzen führen. Die Rangordnung der Verachtung, von schlagenden Männern über geschlagenen Frauen begegnet ihr täglich. Neben anderem spiegelt sie sich in der Rangordnung der Arroganz, mit der sich rückkehrende Mekkapilger über die Nichtpilger des Dorfes erheben.

Fatma fällt auf, dass freundliche Worte und Zuneigung als Zeichen der Schwäche gelten. Ihre Wahrnehmung der emotionalen Kälte zwischen den Geschlechtern verstärkt sich, als sie in Abständen unfreiwillig miterlebt, wie Frauen sich heimlich berühren und Zärtlichkeiten austauschen. Es weitet sich indessen zu traumatischem Entsetzen, als sie Zeugin einer Steinigung wird. Das tobende Dorf macht eine Frau nieder, die angeblich unehelich geschwängert wurde, und wirft ihre Leiche den Wölfen vor, die hungrig die Berge durchstreifen.[212]

Höchst zweideutig durchzieht die Sexualität das Leben der Gemeinschaft. Kleinste Andeutungen und Bewegungen erhitzen die Gemüter und werden strengstens kontrolliert. »Willst du einen Knüppel zwischen die Beine?«, lautet die unsensible Frage der eigenen Großmutter, als Fatma eine Taube nachahmt. Niemand hat ihr gesagt, dass deren Laute als sexueller Lockruf gelten, als Aufforderung zu Laster und Sünde.

So wie echte Gefühle – Liebe und Zuneigung – zu unterdrücken sind, müssen falsche – z. B. die Trauer um ungeliebte Verstorbene – offen zur Schau getragen werden. Schnell lernt Fatma die Mechanismen der Heuchelei, die ihr als Kurdin in der Schule zugute kommen. Denn dort muss sie mit Begeisterung die türkische Nationalhymne singen, während ihr die eigene Sprache verboten ist. Als Mädchen ist sie ohnehin vom alltäglichen Schlagen der Lehrer besonders bedroht, sodass sich geschmeidige Anpassung und Falschheit lohnen.

Als die Mutter zunächst allein nach Deutschland geht, erlebt Fatma zwei Jahre brutaler Prügelungen und sexueller Übergriffe in der eigenen Verwandtschaft, bevor sie die Türkei ebenfalls verlassen kann. Die Reise wird zur Zeitreise, in der sie die Spanne vom Mittelalter des anatolischen Dorfes über die Neuzeit des Balkan zur Moderne der Kölner Großstadt durchläuft.

Dementsprechend schwierig wird der Übergang in die westliche Gesellschaft. Die Einflüsse durch die Schule kollidieren mit den Vorstellungen des Vaters, der nun die Familie in Deutschland kontrolliert. Unablässig beschäftigt er die Tochter mit Hausarbeiten und beschimpft sie, weil sie ihre Schulaufgaben vernachlässigt. Prügel sind fällig, wann immer das väterlich-islamische Weltbild durch den westlichen Lernstoff in Gefahr gerät. Kein Wunder, dass die Bücher der Vernichtung anheim fallen, wenn ihre Kontrolle Biologisches oder gar Sexuelles »enthüllt«.

So ist nur konsequent, dass Fatma den Befehl erhält, sich selbst zu verhüllen. Aber sie widersetzt sich. Sie trägt das Kopftuch auf jede mögliche Weise mit einer Ausnahme – nicht auf dem Kopf. Der Vater prügelt endlos und erreicht, dass seine Tochter das Zeichen der islamischen

Männermacht in den Ofen wirft. Sie erlebt ihre Tat als umfassende Befreiung und gewinnt eine neue Distanz zu den Eltern und zur eigenen Entwicklung.

Eine erste Liebe wird im Keim erstickt, weil Fatma nicht mehr als erstklassige Braut gelten kann. Bei einem Besuch in der Türkei manövriert man ihren Freund in eine kompromittierende Situation mit einer Frau, die zu heiraten ihn die »Religion« zwingt. Fatmas Wert sinkt weiter, als sie ein Türke auf dem Weg zur Schule entführt, um die Ehe zu erzwingen. Mit viel Glück entkommt sie, weil eine aufmerksame Freundin die Polizei alarmiert hat.

Dennoch scheint die »Ehre« der Familie nun ernsthaft in Gefahr. Als man sie zum Arzt bringt, um ihre Jungfernschaft zu überprüfen, zerbrechen die Reste ihrer Loyalität zu den Eltern. Das Maß der Verlogenheit ist für Fatma endgültig voll, als sie feststellen muss, dass sich der Vater an seiner Schwiegertochter vergreift.

Zu diesem Verhalten ist von der Mutter keine Reaktion zu erwarten. Seit Jahren nimmt sie es hin, dass ihr Mann das in Putzarbeit verdiente Geld mit käuflichen Damen durch- und ihr dabei auch Geschlechtskrankheiten beibringt. Fatma hat die Eskapaden sogar mitfinanziert, indem der Vater sie zur Aufnahme eines Kredites drängte, den sie nun mühsam zurückzahlen muss.

Ganz im Stil der islamischen Omnipotenz schwingt sich dieser Mann nicht nur zum Moral- sondern auch zum Strafrichter auf. Denn als ihm ein Foto in die Hände fällt, das eine Freundin von Fatma im Bikini gemacht hat, beruft er den Familienrat ein. Er beschimpft sie als »elende Nutte« und fordert ihren Tod, zumindest die Heirat mit einem alten Mann. Nachdem er endlos auf sie eingeschlagen hat, beginnt eine Zeit des Taktierens, in der man versucht, sich aus dem Wege zu gehen.

In einem letzten Aufbäumen verbünden sich die Eltern gegen die Tochter. Versuche des Vaters, ihr die Schule zu verbieten, kontert die Tochter mit der Polizei, die sie täglich mit dem Streifenwagen abholt. Die Mutter unterstützt jede auch noch so gewalttätige oder absurde Aktion. Fatma fragt sich, »warum sie so hartnäckig darauf hinarbeitete, das Unglück ihrer Tochter verwirklicht zu sehen«.[213]

Mit 19 ist sie inzwischen eine junge Frau geworden. Nach der Schule hat sie eine Ausbildung begonnen und den Führerschein gemacht. Obwohl sie dem enormen Druck geistig widerstanden hat, sind die Jahre des

Schlagens und der verdrängten Angst nicht spurlos an ihr vorübergegangen. Ihr Körper meldet sich mit starken Magenkrämpfen, die sie extrem abmagern lassen und die behandelt werden müssen. Da nicht alle Besuche von der Familie kontrolliert werden können, kann sie dem Arzt ihre Lebensumstände schildern. Sie lassen schnell erkennen, dass es sich um ein psychosomatisches Problem handelt.

Er schickt sie in eine mehrmonatige Spezialkur, in der man sie vollständig heilt. Viele Gespräche mit den anderen Patienten lassen einen Entschluss reifen, der sich bereits seit langer Zeit angebahnt hat: Fatma will die Familie und damit auch die türkische Gesellschaft verlassen.

Nach Beendigung der Kur scheint der Familie jedoch der Zeitpunkt gekommen, sie – wieder gesund und attraktiv – in der Türkei zu verheiraten. Das Dilemma des Vaters wendet sich nun allerdings zu Fatmas Rettung. Sie kann den hoffnungslos Überschuldeten überreden, die Heirat einige Jahre aufzuschieben, um ihm bei der Rückzahlung der Kredite zu helfen.

Ihre Motivation wird entscheidend durch ihren Zahnarzt gestärkt, zu dem sie eine ungewöhnlich spontane und zugleich intensive seelische Verbindung aufgebaut hat. Er ist es schließlich, der sie dazu bringt, den letzten Schritt zu tun. Um heiraten zu können, und den nahezu sicheren Tod abzuwenden, bereiten sie ihren Absprung aus der Familie generalstabsmäßig vor.

Während dieser Zeit kommt Fatma zu Bewusstsein, dass ihr Weggang weit mehr als ein Abschied ist. Immer wieder wägt sie ab, und immer wieder kommt sie zum gleichen Ergebnis: Die physischen und psychischen Verletzungen, die ihr die eigenen Eltern zugefügt haben, sind schlimm genug, um ihre gesamte Herkunft unumkehrbar hinter sich zu lassen. So sagt sie schlicht »Ja«, als ihre türkische Freundin, die als Einzige in die Geheimaktion eingeweiht ist, sie fragt: »Hast du es dir auch gut überlegt?«

Die Reaktion der Familie bestätigt Fatmas Entschluss und spiegelt als Einzelfall zwei allgemeine Aspekte wider: zum einen die bekannte Schieflage der muslimischen Frau, zum anderen das schwierige Verhältnis der Türken zur deutschen Mehrheitsgesellschaft.

Zunächst setzt man einen Auftragskiller auf sie an, dem sie mit unglaublichem Glück entgeht. In ihrer Not ruft sie ihren früheren Arzt an, der über sehr gute Polizeikontakte verfügt und den Mafiamann tatsächlich neutralisieren kann. Anschließend meldet sich ihr Bruder. Er weiß sich im erweiterten Recht des Islam, den Inzest eingeschlossen, wenn er sie anherrscht: »Du dreckige Nutte, wir werden dich umbringen, konntest du es nicht abwarten, einen Stock zwischen den Beinen zu haben! Das hätte ich dir auch besorgen können, du Schlampe. Jetzt bist du die Nutte von einem ungläubigen Christenschwein!«[214]

Ihre Mutter erweist sich als echte Mutter im Islam. Mit Aggression gegen die Tochter sucht sie ihr Versagen zu bewältigen, das darin besteht, das Recht auf Gehorsam nicht »islamisch korrekt« weitergegeben zu haben. Dabei bedient auch sie sich des rustikalen Umgangstons, der offenbar in der türkischen Durchschittsfamilie gepflegt wird: »Was hast du uns nur angetan! Den ganzen Tag werde ich wegen dir verprügelt, weil du deine Beine für einen Ungläubigen breit machst! Eine Nutte bist du geworden. In der Stadt kann ich keinem mehr ins Gesicht sehen, fast krieche ich vor Scham am Boden. Und ich sage dir, Fatma, ich wünsch dir alles Unglück, niemals sollst du mit deinem Mann glücklich werden«.[215]

Nach der Hochzeit, der auch die Eltern ihres Mannes fernbleiben, geht Fatma durch einen langen Prozess des Zwiespalts zwischen Ablösung von der alten und Annäherung an die neue Kultur. Sie erfährt, wie schwer es ist, die Wahrnehmungsformen einer gänzlich anderen Werteordnung zu verstehen. Dem Ehemann geht es umgekehrt ähnlich, mit dem Unterschied, die eigene Basis nicht verlassen zu haben.

Ganz allmählich entwickelt sie einen Kompromiss, eine konstruktive Kombination von Zuversicht und Loslassen. Die Zuversicht bezieht sie aus den positiven Seiten ihrer neuen Welt, die aus ungeahnten Freiheiten, einem Mann, der sich zuweilen um Verständnis bemüht, und den gemeinsamen Kindern besteht. Das Loslassen kommt aus den nostalgischen Erinnerungen, die sie mit den positiven Seiten der Kindheit verbindet.

Das Spannungsverhältnis zwischen Vergangenheit und Zukunft kann Fatma letztlich nur selbst auflösen. Aber in ihren Kindern entsteht eine Brücke: Sie wachsen in die andere Zukunft und lassen die kleine Fatma gleichsam die eigene Vergangenheit noch einmal durchleben. Als Frau und Mutter kann sie nun – ganz allmählich und nicht ohne Schmerz – ihren Frieden mit der Herkunft machen.

7. Die Emanzipierte

Ihre Kindheit erlebt Necla Kelek in Istanbul, der west-östlichen Drehscheibe am Bosporus.[216] Auch die Familie spiegelt die Mischlage wider. Während der konservative Vater dem Haus strenge Ruhe auferlegt und sich jeden Tag von den Kindern die Hände küssen lässt, gibt sich der pubertierende Sohn betont westlich. Er schockiert seine Mutter mit biologisch angereicherten Religionskenntnissen: Der Körper der schönen Zaynab habe den Propheten derart erregt, dass Allah ihm erlaubte, sie seinem Adoptivsohn auszuspannen (s. o. S. 33).

Für solche Lästerungen macht die Mutter Atatürk verantwortlich, der einst die Imame vertrieben und die Koranschulen geschlossen hatte. Zudem habe er die Tscherkessen verraten, jenen Volksstamm, aus dem auch Neclas Familie kommt. So hält sie die Tochter an, sich der täglichen Türkenhymne in der Schule zu verweigern. Ganz anders liegt der Fall bei der Deutschenhymne, die zu lernen ihr der Vater dringend ans Herz legt.

Denn da sich in Istanbul die Schulden häufen, will er sein Glück im gelobten Land versuchen, dort wo es Arbeit im Überfluss und Erzählungen zufolge manchmal auch Geld ganz ohne Arbeit geben soll. Erst die Kinder, dann die Mutter folgen dem Vater nach Hannover. Necla lernt Deutsch, die Schule macht ihr Freude, bis erste Probleme auftauchen.

Die Eltern kritisieren ihr Äußeres, haben Angst um ihre Jungfernschaft, nehmen sie aus dem Sportunterricht, untersagen den Kontakt zu deutschen Freundinnen und fügen ihr vieles andere zu, das schließlich die Krise unvermeidlich macht. Die Schule macht keinen Spaß mehr, ihre Noten verschlechtern sich rapide. Die Eltern freuen sich, als sie schließlich lustlos zu Hause bleibt. Denn nachdem bereits die Mutter putzen geht, könnte man auch sie, die nun 14-Jährige, für einen Zusatzverdienst einsetzen, um schnell in die Türkei zurückzukehren.

Während sich die Situation dann doch wieder entspannt und die Tochter den Schulbesuch fortsetzt, schickt der Vater den Sohn zum türkischen Militär. Dort soll er »zur Vernunft« kommen, weil er sich nur noch in Diskos herumtreibt und mit unerwünschten deutschen Mädchen flirtet.

Die islamischen Traditionen wird er allerdings nicht ablegen, obwohl er sich während der Militärzeit sehr gewandelt und eine klassische Bildung angelesen hat. Als Vertreter des Vaters wird er seine Aufgabe in der

Familie ernst nehmen. Er wird seiner Schwester auch dann noch den Mund verbieten, als sie längst eine erwachsene, emanzipierte Frau geworden ist, die den Doktorgrad in der Soziologie erworben hat. Denn die Ehre der Familie konzentriert sich nun einmal in der Tochter bzw. Schwester.

In dem Maße, in dem sich Neclas Eltern inzwischen auseinander leben, wächst die türkische Gemeinschaft zusammen. Als sie ohne Abschluss eine Ausbildung als technische Zeichnerin beginnt, ist sie die einzige 18-Jährige, die noch nicht verheiratet ist. Die türkischen Landsleute werden derweil zu nationalbewussten Muslimen, die ihre Traditionen reaktivieren. Immer mehr Moscheen werden gebaut, die Frauen beginnen sich zu verhüllen und sind stolz auf die Doppelbelastung durch Arbeit und die Pflichten Allahs.

Obwohl Necla in der Ausbildung Erfolg hat und sogar zur Lehrlingssprecherin gewählt wird, entgeht auch sie der Tradition nicht. Jeden Moment außerhalb der Arbeit, auch am Wochenende, hat sie im Haus zu verbringen. Mit zunehmendem Selbstbewusstsein wächst auch der innere Widerstand gegen die Kasernierung. Bei einem der seltenen Besuche des Vaters kommt es zum Eklat. Sie weigert sich, ihn zu sehen, er bricht ihre Zimmertür auf und würgt sie halb zu Tode. Sie verlässt das Haus und flüchtet zu einer Nachbarin.

Die »Ehre« des Vaters ist so besudelt, dass er Deutschland – »dieses Land hat uns umgebracht« – für immer verlässt und in der Türkei die Scheidung einreicht. Von der Kontrolle befreit, holt die Tochter auf dem zweiten Bildungsweg das Abitur nach und wird von dem gewinnenden Wesen ihres jungen Philosophielehrers angezogen. Während sie weiterstudiert und auch diplomierte Volkswirtin wird, beschließen sie zu heiraten. Er kommt aus gut situiertem Hause, seine Eltern nehmen ihre Schwiegertochter bereitwillig auf.

Auch Neclas Familie reagiert überwiegend positiv. Denn für die türkenfeindlichen Tscherkessen ist ein deutscher Bräutigam das kleinere Übel: »Gott sei Dank, ich hatte schon gefürchtet, es wäre ein Türke«, kommentiert ein wohlmeinender Onkel. Die junge Braut will ihr Glück mit der großen Verwandtschaft in der Türkei teilen. Überall reicht man sie herum und feiert ihre Hochzeit nach.

Sowohl die ungebremste Herzlichkeit als auch die getrennte Geschlechterwelt beginnen den Bräutigam jedoch zu erdrücken. Schon während der Rundreise setzen massive Probleme ein. Dem jungen deutschen Ehemann fehlt die Gelassenheit, seinen Gastgebern ein Zugeständnis zu machen: für die Zeit des Aufenthalts die türkische Traditionsrolle zu spielen. Von dieser Erfahrung erholen sich die beiden nicht mehr und gehen nach einem Jahr auseinander.

Die Ehe besiegelt die Entlassung der Frau aus ihrer Familie. Im Islam bedeutet die Scheidung in der Regel eine Katastrophe, weil sie die Frau völlig rechtlos und zur peinlichen Belastung der Familie macht. Für Necla liegen die Dinge in der westlichen Gesellschaft anders. Nach dem Vater hat sie auch den Einfluss der Familie abgeschüttelt und wendet sich frei ihren Interessen zu. Sie setzt ihr Soziologiestudium fort, die ihr neue Einblicke in den kulturell-religiösen Kontext ihres eigenen Lebens und das der Türken in Deutschland gibt.

Immer besser kann sie verstehen, dass die Traditionen des Islam weniger mit Gott und Glaube als mit der Herrschaft des Menschen, vor allem des Mannes über die Frau, zu tun haben. Sie lernt, warum der Verkünder des Islam und sein »Modell von Medina« so wichtig für die Muslime sind, und warum die »Ehre der Familie« letztlich auf dem Rücken der Frauen ausgetragen werden muss.

Auch die Mutter macht davon keine Ausnahme. Indem sie Anspruch auf Liebe und Respekt des Sohnes und der Schwiegertochter hat, sorgt sie für die strikte Verankerung des islamischen Systems in den Ehen und Generationen (s. o. S. 97).[217] Es gewährleistet die sexuelle Kontrolle des Mannes, die vom frühestmöglichen Zeitpunkt an über Jungfernschaft und Weiblichkeit verfügt – wie schon der Verkünder über die 9-jährige A'isha: »Heiratet eine Jungfrau! Denn sie ist gebärfähig, hat eine süße Zunge, Lippen. Ihre Unreife verhindert Untreue, und sie ist mit euch in allem einverstanden. Im sexuellen Leben hingebungsvoll, genügsam. Ihre sexuellen Organe unbenutzt, kann sich (eurem) anpassen und mehr Lust bringen.«[218]

Diese vom Propheten empfohlene Ausweitung der männlichen Sexualität hat nicht nur den Hang zur Pädophilie erzeugt; sie hat grundsätzlich verhindert, dass überhaupt irgendeine Ethik entstehen konnte. Denn als seine Frauen unzüchtig angestarrt und belästigt werden, nutzt Muhammad seine Macht auf ganz bestimmte Art und Weise: Er fordert keine Disziplin von den Männern, sondern verlangt von den Frauen, sich zu verhüllen (s. o. S. 31, 33).

Der Koran und das Vorbild des Verkünders haben dann jene Gegenethik in Gang gesetzt, welche die Gewalt im Allgemeinen und an Frauen im Besonderen bis in die Gegenwart erhalten hat. Viel mehr, als »dass der Mann kommt und sich entleert« und sie sich zu jedem sonstigen Dienst bereithalten müssen, hat man ihnen in Anatolien nicht beigebracht. Als »moderne Form der Sklaverei«[219] hat Necla Kelek diesen Frauentyp zur Genüge in der eigenen Gesellschaft erlebt und mit der westlichen Lebensform verglichen. Auch hier steht keineswegs alles zum Besten, doch kann weder von der Frau als minderem Wesen, noch als Kaufobjekt, geschweige denn als »Saatfeld« gesprochen werden.

So erscheint ihr widersinnig, wenn nicht irrational, dass die Deutschen in ihrem Land türkische Praktiken zulassen, die eine solche Entwürdigung der Frauen fortsetzen. Sie wundert sich, dass Polygamie erlaubt und sogar durch die Sozialhilfen des Staates gefördert wird, solange die Eheverträge außerhalb Deutschlands geschlossen werden.

Sie prangert die Zwangsehen an, in denen gekaufte Frauen, so genannte »Importbräute«, als Sexual- und Dienstobjekte an ihnen völlig unbekannte Männer verhökert werden. Auch der Ausweichbegriff der »arrangierten Ehe« ändert daran wenig. Die Betroffenen können hier ebenso wenig »freiwillig« entscheiden wie die Frauen beim Kopftuch. Der Zwang des Mannes und der Familie ist so stark, dass es keine Alternative gibt.[220] Im Bericht der Ausländerbeauftragten der Bundesregierung kommt diese Eheform überhaupt nicht vor, obwohl sie etwa die Hälfte der Heiraten unter den Türken in Deutschland ausmacht.

Die Soziologin Necla bemängelt, dass die Sitten der Türken umso türkischer und islamischer werden, je länger sie in Deutschland leben, und dass sich der Wert dieses Landes nur nach den Finanzmitteln bemisst, die man seinen Sozialeinrichtungen abzapfen kann. Und noch mehr bemängelt sie, dass der deutsche Staat alles das, was mit Ehe und Familie zu tun hat, als »exterritorial« ansieht. Von Integration soll jedenfalls keine Rede sein.

So besteht auch seitens der Türken keinerlei Interesse an den Deutschen, im Gegenteil: um den »Glauben« nicht zu gefährden, bleibt der Kontakt zu ihnen, insbesondere bei den Frauen, auf zufällige Begegnungen beschränkt. Hier wirkt *kaza* (türk.: Rechtspflege), der turkislamische Kulturkodex. Ihn geben die Generationen zwanghaft weiter, sodass sie auch dann islamisch bleiben, wenn sie den Ritus nur oberflächlich oder gar nicht pflegen.

In Deutschland trifft dieser Kodex auf besondere »Toleranz« und braucht sich daher auch nicht zu ändern. Inzwischen hat er zu isolierten Kulturkolonien geführt, deren islamistische Radikalisierung und innerfamiliäre Gewalt der Einfügung in den demokratischen Rechtsstaat Hohn sprechen.

Neclas Analysen stießen auf wenig Gegenliebe bei den Männern der deutsch-proislamischen Front. Selbst der für die Zuwanderung zuständige Innenminister sah sich bemüßigt, ihre Kritik umgehend und öffentlich zu kommentieren.[221] Ein nicht gerade alltäglicher Vorgang. Er könnte die Sorge verdeutlichen, dass die »Importbräute« das politische Projekt der islamischen Großansiedlung zu offensichtlich werden lassen.

Dieses Projekt wurde und wird seit vielen Jahren mit allen Mitteln der politischen und finanziellen »Korrektheit« gegen Hindernisse geschützt. So auch hier: Neben einzelnem Lob wird der Autorin und Frau vor allem männlicher Tadel zuteil. Der Minister und andere suchten die Zwangsehe mit Formulierungen zu verharmlosen. Sie traten eher als Anwälte der muslimischen Männer auf, als das Beipiel gelungener weiblicher Integration zu betonen.

Es sei »historisch kaum plausibel«, so heißt es, aus »dem Islam«, den es ohnehin nicht gebe, eine generelle Abwertung der Frau abzuleiten. Ebenso könne nicht jeder Zwangsheirat auch Zwang unterstellt werden. Denn viele erschienen nur so, seien in Wirklichkeit jedoch »arrangierte Ehen«, denen die Partner »freiwillig«, also in vollem Bewusstsein, zustimmten. Es sei daher die »Aufgabe für die ganze Gesellschaft«, den Missstand der Zwangsehe zu beenden, weil sie durch keine Religion oder Tradition begründet werden könne.[222]

Obwohl es aus dieser Sicht »den Islam« angeblich gar nicht gibt, gilt er als Religion und Tradition, die dennoch als pauschale Lehre des »Friedens« verbreitet werden soll. Ihre Anhänger sind somit auch als moralische Botschafter für eine bessere Zukunft zu sehen, die verändern oder gar integrieren zu wollen »Rassismus« bedeutet. So kommt die Demokratin Kelek wieder in dem gleichen islamischen System an, dem sie ein halbes Leben lang zu entkommen suchte.

In der Methode liegt das seit Jahren bewährte System, das Deutschland zum Importland, zum neuen »Haus« des Islam macht. Die Erfahrungen und Einsichten einer westlich integrierten Frau müssen hier eher störend wirken. Wenn die maßgeblichen Meinungsmacher oft genug wiederholen, dass »nicht alle« Muslime ihre Frauen schlagen, können diejenigen, die es tun, die gewonnene Zeit nutzen und »den Islam« ungehindert verwirklichen.

So nimmt der 9-jährige Sohn der kritischen Autorin Necla Kelek kein Blatt vor den Kindermund. Auf einer Fahrt mit dem Zug schaut er aus dem Fenster und fragt: »Mama, wann haben die Türken diese Stadt erobert?«

Teil III
Die türkdeutsche Ordnung

A
Frauen in der Türkei

1. Ethno-Glaube und Islam

Die sieben Lebensbilder ganz verschiedener Frauen im Islam bestätigen übereinstimmend eine eherne Wahrheit: Den Frauen ist ein fester Platz zugewiesen, für dessen Einhaltung der Mann ebenso fest sorgt. Innerhalb einer Gesetzesreligion, deren Regeln geringe Handlungsfreiheit lassen, wächst den Männern ein umso größerer Freiraum zu. In der Stellvertretung Allahs ist ihnen die Gewalt an ihren Frauen nicht nur erlaubt, sondern geboten. Sie folgen dem Gesetz und »gebieten, was gerecht, und verbieten, was verworfen ist« (3/110).

Die Rollenzuweisung betrifft alle Muslime und bindet sie in ein System umfassender Kontrolle. Diese Religion benötigt keinen Klerus, weil die rituellen und sozialen Pflichten auf einen primär politischen Zweck abzielen: die Einheitlichkeit der Gemeinschaft in Denken und Verhalten. Als Vorbeter sorgen die Imame für den geregelten Ablauf in der Moschee und die Einhaltung der äußeren Vorschriften, nicht jedoch für die spirituelle Bildung des einzelnen Gläubigen. Der Schwerpunkt zeigt sich im Freitags-»Gebet«, das die politische Linie ausgibt und als einziges obligatorisch ist.

In Europa, insbesondere Deutschland, erhob man die Imame inzwischen in den Rang von »Geistlichen«, was deutlich macht, dass man sich dem politischen Geist des Islam verähnlicht. Deutschland spielt in der Islamisierung Europas eine führende Rolle, wobei in der Zuwanderung die Türken den mit Abstand größten Faktor bilden. Um die entstehende »türkdeutsche Ordnung« geht es im nachfolgenden Abschnitt.

Im osmanischen Reich legitimierte sich die Macht aus der Scharia, dem islamischen Recht. In der effektiven Praxis mischte sich der Gesetzesglaube allerdings auch mit Strukturen, die aus der türkischen Geschichte stammen. Hier ist bis heute ein Dominanzdenken lebendig, das die Türken als ethnisch auserwähltes Herrenvolk sieht und sich auf einen uralten Gründungsmythos zurückführt:

> *Nachdem sie Herrscher geworden waren, organisierten und regierten sie den Staat und die Einrichtungen (traditionellen Gesetze) des türkischen Volkes. Zu allen vier Himmelksrichtungen hatten sie Feinde, Sie marschierten mit ihren Armeen und machten sie zu Untertanen. Sie veranlassten die stolzen Feinde, sich zu verbeugen, und die Mächtigen, in die Knie zu fallen.*[223]

Die Sultane nahmen dabei Konturen der Kaghane, ihrer mythischen Königsvorfahren an, die später auch wieder Türkenvater Atatürk für sich in Anspruch nahm: »Ich bin die Türkei«. Diesem Ethnoglauben kam die islamische Ideologie vom »Djihad« entgegen. Sie verband den Kampf gegen das Nichtislamische mit dem Kampf gegen das Nichttürkische:

> *Obgleich die Sultane in der Theorie muslimisch waren, folgten sie doch im Grunde den türkischen patrimonialen Vorstellungen von Macht, die entweder die persönliche Knechtschaft der Sklaven, Klienten und Gefolgsleute dem Herrscher gegenüber oder die Stammesbasis der Staatsautorität oder beides betonten.*[224]

In diesem System gibt es zwar keinen Klerus und Adel im europäischen Sinne, aber eine elitäre Struktur, welche die gleiche Funktion ausübt: die Herrschaft über Religion und Besitz. Unter dem Symbol des türkischen Machtmythos übernimmt das Militär die Führung in einem Zirkel aus Wirtschaft, Grundbesitz, Bürokratie und Religionsdienst. Die etablierten Eliten kehren dabei mal die türkische, mal die islamische Seite hervor. Immer aber hatten sie sich der Erhaltung und Ausbreitung des Türkischen zu unterstellen, das militärisch gesichert wurde.

Auch heute wirken das mythische Königstum und sein Herrschaftscharisma durchaus weiter fort. Die moderne Nachkriegsgeschichte wurde und wird von einigen wenigen Personen geprägt. Führer wie

Inönü, der auf Atatürk folgte, Demirel, Ecevit, Özal, Erbakan, Erdogan etc. stützen sich auf eine immer gleiche Elite, obwohl ihre ideologische Richtung inzwischen von Kemalismus auf Islamismus umgeschwenkt ist. In einer Scheindemokratie agieren sie als »gewählte Kaghane«, die im Grunde das osmanische System konservieren: Ausbeutung des Volkes und, wenn möglich, imperiale Expansion unter einer türkischen Herrschaftsklasse. Was für die Osmanen galt, hat seine Geltung auch heute keineswegs verloren:

> *Im Westen sind die Parteien beständig, die Führer vergänglich, bei uns sind die Führer das Überdauernde, und sie wechseln die Parteien wie die Hemden ... So gesehen besteht kein großer Unterschied zwischen Parteien und religiösen Orden. Die Partei ist nicht einfach abgetrennter Teil des Ganzen, sie ist die des ganzen Volkes, sie ist selbst dieses Ganze, sie ist die Nation.*[225]

Diese Einschätzung stammt von Erdal Inönü, dem Sohn des Atatürk-Nachfolgers. Unschwer lässt sich der quasi-religiöse Herrschaftscharakter erkennen, der das Volk als organisches Ganzes sieht. Die türkische Nation versteht sich als Einheit, deren Geist sich sozusagen in Eliten und Parteien »individuiert« und in ihren Führerfiguren »bewusst« macht (s. u. S. 216).

Dabei haben wir es nicht nur mit einem einfachen Beispiel vormoderner Herrschaft zu tun; wir stehen vor einer Art mythisch-mystischem Volkskörper, der sich rigoros von allem Fremden und »Unreinen« trennt. Die Leid Tragenden waren neben Griechen und Kurden vor allem Armenier, gegen die man im Ersten Weltkrieg einen »demografischen Krieg« führte.[226] Während es sich bei diesem Begriff um eine akademische Abstraktion handelt, sah die Praxis der archaischen Massenvernichtung anders aus:

> *Es war kein reines Plündern und Morden, so schrecklich es auch für die unschuldigen und wehrlosen Opfer sein mochte; es handelte sich um ein massenhaftes Schwelgen, einen wollüstigen Blutrausch, in dem sich eine Dunstglocke barbarischer Grausamkeiten über die Lebenden jedes Alters, Geschlechts und Zustands legte und schändlichste Handlungen an den Toten vorgenommen wurden ... Nach dem Morden, Plündern und Versklaven sowie dem Vergewaltigen von Frauen vor ihren männ-*

lichen Verwandten schnitt man den Männern und den Frauen die Gechlechtsorgane ab und warf sie den Hunden vor mit den Worten: »Jetzt vermehrt euch, wenn ihr könnt; wir sind entschlossen, euch von jeder Hoffnung auf Nachkommenschaft abzuschneiden …«[227]

Der Armeniergenozid hat die Christen in der Türkei auf nahe Null gedrückt. Die rigorose Beseitigung nichttürkischer Minderheiten setzte sich über Atatürk und seine »demokratischen« Nachfolger an den Kurden fort. Auch heute haben die »gemäßigten« Islamisten sie im Visier und wollen sie im Zweifel »bis nach Argentinien« verfolgen, sollten sie auf die abwegige Idee verfallen, irgendwo einen eigenen Staat zu errichten.[228] Die rassistische Unbeirrbarkeit – Kurden, auch »Bergtürken« genannt, sind indoiranischer Herkunft – bestätigt einen Ethno-Glauben, der die gemeinsame Grundlage für Kemalismus, Islamismus sowie seit 1961 auch die Basis der offiziellen Militär-Verlautbarungen bildet:

Wenn die Bergtürken sich nicht ruhig verhalten, wird die Armee nicht zögern, ihre Städte und Dörfer in Grund und Boden zu bombardieren. Sie und ihr Land werden in einem Blutbad verschwinden.[229]

Die türkische Elite ist »natürlich« überwiegend männlich und ihr Abstand zum Volk traditionell groß. Das Verhältnis zur Frau gestaltet sich entsprechend repressiv: Ob Ethno- oder Koranglaube – beide Machtzwecke erhalten die Herrschaft des Mannes über die Frau. Auch im Kemalismus änderte sich daran wenig, wenngleich es sich oberflächlich anders darstellt. Wie oben erläutert, gewährte Atatürk den Frauen bestimmte Rechte, nicht um ihnen selbst, sondern der türkischen Nation zu nutzen. Die Mutterschaft bildet hier eine Pflicht von ebenso absolutem Rang, wie Allah sie für die turkislamische Gemeinschaft (ümmet) fordert.

Seit die Türken auch Muslime sind, also seit etwa einem Jahrtausend, hat sich die tandemartige Doppelfunktion von Ethnoreligion und Islam kaum verändert. Wie der Mann die Frau beherrscht, um Familie und Klan zu steuern, so muss die Elite männlich sein, um das Volk zu steuern bzw. zu besteuern.

Nach wie vor folgen die Türken eher osmanischen Mustern, die sich in den »modernen« Institutionen – Justiz, Parteien, Medien etc. – fortsetzen. Aus der »Erziehungsdiktatur« Atatürks hervorgegangen, dienen auch die heutige Volksbildung und mediale Information vorwiegend jener uralten, elitären Zweckvernunft, die ihre Aufgabe vor allem darin sieht, die geistige Mobilität im Volk zu verhindern:

> *Im osmanischen System bestand das Zentrum (die Elite) aus politischen »Ins«, während die Peripherie (die Masse) sich aus dem Rest der Gesellschaft, den politischen »Outs« zusammensetzte. – In freier religiöser und intellektueller Tätigkeit sahen sie (die Eliten) oft eine Bedrohung der politischen Loyalität und versuchten daher, diese Tätigkeit zu kontrollieren und so die Loyalität gegenüber dem Regime und die Versorgung mit Ressourcen aufrecht zu erhalten.*[230]

Grundlage für das Beharrungsvermögen war die Dominanz der Religionsdiener über dem Familienrecht. Durch alle Fährnisse der westlichen Kolonisation, der kemalistischen Reformen und der politischen Parteienbildung nach dem Zweiten Weltkrieg blieb dieser Kern erhalten. Den Ülema, den Rechtsgelehrten, war dabei gleichgültig, dass sie mit der Bewahrung einer islamischen Grundforderung auch den Volksmythos des türkischen Brauchtums bewahrten.

Nach wie vor interessierte es sie nicht, in die Rolle blinder Bürokraten abzusinken, wenn denn nur der Machtzweck selbst erhalten blieb, der auf der männlichen Überwachung der Familie aufbaut. Das turkislamische Kontrollsystem ist auch heute so vital, dass die Vernunft weitgehend mit Kontrolle gleichgesetzt wird. Mit anderen Worten: Männer, die ihre Frauen und Töchter nicht kontrollieren, sind nicht nur unvernünftig, sondern schädigen die türkische Nation und die Gemeinschaft Allahs.

Sowohl im ethnischen als auch im islamischen Bewusstsein sind Familienrecht und Frauenkontrolle *zentrale Codes*, d. h. Verhaltensnormen, welche die türkische Gesellschaft entscheidend prägen und lenken. Wie im osmanischen Imperium, so ist auch in der neuen Türkei von Atatürk bis Erdogan und für eine nicht absehbare Zukunft der Staat der Hüter des Glaubens und der weiblichen Integrität. Zu deren Steuerung bedienen sich die Türken ihres »Religionsministeriums« (*diyanet*). Mit diesem Instrument stellen sie nicht nur die Kontrolle in eigenen Land sicher, sondern regieren auch in die »Westtürkei« hinein, wie sie ihre deutsche Quasi-Kolonie nennen (s. u. S. 173ff.).

In keinem anderen Zusammenhang tritt die politische Funktion des türkischen Islam deutlicher zu Tage: So wie sich die weibliche Sexualität mit dem Heiligen verbindet, so dient sie auch der konkreten Politik. Obwohl – oder weil – auch hier die Frau als triebgesteuert und schwach gilt, bedroht sie die innere, familiäre und die äußere, politische Ordnung, wenn sie nicht überwacht wird.

Von ihrer Kontrolle, beginnend mit dem Mann in der Familie bis hin zur männlich dominierten Machtelite, hängt der Bestand der islamischen Ordnung und des türkischen Staates ab. Je strikter sich diese Ideologie durchsetzt, desto sichtbarer wird sie: durch Kopftuch und Verhüllung.

Wie wir wissen, bedeutet *hidjab* im Arabischen nicht nur Schleier, sondern auch Vorhang oder Schranke. Wer für ihn eintritt, muss sich darüber im Klaren sein, dass er der Frau eine andere, minderwertige Existenzform zuweist. Wie oben dargelegt, schließt sich eine solche Haltung dem Rassismus der islamischen Orthodoxie an. Sie grenzt die weibliche Hälfte der Menschheit rigoros aus und rückt sie zuweilen in die Nähe der Tierwelt. Der türkische Islam unterscheidet sich von dieser Auffassung in Details, nicht im Grundsatz.

Für das westlich-tolerante Denken gewöhnungsbedürftig, ist wiederholt an die zentrale Grundlage islamischer Herrschaft zu erinnern: die Beherrschung der Frau, mit der sich auch die Intoleranz gegenüber allem Nichtislamischen verbindet. Ihre »teuflische Begierde« kann die ordnende Kraft des Mannes bedrohen und die Spaltung der Gemeinschaft heraufbeschwören, wenn sie nicht in Schranken gehalten wird. Dabei ist das Zweckdenken der Eliten gleich doppelt gefordert, denn die Arbeits- und Geschlechtskraft der Frau sind zugleich Besitz des Mannes und biologische Basis von Nation und *ümmet* (Gemeinschaft des Islam).

Das männliche Führungsprinzip sorgt also im eigenen Interesse dafür, dass die islamischen und türkischen Traditionen in diesem zentralen und gemeinsamen Punkt intakt bleiben. Wenn der Mann die Frau überwacht, befruchtet und bei Bedarf bestraft, handelt er nicht nur im Namen Allahs, sondern auch als Garant der »modernen« türkischen Gesellschaft. Solange diese Bedingung erfüllt ist, lassen sich mithin die Abwehr und Kontrolle dessen sichern, was sich nichttürkisch bzw. nichtislamisch in diese Gemeinschaft einmischen will.

2. Männer und Klan-»Ehre«

In ihrer Mehrheit sind die Türken ländlicher Herkunft und beziehen ihre Identität aus der Zugehörigkeit zur Familie und dörflichen Klanstruktur. Im Mittelpunkt des Selbstverständnisses stehen die Begriffspaare »Ehre/Anstand« (namus) und »Würde/Stolz« (sheref), die nach wie vor vom Mann her definiert sind. Eine türkische Gemeinschaft kann nur dann »anständig« und damit »vernünftig« funktionieren, wenn den Männern demonstrativer »Respekt« (saygi) bezeugt wird, der ihre »Ehre« gewährleistet.

Diese Form der Ehrerbietung ergibt sich aus der effizienten Beherrschung der Familie und – in ganz besonderem Maße – aus der Keuschheitskontrolle der Frauen. Wer hier die harte Hand vermissen lässt, erscheint unbrauchbar und kann in der Gemeinschaft keine geachtete Rolle spielen. Er gilt sogar als quasi-ungläubig und untürkisch, weil er die von Scharia und Brauchtum eingeräumten Grenzstrafen wie Prügel und vielleicht auch den »Ehrenmord« nicht ausschöpft.

Da die Frauen als Vehikel der Reproduktion und die Söhne als männliche Nachfolger dieses System verewigen, wird von ihnen der optimale »Respekt« gegenüber Ehemann und Vater erwartet. Indem die Mütter die Söhne zu väterlicher Achtung erziehen und ihnen auch selbst von Kindesbeinen an »Respekt« zollen, wird die männliche Dominanz in der Querverbindung zusätzlich überhöht, was die Töchter ebenso früh und konsequent minderwertig macht.

»Ehre« kann nicht weiblich, sondern nur männlich sein, indem das Weibliche dem Männlichen umfassend dient. Lässt dieser Dienst Schwächen erkennen – Mangel an Kindern, häuslichem und sexuellem Gehorsam, Keuschheit etc. – ist nicht nur der individuelle Mannesstolz, sondern die gesamte Gemeinschaftsehre verletzt, weil der Mann sich aus der Gemeinschaft definiert, d. h. Teil des Ganzen ist. Umso mehr muss der Gruppendruck den Mann dazu zwingen, die Integrität der Frau auch mit Gewalt zu sichern.

Es ist daher nicht nur im arabischen, sondern auch im türkischen Volksislam kaum übertrieben, vom Mann als erstklassigem und der Frau als zweitklassigem Menschen zu sprechen. Entsprechend streng gestaltet sich die Geschlechtertrennung. Schon ab den ersten Lebensjahren wird sie im öffentlichen und privaten Bereich antrainiert. Man vergleicht das Kind mit einem »Fotoapparat«, der sich die sozialen Konturen exakt aufprägt und ein reflexhaftes Selbstbild als Abbild der Gruppe erzeugt.[231]

Dabei ist die Klassenabstufung durchaus auch biologisch zu verstehen. Indem unter Führung des Mannes die Frau die Familie und die Familie die Gemeinschaft erhalten, bilden sie die Grundlage eines organischen Ganzen. Die turkislamische Gesellschaft folgt überwiegend noch diesem Traditionsschema, nicht nur auf dem Land, sondern auch in den Massenvierteln der Großstädte.

Bis auf weiteres kann die Mehrheit der Türken politisch, wirtschaftlich und sozial nur funktionieren, wenn der Mann führt, wenn die »Ehre« der Männer und Familien intakt ist. Es ist dieser Biologismus, der das Führerprinzip des »Alphamännchens«, wenngleich bereits westlich abgeschwächt, auch im Turkislam »naturbelassen« erhalten hat. Unentwegt zwingt es die türkischen Männer, ihre Frauen zu kujonieren und ihre Töchter zu bewachen, um sie so verehelichen zu können, dass weder die »Ehre« noch die Finanzen zu kurz kommen.

Damit kann allerdings auch die schwierige Position des Mannes erhalten bleiben. Dessen mangelnde Trennung von der Mutter verstärkt seine ohnehin problematische Schieflage zum Weiblichen. Die männliche Psyche im Islam erscheint vormodern und ödipal,[232] weil sie sich radikal zwischen Liebe und Sexualität, zwischen Mutter und Ehefrau, spalten muss. Auch der türkische Muslim lenkt seine Liebe mehrheitlich auf die Mutter, die ihn vor der Härte des Vaters schützt und zudem in der Kontrolle der Schwiegertochter bzw. Ehefrau stützt.

Da die Frau das Instrument der Sexualität, Vermehrung und Hausarbeit ist, erscheint es als Schwäche oder sogar »Wahnsinn«, sie um ihres Menschseins willen zu lieben (s. o. S. 86). Die Rolle der Frauen, für westliche Islam-»Forscher« oft ein Hort der Solidarität, läuft auf einen harten Wettbewerb um die Gunst des Sohnes bzw. Ehemanns hinaus. Indem der Sohn die Dominanz des Vaters nachahmt, und die Ehefrau sich der Schwiegermutter unterwirft, bleibt das männliche Herrschaftsmuster – mit tätiger Unterstützung der Frauen – erhalten.[233]

So wird dem Mann lebenslang erspart, jemals erwachsen zu werden. Indem er einer semi-ödipalen Bindung an die Mutter verhaftet bleibt, zwingen ihn die familiären Strukturen zu einer technischen Gefühllosigkeit gegenüber Ehefrau und Schwester. Je weniger sie den Erwartungen der »Ehre« entsprechen, desto mehr entsprechen ihnen die Männer und »lösen« die Konflikte mehrheitlich mit Gewalt. Dabei verstärkt die ödipale Prägung die bekannten sexuellen Probleme wie Pädophilie und insbesondere den Inzest, der ins »Innere der Mutter« zurückstrebt.[234]

Je überzeugter die Muslime sind, damit ihre »Ehre« zu bewahren, desto größer wird auch das Konfliktpotenzial in der westlichen Diaspora. Denn das Maß der Gewalt gegen Frauen bestimmt auch die Wahrscheinlichkeit von Gewalt gegen alles Nichtislamische. Für die Jugendbanden in den islamischen Ghettos in Europa, insbesondere Frankreich, gibt uns die »Ghettohure« ein eindrucksvolles Beispiel (s. o. S. 134ff.). Auch die Türken in Deutschland sprechen bereits eine unmissverständliche Sprache (s. u. S. 174f.).

Dies umso mehr, als sich Gewalt immer schon als »Wille Allahs« legitimieren ließ. Religöse Tradition (*sünnet*) und ethnischer Brauch (*adet*) bilden hier einen strikten Handlungsstrang, der durch die Bildungsvorschriften des »Religionsministeriums« abgesichert wird. Turkislamische Traditionen und Interessen gehören daher auch zu den latenten Richtlinien der deutschen proislamischen Politik.

Zwar wird – formal zu Recht – betont, dass das Gesetz Allahs in der Türkei seit Atatürk nicht mehr gilt; dennoch hat es die Türken faktisch – trotz des seinerzeit eingeführten Schweizer Zivilrechts – fest im Griff. Dabei besteht, wie der französische Soziologe M. Rodinson bestätigt, ohnehin eine kaum trennbare Verbindung zwischen Islam und Brauch:

> *In der traditionellen mohammedanischen Welt empfindet das Individuum eine besondere Ehrfurcht für die Shari'a, das religiöse Gesetz, selbst wenn es sie nicht kennt. Der Einzelne fasst also sein ganzes Leben als in ein Netz von religiösen Verpflichtungen eingeflochten, als von der Religion geordnet auf. Das führt dazu, die bestehenden Institutionen zu sakralisieren, selbst wenn sie anfänglich keineswegs mohammedanischen Ursprungs waren.*[235]

Die anatolische Traditionsgesellschaft hat Gewohnheiten wie diese deutlich bewahrt und somit auch Teile der osmanischen Strukturen in die Gegenwart übertragen. Weitgehend blieb dabei das türkische Klanwesen (aghalik) erhalten, das sich zwischen Militär, Wirtschaft, Grundbesitz, Bürokratie und Religionsdienst die Machtbälle unverändert zuspielt. Als wichtiges Ergebnis tritt somit die dominante Rolle der

Klanpaten hervor. In Gestalt von sultanartigen Parteichefs, Wirtschaftsführern und Immobilienkönigen besitzen und beherrschen sie das Land:

> *Es ist der patriarchalischen Herrschaft eigentümlich, dass sie neben einem System unverbrüchlicher, weil als absolut heilig geltender Normen, deren Verletzung magische oder religiöse Überlegungen im Gefolge hat, ein Reich frei schaltender Willkür und Gnade des Herrn kennt, welche im Prinzip nur nach »persönlichen«, nicht nach »sachlichen« Beziehungen wertet und in diesem Sinne »irrational« ist.*[236]

Die Formel vom »Reich frei schaltender Willkür« stammt von Max Weber (gest. 1920) und folgt unserem Prinzip der von Eliten durchgesetzten instrumentellen Machtvernunft. Was Weber als »irrationale« Folge der Menschenmacht von Gottes Gnaden wertet, entspricht der Asozialität und Gewalt, die aus der elitären Grenzüberschreitung, aus der Verfügung des Unverfügbaren kommt.

In der »modernen« Türkei der 1980er Jahre kam die »frei schaltende Willkür« noch einmal ungeschminkt zum Vorschein. Flächendeckender Staatsterror gegen allerlei »untürkische Elemente« wie die Ermordung missliebiger Journalisten und Panzerattacken gegen Kurden ließen das »demokratische Bollwerk« an der Südostflanke Europas in mehr als schiefem Licht erscheinen.[237] Trotz der »Reformen« um die EU-Verhandlungen setzt sich die Ethno-Aggression ungebrochen fort. Das islamistische »Justizministerium« forderte noch 2004 »effizientere Formen« im Kurdenkampf: Jagdbomber und Chemiekeulen.[238]

Trotz der Vielzahl von Zeitungen und TV-Sendern gibt es weiterhin keine unabhängige Berichterstattung, geschweige denn Pressefreiheit. Nach wie vor geraten unbequeme Journalisten in die allgegenwärtige Polizeigewalt und Folter.[239] Auch das immer wieder aufbrechende Drohverhalten der regierenden Islamisten bestätigt, dass die Willkür konkret fortbesteht. Im Hintergrund versucht die Armee, ihre traditionelle Dominanz zu wahren, indem sie sich gegen die massive Indoktrination der Universitäten stemmt.[240]

Es bleibt abzuwarten, ob die Islamisten sich im internationalen Konzert nicht nur äußerlich mäßigen, sondern auch substanziell wandeln können. Wie sich in den Ergebnissen unserer Analyse abzuzeichnen beginnt, wird die Anpassung jedoch nicht von ihrem Ende her, sondern von

Seiten der proislamischen Europäer erfolgen. Die Aktivitäten um den EU-Beitritt werden die vielfältigen Probleme des Reformprozesses und die ökonomisch bedingte Demokratieschwäche der EU-Politik allmählich aufdecken.

Ihren Machtzwecken folgend, geben – ob kemalistisch oder islamistisch – die traditionell herrschenden Klane unverändert den Ton an. Dabei schrecken türkische Regierende weder vor der Teilnahme am organisierten Verbrechen (s. u. S. 179), noch vor Drohungen im »Dialog« mit Europa zurück. Der »entmachtete Eunuch«, wie man die osmanische Führung unter kolonialistischer Gängelung einst nannte, gehört längst der Vergangenheit an. Unter der proislamischen Flagge der westlichen Politik ist die »islamische Potenz« auf die europäische Bühne zurückgekehrt. In der Zuwanderung nach Deutschland findet sie ihren sichtbaren Niederschlag, der sich anschickt, seinerseits neo-kolonialistische Züge anzunehmen.

3. Feminismus und »Säkularisierung«

Aus Sicht der »männlichen Feministen« der osmanischen Reformära (s. o. S. 57) stellte sich ihre Klankultur als Relikt einer vormodernen Stammesgesellschaft dar, die sich vor allem in der Polygamie und repressiven Behandlung der Frauen zeigte. Indem man sie sexuell versklave, einsperre, zwangsverheirate und von Bildung fern halte, so hieß es, behindere der Staat seinen eigenen Fortschritt. Zudem versperre er auch den Männern ein würdiges Eheleben. Sie müssten sich, wie reich und weise auch immer, die Frage stellen, »ob sie mit einer ungebildeten, ignoranten Frau glücklich sein könnten«.[241]

Wie wir wissen und noch weiter ausführen werden, haben sich die Dinge inzwischen kurios gewendet. Jetzt sind es die »weiblichen Maskulisten« der deutschen Postmoderne, die zu Hierodulen des Islam werden. Ob in islamisch unterwanderten Wissenschaften wie Orientalistik und Soziologie oder auch in Politik, Recht und Medien – immer wieder sind es westliche Frauen, die energisch für den Erhalt des islamischen Männerrechts eintreten.[242] Im Zuge der deutsch-europäischen Islamisierung kristallisieren sich dabei auch die original-islamischen Grundtypen der einschlägigen Hierodulen heraus: Elitenfrau und Kaderschwester.[243]

Ihnen ist wichtig, zu Verhältnissen beizutragen, welche die muslimischen Frauen dauerhaft von den Grundrechten der Demokratie ausgrenzen. Man findet dabei nicht nur eine hohe Konzentration von ihnen im grün-linken Teil des deutschen Proislamismus. Im Zeitalter der pluralistischen Geistgrenzen gibt es auch im »konservativen Lager« kaum mehr Verständnis für die Lage der Frauen im Islam. Indem sie alle mehrheitlich einen islamischen Lehrbetrieb in Schule und Universität fordern sowie den Schleierzwang unterstützen, verhalten sie sich bereits wie die muslimischen Vorzeigefrauen, die Privilegien genießen, weil sie das Männersystem verewigen.

Sie fallen damit hinter Standards zurück, die der türkische Soziologe und Literat Ziya Gökalp (gest. 1924) schon anfangs des 20. Jahrhunderts entwickelt hatte. Nach ihm war eine frauenorientierte Synthese zwischen islamischer Tradition und westlicher Moderne erreichbar. In der Dreiheit von Demokratie, der Gleichheit der Geschlechter und Feminismus konnte sich demnach ein »moralisches Türkentum« entfalten, das positive Aspekte des europäischen Fortschritts mit einer »ethischen« Reform des Islam verband.

Dieses Konzept war damals und ist auch heute hochmodern, scheint allerdings permanent beide Seiten – Türkei und Europa – politisch, intellektuell und ethisch zu überfordern. Wenig später bezweifelte die oben erwähnte Halide Edip die Machbarkeit dieses Konzepts, weil es dem elitären Interesse zuwiderlief:

> *In letzter Zeit glaubt ein großer Teil der türkischen Intellektuellen, dass es eine Tendenz der Rückkehr zu unseren Ursprüngen gibt. Dabei scheint wesentlich wichtiger (festzustellen), dass eine erhebliche Anzahl von ihnen dies mit der bewussten Absicht propagiert, der Masse solche Veränderungen schmackhaft zu machen.*[244]

Die Betonung der türkischen Wurzeln und der damalige Feminismus konnten keinerlei »ethische« Reform des Islam bewirken, weil sie sich gegenseitig ausschlossen. Der turknationale Ethnoglaube war weder frauenfreundlich, noch beugte er sich der Hegemonie Europas. So blieb Atatürks »Emanzipation« der Frauen auf den nationalen Nutzeffekt beschränkt, der sich strikt auf die Mutterschaft richtete.

Je klarer man die Notwendigkeit erkannte, sich aus der kolonialen Abhängigkeit, zumindest langfristig, befreien zu müssen, desto patriotischer, desto »türkisch-moralischer« mussten die Frauen werden. Damit näherten sie sich jedoch wieder islamischen Vorstellungen an. Der kemalistische »Staatsfeminismus« wich zu keiner Zeit nachhaltig vom islamischen Traditionskurs der Frauenkontrolle ab, obwohl der Islam als Staatsreligion – offiziell – abgeschafft war.

So gaukelte der türkische Nationalismus eine falsche Säkularität vor. Sie konnte nie wirklich Fuß fassen, geschweige denn die gewachsenen Traditionen überwinden. Wie man seit den 1990er Jahren sehen konnte, stellte sich die angebliche Modernität der Türken schon unter dem ersten Angriff des Islamismus als überaus schwaches Gebilde heraus. Bezeichnend war dabei das geringe »nationale Interesse« an den Auswirkungen der Atatürk-Reformen in Anatolien. Wenige haben sich mit der Frage beschäftigt, ob und wie die traditionsbewusste Landbevölkerung auf die kemalistischen »Neuerungen« reagierte, nämlich fast gar nicht.

Dass nennenswerte Effekte ausblieben, hat im Wesentlichen mit zwei Ursachen zu tun: Zum einen sind Türken zunächst *ethnische Türken*, für die Säkularismus und Islamismus nur interessant sind, wenn sie der Nation dienen. Zum anderen sahen und sehen die muslimischen Bauern wenig Anlass, Loyalität gegenüber der »säkularen« Bürokratie zu üben.

Denn deren gewaltorientiertes Beharrungsvermögen ist erheblich: Seit jeher steht die ländliche Bevölkerung unter der Repression durch Polizei und Geheimdienst, an der auch die von ihr gewählten Islamisten nichts ändern. Die eiserne Klammer um den Turkislam hatte sich schon in der Gewaltallianz zwischen dem Erzturkisten Türkesh und dem Erzislamisten Erbakan bestätigt und die erprobte »türkisch-islamische« Synthese, die gewachsene Machtoligarchie, in Schwung gehalten.[245]

Ähnlich schwach wie die Säkularisierung entwickelte sich die Emanzipation der Frau, die in ihrer neuen Version als »Frau der Nation« aus ihrer Traditionsrolle nur scheinbar ausbrach. Indem man sie zu einer entsexualisierten Funktionärin umformte, wandelte sie sich vom *fitna*-Schreckgespenst zur jener »maskulistischen« Frau, die der Macht am besten dient, wenn sie »wie ein Mann« agiert (s. o. S. 44, 77). Mit dem gedanklichen Schleier konnte der faktische fallen.

Optisch weiblich, praktisch männlich agierend, schien es für die Frau gleichgültig, ob sie verhüllt auftrat oder nicht. Allerdings war ihre nationale »Befreiung« durch die Übernahme bislang verschlossener Funktionen nur unter einer eisern beibehaltenen Bedingung möglich: In einer unveränderten Sozialhierarchie musste sie – ähnlich der arabischen Kaderschwester – auch weiterhin ihre biologische Pflichtfunktion als Mutter erfüllen.

In diesem Sinne wiederholte sich erneut, was wir in anderem Kontext bereits festgestellt haben: Die Wirkung, welche die Atatürk-»Revolution« – Säkularität und Frauen betreffend – ausübte, erreichte die anatolische Masse nicht, scheiterte an der patriarchalen Tradition und hatte der späteren Re-Islamisierung daher wenig entgegenzusetzen.

So stellt denn auch Sabine Küper-Bashgöl fest, dass der türkische Islam seinen ganz besonderen Puffer gegen die Modernisierung aufbaute.[246] Logischerweise konnten umgekehrt die Jungtürken als eine Sonderform früher »National-Islamisten« auftreten.[247] Insgesamt erklärt sich damit einer der am weitesten verbreiteten Irrtümer, dem zufolge Atatürk die Türkei säkularisiert und die Frauen emanzipiert haben soll.

Während er sich zwar erlaubte, den Islam als »absurde Theologie eines unmoralischen Beduinen« zu bezeichnen, scheute Atatürk jedoch zeitlebens davor zurück, die Religion offen aufzugeben. Im Gegenteil: Er wusste um den ungeheuren Wert des Islam als Zweckmittel der Herrschaft und richtete eigens eine Bürokratie für ihre Kontrolle ein, die sich heute – nach elitärer Zweckvernunft – in gleicher Weise für die Islamisten auszahlt (s. u. S. 198f.).

Ob kemalistisch oder islamistisch, nach wie vor ist die janusköpfige Manipulation der Religion perfekt organisiert. Indem Allahs Diener im Sold der Staatsführer stehen, wirken sie auch auf sie ein und stellen sicher, dass der »Wille Allahs« umgesetzt wird. Ob die Kontrolle des Volkes und der Frauen einerseits und/oder die türkische Expansion nach Europa andererseits – beides lässt sich nicht voneinander trennen und ist alleinige Sache der Eliten auf beiden Seiten. Ihre instrumentelle Zweckvernunft hat dabei die Religion zu beherrschen, nicht selbst zu befolgen.

B
Türkisch-islamische Spaltung

1. Vermassung der Städte

In der Verbindung von Ethno- und Volksglaube erhielt die islamische Ideologie ihre ganz eigene, türkisch-nationalistische Form. Wie gesehen, hat sie auch die Atatürk-Reform weder aufbrechen wollen noch können. Wenngleich in den türkischen Städten die Verwestlichung voranschreitet, so kann von einer »Säkularisierung« im Sinne einer bewussten Trennung von Religion und Staat weiterhin keine Rede sein. Eher erweist sich der harte, teilweise rassistische Konsens der Türken als primäres Herrschaftsinstrument, das die Religion als Hilfsmittel zulässt.

Insofern lässt sich der Turkislam als ein in seiner Art vorbildhaftes Beispiel für die uralte Elitenvernunft sehen, die über die Frauenkontrolle Religion und Besitz steuert. Bis heute spielt sie in der anatolischen Bauerngesellschaft, aber auch in den Massenvierteln der Großstädte, eine ungebrochen starke Rolle. So folgt man denn – auf dem Land mehr, in der Stadt weniger – nach wie vor frauenfeindlichen Islam-Bräuchen wie der Zwangsheirat und der gewohnheitsmäßigen Züchtigung.

Die Modernisierung in der zweiten Hälfte des vergangenen Jahrhunderts bewirkte in der Türkei einen enormen Exodus vom Land in wachsende Großstädte, der nicht ohne teilweise drastische Folgen blieb. Sie zogen einen Stadt-Land-Gegensatz nach sich, der einen mentalen Keil von zunehmender Schärfe in die türkische Bevölkerung trieb. Eher modernistische Städter stehen einer zunehmenden Masse traditionalistischer Landmigranten gegenüber, deren Wachstum die »türkisch-islamische Synthese« zu einer zweischneidigen Angelegenheit macht.

Die demografischen Makrozahlen lassen die latente Sprengkraft dieser Konstellation verständlich werden: Das Landvolk stellt knapp zwei Drittel der Gesamtbevölkerung und ist mit mehr als einem Drittel in den Massenvierteln der Großstädte vertreten, in denen auch über ein Drittel der Gesamtbevölkerung lebt. Innerhalb dieser Konstellation ist die kombinierte Kraft von Ethno-Glaube und Islam wieder im Steigen begriffen.

Die Erhaltung des Ethno-Islam als bewährtes Machtinstrument liegt also im besonderen Interesse der elitären Oligarchie. Sie nutzt es so konsequent, dass ihr Land den weltweit niedrigsten Prozentsatz weiblicher Selbstbestimmung aufweist, gefolgt von Singapur und Indien.[248] Selbst in Istanbul, der modernsten aller türkischen Städte, geht der Anteil von Ehen mit freier Partnerwahl nicht über 5 Prozent hinaus.[249] Diese Angaben betreffen die Zeit um 1990, konnten sich jedoch seither nicht wesentlich ändern. Der Einfluss der Islamisten hat eine Modernisierung im Sinne weiblicher Emanzipation zunehmend verhindert.

Wenngleich im islamischen Vergleich sehr hoch, so stagniert auch der Anteil der gebildeten Frauen. Etwa ein Fünftel der Anwälte und Ärzte ist weiblich, sogar ein Drittel des akademischen Personals. Mit etwa drei Vierteln ist die Konzentration in den großen Städten wie Istanbul, Izmir und Ankara besonders hoch, während sie mit der Einwohnerzahl absinkt und auf dem Land unter 10 Prozent liegt.

Nicht wesentlich größer ist der Anteil des weiblichen Universitätspersonals, das den Grad eines Professors erreicht. Dabei ist zu berücksichtigen, dass seit den 1990er Jahren dieser Prozentsatz in dem Maße ansteigt, in dem die Einkommen im öffentlichen Dienst sinken. In gleichem Umfang wandern qualifizierte Akademiker in die Selbstständigkeit oder Wirtschaft ab, während zugleich Männer aus unterprivilegierten Schichten begonnen haben, in die akademische Ausbildung zu drängen.

Während die Frauen sich damit neuer Konkurrenz gegenüber sehen, stellt sich ihr Anteil im öffentlichen Dienst umso höher, je niedriger Anforderungen und Rang sind. Entsprechend freizügig kann man mit der Vergabe des Professorentitels umgehen, der den Eindruck rasanter Emanzipation vermittelt, aber keinen Einfluss schafft. Insgesamt stellen die Frauen im akademischen Personalbereich etwa ein Drittel, im nichtakademischen – z. B. Gesundheit und Verwaltung – nahezu zwei Drittel.

Bei anhaltendem Druck auf die Einkommen ist hier der Trend zur »Feminisierung« ungebrochen, obwohl die Frauen selbst ihre Berufstätigkeit keineswegs nur positiv sehen. Mehrheitlich sind sie eher skeptisch und betonen, dass sie aus finanziellen Zwängen arbeiten und die traditionelle Rolle der Mutterschaft und Kindererziehung eher vorzögen.[250] Die Skepsis verstärkt sich angesichts der chauvinistischen Behandlung durch die weit überwiegend männlichen Führungsebenen.

Den Frauen werden schon bei der Einstellung deutlich überproportionale Qualifikationen abverlangt, ganz zu schweigen vom Aufstieg in »männliche«, d. h. gehobene Positionen. So nehmen sie mit unter 5 Prozent nur schwach an neu geschaffenen Arbeitsplätzen (exklusive Landwirtschaft) teil. Mit entsprechender Beschleunigung wurden und werden sie entlassen, wenn Krisenzeiten kommen.

Selbst in der Politik sind die Frauen inzwischen mit über 5 Prozent vertreten, hier allerdings noch stärker von den männlichen Klanstrukturen und Seilschaften abhängig als in den akademischen Berufen.[251] Diese Regel wurde durch die Ausnahme der ehemaligen Ministerpräsidentin T. Ciller lediglich bestätigt.

Das kemalistische Ideal der gebildeten Frau ist insgesamt scheinmodern geblieben, weil es die traditionell männliche Leitkultur nicht durchbrochen hat. Im Rahmen eines »offiziellen« Feminismus wies Atatürk den Frauen bekanntlich Funktionen zu, von denen er einen Nutzen für die Nation erwartete, ohne in die gewachsene Männerdominanz einzugreifen. Zwar erlangten sie nun Zugang zu Bereichen, die ihnen zuvor verschlossen waren, doch geschah dies nicht auf dem Wege eigenständiger Entwicklung, sondern durch staatliche Verordnung. Shirin Tekeli beschreibt die »tragische Schizophrenie« der Hierodulen: Frauen, die trotz optischer Privilegien zeitlebens fremdbestimmt, d. h. »männlich« leben.[252]

Die privilegierten Frauen haben daher ihre Position lange Zeit mit Emanzipation verwechselt, zumal sie im städtischen Vergleich über den vom Land zugewanderten Männern rangieren. Nach wie vor spiegeln jedoch alle Frauen – ländlich stärker, städtisch schwächer – die Machtstrukturen ihrer Männer und Familien wider. Ohne deren Einfluss ist gerade auch die Karriere der gebildeten Frau nicht möglich, die eher zum Statussymbol als zum Zeichen moderner Gleichberechtigung gerät.

Die Hälfte der Akademikerinnen – gegenüber etwa 10 Prozent im Gesamtschnitt – bleibt unverheiratet. Sie lösen Inferioritätsängste in den Männern aus, zumal sich Beruf und Haushalt ohnehin nur schwer verbinden lassen. Vor dem Hintergrund des generellen, gesellschaftlichen Drucks wird ihre Situation noch verständlicher.

Weit über die Hälfte aller Frauen empfindet es als Bürde, eine Frau zu sein, wobei ihre Toleranzgrenze mit dem Bildungsgrad sinkt und dem Alter steigt. Nahezu jede junge und/oder akademisch gebildete Frau fühlt sich von der Verwandtschaft, insbesondere Männern, unzumutbar unter Druck gesetzt. Sogar noch jede zweite verheiratete Frau stimmt dieser Wahrnehmung zu.[253]

Ungebildete Frauen finden es dagegen eher normal, wenn man ihr Leben auf Haus und Kinder begrenzt. Nahezu zwei Drittel von ihnen betrachten auch die Prügel als angemessene Behandlung, wenn sie den Anforderungen der Männer nicht genügen, und können in sexueller Selbstbestimmung kein brauchbares Recht erkennen. Dementsprechend niedrig sind – wie im gesamten Islamraum – auch in der Türkei die Hemmschwellen gegen Vergewaltigung und Pädophilie.[254]

Durch den islamistischen Einfluss seit den 1990er Jahren haben sich diese Traditionen tendenziell verstärkt. Ganz besonders deutlich machen sie sich im so genannten *Gecekondu* (türk.: über Nacht errichtet), einer typisch türkischen Siedlungsform, bemerkbar. In diesen urbanen Massenvierteln sammelt sich seit vielen Jahren die innertürkische Migration und macht inzwischen fast die Hälfte der städtischen Bevölkerung aus. Im Wesentlichen speist sie sich aus einem stetigen Abfluss von Menschen, die aus den ländlichen Gebieten Anatoliens in die großen Metropolen kommen.

Schon ab den 1960er Jahren hatte die Mechanisierung der Landwirtschaft vorwiegend junge, männliche Arbeitskraft freigesetzt, die in die Städte drängte. Zum Ersatz gingen die Frauen auf die Felder und »feminisierten« die Landwirtschaft, wobei der Lohnanteil gering blieb. In der Zeit zwischen 1955 und 1990 verdoppelte sich die Differenz zwischen den dort tätigen Frauen und Männern, die inzwischen über 50 Prozent liegt.

Die durch Urbanisierung »emanzipierten«, jungen Männer bewirkten eine wachsende Heiratsmigration, die auch die jungen Frauen in die Städte brachte und nebenbei die Stellung der »Aghas«, der Großgrundbesitzer stärkte. Da die Frauen nun dem väterlichen Zugriff entzogen waren, verlagerte sich die Kontrolle umso mehr auf die Ehemänner. Es entstand der Effekt der »Hausfrauisierung«, der eine wichtige islamische Tradition fortsetzte: Frauen gehören ins Haus.

Dementsprechend früh heiraten sie, bekommen auch mehr Kinder (4 gegenüber 2,5 im städtischen Schnitt) und sind mit unter 20 Prozent relativ schwach an der weiblichen Arbeit in der Stadt beteiligt. Ebenso kann nicht überraschen, dass jede Zweite von ihnen Analphabetin ist, während dies im Gesamtschnitt nur auf jede dritte Frau zutrifft. So sind sie besonders stark in den Segmenten der Niedriglöhne und Schattenwirtschaft vertreten.

Die anatolischen Zuwanderer bilden eine so übermächtige Masse, dass von Integration keine Rede mehr sein kann. In den *Gecekondu* haben sich bauliche Strukturen mit abgegrenzten Plätzen und Höfen gebildet, in denen sich nicht nur die Frauen abschotten und gewissermaßen ihre ländliche Heimat nachbilden. Ganze Dorfgemeinschaften, die *hemsheri* (Migranten gleicher Herkunft), finden sich in kompakten Ballungsvierteln zusammen und übertragen ihre Strukturen auf die Stadt.

Dabei stellen sie an die Männer höhere finanzielle Ansprüche, die durch das Stadtleben bedingt sind. Da diese durch das urbane Angebot selbst höhere Ausgaben haben und oft arbeitslos sind, ergeben sich wachsende Konfliktpotenziale mit Tendenz zu gesteigerter Gewalt. Während sie tagsüber vorwiegend in Kaffeehäusern und Bierhallen herumsitzen und abends die Bordelle beschäftigen, stellen sie in ihrer kurzen häuslichen Anwesenheit – nicht selten mit Prügel – die »Ehre« ihrer Frauen sicher.[255]

Rücksichtsvoll umschreiben die Soziologen dieses Verhalten mit Schutzformeln wie »defensivem Patriarchat«. Die Männer suchen die traditionelle Frauenkontrolle zu »korrigieren«, die ihnen durch die Kombination von Finanzmangel und urbaner Vielfalt zu entgleiten droht. Dabei erfahren sie gewohnheitsmäßige Unterstützung seitens der Gerichte, die ihnen immer wieder erhebliche Strafminderungen einräumen. So hat die rechtliche Schieflage der Frauen in zwei Statistiken zu Spitzenplätzen geführt: Selbstmordrate und Kindersterblichkeit.

Die gebildeten türkischen Städter verfolgen diese Entwicklung mit großem Misstrauen. »Anatolien hat Istanbul erobert« verkündet man nicht ohne Berechtigung, wobei allein die Metropole am Bosporus jährlich um mindestens eine halbe Million Menschen wächst. Solche Massen scheinen sogar die ewige Ruhe der Städter zu gefährden, wenn es zuweilen heißt, dass es bald »keinen Platz zum Liegen« mehr geben wird.[256]

2. Re-Islamisierung der Massen

Bildungsarmut und Isolation der Gecekondu-Frauen sowie die Aggression ihrer Männer werden zusätzlich verstärkt durch die Angebote des Fernsehens und der Konsumwerbung. Die »Integration« scheint sich darauf zu beschränken, das winzige Einkommen, wie schon T. Veblen (gest. 1929) solches Verhalten umschrieb, »demonstrativ zu verschwenden«.[257] Zu einem großen Teil wird es für Konsumgüter ausgegeben, die für das tägliche Leben nicht gebraucht werden, zugleich aber eine vermeintliche Anpassung an den städtischen und damit auch elitären Standard suggerieren.

Um dem entgegenzuwirken, verstärkten in den 1990er Jahren die Islamisten ihre Aktivitäten. Sie erhielten entscheidenden Auftrieb, als die Kollateralschäden der Deregulierung durch Weltbank und Währungsfonds sichtbar wurden. Landflucht, Arbeitslosigkeit und Inflation hatten die Massenviertel weiter aufgebläht, sodass die Islam-Aktivisten auf wachsende Gefolgschaft stießen.

Ebenso ließen sich die ohnehin guten Kontakte zu den saudischen Muslimbrüdern verbessern, deren Finanzkraft für ein umfassendes Bildungs- und Ausbildungsprogramm gebraucht wurde. Davon profitierten auch die Kader des Milli-Görüsh-Arms in Deutschland (s. u. S. 173f.),[258] deren intellektuelles und taktisches Niveau sich durch gut geschulte Agitatoren deutlich steigerte. Im Lande selbst zahlte sich die geduldige Strategie durch eine stetig steigende Wählerschaft aus, die den von R. Tayyip Erdogan geführten Islamisten im Jahre 2002 schließlich zum Wahlsieg verhalf.

Die Grundlage dafür bildete das so genannte *Imam-Hatip*-Bildungssystem (»predigender Imam«). Auf Schul- und Berufsschulebene vollzogen die Islamisten einen konsequenten Marsch durch die Institutionen, im Rahmen dessen sie auch die Armee unterwanderten. Auf diese Weise gelang es ihnen, die ethno-nationale Prägung vom kemalistischen auf den islamistischen Faktor zu verlagern. Die »türkisch-islamische Synthese«, welche die nationale Spaltung zwischen Kemalisten und Islamisten überbrücken soll, wurde federführend von der AKP, der Nachfolgepartei des Alt-Islamisten Erbakan, übernommen.

Innerhalb dieser Entwicklung entspann sich eine komplexe Diskussion um die Frauen. Der neue islamische Einfluss breitete sich von den

Schulen auch auf die Universitäten aus, wo das Kopftuch als Zeichen der Repression ab 1990 verboten wurde. Die sich daran entzündende Diskussion hatte später auch Auswirkungen auf die Wahrnehmung des Problems in Deutschland. Im Wesentlichen entstanden drei Positionen: Die *islamistische* lehnte das Verbot ab, weil es sich gegen die freie Wahl der islamischen Religion richte, die mit 97 Prozent die wichtigste der Türkei sei; die *liberale* plädierte ebenfalls dagegen, weil man sonst gegen das demokratische Gebot der Toleranz verstieße; die *kemalistische* befürwortete das Verbot, weil das Kopftuch als politisches Propagandasignal missbraucht würde, das die Islamisierung verstärke und sich gegen den Bestand des laizistischen Staates richte.

Innerhalb dieser Gemengelage setzte sich auch die diffuse Diskussion zwischen Islamismus und Feminismus fort. Da die westlich orientierten, kemalistischen Frauen weder ein eigenständiges Konzept hatten noch die Motivation der islamistischen Kaderschwestern verstanden, unterschätzten sie allerdings die Energie der Bewegung.

So befinden sie sich vorläufig in zweierlei Hinsicht im Hintertreffen: Zum einen ist der Islam aus sich heraus – nicht nur in der Türkei – im Vormarsch, zum anderen nutzen die Islamistinnen die Welle der Liberalismuskritik. Indem sie den »Konsum- und Sexterror« in Position bringen,[259] verknüpfen sie geschickt zwei wichtige Punkte, die den türkisch-westlichen Feminismus schwächen.

Dessen Devise »Gleichheit in Verschiedenheit«, so die verhüllten Aktivistinnen Allahs, spreche der Wirklichkeit Hohn. Denn wie wolle man eigentlich das Heer von Frauen erklären, das zu Hungerlöhnen vom westlichen Kapital versklavt würde? Wie wolle man begründen, dass sie mit ihrer Arbeit puren Profit und Sexismus unterstützten und sich mit der Doppelbelastung auch noch eine weit unwürdigere Existenz aufhalsten, als sie im Islam je möglich sei? Gerechtigkeit müsse daher die Forderung lauten, die es im Islam durch »Freiwilligkeit« immer schon gegeben habe – in der freien Wahl zwischen Bildung, Beruf und Mutterschaft.

Die Position der islamistischen Feministinnen entsprach passgenau dem Konzept ihrer männlichen Auftraggeber, mit dem sie 2002 die Wahl gewannen. Die AKP hatte auf die Karte der westlichen Kultur- und Morallosigkeit gesetzt, wie sie auch die Muslimbrüder islamweit nutzen. Die immense Korruption ihrer Vorgänger in der Regierung konnte ihnen dabei in der Tat eine Menge Überzeugungsarbeit beim Volk abnehmen. Den

Kemalisten schadete in diesem Kontext ihre traditionelle Nähe zu den USA ohnehin.

Und nicht zuletzt hatte man dem Heer jener Männer, deren Frauen so sinnlos ausgebeutet wurden, Balsam für die frustrierte Muslimseele verschafft und zugleich etwas für das Wählerpotenzial getan. Dieses so einfache wie wirkungsvolle Konzept zeichnet sich bereits als Vorlage für die kommenden Entwicklungen in Deutschland ab.

Auch die Kaderschwestern haben damit kein Problem. Ihre Loyalität gilt der Botschaft Allahs, die in jedem Falle ihren islamistischen Auftraggebern zugute kommt. Die Mission ist erst dann erledigt, wenn auch ihre Nützlichkeit beendet ist. Dennoch kennzeichnen Unsicherheit und Opportunismus die Szene, wie z. B. ihr verschüchterter Slogan, dem zufolge es im Islam auch Frauen und nicht nur »Seidenraupen« gebe,[260] deren Fruchtbarkeit für den Ausbau des islamischen Netzwerks sorge.

Völlig undiskutiert blieben jedoch die Gründe hinter der Verhüllung, dem untrüglichen Zeichen ihrer Abhängigkeit, das sie überhaupt erst in der Öffentlichkeit sprechfähig machte: sexuelle Repression und Züchtigung, Vergewaltigung und Gewalt. Solange die Frauen darüber schweigen, lassen die Männer des dominanten Islamismus sie gewähren, weil sie der Irreführung des westlichen Systemfeinds dienen.[261]

C
Die West-Türkei in Europa

1. Probleme der Zuwanderung

Wie wir sehen, vertritt der türkische Islamismus unter der Flagge des Islam einen radikal-ethnischen Turkismus, der sich immer wieder auch in Drohungen Luft macht, wenn z. B. die deutsche Politik und Verwaltung den jeweiligen Wünschen nicht folgt. Um keine Irrtümer aufkommen zu lassen, wies die Erdogan-Regierung nach Amtsantritt alle Auslandsvertretungen an, ihren externen Arm, den radikalen Kampfkader der Milli Görüsh (Nationale Weltsicht), zu unterstützen.

Dabei handelt es sich um einen Moscheeverein, der mit pseudo-demokratischer Täuschungstechnik und erheblichem Kapital ein effizientes Netzwerk mit Schwerpunkt in Deutschland aufgezogen hat. Man arbeitet eng mit der DITIB, der »Religionsbehörde« zusammen, die einst den laizistischen Staatsislam vertrat und sich nun geschmeidig der islamistischen Linie anpasst. Daneben bestehen die traditionellen Verbindungen zur arabischen Muslimbruderschaft, die in Gestalt des »Zentralrats der Muslime« ebenfalls in Deutschland tätig ist.[262]

Gemeinsam betreibt man die gezielte Beeinflussung der »trojanischen Pferde«, der maßgeblichen Ebenen der deutschen Politik, Bildung und Medien. Da diese sich selbst in einem proislamischen Trend befinden, fällt es nicht schwer, die Bevölkerung gemeinsam zu desinformieren. Naturgemäß stehen Moscheebau, Islamlehre und Verhüllung im Mittelpunkt des Interesses. Innerhalb einer elitär gesteuerten Expansion stellt dabei die winzige Klientel des »Zentralrats« bei seiner eigentlichen Bedeutung, der weltweiten saudischen Vernetzung, nur ein Feigenblatt dar, hinter dem sich die Kollaboration der deutschen trojanischen Pferde – allerdings immer weniger schamhaft – verbirgt.

Innerhalb der deutschen Institutionen und Organisationen, die mit Zuwanderung und Islampolitik befasst sind, hat sich eine erhebliche Eigendynamik entwickelt. Angeführt vom »Leitkartell« in Politik, Recht und Wissenschaft, stellt ein breiter, proislamischer Mainstream den demokratischen Rechtsstaat zur Disposition. Wie bereits dargelegt und im Schlussteil weiter ausgeführt, sind offizielle Sprache, Verhalten und Finanzmittel zu systematisch angelegt, als dass sich der politische Wille in dieser Richtung in Abrede stellen ließe.[263] Das wichtigste Indiz ist die Ausgrenzung der Bevölkerung von der Mitsprache über die eigene Zukunft: »Zuwanderung ist kein Wahlkampfthema«.

Durch ihren ausgeprägten Ethnozentrismus setzen die Türken innerhalb der proislamischen Bedingungen nochmals verstärkte Akzente, indem sie den Familiennachzug auf ihre Weise nutzen. Zu zwei Dritteln heiraten sie untereinander und lassen ihre Kinder oft in der Türkei zur Schule gehen. Das weibliche Bildungsniveau im Familiennachzug entspricht dem *Gecekondu*: Jede zweite Frau ist Analphabetin. Wenngleich unter westlichem Einfluss auch die türkische Reproduktion sinkt, kann sie weiterhin auf hohem Niveau bleiben: Bei etwa 25 Prozent Gesamtanteil ist jede dritte ausländische Familie mit drei Kindern bzw. jede zweite mit vier Kindern eine türkische Familie.

In den Großstädten wird sich der junge Anteil der Ausländer besonders rasch verändern. Dort wird um 2010 jeder zweite Einwohner unter 40 Jahren ein Ausländer sein. Der deutsche Anteil in Kindergärten und Grundschulen geht so drastisch zurück, dass der Unterricht in Deutsch immer weniger Sinn macht. Die turkislamische »Diskriminierung« führt zu systematischer Abgrenzung und ghettoartiger Koloniebildung, in der sich das *Gecekondu* auf deutschem Boden abzubilden beginnt.

Es entsteht eine neue Heimat, die sich mit Läden und Straßenbild, Presse und Fernsehen dem türkischen Original annähert. Die Deutschen, von der eigenen Politik desinformiert, stehen der Entwicklung ratlos gegenüber. Sie werden ihrerseits Fremde in der ehemaligen Heimat und ziehen, wenn sie können, in Gegenden, wo die alte Ordnung noch »in Ordnung« zu sein scheint.

Umso dynamischer breitet sich die türkische Ordnung in die entstehenden Leerräume aus. Sprache, Familiennachzug, Reisen in die eigentliche Heimat, Besuche türkischer Politiker, türkische Medien verdichten sich zu einer mentalen und finanziellen Nabelschnur. Durch sie schiebt sich die Türkei biologisch, ideologisch und politisch nach Deutschland vor – ein langfristiger »Strukturwandel«, der aus einer Kulturkolonie eine

Kolonie macht. Was die Deutschen langfristig zu erwarten haben, können sie an den innertürkischen Verhältnissen studieren.

Die Arbeitslosigkeit der Ausländer liegt um 20 Prozent und erreicht in den turkislamisch beherrschten Vierteln wie in Berlin-Kreuzberg und Hamburg-Wilhelmsburg das Doppelte. Während diese Entwicklung alle Großstädte erfasst, wächst die Bereitschaft zur Gewalt, die im deutschwesttürkischen *Gecekondu* zu rechtsfreien Räumen geführt hat. Indem die Politik die Berichte über zunehmende Missstände regelmäßig zu den Akten legt, scheint sie zum Ausdruck zu bringen, dass sie diese Entwicklung nicht als Missstand, sondern als Erfolg ihrer Strategie betrachtet. Schon 1997 wurde über »Zeitbomben in den Vorstädten« geklagt,[264] deren Detonation inzwischen näher gerückt ist, weil sich niemand um ihre – offenbar unerwünschte – Entschärfung gekümmert hat.

Wachsende Kriminalität – oft verbrämt mit »Ehre« – bricht sich in Einbrüchen, Straßenraub, sexistischen Übergriffen auf nichttürkische Frauen, Tätlichkeiten an Jugendlichen etc. Bahn. In den Medien finden sie immer seltener Erwähnung, »um den Dialog nicht zu stören«:

> *Die blindlings in diese metropolitane Umgebung gelangte Bauernfamilie – meist türkischer oder kurdischer Herkunft, die vielleicht noch zwei oder drei Generationen lang bäuerlichen Umgangsformen mit einem konventionellen Familienideal nachhängen wird … – stellt nicht nur in vielen Schulen inzwischen die Majorität, sie hat auch die Tendenz, immer größere Bereiche der lokalen Infrastruktur zu besetzen.*[265]

In der »metropolitanen Umgebung« konserviert sich die turkislamische Kultur der Ehre und Männlichkeitsnorm, wie sie weiter oben geschildert und auch von türkischen Autorinnen bestätigt wird (s. o. S. 144, 146). Bei weiterer Abschottung werden sich die »westtürkischen« Gecekondu nach dem Muster ihrer türkischen Originale entwickeln und die innerfamiliäre Gewalt verstärken. Dabei braucht der Islam nicht immer die dominante Rolle zu spielen, weil die ethnischen Traditionen ihn – hinsichtlich der Frauen – nahezu identisch ergänzen.

Die männlichen Rollenzwänge sind auch vom »Brauch« her so stark eingeschliffen, dass sich die Mädchen und Frauen in der Diaspora auf weiter zunehmendem Druck gefasst machen können, zumal politische Schützenhilfe ausbleibt. In der Frauenfrage bleibt die »Herde der trojanischen Pferde« stumm, um ihrer Sache nicht zu schaden. So wie nach ihrer Lesart die Kaderschwestern der Islamisten sich »freiwillig« verhüllen, so können sie sich auf die Unterstützung der »männlich korrekten« West-Hierodulen verlassen. Alle deutschen Parteien verfügen über diese Spezies, die sich von Grüne/Bündnis 90, FDP, SPD, CDU/CSU – absteigend engagiert – gegen weibliche Interessen, d. h. für das islamische Recht, in die Bresche werfen.

Die Anwältin und Frauenrechtlerin S. Ates, die wegen ihres Engagements schon mit Anfang Zwanzig von Fanatikern angeschossen wurde, kämpft fast ebenso lang gegen die Zwangsehe, wie es eine systematische türkische Einwanderung gibt. Sie spricht von »Sklavinnen auf dem türkischen Heiratsmarkt«, der besonders auch von Frauen wie der SPD-Abgeordneten L. Akgün beschönigt würde, um die politische Karriere nicht zu gefährden.[266]

Sie prangert »haarsträubende«, d. h. proislamische Entscheidungen der Verwaltungsgerichte an, welche die Mädchen schon in der Schule von ihren Grundrechten ausgrenzten. Auch sie benutzt das in Mode gekommene Wort von der »Parallelgesellschaft«, das einst durch den Verfasser dieses Buches zu größerer Verbreitung gelangte (»Von Gott zu Allah«, Herbig 2001) und den Status des Übergangs plastisch kennzeichnet.

Sie und andere kritische Autorinnen wie S. Cileli[267] und auch N. Kelek, die über die Schattenwelt der Zwangsheirat schrieben, gerieten in das Fadenkreuz der türkischen Zeitung »Hürriyet«. Das auflagenstarke Blatt startete eine aggressive Kampagne gegen sie, welche die Stimmung unter den Türken so aufheizte, dass sich die Frauen konkret bedroht fühlten.[268] Sie kennen die bewährte Mechanik des Islam, die früher oder später das Abweichende und Minderwertige aussondert, zumal zur selben Zeit innerhalb der »säkularen« Türkei die Re-Islamisierung ungebrochen voranschreitet.[269]

Die aktuelle Zunahme der »Ehrenmorde« Anfang 2005 erschien unvermittelt und sprunghaft, weil eine Häufigkeitsschwelle überschritten wurde, die Politik, Recht und Medien nicht mehr übergehen konnten. Wie so oft, trat auch hier zunächst einmal der trojanische Schutzreflex in Kraft: Da es sich um »Brauch« handele, sei diese Mordform »eigentlich« kein Mord.

Dafür sprechen zwei proislamische Gründe: Erstens ist dieser Mord natürlich »nicht der Islam« und zweitens betrifft er Frauen, eine aus islamischer und proislamischer Sicht minderwertige Existenz. Die Journalistin Mariam Lau wunderte sich, warum »islamistisch motivierte Morde, die sich mitten unter uns ereignen, nicht annähernd so viel Aufruhr verursachen«.[270] Nach Lektüre dieses Buches wird der Klärungsbedarf hoffentlich behoben sein.

Auch der Aufruhr um den niederländischen Filmemacher Theo van Gogh, der Anfang November 2004 auf offener Straße in Amsterdam erschossen wurde, »weil er den Islam beleidigt hatte«, legte sich rasch. Seine todeswürdige Tat bestand in einem Film, in dem auf geschundene Frauenkörper gemalte Koransprüche zu sehen waren. Die islamkritische Abgeordnete Ayaan Hirsi Ali hatte an dem Werk mitgewirkt und musste untertauchen, weil sie ebenfalls akut bedroht war. Allerdings schien man in beiden Ereignissen keinen wirklichen Skandal zu erkennen. Auch der rituelle Stil der Tat – dem Opfer hatte man zusätzlich den Bauch aufgeschlitzt – fiel nur wenigen auf, unter anderen dem Literaten Leon de Winter, der anschließend eine bemerkenswerte Artikelserie zum Thema Islam und Westen schrieb.[271]

Der Fall dokumentierte beispielhaft, wie unfähig das westliche Bewusstsein zur Lösung eines komplexen Problems im Allgemeinen und eines islamischen Problems im Besonderen ist, eben »weil der Islam kein Problem ist«. Nach kurzer Zeit ging man zur Tagesordnung über – sozusagen, »weil der Westen ein Problem ist«. Sein Gedächtnis ist schlicht zu kurz, um mit der Langzeitidentität des Islam zurechtzukommen.

Unfreiwillig lag de Winter mit der Einschätzung richtig, dass mit van Goghs Ermordung die multikulturelle Vision der Niederlande zu Grabe getragen würde[272] – allerdings nicht, weil sie sich überlebt hätte, sondern weil der Islam sie überlebt. Denn die proislamischen Reflexe erholen sich auch in Holland schnell: Hirsi Ali hatte als »Aufklärungsfundamentalistin« ihre Lage selbst herbeigeführt.[273] Diese Mechanik wiederholt sich nun seit Jahrzehnten, und sie funktioniert besonders störungsfrei in Fragen der Gewalt. Die Gründe haben wir im Schlussteil zusammengestellt; sie lassen sich detailliert im Basiswerk des Verfassers »Allahs Schleier« (Herbig 2004) nachlesen.[274]

In Deutschland gehen die Dinge derweil ihren Gang. Obwohl dort die Richter bei muslimisch bedingten Taten oft Milde walten lassen, neigen die Türken inzwischen dazu, sich vom fremden Rechtssystem abzugrenzen und ihre Gewalt an Frauen immer weniger zur Anzeige zu bringen, damit mal die Scharia, mal der »Brauch« zur Geltung kommen kann.

Hohe Arbeitslosigkeit, fehlendes Bildungsinteresse und die Abwehr der westlichen Kultur sind die Markenzeichen der Traditionsformen von Türkentum und Islam. Sie beginnen in der Schule, wo nicht nur den Mädchen, sondern auch den Jungen Integration kaum noch zugemutet wird. Indem sie die deutschen Jugendlichen als »Huren und Hurensöhne« sehen, bestätigen sie den Erfolg der oft rassistischen Islampropaganda. Sie greift besonders ungehindert in den Großstädten um sich, wo der deutsche Schüleranteil ebenso dramatisch sinkt wie die türkische Jugendkriminalität steigt.[275]

Mit dem Trend zur islamischen Orthodoxie verstärkt sich auch der Druck auf die Frauen. Mutterschaft und Kopftuch, wenngleich bei den Anatoliern immer schon hoch im Kurs, gewinnen nochmals vermehrtes Gewicht. Die lokale Reproduktion im deutschen *Gecekondu* bleibt stabil, ebenso der laufende Nachschub aus dem türkischen Original. Dort betreibt die islamistische Partei ohnehin seit vielen Jahren erfolgreiche Propaganda, die nun ihre Früchte zu tragen beginnt. Kaum etwas konnte dies krasser verdeutlichen als der »Ehrenmord« an Hatin Sürücü, die – so ihre Mörder – »Hure, die herumlief wie eine Deutsche«.[276]

2. Islam und Mafia

Unter solchen Umständen gibt es für die türkischen Kulturkolonien keine Alternative zur systematischen Abgrenzung. Sie sind zur Integration weder fähig, noch fordert sie die deutsche Politik dazu auf. Im Gegenteil: Unsere Ergebnisse bestätigen, dass alle Randbedingungen auf umfassende Desintegration und die langfristige Überwindung der alten Staatsordnung gepolt sind. Wenn sich die Türken dabei fortlaufend vermehren und verjüngen, während die Deutschen schrumpfen und altern, erscheint es wenig sinnvoll, von ihnen die Einordnung in eine Ordnung zu erwarten, die von der eigenen »Deutungsmacht« demontiert wird.

In diesen Rahmen passt, dass die deutschen Behörden im Zuge der islamischen, mehrheitlich türkischen Zuwanderung auf eine Qualitätsprüfung der Migranten verzichten. Sie kommen überwiegend aus den *Gecekondu* und etablieren sich in ihren vertrauten, ghettoähnlichen Massenkolonien, welche die Türken für sich selbst – im eigenen Umfeld in Istanbul, Izmir, Ankara etc. – als »nicht integrierbar« ablehnen.[277]

Die Ghetto-Frauen in Berlin, Hamburg, Duisburg etc. leben kaum anders als die *Gecekondu*-Originale. Hier wie dort enthält man ihnen die Grundrechte vor, setzt sie permanent unter Druck, schlägt sie und nimmt Körperverletzung mit Todesfolge in Kauf, wenn sie dem männlichen Kontrollideal nicht entsprechen. Wir sehen immer wieder bestätigt, dass es im übergeordneten, elitären Machtinteresse liegt, den islamischen Umbau des Rechtsstaats zu fördern. Gerade in der laufenden Erfolgsphase wäre es daher mehr als unrealistisch, die Einführung von Grundrechten zu erwarten – Freiheit der Religion, Gleichheit der Geschlechter –, die das Projekt deutlich hemmen würden, ganz zu schweigen von den üblichen persönlichen Vorteilen der Betroffenen.

So kann sich nicht nur die »Einwanderung in die Sozialsysteme«, sondern auch die Drift der jüngeren Türken ins soziale Abseits fortsetzen.[278] Die Tendenz für die Altersgruppe unter 40 ist aus der alten Sicht düster, aus der neuen erfreulich: Zum einen macht sie die Hälfte der Türken insgesamt aus, von der wiederum die Hälfte arbeitslos ist, zum anderen wird sie etwa ab 2010 auch die Hälfte dieses Segments in der Gesamtbevölkerung bilden, das entscheidend für die Innovation und Produktivität der Wirtschaft ist (s. u. S. 196f.). Langfristig wird sich damit Deutschlands Position in Forschung und Entwicklung, die schon jetzt zweitklassig ist, so abschwächen, dass man sich endgültig aus der technologischen Qualitätsliga verabschieden kann.

Wie wir weiter unter erläutern, besteht der staatsverändernde Effekt der Zuwanderung sowohl in der Demografie, als auch in ihrer Bremswirkung auf die ökonomische Leistungskraft der deutschen Volkswirtschaft. Dabei ist neben der ideologisch-islamischen Komponente die kriminelle Energie des türkischen Anteils zu beachten.[279] Die Türken stellen, bei 3 Prozent der Bevölkerung, 20 Prozent der Schwerkriminalität, die sich in den deutschen *Gecekondu* besonders konzentriert und in Richtung organisiertes Verbrechen fortlaufend verstärkt. So wie sie den Altstaat destabilisiert, festigt die mafiose Dynamik die urbanen Ethno-Netzwerke, die inzwischen drei Viertel aller Tatverdächtigen stellen und immer mehr türkische »Staatsbürger« in ihre Strukturen einbinden.[280]

Von diesen Entwicklungen lässt sich die proislamische Ideologie selbst natürlich nicht trennen, weil sie mit dem demografischen Umbau einhergeht, den man auch Zuwanderung nennt. In dem Maße, in dem dieser »Strukturwandel« voranschreitet, wandelt sich auch die Perspektive, aus denen deutsche Alt- und nichtdeutsche Neubürger ihre Lage betrachten. Je stärker der Einfluss der Zuwanderer wird, desto ungenierter können sie ihre Forderungen formulieren.

Einer der Pioniere in dieser Richtung war Ghalib Himmat, der die Urzelle des deutschen Islamismus, die Islamische Gemeinschaft Deutschland (IGD), von 1973 bis 2002 in Köln führte. Seine Kooperation mit den deutschen »Verantwortlichen« war offenbar eine kontrollfreie Angelegenheit, die erst durch seine Kontakte zum Superterroristen Usama bin Ladin gestoppt wurde.[281] Er behielt den Vorsitz des Islamischen Zentrums in Frankfurt/Main, das zu einem Netz von »Zentren« der Muslimbrüder gehört.

In Köln trat an seine Stelle das Milli-Görüsh-Urgestein Ibrahim el-Zayyat. Er steht mit dem radikalen Jugendverband WAMY (World Assembly of Muslim Youth) in Verbindung und war schon 1997 mit markigen Sprüchen an die Öffentlichkeit getreten:

> *Der Islam ist eine ganz konkrete Antwort und Lösung für diese Gesellschaft ... Die Zukunft des Islam in diesem unserem Land, in Deutschland, gestalten wir ... Entscheidend ist, dass wir in diesem Land unsere Religionsfreiheit haben ... Dieses Land ist unser Land. Mit der Hilfe Allahs werden wir es zu unserem Paradies auf Erden machen, um es der Islamischen Ummah (Gemeinschaft) und der Menschheit insgesamt zur Verfügung zu stellen.*[282]

Im Gegensatz zum Gros seiner Kollegen, die der islamischen Pflicht zur Lüge und Täuschung folgen,[283] focht El-Zayyat mit offenem Visier. Während seine Organisation eher unabsichtlich durchblicken ließ, dass Demokratie und Grundgesetz »der Sache des Islam nützlich sind«,[284] konnte man diesem Kämpfer nicht zum Vorwurf machen, die deutsche Gesellschaft etwa über die wahren Absichten seiner Organisation getäuscht zu haben.

Auch seine weiteren Aktivitäten bestätigten, dass sich das von ihm anvisierte »Paradies auf Erden« umso mehr auf die Mafia stützt, je globaler die Kreise des Islam gezogen werden. Indem er z. B. Kontakte zum *Islamic Relief* unterhielt, befand er sich bereits mitten im Leben des organisierten Verbrechens und Terrors.

Diese Organisation ist ein Paradestück des saudischen Mafia-Islam. Unter dem Deckmantel eines Finanzierungs- und Wohlfahrtsinstituts unterstützt es die islamische Infrastruktur des Drogen-, Waffen- und Menschenhandels, der um die Wende des Jahrtausends immerhin jeweils um 500 Milliarden US-Dollar umsetzte. Zwar werden zuweilen auch soziale Tarnprojekte betreut, doch ist das Netzwerk der Organisation zu verlockend, um nicht vom globalen Terror – inkluve Al-Qa'ida – konsequent genutzt zu werden.[285]

Die lokalen Milli-Görüsh-Kontakte mit den Muslimbrüdern finden ihre globale Entsprechung in Kooperationsformen der Türken-, Saudi- und Pakistan-Mafien im Kaukasus und in Südosteuropa.[286] Schattenwirtschaft und Mafia sind die wichtigsten Faktoren auf dem Zentralbalkan. Sie beschäftigen etwa die Hälfte der Bevölkerung und sind stabil mit den türkischen Klaneliten verankert, die wiederum Routinekontakte zu Regierungskreisen unterhalten. Die Verwicklung der ehemaligen Chefs T. Ciller und M. Yilmaz in Drogen- und Mordkomplotte (Ciller) sowie Korruption sind nur Spitzen eines traditionellen Eisbergs.

Hier entsteht eine Zwischenwelt, in der sich die politische und rechtliche Auflösung der demokratischen Ordnung beispielhaft widerspiegelt. Zwischen deutschem Altstaat, balkanischem Mafiawesen und Islam-»Ordnung« entwickelt sich das Pilotprojekt eines Gegenstaats, das die deutschen »Verantwortlichen« nicht verhindern können oder wollen.

Bekanntlich tat sich der deutsche Außenminister im Projekt des staatlichen Umbaus besonders hervor und übernahm hier eine wichtige Pilotfunktion. Seine inflationäre Visavergabe half – aus Sicht des neuen Gegenstaats – das abgelehnte Altvolk kriminell zu »verdünnen«, damit die Qualität der Zuwanderer zu verbessern und den Altstaat zu destabilisieren. Die Proteste blieben in den Grenzen der medialen Inszenierung und dokumentierten, dass sich der Minister auf einem guten Weg befand.

An der proislamischen Routine ändern solche Vorgänge also wenig. Wo immer auch Pannen mit dubiosen Personen in islamistischen »Ämtern« passieren, erfolgt ein simpler Austausch, der im Falle Himmats mit El-Zayyat einen weiteren Vertreter mit latenten Terrorkontakten ins »Amt« brachte. Die islamistische Unterwanderung setzt sich unbehindert fort. Sein Münchner Kollege Al-Khalifa brauchte seine Funktion gar nicht erst aufzugeben. Im Gegenteil, eher qualifizierten ihn seine Kontakte zur Terrorszene für Höheres: Als »Experte« für Toleranz wurde er 2001 zu einer Anhörung im Deutschen Bundestag gebeten.[287]

In der Tat scheint die »Herde der trojanischen Pferde« unter grün-linker Ägide besonders geneigt, die selbst ernannten Islam-Repräsentanten als angemessene »Amtskollegen« zu betrachten. In allen Fragen konsultieren sie die Islamisten, die natürlich im Interesse ihres Rechts »beraten« und somit bereits aktiv in die Gestaltung des Neustaats eingreifen. Schon Mitte der 1990er konnte man sich in Verfassungsrechtskreisen vorstellen, »schariatische Elemente in das deutsche Recht aufzunehmen«.[288] Dabei ist keineswegs erkennbar, dass die »Konservativen« den proislamischen Umbau entscheidend bremsen können bzw. wollen.

Die Politiker selbst weisen solches weit von sich, verstummen allerdings rasch, wenn man ihnen die Dimensionen des islamischen Potenzials erläutert. Zur eigenen Entlastung verweisen sie auf die »Mehrheitsbeschlüsse« ihrer Parteien, bei denen es jedoch im Hinblick auf den »Frieden des Islam« keine Opposition gibt. Wie dieser Frieden aussieht, macht die Gewerkschaft der Polizei deutlich. Straftäter werden inzwischen von der Solidargemeinschaft des Ghettos geschützt, sodass die Polizei nicht mehr in der Lage ist, das geltende Recht durchzusetzen – ein wichtiger Schritt auf dem Weg in einen anderen Staat.[289] Ähnlich argumentierte der Verfassungsschutz von Baden-Württemberg. Er sah sich außer Stande, eine geregelte Arbeit zu leisten – »sollen sie doch die Sicherheitsbehörden abschaffen« –, nachdem die Staatskanzlei einen »Islamberater« mit islamistischen, teilweise staatsfeindlichen Kontakten eingestellt hatte.[290]

Zweifel, geschweige denn Unrechtsbewusstsein, sind weitgehend unbekannt, weil niemand zur »Verantwortung« gezogen wird. Die wenigen Abgeordneten, welche die Probleme klar sehen, haben kaum Einfluss auf das Geschehen, weil die dominante politische Willensbildung längst nicht mehr in Richtung Demokratie weist. Sie sind gegen ihre Kollegen machtlos, zumal diese die Mehrheit bilden und damit den Rechtsstaat formal völlig »demokratisch« verändern. Dabei bleibt freilich unbeachtet, dass die Fraktionen schon längst nicht mehr in der Lage sind, unabhängig abzustimmen, sondern in feudalem Kreis getroffene Entscheidungen »abnicken«.[291]

Als wichtigste Basis für die weitere Expansion fordern die Islamisten zunächst eine eigene Rechtsprechung nach dem Gesetz Allahs.[292] Die bisherige Erfahrung sagt ihnen, dass sie mit der alten Marketing-Methode des »Touch and Punch« am besten fahren. Auf die interkulturelle Schiene gesetzt bedeutet es, dass mit begrenzten Rechtsbrüchen die »Toleranz« ausgetestet und auf dem jeweils erreichten, höheren Niveau der nächste Test, d. h. Schub in Richtung Eigenrecht gestartet wird. Die staatsfeindlichen Vorgänge in der Bonner Al-Fahd-Akademie, in der Berliner Al-Nur-Moschee im Jahre 2004 sowie weitere, ähnliche Fälle waren nur Spitzen eines Eisberges, der den Altstaat seit Jahren systematisch unterwandert.

Im Hinblick auf ihre Verbindungen zur Muslimbruderschaft, Schattenwirtschaft und offizieller Wirtschaft sind türkische und arabische »Leistungskriterien« vergleichbar, weil sie primär islamisch gepolt sind. Nach dem Arab Human Report der UNO von 2002 rangierte der »Governance«-Index (Bandbreite zwischen -2 und +2), d. h. die Qualität des Staatsmanagements, im arabischen Raum bei -0,5 gegenüber +1,6 in den OECD-Ländern (im Vergleich Lateinamerika: +0,5).

Das Bruttosozialprodukt der Region lag pro Kopf 1970 bei der Hälfte der asiatischen Tigerstaaten. Gut 30 Jahre später war es um über 20 Prozent gesunken, während es sich in den Tigerstaaten nahezu verdreifacht hatte. Die gesamte Produktion von knapp 300 Millionen Menschen erreicht nicht diejenige Spaniens von 40 Millionen. Der technologische Exportanteil – bekanntlich die Basis der Zukunft – liegt nahe 0, im Westen über 30 Prozent (im Vergleich Türkei: 7 Prozent).

Die wesentlichen Faktoren für diese »Entwicklung« sind auch wesentlich für das Wirtschaftssystem des Islam und damit die »Governance«, d. h. identisch mit der Zweckvernunft der Eliten: Bildungsmangel und Korruption. Da es stagniert und zugleich die Bevölkerung überproportional steigt, fällt das islamische Niveau im internationalen Vergleich dramatisch ab.

Obwohl die eigene Wirtschaft chronisch schwach und zudem personell überbesetzt ist, muss sie nach Schätzungen der Weltbank bis 2015 etwa 100 Millionen neue Arbeitsplätze schaffen – zu mehr als der Hälfte für Menschen unter Dreißig. Nach Umfragen plant bereits jetzt die Hälfte dieser Altersgruppe die Emigration, weil sie in ihrer Heimat keine Perspektive hat.

Traditionell kommen etwa drei Viertel der türkischen und die Hälfte der arabischen Migration in Europa an, wobei Deutschland knapp zwei Drittel aufnimmt. Ungeachtet der Abflüsse wäre daher bis 2015 zunächst ein Potenzial von 6 (Türkei) bzw. 16 (Arabien) Millionen Zugängen zu erwarten. Dies erscheint umso plausibler, als die Jahrtausendwende für die Araber eine Wende der besonderen Art mit sich brachte: Die Wasserversorgung sank unter die Knappheitsgrenze von 1000 Kubikmetern, unterhalb derer jede Expansion in Landwirtschaft und Industrie gestoppt ist.

Hier kommt das gigantische GAP-Talsperrensystem ins Spiel, das die Türken in den letzten zwei Jahrzehnten des abgelaufenen Jahrhunderts errichtet haben. Es steht unter US-Kontrolle und erreicht den westlichen Teil Arabiens – Syrien, Libanon, Jordanien, Irak – und Israel bzw. Palästina. Diese Zone ist wiederum identisch mit derjenigen, in der sich im Frühjahr 2005 ein konzertierter »demokratischer Aufbruch« mit einer Erneuerung des »Friedensprozesses« in Gang setzte. Zu diesem Gebiet gehört auch ein kurdischer Rumpfstaat, der sich – von den Türken argwöhnisch beobachtet – im Nordirak zu entwickeln beginnt.

Die europäische Orientpolitik ist bislang eher der Devise »Geld für Terror« gefolgt, statt die liberalen Kräfte des Islam zu stärken, geschweige denn »Wasser für Arabien« zu fordern. Statt weiter die PLO gegen Israel zu finanzieren und über türkisch-saudischen Moscheebau den Radikalislam nach Deutschland zu schleusen, hätte das dortige Leitkartell seine Friedensvision also schon längst auf konstruktivere Weise umsetzen können, wenn denn die Demokratie überhaupt ihr Ziel wäre.

Solange man jedoch der Sicht der Islamisten folgt, wird man wie sie das demografische Wachstum der Türkei und Arabiens als »Geschenk Allahs« sehen, das zur »Befruchtung« Europas herangezogen werden muss. Denn wir sollten nicht aus dem Auge verlieren, dass es gerade die langen Zeiträume demografischer Veränderungen sind, die sich für politische Umwälzungen der mythischen Art besonders eignen.

3. Deutscher Neo-Feudalismus

UNO-Fachleute sehen hier einen Ansatz für eine langfristig tragfähige Entspannung in der Islamregion, räumen aber auch ein, dass die enorme Korruption und organisierte Kriminalität eine konstruktive Entwicklung verhindern. Für die Türken spielen sie in zweierlei Hinsicht eine wichtige, verbindende Rolle. Zum einen bilden die türkischen Eliten – Militär, Bürokratie, Wirtschaft, Grundbesitz, Religion – traditionell selbst eine mafiose Allianz, die in demokratischer Maskerade den Staat beherrscht. Zum anderen haben inzwischen auch die deutschen Parteien undemokratische Strukturen entwickelt. Indem sie wichtige Institutionen des Staates gemeinsam kontrollieren, haben sie die Opposition außer Kraft gesetzt und sich ihrerseits ein »Schattensystem« (von Arnim) mit mafiosen Praktiken angeeignet.[293]

Da die Parteien inzwischen Legislative, Exekutive und Judikative gemeinsam besetzen, hebeln sie die Gewaltenteilung aus, agieren als Gesetzgeber in eigener Sache und haben – einer vormodernen Feudalklasse nicht unähnlich – den Staat in Besitz genommen. Im Rahmen dieses europaweiten Trends entstanden in den Ländern enorme persönliche Machtballungen, die alle Demokratien aushöhlen und mit den Feudalregimen des Orients verähnlichen. Die Mitglieder der deutschen »Elefantenrunden« ähneln eher gewählten Königen und den »Kaghanen« (s. o. S. 152) der türkischen Pseudo-Parteien als seriösen Demokraten, die das Gemeinwohl im Auge haben.

Teilweise kehrt man zu Praktiken der mittelalterlichen Autokratie zurück, die auf EU-Ebene eine verschärfte Variante erfahren. Hier spielt das Parlament seit jeher eine untergeordnete Rolle, während nicht gewählte »Kommissare« im Stile von Feudalfürsten regieren. Dass unter solchen Umständen Korruption die Regel ist und wichtigste Schritte – wie der Türkeibeitritt – an den Völkern vorbei entschieden werden, versteht sich von selbst.[294]

Beitritts-Kommissar G. Verheugen überraschte dabei die Öffentlichkeit mit der Wahrnehmung, dass man die Türkei als »Schutz gegen den arabischen Terror« brauche. Daraus ließ sich schließen, dass hinsichtlich des Beitritts weniger das wirtschaftliche Motiv, sondern die Unfähigkeit im Vordergrund stand, sich mit dem arabischen Problem bzw. der Gewalt an sich kompetent auseinander zu setzen. Dieser Eindruck erhärtete sich einige Zeit später, als Verheugen einem Beitrittsgegner vorwarf, für kommende Folteropfer der Türken verantwortlich zu sein, wenn es denn nicht zum Beitritt käme.[295]

Im Zuge der islamischen Heilswirkung glaubten die »progressiven« Grün-Linken, ihren äußerst knappen Wahlsieg von 2002 den hofierten Islamisten verdankt zu haben. Sollte diese Einschätzung zutreffen, müsste sich die Niederlage der »Konservativen« auf eine schadhafte »Korrektheit«, also eine mangelnde Vertretung islamischer Interessen zurückführen lassen.

Damit dieses profitable Karussell nicht außer Schwung kommt, helfen die Edelislamisten immer wieder geschmeidig nach, wobei ihnen die zwei Hauptmerkmale ihrer westlichen Helfer die Aufgabe zum Kinderspiel machen: sachliche Inkompetenz und ideologischer Eifer. So verbreitete Ministerpräsident Erdogan Kernsätze, deren gezielte Irreführung so oder ähnlich von westlichen Politikern übernommen und der Öffentlichkeit als Zukunftskonzept vermittelt, besser: verordnet wird:

> *Im Koran steht die Vorschrift, dass eine Frau in der Öffentlichkeit ein Kopftuch zu tragen hat ... Ergebnis der theologischen Prüfung ist, dass das Kopftuch kein religiöses Symbol ist. Es ist ein Ausdruck des Glaubens, aber kein religiöses Symbol. Deswegen nimmt es im Islam eine andere Stellung ein als das Kreuz im Christentum ... Wir praktizieren religiöse Toleranz, aber wir erwarten auch, dass man sie uns entgegenbringt ... Wir sind ein friedliebendes Land. Von unserem Boden wird nie eine Aggression ausgehen, weder eine religiöse noch eine militärische ... der Europäischen Union täte eine Verjüngung gut ... Da sollte es aus Sicht der Deutschen besser sein, ein solch dynamisches Land innerhalb der Union zu wissen.*[296]

Im »Touch and Punch«-Verfahren warten die »Dialog«-Muslime mit immer gewagteren Konstruktionen auf, ohne auf wesentlichen Widerspruch zu stoßen. Sie haben längst ihre historische Chance erkannt, die vor allem in der politischen und intellektuellen Selbstbeschränkung ihrer Gesprächspartner liegt. Sie wissen, dass sie ihnen im Grunde jede nach ihren Interessen geschneiderte Interpretation auftischen können, weil die islamische Expansion zur politischen Willensbildung Europas gehört. Im Gegenteil: Die Diskrepanz zwischen Euro-Wunsch und Islam-Wirklichkeit ist die treibende Kraft in der proislamischen Vision, die ihrerseits bremsend auf die »Reformen« wirkt.

Zunächst offenbarte das brutale Einschreiten der Istanbuler Polizei gegen eine Demonstration zum Weltfrauentag im März 2005 einmal mehr die gewachsenen Gewaltstrukturen des türkischen Staatsterrors. Ministerpräsident Erdogan verteidigte die Aktion mit der üblichen Floskel von der »Provokation«, die die Sicherheitsbehörden zum Handeln gezwungen habe.[297] Gern verweist man in solchen Fällen auf anderswo geübte Gewalt, eine Praxis, mit der man das probate Kreuzzugs-»Argument« der westlichen Dialogfreunde schon mal gegen sie selbst anwendet.

So glaubte Vizepräsident Shahin, auch in den EU-Staaten »ähnliche Bilder« gesehen zu haben. Die EU kündigte die Gründung eines Instituts an, um in der Frauenfrage »Vorurteilen« vorzubeugen. Wie in der vorherrschenden Zweideutigkeit üblich, musste dabei vorläufig offen bleiben, zu wessen Gunsten die »Vorurteile« auszulegen waren. Den kompromisslosen absoluten Geltungsanspruch türkischer Dominanz bekam derweil der EU-Botschafter in Ankara zu spüren. Ihm nützte es nichts, über viele Jahre Fürsprecher des Beitritts gewesen zu sein. Als er mehr Reformernst anmahnte, erklärte ihn Außenminister Gül kurzerhand zur Unperson.[298]

Wie immer auch anderweitiges Konfliktpotenzial, Änderungen des Straf- und Minderheitenrechts, Zypernfrage etc., den Reformprozess verzögern mag – aus Sicht der Islam-Euphoriker ist jedes Argument willkommen, das den Türken ihren »unumkehrbaren Weg in die Demokratie« bescheinigt (G. Schröder). Derart geadelt, dürfte dem Fast-Mitglied eine EU-gerechte »Reform« ihres gewachsenen Frauenrechts ohnehin erspart bleiben, wenn man sich zudem auch noch die Islam-Interpretation des »Instituts für Menschenrechte« zu Eigen macht.

Dessen Leiter H. Bielefeldt stellte den deutschen Parlamentariern die Scharia nicht als dominantes Rechtssystem, sondern als Kaleidoskop verschiedener »Moralformen« vor. Nach dem »Nicht-alle«-Muster lassen sich ihm zufolge die überfüllten Gefängnisse des Islam und »das dicht geregelte Geschlechterverhältnis ... nicht sämtlich auf den Einfluss der Religion zurückführen«.[299]

Interessant ist in diesem Kontext die Beschwerde des »Menschenrechtlers«, die er vor Jahren in einer Buchrezension vortrug. Dem altgrünen Autor Rolf Stolz warf er die inflationäre Verwendung der Vorsilbe »Pseudo« vor, deren Bedeutung im Fremdwörter-Duden mit »falsch, unecht, vorgetäuscht« angegeben wird. Stolz schilderte auf seine Weise den Aufmarsch des »Fundamentalismus vor den Toren Europas«[300] und verdeutlichte mit seiner Wortwahl einen Ordnungswechsel, in dem die eine Seite auf die Täuschung der anderen angewiesen ist. Je weiter ein solcher Wandel fortschreitet, desto mehr häufen sich natürlich die »Pseudo«-Zustände, bis der neue, »echte« Staat erreicht ist.

Wie Täuschungen nach Art der »dichten Regelung« der Frauen und der vollen Gefängnisse zu Stande kommen, wird Bielefeldt weiter einer nachhaltigen Grauzone anvertrauen, um sein Menschenrechtsinstitut im

Sinne des islamischen Imperativs beschäftigen zu können. Die Islamisten selbst zeigten sich zwischendurch auf ihre Weise erkenntlich, indem sie ihn mit dem »Falaturi-Preis für Dialog und Toleranz« auszeichneten.[301]

Mit deutscher Unterstützung konnten die islamistischen Parolen somit um sich greifen, während die türkischen Kulturkolonien weiter wuchsen. Immer fruchtbarer wurde der Boden für die Aktivisten der Milli Görüsh, die Kontakte nicht nur zu den Muslimbrüdern, sondern auch Querverbindungen zu eher noch radikaleren Gruppen wie der Hamas unterhalten.[302] Mit ihnen sympathisieren wiederum Vertreter fast aller deutschen Parteien, die zuweilen in den Nahen Osten ausweichen und dort Kontaktbasare mit Gewaltorganisationen unterhalten, solange die Kollaboration mit Terroristen in Deutschland noch keine allgemein akzeptierte Praxis ist.[303]

Entsprechend folgerichtig gestaltet sich der Ordnungswechsel auch im Bereich der Sicherheit. Seit Jahren bescheinigen die Behörden des Verfassungsschutzes den türkischen Islamisten der Milli Görüsh und teilweise auch ihren arabischen Kollegen vom »Zentralrat der Muslime«, staatsfeindlich tätig zu sein. Den Hardlinern des »Dialogs« sind solche Einschätzungen natürlich ein Dorn im Auge, weil der Schutz des Altstaats aus ihrer Sicht schlicht »unseriös« ist. Als eher »gefährlich« stufte Dialog-Veteran J. Miksch das Hessische Amt ein, weil es das Kopftuch – zutreffend – als »Manifestation einer verfassungsfeindlichen Ordnung« bezeichnet hatte (Jahresbericht 2004).[304]

Dies überrascht nicht, da die Organisationen – Ableger der türkischen Islamistenpartei bzw. der Muslimbruderschaft – auf die orthodoxe Form des Islam, also das schariatische Recht, festgelegt sind. Ebenso wundert uns nach den jetzt vorliegenden Ergebnissen nicht, dass die Politik mit der gleichen Regelmäßigkeit untätig bleibt, mit der die Sicherheitsbehörden ihre Alarmberichte veröffentlichen. Im Gegenteil: Zusammen mit Justiz, Medien, Kirchen etc. bemüht man sich, mal zwanghaft, mal opportunistisch, den »Dialog« mit den »staatsfeindlichen« Kräften weiterhin zu suchen und zu verstärken. Der französische Politologe Gilles Kepel vergleicht sie für sein Land mit den »Weggefährten« der Kommunisten, die sie schlicht ihre »nützlichen Idioten« nannten.[305] So rückt man denn dem islamistischen Vorbild mit jedem Anschlag – von New York bis London – konsequent näher.

D
Der konzertierte Staatsschwund

1. »Gesunde Frauen« nach Europa?

Dass solche »Gefährten« mit immer größeren »Kultur-Rabatten« auch dem islamischen Recht den Weg in die deutsche Urteilsfindung ebnen, bezweifeln nur diejenigen, denen die Islamisierung nicht schnell genug voranschreitet. Immerhin geht es auch dem Verfassungsrichter Winfried Hassemer zufolge »nicht an, fremde Religionen einer scharfen Befragung zu unterziehen«, mit der Konsequenz, dass die Scharia unter den Schutz der Religionsfreiheit zu stellen ist.[306]

Dies hat staatsverändernde Folgen. Unter rechtsstaatlich fragwürdigen, d. h. »islamisch korrekten« Umständen richten die Muslime ihre Parallelgesellschaft ein: überdimensionierter Moscheebau mit dubiosen »Kulturzentren«, verzweigte Organisationen, die laufend ihre Namen wechseln und zuweilen Vernetzungen mit Mafia- und Terroraktivitäten aufzeigen, sowie Islamlehren an Schulen und Universitäten, denen die Integration in demokratische Rechtskriterien erspart bleibt.

Im Zentrum dieses Geschehens steht die muslimische Frau. Ihr weist das islamische Recht eine verfassungswidrige Position zu, die von der Religionsfreiheit geschützt wird: männliche Kontrolle mit Einsperrung, Verhüllung, sexueller Verfügung und dem Recht auf Gewalt. Nach den Erkenntnissen der deutsch-türkischen Soziologin N. Kelek wurden in Deutschland zwischen 1997 und 2004 über 30 »Ehrenmorde« pro Monat verübt.[307] Während die Richter vor dem Dilemma stehen, die Täter als gläubige Muslime nicht »scharf befragen« zu können (Hassemer), erlangten deren Taten in der Öffentlichkeit wenig Aufmerksamkeit, »weil der Islam kein Problem ist«.

Ein Beispiel für die Zwänge der Praxis lieferte jener Düsseldorfer Richter, der monatelange »Bedenkzeit« brauchte, bevor er Ende 2004 eine »Ehe« beendete, die ein 22-jähriger Muslim mit einem elfjährigen Mädchen geschlossen hatte. Ihm fiel es offenbar schwer, sich noch in der alten Rechtsordnung zurechtzufinden, nach deren Gesetz es sich hier um nichts anderes als – strafbaren – Kindesmissbrauch gehandelt hatte.[308]

Wie wir wissen, sind Homosexualität und Pädophilie zuverlässige Indikatoren für mannzentrierte Machtphasen. Die Eliten zeigen die Neigung, sich über geltende Normen und Regeln hinwegzusetzen, also unmäßig zu werden und das *Unverfügbare* anzugreifen, das dem Gesetz zugrunde liegt. So kämpfen die Grünen für die Gleichstellung der gleichgeschlechtlichen Verpartnerung mit der Ehe von Mann und Frau, aus der bekanntlich allein auf natürlichem Wege Kinder hervorgehen können – entsprechend auch der Interpretation des Bundesverfassungsgerichts.

Ebenso engagierten sich prominente Grüne im Bereich der Pädophilie, einer bekanntlich islamischen Spezialität. Der »Rechtsexperte« ohne Jurastudium V. Beck bezeichnete 1988 die »Entkriminalisierung der Pädosexualität« als »dringend erforderlich«.[309] Und Jahre davor trat sein Parteifreund, der Pariser Straßenkämpfer von 1968, Soziologe und Grünen-Europaparlamentarier D. Cohn-Bendit, mit der Beschreibung pädophiler Erlebnisse an die Öffentlichkeit.[310]

Während man die »Affäre« in Frankreich im Rahmen der 68er-Kritik noch diskutierte, hatte man sie in Deutschland bereits zu den Akten gelegt. Hier schienen – gegenüber dem französischen Laizismus – die altstaatlichen Normen den Zugkräften neuer Rechtssysteme wesentlich leichter nachgeben zu können – mit allen Chancen für einen Werte-Umbau, der allerdings nichts Gutes für die Frauen verheißt.

Nicht nur in der Grünen-Ideologie, sondern in der europäischen Politik allgemein machen sich sowohl links- als auch rechtslastige Strömungen geltend, die gleichermaßen in der Geschichte der deutschen Gegenaufklärung wurzeln (s. u. S. 225f.). Indem die Rechten den islamischen Antisemitismus und die Linken einen latenten Antifeminismus pflegen, verbinden sich beide mit dem doppelten, sozusagen *multikulturellen* Feindbild des Islam: Frau und Jude.

Verständlicherweise fühlen sich die grün-linken Multikulti-Vertreter von der Nachricht, sich in besonderer Nähe zum Rechtsradikalismus zu befinden, nicht gerade »bereichert«, geschweige denn »befruchtet«.[311] Dennoch werden sie der Konsequenz nicht ausweichen können: Sie stehen einem faschistischen Ganzheitsdenken nahe, in dem sie sich »den Islam« nur als »authentische« Einheit vorstellen können, deren »Organe« nicht verändert, d. h. integriert werden dürfen. Nur unter diesen Bedingungen kann Zuwanderung gelingen, sodass sie jedem »fremden Einfluss« – der Mitsprache der Bevölkerung – entzogen bleiben müssen.

In dieser Affinität tauchen faschistoide Züge auf, die sich auch in der esoterischen Tradition mit Anklängen in der nationalsozialistischen Ideologie finden (s. u. S. 232f.). Hier geht es insbesondere um fiktive Wirklichkeiten wie »Rasse«, »Ganzheit«, »organische Umwelt« etc., die zu realen Machtinstrumenten ausgebaut werden.[312] Ein anschauliches Beispiel lieferte der erwähnte V. Beck, welcher der konservativen Innenpolitik unterstellte, im Falle eines Wahlsiegs Bedingungen zu schaffen, die »Gestapo«-Methoden Vorschub leisten könnten.[313] All diesen Tendenzen ist die Ablehnung der jüdisch-christlichen Tradition und ihres humanistischen Erbes gemeinsam. Sie macht auch die westliche Haltung erklärbar, die seit vielen Jahren die Tötung von Christen im Nahen Osten verschweigt und die palästinensische Gewalt einseitig dem »Terrorstaat« Israel anlastet.

Zugleich werden die Aggression der jüdischen »Makkabäer«[314] und die »Kreuzzüge« des christlichen Europa verewigt, um die zivilisatorischen Leistungen der beiden Kulturen ein für alle Mal zu diffamieren. Der »friedliche Allah« nimmt inzwischen messianische Qualitäten an und könnte die Völker in ein neues Zeitalter (»New Age«) führen. Denn trotz aller Technisierung braucht die moderne Netzwerkgesellschaft humanes Hilfspersonal, das durch eine biologisch verfügbare und ideologisch kontrollierte Frau kostengünstig bleiben kann.

Als Teil des Globalismus bewegen sich Migrationsideologen und deren »Dialog«-Organisationen in einer biologistischen Sprache, die dem Dritten Reich entlehnt sein könnte. In ihrer Vision entsteht eine Art Rassenparadies: Da die Muslime Deutschland und Europa »befruchten«, zumindest »bereichern«, muss es, wie es oft heißt, als »rassistisch« gelten, irgendwelche rechtsstaatlichen, geschweige denn integrierenden Einflüsse auf die »organische« Integrität der Zuwanderer auszuüben.

Also fordert der moderne Naturglaube die muslimischen Frauen sozusagen »naturbelassen«, d. h. in ihrer islamisch korrekten, verhüllten Form, um eine optimale Befruchtung auch innerhalb der »organischen« Gemeinschaft zu gewährleisten. Ein solcher »Naturschutz« verdeutlicht nicht nur das grassierende bio-physikalische Denken, sondern öffnet auch den »Fortschritt« in eine neue politische Radikalisierung. Der SPD-Europa-Abgeordnete V. Öger zeigte sich von Denken und Sprache der

Zeit überaus positiv berührt, zumal er historische Verbindungen erkannte:

> *Das was Sultan Süleyman mit der Belagerung Wiens 1683 begonnen hat, werden wir über die Einwohner, mit unseren kräftigen Männern und gesunden Frauen, verwirklichen.*[315]

Ögers Vorstellung von den »kräftigen Männern« und »gesunden Frauen« entspricht den Forderungen des türkischen Ethno-Djihad und könnte vom algerischen Präsidenten Boumedienne beeinflusst sein. In einer oft zitierten Formulierung hatte dieser schon in der UNO-Vollversammlung 1973 »die Überwindung des Westens durch die gebärfreudigen Frauen des Islam« angekündigt.

Unsere Schlussbetrachtung macht deutlich, aus welchen Gründen die Islamideologen – ob aus linker, rechter oder ökonomischer Perspektive – in zunehmend sektenhaftes Denken und formelhaftes Sprechen geraten müssen. Ihre Engführung erlaubt ihnen kaum noch, gegenläufige Sachverhalte intellektuell zu verarbeiten, sondern zwingt sie zu mechanischen Reflexen, die sie mehrheitlich in rechtsradikales Gedankengut driften lässt.

An jenem zweifelhaften Privileg ließ Öger auch den Verfasser dieses Buches als »rechtslastig« teilhaben, obwohl – oder weil – dieser seit Jahren dafür bekannt ist, für den Rechtsstaat – demokratiewillige Muslime/-innen inklusive – sowie gegen Gewaltideologien und Antisemitismus zu schreiben und zu argumentieren. Als »rechtslastig« kann eine solche Position jedoch durchaus wahrnehmen, wer von besagter Tunnelsicht »betroffen« ist, wie sie sich zunehmend auszubreiten scheint.

Die häufigste Variante ist dummes bzw. opportunistisches Mitläufertum. Deren Teilnehmer bekommen die wohlwollende Plakette der »Gutmenschen« umgehängt und sind als »Trägermasse« einer ideologischen »Bewegung« unverzichtbar. Im eher gehobenen »Dialog« lassen sich zwei Haupttypen der neurotischen Faschismusfixierung ausmachen. Typ L (= Links) sieht seine Umwelt umso mehr nach Rechts verschoben, je linker die eigene Position ist. Typ R (= Rechts) projiziert seinen eigenen Radikalismus auf passend erscheinende Vertreter seiner Umwelt, um ihn in deren konstruiertem Windschatten selbst pflegen oder aber – wesentlich seltener – psychologisch verdrängen zu können. Beide kommen allerdings weniger auf den Gedanken, ihr »Feindbild« im linken Lager ausfindig zu machen, was ihrer gemeinsamen Rechtslastigkeit keinen Abbruch tut.

Beide Varianten verfügen über einen entsprechend begrenzten Horizont und Sprachschatz, der sie zu automatenhafter Wiederholung zwingt. Entsprechend inflationär ist inzwischen der Bestand an verbalen »Rechtsradikalen« angeschwollen. Der Soziologe W. Heitmeyer sieht sich geradezu von ihnen umzingelt (s. u. S. 200f.). Umso komfortabler konnten sich unter deren Schutzschirm derweil die Vertreter des real existierenden Rechtsradikalismus und seines Antisemitismus – entgegen aller Warnungen der Sicherheitsbehörden – einrichten: Neo-Nazis und Islamisten.

So verwundert nicht, dass sich auch die Sprache der fortgeschrittenen Islamlobby an faschistischem Sprachgut bedient. Kritik am Islam allgemein und an seiner Reproduktion im Besonderen gilt als das »Feindbild« *par excellence*, wenn nicht gar als der obligate »Rassismus«. In diesen Rahmen passt das frappierende Beispiel einer großen schweizerischen Boulevardzeitung.

Sie hatte mit dem Verfasser eine siebenteilige Artikelserie über die Frau im Islam vereinbart, den Inhalt geprüft, genehmigt und den Abdruck in Gang gesetzt. Nach der dritten Folge und vor Erscheinen der vierten – betitelt: »Keuschheit, Koitus, Kopftuch« – wurde die Veröffentlichung vorzeitig beendet. Was war geschehen?

Der Ablauf offenbarte einen besonders spektakulären Fall pathologischen Reflex-»Denkens«. Den gleichen Redakteuren, die die Texte zuvor geprüft hatten, schien nun der Schreck in die »Glieder« gefahren zu sein. Denn sie hatten anscheinend die zentrale Funktion ihres islamischen Heilsobjekts nicht bedacht: den Koitus. In der sektenhaften Engführung proislamischer Anpassung war ein monströser Fehler unterlaufen. Man hatte die sexuelle Kontrolle der Frau, die der Muslim als Vertreter Allahs ausübt, durch die Scheuklappen der sexuellen Freiheit gesehen, die allen, nur nicht der muslimischen Frau, offen steht.

Wie ein Schalter die elektrische Stromrichtung umkehrt, schlug auch das Weltbild um: Aus den Lehrern der Libertinage wurden Priester der Prüderie, deren Maulkorb sogar den des spätantiken Klerus übertraf. An der anderen Seite des Tunnels blieb allerdings auch der andere Frauenpol aktiv. Zwei Tage später titelte man dort: »Genialer Orgasmus – Studie zeigt, warum Frau nicht kommt«.[316]

Die Beispiele stehen für viele, die im zusammenhanglosen Punktdenken der »Informationsgesellschaft« sich zu einem kollektiven Schutzbereich, zur Zwangsvorstellung des islamischen »Friedens«, verdichten. Es ist ein ideologisches »Biotop« entstanden, in dem sich die Befruchtung durch den Islam – sozusagen ohne »natürliche Feinde« – vollziehen kann. Eine vorläufige Idealform scheint mit dem – weltweit einmaligen – Asylrecht in Deutschland erreicht.

Während mit über 90 Prozent die Ablehnungsquote extrem hoch blieb, hat sich hier ein System entwickelt, das Abschiebungen und Ausreisen auf nahe Null drückt, wovon immer wieder auch Islamisten profitieren. Diejenigen, die dem demokratischen Altstaat nachhängen, sehen darin einen umfassenden »Missbrauch«, den die Migrationslobby ihrerseits jedoch maximieren muss, weil er ihre »natürliche« Bestimmung ist.

Der vorläufige Schlussstein ihrer erfolgreichen Arbeit ist die so genannte »Härtefallkommission«. Sie ist das ultimative Bollwerk gegen den »Abschiebeterror«, das auch die letzten »rassistischen« Schlupflöcher schließt, aus denen die befruchtende Heilswirkung der Migranten entweichen könnte.[317] Da nicht nur Islamisten, sondern auch »normale« Kriminelle unter »Naturschutz« gestellt werden, ist der »Strukturwandel« von politischer Radikalisierung und organisiertem Verbrechen begleitet.

2. Bevölkerung im »Strukturwandel«

Vor diesem Hintergrund muss es als Erfolg gelten, dass die Noch-Mehrheit im Altstaat aus einer alternden Bevölkerung besteht, die kontinuierlich und zuverlässig abnimmt. Selbst bei drastischer Gegensteuerung hat sie auf viele Jahrzehnte keine Aussicht, ihren Schrumpfprozess zu beenden, geschweige denn umzukehren. Seit Mitte des 19. Jahrhunderts reduzierte sich die Geburtenrate in Deutschland von fünf auf 1,3 Kinder pro Frau, ein Rückgang, den zwar alle Industriestaaten durchlaufen haben, dieses Land aber zu einem der Schlusslichter in der Welttabelle machten. Dabei sanken die Geburten in dem Maße, in dem Einkommen und Frauenerwerbsquote stiegen.

Arbeitsteilung, Pluralisierung und globale Rationalisierung verschärfen den Trend nun doppelt: Sie drücken direkt auf die Einkommen und bewirken mit dem »Jobnomaden« einen Menschentypus, der sie seinerseits zusätzlich senkt. Seine Flexibilität und Mobilität zwingen zu immer kürzerfristigen Dispositionen. Längere Lebenspläne mit Familie und Kindern spielen in der technischen Netzwerk-Gesellschaft eine rasch abnehmende Rolle.

Dieses Konzept hat einen Preis, den man Stress nennt. In seiner Normalform ist er eine nützliche Einrichtung der Natur, die den Menschen befähigt, vorübergehende Spitzenbelastungen zu bewältigen. Wird allerdings die Belastung zur Norm, verbinden sich moderne Arbeitswelt und Reizüberflutung zum Dauerstress, werden Seele und Körper chronisch geschädigt.

In immer jüngeren Altersgruppen sind immer massivere Folgen für Kreislauf, Verdauung, Immun- und Sexualbereich zu gewärtigen. Vor allem jedoch ziehen frühzeitiger Hirnabbau (Demenz) und stressbedingte Denkenge (Tunnelsicht) einen »Verfall der internalisierten Bilder von der Welt nach sich, sodass die virtuellen Gesellschaftsmodelle im Kopf des Gestressten rudimentär und inkorrekt werden«:[318]

> *Stress ist der Herr moderner Sklavenheere, die sich in den Kathedralen einer globalen Mobilitätskultur sammeln: verhuscht in Terminkalendern fingernd, zwanghaft in Akten blätternd, hektisch zum Fetisch der Omnipräsenz, dem Handy, greifend, sobald sich ein Auge auf sie richtet. Sucht und Askese zugleich, ist ihre Verzichtbereitschaft zu einer absurden Mischung mit einem Unentbehrlichkeitswahn erstarrt.*[319]

Diese Einschätzung beschreibt nichts anderes als den Schweizer Fall stressbedingter Denkenge, die ein »inkorrektes«, vorliegend islamisch inkorrektes »Gesellschaftsmodell« erzeugt hatte. Allgemein bestätigt die Stressanalyse den modernen Denkverfall (s. u. S. 251) auf physiologischer Ebene. Daneben liefert sie über den sexuellen Ethikverfall (Stichwort: One Night Stand), der durch psychologischen Dauerstress entsteht, auch eine Erklärung für den demografischen Bevölkerungschwund.

Diese Konstellation ist extrem männlich und leitet sich aus urzeitlichen Anlagen her. Das jagd- und praxisgewohnte Repto-Hirn erträgt die Stressbelastung achtfach besser als die weibliche Limbo-Hirnzone, die auf Verbindung gepolt ist und »emotional nachhallt«.[320] So scheint sich also auch auf diesem Wege zu bestätigen, was alle Männer des Islam längst wissen: »Die wahre Frau ist eigentlich ein Mann«. Hier liegt die prähistorisch verankerte Schnittstelle, über die das moderne und das islamische Netzwerk sich im elektronischen Zeitalter langfristig »verdrahten« können – auf Kosten der Frauen.

Während die islamische Frau schon immer systemgerecht funktioniert, leistet ihre westliche »Kollegin« den Beitrag auf ihre Weise. Die Arbeitsfrau als Volksversion und die Business-Frau als Eliten-»Hierodule« mildern die »Kollateralschäden« des modernen Wandels: Verfall der Arbeitsplatzqualität, der Sozialsysteme und der Bildung. Die Verfügungsgewalt über dieses Geschehen konzentriert sich in immer dünneren Eliten, in denen auch die Frauen immer dünner gesät sind. Umso leichter lassen sich Konzepte entwickeln, die das »inkorrekte Gesellschaftsmodell« in den Köpfen der Menschen in ein »politisch korrektes« umwandeln, das durch den »Frieden des Islam« sogar noch zum Stressabbau beiträgt.

Die »Konservativen« wollten die Zuwanderung halbieren und hatten sie am Ende ihrer 16-jährigen Regierungszeit 1998 verdoppelt. »Die Renten sind sicher«, verkündeten die Verwalter des *Fin de Siècle* und hatten die Öffentlichkeit erneut belogen. Indem sie auf einer konstanten Lebenserwartung ab 2000 fußten, legten die »Spezialisten« der betroffenen Ministerien eine Annahme zugrunde, die bei Fachleuten auf Kopfschütteln stieß. Ebenso verschwieg man, dass sich die Relation der über Sechzig- zu den unter Zwanzigjährigen bis 2050 auf das Dreifache steigern und damit sowohl das Renten- als auch Gesundheitssystem sprengen wird.

Bei gleichen Rentenansprüchen sind Eltern gegenüber Kinderlosen benachteiligt, was die Geburten zusätzlich reduzieren wird. Inwieweit die Zuwanderer hier Remedur schaffen sollen, ist das größte Geheimnis der Migrationslobby. Schon jetzt sind es fast zur Hälfte Muslime, die ihrerseits zu einem Drittel Sozialhilfe empfangen und auf Dauer ihr Heil nicht darin sehen werden, für ein Heer ungläubiger Rentner zu sorgen. Sie driften in innermuslimische Wirtschaftsstrukturen, die sich eher selbst als dem deutschen Altstaat loyal sind. Ein klares Zeichen hierfür ist die Abnahme sozialversicherter Ausländer von 75 Prozent um 1970 auf unter 20 Prozent um 2005 – mit weiter sinkender Tendenz.

Eine Volkswirtschaft basiert auf Arbeit, Kapital und Innovation. Letztere wird von der jüngeren Generation zwischen 20 und 40 Jahren getragen. Selbst wenn die europäische Planung bis 2050 von nahezu 200 Millionen weiteren Zuwanderern realisiert wird, sinkt das Alterssegment zwischen 20 und 60 – derzeit um 60 Prozent – um mindestens ein Drittel. Nun ist die wichtigere untere Hälfte dieses Segments (20/40) allerdings auch diejenige, die auf deutscher Seite am stärksten sinkt und auf Seiten der Zuwanderer am stärksten steigt, insbesondere bei den Muslimen.

Deutschland versteht sich als ein »Einwanderungsland«, das hinsichtlich Bildung, Ausbildung und ökonomischer Effizienz eine gezielte Negativauslese betreibt. Die Zuwanderung ist zur knappen Hälfte islamisch, wobei deren Mehrheit wiederum eher ländlich-ungebildeter Herkunft ist. Diese Gruppe beruht auf traditionellen Strukturen, die nicht verändert werden dürfen und mit hohen Reproduktionsraten einhergehen. So wird ihr Anteil an der innovativen Altersgruppe besonders rasch wachsen und die Wettbewerbsfähigkeit in Forschung und Entwicklung schwächen.

Man weist zu Recht auf den hohen Anteil von Ingenieuren im fundamentalistischen Islam hin, die jedoch, wie die praktische Realität der Region zeigt, den Nachweis schuldig geblieben sind, nennenswerte technologische Beiträge zu leisten. Auf ausführender Ebene mögen sie den Netzwerkcharakter stärken, insgesamt lassen sie jedoch die innovative Kreativität vermissen – mit Ausnahme der Kryptisierung von Nachrichten im Bereich der Terrorlogistik.

Die »Bereicherung« wird also kaum die Produktivität betreffen, sondern sich eher als Verarmung entpuppen, die zusätzlich durch die globale Standortkonkurrenz verschärft wird. Die Resultate der PISA-Studie gaben einen ersten Vorgeschmack auf den kommenden Negativ-Schub. Frankreich als Testsieger bildet das logische Gegenbeispiel, indem es – abgesehen von der kolonial bedingten Migration – eine minimale Zuwanderung betreibt.

Der Bevölkerungsexperte Herwig Birg zeigt die extrem langfristigen Folgen auf, die Fehlentwicklungen in solchen Konstellationen nach sich ziehen.[321] Eine Korrektur braucht die dreifache Zeit der vorangegangenen Entwicklung. Die staatsverändernde Wirkung der Zuwanderungspolitik währt seit über drei Jahrzehnten, sodass die Umkehr also ein ganzes Jahrhundert in Anspruch nehmen würde.

Nach unserer Analyse ist jedoch der derzeit erreichte Zustand eher als Zwischenergebnis eines politischen Willens zu sehen, der die gesamten Ressourcen des Staates in den eigenen Umbau investiert. Von einer »Korrektur« kann also überhaupt keine Rede sein. Vielmehr scheint die

Schrumpfung der einheimischen Bevölkerung, begleitet von unqualifizierter Zuwanderung, Weg und Ziel der deutschen Politik zu bleiben.

In diesem Punkt ist sich eine Allparteienkoalition einig. Die »konservativen« Parteien legen der konzertierten grün-roten Naturideologie keine Zügel an, sondern bestätigen und ergänzen sie als ihr »gemäßigter«, d. h. ökonomischer Flügel. Beide stehen unter dem Einfluss des französischen Philosophen Michel Foucault (gest. 1983). Danach ist die islamische Zuwanderung als stärkender Katalysator zu sehen, sozusagen als belebender »Körperstrom«, der den geistigen und biologischen Abbau ausgleicht.

Wie erwähnt spricht Foucault von »Körpermaschinen«, die für den Produktionsprozess vor Ort erzeugt oder anderweitig (z. B. durch Migration) beschafft werden.[322] Er bildet – neben Baruch Spinoza (gest. 1677) und Karl Marx (gest. 1883) – die dritte wichtige Säule der globalistischen US-Herrschaftsideologie. Ihre Gedanken tragen das ultimative »Imperium«, eine zukünftige »Bio-Maschine« als geflechtartige Weltgesellschaft, die unter einer anonymen Führungebene von für ihre Aufgabe »dressierten Eliten« gelenkt wird.[323] Wissenschaften wie die Zoologie unterstützen diese Utopie, indem »wir und alle anderen Tiere Maschinen sind, die durch Gene geschaffen werden«.[324]

Birg beklagt das »dröhnende Schweigen« der Politik und ihre notorische Untätigkeit, die nach unseren Ergebnissen eher als Teil einer in sich geschlossenen Umwälzung zu sehen ist. Dabei ist es kein Zufall, dass er die langfristigen Bevölkerungstrends als »werteschaffend und wertevernichtend« bezeichnet – je nach Richtung der elitären Machtzwecke. Aus der *ungreifbaren* Qualität des langen Trends ergeben sich für ihn greifbare Quantitäten der aktuellen Gegenwart, ganz ähnlich dem kulturell *Unverfügbaren*, das aktuelle, politische Folgen hervortreten lässt, wenn seine Grenzen überschritten sind. Sie im laufenden Umbau zu orten, fällt nicht sonderlich schwer: hemmungslose Neuverschuldung, Sozialdemontage des Altstaats, Verfall der Wettbewerbsfähigkeit, Verteilungskämpfe zwischen den Generationen.

Zur Logik der staatlichen Veränderungen gehört es, dass der Staat selbst zur »Baustelle« wird. Der »Strukturwandel« bringt es mit sich, dass für eine Zeit des Übergangs alte neben neuen Elementen existieren. So wie es demografisch eine alte Schrumpfgesellschaft neben dem neuen »Schwellkörper« der Islamzuwanderung gibt, so gibt es politische

»Staatsfeinde« – oder auch »Volksverhetzer« – neben Staatsfreunden bzw. »demokratischen Islamisten«. So wie sich die Kirchen leeren und zunehmend verkauft werden, so füllen sich die Moscheen, deren Netz sich dynamisch ausweitet. So wie es Richter gibt, die geltendes Recht sprechen, so gibt es Richter, die das Gesetz Allahs beachten und ehrenmordende Muslime »kulturbedingt« beurteilen.

Bei der übergreifenden Dimension des Vorgangs leuchtet ein, dass sich diese Kette noch erheblich verlängern ließe. So könnte man ergänzen, dass es in den Medien immer leichter wird, proislamische Stimmen zu Wort kommen zu lassen als solche, die das Interesse der Noch-Mehrheit bzw. der rechtsstaatlichen Altordnung vertreten. Und insbesondere könnte man anfügen, dass es in den Wissenschaften – z. B. Soziologie, Orientalistik, Geschichte – eine wachsende Zahl von Vertretern gibt, die Forschungsfelder je nach Aktualität auswählen und Ergebnisse veröffentlichen, die dem Ordnungswechsel im Sinne des Islam dienen (s. u. S. 240, 252). »Beispielhaft« ging die Islamkunde voran, deren Vertreter ein besonders ausgeprägtes Faible für das Vormoderne zeigen:

> *Während die frühe Orientalistik Muhammad vorwarf, für einen Religionsstifter, der mit dem Anspruch aufgetreten war, Gottes Offenbarungen zu verkünden, zu grausamen Mitteln im Umgang mit seinen Feinden gegriffen zu haben (Rache, Vertragsbruch, Ermordung seiner Feinde; Kriegszüge gegen die Juden), ist die zeitgenössische Orientwissenschaft zu dem Schluss gekommen, dass Muhammads Methoden und Vorgehensweisen, gemessen an seiner Zeit und den Gesetzen der arabischen Blutfehde und Vergeltung, weder außergewöhnlich grausam noch verwerflich gewesen seien.*[325]

Der Sinneswandel hat nicht nur mit der generell um sich greifenden Inkompetenz zu tun. In der Fachschaft dürfte es inzwischen nur noch sehr wenige »Verantwortliche« geben, denen von islamischer Seite noch keine finanziellen Anreize angeboten worden sind, ganz zu schweigen davon, dass einige von ihnen bereits die logische Konsequenz gezogen und den Islam angenommen haben. Dies ist allerdings keine Bedingung, wie man dem proislamischen Trend von Wissenschaft zu tendenziöser Berichterstattung – ein wohlwollender Begriff für »Hofchronik« – unschwer entnehmen kann.

So kam auch von westlicher Seite kein Widerspruch, als auf dem Orientalistentag 2002 in Amman die Forderung erhoben wurde, die britische Orientalistin Patricia Crone aus der internationalen »Community« auszuschließen. Sie hatte es u. a. gewagt, die Authentizität der islamischen Prophetentradition in Zweifel zu ziehen, und machte mit ihrem Fall deutlich, dass die Islamkunde sich zu einem Hilfsfach für die islamische Theo- bzw. Ideologie entwickelt.

Hier wurden wichtige Weichen gestellt, die islamischen Interessen einen Bonus und wissenschaftlicher Überprüfung den entsprechenden Malus erteilten. Wenn nahezu jeder Blick in die Geschichte, der kritische Zusammenhänge herstellt, als »Polarisierung« verboten wird, kann dabei schlechterdings keine Wissenschaft, sondern allenfalls eine »gepolte«, eine fest verdrahtete Form euro-islamischer Glaubenswissenschaft herauskommen.

Aus dieser Sicht können sich zwar »Ehrenmörder« auf ihren Brauch, keinesfalls jedoch die Kreuzfahrer des Mittelalters auf den »Brauch« ihrer Zeit berufen. Sie bilden den Maßstab für Gewalt schlechthin. Das halbe Jahrtausend der Reformation und Aufklärung, das sich Europa seiner besseren, gewaltfreien Seite bewusst werden ließ, hat es nach proislamischer Ideologie nicht gegeben. Wer immer auf die Gewalt des Islam verweist, wird in die Sippenhaft der Kreuzzüge genommen und mit deren nun auf ewig festgeschriebenen Schuld zum Schweigen gebracht. Was vielleicht noch an Gewaltresten erkennbar bleibt, »ist nicht der Islam« oder auch der bewährte »Miss-Brauch«.

Die Wirtschaft schwenkt ihrerseits in den Trend ein. Konzernstiftungen stellen Mittel zur Verfügung, um bestimmte neustaatliche Projekte zu fördern. So entstand u. a. eine Publikation (Quandt), die als »Handreichung« für den Bau von Moscheen deklariert ist, allerdings mit undifferenzierten Formulierungen erreicht, dass die betroffene Bevölkerung desinformiert und vor vollendete Tatsachen gestellt wird.[326]

»Deutsche Zustände« beschreibt W. Heitmeyer, der noch von seinem Renommee als Gewaltforscher zehrt und sich in einer VW-gesponsorten Arbeit mit »gruppenbezogener Menschenfeindlichkeit« beschäftigt. Die Studie steht musterhaft für die Engführung soziologischer »Feldforschung«, die sich auf die Kombination von Computerwissen beschränkt[327] und in ideologische Tunnel führt, weil sie keine Zusammenhänge zulässt. Losgelöst von störenden Fakten, die zu schwierigen

Differenzierungen zwingen würden, stellt Heitmeyer u. a. ein generelles »Syndrom von feindseligen Mentalitäten in dieser (der deutschen) Gesellschaft« fest.

Mit pseudo-wissenschaftlichen Methoden nach Art des »Anything goes« eines Paul Feyerabend (»Wider den Methodenstreit«) landet die »Studie« dort, wo sie der neustaatliche Umbau braucht. Der Altbevölkerung wird eine Tendenz zur »totalitären Grundhaltung« bescheinigt, indem sie sie sich »islam-phobisch« und »anti-liberal« gegen Islamisierung und Kriminalisierung wehrt. Ihr wird damit das Recht auf ein eigenes Rechtssystem, auf Heimat und letztlich auf Zukunft verwehrt – eine wichtige Bedingung für die Migrationspolitik.

Mit großen Beträgen schaltete sich die Bertelsmann-Stiftung in Aktivitäten ein, die den »Dialog mit dem Islam« proislamisch gestalten und in institutionelle Formen überführen sollen. Da man hier ohne Mandat Aufgaben des Staates übernimmt, tritt dessen Souveränitätsverfall unmittelbar hervor. Indem ein solches Projekt des gesamten »Dialog« und seine über-institutionellen Funktionen vereinnahmt, erreicht es einen effizienten, wenngleich politisch dubiosen Wirkungsgrad.[328]

Solche Aktivitäten können ihrerseits wiederum zum Schutz gegen rechtliche Kontrollen und ethische Normen beitragen. So wird Hitlers »Mein Kampf« – seit Jahrzehnten Bestseller in der Türkei – über den US-Buchhändler Barnes & Noble vertrieben, an dem Bertelsmann mit 40 Prozent beteiligt ist. Eine einschlägige Beschwerde des Simon Wiesenthal Centers speiste die Firma schon 1999 mit der Einlassung ab, den Verkauf nach Deutschland gestoppt zu haben, insgesamt jedoch auf die Vertriebspolitik ihrer Tochter keinen Einfluss nehmen zu können.[329]

Einer der größten »Player« im Mediengeschäft gab sich also in diesem brisanten Aspekt plötzlich den Anstrich provinzieller Bescheidenheit, als wenn dadurch der Verkauf der unheilvollen Hassschrift – im globalen Zeitalter – nun in Deutschland oder anderswo unmöglich geworden wäre. Solche und ähnliche Beispiele sind Legion, weil der internationale Wettbewerb vermeintlich zum Handeln zwingt, wenn der Konkurrent nicht zuvorkommen soll. Im Bereich der Kultur ist »der Markt« somit längst zu einem börsenartigen Umwandler geworden, in dem sich mit dem ökonomischen Weltbild auch die Ethik wandelt.

Worum es hier geht, ist die Richtung der so genannten »Moral«. Wenn Bertelsmann und zahlreiche andere Konzerne des In- und Auslands den

»Dialog mit dem Islam« auf dieser Ebene fortsetzen, wird man eher an die Moralform der Genetik anschließen. Sie ist in dieser Hinsicht mit Abstand die wichtigste Zukunftswissenschaft, weil sie in den Bauplan, im wahren Wortsinn ins »Eingemachte« des Menschen vordringt. Umso genauer hat die Kulturkritik sie beobachtet und inzwischen resigniert:

> *Es ist hier offenbar nicht mehr der technisch-wissenschaftliche Fortschritt, der im Lichte der Moral bewertet wird … Die Moral wird zu abhängigen Variablen des wissenschaftlich-technischen Fortschritts erklärt.*[330]

Der staatliche Verfall und die Auszehrung seiner wirtschaftlichen und innovativen Ressourcen bereiten inzwischen auch den klassischen Refinanzierern der »altstaatlichen« Verschuldung Sorgen. Einige von ihnen haben begonnen, sich vorsichtig zurückzuziehen, weil man Deutschland – wie es im Fachjargon heißt – kein »Triple A« mehr geben kann. Das bedeutet, dass dieses Land nicht mehr als erstklassiges Anlagerisiko eingestuft wird, was bis vor gar nicht so langer Zeit noch für gänzlich undenkbar gehalten wurde. Den frei gewordenen Platz besetzen neue Kräfte wie u. a. Saudi Arabien, das schon seit den 1980er Jahren die ideologische Orient-Philie durch die finanzielle Abhängigkeit verstärkt und unter geeigneten Umständen auch die Konkursverwaltung übernehmen kann.

3. Das Theater der Täuschung

In der abschließenden Betrachtung skizzieren wir die tieferen Gründe, die das »aufgeklärte«, pluralistische Weltbild in die Vormoderne, in einen quasi-mythischen, zwanghaften Ablauf mit Gewaltpotenzial zurückführen könnten. Zuvor sollten wir jedoch im aktuellen Arsenal der politischen Manipulation die vorläufig letzte Neuerung nicht vergessen: das »Anti-Diskriminierungsgesetz« (ADG).

Wie wir in Teil IV ausführen, sind sowohl in der Theorie moderner Ideologien als auch in der Praxis der medialen Gesellschaft verpflichtende Leitbegriffe unverzichtbar. Sie werden zuweilen als »Verbalkeulen« verunglimpft, was auf einige – z. B. »Rassismus« und »Volksverhetzung« – zutreffen mag, aber auch den rechtslastigen Radikalismus ihrer Vertreter offenbart. Aus einer Perspektive der Effizienz muss man den Symbolformeln jedoch große Rationalität und Wirkweite bescheinigen. Dabei kommen die Wortschmiede sowohl aus dem grünen als auch dem »konventionellen«, liberalistisch-marxistischen Lager (s. u. S. 245ff.).

Im Falle des ADG scheint wieder ein großer Wurf zu gelingen. »Diversität« (Verschiedenheit, Abwechslung) lautet der Kernbegriff, der das Dreier-Dogma von Effizienz, Toleranz und Korrektheit kongenial zusammenfasst. Zwischen Grenze und Austausch schillernd, öffnet er einen Ozean der »Gerechtigkeit«, in dem alle Kennzeichen und Merkmale des Menschen verschwimmen und ihre Bedeutung letztlich verlieren sollen. Entsprechend unklar lobte u. a. die Grünen-Vorsitzende C. Roth den Gesetzentwurf als »Signal der Integration«, »Stärkung des Wettbewerbs«, »Erschließung kreativer Ressourcen« etc. und führte als staatliches Vorbild die Dax-Unternehmen an, die mit »Diversity-Management« voranschreiten.[331] Das wichtigste Ergebnis der Anti-Diskriminierung ist der künftige Schutz der »psychischen Integrität« jeden Individuums. Niemandem kann nichts, was seine/ihre Merkmalsintegrität in Geschlecht, Weltbild, Herkunft, Gestalt, Alter etc. erfordert, vorenthalten werden.

Die vollständige Auflösung dieser Kriterien bedeutet die Auflösung der Identität und damit die vollständige Herrschaft über sie. Der »Schutz« der psychischen Integrität des Einzelnen besteht in der psychischen Integrität des Ganzen, also seiner Lenkbarkeit. Solange es den »dressierten Eliten« – zum Beispiel der Vorsitzenden – gelingt, sich selbst vor Wissen zu schützen, können nicht nur, sondern müssen sich die Identitäten an den Kraftlinien von Effizienz, Toleranz und Korrektheit wie Magnetspäne ausrichten. So werden sie ihrer Janusfunktion gerecht: Je mehr »Diversität«, desto weniger »diskriminiert«, desto einheitlicher arbeitet der Teilchenzoo »individueller Werte« dem traditionellen Machtzweck zu – der Kontrolle von Recht, Religion, Besitz und Frau.

Da dieser wissensfreie Ablauf niemanden – ausgenommen die einheimische Bevölkerung – einzeln diskriminiert, akzeptiert er natürlich auch jeden Muslim. Dessen »psychische Integrität« besteht allerdings in der Zugehörigkeit zum Islam, der als Ganzes eine erweiterte Qualität erlangt. Denn seine Anhänger müssen ihrerseits »diskriminieren«, weil sie weder den »Glauben« verlassen, noch auf die Kontrolle der Frauen verzichten, noch andere Weltbilder akzeptieren können. Wir befinden uns damit mitten in der Metaphysik des Islam, die bekanntlich *nichtislamische Gegensätze vernichten* muss.

Die Muslime profitieren also in besonderem Maße von der neuen Dimension politsozialer Inkompetenz, die ihnen weiter steigenden Einfluss auf den Fortschritt des staatlichen Umbaus einräumt. Um das islamische Recht nicht zu »diskriminieren«, muss sich der demokratische Rechtsstaat zurückziehen und Grundrechte wie die Gleichheit der Geschlechter und Freiheit der Religion als, wie es zuweilen heißt, »Fundamentalismus« aufgeben.

Wie erwähnt, formulierte der Verfassungsjurist W. Hassemer kongenial, dass der Islam – und damit auch sein politisches Recht – »keiner scharfen Befragung« ausgesetzt werden darf. Sein Kollege J. Isensee hielt indes mit Kernsätzen dagegen, die den Kreis zum westlichen, in Sonderheit deutschen Dilemma schließen:

> *In der offenen Geselllschaft der Verfassunginterpreten ist ein Überbietungswettbewerb entbrannt ... Dem Sieger winkt die Palme der multikuturellen Offenheit, der Toleranz ... Der heilige Grundrechtseifer beschränkt sich freilich auf den Religions- und Kulturimport des Islam.*[332]

Mit großer Berechtigung wird hier nochmals festgestellt, dass die Muslime die gezielten Günstlinge des »heiligen Grundrechtseifers« sind. Ebenso schlüssig verweisen auch unsere Ergebnisse auf ein konzertiertes Herdenverhalten der staatlichen Führungsebenen. Die Geschlossenheit des hier vorgestellten, proislamischen Weltbilds, das reflexhafte Denken seiner »dressierten Eliten« und ihre flagrante Illoyalität gegenüber den Menschen des eigenen Staats tragen alle Merkmale eines Ordnungswechsels, eines modernen Mythos.

Zudem erinnern sie an ein eindrucksvolles Bild des Dante Alighieri (gest. 1321), der einst die ganze Welt als sein »Vaterland« sah. Es sind die *goldenen Mäntel aus Blei*, welche die Heuchler und Verräter durch alle Zeiten als metaphysische Last mit sich herumschleppen. Unweigerlich werden sie erdrückt, wenn sie denn das Unverfügbare, die Grenzen der Kultur, brechen. Auf ihr Dilemma kommen wir abschließend zurück.

Indem die Umwälzung auch die Ehe zurückdrängt, breiten sich neben der Aufwertung der Homosexualität die westlichen Standards des Single-Status mit höchst technischen, d. h. persönlichen und sexuellen Kontakten auf Kurzzeitbasis aus (»One-Night-Stand«). Hier kommt eine moderne Schnittstelle zum Vorschein, die schon den Aufklärungsphilosophen I. Kant mit dem islamischen Programm der optimierten Begattung verbunden hatte (s. u. S. 223f.).

Der entscheidende Unterschied besteht nun »natürlich« darin, dass die islamische Sexualität für Nachkommenschaft so offen wie die westliche für sie geschlossen ist. So geschlossen, dass man im technischen Fortschritt keinen Sinn mehr in der biologischen Fortpflanzung erkennt und sich logischerweise selbst verhütet bzw. abtreibt. Umso mehr liegt es im »wohlverstandenen Interesse«, die islamische Migration in Länder mit hoher Ausdünnungsrate, zunächst also Deutschland, zu lenken.

Wie wir wissen und abschließend erläutern werden, gehört es zum staatsverändernden Konzept, die schrumpfende Bevölkerung konsequent zu desinformieren. Im Islam selbst braucht man sich darum nicht lange zu bemühen, weil Lüge und Verstellung (arab.: *taqiya*), wie allmählich auch in Europa bekannt wird, zu den Glaubenspflichten im Umgang mit Ungläubigen gehören. In der laufenden Praxis hat die Verbindung aus euro-arabischer Esoterik (s. u. S. 237f.) und medialer Bildertechnik inzwischen die Figur des *politischen Schauspielers*, sozusagen des »gemäßigten Lügners«, hervorgebracht. Dieser Typus ist Bestandteil der Politik als *Inszenierung*, die wiederum den Dramaturgie-Anweisungen der Effizienz, Toleranz und Korrektheit folgt.

Aufgrund der damit einhergehenden Konformierung ist das gesellschaftliche Publikum immer weniger in der Lage, die Konfliktfelder zu bemerken, die sich hinter der Vermischung von Bühnenbild und Alltagsrealität verbergen. Auf der Drehbühne des »Islamdialogs« sind inzwischen trojanische Dekorationen von hohem Kaliber entstanden. »Ungläubig« verfolgen die Konsumenten die Schautruppe von politischen Jongleuren, multikulturellen Darstellern, Islamsprechern, Kirchengauklern und unzähligen medialen »Islamexperten«, deren Vielfalt allerdings auf einem monolithischen Glaubensfundament fußt: Vom Ethik-Paradies der Muhammad-Gemeinde über die Toleranz des Cordoba-Kalifats und des osmanischen Reichs, die Traditionskultur Arabiens, die »Heiligkeit« des revolutionären Iran (Josef Fischer) etc. spannt sich bis in unsere Zeit hinein der unzerstörbare Mythos vom »toleranten Islam«.

Während dabei die seriöse Information auf der Strecke bleibt, kann sich der Kreis zur esoterischen Praxis erneut schließen: Die Politik wird nicht von Politikern gemacht, sondern, wie der Verwaltungsjurist H.H. von Arnim schildert, von begabten Darstellern inszeniert. Die oligarchische Führung scheinbar konkurrierender Parteien einigt sich über die üblichen Machtzwecke – Steuerung und Besteuerung der Masse – und schickt die besten Schauspieler ins mediale Rennen.[333]

Die überzeugendste Variante waren die Kontrahenten des deutschen Wahlkampfs von 2002, die in identischer Kleidung – Anzug, Hemd und Krawatte – erschienen. Sie traten als Repräsentanten einer feudalen Politik auf, bei der die Masse sowohl optisch als auch faktisch die »Wahl« zwischen zwei deckungsgleichen »Optionen« hatte, über die längst entschieden war:

> *Denn diese (die Parteien) wissen, dass ihre politischen Erfolge entscheidend davon abhängen, welche Realitätsbilder sich im Bewusstsein der Bürger festsetzen. Darauf reagieren sie mit der strategischen Inszenierung der Wirklichkeit.*[334]

So war es kein Risiko, sondern eher logische Konsequenz, den deutschen Außenminister über seine umstrittenen Visa-Praktiken im Fernsehen zu befragen. Weder durch Wissen noch ein zu konsequentes Eintreten für die Demokratie war er verdächtig geworden. Im Gegenteil: Mit einer Laufbahn, die vom Kampf gegen den Staat zum »Fall für die Staatsanwaltschaft«[335] führte, war der Weg in höchste Staatsämter offen.

Indem sich sein Sprachschatz auf wenige Begriffe wie »Holocaust« und »Auschwitz« konzentrierte,[336] wurde er zum perfekten »Sprecher« auf der Bühne einer trojanischen Politik.

Stets zu Höherem berufen, trat der phrasengewandte Bildungslose mit einem »Geschichtswerk« an die Öffentlichkeit, dem der »Welt«-Chefredakteur R. Köppel als Hauptmerkmal ein »Rauschen der Begriffe« entnahm.[337]

Ein näherer Blick enthüllt jedoch die üblichen, »wohldefinierten Protokolle«. Im Rahmen einer pompösen Wortschwemme, die fehlendes Wissen kaschieren soll, lassen sich durchaus die bekannten Formeln mit Programmcharakter ausmachen. Euphorisch beschreibt der Autor die Leistungen »transnationaler Körperschaften« – nichts anderes als unsere »dressierten Eliten« –, die nun die »kopernikanische Wende des Staatensystems« vorantreiben – eine bombastische Umschreibung der »Systemüberwindung«.

Für solche Weltenlenker liegt nichts näher als eine »Rekonstruktion des Westens«.[338] Vielleicht war es dabei sogar möglich, den Holocaust als

»Gründungsmythos« Deutschlands mit den klassischen Strategien islamischer Expansion zu verknüpfen? Der »Rekonstrukteur« in spe schien jedenfalls vom »Heiligen« in der iranischen Revolution so beeindruckt,[339] dass es auch ins Private ausstrahlte. Sein Interesse fürs Radikale hatte er schon 1969 unter Beweis gestellt, als er auf bei der PLO-Konferenz in Algier der Resolution für den »Endsieg über Israel« beiwohnte.[340] Dass bei den »dressierten Eliten« ethische Bremsen nachhaltig ausgebaut bleiben, stellte seinerseits der »Zentralrat« der Juden in Deutschland sicher: Er zeichnete den Außenminister 2005 mit dem Leo-Baeck-Preis aus.

Unsere abschließende Studie – »Europa+Orient=Frieden?« – soll klären, warum die elitäre, euro-islamische Zusammenarbeit eine traditionelle Rolle in der konkreten Politik spielt, und der mystischen Gestalt eines »kommenden Orientgottes« realen Auftrieb gibt. Für unsere These vom Ordnungswechsel bildet er die logisch und ästhetisch passende, aber eher symbolische, eben esoterische Galionsfigur (s. u. S. 226ff.).

Ausschlaggebend ist die funktionelle Geschlossenheit des westlich-pluralistischen Dogmas aus wirtschaftlicher Effizienz, kultureller Toleranz und politischer Korrektheit. Mit weiter fortschreitender Pluralisierung macht es den islamischen Zweck zum Erfolgskonzept, zum neuen »höheren Wert«. Dabei erlangt die Verähnlichung beider Kulturen, ihre technisch-biologische Vernetzung, den Charakter einer Heilsvision, die in den »Frieden des Islam« mündet.

Dem Bild von der »biopolitischen Maschine«, das von den Architekten der US-»Weltordnung« entworfen wird, lässt sich daher zustimmen. Aus der alten Individualsicht wirkt es zynisch, aus der neuen Massenperspektive »fortschrittlich«. Ideologische Tiefe und gesellschaftliche Breite der maßgeblichen Interessen lassen bei der laufenden Hinwendung zum Orient somit auf eine semi-mythische Heilsvision auf realökonomischer Basis schließen. Sie wird in der Entwicklung Europas ein wachsendes Konfliktpotenzial bilden, dessen Gewalthemmungen sich bereits abzubauen beginnen, indem sich der radikale und nicht der liberale Islam in die europäische Politik »integriert«.

Dabei sind es die demografischen Bedingungen, die den »Strukturwandel« langfristig tragen und zu einem historischen Weltbildwandel machen. Auf dessen Bühne tritt »der Islam« nicht nur als neuer »Global Player«, sondern auch und vor allem als »Global Actor« auf, der seine Frauen islamisch und sich selbst europäisch verhüllt. In der mythischen

Verkleidung des »Friedens« und der »Toleranz« wächst er derzeit in eine neue Ordnung Europas hinein, deren politische Strukturen umso religiöser und damit radikaler werden, je enger sie unter das Drohregiment ihrer islamistischen Führungsoffiziere geraten.

Die Frage kommt auf, ob die Europäer – zumindest die Deutschen – sich inzwischen hinreichend an den Forderungen »orientiert« haben, nicht »islamophob«, »populistisch« (lat.: *populus* = Volk!) oder gar »rassistisch« zu sein, um die Wahrung ihrer Interessen nachhaltig aus dem Blickfeld verlieren zu können. Mit zunehmender islamischer Präsenz wächst allerdings auch ihre Erpressbarkeit, die der »Dialog« – in einer Spirale aus islamischer Drohung und westlicher »Toleranz« – zuverlässig und unumkehrbar steigert.

Setzt sich die Entwicklung fort, wird auch die Denkdimension schwinden, die dazu befähigt, überhaupt noch irgendeinen Verlust bemerken zu können. Seit vielen Jahren suggeriert die EU-Elite den so genannten »Win-Win«, womit eine Lage gemeint ist, von der beide Seiten, z. B. Zuwanderer und aufnehmende Gesellschaft, profitieren. Zwar lassen die wachsenden Ghettos an diesem »Konzept« Zweifel aufkommen, doch bleibt das Generalvertrauen der Menschen zunächst noch durch die Verbalkeule des »Generalverdachts« abgesichert, mit der jede Differenzierung erschlagen wird. Man folgt einem Reflex, der in der Soziologie und auch in der Finanzpsychologie bekannt ist.

Er besteht in der Neigung, kleinere Vorteile und Gewinne sofort mitzunehmen, ohne auf größere, aber unsichere in der Zukunft zu warten. Das Gegenteil trifft für die Verluste zu. Obwohl die gleiche Wahrscheinlichkeit wie beim Gewinn vorliegt, lässt man den Verlust offen und hofft, ihn durch einen günstigeren Verlauf wieder ausgleichen zu können. Ein realisierter Verlust ist unangenehmer als ein entgangener Gewinn.[341] Mit dem »Spatz in der Hand« gegenüber der »Taube auf dem Dach« umschreibt der Volksmund nur die erste Seite dieses Sachverhalts.

Die »Toleranz« der Deutschen und Europäer folgt der wesentlich folgenschwereren zweiten Seite eines tief verankerten Verhaltensmusters. Es funktioniert umso besser, je weniger Daten ihnen zur »pragmatischen Abwägung« nach dem Muster des nachfolgend zitierten W. Quaisser erlaubt sind. Im Schlusskapitel werden wir sehen, wie sorgfältig die »Dressureliten« die offene Diskussion und Prüfung des Islam vermeiden, *um das Falsche zu garantieren* (s. u. S. 251).

Die Vorgänge um den EU-Beitritt der Türkei haben dies bisher deutlich demonstrieren können. Die euro-türkischen Eliten arrangieren sich über die Köpfe der Menschen hinweg, wobei Widerstände – z. B. gegen die EU-Verfassung – kurzfristige Reaktionen in einem unscharfen Ablauf sind, dessen Richtung und Ergebnis jedoch langfristig nicht in Frage gestellt wird: die Schleichislamisierung auf Kosten altstaatlichen Rechts und Solidarpotenzials. Wenn es heißt, dass man seine Strategie »den Menschen nicht ausreichend vermittelt« habe, geht es immer um Verzichtsleistungen der Altgesellschaft und Demokratie. Keinesfalls bedeutet es, dass man den Muslimen zukünftig eine bessere »Vermittlung« von Religionsfreiheit und Frauenrechten zumuten lassen will.

Zwei Gruppen haben dabei immer weniger zu erwarten: die lokale Mehrheitsgesellschaft sowie die muslimische Mehrheit, die aus Frauen und »säkularen« Männern besteht. Im Zuge der wachsenden geistigen Blockaden nimmt allerdings auch die Fähigkeit der Europäer ab, mit dem Schwinden ihrer Kultur, deren Träger sie selbst sind, überhaupt noch irgendeine Art von Verlusterlebnis zu verbinden.

Ein anschauliches Beispiel für die Zwänge der wachsenden Inkompetenz ist der Agronom Wolfgang Quaisser. Für ihn kann nur dann von »Ausgewogenheit« die Rede sein, wenn nicht nur islamische Belange, sondern auch Wirtschaft, Religion und die gesamte Kultur aus dem »Dialog« ausgeklammert werden.[342] Derart von Wissen befreit, soll der EU-Beitritt der Türkei allein aus der Sicht einer »pragmatischen Abwägung« von Kosten und Nutzen entscheidbar sein – ein klassischer Fall »dressierter Elite«, die blind das Unverfügbare in der Gesellschaft angreift. Erinnern wir uns: Weltbilder brauchen konformistische Mitläufer, um der Masse die jeweilige Kosten-Nutzen-Rechnung, z. B. den »Shareholder Value« aus islamischer Zuwanderung, als ihr eigenes »wohlverstandenes Interesse« erscheinen zu lassen.

Wenngleich viele spüren, dass ihnen mit der geistigen Kultur Europas eine einzigartige Errungenschaft zu entgleiten beginnt, fehlt ihnen die Kreativität, Instrumente für eine konstruktive Veränderung und Integration zu entwickeln. In seinen kulturellen »Facetten« jedoch, deren lokale Variationen sich unterscheiden und zugleich nahe sind, ist Europa ein in der Welt einmaliger Glücksfall. Umso bewahrenswerter sollte er daher allemal sein, zumal die eigene Gewaltgeschichte einen wahrlich hohen Preis abverlangt hat.

Entsprechend dubios erscheint die systematische Rückkehr der EU-Führungsebenen zu diktatorischer Politik, repressiver Bürokratie und Korruption.[343] Den Menschen wird der Zustrom der islamischen Kultur verordnet, ohne sich erst angemessen informieren und dann »pragmatisch abwägen« zu können. »Bereicherung« und »Befruchtung« sind die ideologischen Keulenbegriffe, die aus einem Verlust einen Gewinn machen sollen, aber das wachsende Verlusterlebnis mit sinkenden Einkommen und wachsenden Ghettos nicht zum Verschwinden bringen. In der alten, vergeblichen Hoffnung, dass die Eliten ihrer »stupiden« Fixierung diesmal entgehen könnten, lösen sich Interessen, Leben und Zeit in Desinformation, Spaßfacetten und Arbeit auf, ohne ein Konzept, geschweige denn »Sinn« für die Zukunft zu vermitteln:

> *Während die Dummheit noch die Züge eines Vermögens trug, das sie für ein Handeln nach Zweck-Mittel-Relationen tauglich machte, besteht das Resultat stupider Macht in nichts anderem als im Verfehlen ihres Ziels, was dann mit allen Mitteln vertuscht wird.*[344]

Immer unsanfter werden die Menschen wahrnehmen, wie sich das eherne Gesetz unmäßiger Machtausübung an ihnen erfüllt, wie es die Grenzen des Unverfügbaren in ihnen bricht, wie einmal mehr die »Kultur« maßloser Politik die Trennlinie zum Asozialen überschreitet und die ideelle und materielle Leistungsfähigkeit der »Masse« überlastet. Und ebenso gesetzmäßig wird wieder die »Natur« der Frauen gefordert sein, die »Kollateralschäden« des Zivilisationsbruchs zu kitten.

Die Pflicht zur weiblichen Gehorsamsverweigerung wird umso größer, je mehr Muslime nach Europa kommen, denn deren Frauen tragen die Last doppelter Entwürdigung – die physische durch den Mann und die metaphysische durch Allah, der sie nicht als vollwertige Menschen anerkennt und ihre »Verwaltung« dem bevollmächtigten Mann überlässt. Wer also ein Interesse an der Zukunft Europas hat, muss diese Vollmacht öffentlich zur Diskussion stellen. Er und besonders sie muss ihnen die Rechte geben, für die die Europäer seit der Reformation ein halbes Jahrtausend gekämpft haben.

Die »Eliten« verhöhnen diese Geschichte, die Würde der Frauen und der namenlosen Toten, indem sie die Gegner ihrer Ideologie unentwegt in den Bereich des »Rassismus« verweisen – dies allerdings nicht ohne Logik. Denn sie bestätigen auch auf dieser Ebene ihre Loyalität zum islamischen Heilsobjekt, zu dessen Glaubenspflichten es gehört, rassistisch zu sein. Sie stehen in der Gefahr, ein Rassendenken fortzusetzen, das schon ihre Gesinnungsgenossen im Dritten Reich mit dem Islam verband (s. o. S. 63f.).

Ihre »Argumentation« setzt eine primitive Machttradition fort, die man in Europa bereits überwunden wähnte. Wenn sie ihren Immunschutz gegen islamwidriges Wissen abbauten, wäre ihnen geläufig, dass es Rassen im genetischen Sinne nicht gibt. Wer seinen theoretischen Stammbaum 30 Generationen zurückgeht, landet bei 1 Milliarde »Verwandten«, einer Zahl also, welche die seinerzeitige Erdbevölkerung – d. h. etwa um das Jahr 1300 – um das Mehrfache übersteigt. Auch wenn es diese »Anti-Rassisten« nicht wahrhaben wollen, entstammen sie einer »Rasse«, die sie nun offenbar selbst zu bekämpfen scheinen.

Im globalen Zeitalter des 21. Jahrhunderts ist es umso absurder, Politik mit dem Rassenbegriff betreiben zu wollen. Gerade deshalb könnte sie den Schluss zulassen, dass man die Repression der muslimischen Frauen bereits zwanghaft unterstützt, weil sie im Islam den Status einer Sklavenrasse innehaben (s. o. S. 92, 98). Umso mehr liegt es im »wohlverstandenen Interesse« der Europäer, diesen Rückfällen in vormoderne Frauen- und Menschenfeindlichkeit entgegenzutreten.

Indem sie dabei die brachliegenden Grundrechte aktivieren, helfen sie auch den Männern des Islam. Denn so sehr diese ihre Frauen unterdrücken mögen, so verunsichert sind sie durch deren unerklärliche Macht, der sie zu ihrem eigenen Leidwesen immer wieder erliegen. Ihr Dilemma wird sich rasch auflösen, wenn beide, Mann und Frau, erkennen, dass nicht sie ihren Glauben, sondern ihr »Glaube« sie missbraucht.

Solange ihnen die Imame des Islam und des proislamischen »Dialogs« verbieten, ihre Religion frei zu wählen, wird ihr »freier Wille« von Grenzen umzäunt, die den Männern den Geist ihrer Frauen und damit eine unverzichtbare menschliche Dimension versperren. Sie sollten Allah und die elitäre Euro-Islam-Allianz nach ihren offenbar deckungsgleichen Gründen befragen.

Denn Allah fürchtet die Frauen so sehr, dass er sie ebenso hart unterdrückt wie die Ungläubigen selbst. Um ihm zu gefallen und den »Frieden des Islam« zu sichern, wandeln sich deren Eliten nun zu neuen »Gläubigen«, nutzen seine koranische Anweisung als »Toleranzedikt« und grenzen mit den muslimischen Frauen auch die eigenen, »ungläubigen« Menschen aus.

Erneut könnte sich die zeitlose Mechanik der Machtgeschichte bestätigen: Es ist jener unverfügbare, weibliche Geist, den Allah und seine Männer, so sehr sie sich auch im »Glauben« oder »Dialog« anstrengen mögen, ohne Drohung und Gewalt letztlich nicht beherrschen. So bleibt jeder »Frieden« ein brisantes Trugbild, solange die Muslime nicht ihr Recht von der Religion trennen und die Frauen nicht über sich selbst bestimmen können.

Teil IV

Europa + Orient = Frieden?

1. Wie entwickelt sich Herrschaft?

Es scheint, als hätten wir das Ergebnis obiger Gleichung vorweggenommen. Wie sich zeigt, bildet männliche Dominanz – trotz der im Westen oft beschworenen »Facetten« muslimischer Vielfalt – eine geradezu monolithische Basis in Familie und Gesellschaft. Wir wissen zwar, dass auch im Westen die Männer im Vorteil sind, doch befinden sich hier die Frauen in einer ungleich günstigeren Position. Die sexuelle Selbstbestimmung steht außerhalb jeder Diskussion. Umso mehr drängt sich am Ende unserer Darstellung wieder die anfängliche Frage auf: Warum dulden, verschweigen und beschönigen wir die islamische Gewalt an Frauen?

Sollte dieses Defizit mit unserer eigenen Männerdominanz zu tun haben, wäre es unabhängig von kulturellen Unterschieden zu sehen. Wiederholt ist uns die priesterhafte Rolle der Eliten aufgefallen, die mit ihren Gottes- und Weltbildern die Menschen nicht nur steuern und besteuern, sondern nun auch in einer Art Großexperiment die Islamexpansion nach Europa betreiben. Gemessen am »aufgeklärten« Anspruch verwendet man dabei mit Dogmen wie »Islam ist Frieden« eher vormoderne Methoden. Denn allein die Akzeptanz des Begriffs »Ehre« in Verbindung mit Mord bedeutet die Rückwendung zur eigenen Gewalttradition.

Unsere Ergebnisse lassen keinen Zweifel daran, dass die maßgeblichen »Deutungseliten« unserer Gesellschaft diese Gewalt billigend in Kauf nehmen. Stolz tragen sie das Banner der »Toleranz« vor sich her, wobei sie Bedenken umso aggressiver abwehren, je begründeter sie sind. Da es sich dabei vorwiegend um Männer handelt, müssen wir also wissen, aus welchen Gründen sie zu Quasi-Muslimen werden und die mühsamen Erfolge der Frauenemanzipation aufs Spiel setzen.

Die Männerdominanz ist ein uraltes, genomartig verankertes Phänomen, das aus der Kulturevolution kommt. Es geht um das Entstehen von geistigen Strukturen, die sich über extrem lange Zeiträume entfalten und das bewusste, soziale und forschende Verhalten aufbauen. Diese Entwicklung befähigte die Spezies Mensch, sich graduell außerhalb des biologischen Programms zu stellen. Zu sich und seiner Umwelt schuf er eine Distanz, deren höchste Entwicklungsstufe man Selbstbewusstsein nennt.

Die Geistevolution schrieb sich drei stetige Eigenschaften bzw. *anthropologische Konstanten* ein. Alle Kulturvarianten basieren auf Regeln der *Religion* und des *Besitzes*, deren Aufgaben zwischen den Geschlechtern *asymmetrisch* verteilt sind: Der Geist des Mannes führt, und die Natur der Frau dient. Wie gesehen, haben sich diese Konstanten im Islam überdeutlich, im Westen wesentlich schwächer erhalten.

In den Bildern und Mustern der Mythen, die auch in den großen Religionen auftauchen – in der Bibel mehr, im Koran weniger – trennt sich das Männliche von einem Ursprung der Einheit mit dem Weiblichen und unterwirft es seinen Weisungen. Der »Sündenfall« beendet ein »Paradies« des Friedens, das seither als Ideal im kollektiven Gedächtnis nachschwingt – im jüdisch-christlichen mit geistigem, im islamischen mit sexuellem Akzent.

Sozialhistorisch erfolgte die Kulturevolution in drei Phasen, die vor über 600 000 Jahren begonnen haben: Jäger/Sammler, Ackerbau/Viehzucht, Industrie/Technik. Diese Stadien grenzen sich nicht scharf ab, sondern gehen – regional unterschiedlich – auseinander hervor. Nach einer langen Anlaufphase beginnt die zweite Stufe mit dem Neolithikum um 8000 v.Chr. und die dritte etwa mit dem 16. nachchristlichen Jahrhundert, d. h. mit der Wende von Renaissance zur Reformation und mit der Entdeckung Amerikas. Der Ablauf scheint sich also zu beschleunigen. Wichtig sind die Ähnlichkeiten bzw. Unterschiede, die bei der *geistigen* Entfernung der Kultur von der *materiellen* Grundlage der Natur eine bestimmende Rolle gespielt haben.

In den Phasen der prähistorischen Jäger, urzeitlichen Agrargesellschaften und historischen Hochkulturen bilden sich über Priester- und Kriegerkasten Gottesbilder, Gesetzes- und Machtstrukturen heraus, die auf einer unveränderlichen *Zweckvernunft* der herrschenden Eliten fußen. Ihr Machtanspruch stützt sich auf immer gleiche Instrumente: maximale Ausbeutung, Reproduktion und religiöse Indoktrination – ein System der Zucht.[345]

Je größer der Druck auf die Menschen wird, desto weiter muss sich die Herrschaft vom selbst geschaffenen Gesetz entfernen. Im Extremfall wird sie zur gesetzlosen Rauboligarchie, zur *Kleptokratie*, die das Vermögen – Frauen und Sklaven – bei sich konzentriert,[346] ein Stadium, das mit der Expansion des Islam im 7. Jahrhundert vergleichbar ist (s. o. S. 20).

In der Vertretung des »Göttlichen« machen sich Männer – Päpste, Kaiser und Kalifen – zu Herrschern über das »Weltliche«. Nach den antiken Hochkulturen war dabei das *Genetische* der Macht in den großen Reichen des Islam und ihren ausgeprägten Sexualformen besonders deutlich geworden. Wer sich jedoch ohne Grenze und Maß die Religion und den Besitz aneignet, erzeugt Armut, Gewalt, Anarchie und Dekadenz, deren erstes Opfer die Frau ist – eine offenbar unausweichliche Konsequenz, die für die islamische Kultur heute kennzeichnender zu sein scheint als für jede andere.

Mit anderen Worten: Unmäßige Macht überschreitet Grenzen der menschlichen *Verfügbarkeit*. Die brachialen Folgen dieser Grenzbrüche »offenbaren«, dass es sowohl im Geistigen als auch Materiellen etwas *Unverfügbares* gibt, das nach Mäßigung und Ausgleich verlangt. Nicht zufällig sprechen die westlichen Islam-Beschöniger daher immer wieder vom »gemäßigten« Islamismus, um dessen Defizite nach außen zu kaschieren.

Eine wirkliche Mäßigung konnte allein im Erkennen jener ungreifbaren Differenz zwischen Geist und Materie liegen, die in Natur und Kosmos sichtbar wird, sich in der Differenz zwischen Mann und Frau bewusst und zum ungeschriebenen Gesetz für das Verhältnis zwischen Macht und Masse macht. Denker sowohl in Europa als auch im Islam haben sie schon in der Spätantike erkannt und beschrieben.[347] Damals wie heute nannte man sie – je nach Sichtweise – Gott, das Numinose (Unfassbare), Nichts, unbekanntes Wissen etc.

Diese Qualität ist dem Menschen intuitiv ahnbar, auch rational denkbar, nicht aber technisch bestimmbar. Dass sie konkret existiert, macht sich spätestens dann geltend, wenn kleptokratische Gewalt und Auspressung die Grenzen der Religions- bzw. Besitzfähigkeit der Menschen überschreiten. Demnach ist das Unverfügbare auch mit dem *Sozialen* verbunden, das wiederum den Geist des Weiblichen enthält. Die *Zweckvernunft* von Macht, ob im geistig-religiösen oder im materiell-ökonomischen Bereich, übernimmt also Funktionen des »Unfassbaren« und ist untrennbar mit der Verdrängung der Frau verbunden.

Die jeweiligen Gottes- und Weltbilder – Jahwe, Gott, Allah – setzen sich somit aus bewusstem Denken und unbewusstem Verhaltensprogramm zusammen. Ihr geistiger Gehalt bestimmt das Maß der Macht, den Abstand zwischen Führung und Volk, der sich in der Macht des Gottes und der Anhäufung von Besitz ausdrückt. Deren Relation lässt sich wiederum am Härtegrad der weiblichen Ausgrenzung ablesen. Die Relation von männlicher Macht, Besitzverhältnissen und Einfluss der Frau verdeutlicht die geistig-soziale Qualität des Weltbildes und der Gesellschaft.

Da deren ungleiche Anordnung anthropologisch verankert ist, geht es um die Frage, inwieweit der jeweilige Gott sich in der geistigen Einheit der Menschen selbst bewusst macht, d. h. als ihr Spiegel bereit ist, seine Gewalt zu beschränken. Insofern sind alle Religionen Zwitter, geistig-soziale Janusköpfe, die mal weniger, mal mehr männlich bestimmte Weltbilder für die Bewertung von Macht, Besitz und Frauen hervorbringen.

In dieser Zweideutigkeit ist das Verhältnis zur Frau der sicherste Indikator. Dass man sich des Verlustes der Einheit mit ihrem Geist unbewusst »bewusst« ist, schlägt sich wiederum in Vorstellungen vom »Paradies« nieder. Mit ansteigender Strenge des Gottesbildes verlagert es sich für die Menschen vom Diesseits ins Jenseits. Umgekehrt folgt daraus, dass die Herrscherkaste an einem mächtigen Gott interessiert ist, weil sich ihr eigenes Paradies entsprechend ins Diesseits vorverlegt. Wie gesehen, kann auch der einfache Muslim an diesem Privileg teilhaben, weil er als Mann Allah auf Erden vertritt.

Der Übergang von der Agrar- in die Industriegesellschaft führte zu einer graduellen Entspannung des Ungleichgewichts zwischen Elite und Masse bzw. Mann und Frau – zunächst allerdings nur in Europa. Ein Merkmal dieser Umwälzung war die Entwicklung von Wissenschaft, der sich der Islam nicht anschließen konnte. Im Gegensatz zum Christengott erlaubte Allah nicht, sich eigenmächtig »die Welt untertan« zu machen. So beschränkte sich die oft gelobte »Befruchtung« Europas auf das Wissen des arabisch-hellenischen Orients: esoterische Symbolik (s. u. S. 236ff.).

Industrie und Technik begannen, zwischen Europa und Islam eine geistige und zivilisatorische Schere zu öffnen. Ausweitung der Produktion, Freisetzung ländlicher Arbeit und Wachstum der Bevölkerung trieben die Urbanisierung an, die wiederum mit der Bürokratisierung von Wirtschaft und Staat einherging. Entscheidend war die Aufspaltung der Tätigkeiten, d. h. die »Pluralisierung« der Gesellschaft durch Arbeit.

Der mittelalterliche Lebensrahmen, der Raum und Zeit, Glaube und Arbeit ganzheitlich umfasste und im Islam weiter erhalten blieb, teilte sich über Reformation und Aufklärung in die Institutionen der Neuzeit und Moderne. Die Arbeit gliederte sich zu einem dynamischen Geflecht, das die Menschen zu Funktionseinheiten der Produktion und Freizeit wandelte.

Mit dem Fortschritt von Wirtschaft, Wissenschaft, Technik und Information verengte sich der Blickwinkel des Menschen auf immer kleinere Felder, die fortlaufend Arbeit und Wissen sowie ihn selbst spezialisierten. Die Erkenntnis des seinsmäßigen Zusammenhangs ging dabei nicht völlig verloren, konnte von diesem Blickfeld jedoch nur bruchstückhaft erfasst werden. Im Islam hatte man sich dagegen das ganzheitliche Weltbild bewahrt. Für eine stagnierende Gesellschaft blieben Allah und sein prophetisches Medina-Modell der alleinige Bezug.

Mit dem »Fortschritt« verlagerte sich das Gottesbild ins Innere des Menschen, das Bewusstsein um das Unverfügbare und seine Sozialität zogen sich gleichermaßen graduell zurück. Die geistige und physische Loyalität verzweigte sich zum einen in das Weltbild der Arbeit und Technik, zum anderen in alternative Weltbilder und Kulturen. Die neue Rechtfertigung des menschlichen Seins – oder auch »Korrektheit« – bestand darin, beiden gerecht zu werden, d. h. ökonomisch effizient und kulturell tolerant zu sein.

Nun waren es schlicht »der Markt«, dem sich die Arbeit eines jeden zu stellen hatte, und »der eine Gott«, den ihm/ihr die Kirchen der 1960er Jahre zur gemeinsamen Anbetung mit den Muslimen und anderen verschrieb. Daraus entwickelte sich der »Markt der Kulturen«, in dem sich die Konsumenten offenbar ebenso »liberal« bedienen wie in jeder anderen Branche. Es stellte sich allerdings heraus, dass der moderne Strom der Bilder und Worte eine Kultur ganz besonders begünstigte: den Islam.

2. Islamisierung des Bewusstseins

Wir sollten uns nun etwas genauer mit dem geheimnisvollen »Unverfügbaren« befassen, von dem hier ständig die Rede ist. Es scheint sich unmittelbar mit dem Bewusstsein des Menschen zu verknüpfen, wenn die Eliten so großen Wert darauf legen, es mit ihren jeweiligen Göttern und sonstigen Machtzwecken zu beeinflussen und den Staat in ihrem Sinne zu lenken. Was war eigentlich geschehen, als sich im modernen Fortschritt Mensch und Gesellschaft in ein Netzwerk von Funktionen – Beruf, Familie, Freizeit etc. – verflochten, während der Islam im Prinzip so blieb, wie er war?

Früher forderte ein so tief greifendes Thema grundsätzliche Disziplinen wie die Philosophie oder Geschichtstheorie heraus. Sie haben sich jedoch – scheinbar paradox – in dem Maße abgeschwächt, in dem die gesellschaftliche Pluralität zunahm. Wie sich herausstellte, zerteilte deren Vielfalt die »Erkenntnis« – oder auch »Wahrheit« – in die Über-Erkenntnis bzw. Über-Wahrheit, dass es keine feste Erkenntnis bzw. Wahrheit gibt. Solche Zweifel fochten die Muslime nicht an: Ihre Stagnation hatte den Vorteil, dass sich auch ihre Wahrheit nicht änderte.

Dennoch stand das Konzept der Philosophen im Raum. Da es außer dem Einen kein Zweites gibt, so hieß es bei ihnen, nimmt es unendlich vielfältige Gestalten der Materie in einem Kosmos des unbegrenzten Raums und der ewigen Zeit an und macht sich über Stufen des Lebens im Menschen bewusst. Unter dem »Einen« verstand man also jene unbekannte Kraft, die Kosmos und Natur, Leben und Kultur hervorbringt sowie Quelle, Weg und Ziel jeder menschlichen Bewusstheit und Loyalität ist.

Das klingt etwas kompliziert, löst sich aber rasch auf, wenn wir uns vergegenwärtigen, dass dieses »Eine« seinerseits unzählige Formen annimmt, gerade weil es sich im Menschen bewusst macht, durch ihn auf die Welt schaut und fortlaufend die Gottes- bzw. Weltbilder, schlicht »die Kultur«, schafft. Dabei kommt es wesentlich auf die Blickrichtung an, die sich zwischen zwei Polen der Geschichte aufspannt. Im Spektrum der Religionen und Ideologien erscheint der Mensch einerseits eher als gestalteter Gegenstand (Objekt) bzw. materieller Teil einer Masse, andererseits als handelnder Gestalter (Subjekt) bzw. eher als geistiges, individuelles Wesen.

Indem der Geist den Evolutionsprozess der Materie überschreitet, macht er sich über die Stufen des Lebens und Bewusstseins »selbstbewusst«. Die »Über-Schritte« von Materie über Bewusstsein zu Selbstbewusstsein, oder – wie man in der Physik sagt – vom Beobachteten (Objekt) zum Beobachter (Subjekt) sind nur in schwammigen Ansätzen erklärbar und der Grund für die Begrenztheit menschlicher Erkenntnis und Macht.

Die Verbindung zwischen Materie und Geist zeigt sich nicht nur im geistigen Erfassen der Gegenstände, sondern auch in dem Phänomen, dass sich Beobachter und das Beobachtete wechselseitig beeinflussen. Wir wissen zwar, dass, aber nicht wie sich diese Über-Schritte vollziehen. Die Anschauungen können demnach immer nur Ausschnitte aus dem »Einen« sein, die von Eliten – Priestern, Politikern, Professoren – definiert und als jeweils welterklärende »Wahrheiten« durchgesetzt werden.

Aktive Machtausübung beruht also entscheidend auf der Fähigkeit, die Unvollständigkeit des Weltbilds zu verschleiern, es somit auf möglichst viele Menschen auszuweiten, zugleich jedoch nicht auf sich selbst anzuwenden, um nicht messbar zu werden und von den eigenen Gesetzen der »Moral« verschont zu bleiben. Seit Urzeiten wird Macht über Menschen durch *Freiheit von Bindung* ausgeübt, die sich S. Freud zufolge – sein Beispiel ist der nietzscheanische *Übermensch* – durch Vergottung der Führer ins Absolute ausdehnt.[348] Entscheidend ist dabei ein psychologischer Wandel von der Masse zum Individuum oder aber, mit anderen Worten: Den Menschen muss es als »freier Wille« erscheinen, wenn sie als anonymer Teil in der Herde mitmarschieren.

Das alles ist zwar seit langem bekannt, musste hier allerdings noch einmal kurz umrissen werden, um im Abgleich mit dem Islam an zwei wichtige Gesichtspunkte zu erinnern: Erstens wird im Zeitalter der Massenkommunikation der moderne Individualismus in immer kleinere »Facetten« zermahlen, und zweitens ist es für die Menschen umso wichtiger, sich dieses Ablaufs bewusst zu sein und des kohärenten Denkens, des Herstellens von Zusammenhängen, zu vergewissern.

Denn das Kontextdenken bestimmt nicht mehr das moderne Weltbild, das die Menschen nun nach den Einzelzwängen der »Korrektheit« ausrichtet. Wie W. Schmid im »Schönen Leben« zeigt,[349] drängt der Mainstream zum »positiven Denken«, das reflexhaft nach Befreiung von »negativem«, also störendem Wissen verlangt. Der Verfasser weist an anderer

Stelle auf den physikalischen Charakter dieses »Denkens« hin, das sich »mit anodischer Konsequenz auf seinen Pluspol ausrichtet«.[350]

Die Fixierung auf das vermeintlich Positive – Glücksgefühl, Wellness, Multikultur, Islam etc. – begibt sich in eine Spirale des Erfolgszwangs, der keine Abweichung duldet. Sie »sorgt dafür, dass schon die unscheinbarste Unregelmäßigkeit als negativ verbucht werden muss«.[351] Der Grund liegt auf der Hand: Das »Denken« bewegt sich in einem so kleinen Segment, dass jede Ausweitung auf zusätzliches Wissen die wohlige Existenz erschreckt, sozusagen den Gleichstrom stört und aggressive Reaktionen auslöst. Unschwer erkennbar, eignet sich der moderne Mensch eher zum urteilsschwachen Masseteil als zum geistigen Individuum und damit als Kandidat für kanalisierende Dogmen.

So können nicht nur die »Gutmenschen« des Dialogbetriebs, sondern auch die infantilen Spielmenschen der westlichen Konsumkultur die aktuelle Islamexpansion als spaßige Veranstaltung auffassen und zur leichten Beute für ideologische Rattenfänger werden. Für ihn/sie fängt Kultur beim türkischen Gemüsehändler an der Ecke an und hört in Cordoba auf, wo es nach dem Mythos vor tausend Jahren die beste aller Kulturen gegeben haben soll.[352]

In allen Systemen mit radikalem Potenzial werden nur diejenigen als positiv wahrgenommen, die der vorherrschenden Bewegung »ohne Vorurteile« dienen. So ist auch der »Frieden des Islam« vor störendem Wissen zu schützen, um seine Wellness-Qualität zu bewahren. Kritische Bedenken offenbaren eine »negativ-feindliche Grundeinstellung«, zumindest einen störenden »Pessimismus«, der die Zugehörigkeit zu einer minderen Klasse – vielleicht auch Rasse – signalisiert.

Folgerichtig schlägt auch der »Dialog« des proislamischen Wohlgefühls oft in Aggression um. Wer sich ihm nicht freudig anschließt, gilt als »Rassist«, als ein Stigmatisierter, der nicht zu den Auserwählten – oder auch »Erleuchteten« – gehört, die die Interessen der Muslime wahrnehmen dürfen. Natürlich argumentieren »nicht alle« so, doch stehen wir vor einem Ausleseverfahren, das erkennbar auf die »Maschinenebene« des Menschen, sein Bewusstsein, zugreift.

Die unbekannte »Kraft«, die Kosmos und Mensch im Großen sowie Beobachter und Beobachtetes, Subjekt und Objekt im Kleinen, geistig und materiell verbindet, ist identisch. Individuell spiegelt sie sich in der Wechselwirkung zwischen Ich und Selbst. Beide bilden eine untrennbare

Einheit, in der das Ich beobachtet und das Selbst beobachtet wird. Der »Über-Schritt« besteht in der Fähigkeit des Ich, sich bewusst zu werden, wenn es sich bei Beobachtung selbst *beobachtet* und damit über das Organische hinausgeht, es also *überschreitet.* Durch die laufende Identifikation von Ich und Selbst entsteht der dynamische, menschliche Geist – das *Selbstbewusstsein* –, das ihn vom Tier unterscheidet. In seinem umfassenden Buch »Politik und Moral« sagt der Politologe V. Hösle dazu:

> *Die zwiefache Einheit des Selbstbewusstseins macht das Wesen des Menschen aus; ihr entspringt jene zweite Gruppe von Merkmalen, die kein anderes Tier aufweist. Die Fähigkeit zur Distanznahme vom eigenen Selbst ist eine notwendige Bedingung von Geistigkeit, die etwas grundsätzlich anderes ist als Intelligenz. Geistlose Intelligenz ist gewiss keine Seltenheit; in der Moderne scheint sie sogar zur Regel werden zu wollen.*
>
> *Und dennoch irren jene ... Sozialwissenschaften, nach denen der Mensch nur ebenso wie die anderen Tiere seine Triebe befriedige, wenngleich er sich dazu auch besonders raffinierte Mittel auszudenken vermöge, die in der Tierwelt nicht ihresgleichen hätten. Nach diesem Bild ist der Mensch nichts anderes als eine besonders schlaue Ratte ...*[353]

Auf die Sozialwissenschaft kommen wir zurück. Zunächst ergeben sich für unser Thema wichtige Parallelen: So wie das Selbst dem Ich, so ist die Frau dem Mann und die Masse der Elite eine geistige und damit moralische Aufgabe. Wird das Selbstbild »geistlos«, d. h. technisch-ideologisch vereinheitlicht, entsteht das alte Elitenproblem, die Grenzen der Nutzbarkeit des Menschen, also das Unverfügbare, zu brechen:

> *Aber jeder Mensch, auch der sittlich verkümmertste, kann sich, so energisch er sie auch verdrängen mag, doch letztlich der Frage nicht entziehen, ob seine Interessen legitim sind, ob sie mit seiner Selbstachtung verträglich sind, ob sie seinem eigentlichen Selbst entspringen ... Wer den Menschen als nutzenmaximierendes Wesen versteht, übersieht, dass jeder Nutzen problematisierbar ist, und er ist problematisierbar, weil das Selbst, zu dem jeder Nutzen gehört, kein brutum factum, sondern dem Ich eine Aufgabe ist.*[354]

Die Ich-Selbst-Erkenntnis – oder auch Identität – erzeugt also erst die innere geistige Distanz zu sich selbst, die das Wissen um das Soziale, den

Zusammenhang mit dem anderen Geschlecht und den Anderen, den »Nächsten«, ermöglicht. Sie ist das Maß zwischen Geistigkeit und Körperlichkeit, Ideellem und Materiellem, Sozialität und Asozialität. Sie öffnet die innere Weite, die das Physische überschreitet. Man nennt sie auch den »freien Willen« oder »Sittengesetz« und bedeutet schlicht die Fähigkeit, sich der eigenen Grenzen und damit auch der begrenzten Macht über den Menschen bewusst zu sein.

Eine Umkehrung hat wahrhaft »gewaltige« Folgen, politisch, sozial und sexuell. Die Geschlechter »erkennen« sich weniger als Zuordnung im geistigen Einen, sondern eher als Spaltung in der materiellen Natur. Die schwächere, weibliche Potenz unterwirft sich der stärkeren, männlichen Führung, die sich das Weibliche dienstbar macht. Ohne Selbstbewusstsein wird die spirituelle Liebe zum physischen Trieb, die Sozialität von Religion und Besitz zum Mittel asozialer, vielleicht archaischer, letztlich inhumaner Macht. Hösle führt weiter aus:

> *Wohl sind die Unterschiede zwischen den einzelnen Wesen mit Selbstbewusstsein gewaltig, die Differenzierung in der menschlichen Art so weit gehend wie bei keiner anderen, eben weil sich der Mensch von seiner Umwelt in der mannigfachsten Weise lösen kann … Aber diese Wesen, die sich voneinander unterscheiden, kommen stets darin überein, dass sie Selbstbewusstsein haben. Hartnäckige Kämpfe um Anerkennung können daher zwischen dem Genie und dem Dummkopf, den Vertretern spätindustrieller Gesellschaften und denjenigen archaischer Kulturen immer wieder aufflammen,* nie aber zwischen einem Menschen und einem Hund.[355]

Damit tritt der Gegensatz zwischen dem »alten« Kontextdenken der Philosophie und Physik und dem neuen, punktuellen Wellness-»Denken«, das islambezogenes Wissen zum Feindbild macht, unmittelbar hervor. Wer nicht die innere Distanz, also kein intaktes Selbstbewusstsein hat, kann zwar Intelligenz, aber keinen Geist haben und damit Teil einer biophysikalischen »Bewegung« werden. Ihn/sie erfasst dabei allerdings die sozialwissenschaftliche Einordnung als »schlaue Ratte« immer noch nicht, zumindest solange es sich noch um Menschen mit Sprache, um »sprechende Tiere«,[356] und nicht um »Genmaschinen« handelt (s. o. S. 202).

Zugleich ergibt sich die ebenso unmittelbare Parallele zum Islam. Keine Glaubensübung kann die totale Unterwerfung unter die umfassenden Gesetzesregeln der Scharia klarer unterstreichen als die »Ich-Abstreifung« (arab.: *tadjarrud*). Dabei handelt es sich um das, was die westlichen Proislamisten als die »Spiritualität« der Muslime loben. Es geht um die strikte Befreiung von etwaigen Resten der Individualität, um gänzlich mit dem Charisma des Verkünders Muhammad zu verschmelzen.

Die Menschen sollen die Gesetze Allahs befolgen, ohne aus sich selbst heraus ihren Sinn in einer sich wandelnden Welt beurteilen zu können.[357] Wenn der französische Philosoph A. Glucksmann daraus den Schluss einer »geklonten Gesellschaft« zieht,[358] dann weiß er als Ex-Marxist, wovon er redet. Denn es sind gerade die Marxisten Frankreichs, die nicht nur die Entwicklung zur »klassenlosen Gesellschaft« wie einen chemischen Prozess ablaufen lassen wollen; sie entwickeln dafür auch die Formeln, die »wohldefinierten Protokolle«, die an die Symboltechnik der arabischen Esoterik-Tradition erinnern. Die Formeln entsprechen wiederum denen des »islamischen Imperativs« und bestätigen die Zuwanderung als Teil einer staatsverändernden Strategie nach marxistischem Muster. Wir gehen unten detaillierter darauf ein (S. 245ff.).

Bedingung jeder Macht ist demnach die geeignete Einwirkung auf das Massenbewusstsein, um das Wechselspiel zwischen Ich und Selbst den jeweiligen Zwecken anzupassen. Wenn das »normative Selbstbild« dem verordneten Weltbild entspricht, wenn der einzelne Mensch seine »Selbstverwirklichung« darin sieht, in der Masse aufzugehen, ist das Herrschaftsoptimum erreicht.[359]

Damit ist der Anschluss an die Verhältnisse im Islam hergestellt. Auch hier ist dem Einzelnen die Erklärung der Welt versperrt. Durch den Filter der Ich-Abstreifung wird alles durch einen »Glauben« geregelt, der Menschsein nur in der Gemeinschaft zulässt.[360] Dabei ist allerdings etwas denkbar, was im Westen (noch) für unmöglich gehalten wird: Der *Mann als Mensch* distanziert sich von der *Frau als Hund* (s. o. S. 36, 78).

»Macht« ist also die Fähigkeit, die materiellen und geistigen Potenziale der übermateriellen Kraft, die über den »Treibriemen« der Menschen die Kulturevolution in Gang hält, optimal auszuschöpfen. Mit seinem »kategorischen Imperativ« hatte schon I. Kant (gest. 1804) solchem Denken und Handeln den Weg zum »Gesetz« geebnet. Bei ihm dreht sich das Bewusstsein vom Abbild zur Ursache der Welt, sodass es zum Schöpfer autonomer Denkordnungen wird.

Für den Geschichtsphilosophen G.W.F. Hegel (gest. 1831) erschreckend, erhob Kant den Mann zum Gesetzgeber des »kategorischen Imperativs«: Der »wechselseitige Gebrauch der Geschlechtereigenschaften von Mann und Frau« sollte – vertraglich geregelt – unter Befehlsrecht des Mannes stehen.[361] Dies Verfahren erscheint als technisierte Version des Al-Ghazali, der bekanntlich das Weibliche als ein biologisches System darstellt, befruchtet durch die optimierte Verteilung des Männersamens (s. o. S. 74f.).

Obwohl Kant – anders als Al-Ghazali – die Ehe nicht »nach bloß tierischer Natur« regeln wollte, wirkt sich sein Konzept islamähnlich aus. Denn unter Befehl des Mannes wird sich dessen prähistorische Prägung verstärken, nachdem seine Ethik in die Stressmühle der technischen Arbeitsgesellschaft geraten ist (s. o. S. 195). Hegel und wider Erwarten auch der radikale G. Fichte (gest. 1814) erkennen seherisch, dass bei Kant eine »geistige, selbstbewusste Liebe« kaum entstehen kann,[362] die auch von Al-Ghazali als »Wahnsinn« bzw. »Tierstufe« abgelehnt wird (s. o. S. 86).

Auf politischer Ebene räumte Fichte letzte ethische Bedenken aus. Er verkürzte die Wirklichkeit auf das denkende Subjekt, das *absolute Ich*. Indem der Mensch die mäßigende innere Ich-Selbst-Distanz beendet, wird er zum Gestalter eigener Welten, zum Schöpfer autonomer Politik, revolutionärer Veränderung und – eines »neuen Menschen«.[363]

Von da an konnte sich der weitere Fortschritt mit seinem jeweiligen Eigengesetz ausstatten – Nation, Klasse, Rasse, Multikultur, Globalisierung, Markt etc. –, wobei sich das Geistige allmählich vor dem Technischen zurückzog. Offenbar kann der »islamische Imperativ« eine ähnlich gesetzgebende Rolle übernehmen, wenn die »Befruchtung« durch den Original-Islam und die Anhängerschar seiner westlichen »Dialog«-Sekte weiter wachsen. Ob dabei auch ein »Fortschritt« für die Frauen herausspringt, scheint nach unseren Erkenntnissen allerdings mehr als zweifelhaft.

Also ist auch der moderne Pluralismus ausgeprägt männlich und grenzt das Weibliche und seinen Geist – siehe Kant – entsprechend aus. Indem damit Bewusstsein und Körper umso verfügbarer werden, kann auch das »Unbehagen in der Kultur« verschwinden, das S. Freud als Kontrast zwischen persönlichem Trieb und gesellschaftlichem Zwang sah.[364]

Immer tiefer gerät der westliche Mensch in eine Drift vom Geist zur Materie, biologisiert die Sexualität und nähert sich erneut dem Bild von der »schlauen Ratte«. Dies umso mehr, als sich auch Bildungsstand und Wortvorrat des »sprechenden Tieres« laufend verringern und Vokabeln wie »Ehrenmord« protestfreie Aufnahme finden. Wie im Islam öffnet sich somit der Weg zur »Frau als Hund« bzw. zu den Tierbildern, die der »moderne« Mann mit ihr verbindet (s. o. S. 61). Gerade von der Geschlechterethik her steht einer weiteren Islamisierung also wenig im Wege.

3. Trugbild des Orients

Die Gegensätze und Wechselwirkungen zwischen geistigem Ideal und materieller Wirklichkeit sind wesentliche Impulse der europäischen Kultur. Auf vielfältige Weise durchdringen sie die komplexen Prozesse der modernen Arbeitsteilung, deren wichtigste Merkmale wiederum die geistige Normierung und technische Vernetzung sind. Unter männlicher Dominanz blieb bei allem Wandel eine Konstante weitgehend unverändert: die Nachordnung der Frau.

Schon im 17. Jahrhundert hatte eine mechanistische Weltsicht begonnen, in der die Aufklärer die Wirkungsweise der Natur – Menschen inklusive – wie eine große Maschine darstellten. Sie lösten erneut den ideell-materiellen Kontrast aus, denn die Idealisten wehrten sich und riefen zur »Gegenaufklärung« auf.[365]

In diesem Kontext spielen die deutschen Romantiker eine besondere Rolle. Sie versuchten, die materialistische Spaltung durch geistige Einheitsideen zu überwinden und gelten damit als die klassischen Gegenaufklärer überhaupt. Sie bilden eine Brücke zwischen Mythos und Moderne, wobei sie ihre wichtigste Verbindung im Orient zu finden glaubten. Sie fußen auf einem antirationalen Ganzheitsdenken, das auch mit Okkultismus und erheblichem Zerstörungswillen aufwarten kann.

Eine wichtige Zwischenstation auf dem Weg ihrer Gedanken in unsere Zeit ist F. Nietzsche (gest. 1900), der sich als Vordenker des Faschismus erwies. Am vorläufigen Ende stehen Umweltbewegungen und Esoterik-Kulte – Gaia-Glaube, New Age, Grüne – und antiglobalistische NGO's wie z. B. auch Teile der Attac. Anders als Marx wenden sie alle sich gegen die »Entfremdung« durch die technische Zersplitterung von Natur und Gesellschaft und bilden konformistische Bewegungen, die zuweilen auch Gewaltbereitschaft signalisieren.

Bekanntlich sind Religion und Besitz Herrschaftsmittel, aus denen die Priester, Könige, Politiker und Ideologen seit Urzeiten – von der Mythik zur Technik, von der Vorgeschichte ins elektronische Zeitalter – ihre Gottes- und Weltbilder zusammensetzen. Sie liefern die *Orientierung*, die für das jeweilige Volk verbindlich ist und auch die breite, proislamische Bewegung der Gegenwart zu einem neuen Ordnungswechsel verstärken kann.

Wie sich zeigen wird, ist gerade auch der marxistische Einfluss zu ideologisch und *zweckvernünftig*, als dass sich dieser Trend als schlichter Zeitgeist abhaken ließe. Um den Bogen letztlich zu schlagen, steuern zunächst die Romantiker eine wichtige Basis zum Entstehen der aktuellen Islamisierung Europas bei. Sie ziehen Entwicklungslinien vom griechischen Gott Dionysos zu Jesus, von der Göttin Demeter zur Gottesmutter Maria,[366] die durch ihre messianischen Züge auffallen. Als Ikonen einer neuen Naturreligion sollen sie den maschinenhaften Staat, den bürokratenhaften Glauben und die »geistlose Intelligenz« der Materialisten unterlaufen.[367]

Wesentlich ist, dass diese Parallelen weniger die Wein- und Wahnkulte des Dionysos, sondern die Erklärungskraft der um ihn entstandenen Mythen im Auge haben. Es geht um die Vereinigung der orientalisch-hellenischen Götterwelt, bei der die Geschlechterfrage eine wichtige Rolle spielt. Hier lief ein komplexes Ringen um den »richtigen Gott« ab, um jenes Eine, Unverfügbare, das auch das Weibliche – die Macht des Lebens und des Todes – enthielt.

Es geht um den Übergang vom verborgenen weiblichen Mysterium zur offenen Männerreligion, zum *offenbarten* Monotheismus, der durch Dionysos und Jesus repräsentiert wird. Indem die von der nüchternen Moderne frustrierten Romantiker beide in der esoterischen Messiasfigur eines »kommenden Gottes« verknüpfen, hoffen sie, die materielle Technik ihres Zeitalters spirituell zu überwinden.

Da der neue Gott Askese und Ekstase enthält, kann er sowohl das Rationale als auch das Irrationale, damit auch das Soziale und das Asoziale auslösen. Zum Beispiel hatten die Athener Eliten mit »geistloser Intelligenz« das Gemeinwohl unterdrückt und sich einem wahnhaften Kult geöffnet, in dem sie das vergotteten, was nur ihnen selbst nützlich war. Im Drama besingt der Chor der Bacchen das Fremde des Orients und täuscht das Volk, dargestellt durch die Zuhörer, die mit der Droge irrationaler Religion in Trance versetzt werden.[368]

Für den Schweizer Mythologen J. Bachofen (gest. 1887) zeigt daher kein Gott »mit der Natur der Frau eine so vollkommene Congenialität wie Dionysos«.[369] So ist es logisch, dass die irrationale Macht Athens die Frauen verhüllt und in die Häuser verbannt. Denn damit ist auch ihre wichtigste Fähigkeit blockiert – die rationale Erkenntnis des ethisch Abweichenden und sozial Unmöglichen:

> *Von neuem zeigt sich die Erhebung des Menschengeschlechts zu größerer Gesittung an die Frauen geknüpft. In ihnen erwacht am frühesten die Sehnsucht nach geordneten Zuständen und das Bedürfnis wie das Verständnis einer geläuterten Religion. Je verwilderter die Zustände, je unnatürlicher die Heldengröße, umso begeisterter wird das Neue ergriffen und als Erlösung aus unerträglich gewordenen Banden begrüßt. Ist in den rohesten Zuständen das Weib, die Mutter zumal, die einzige Trägerin des Friedens, der Ordnung, der Gerechtigkeit, und durch den Einfluss ihres Wesens geeignet, die wildesten Leidenschaften zu entwaffnen, kämpfende Schlachtlinien zu trennen, und das Beispiel einer über die eigene Person sich erstreckenden Liebe und Sorge aufzustellen …*[370]

Nicht nur in diesen Aspekten, in der offenen Vermittlung zwischen Gott, Welt, Frau und Gewalt, gilt der rationale Dionysos, der eigentliche Hauptgott der Antike, als Vorläufer Christi. Ebenso wie dieser fährt er zur Hölle, durchläuft eine Auferstehung und sitzt zur Rechten Gottes (Zeus).[371]

In einem teils erfüllten, teils zukünftigen Reich bleibt Jesus seinerseits ein »kommender Gott«,[372] indem seine Botschaft ebenso nur zum Teil gehört und umgesetzt wird. Entgegen seiner Anweisung spielen Magie und Esoterik auch im Christentum weiter eine erhebliche Rolle, und der Klerus predigt die Ethik der »abgeschlossenen« Offenbarung einer gläubigen Masse, ohne sie für sich selbst verbindlich zu halten.

Das Christentum wurde Religion, indem es die Mysterien öffentlich machte, blieb aber seinerseits zweideutig: sowohl für das Unendliche und Rationale als auch das Endliche und Magische offen. Als »Licht der Welt« wurde der Mensch jedoch eindeutig aufgewertet. Umso mehr waren die »apostolischen« Nachfolger in die Pflicht genommen. Während sie sich auf ihren Stifter beriefen, behielten sie sich jedoch die Entscheidung vor, inwieweit sie seine Vollmacht erfüllen, missbrauchen oder aber, wie der

Romantiker F.W. Schelling (gest. 1854) formulierte, »in einer mythischen Gestalt vor das Volk« bringen wollten.[373]

Nietzsche (»Der Wille zur Macht«) durchschaute, dass der christliche Gedanke der »geistlosen Intelligenz«, dem elitären Herrscherwillen, eine unannehmbare Verpflichtung auferlegte: die systematische Begrenzung der Macht über die Menschen. Umso strikter forderte er den neuen »Herrenmenschen«, der, selbst frei von Schranken der Macht und Sexualität, Europa regieren soll:

> *(So) ist die Entstehung von internationalen Geschlechtsverbänden möglich gemacht, welche sich die Aufgabe setzen, eine Herrenrasse heraufzuzüchten, die zukünftigen Herren der Erde ... eine höhere Art Menschen, die sich dank ihrem Übergewicht von Wollen, Wissen, Reichtum und Einfluss des demokratischen Europa bedienen als ihres gefügigsten und beweglichsten Werkzeugs, um die Schicksale der Erde in die Hand zu bekommen.*

Es versteht sich, dass Nietzsche den Gekreuzigten für tot erklären und sich die sittenlose, rauschhafte Seite des Dionysos zu Eigen machen muss, die er ausdrücklich »antichristlich« nennt.[374] Die Scharfsicht seines Genies lässt ihn jedoch zerrissen zurück, denn es erkennt in Dionysos auch den Christus vorangehenden Gott, der leidet, um Mensch zu werden.[375] Umso tiefer ist seine Verunsicherung, ob es vielleicht nicht doch eine Wahrheit der Vernunft gibt, die dem maßlosen Übermenschen Grenzen setzt.

Nietzsches Herrenrasse, in der sich die Nazis erkennen werden, bildet den Gegenentwurf zu herkömmlicher Kultur, geradezu die »Heilung von der Kultur«. Der existenzielle Zwiespalt zwischen Trieb und Macht, zwischen Erotik und Homoerotik, der ihn quälende Rest des Sittengesetzes, prägen Nietzsches Leben und Denken. Als er 1900 geistig umnachtet stirbt, beginnt das Jahrhundert der fabrikmäßigen Tötung, das in unser Zeitalter der *Duldung massenhafter Tötung* überleitet. (s. u. S. 243).

Dennoch hat der christliche Gedanke – weit mehr als jede andere Religion – im Menschen das sittengesetzliche Gewissen, das man »Intelligenz mit Geist« nennen kann, und im Staat die Menschenrechte kultiviert. Auch die Kognitionswissenschaft interpretiert ihn als Vorstufe zum inneren Ich-Bewusstsein, das sich von der äußeren Lenkung freimachte.[376] Um die Macht zu wahren, war die Priesterschaft umso mehr zur Zweideutigkeit gezwungen, die seither ihr gnostisches Markenzeichen ist (s. u. S. 238f.). Die »Wertfreiheit« der Macht brauchte sich daher nicht zu ändern, als die Weltdeutung vom »Amtsklerus« auf »Zivilisten«, die aufklärerischen Führer der Zivilgesellschaft, überging.

Je öffentlicher, d. h. je säkularer der Staat wurde, desto mehr verstärkten sich andere Deutungsmächte wie Wissenschaft, Wirtschaft und Technik. Indem das Christentum zugleich in den Hintergrund trat, ließ seine Janusköpfigkeit ebenfalls das abgewandte Gesicht erkennen. Mit fortschreitender Moderne und dem christlichen Rückzug kehrten auch wieder das Mysterium und seine »orientalischen Werte« zurück: Zwangspolitik, Dekadenz der Bildung, magische Esoterik, Frauenverachtung.

Für die messianische Rückwendung, welche die alte Basis verlassen und zugleich ausgrenzen muss, ist die *Umkehrung der Richtung* entscheidend. Hatte sich der Christengott vor zwei Jahrtausenden vom Orient in den Okzident ausgebreitet, so soll sich die Rückwendung nun auf den Janusgott der anderen Qualität richten, den *orientalischen Gott,* der auch Jesus enthält. Dem erwähnten Schelling zufolge scheint nun »*eine allgemeine Ahnung alle Gedanken nach dem Orient hinzuziehen, als ob dorther der Retter kommen würde*«.[377]

Die Nähe solcher Gedanken zur Gnosis (griech.: Wissen, Erkenntnis) ist bekannt und vielfach, auch vom Verfasser selbst, beschrieben worden.[378] Es handelt sich um eine fundamentale Denkrichtung, die etwa mit dem Christentum aufkam und als Gegenentwurf die bestehende Welt beseitigen will. Sie setzt sich eigengesetzlich an die Stelle des jüdisch-christlichen Erlösungsglaubens, der ausdrücklich den Ausgleich zwischen Gott und Mensch zulässt, um sich in der Welt, wie sie ist, einzurichten.

Die Gnosis verwirft den jüdischen Gott Jahwe, weil er sich als das materiell Böse gegen die geistige Befreiung durch Jesus stellt,[379] und greift später Jesus selbst an, weil er die Macht des Menschen über den Menschen beschneidet. Indem die Gnosis die jüdisch-christliche Ethik bekämpft, wird sie zum »natürlichen« Partner des Islam. Dabei steht Allah wie auch der Gott der Gnostiker unendlich über den Geschöpfen. Seine Macht öffnet, wie Hannes Stein schreibt, die »Freiheit zur Willkürtat«,[380] macht jedoch die islamische Kultur zum schicksalhaften Käfig. Denn anders als der Koran befähigen die Botschaften der Bibel zur – im Islam unmöglichen – Selbstkritik und bereiten die Kulturevolution Europas vor.

Sie machen es somit zwar möglich, »mit der angestammten Tradition zu brechen«,[381] öffnen jedoch auch eine wichtige Schnittstelle zur gnostischen Radikalität. Denn sie will nicht nur mit Traditionen brechen; sie will die Welt systematisch, wie ihr europäischer Vorkämpfer Baruch Spinoza (gest. 1677) formulierte, »nach geometrischer Methode« ordnen und damit überwinden. In genialer Weise hatte er erkannt, dass es hierfür eine unverzichtbare Bedingung sein würde, das Bewusstsein der Menschen vom »freien Willen«, wie begrenzt auch immer, zu befreien und damit massentauglich zu machen.[382]

Wenn der »Dialog« die islamische Kultur lobt, weil sie mit der Weitergabe antiken Wissens »Europa befruchtet« habe, dann als Ergebnis dieser biblisch ermöglichten Weltüberwindung. Selbst im Orient entstanden, öffnete sie sich dem Transfer gnostischen Wissens und esoterischer Texte des Orients. Sie setzte sie als »Eckstein« eines Traditionswandels ein, der sich zum modernen »Strukturwandel« beschleunigte. So besteht das »Erbe der Araber« in der Technik verdeckter Erleuchtung durch Symbole und Allegorien,[383] die auch der Machtsicherung durch suggestive Beeinflussung der Menschen dienen können.

Nur in diesem engeren Sinne, der Ausweitung elitärer Macht durch magisch-okkulte Esoterik, die sich auch für den konkreten massenpsychologischen Einsatz eignet, ist das »arabische Erbe« in der Tat als »Befruchtung« zu sehen. Zugleich bestätigt es auch den islamischen Schnellmythos (s. o. S. 32, 37f.). Denn die magisch-mythischen Elemente des Koran wurden nur zugelassen – z. B. der Talisman-Glauben –, soweit sie dem herrschenden Islam-Weltbild nützlich sein konnten.[384]

Ein wichtiges gnostisches Prinzip ist die Zweideutigkeit, die man auch »theologische Kernspaltung« nennt.[385] Sie stellt die machttechnische Verwandtschaft mit dem »christlichen« Klerus her, der schon immer dazu neigte, den Kern der jesuanischen Botschaft – Machtlosigkeit – zu spalten. Zwischen Gott und Welt, Schöpfung und Erlösung, Gut und Böse, Individuum und Masse etc. streben allerdings beide die dauerhafte Teilnahme an den jeweiligen Herrschaftsstrukturen an.

Wie die Gnosis, so stand auch der Klerus – unter ihrem Einfluss – stets in der Tendenz, zum Machterhalt die eigene, christlich-jüdische Individualität zu unterdrücken. Ebenso erhob man – schwächer als der Islam, aber dennoch unmissverständlich – den Mann zum Herrscher der Frau. Der europäischen Tradition erscheint die Gnosis als faszinierender, aber letztlich negativer »Geist, der stets verneint«, und der Machtklerus als Kraft, die dem Geist des Christentums irreparablen Schaden zufügte.

Je dynamischer der Wandel allerdings wurde, desto fester standen beide in einer latenten Tradition: in der historischen Affinität zum Islam und im gemeinsamen Antisemitismus. Alle drei pflegen einen infantilen, teilweise homosexuellen »Narzissmus der Reinheit«, der das Dämonische, Schmutzige, Teuflische gleichermaßen auf Frauen und Juden projiziert.[386] Während der Geist der Frauen anthropologisch unterdrückt wird, hat man auch den Juden bis heute nicht verziehen, ein Bremsklotz ungehemmter Machtausübung zu sein. Immerhin standen sie Pate, als das erste Gesetz der Menschheit und das Gewissen aus der Taufe gehoben wurden, jene unverfügbaren Machtzügel, die die Grundlage der modernen Menschenrechte bilden.[387]

Unter ähnlich ablehnendem Einfluss konnten auch die Überlegungen Schellings gestanden haben, den die magische Magnetwirkung des Orientgottes und seine Massensuggestion faszinierte. Dem Kulturhistoriker J. Burckhardt (gest. 1897) missfielen offenbar seine Neigungen:

> *Schelling ist Gnostiker… Daher das Unheimliche, Monströse, Gestaltlose … Ich dachte jeden Augenblick, es müsse irgendein Ungetüm von asiatischem Gott auf zwölf Beinen dahergewatschelt kommen und sich mit zwölf Armen sechs Hüte von sechs Köpfen nehmen …*[388]

Mit der ihm eigenen Klarsicht erkannte der Dichter Heinrich Heine (gest. 1856) die enormen Gewaltpotenziale, die aus der Mischung rationaler Philosophie mit irrationaler Romantik entstehen konnten. Nur wenige Jahrzehnte nach ihren Urhebern legte er seherisch die brisante Praxis frei, die das polit-esoterische Lehrgebäude von Kant, Fichte und Schelling aktivieren würde. Denn sie hätten

> *revolutionäre Kräfte entwickelt, die nur des Tages harren, wo sie hervorbrechen und die Welt mit Entsetzen und Bewunderung erfüllen können. Es werden Kantianer zum Vorschein kommen, die auch in der Erscheinungswelt von keiner Pietät etwas wissen wollen und erbarmungslos, mit Schwert und Beil, den Boden unseres europäischen Lebens durchwühlen … Es werden bewaffnete Fichteaner auf den Schauplatz treten, die in ihrem Willensfanatismus weder durch Furcht noch durch Eigennutz zu bändigen sind … Doch noch schrecklicher als Al-*

les wären Naturphilosophen, die handelnd eingriffen in eine deutsche Revolution und sich mit dem Zerstörungswerk selbst identifizieren würden.[389]

Eine wichtige Ergänzung zur »orientalischen Umkehr« liefert der Kulturphilosoph E. Voegelin (gest. 1980), der mit einer viel zitierten Mythentheorie bekannt wurde.[390] Am ägyptischen Beispiel des Übergangs von Aton zu Echnaton hebt er die klassische Elitenrolle der Priesterkaste hervor, die zur eigenen Ermächtigung den neuen Staatsgott einführte.

Daraus leitet er den Gedanken der »orientalischen Bewegung« ab, die ihre Entsprechung in den westlichen Politreligionen, vor allem auch bei den britischen Pietisten, findet. Dies jedoch nicht im Sinne eines direkten Einflusses, sondern eines Denkstroms, der unter ähnlichen Bedingungen zeit- und ortsversetzt zustande kommt. Er nennt u. a. die Formen gnostischer und islamischer Mystik und Esoterik, die sich im modernen Europa nicht identisch wiederholen, aber mit bestimmten Vorstellungen geltend machen – u. a. mit aus Naturkräften abgeleiteten Gottesideen, anarchischen Gesellschaftskonzepten, sexuell aufgeladenen Paradiesvarianten.[391]

Er sieht darin die Grundlage für moderne Gewaltideologien wie Faschismus und National-Sozialismus, die er »politische Religionen« bzw. »gnostische Bewegungen« nennt. Hier verliert das menschliche Bewusstsein seine Ich-Selbst-Distanz und kann »Wirklichkeit« nur noch als Bestandteil der »Bewegung« wahrnehmen. Voegelin betrachtet sie als Abbild einer »fließenden Masse östlicher Tradition«, die sich auf eine »staatsimmanente Hierarchie« stützt, z. B. die NS-Organisationen, die die offizielle Verwaltung überwucherten.

Auch das staatsweite Leitkartell der »Islamreferenten« verbindet sich mit jeder ihm nützlichen Kraft und stülpt sich inzwischen ebenfalls den Verwaltungen über. Indem es den radikalen Islam als Gesprächspartner favorisiert, erfüllt es die Kriterien der modernen Politreligion: Es nutzt die vorhandenen Einrichtungen und agiert gnostisch, weil die Beseitigung des Bestehenden das Ziel ist. Denn die islamistischen Einrichtungen können sich ausbreiten, weil der Rechtsstaat und der Staatsschutz graduell außer Kraft gesetzt werden.[392]

Auf das Leitkartell trifft ebenso die Definition Voegelins zu, nach der ein neuer Staat in einem »mystischen Prozess« entsteht, wobei die Menschen durch die Verinnerlichung der Dogmen an einer »übermenschlichen Wirklichkeit« teilhaben.[393] Auch jetzt ist es die Staatsmacht selbst bzw. die »Herrenmoral« ihrer Elite, die zum eigenen Erhalt die Wirklichkeit *politreligiös* verändert und den Menschen den »Frieden des Islam« als dogmatischen Paradiesersatz aufzwingt.

Ob sie daraus auch »übermenschliche« Eindrücke ableiten, können uns die »Betroffenen« nur persönlich berichten. Dass sie bereits eine staatsübergreifende Lobby mit »überpolitischen«, d. h. gewaltbesetzten Ansprüchen bilden, steht außer Zweifel. Sie erfüllen Bedingungen sowohl der Totalitarismusforschung als auch der Sozialwissenschaft.

Erstere verlangt drei Kriterien: 1. eine fiktive Realität (Frieden des Islam), 2. die eigene Gesellschaft als Feindbild, 3. eine charismatische Konkurrenz um Erfüllung des »Führerwillens«, d. h. Wettbewerb um »islamische Korrektheit«.[394] Die Soziologie steuert das Modell der »Neo-Institution« bei. Danach stellt sich der »Dialog« als »gleichförmiges Feld« dar, in dem sich die Teilnehmer ebenfalls in charismatischer Konkurrenz befinden. Über »organisierte Heuchelei« verstärken sich die Kraftlinien der »islamischen Korrektheit« eigendynamisch, richten immer mehr Menschen magnetartig aus und legen ein Netz wachsenden Einflusses über den gesamten Staat.[395]

Nach Diskussion der Faschismustendenz (s. o. S. 191 ff.) gehen wir weiter unten auf die Zwangsformeln und Verbalkeulen aus marxistischem Arsenal ein. Beide Sprechweisen bringen einen gemeinsamen »Führerwillen« zum Ausdruck: Überwindung der eigenen Gesellschaft. Immer ungenierter tragen die Priester der proislamischen Politreligion ihre Vollmacht der »islamischen Korrektheit« zur Schau, die keine demokratische Legitimation braucht. Hier wirken die alten Gewaltsysteme offenbar latent fort. Wenn sie sich verbinden und in der Neo-Ideologie eines radikalen Euro-Islamismus akut werden, dürfte der Rechtsstaat endgültig der Vergangenheit angehören.

4. Die Rückkehr der Magier

Es lohnt sich, die drei Perspektiven – Kulturhistorie, Politik, Soziologie – weiter zu verfolgen. Das Neue im Christentum hatte darin bestanden, den individuellen Geist des Menschen zu aktivieren und dabei die Rolle des Weiblichen in der geistigen Einheit zu betonen. Von Anbeginn war seine Ethik der Machtelite ein Dorn im Auge. Umso weniger kann er das Ziel eines neo-orientalischen Weltbildes sein, an das nun auch wieder der Klerus andockt. Als eine Art Morgengabe entwickelte er schon in den 1960er Jahren die Idee von dem »einen Gott mit den Muslimen«, um aus dem »Wettbewerb der Religionen« als der passendste Freier hervorzugehen.

Die Ausweitung des Christentums nach Europa hatte eine entsprechend individuelle Kultur hervorgebracht, während es im Orient durch den Islam einem stetigen Niedergang ausgesetzt war.[396] So wie der gnostisch gewachsene Orientalismus in Europa auf die Beseitigung jüdisch-christlicher Grundlagen fixiert ist, so streben die modernen, rechts-linken Politreligionen die Überwindung der Gesellschaft an, ein Projekt, für das der Weltislam als Partner wie geschaffen ist.

Die europäische Rückwendung zum politischen Orientgott ist ein Prozess, dessen praktischer Ablauf die Lebenszeit des Einzelnen übersteigt. Seine tatsächlichen Entwicklungslinien lassen sich nur anhand einer hinreichend langfristig ausgelegten Analyse erkennbar machen. Die Differenz der Geschlechter hat uns hierfür eine ideale Basis geliefert.

Durch die Verknüpfung langfristiger Perspektiven und historisch relevanter Sachverhalte ist ein Erklärungsrahmen entstanden, der Bestand haben wird, solange die »Argumente« des proislamischen Kartells im doktrinären Bereich bleiben. Solange seine Vertreter nicht in der Lage sind, sich von Reflexen wie »Intoleranz«, »Islamophobie«, »Volksverhetzung«, »Rassismus« etc. zu lösen, bestätigen sie selbst, zunächst weiterhin als Missionare des Islam unterwegs zu sein. Schon jetzt nähert sich ihre manichäische Sprache der Offerte des Verkünders Muhammad, die Loyalität mit einer Lizenz zur Gewalt belohnt:

> *Meine Gemeinschaft wird in zwei Parteien zerfallen. Aus der einen entstehen die Ketzer und die andere ist berechtigt, sie zu töten.*[397]

Jede Elite produziert das ihrer Zeit entsprechende Weltbild. Wie gesehen, erfüllt auch der technisch-islamische »Strukturwandel« die wichtigste aller Bedingungen: Die Menschen empfinden die geistige Regression, verstärkt durch die Rückwendung zum Orient, als heilsstiftenden »Fortschritt«. Dabei hat die moderne Pluralität einen wichtigen Effekt: Sie bricht die Zeit. Mit der Beschleunigung des »Fortschritts«, geschützt durch politische Korrektheit und ökonomische Effizienz, werden die

Zyklen der Produktivität schneller und die Schübe der »Toleranz« intensiver.

Indem sich das moderne Denken auf isolierte Einzelfelder verengt, die sich von ihren Ursachen lösen, wird es formbar für das Ganzheitsdenken des Islam, das sich aus einem einzigen Ursprung speist. So kann der Islam das wachsende Vakuum des kulturellen Ursprungs Europas füllen. Dessen zentrale *Werte*, Menschenrechte und Toleranz, werden – von ihren geistigen Ursachen befreit – zu zentralen *Zwecken* des Islam.

Das Verschwinden der Vergangenheit und damit auch der Gegenwart vernichtet nicht nur die Erkenntnis von Entwicklung und Geschichte, sondern auch die Fähigkeit zur Zukunft. Nichts kann den geistigen Rückschritt deutlicher belegen als die Unfähigkeit zur Bewertung von Zeit, die den »Horizont des Seins« (Heidegger) auf die flüchtigen Punkte und Momente der pluralistischen Weltsicht reduziert.

Das Unvermögen, zeitliche Abstände und sachliche Räume außerhalb des gewachsenen Denksystems zu verknüpfen, ist auch Kennzeichen des Islam. Allerdings macht sich die Fixierung des muslimischen Denkens an einem Ankerpunkt fest, der auf ersten Blick wie ein technischer Vorteil wirkt: das prophetische Medina-Modell. Im Ideenozean des westlichen Pluralismus gibt es scheinbar keine Entsprechung, die über Flickwerk hinausführen könnte: »Wie Schiffer sind wir, die ihr Schiff auf offener See umbauen müssen, ohne es jemals in einem Dock zerlegen und aus besten Bestandteilen neu errichten zu können«.[398]

Hier handelt es sich so lange um einen scheinbaren Nachteil, wie die westliche Kultur fortfährt, ihren unentrinnbaren *geistigen Grundlagen* zu entkommen. Innerhalb eines »Strukturwandels«, der ihrer Geschichte entspricht, »kultiviert« sie einen Orient-Mythos, der nur dem elitären Teil ihrer Tradition entspricht. Was dieser Kultur zu entgleiten scheint, ist das kollektive Ich-Selbst-Bewusstsein, das ihr die Fähigkeit geben könnte, sich bei ihrem Verfallsprozess selbst zu beobachten. Wenn es ihr gelänge, würde sie sich nicht nur des laufenden Verfalls bewusst, sondern auch der maßgebenden Kraft, mit der die eigenen Eliten ihn vorantreiben. Die Voten Frankreichs und Hollands im Mai 2005 gegen die volksferne EU-Verfassung könnten ein erster größerer Versuch zur Selbst-»Besinnung« gewesen sein.

Je enger also der geistige Horizont, desto reflexhafter wird das »Denken«. Immer weniger ist es zur Erfassung komplexer Zusammenhänge fähig, und immer mehr versagt es bei der Differenzierung von Gemeinsamkeiten und Gegensätzen. Im Zyklus der technischen Innovation beschleunigen sich die Denkverluste, während die Sinngebung des »Fortschritts«, wie der französische Philosoph J. Baudrillard feststellt, »sich allmählich verlangsamt und unter dem Gewicht der eigenen (Daten)Masse erstarrt«:[399] Es gibt nur noch Gemeinsamkeiten oder Gegensätze!

Der zunehmende Datenmangel im Sinne des Verständnisses von Zusammenhängen erzwingt somit eine zuverlässige, weil technisch vorhersagbare Annäherung an den Islam. Denn in dem Maße, in dem die bewusste Erkenntnis und damit die intellektuelle Kompetenz verdrängt wird, kann sie – nach Sozialismus und Faschismus – jederzeit unter den Einfluss weiterer ideologischer »Sinngebungen« geraten, aktuell des hier vorgestellten proislamistischen Weltbilds bzw. »Imperativs«.

Damit bestätigt sich die Janusköpfigkeit des Wandels auf eine weitere, fundamentale Weise. Denn Metaphysik ist der Begriff für das Übermaterielle, für das, was nicht unmittelbar erfahren werden kann. Wer jedoch die Fähigkeit verliert, Gegensätze weder zu erkennen, noch zu erfahren, dabei aber pauschal »den Islam« propagiert, beteiligt sich an dessen »Metaphysik«, die in der *Vernichtung nichtislamischer Gegensätze* besteht.

Die Formeln vom »Frieden des Islam«, vom islamischen »Respekt vor den Frauen«, vom »Kolonialismus der Menschenrechte« und andere sind untrügliche Symbole für einen mythischen Prozess, in dem die Missionare des Proislamismus ihre neo-orientalische Glaubensbotschaft verkünden. Wie ein Syphon saugt dabei die universelle und finanzielle Attraktivität elitärer Macht die »geistlose Intelligenz« an, die sich in ihrer Neo-Institution »gleichförmig« sammelt und die neue Politreligion unter das Volk bringt.

Während es in Frankreich und England – vor allem bei den Pietisten, Rosenkreuzern und Freimaurern – eine kraftvolle, esoterisch-orientalische Tradition gibt, fußt Deutschland eher auf einem historischen Pro-Orientalismus. J.G. Herder (gest. 1803) als Begründer des Multikulturalismus und Fichte als der des politischen Radikalismus bildeten die Basis für einen deutschen Nationalismus, der sich als Kulturgemeinschaft verstand.

Ihre Ideen setzten sich nicht nur im National-Sozialismus und teilweise bei den heutigen Grünen fort (s. o. S. 190f.), sondern dienten auch dem arabisch-progermanischen Nationalismus als Vorlage.[400] Neben den

Baath-Parteien in Syrien und Irak war dessen wichtigster Vertreter Sati al-Husri (gest. 1970), der als »arabischer Herder und Fichte« in einer Person galt und über die Arabische Liga wichtige Beiträge zur Nationalerziehung an den arabischen Schulen leistete.

Seine beiden Vorbilder gehörten der Freimaurerei an, deren diverse Geheimkulte immer wieder Verschwörungstheoretiker auf den Plan rufen. Ihre esoterische Tradition führt sich auf die orientalische Hermetik (magische Alchimie) zurück und siedelt ihren Ursprung überhaupt im Orient an. Die französischen Logen nennen sich »Orient«, und wenn der Freimaurer stirbt, »geht er in den Osten ein«. Der Kreis des Orient-Mythos schließt sich über den Dionysoskult, »der bis heute im freimaurerischen Ritus fortlebt«.[401]

»Geheimwissen« wird, wie unser Blick in die Religionsgeschichte zeigt, sehr schnell weniger geheim und oft banal, weil es schlichter Machtausübung dient. Umso nützlicher sind die Geheimkulte, weil sie die Verschwörungskarusselle in Schwung halten. Sie schützen das Machtinteresse pauschal und sind damit jeder Sprachkeule überlegen. Wer wollte sich schon das Stigma dumpfen Verschwörungsdenkens aufdrücken lassen?

Aus diesem Blickwinkel erscheint es verständlich, die Kultur des Islam zu loben, weil sie mit der Weitergabe antiken Wissens »Europa befruchtet« habe. Schließlich geht es bei dem »arabischen Erbe« in der Hauptsache um das esoterische »Geheimwissen« des Orients. Daher kommt es nicht selten vor, dass diejenigen, die jenes Erbe rühmen, dies in eigener Sache tun, weil sie selbst einem der einschlägigen Kultvereine angehören. Da sie im globalen »Strukturwandel« nicht nur wirtschaftliche, sondern oft auch politische Schnittstellen unterhalten, dürfte allerdings ihre Bezeichnung als »Freimaurer« inzwischen etwas antiquiert und mit dem Begriff des *Polit-Esoterikers* wesentlich besser umschrieben sein.

In diesem Sinne können die Esoterik-Kulte durchaus als magische Vorläufer des modernen Kant-Fichte-Denkens betrachtet werden, zumal die Freimaurerei den Nicht-Freimaurer Kant euphorisch lobt.[402] Die Herrschaft des Menschen ist das dominante Prinzip: »Denkt er ein Feuer, so ist er ein Feuer«, wie Paracelsus einst formulierte. Auch in Dichtung und Literatur drückt sich die enorme Bedeutung der Gnosis für den europäischen Geist aus. Lessings (gest. 1781) »Nathan«, Goethes »Diwan« und andere Werke »untermauern« den Orientalismus auf breiter Basis und sind zum festen Bestandteil eines semi-spirituellen Islambildes im Westen geworden.

Auch sie waren wie zahlreiche Denker der Zeit organisierte Esoteriker, die sich heute in der skizzierten Weise als Angehörige einer globalen Kultgemeinschaft mit wirtschaftlichen Zielen verstehen. Wie der europäische Geist allgemein, so teilt sich auch der »Masonismus«, die maurerisch-moderne Klerus-Variante, in einen ideellen und materiellen Zweig. Letzterer ist auf EU-Ebene prominent vertreten.[403] Seine Vertreter fielen wiederholt mit Korruptionsskandalen auf, die längst auch die obligaten Schnittstellen zum organisierten Verbrechen sichtbar machen[404] und dem Image ihrer Zunft großen Schaden zufügen.

Wie einst die Romantiker gegen die Aufklärer, so verwahren sich auch die masonischen Idealisten, die sich oft in wichtigen sozialen Projekten engagieren, immer wieder gegen den »Missbrauch« der eigenen, offiziellen Ethik. Solches bewirkt – ähnlich dem Christenklerus und »ethischen Islam« – kurzfristig wenig, langfristig nichts. Wie wir wissen, kann maßlose Macht das Unverfügbare im sozialen Zusammenhalt überlasten oder sogar zerstören. Zuviel Ethik kann allerdings auch der Macht unwillkommene Kontrolle auferlegen und ist daher den Menschen nach Spinozas Rezeptur zu vermitteln (s. o. S. 198) – über Zwangmechanismen, die als »freier Wille«, heute als »wohlverstandenes Interesse«, verkleidet werden und eine optimierte Steuerung und Besteuerung der Menschen sichern.

So setzen denn auch u. a. die britischen EU-Beamten die polit-esoterische Tradition Englands auf ihre Weise fort. Sie gehen dabei innovativ vor, wenn es um Ämter für nahe Verwandte geht.[405] Nach wie vor leisten die materiellen Masonisten richtungweisende Beiträge zum Prinzip der macht-»orientierten« Zweckreligion, die den Besitz kontrolliert und zu Gunsten der Eliten – oder auch des »Shareholder Value« – umverteilt.

Die Dynamik der EU-Erweiterung mit dem »Eckstein« des Türkeibeitritts bildet eine zentrale Grundlage dieses Geschehens, aus der die jüdisch-christliche Werteordnung folgerichtig verschwindet. Im andauernden Gerangel um Macht und Einfluss wirkte es jedoch amateurhaft, als sich Angehörige des Vatikans über den Erfolg der »Loge« beklagten, während deren Palermo-Ableger ihren obersten Führer, Papst Johannes Paul II. (gest. 2005), zu ihren »Brüdern« zählte.[406]

Selbst aus dem esoterischen Spektrum stammend, erwies sich der Jahrtausendpapst als Meister der verbalen Zweideutigkeit und medialen Massensuggestion. Als gelernter Schauspieler verkündete und verkörperte er eine erfolgreiche Zwitterethik zwischen Christentum und Islam. Im mythischen Zug seiner Zeit blähte er die Kirche zu einem spirituellen Massenbetrieb auf und wurde zur Pilotfigur eines irrationalen Personenkults im »Wettbewerb der Religionen«. Umso rationaler gerieten seine Beiträge zur ökonomischen Zweckreligion. Indem er wiederholt Macht und »Intelligenz« der Wirtschaftsführer bewunderte, stellte er die Kirche in den Dienst der »Ethik der Globalisierung« und warnte, dem Markt eine »negative ethische Nebenbedeutung« beizulegen.[407]

Die auf breiter Front erstarkende Orient-Euphorie reaktivierte auch die Potenziale der Geografie. Hier sahen die Visionäre des 18. und 19. Jahrhunderts den Mittelmeerraum wieder als islamisch inspiriertes Bindeglied zwischen Europa und Islam. Mit der Diskussion um den türkischen EU-Beitritt lebt die Vorstellung von einer »Geistesdreiheit« wieder auf, in der die Türkei als »Brückenland« fungiert.[408]

Von dort ist es nicht mehr weit zur »Weltreichslehre«, die von drei bis vier Riesenreichen spricht[409] und zum Nachdenken über die Erweiterungseuphorie der EU anregt. Dort sieht man wie im gesamten »Dialog« die ketzerische Theorie des belgischen Historikers H. Pirenne (gest. 1935) äußerst kritisch. Nach ihm war die verbindende Kulturfunktion des Mittelmeers schlicht beendet, als sich die Heere und Lehre des Islam auszubreiten begannen.[410] Nachdem sie jedoch den Reinigungsfilter der Orient-Euphorie durchlaufen hat, sieht sich auch diese Sicht einer gewagten Anti-These gegenüber. Danach war es die islamische Expansion, die den Aufstieg der Karolinger und damit die Geschichte Europas überhaupt erst ermöglicht hat![411]

»*Ex oriente lux*« kann somit auch weiterhin die bekannte Formel lauten, nach der das Licht der Erkenntnis und schließlich das Paradies selbst im orientalischen Osten zu suchen ist. Wie Pirenne sah es allerdings auch der türkische Dichter Nazim Hikmet (gest. 1963) anders. Er hatte zu spüren bekommen, dass jede Machtform den Menschen als Zweck braucht, aber als Wert meidet. Erst Freund, dann Feind der Kemalisten, schrieb er im Gefängnis sein großes Nationalepos über die Menschen Anatoliens. So entlarvt er die orientalische Euphorie, die nostalgische Sehnsucht nach der Romantik der höfischen »Kultur«, als Chimäre der Herrschenden:

Niemals gab es, oder gibt es, noch wird es jemals einen solchen Orient geben. Orient ist das Land, auf dem sich zerlumpte Leibeigene abschuften und krepieren. Die Erde gehört jedermann, außer den Bewohnern des Orients.[412]

In dieser Tradition stehend, befreit das elitäre Management heute die Anhänger des Islam von jedem »Generalverdacht« und stellt ihren radikalen Vertretern eine Generalvollmacht aus. Sich zur islamischen Version des alten Orientgottes rückspulend, verähnlicht sich die neue Politreligion Europas mit dem einstigen Gegenwesen, das nun durch Allah vertreten wird.

Während man sich der neuen »Bewegung« anvertraut und die Angst vor aufgeklärter Verantwortung schwindet, geht derweil das verunstaltete Selbst der Spaßgesellschaft »im erlösenden Heil des Fremden« auf.[413] Wie es scheint, löst sich bei diesem Vorgang zugleich auch der Wille der Frauen auf, sich der Auflösung ihrer Interessen entgegenzustellen.

5. Marxisten im Islamdialog

Bekanntlich stehen sich in Europa traditionell mit einer ideellen (»konservativen«) und materiellen (»fortschrittlichen«) Richtung zwei unterschiedliche Denkformen gegenüber, die sich in der Machtfrage stets einig waren und nach wie vor sind. Sie bilden nicht nur den europäischen Geist; sie lassen auch eine tiefe Verbindung in der gemeinsamen Hoffnung erkennen, durch immer neue Utopien die »entfremdete« Welt verbessern zu können – das Kennzeichen der westlichen Zivilisation.

Um die neuen Wirklichkeiten möglichst schnell zu erreichen, entstand zuweilen – insbesondere in den totalitären Systemen – messianische Ungeduld, die Durchbrüche zur Gewalt erzwang, um die Langsamkeit der Hoffnung zu beschleunigen.[414] Nach gnostischem Muster ging es ihnen darum, die Welt als Ganzes zu verändern, indem man sie »reinigte«, z. B. von einer »Rasse« oder auch Klasse. Die dabei verwendete Methode ist zeitlos und uns inzwischen bekannt: Vereinnahmung und Kontrolle von Religion, Besitz und Frauen.

Der Denker, der diesen Zusammenhang für die Moderne als erster erkannte und in ein Gesellschaftssystem umsetzte, war Karl Marx (gest.

1883). In seinem »historischen Materialismus« spielen Besitz und Religion eine ganz spezifische Rolle. Er verkürzt alle Kultur auf den »Überbau« der rechtlich-politischen Sphäre und ordnet ihn der »zweiten Natur« der ökonomisch-technischen Entwicklung nach, die er »Basis« nennt. Provoziert durch den Übergang von der Agrar- in die Industriegesellschaft, sehen er und sein Mäzen F. Engels das »Historische« in der Kluft zwischen herrschender und arbeitender Klasse.

Ihnen fällt die ungleichförmige Entwicklung und Organisation der produktiven und besitzenden Kräfte auf, die die Gesellschaft in »Proletariat« und »Bourgoisie« spalten. Marx will das Ideelle in Philosophie und Religion als »Opium fürs Volk« überwinden und das menschliche Sein den materiellen Umständen anpassen, d. h. den arbeitenden Menschen in das Zentrum des gesellschaftlichen Handelns stellen:

> *Die Produktionsweise des materiellen Lebens bedingt den socialen, politischen und geistigen Lebensprozess überhaupt. – Es ist nicht das Bewusstsein des Menschen, das ihr Sein, sondern umgekehrt ihr gesellschaftliches Sein, das ihr Bewusstsein bestimmt.*[415]

Marx kommt das Verdienst zu, den entscheidenden Hebel des Kapitalismus, den Qualitätssprung zwischen Tauschwert und Gebrauchswert menschlicher Arbeit, in einen gesellschaftlichen Zusammenhang gestellt zu haben. Was sich nach Adam Smith (gest. 1790) durch eine diffuse »unsichtbare Hand« von selbst regeln soll, nimmt in der Marx'schen Theorie als »Mehrwert« konkrete Gestalt an. Dieser Mehrwert unterscheidet die »Ware Arbeit« von allen anderen Produktivkräften. Er öffnet den Eliten den Zugang zu einer Kraft garantierter Ausbeutung, die in der »Natur« der Sache liegt, in der Struktur der ökonomischen »Basis«.

Trotz Gewerkschaften und Unternehmenssteuern entstand kein wirkliches Bewusstsein für die Arbeit als dynamisches Scharnier zwischen Wirtschaft und Gesellschaft. Bis heute fehlt eine praktisch brauchbare Systemtheorie. Es gibt keine Methode, die dem Zusammenhang zwischen dem Sozialfaktor Arbeit und der technischen Innovation, die aus der Investition des »Mehrwerts« kommt, regelhaft gerecht werden könnte.

Der technische Fortschritt bedingt damit nach wie vor, dass die Arbeit ihre eigene Abschaffung »schafft«. Sie produziert selbst die Umstände, die sie überflüssig machen. Da die Wirtschaft integraler Teil der Kultur ist, wird sie – ohne eine nachhaltige Ausgleichsfunktion – zum unumgänglichen Zielpunkt und zugleich Spaltpilz der Kultur. Indem sich Politik, Recht, Bildung, Religion, Medien uniform nach den Interessen der Wirtschaft ausrichten, gleichen sie früher oder später auch ihre jeweiligen Sichtweisen und Strukturen an. Wichtige aktuelle Beispiele sind die unternehmensbezogene Bildung und die islambezogene Rechtsprechung (s. o. S. 189f.), die wirtschaftlichen Zwecken dient.

Wäre dem nicht so, hätte sich ein institutioneller Ausgleich zwischen Individuum, Unternehmen und Staat, also eine Sicht entwickelt, die auch, aber nicht primär nach materiellen Kriterien vorginge. Da er fehlt, richtet sich der erste Sozialfaktor – der Tauschwert der Arbeit – nach der Durchsetzbarkeit des Profitfaktors, die ganz erheblich von der langfristigen Großwetterlage – Kalter Krieg, Globalisierung etc. – abhängt.

Man braucht kein Moralist oder gar Sozialist zu sein, um einen Finanzausgleich für das »Humankapital« der Gesellschaft für sinnvoll zu halten. Mit anderen Worten: Nützliches ist nicht immer gut, aber Gutes wie z. B. effiziente, loyale Arbeit ist immer nützlich, allerdings nur aus langfristiger Sicht. Die Beschleunigung des modernen Fortschritts erzwingt jedoch immer schnellere Zyklen, nicht nur der Produkte, sondern auch der Verbilligung der Arbeit. So verstärkt sich – bei sinkenden Unternehmenssteuern – der Exodus der Konzerne, während Arbeitslosigkeit, Zuwanderung, Staatsverschuldung und Unternehmensrendite stetig wachsen. Der Finanzkollaps zunächst derjenigen Staaten, die sich – wie Deutschland – die größte Belastung leisten, ist nur eine Frage der Zeit.

Marx schließt an den uralten Mechanismus der elitären Machtvernunft an, denn »die herrschenden Ideen waren stets nur die Ideen der herrschenden Klasse«, die man allerdings früher oder später durch eine »Umwälzung« des Bewußtseins korrigieren müsse:

> *So wenig wie man das, was ein Individuum ist, nach dem beurtheilt, was es sich selbst dünkt, eben so wenig kann man eine solche Umwälzungsepoche aus ihrem Bewusstsein beurtheilen, sondern muss vielmehr dies Bewusstsein aus den Widersprüchen des materiellen Lebens, aus dem vorhandenen Konflikt zwischen gesellschaftlichen Produktivkräften und Produktionsverhältnissen erklären.*[416]

Die Umsetzung der Theorie in die marxistisch-leninistische Praxis hat nicht nur zu katastrophalen Fehlentwicklungen im ökonomischen und humanen Bereich geführt; sie hat auch die Universalität des Machtprinzips bestätigt. Viele westliche Sozialisten legen nach wie vor den Mantel des Schweigens über die Massenmorde Stalins und sprechen lieber von einem nebulösen »Missbrauch« der Theorie, dem »gefallenen Engel« des Kommunismus.

Dabei wurden die entscheidende Mittlerfunktion der Eliten und ihre gemeinsamen Interessen – Ökonomie und Antisemitismus – kaum thematisiert. Die zeitweilige Kollaboration zwischen sowjetischer Macht, Hitler und den Westmächten auf der einen sowie zwischen letzteren beiden untereinander auf der anderen Seite findet erst in jüngerer Zeit das Interesse von Wissenschaft und Öffentlichkeit.

Während im Falle des Nationalsozialismus die Verbindung zwischen Ideologie und Todeslagern feststeht, ist nicht erkennbar, wie man Marx' Theorie ursächlich mit der Vernichtungsstrategie des GULAG verknüpfen könnte, wenngleich er selbst die Gewalt nicht ausschloss. Indem das sowjetische Modell und seine Satelliten somit umso schwerere Formen des »Missbrauchs« darstellen, bestätigen sie erneut die gewachsene Herrschaftsfunktion der Eliten, die das Weltbild und sein Gesetz gestalten, aber nicht auf sich anwenden.

Für unsere Betrachtung ist es wichtig, dass sich im Westen weniger dogmatische Formen des Marxismus – Dogmatiker nennen sie »Revisionismus« – nicht nur in der Politik, sondern auch im kulturellen »Überbau« etabliert haben. Ihre positiven Einflüsse auf Geschichts-, Literatur- und Sprachwissenschaft sind unbestritten und zum festen, inzwischen »konservativen« Bestand der westlichen Zivilisation geworden.

Ein prominentes Beispiel ist die »Frankfurter Schule« mit ihren Gründern M. Horkheimer und T. Adorno, die in ihrer »Dialektik der Aufklärung« den Marxismus zur »kritischen Theorie« weiterentwickelten. Hauptziel ihrer Kritik war die »technische Rationalität« des Kapitalismus, die den Menschen seiner Arbeitswelt »entfremdete« und ihn zum »Warenfetischisten« machte. Sie stießen die Konsum- und Medienkritik an, die heute das bewusstseinsverändernde Potenzial der modernen Produkt- und Unterhaltungswelt in den Vordergrund rückt.

Jede Ideologie verleitet zur Übertreibung, wenn sie zur einzigen Richtschnur der Weltsicht wird. So haben viele Marxisten den Klassenkampf auch dort – z. B. in den Religionen – zu entdecken versucht, wo er oft nur als Spurenelement zu finden ist. Eine der Ausnahmen bildet der französische Soziologe M. Rodinson (gest. 2004). In »Islam und Kapitalismus« (Frankfurt 1985) bemüht er sich um Ausgewogenheit und kommt zu dem Fazit, dass der Islam universell genug ist, sich mit scheinbaren Gegensätzen wie Kapitalismus und Sozialismus gleichzeitig zu arrangieren.

In der aktuellen Globalisierung und ihrer neoliberalen Wertung geht man ganz ähnlich vor. Auch hier bedient man sich längst der marxistischen Interpretation. Der »Strukturwandel«, also die Umformung der ökonomischen »Basis«, wird als unzweifelhafter Motor der kulturellen Integration, insbesondere der Anpassung des rechtlich-politischen »Überbaus«, gesehen. Der »Markt« übernimmt die Rolle einer quasi-religiösen Kraftzentrale, an der sich die »Deutungsmächte« der Gesellschaft – Politik, Recht, Bildung – orientieren und nähren.

Die Eliten des Islam und der globalen Banken und Konzerne, die bereits ein knappes Drittel des Weltumsatzes kontrollieren, hatten und haben keine Probleme, sich übergreifend zu verständigen. Insoweit bestätigt die Praxis die Rodinson-These, nach der globaler Neoliberalismus, Marxismus und Islam vereinbar sind. Dies umso mehr, als islamische Anleger große Depots bei westlichen Banken bzw. Schuldscheine für die Refinanzierung westlicher Staaten halten.

Indem sich die islamischen Zuwanderer unter ihrem Recht in Europa etablieren, demonstrieren sie die fortlaufende Schwächung des herkömmlichen Nationalstaats europäischen Zuschnitts. Da der »Dialog« diesen Abbau rechtlich-politisch und in anderen Kulturfacetten wie Religion und Bildung aktiv unterstützt, trägt er zur klassischen »Systemüberwindung« bei.

So lehnt es der deutsche Verfassungsjurist W. Hassemer ab, den Islam »einer scharfen Befragung zu unterziehen«, und stellt damit der Scharia eine Art Persilschein aus. Der rasante Verfall des Arbeitspotenzials und die Aushöhlung der Solidarsysteme wie Steuern, Renten und Gesundheit sind dabei die sozio-ökonomischen Symptome eines umfassenden Vorgangs.

Marx hatte erkannt, dass sein System durch den Menschen, der eigentlich der Begünstigte sein sollte, gefährdet werden konnte. Er machte sich über den Hegel'schen Idealismus hinsichtlich des menschlichen Geistes lustig, in dem er allenfalls ein groteskes Doppelspiel erkennen konnte: »das eine Mal als Tragödie, das andere Mal als Farce«.[417] Mit analytischem Blick sah er die politischen Gruppen und Fraktionen im

Frankreich des 19. Jahrhunderts, wie sie um einzelne Ämter und Pfründe kämpften und dabei offenbar das Interesse der »Klasse« vergaßen.

Der Wandel von der agrarischen zur industriellen Gesellschaft wird oft mit der globalen Umformung von der industriellen zur elektronischen Gesellschaft verglichen.[418] An ihrem Beginn stand der Kollaps des Warschauer Pakts, mit dem zwar der »offizielle Sozialismus« beendet war, aber ein neuer, »inoffizieller Sozialismus« eingeläutet wurde.

Die »Softform« des Sozialismus hatte sich in die bekannte Dreiheit aus Effizienz, Toleranz und Korrektheit gekleidet und unter materiell-ideellen Begriffen wie »Neoliberalismus« und »Multikulturalismus« europaweit ausgebreitet. Mit ihr ging ein Niedergang der demokratischen Kultur einher, die sich lokal in der Feudalisierung der politischen Parteien, Korruption, Zwangsmigration und Kriminalisierung niederschlug (s. o. S. 180f., 184f.). Global äußerte sie sich in der Kollaboration mit totalitären Regimen, z. B. in der Kooperation der USA und der EU mit dem radikalen Islam in Saudi-Arabien, Pakistan etc. sowie den »gemäßigten« Radikalen der Türkei.[419]

Mit der unklaren Mischlage zwischen Materialismus und Idealismus fand sich der französische Philosoph L. Althusser (gest. 1990) nicht ab. Er wollte klare Verhältnisse und entwickelte einen »reinen« Dogmen-Marxismus. Damit ließen sich die Abläufe in der Gesellschaft nach dem Spinoza-Muster chemischer Reaktionen organisieren – ein Konzept mit großem Einfluss auf die westlichen Marxisten. Theorie und Praxis verbinden sich hier, indem die Kombination technischer und ideologischer »Praxistheorie« den »Rohstoff« der Gesellschaft in das Produkt der geplanten Qualität umformt:

> *Die theoretische Praxis ist natürlich selbst ihr eigenes Kriterium, sie birgt natürlich wohldefinierte Protokolle für die Gültigkeit der Qualität des Produkts, d. h. für die Wissenschaftlichkeit der Erzeugnisse der wissenschaftlichen Praxis.*[420]

Unter dem »wohldefinierten Protokoll« sind die marxistischen Propagandaformeln zu verstehen, die festlegen, was man als »wissenschaftliches Erzeugnis« zu erreichen gedenkt. Hier werden Anleihen bei den Protokollsätzen der Logik gemacht, deren Aussagen Weg und Ziel eines Sachverhalts vorgeben.

Die Anhänger des »Dialogs mit dem Islam« setzen die Tradition marxistischer Indoktrination fort. Mit der Aussage »Islam ist Frieden« ist ihnen ein Protokollsatz hohen Kalibers gelungen. Er ist doppelt gegen Prüfung geschützt. Zum einen heißt es, dass es aufgrund seiner Vielfalt »den Islam« gar nicht gibt, und sollte es ihn dennoch geben, ist das Protokoll umso sicherer definiert. Denn die Muslime betrachten ihre Rechtsgemeinschaft als bestmögliche Gesellschaft und Höchstform des »Friedens«.

Wenn das Ziel die islamorientierte Umformung der Gesellschaft ist und auf »praxistheoretischem« Wege erreicht werden soll, muss sie daran gehindert werden, ihre eigene Umformung in irgendeiner Weise zu beeinflussen. Die Basis des Protokolls muss daher an der Basis der Islamisierung, der Migration, ansetzen. »Zuwanderung ist kein Wahlkampfthema« lautet denn auch die Devise, die in Deutschland seit vielen Jahren von einer geschlossenen Allparteienkoalition durchgehalten wird.

Vor allem bewährt sich das praxistheoretische Konzept jedoch in der Reaktion auf aktuelle Ereignisse und Anpassung an zu offensichtliche Widersprüche. Nach dem 11. September streute man mehrere Protokollsätze, die sich gegenseitig ergänzten und den »Rohstoff« islamischer Gewalt erneut in Produkte des universellen Friedens umwandelten. Mit den Aussagen »Islamismus ist nicht Islam« sowie »der Islam ist kein Problem« ließ sich die Gewalt zunächst isolieren und schließlich völlig auflösen, indem es in Anlehnung an den Islam nun auch den Islamismus »eigentlich nicht gibt«. Auch er zerfällt in Facetten, die dem Vernehmen nach teilweise ebenfalls »friedfertig« sind.

Da beide, Islam und Islamismus, in viele »Facetten« zerfallen, können sie auch keine »Monolithen« sein. Diese Metapher wird im »Dialog« unentwegt verwendet, obwohl bis heute niemand die Behauptung aufgestellt hat, dass der Islam ein »Monolith« ist. Hier geht es um einen Schutzbegriff, der das islamische Heilsobjekt schon im Vorfeld gegen Zweifel immunisieren soll. Hat man hingegen den Eindruck, dass es in echte Bedrängnis gerät, wird man auch etwas deutlicher und wirft den Zweiflern vor, »Ängste«, »Vorurteile«, »Feindbilder« oder gar »Rassismus« zu schüren. Denjenigen, deren Zustimmung noch nicht ganz erreicht ist, wird zumindest »Islamophobie« bescheinigt.

Besondere Wirkung entfalten die Protokollsätze, wenn sie nicht statisch, sondern dynamisch definiert werden. Mit der Diskussion über den radikalen Islam und die Kollaboration seiner Vertreter mit den deutschen »Eliten« in Politik, Recht und Bildung wurden in der Öffentlichkeit neue, qualifizierte Vorwürfe laut. Es hieß, dass die Verantwortlichen den Islam pauschal als Religion akzeptierten, zugleich den politischen Anspruch der Scharia, des islamischen Rechts, außer Acht ließen und damit insgesamt den demokratischen Rechtsstaat gefährdeten.

Wenn das Ungetüm des »Menschenrechtsfundamentalismus« den kritischen Demokraten nicht verschrecken kann, gilt seine Person als »umstritten« und/oder seine Argumentation als »polarisierend«. In jedem Falle kann die Sachdiskussion entfallen. Indem zugleich allen radikalen Muslimen attestiert wird, »auf dem Weg in die Demokratie« zu sein, erscheint »der Islam« als eine Gesellschaftsform, in der die Anlagen zur »Demokratie« sozusagen genetisch verankert sind. Daraus ergibt sich zwingend, dass es auch die Scharia »eigentlich nicht gibt«. Da jede proislamische Aussage gegen Zweifel geschützt ist, können zumindest zwei Grundrechte weiterhin wirkungslos bleiben: Freiheit der Religion und Gleichberechtigung der Frau.

Wenn Skeptikern zuweilen entgegengehalten wird, »den Dialog mit dem Islam zu stören«, haben sie gegen die marxistische Tradition des praxistheoretischen Protokolls verstoßen, das den gesellschaftlichen Umbau, auch »Systemüberwindung« genannt, absichern soll. Es bleibt abzuwarten, ob die Radikalen des »Dialogs«, von denen viele aus der marxistischen 68er-Generation und ihrer Nachfolge kommen, an solchen Dogmen unverkürzt festhalten oder sich vom Umdenken ihres Vordenkers Althusser beeindrucken lassen. In seinem Hauptwerk »Für Marx« beweist er späte Einsicht und hält die »Systemüberwindung« nur noch für legitim, wenn man sich offen von Gewaltsystemen wie dem Stalins verabschiedet.

Im Falle M.L. Becks, der Migrationsbeauftragten der deutschen Regierung, blieben Bestätigungen dieser Art aus. Sie war der Auffassung, »dass die Debatte über Gewalt gegen muslimische Frauen zunehmend zum Integrationshindernis wird«.[421] Wie alles andere soll also auch die Gewalt an Frauen, die im Islam ein Grundrecht des Mannes ist, beibehalten und die Geltung demokratischer Grundrechte verhindert werden. Da Frau Beck und ihre Genoss/-innen dann auch die muslimischen Männer daran hindern, den »Weg in die Demokratie« fortzusetzen, wird ein weiterer Protokollsatz fällig, der ihnen diesen ideologischen Scheinweg freischaufelt. Er könnte lauten: »Im Islam sind Männer die besseren Demokraten«.

Natürlich ist auch der »Dialog« selbst kein Monolith. Es gibt durchaus Teilnehmer, die vermeintlich weniger dogmatisch vorgehen und einräumen, dass es Gewalt im Islam gab und gibt. In der historischen Form soll man sie allerdings als Einzelerscheinung »aus ihrer Zeit heraus« und in der aktuellen Variante als »Missbrauch« oder auch als »Notwehr« gegen den Druck des Westens verstehen. In keinem Fall ist eine übergreifende Analyse zugelassen, aus der sich die Gewalt als *systemimmanentes* Merkmal des Islam ergeben würde.

Immer wieder wird sie auch als »Notwendigkeit« deklariert, zu der die islamischen Eroberer durch lokalen Widerstand »gezwungen« wurden. Es war also die Uneinsichtigkeit der Opfer, welche die Muslime zu Tätern werden ließ, eine pathologische Einschätzung, die keine günstige Prognose für die Zukunft zulässt. Den westlichen Gewaltformen wird solches keineswegs eingeräumt, selbst wenn sie – wie z. B. die Kreuzzüge – fast ein Jahrtausend zurückliegen. Im Gegenteil, als geradezu monolithische Mahnmale ragen sie »aus ihrer Zeit heraus« in die Gegenwart hinein. Den ungläubigen Hörern der proislamischen Heilsbotschaft werden sie als ewige Schuld aufgebürdet, um jeden Zweifel an der Unschuld des Islam zu ersticken.

So erstaunt nicht, dass die dialogische Prägemaschine aus dem Djihad, dem »heiligen Krieg«, und seinem Tötungsgebot die Protokollformel einer »Anstrengung im Glauben« gestanzt hat. Damit ist eine indirekte Gewaltlizenz entstanden, welche die »terrorfähigen Eliten« (s. u. S. 254) offenbar für spätere Zeiten reservieren. Das Schweigen der westlichen Führungsebenen über die historischen und aktuellen Genozide des Islam spricht jedenfalls lauter als alle Worte.

In unregelmäßigen Abständen bestätigen die Außen- und Innenminister der EU-Länder, sich mit Fragen islamischer Gewalt nicht beschäftigen zu wollen. In dieser »Tradition« bewegte sich auch der deutsche Außenminister der Jahrtausendwende, der die Inhaftierung des irakischen Massenmörders Saddam auf seine Art kommentierte.[422]

Wenn es um Gewalt und Toleranz geht, kommt grundsätzlich der islamische »Schutzvertrag« (arab.: *dhimma*) ins Spiel, das »Kronjuwel in der Schatzkammer«[423] der dialogischen Programmfloskeln. Bei der Dhimma handelt es sich um eine koranische Klausel, die Juden und Christen die

»Wahl« zwischen Steuerzahlungen, verbunden mit repressiver Behandlung, sowie Vertreibung und letztlich auch Tod lässt. Aus proislamischer Sicht besteht die »Toleranz« darin, dass andere Ungläubige nicht in den Genuss dieses »Angebots« kommen und sofort getötet werden.

Solche Sophisterei wird auch als dogmatischer Relativismus bezeichnet. Natürlich ist reine Objektivität unmöglich, doch gibt es in der Orientalistik, Sozial- und Geschichtswissenschaft mehrheitliche Zweifel, ob man überhaupt eine brauchbare Erkenntnis über die Vergangenheit erlangen kann. Je größer diese Zweifel sind, desto sicherer ist man sich der Unerforschlichkeit des Vergangenen. Diese schlägt reflexhaft in zweifelsfreie Erforschlichkeit um, wenn es um die Gewaltgeschichte des Westens geht. Da diese »Methode« mit physikalischer Strenge angewendet wird, sind auch ihre Vertreter mit gleicher Präzision vorhersagbar und bestätigen, sich gemäß der soziologischen Analyse im »gleichförmigen Feld« angeordnet zu haben (s. o. S. 233).

Obwohl jede Kultur eine gewisse Stabilität in Politik, Recht und Religion aufweist, verzichtet man in Bezug auf den Islam auf einen Rahmen, in dem ein – wenn auch nur vorläufiges, aber doch akzeptiertes – Konzept entstehen könnte. Nachdem man seit längerem einen derart beschränkten »Dialog« mit Islamisten führt, verwundert nicht, dass diese inzwischen ihre historische Chance ergreifen und ihren westlichen »Partnern« Hinweise geben, wie sie der ungläubigen Öffentlichkeit »den Islam« präsentieren sollen.

Über den jeweiligen Stand der Islamisierung können sie sich zuverlässig informieren, indem sie in unregelmäßigen Abständen Parteien, Stiftungen und andere öffentliche Einrichtungen auffordern, ihre Position zum Islam in Deutschland zu erläutern. Da diese Anfragen oft vor Wahlen erfolgen, können sie – bei inzwischen hohen Standards vorauseilenden Gehorsams – sicher sein, von den Adressaten ausführliche und vor allem botmäßige Stellungnahmen zu erhalten. In ihrer Gesamtheit ergeben die Positionen eine gute Übersicht über die Islamisierung der führenden Institutionen – eine unverzichtbare Erfolgskontrolle, nicht zuletzt auch für die Organisationen, die sie finanzieren.

Da die Dialog-Führer als eine Art Amateur-Missionare agieren, erscheint ihre Aussage, dass man alle Sachverhalte des Islam »aus ihrer Zeit« verstehen müsse, in eigentümlichem Licht. Denn schließlich ist der Mensch ein Wesen, dessen Motive sich von seinem kulturellen Milieu nicht trennen lassen. Zu diesem Milieu gehört, wie unsere Betrachtungen unter anderem ergeben, ein neuer Standard in der »Wissenschaft«. Hier unterwirft man sich nicht nur dem religiösen Geltungsanspruch des Islam, sondern auch den ideologischen Zwängen seiner radikalen Gruppen.

Somit können sich die Fragestellungen und Quellen sowohl nach beliebig mediokrem Niveau, als auch nach fremden Auftragsinteressen richten. In der Orientalistik ist das Quellenstudium inzwischen aus einem oder mehreren der folgenden Gründe weitgehend zum Erliegen gekommen: 1. weil man verbindliche Erkenntnisse über »den Islam« für im Grunde unmöglich hält, 2. weil man kaum die erforderlichen Fähigkeiten und Sprachkenntnisse hat, und 3. weil man in Lohn und Brot islamischer Geldgeber steht.

Kompetente Analyse und fundierte Kritik stören die Heilsvision des islamischen »Friedens« und damit auch die Karriere ihrer Vertreter, der »Islamreferenten« in Partei, Universität, Kirche etc. Indem die Skeptiker seltener und die Lohnschreiber häufiger werden, bestätigen sie eine uralte Mechanik – das Werden von Gottesbildern, Weltanschauungen, Mythen, die sich durch Belohnung und Strafe eigendynamisch verstärken.

6. Zukunft ohne Wissen?

Immer deutlicher erweist sich der islamische »Marsch durch die Institutionen« als ernste Blockade für mindestens drei zentrale Bereiche der Demokratie: Information, Forschung und Recht. Die Protokollsätze wandeln die Information zu Desinformation, in der Forschung werden islamwidrige Ergebnisse unterdrückt, und im Recht überschwemmt man die Gerichte mit einer Flut von islambezogenen Klagen, die sich vom Moscheebau über das Kopftuch bis hin zur Befreiung von koranwidrigen Inhalten im Unterricht spannen.

Irrtumsfreiheit und inhaltliche Immunität sind dabei die obersten Gebote, die allerdings ein Grundprinzip des demokratischen Rechtsstaats außer Kraft setzen: die rechtliche und analytische Nachprüfbarkeit. Wir haben es mit dem Diktat fabrizierten Wissens, mit einem repressiven System zu tun, dessen Propaganda den Weg zum Heilsziel konsequent schützt. In einem Umfeld des permanenten Konsums – in Fernsehen und Bildpresse – kann es dabei auch Formen einer Marketingstrategie annehmen, die eine neue gesellschaftliche Kraft, die Leitkultur des »friedlichen Islam«, anpreist.

Dabei wird ein eherner Grundsatz gebrochen, der unbestritten als der einzige logisch haltbare Lösungsansatz überhaupt gilt: Der prüfungsoffene Wissensfluss ist zwar keine Garantie für Wahrheit, aber *die Prüfungsverweigerung ist die Garantie für Unwahrheit.*[424] In der Tradition unkontrollierter Macht besetzt der islamische Imperativ nun jedoch die oben erläuterte »Wahrheit durch Protokoll« mit marxistischen und faschistischen Sprachmustern. Damit steht auch dem islamischen »Frieden« nichts mehr im Wege – ein Vorgang also, der in eine Mischung aus holzschnittartigen Agitprop-Methoden und mythenhafter Priestertechnik zurückführt.

Solche Defizite verstärken die Manipulation des Wissens, die eine Gesellschaft von wachsender Komplexität immer desinformierter zurücklässt. In der Illusion, sich durch Arbeit, Konsum und Toleranz »selbst zu verwirklichen«, entsteht ein formbarer Massenmensch, der in der Gefühlsmühle des New Age-Zeitalters die »Orientierung« verliert. Zwischen den Wortschablonen der Konsum- und Kultur-Industrie wird sein Bewusstsein langsam aber sicher zermahlen und befindet sich längst auf dem Weg in eine neo-mythische Mischwelt »zwischen Realität und Phantasie«.[425] Die Esoterik-Literatur, die sich in den Buchhandlungen türmt, ist ein deutlicher Ausdruck dieses Trends.

Dessen angestammtes Forum ist die Weiträumigkeit der modernen Massenmedien. Hier werden Nachrichten und Produkte verbreitet, die allgemein formuliert und beschrieben sind, um optimale Verständlichkeit zu gewährleisten. Ob Politshow, Werbung, Film oder Dokumentation – immer werden Protokollsätze und Symbole verwendet, die das Denken im Kontext ersetzen und in einbahnige Richtungen lenken.

In den Bildmedien erscheint Islam oft comicartig verkürzt auf Gebetsformationen und Luxushotels, die eine problemlose, fromme Masse unter einer reichen, liberalen Führung suggerieren. Auch in den Druckmedien laufen die meisten Kommentare letztlich darauf hinaus, dass der Islam »kein Problem«, dass »nicht alle« für dies oder jenes verantwortlich sind und daher jeder »Generalverdacht« – hinsichtlich welcher Befindlichkeit auch immer – zu vermeiden ist.

Intellektueller Tiefgang ist kontraproduktiv, weil er sowohl die Sprechblasen des »Dialogs« als auch Umsatz und Einschaltquoten beeinträchtigt. Historisch gesicherte Sachverhalte und Ergebnisse analytischer Studien gelten nicht mehr als Fakten, sondern als »Meinungen«. Deutlicher lässt sich die Unfähigkeit zur realistischen Wahrnehmung der Welt und ihrer geistigen Differenzierung kaum ausdrücken. Dementsprechend verengen sich auch die Felder der Wahrnehmung, sodass sich die »Experten« zwar inflationär vermehren, aber zugleich auch immer austauschbarer werden – ein wichtiges Indiz für das Anwachsen anonymer Macht.

Ein weiteres, daraus folgendes Beispiel ist die Weiträumigkeit der Organisationen und Bürokratien, die immer vielfältiger und nachdrücklicher das Leben der Menschen und die individuelle Freiheit regulieren. Sie vermitteln dem Einzelnen ein Gefühl der Ohnmacht und anonymen Bedrohung, nicht unähnlich den Empfindungen der Frühkulturen, deren Schamanen die Ängste zu vertreiben suchten, indem sie die Natur beschworen.

Ihre moderne Version finden sie in den Beschwörungsformeln der »Islamreferenten«, die landauf landab mit reflexhafter Automatik »Ängste«, »Intoleranz«, »Feindbilder« etc. feststellen, wenn sie auf Bedenken oder gar Widerspruch gegen ihre Heilsbotschaft stoßen, unabhängig davon, ob plausibel oder nicht. Der amerikanische Philosoph J. Searle hat am parallelen Beispiel seiner Disziplin (die wir durch »Dialog« ersetzen) zu dem Phänomen einen frappierenden Kommentar beigesteuert:

> *Wenn wir uns den »Dialog« als Person vorstellen, dann würden wir sagen, dass sie ein Zwangsneurotiker ist; ihre Neurose äußert sich darin, dass dasselbe Verhaltensmuster immer wieder wiederholt wird ... Es reicht nicht, auf die logischen Fehler hinzuweisen, die gemacht werden. Eine direkte Widerlegung führt einfach zu einer Wiederholung des neurotischen Verhaltensmusters.*[426]

Ersatzreligionen wie Esoterik, Konsum, Sport und Sucht, die sich teilweise gegenseitig durchdringen, befriedigen scheinbar das Bedürfnis nach Selbstbestätigung und übertünchen kurzzeitig die grassierenden Probleme innerer Leere und Angst. Der Apparat des politischen Desinformationsbetriebs kann von diesem Bedürfnis ebenfalls ganz erheblich profitieren. Indem er die Urteilsschwäche der Menschen nutzt, ersetzt er fehlende Legitimität durch die Scheinharmonie der Multikultur und hat dabei den Druck der Zwangstoleranz allmählich erhöht. Die Anonymität der Bürokratie blieb lange Zeit verdeckt durch ihre allgegenwärtige Fürsorge, die das Bild der »sozialen Hängematte« erzeugte und zugleich die infantile Sorglosigkeit der Spaßgesellschaft illustrierte.

Der Typus des konsumistischen Spielmenschen sieht seine individuelle Nützlichkeit als »Rechtfertigung«, kann jedoch nicht erkennen, dass er kurzzeitig selbst denjenigen Zwecken zuarbeitet, die ihn langfristig unter ihre Kontrolle bringen. Er/sie übt Loyalität gegenüber einem verordneten Weltbild, das mit den Codes der Effizienz und Toleranz sein/ihr Selbstbild normiert und ihn/sie als Person auf Dauer überflüssig macht. Mit anderen Worten: Wer sich um Effizienz bemüht, wird in der »Deregulierung« zum Abbau seines Arbeitsplatzes beitragen, und wer sich nach proislamischem Dogma um Toleranz bemüht, wird auf Dauer seine eigene »Kultur« verdrängen.

Nur gelegentlich kommt dabei die scheinbar paradoxe Frage auf, wie lange es sich eine »demokratische« Gesellschaft leisten kann, ihre Mehrheit von einer mündigen Mitsprache über ihre Zukunft auszuschließen. Abgesehen von der biologischen Schrumpfung lässt sich, wie unsere Betrachtungen zeigen, der Widerspruch leicht auflösen. Durch ihr pluralistisch begrenztes Denken trägt die moderne Gesellschaft die systematische Anlage in sich, anfällig für radikale Ideologien zu werden.

Je weiter dabei die ökonomische Leitkultur in die Strukturen von Politik, Recht, Bildung Kirche, Information etc. vordringt und ihre Normen durchsetzt, desto mehr können auch islamische Interessen davon profitieren, indem sie über den ökonomischen Hebel ihre Expansionsstrategie verstärken. Umso schneller und tiefer sinken gleichzeitig auch die Ansprüche der Gesellschaft auf angemessene Entlohnung und Eigenkultur, ohne ihnen als Verlust bewusst zu werden.

Da grüner Naturglaube, die Ideologien des Neoliberalismus und des Soft-Sozialismus sowie auch Wissenschaften wie Anthropologie und Soziologie dem Menschen die Eigenschaft eines primär geistigen Wesens absprechen, bleibt unklar, wie eine mündige Wahrnehmung zustande kommen soll. So gibt es denn auch eine Reihe düsterer Prognosen für die Zukunft der modernen Mediengesellschaft – vom Total-Amüsement (Postman) bis zur »Quatsch-Explosion« (Wersig) – die der Informationsforscher H. Spinner jedoch mit einiger Berechtigung bezweifelt.[427]

Dies jedoch nur unter der pragmatischen Voraussetzung, dass die Politik die Ebene der schwammigen »Vision« verlässt. Wahrend sie die Wirtschaft dereguliert, soll sie insbesondere im Bereich der Kommunikation, der »Datenautobahn«, gegensteuern und konkrete Regelungen herbeiführen. Bleibt man hier weiter untätig, kann es tatsächlich zu äußerst negativen Folgen kommen, die sich auch bereits andeuten.

Zum einen nutzen die Islamisten – auf hohem Niveau der Nachrichten-Verschlüsselung – das globale Datennetz zur Ausbreitung ihrer radikalen Infrastruktur. Zum anderen ist der Trend zur Kontrolle des Bürgers – Videoüberwachung und biometrische Identifikation – in vollem Gange. Wenn sich zudem die fernsehende Masse nachhaltig mit *Lowest Quality Information* ruhig stellen ließe, wäre der Weg zum neuen Feudalismus, einer »gottähnlichen Datenherrschaft«, frei.[428]

Die gedankliche Reflexion muss einem Reflexdenken weichen, das sich nicht nur in den Schablonen und Protokollsätzen des »Dialogs« ausdrückt. Auch die Bild- und Wortflut der Info-Welt schwächt die individuelle Ausdrucksfähigkeit, treibt die Vermassung voran und erleichtert totalitären Mechanismen, das Bewusstsein zu besetzen. Jederzeit scheint eine Politik möglich, die sich dem Prinzip der Mäßigung entzieht und »terrorfähige Eliten« in Kauf nimmt, zumindest in Unfähigkeit erstarrt:[429]

> *Wie der Ostblock eindrucksvoll gezeigt hat, haben Gesellschaften mit derartigen Wissenssystemen einen typischen Lebenslauf: Sie machen ohne Rücksicht auf Verluste und Gehör für (unterdrückte) Gegeninformation weiter bis zum Gehtnichtmehr, um dann infolge des selbstbetrügerischen ‚Bestätigungsfehlers' krachend zu kollabieren.*[430]

Wer die »terrorfähigen Eliten« – eine Wertung des Philosophen H. Lübbe – für übertrieben hält, möge in Hannah Arendts kurzem Kapitel über das »Bündnis zwischen Kapital und Mob« nachlesen.[431] Ihre Zusammenfassung des Imperialismus des 19. Jahrhunderts, der den drohenden Wirtschaftskollaps zu verzögern half und zum Vorfeld der modernen Totalitarismen wurde, lässt wenig zu wünschen übrig.

Ungehemmter Kapitalismus, korrupte Politik, die »gute Gesellschaft« mit ihrer Neigung zur Mafia, eine Welle von Börsen-, Finanz- und Anlageskandalen sowie anderes mehr verbanden sich zur brachialen Spirale des Faschismus, die Marxismus bzw. Sozialdemokratie als hohle Phrasensysteme beiseite fegte. Wie auch heute wieder, so sahen die Linken von damals tatenlos der gleichzeitigen Akkumulation von Kapital und Arbeitslosigkeit zu, welche die Gewaltexplosion des 20. Jahrhunderts vorbereitete. Die seinerzeitigen Verhältnisse beginnen dem Globalismus der Gegenwart fatal zu ähneln. Die Neuerung besteht in der Fusion von National- und International-Sozialismus unter dem »einigenden Band« des Scharia-Islam.

»Orientgott« und euro-arabische Esoterik, »gottähnliche« Datenherrschaft und mediale Desinformation stehen für die epochalen Vollzugsebenen der Globalisierung: Islamische Migration und Modernisierung. Deren »dressierte Eliten« scheinen sich nun allerdings in dem zu spiegeln, was Hannah Arendt über korrupte Eliten schreibt, die eher Mafia, Kriminalität und Gewalt dulden, als sich um das Gemeinwohl zu kümmern. Sie stehen im Dienst der »biopolitischen Maschine«, von der schon mehrfach die Rede war: dem globalen Management von Rohstoff, Kapital und »Körpern«, die man Zuwanderung nennt. Ihr politisches Versagen nahm 2005 im Zusammenhang mit EU-Verfassung und Türkei-Beitritt enorme Dimensionen an. Ebenso wurden die ständigen Versuche, die Öffentlichkeit zu täuschen, immer offensichtlicher und ließen die Grenzen stupider Macht unverkennbar hervortreten.

In einer Metapher des Dante Alighieri (gest. 1321) gerät jedoch jede weitere Täuschung zur Farce. Er beschreibt die Heuchler der Geschichte und ihre *goldenen Mäntel aus Blei*, welche die metaphysische Last ihrer zweideutigen Existenz symbolisieren.[432] Manfred Bambeck (gest. 1985) kommentiert das genialische Werk, in dem die betrügerischen Herrscher nach außen golden glänzend eine Pracht und Leichtigkeit vortäuschen, deren innere, bleierne Schwere sie Lügen straft.

Denn die Täuschung geht letztlich auf ihre Kosten. Was sie kurzfristig gewinnen, ist bloßer Schein, der sich unerbittlich gegen sie selbst wendet. Langfristig können sie weder die Zeitläufe noch das *Unverfügbare* im Weltgeist zwingen, sich ihrem Willen zu beugen. Entscheidend ist das Gold, das für das Geistige und Männliche steht, und trotz allen Glanzes am Blei, dem Materiellen und abgewerteten Weiblichen, haftet, solange die Heuchler nicht zur *Wahrheit* finden.

Dantes Bild mündet in die Aporie des *Unverfügbaren*, der die Eliten seit Urzeiten nicht entrinnen können. Um die Welt nach ihrem eigenen Gesetz zu formen, müssen sie die Menschen vom Herrschaftswissen und damit auch von der Weisheit des weiblichen Ursprungs trennen. Ob Europa oder Islam, ob physisch oder metaphysisch – immer wieder schließt sich ein unüberwindbarer Kreis. Wer mit den Menschen vor allem die Frauen unterdrückt, den erdrückt früher oder später die Transzendenz der Kultur: das Kreuz der Macht.

Anmerkungen

1 Hösle, Moral und Politik, 284f.
2 Ditfurth, Das waren die Grünen, 98.
3 Rosa, Am Ende der Geschichte, 253, in: Neustart des Wettlaufs?
4 Schiffauer, Democratic Culture and Extremist Islam, in: Open Democracy 2004 (Internet); Marieluise Beck, Podium Senat Bremen, 15. 4. 2004.
5 Hirsi Ali, Ich klage an, 122f.
6 Rodinson, Muhammed, 140f., 276ff.
7 Dozy, Mauren I, 11.
8 Ebd., 12.
9 Duerr, Obszönität und Gewalt, 36f.; Hunke, Am Anfang waren Mann und Frau, 116.
10 Ebd., 117.
11 Baudler, Gott und Frau, 51.
12 Rotter, Geschichte der Lust, 106f.
13 Ebd., 108f.
14 Nagel, Der Koran, 217.
15 Wellhausen, Reste arabischen Heidentums, 24f.
16 Rodinson, Muhammed, 107.
17 Handwörterbuch des Islam (HI), 216f.
18 Schimmel, Jesus und Maria, 125f.
19 Ebd., 134f.
20 Ebd., 141.
21 Pelikan, Maria, 77.
22 Busse, Beziehungen, 23f.
23 Pelikan, Maria, 80f.
24 Ebd., 85.
25 Vgl. Berger, Jesus, 229.
26 Baudler, Gott und Frau, 51.
27 HI, 544f.
28 Rodinson, Muhammed, 145f.
29 Mernissi, Geschlecht-Ideologie-Islam, 68f.
30 Vgl. Lewis, Die Assassinen, 221ff.

31 Raddatz, Allahs Schleier, 103.
32 Gabriel, Islam and Terrorism, 97f.
33 Levy, The Social Structure of Islam, 116f.
34 Heller, Schleier, 56.
35 Mernissi, Der politische Harem, 156.
36 Goldziher, Muhammedanische Studien II, 5.
37 Mernissi, Der politische Harem, 96.
38 Ebd., 88.
39 Goldziher, Muh. Studien II, 48f.
40 HI, 545.
41 Hitti, Arabs, 246.
42 Gribetz, Strange Bedfellows, 32.
43 Die Schi'a ist die wichtigste Abspaltung im Islam. Sie fordert Muhammads Schwiegersohn Ali als ersten »rechtgeleiteten« Kalifen und legitimen Imam. Heute ist die Schi'a Staatsreligion im Iran (Literatur: Halm, Die Schi'a, Darmstadt 1988).
44 Gribetz, Strange Bedfellows, 99.
45 Hitti, Arabs, 239.
46 Grunebaum, Propyläen Weltgeschichte 5, 23.
47 Hitti, Arabs, 222.
48 Mernissi, Die Sultanin, 103f.
49 Hitti, Arabs, 332.
50 Ebd., 296.
51 Nicholson, History, 245.
52 Ebd., 296.
53 Encyclopaedia of Islam (EI) VII, 355.
54 Schimmel, Seele, 32.
55 Hitti, Arabs, 415.
56 Ebd., 274.
57 Ebd., 333.
58 Vgl. Raddatz, Die türkische Gefahr?, 54f., 57.
59 Scholz, Der entmannte Eros, 199f.
60 Gost, Harem, 16.
61 Durant, Kulturgeschichte, Bd.15, 474.
62 Geschichte der Frauen 3, 339.
63 Unmißverständlich sind die muslimischen Berichte, nach denen Saladin nicht nur »tötete, um dem Islam Leben zu geben«, sondern auch persönliches Vergnügen aus den Massakern zog (Gabrieli, Kreuzzüge, 185f.).
64 Raddatz, Allahs Schleier, 160f.

65 Nicholson, History, 421.
66 Encyclopaedia of Women & Islamic Cultures (EWIC) II, 664.
67 Küper-Bashgöl, Frauen in der Türkei, 135f.
68 Vgl. Raddatz, Die türkische Gefahr?, 100f.
69 Tibi, Der wahre Imam, 241.
70 Ahmed, Women and Gender, 174.
71 Raddatz, Allahs Schleier, 258.
72 Kotkin, Stämme der Macht, 102f., 122f.
73 Dijkstra, Das Böse ist eine Frau, 244f.
74 EWIC II, 647.
75 Raddatz, Von Allah zum Terror?, 159; An der Finanzierung der Muslimbruderschaft war bei der Gründung auch die britische Suez Company beteiligt.
76 Meier, Auftrag des Islam, 358f.
77 Tophoven, Sterben für Allah?, 193.
78 Gensicke, Der Mufti von Jerusalem, 163.
79 Ebd., 346f.
80 Raddatz, Von Allah zum Terror?, 268.
81 Vgl. Raddatz, Die türkische Gefahr?, 177f.; Tantawi, Das Volk Israel in Koran und Sunna. Zu Hitler siehe: Jochmann, Adolf Hitler, 301f.
82 Jochmann, Hitler, 303, 412.
83 Hamuda, Sayyed Qutb, 92f.
84 Ahmed, Women and Gender, 195.
85 Asha, Statut, 102.
86 Zit. bei Laudowicz, Fatimas Töchter, 8.
87 EWIC I, 38.
88 Ebd.
89 Ebd., 32f.
90 Ibn Sa'd, Biographien der Frauen, 301f.
91 EWIC I, 35.
92 Suyuti, Itqan al-Qur'an II, 24; Vgl. Raddatz, Von Gott zu Allah?, 344f.
93 EWIC I, 35.
94 Walther, Die Frau im Islam, 112.
95 Vgl. Raddatz, Allahs Schleier, 208ff.
96 Menninghaus, Ekel, 345.
97 So erstaunt nicht, daß man im »Dialog« das Christentum als Gesprächsbasis ablehnt und gern denjenigen akzeptiert, der glaubt »erst Christ sein zu können, wenn er auch Muslim ist« (vgl. Raddatz, Von Gott zu Allah?, 341).
98 EWIC II, 453.
99 Marmon, Eunuchs, 8; Vgl. Ibn Warraq, Why I am not a Muslim, 279.

100 HI, 143.
101 Lewis, Sprache, 167; Vgl. Raddatz, Von Allah zum Terror?, 89.
102 Mernissi, Geschlecht-Ideologie-Islam, 8f.
103 Ebd., 9f.
104 Ebd., 10.
105 Schimmel, Seele, 17.
106 Schmölzer, Die verlorene Geschichte der Frau, 137.
107 EWIC II, 700.
108 Ebd., 111f.
109 Ebd., 124.
110 Goodwin, Himmel, 76.
111 Ebd., 159.
112 Ebd., 76.
113 Eibl-Eibesfeldt, Grundriß, 726.
114 Duerr, Obszönitat und Gewalt, 429.
115 Ebd., 251.
116 Mernissi, Geschlecht-Ideologie-Islam, 27.
117 Bukhari 9, 187.
118 Mernissi, Geschlecht-Ideologie-Islam, 125.
119 Sa'dawi, Tschador, 150.
120 Heller, Schleier, 41.
121 Ebd., 40.
122 Ebd., 46.
123 Mernissi, Geschlecht-Ideologie-Islam, 10.
124 Heller, Schleier, 111.
125 Asha, Statut, 57.
126 Ebd., 43.
127 Ebd., 30f.
128 Die tiefenpsychologische Verwurzelung des islamischen Tötungszwangs im Verhältnis Sohn–Mutter wird durch die Studie der amerikanischen Psychoanalytikerin und Islamspezialistin Nancy Kobrin bestätigt, die im Verlauf des Jahres 2005 erscheint (»The Sheik's New Clothes – The Psychoanalytic Roots of Islamic Suicide Terrorism«).
129 Ibn Warraq, Why I am not a Muslim, 298.
130 Boudhiba, Sexualité, 96f.
131 Mernissi, Die vergessene Macht, 73.
132 Heller, Schleier, 103.
133 EWIC II, 728.
134 Haeri, Law of Desire, 47f.

135 Khomeini, Tahrir ol-Vasileh IV, 156ff.
136 Ebd.
137 Foucault, Philosophie jetzt!, 125.
138 Maasen, Genealogie der Unmoral, 384ff.
139 Vgl. Lau, Meisterdenker und Ayatollah, in: Merkur 3/05, 671.
140 Muslim, Sunnan, Bd. 4, 1032.
141 Mernissi, Geschlecht-Ideologie-Islam, 26f.
142 Heller, Schleier, 83f.
143 Ebd., 81.
144 Aus zahlreichen Beispielen entwickelt Nancy Kobrin eindrucksvolle Analysen, die das islamische Dilemma unabweisbar aufdecken: orale und anale Vergewaltigung von Kindern, sexueller Sadismus an Kleinstkindern etc. (vgl. Chester, Phyllis, Roots of Terrorism, FrontpageMagazine.com, 3. 5. 2004).
145 Geschichte der Familie, Neuzeit (GdFam IV), 447.
146 Bousquet, Éthique, 9, 19.
147 Mernissi, Geschlecht-Ideologie-Islam, 119.
148 Boudhiba, Sexualité, 139.
149 Bousquet, Éthique, 233.
150 Maasen, Genealogie der Unmoral, 384.
151 GdFam IV, 458.
152 Ebd.; Bousquet, Éthique, 234.
153 GdFam, 459.
154 Asha, Mariage, 52f.
155 Lightfoot-Klein, Das grausame Ritual, 45f.
156 Schimmel, Seele, 17.
157 Lightfoot-Klein, Das grausame Ritual, 214ff.
158 Largier, Lob der Peitsche, 279ff.
159 Lightfoot-Klein, Das grausame Ritual, 215.
160 GdFam IV, 446.
161 Asha, Mariage, 16f.
162 Bousquet, Éthique, 118; Ibn Warraq, Why I am not a Muslim, 304.
163 Asha, Mariage, 40.
164 Heller, Schleier, 41.
165 Mernissi, Die vergessene Macht, 52f., 70f.
166 Asha, Mariage, 51.
167 GdFam IV, 463f.
168 Walther, Die Frau im Islam, 120.
169 Ibn Rassoul, Handbuch, 54.

170 Vgl. Schirrmacher/Spuler-Stegemann, Frauen und die Scharia, 120.
171 GdFam IV, 446.
172 Mernissi, Geschlecht-Ideologie-Islam, 119.
173 GdFam IV, 463f.
174 Ebd., 458.
175 Asha, Statut, 77f.
176 Mina, Schwestern, 233.
177 Asha, Statut, 76.
178 Spencer, Islam Unveiled, 77f.
179 Asha, Mariage, 59.
180 Asha, Statut, 115.
181 GdFam IV, 435.
182 Ebd., 449.
183 Marmon, Eunuchs, 8.
184 Asha, Statut, 135.
185 Mernissi, Die vergessene Macht, 76.
186 EWIC II, 111f., s. die Arbeiten von Nancy Kobrin über die innerislamische Gewalt-Psyche (»The Roots of Terrorism«, FrontpageMagazine.com 3. 5. 2004).
187 Nagel, Religiöse Unterweisung, in: Zeitschrift für Pädagogik 3/89; Vgl. auch den Kommentar bei Raddatz, Von Gott zu Allah?, 404.
188 Asha, Statut, 147.
189 Ahmed, Women and Gender, 175f.; Nagel, Staat I, 31.
190 Mernissi, die vergessene Macht, 120.
191 Heller, Schleier, 179f.
192 Laudowicz, Fatimas Töchter, 150.
193 Darabi, Du wolltest fliegen.
194 Sasson, Ich, Prinzessin aus dem Hause Saud.
195 Ebd., 14f.
196 Sasson, Sultana, 90; Jaquard, Usama bin Ladin, 24 f.
197 Ebd., 25.
198 Bin Laden, Schleier, 107.
199 Sasson, Sultana, 30.
200 Chaabani, Blut für Allah.
201 Ebd., 167.
202 Nazer, Sklavin.
203 Bellil, Durch die Hölle der Gewalt.
204 Ebd., 724.
205 Ebd., 99.

206 Ebd., 113.
207 Ebd., 125.
208 Ebd., 145.
209 Ebd., 222.
210 Unwissentlich hat die Autorin hier die Anweisung Al Ghazalis bestätigt, der zufolge der Funktion des Geschlechtsorgans eine höhere Priorität als der des Denkapparats einzuräumen ist (s. o. S. 81).
211 Fatma, B., Hennamond.
212 Ebd., 63f.
213 Ebd., 150.
214 Ebd., 194.
215 Ebd.
216 Kelek, Die fremde Braut.
217 Ebd., 154f.
218 Ebd., 159.
219 Ebd., 220.
220 Ebd., 222f.
221 Der Spiegel 04/2005.
222 Ebd.
223 Scharlipp, Die frühen Türken, 19.
224 Küper-Bashgöl, Frauen in der Türkei, 39.
225 Seufert, Politischer Islam, 90, 170.
226 Kieser, Friede, 155.
227 Ebd., 201, Anm. 243.
228 Erdogan-Interview, in: »Havadis«, Beirut 01/2004.
229 Weithmann, Erben, 333.
230 Küper-Bashgöl, Frauen in der Türkei, 40 (Zusätze v. Verf.).
231 Ebd., 67 Anm. 99.
232 Grunberger/Dessuant, Narzißmus, Christentum, Antisemitismus, 79.
233 Wie Kelek berichtet, ist Liebe in der islamischen Ehe ein Fremdwort, wobei auch die eigene Mutter keine Ausnahme macht. Ihren Mann, Neclas Vater, bedenkt sie täglich mit dem Fluch: »Möge Allah mir deine Leiche bringen!« (Die fremde Braut, 70).
234 Grunberger/Dessuant, Narzißmus, Christentum, Antisemitismus, 79.
235 Rodinson, Islam und Kapitalismus, 158f.
236 Weber, Wirtschaft und Gesellschaft, 269f.
237 Vgl. Raddatz, Die türkische Gefahr?, 227ff.
238 Turkish Daily News vom 3. August 2004.
239 Das Parlament Nr. 18 vom 24. April 2004.

240 »Erdogan fördert schleichende Islamisierung«, in: Die Welt vom 14. Mai 2004.
241 Küper-Bashgöl, Frauen in der Türkei, 102.
242 Vgl. Raddatz, Allahs Schleier, 297ff.
243 Stellvertretende deutsche Beispiele sind Lale Akgün (SPD) und Marieluise Beck (Grüne), die sich liberal bzw. ideologisch geben und in dieser Verbindung den elitären Machtzweck der türkischen Islamisierung zum Nachteil der Frauen vorantreiben.
244 Küper-Bashgöl, Frauen in der Türkei, 117.
245 Raddatz, Die türkische Gefahr?, 130f.
246 Küper-Bashgöl, Frauen in der Türkei, 149.
247 Ebd., 151.
248 Kagucibashi; International Journal of Middle East Studies 18, 485.
249 Küper-Bashgöl, Frauen in der Türkei, 197.
250 Ebd., 196f.
251 Ebd., 171 Anm. 47.
252 Tekeli, Frauen in der türkischen Politik, 54, in: Abadan-Unat, Der soziale Wandel und die Frau in der türkischen Gesellschaft.
253 Küper-Bashgöl, Frauen in der Türkei, 199.
254 Ebd., 200.
255 Ebd., 190 Anm. 104.
256 Ebd., 188 Anm. 96.
257 Veblen, Dic Theorie der feinen Leute, 79ff., gibt – vor einem Jahrhundert geschrieben – Aufschluß über zeitlose Unterschiede zwischen dem Dasein der »Feinen« und »Einfachen«, die größtenteils auch heute aktuell sind.
258 Zu den umfangreichen Aktivitäten und Verzweigungen dieser islamistischen Organisationen s. Spuler-Stegemann, Muslime in Deutschland (Register).
259 Küper-Bashgöl, Frauen in der Türkei, 207.
260 Ebd., 249.
261 Ebd., 254.
262 Ulfkotte, Der Krieg in unseren Städten, 58, 130; Vgl. Raddatz, Die türkische Gefahr?, 242ff.
263 Ebd., 259ff.
264 Der Spiegel 19/1997.
265 Luft, Ausländerpolitik, 149.
266 Focus 13/05.
267 Cileli, Wir sind eure Töchter, nicht eure Ehre.
268 FAZ vom 13. April 2005.
269 Welt vom 14. Mai 2004.

270 Welt vom 17. Februar 2005.
271 Welt, Holländisches Tagebuch, vom 18. November bis 15. September 2004.
272 Welt-Interview mit Jan Kanter am 12. November 2004.
273 Welt, Holländisches Tagebuch, vom 9. Dezember 2004.
274 Raddatz, Allahs Schleier: Der »Dialog« der Frauenfeinde, 404ff.
275 Luft, Ausländerpolitik, 133ff.
276 Süddeutsche Zeitung vom 21. Februar 2005.
277 Küper-Bashgöl, Frauen in der Türkei, 188.
278 Luft, Ausländerpolitik, 165f.
279 Ebd., 227f.
280 Celik, Verbrecher-Staat, 128.
281 Ulfkotte, Der Krieg in unseren Städten, 46.
282 TNT 1/1996.
283 Luft, Ausländerpolitik, 254; zur näheren Begründung vgl. Artikel »taqiya« in EI X, 134f.; s.a. Raddatz, Von Gott zu Allah?, 428.
284 Luft, Ausländerpolitik, 254.
285 Napoleoni, Die Ökonomie des Terrors, 201.
286 Ebd., 163, s.a. FAZ-Sonntagszeitung vom 27. März 2005.
287 Ulfkotte, Der Krieg in unseren Städten, 38.
288 Vgl. Spuler-Stegemann, Muslime in Deutschland, 225ff.
289 Osnabrücker Zeitung vom 2. April 2005.
290 Stuttgarter Nachrichten vom 28. Juli 2003.
291 Arnim, Das System, 286f.
292 Vgl. Bericht des Verfassungsschutzamtes Baden-Württemberg 2003, 48.
293 Arnim, Das System, 180ff.
294 Vgl. Raddatz, Die türkische Gefahr?, 159ff., 180ff.
295 Europabastler, FAZ vom 8. Juni 2005.
296 Welt am Sonntag vom 6. Februar 2005.
297 Vgl. Welt vom 21. März 2005.
298 Ebd.
299 Ausschuß für Menschenrechte, Dok. 15 (16) 0097.
300 Stolz, Kommt der Islam?
301 Ulfkotte, Der Krieg in unseren Städten, 32; ausgezeichnet wurde auch Udo Steinbach, ebenfalls »Dialog«-Veteran und Leiter des Deutschen Orient-Instituts, Hamburg.
302 Luft, Ausländerpolitik, 161; Ulfkotte, Der Krieg in unseren Städten, 240.
303 Teilnehmer des Deutschen Orient-Instituts, der Friedrich-Ebert-Stiftung, des Außenministeriums, der Muslimbruderschaft, Hamas, Hizbollah und anderer Organisationen trafen sich auf einer Konferenz in Beirut, der die

Amerikaner demonstrativ fernblieben (Beirut Daily News vom 24. Februar 2004).
304 epd – Evangelischer Pressedienst 29.6. 2005.
305 Kepel, Kreuzzüge, 324f.
306 Hassemer, Religiöse Toleranz, 24.
307 Materialien und Informationen zur Zeit – Politisches Magazin für Konfessionslose und AtheistInnen, Nr. 1/05.
308 Welt vom 11. Januar 2005.
309 Leopardi, Der pädosexuelle Komplex (s.a. Register).
310 Cohn-Bendit, Damals im Kinderladen, in: Das Da Nr. 8/76.
311 Vgl. die zahlreichen, einschlägigen Hinweise bei Bramwell, Ecology in the 20th Century.
312 Trimondi, Hitler-Buddha-Krishna, 538ff.
313 Diese Wahrnehmung äußerte Volker Beck in der N24-Sendung »Was erlauben Strunz« am 20. Juni 2005 gegenüber dem CDU-Innenpolitiker Jörg Schönbohm und nahm sie auch in der Sendung trotz diverser Aufforderungen nicht zurück (vgl. N24-Pressemappe gleichen Datums).
314 Makkabäer – wehrhaftes Priestergeschlecht, das 164 v. C. dem Seleukiden Antiochios Jerusalem abnahm und über 100 Jahre die Juden beherrschte.
315 Hamburger Abendblatt vom 25. Mai 2004.
316 Blick vom 8. Juni 2005.
317 Vgl. Luft, Ausländerpolitik. 90ff.
318 Höhler/Koch, Sündenfall, 378, 383f.
319 Ebd., 385.
320 Ebd., 389f.
321 Birg, Zeitenwende, 16.
322 Maasen, Genealogie der Unmoral, 384.
323 Hardt/Negri, Empire, 28f., 66.
324 Künzli, Menschenmarkt, 42.
325 Schirrmacher/Spuler-Stegemann, Frauen und die Scharia, 57.
326 Herbert-Quandt-Stiftung, Der Weg zur Moschee (ed. C. Leggewie u. a.).
327 Rezension Frankfurter Rundschau vom 6. Juni 2003.
328 Je stärker der wirtschaftliche Einfluß auf den politischen Prozeß, desto geringer die Hemmschwelle der Parteien bei der Manipulation der »Politikberatung« – nicht nur in wissenschaftlichen, sondern in allen ihnen nützlichen Inhalten; Vgl. Arnim, Das System, 74f.; Weingart, Die Stunde der Wahrheit, 66, 76; Raddatz, Allahs Schleier, 393ff.
329 Stellungnahme der Bertelsmann AG zum Vorgang »Rechtsextremistische Literatur und e-commerce« (www.fitug.de/wiesenthal.com).

330 Künzli, Menschenmarkt, 42.
331 FAZ vom 12. März 2005.
332 FAZ vom 8. Juni 2004.
333 Arnim, Das System, 209f.
334 Offe, Falsche Fragen, verlogene Antworten, 127, in: Opfer der Macht.
335 Welt vom 17. Februar 2001.
336 Welt vom 16. April 2005.
337 Welt vom 11. Juni 2005.
338 FAZ vom 6. März 2005.
339 Ditfurth, Das waren die Grünen, 98.
340 Welt vom 17. Februar 2001.
341 Ferguson, Politik ohne Macht, 18.
342 Quaisser, Rezension Raddatz, Die türkische Gefahr?, in: Politische Studien (Hanns-Seidel-Stiftung) 2/05, 68f.
343 Vgl. Raddatz, Die türkische Gefahr?, 180ff.
344 Kamper, Stupidität, 113, in: Opfer der Macht.
345 Gellner, Pflug, Schwert und Buch, 63ff.
346 Diamond, Arm und Reich, 337f.
347 Vgl. z. B. die ausführliche Würdigung islamischer Philosophen bei Bürgel, Allmacht und Mächtigkeit im Islam, 126ff.
348 Freud, Studienausgabe IX, 115f.
349 Schmid, Schönes Leben?, 104ff.
350 Raddatz, Von Allah zum Terror?, 323.
351 Schmid, Schönes Leben?, 104.
352 Vgl. die Klischeesammlung bei Friedbert Pflüger, Ein dritter Weltkrieg?, 61ff.
353 Hösle, Moral und Politik, 291f.
354 Ebd., 29.
355 Ebd., 294.
356 Stein, Moses, 98f.
357 Nagel, Das islamische Recht, 271; Gegenwärtigkeit Muhammads, 5f. (Vortrag Universität Göttingen, 27.2.1995).
358 Glucksmann, Am Ende des Tunnels, 135.
359 Hösle, Moral und Politik, 320f.
360 Nagel, Das islamische Recht, 266, 271.
361 Geschichte der Frauen 4, 65f.
362 Ebd.
363 Lieber, Politische Theorien, 289f.
364 Freud, Studienausgabe IX, 193f.

365 Schmidt, Aufklärung und Gegenaufklärung, 3ff.
366 Frank, Der kommende Gott, 148f.
367 Ebd., 188.
368 Schmidt, Aufklärung und Gegenaufklärung, 61ff.
369 Bachofen, Das Mutterrecht II, 587.
370 Ebd., 583.
371 Ebd., 873, 895.
372 Frank, Der kommende Gott, 269f.
373 Ebd., 252.
374 Nietzsche, Werke I, 590.
375 Ebd., 622.
376 Norretranders, Spüre die Welt, 348f.
377 Frank, Der kommende Gott, 254, 262f.
378 Raddatz, Von Allah zum Terror? 322ff.; Allahs Schleier, 419ff.
379 Martinek, Wie die Schlange zum Teufel wurde, 138.
380 Stein, Moses, 44.
381 Ebd., 50.
382 Steiner, Philosophie der Freiheit, 17f.
383 Roob, Alchemie und Mystik, 25.
384 Bürgel, Allmacht und Mächtigkeit im Islam, 38, 199.
385 Sloterdijk/Macho, Weltrevolution der Seele, 28f.
386 Grunberger/Dessuant, Narzißmus, Christentum, Antisemitismus, 360f.
387 Stein, Moses, 31f.
388 Störig, Kleine Weltgeschichte 2, 120.
389 Zitiert bei Wokart, Die Sandalen des Empedokles, 115.
390 Voegelin, Ordnung und Geschichte I, 27.
391 Voegelin, Politische Religionen, 46.
392 Pohlmann, Ideologie und Terror, 129ff.; Raddatz, Von Allah zum Terror?, 306f.; vgl. die beginnende Verachtung des Staatsschutzes im Bereich des Dialogs.
393 Voegelin, Der Gottesmord, 14.
394 Pohlmann, Ideologie und Terror, 129f.
395 Hasse/Krücken, Neo-Institutionalismus, 16f.
396 Vgl. die ausführliche Darstellung bei Bat Ye'or, Der Niedergang des orientalischen Christentums unter dem Islam.
397 Peters, Jihad, 52.
398 Kjorop, Geisteswissenschaften, 266.
399 Rosa, Am Ende der Geschichte, 254, in: Neustart des Weltlaufs? (Zusatz v. Verf.).

400 Tibi, Der Islam und Deutschland, 158ff.
401 Roob, Alchemie und Mystik, 23.
402 Internationales Freimaurerlexikon, 452.
403 Raddatz, Von Allah zum Terror?, 257ff.
404 Ebd., 258.
405 Welt vom 4. April 2005.
406 Millenari, Wir klagen an, 272f.; Roques, Verschwörung gegen den Papst, Bildteil.
407 Raddatz, Von Gott zu Allah?, 354f.
408 Leggewie, Türkei und Europa, 46f.
409 Ebd., 47.
410 Bartlett, Die Geburt Europas, 22f.
411 Tibi, Kreuzzug und Djihad, 104ff.
412 Küper-Bashgöl, Frauen in der Türkei, 143f. Anm. 68.
413 Faulstich, Zwischen Exotik, Heil und Horror, 58f., in: Lüttich/Siegrist/Würfel, Fremdverstehen in Sprache, Literatur und Medien.
414 Wokart, Empedokles, 97f.
415 MEGA 2, 99f.
416 Ebd., 101.
417 Marx, Werke 8, 115.
418 Weidenfeld/Turek, Wie entsteht Zukunft?, 15f.
419 Vgl. Raddatz, Die türkische Gefahr?, 180f., 192f.
420 Kjorup, Geisteswissenschaften, 286.
421 DPA 16. Mai 2005.
422 Vgl. den ironischen, offenen Brief des Literaten Leon de Winter in: Die Welt vom 18. Dezember 2003.
423 Kohlhammer, Duldung und Demütigung, taz vom 21. September 2002.
424 Spinner, Pluralismus als Erkenntnismodell, 47.
425 Loo/Reijen, Modernisierung, 120.
426 Searle, Wiederentdeckung des Geistes, 47.
427 Spinner, Architektur, 82f.
428 Ebd., 86f.
429 Lübbe, Im Zug der Zeit, 149f.
430 Spinner, Architektur, 115.
431 Arendt, Elemente und Ursprünge, 332ff.
432 Bambeck, Göttliche Komödie und Exegese, 60ff.

Literaturverzeichnis

Abadan-Unat, Nermin: Der soziale Wandel und die türkische Frau, Frankfurt/M. 1985
Ahmed, Laila: Women and Gender in Islam, London 1992
Amerio, Romano: Iota Unum, ed. Kirchliche Umschau 2000
Arendt, Hannah: Elemente und Ursprünge totaler Herrschaft, München 2003
Arnim, Hans Herbert von: Das System, München 2001
Asha, Ghassan: Du Statut Inférieur de la Femme en Islam, Paris 1992
Asha, Ghassan: Mariage, Polygamie et Répudiation en Islam, Paris 1997

B., Fatma: Hennamond, Wuppertal 2001
Bachofen, Johann Jakob: Das Mutterrecht, 2 Bde., Basel 1948
Bambeck, Manfred: Göttliche Komödie und Exegese, Berlin 1975
Bartlett, Robert: Die Geburt Europas aus dem Geist der Gewalt, München 1996
Bat Ye'or: Islam and Dhimmitude, Lancaster (GB) 2002
Baudler, Georg: Gott und Frau, Düsseldorf 1991
Baumert, Norbert: Frau und Mann bei Paulus, Würzburg 1992
Bellil, Samira: Durch die Hölle der Gewalt, Zürich 2003
Bellinger, Gerhard: Sexualität in den Religionen der Welt, Frechen 1999
Berger, Klaus: Jesus, München 2004
Bin Ladin, Carmen: Der zerrissene Schleier, München 2003
Birg, Herwig: Die demographische Zeitenwende, München 2001
Bukhari: Al-Djami' as-Sahih, 8 Bde., Beirut 1981
Boudhiba, Abdelwahab: La Sexualité en Islam, Paris 1975
Bousquet, G.H.: L'Éthique sexuelle de l'Islam, Paris 1993
Bramwell, Anna: Ecology in the 20th Century, Oxford 1989
Bukhari: Al-Djami' As-Sahih, Beirut 1981
Burckhardt, Martin: Vom Geist in der Maschine, Frankfurt/M. 1999
Bürgel, Johann: Allmacht und Mächtigkeit im Islam, München 1991
Busse, Heribert: Die theologischen Beziehungen des Islams zu Judentum und Christentum, Darmstadt 1991

Celik, Selahettin: Verbrecher-Staat, Frankfurt/M. 1998
Chaabani, Nadia: Blut für Allah, München 2000
Cileli, Serap: Wir sind eure Töchter, nicht eure Ehre, Michelstadt 2002

Darabi, Parvin: Du wolltest fliegen, Bergisch-Gladbach 1997
Davis, Kenneth: Was dachte sich Gott, als er den Menschen erschuf?, Bergisch-Gladbach 1998
Diamond, Jared: Arm und Reich, Frankfurt/M. 1999
Dijkstra, Bram: Das Böse ist eine Frau, Reinbek 1999
Ditfurth, Jutta: Das waren die Grünen, München 2000
Dozy, Reinhart: Geschichte der Mauren in Spanien, Leipzig 1874
Duby/Perrot: Geschichte der Frauen, 5 Bde., Frankfurt/M. 1994/5
Duerr, Hans-Peter: Obszönität und Gewalt, Frankfurt/M. 1993
Durant, Will/Ariel: Kulturgeschichte der Menschheit, Frankfurt/M. 1982

Eberz, Otfried: Sophia und Logos, München 1983
Eibl-Eibesfeldt, Irenäus: Grundriß der vergleichenden Verhaltensforschung, München 1987
Eisenstadt, Samuel: Antinomien der Moderne, Frankfurt/M. 1998
Encyclopaedia of Islam I-XI, Leiden 1965-2002
Encyclopaedia of Women & Islamic Cultures I-II, Leiden 2005

Faulstich, Werner: Zwischen Erotik, Heil und Horror, in: Lüttich/Siegrist/Würfel, Fremdverstehen in Sprache, Literatur und Medien, Frankfurt/M. 1996
Ferguson, Niall: Politik ohne Macht, Stuttgart-München 2001
Feyerabend, Paul: Wider den Methodenzwang, Frankfurt/M. 1983
Foucault, Michel: Philosophie Jetzt! (Hrsg. Peter Sloterdijk), München 1998
Frank, Manfred: Der kommende Gott, Frankfurt/M. 1982
Freud, Sigmund: Studienausgabe, 11 Bde., Frankfurt/M. 1982

Gabriel, Mark: Islam and Terrorism, Lake Mary (USA) 2002
Gabrieli, Francesco: Die Kreuzzüge aus arabischer Sicht, Zürich-München 1973
Gellner, Ernest: Pflug, Schwert und Buch, Stuttgart 1990
Gensicke, Klaus: Der Mufti von Jerusalem. Amin el-Husseini und die Nationalsozialisten, Berlin 2004
Geschichte der Familie, 4 Bde, Frankfurt/M. 1997
Geschichte der Frauen (Duby/Perrot), 5 Bde., Frankfurt/M. 1994/5
Glucksmann, André: Am Ende des Tunnels, Berlin 1991
Goldziher, Ignaz: Muh. Studien, 2 Bde., Hildesheim 1972
Gollaher, David: Das verletzte Geschlecht, Berlin 2002

Goodrick-Clark, Nicholas: Die okkulten Wurzeln des National-Sozialismus, Wiesbaden 2004
Goodwin, Jan: Der Himmel der Frau ist unter den Füßen ihres Mannes, Frankfurt/M. 1999
Gost, Roswitha: Geschichte des Harem, Köln 1994
Gribetz, Arthur: Strange Bedfellows, Phil.Diss., Jerusalem 1990
Grunberger, Béla/Dessuant, Pierre: Narzißmus, Christentum, Antisemitismus, Stuttgart 2000

Haeri, Shahla: Law of Desire, Syracuse (N.Y.) 1989
Hamuda, Adel: Sayyed Qutb, Kairo 1987
Handwörterbuch des Islam (HI), Leiden 1941
Hardt M./Negri A.: Empire, Harvard 2000
Harrington, Anne: Die Suche nach Ganzheit, Reinbek 2002
Hasse/Krücken: Neo-Institutionalismus, Bielefeld 1999
Hassemer, Winfried: Religiöse Toleranz im Rechtsstaat, München 2004
Heller E./Mosbahi H.: Hinter den Schleiern des Islam, München 1994
Herweg, Rachel Monika: Die jüdische Mutter, Darmstadt 1994
Hirsi Ali, Ayaan: Ich klage an, München 2005
Hitti, George: History of the Arabs, Beirut 1941
Höhler G./Koch M.: Der veruntreute Sündenfall, Stuttgart 1998
Hösle, Vittorio: Moral und Politik, München 1997
Hunke, S.: Am Anfang waren Mann und Frau, Hildesheim 1987
Hutchison, Robert: Die heilige Mafia des Papstes, München 1998

Ibn Rassoul, Ahmad: Handbuch der muslimischen Frau, Köln 1996
Ibn Sa'd: Biographien der Frauen (ed. Brockelmann Bd. VIII), Leiden 1904
Ibn Warraq: Why I am not a Muslim, Amherst (USA) 1995
Internationales Freimaurerlexikon, München 2000
Jacquard, Roland: Die Akte Usama bin Ladin, München 2001
Jankélévitch, Vladimir: Das Verzeihen, Frankfurt/M. 2004
Jochmann, Werner (Hrsg.): Adolf Hitler – Monologe im Hauptquartier, München 2000

Kamper, Dietmar: Stupidität, in: Opfer der Macht (Suhrkamp 2380), Frankfurt/M. 1994
Kapteyn, Olga: Eranos-Jahrbücher 1935, 1939, 1950
Kelek, Necla: Die fremde Braut, Köln 2005
Kelly, Kevin: Der zweite Akt der Schöpfung, Mannheim 1999
Kepel, Gilles: Die neuen Kreuzzüge, München 2004

Kertzer, David: Die Päpste gegen die Juden, München 2004
Khomeini, Ruhollah: Tahrir ol-Vasileh IV, Dar ol-Gom 1990
Kieser, Hans-Lukas: Der verpaßte Friede, Zürich 2000
Kjorup, Soren: Geisteswissenschaften, Stuttgart 2001
Koch, Marion: Salomes Schleier, Hamburg 1995
Kotkin, Joel: Stämme der Macht, Reinbek 1996
Kreissl, Reinhard: Die Macht ist weiblich, München 2002
Künzli, Arnold: Menschenmarkt, Reinbek 2001
Küper-Bashgöl, Sabine: Frauen in der Türkei zwischen Feminismus und Reislamisierung, Münster-Hamburg 1992
Kurz, Robert: Schwarzbuch des Kapitalismus, Frankfurt 1999

Lau, Jörg: Meisterdenker und Ayatollah, in: Merkur 3/05
Laudowicz, Edith (Hrsg.): Fatimas Töchter, Köln 1992
Leggewie, Claus (Hrsg.): Türkei und Europa, Frankfurt/M. 2004
Le Rider, Jacques: Das Ende der Illusion, Wien 1990
Le Roux, Daniel: Petrus, liebst du mich?, Stuttgart 1990
Lea, Henry Charles: Geschichte der Inquisition im Mittelalter, Frankfurt/M. 1997
Leopardi, Angelo: Der pädosexuelle Komplex, Berlin 1988
Levy, Reuben: The Social Structure of Islam, Cambridge 1965
Lewis, Bernard: Die Assassinen, München 1993
Lewis, Bernard: Die politische Sprache im Islam, Berlin 1991
Lieber, Hans: Politische Theorien von der Antike bis zur Gegenwart, Wiesbaden 2000
Lightfoot-Klein, Hanny: Das grausame Ritual, Frankfurt/M. 1993
Lipowatz, Thanos: Die Verleugnung des Politischen, Berlin 1986
Luft, Stefan: Ausländerpolitik in Deutschland, Gräfelfing 2003
Lübbe, Hermann: Im Zug der Zeit, Berlin-Heidelberg 1992

Maasen, Sabine: Genealogie der Unmoral, Frankfurt/M. 1998
Malinski, Miezcyslaw: Wer ist Karol Wojtyla?, München 1998
Mann, Thomas: Doktor Faustus, München 1990
Marmon, Shaun: Eunuchs and Sacred Boundaries, New York- Oxford 1995
Martinek, Manuela: Wie die Schlange zum Teufel wurde, Wiesbaden 1996
Marx, Karl: Werke, 39 Bde., Berlin 1957ff.
MEGA – Marx-Engels-Gesamt-Ausgabe, 2 Abt., Berlin 1980
Meier, Andreas: Der politische Auftrag des Islam, Wuppertal 1994
Menninghaus, Winfried: Ekel, Frankfurt/M. 1999
Mernissi, Fatima: Geschlecht-Ideologie-Islam, München 1987

Mernissi, Fatima: Der politische Harem, Frankfurt/M. 1989
Mernissi, Fatima: Die Sultanin, Frankfurt/M. 1991
Mernissi, Fatima: Die vergessene Macht, Frankfurt/M. 1997
Millenari: Wir klagen an, Berlin 1999
Mina, Naila: Schwestern unterm Halbmond, Stuttgart 1984
Muslim: Sunan, Beirut 1982

Nagel, Tilman: Staat und Glaubensgemeinschaft im Islam, 2 Bde., Zürich-München 1981
Nagel, Tilman: Der Koran, München 1991
Nagel, Tilman: Das islamische Recht, Westhofen 2001
Nagel, Tilman: Religiöse Unterweisung, in: Zeitschrift für Pädagogik 3/89
Napoleoni, Loretta: Die Ökonomie des Terrors, München 2004
Nazer, Mende: Sklavin, München 2004
Nicholson, R.: A Literary History of the Arabs, Cambridge 1962
Nietzsche, Friedrich, Werke, Bd. I-IV, Wien 1980
Norretranders: Spüre die Welt. Die Wissenschaft des Bewußtseins, Reinbek 1994

Offe, Claus: Falsche Fragen, verlogene Antworten, in: Opfer der Macht – ed. Suhrkamp 2380/1994
Orthbandt, Eberhard: Geschichte der großen Philosophen, Hanau o.J.

Pelikan, Jaroslav: Maria, Freiburg 1999
Peters, Rudolph: Jihad in Classical and Modern Islam, Princeton 1995
Pflüger, Friedbert: Ein dritter Weltkrieg?, München 2004
Pilgrim, Volker Elis: Muttersöhne, Düsseldorf 1986
Pohlmann, Friedrich: Ideologie und Terror, Freiburg 1992
Propyläen Weltgeschichte, 7 Bde., Frankfurt/M. 1986

Raddatz, Hans-Peter: Von Gott zu Allah?, München 2001
Raddatz, Hans-Peter: Von Allah zum Terror?, München 2002
Raddatz, Hans-Peter: Allahs Schleier, München 2004
Raddatz, Hans-Peter: Die türkische Gefahr?, München 2004
Rifkin, Jeremy: Das biotechnische Zeitalter, München 2000
Rodinson, Maxime: Muhammed, Darmstadt 1975
Rodinson, Maxime: Islam und Kapitalismus, Frankfurt/M. 1986
Roob, Alexander: Alchemie und Mystik, Köln 1996
Roques, Valeska von: Verschwörung gegen den Papst, München 2001, Bildteil.
Rosa, Hartmut: Am Ende der Geschichte, in: Neustart des Weltlaufs? (Suhrkamp 2137), Frankfurt/M. 1999
Rose, Steven: Darwins gefährliche Erben, München 2000

Rosenberg, Shalom: Von der Macht des Bösen, Berlin 2001
Rotter, Ekkehard und Gernot: Geschichte der Lust, Düsseldorf 1996

Sa'dawi, Nawal: Tschador, Bremen 1980
Sasson, Jean: Ich, Prinzessin aus dem Hause Al-Saud, München 1992
Sasson, Jean: Ich, Prinzessin Sultana und meine Töchter, München 1993
Sauvage, Dagmar de: Krise der Philosophie, Reinbek 2002
Schaeffer-Hegel B./Wartmann B.: Mythos Frau, Berlin 1984
Scharlipp, Wolfgang: Die frühen Türken in Zentralasien, Darmstadt 1992
Schiffauer, Werner: Democratic Culture and Extremist Islam, in: Open Democracy 2004 (Internet)
Schimmel, Annemarie: Jesus und Maria im Islam, München 1997
Schimmel, Annemarie: Meine Seele ist eine Frau, München 1995
Schirrmacher C./Spuler-Stegemann U.: Frauen und die Scharia, München 2004
Schmid, Josef: Die Moralgesellschaft, München 1999
Schmid, Wilhelm: Schönes Leben?, Frankfurt/M. 2000
Schmidt, Jochen (Hrsg.): Aufklärung und Gegenaufklärung, Darmstadt 1989
Schmölzer, Hilde: Die verlorene Geschichte der Frau, Bad Sauerbrunn 1994
Scholz, Pjotr: Der entmannte Eros, Düsseldorf-Zürich 1992
Searle, John: Die Wiederentdeckung des Geistes, München 1993
Seibt, Ferdinand: Die Zeit als Kategorie der Geschichte und als Kondition des historischen Sinns, in: Die Zeit (Hrsg. Gumin, Heinz/Meier, Heinrich), Siemens-Stiftung, Bd. 2, München 1989
Seufert, Günter: Politischer Islam in der Türkei, Stuttgart 1997
Sloterdijk P./Macho T.: Weltrevolution der Seele, Zürich 1995
Spencer, Robert: Islam Unveiled, San Francisco 2002
Spinner, H.: Pluralismus als Erkenntnismodell, Frankfurt/M. 1974
Spinner, H.: Architektur der Informationsgesellschaft, Bodenheim 1998
Spuler-Stegemann, Ursula: Muslime in Deutschland, Freiburg 2002
Stein, Hannes: Moses und die Offenbarung der Demokratie, Berlin 1998
Steiner, Rudolf: Ausgewählte Werke, Frankfurt/M. 1985
Stolz, Rolf: Kommt der Islam?, München 1997
Störig, Hans Joachim: Kleine Geschichte der Philosophie, Frankfurt/M. 1982
Suyuti, Abdarrahman: Itqan al-Qur'an, 2 Bde., Beirut 1984

Tantawi, Muhammad: Das Volk Israels in Koran und Sunna, Kairo 1966
Tekeli, Shirin: Frauen in der türkischen Politik, Frankfurt/M. 1985
Tibi, Bassam: Der wahre Imam, München 1996
Tibi, Bassam: Kreuzzug und Djihad, München 1999
Tibi, Bassam: Der Islam und Deutschland, München 2000

Tophoven, Rolf: Sterben für Allah, Herford 1991
Trimondi, Victor u. Victoria: Hitler-Buddha-Krishna, Wien 2002
Tuchman, Barbara: Torheit der Regierenden, Frankfurt/M. 2001

Ulfkotte, Udo: Der Krieg in unseren Städten, Frankfurt/M. 2004

Van der Loo, Hans/van Reijen, Willem: Modernisierung, München 1992
Veblen, Thorstein: Die Theorie der feinen Leute, Frankfurt/M. 2000
Voegelin, Eric: Die politischen Religionen, München 1993
Voegelin, Eric: Der Gottesmord, München 1999
Voegelin, Eric: Ordnung und Geschichte I, München 2002

Walther, Wiebke: Die Frau im Islam, Leipzig 1983
Weber, Max: Wirtschaft und Gesellschaft, Tübingen 1972
Weidenfeld, Werner/Turek, Jürgen: Wie entsteht Zukunft?, München 2002
Weingart, Peter: Stunde der Wahrheit?, Weilerswist 2001
Weithmann, Michael: Atatürks Erben auf dem Weg nach Westen, München 1997
Wellhausen, Johann: Das arabische Reich und sein Sturz, Berlin 1902
Wensinck/Kramers: Handwörterbuch des Islam, Leiden 1941
Wilson, Edward: Einheit des Wissens, Berlin 1998
Wokart, Norbert: Die Sandalen des Empedokles, Berlin 2001

Personen- und Sachregister

Blättern Sie um: Unsere Leseempfehlungen

Rolf Stolz

Die Mullahs am Rhein

Der Vormarsch des Islam in Europa

Das kontroverse Sachbuch zur aktuellen Diskussion über den islamischen Fundamentalismus in Deutschland und Europa, innere Sicherheit und die Einwanderungs- und Asylpolitik. In seiner Analyse zeigt Rolf Stolz, wie gefährdet unsere Demokratie ist, und weist Wege zu einer Selbstfindung und geistigen Selbstverteidigung Europas.

»Der Autor will mit seinem Buch erklären und aufrütteln ... Das Werk zielt auf kompakte und schnelle Information. Was der Verfasser zusammengetragen hat, ist nachdenkens- und lesenswert zugleich.« *Rheinischer Merkur*

528 Seiten, ISBN 3-7766-2212-1
Herbig

Lesetipp

BUCHVERLAGE
LANGENMÜLLER HERBIG NYMPHENBURGER
WWW.HERBIG.NET

Hans-Peter Raddatz

Von Gott zu Allah?

Christentum und Islam in der liberalen Fortschrittsgesellschaft

In einem historischen Systemvergleich der Glaubens- und Machttraditionen von Christentum und Islam arbeitet Raddatz die Probleme heraus, die sich im Rahmen interkultureller Zuwanderung und Globalisierung konkret abzeichnen. Dabei zeigt er geistige und demokratische Defizite der westlichen Eliten auf, die »Toleranz« zur Machtbasis umformen, indem sie zum Nachteil legitimer Mehrheitsinteressen eine »korrekte« Moral und damit die aktuelle Islamexpansion durchsetzen.

»Die seit Jahren substanziellste Darstellung eines komplexen Gefüges: des schwer gestörten Verhältnisses zwischen dem Westen und dem Islam.« *Frankfurter Allgemeine Zeitung*

528 Seiten, ISBN 3-7766-2212-1

Herbig

Lesetipp

BUCHVERLAGE

LANGENMÜLLER HERBIG NYMPHENBURGER

WWW.HERBIG.NET

Hans-Peter Raddatz
Von Allah zum Terror?

Der Djihad und die Deformierung des Westens

Hans-Peter Raddatz analysiert die islamischen Machtmechanismen und untersucht die Geschichte des »Djihads« und dessen Einfluss im heutigen Islam. Der promovierte Orientalist deckt dabei die Gefahren für den Westen auf, die entstehen, wenn sich islamischer Terror der Korruption, Desinformation und des organisierten Verbrechens bedient.

»Das Werk eines mutigen Mannes.« *Die Welt*

»Pflichtlektüre für all diejenigen, die kenntnisreich und substanziell in der Debatte über die Gefahren des systemimmanenten islamistischen Herrschafts-Anspruchs das Wort ergreifen wollen.« *Bayerischer Rundfunk*

368 Seiten, ISBN 3-7766-2289-X
Herbig

Lesetipp

BUCHVERLAGE
LANGENMÜLLER HERBIG NYMPHENBURGER
WWW.HERBIG.NET

Hans-Peter Raddatz
Die türkische Gefahr?

Die schonungslose Untersuchung einer brisanten politischen Thematik

Während Globalisierung und Zuwanderung den Sozialabbau verstärken, sehen Eurokraten die Türkei bereits auf einem »unumkehrbaren Weg« nach Europa. Am Beispiel Deutschlands zeigt der Autor, wie sich proislamische Kräfte illegitime Macht aneignen und den EU-Beitritt der Türkei »von oben« herbeiführen. Dabei scheint unerheblich, daß dieses Land trotz der Ansätze zur Demokratisierung weiterhin von ethnischen Konflikten, einem zunehmend radikalen Islam und Korruption geprägt bleibt.

»Der Orientalist und Systemanalytiker kennt die Region nicht nur theorethisch, sondern aus konkreter Anschauung und alltäglicher Lebenswirklichkeit. (...) Das Buch formuliert griffig, bisweilen sogar polemisch.« *FAZ*

288 Seiten, ISBN 3-7766-2392-6
Herbig

Lesetipp

BUCHVERLAGE
LANGENMÜLLER HERBIG NYMPHENBURGER
WWW.HERBIG.NET

Hans-Peter Raddatz
Allahs Schleier

Die Frau im Kampf der Kulturen

Die islamische Zuwanderung in Deutschland und Europa wird in den Medien, in der Politik und in der Öffentlichkeit viel diskutiert. Die Bilder der Toleranz und Harmonie, die dabei entworfen werden, verdecken aber die latente Gewalt des Islam und vor allem die Repression der muslimischen Frau, der die Grundrechte des demokratischen Westens verwehrt bleiben.

Islamexperte Hans-Peter Raddatz stellt die provokante Frage, welche Kriterien den Islam zur Ausgrenzung und Verhüllung seiner Frauen zwingt. Er zeigt den Spannungsbogen von der Dominanz männlicher Macht in der Geschichte bis hin zur Bilderwelt unserer modernen Konsumgesellschaft auf, die Züge des Islam als Politreligion zu übernehmen beginnt.

472 Seiten, ISBN 3-7766-2366-7
Herbig

Lesetipp

BUCHVERLAGE
LANGENMÜLLER HERBIG NYMPHENBURGER
WWW.HERBIG.NET